LEBENSTUNNEL

L'Intégrale

Oxanna Hope

LEBENSTUNNEL

1 – ALLÉGEANCE
2 – CHAOS
3 – PÉNITENCE

ÉDITIONS FRANCE LOISIRS

Édition du Club France Loisirs,
avec l'autorisation de Rebelle Éditions

Éditions France Loisirs,
31, rue du Val de Marne, Paris
www.franceloisirs.com

ISBN : 978-2-298-14799-5

1 – Allégeance

Tant de choses ont changé.
Ils ont gagné la course à la bombe.
On ignore comment.
Ils ont contraint le monde à se soumettre.
Ils ont pris notre liberté.
Réduit à néant ce qui a mis des siècles à être construit.
Asservi des millions de personnes.
Soulèvement, rébellions, résistances,
Écrasés sous leur botte de fer.
Ils ont réécrit l'histoire.
Fait étalage de leur force.
Ils pensent la guerre terminée.
Mais ils ont tort.
Wolfenstein – The New Order

1

2145, Allemagne

Le soleil se lève à peine sur Germania[1], mais je suis réveillée depuis déjà un moment. Après m'être retournée maintes et maintes fois dans mon lit, j'ai fini par renoncer à retrouver le sommeil. À présent, je me tiens près de la fenêtre de ma chambre, un vaste espace qui n'accueille pourtant qu'un lit simple, un bureau sur lequel dort un petit ordinateur et une armoire aux battants recouverts de deux glaces. J'observe les passants sur les trottoirs. Ils marchent d'un pas cadencé et ressemblent à des automates dont les silhouettes se reflètent sur les parois en verre teinté des immeubles. Leurs visages sont inexpressifs, leur regard fixé droit devant eux. Les premiers rayons de soleil donnent l'impression que leurs cheveux blonds sont comme des miroirs qui captent et absorbent la lumière.

Machinalement, je fais glisser mes doigts sur les miens qui forment comme un châle sur mes épaules. Ils sont de la même teinte que les leurs, peut-être un peu plus clairs que certains, mais d'une pureté totale néanmoins. De toute façon, en dehors de ces nuances presque infimes, tout le monde a

1. Anciennement Berlin en Allemagne.

les cheveux blonds. Il n'y a que les coiffures pour différencier les gens les uns des autres. Nous avons tous également en commun d'avoir une carnation pâle. Puis il y a nos yeux bleus d'une couleur semblable à celle des océans. Eux aussi, parfois, sont plus ou moins clairs, mais ils demeurent de cette seule teinte qui caractérise mon peuple.

Passé ces quelques minutes à épier la vie qui grouille à l'extérieur, je laisse retomber le voilage puis je descends dans la cuisine en prenant soin de ne pas faire grincer les marches de l'escalier. Je m'assieds à une table bien trop grande pour nous accueillir tous, mes parents, mon frère et moi, mais ma famille a le goût de la démesure. Je saisis un des bols posés au centre et m'empare de la cafetière pour le remplir. Le liquide est brûlant et une torsade de fumée monte devant mon visage. Dans un bâillement, je commence à avaler le breuvage par petites gorgées. C'est plus un ersatz de café qu'autre chose, à vrai dire. Une sorte de jus de chaussettes que je n'apprécie pas plus que ça, mais le vrai café est devenu une denrée si rare que très peu de personnes peuvent se permettre d'en acheter. Je m'en passerais volontiers, mais mes parents tiennent à ce que j'en boive ; ils soutiennent que cela aide à rester vaillant toute la journée et à donner le meilleur de soi-même.

Je me remets à rêvasser comme j'aime le faire quand je suis encore seule devant mon petit-déjeuner. Avant que le tintamarre généré par les conversations des membres de ma famille ne m'en empêche. Je songe à ce qui se prépare. Je ne sais pas si je m'en réjouis ou si cela me fait peur. Je n'ai jamais été très douée pour faire la part des choses. Il paraît que ce sera un évènement. Oui, un évènement. Forcément… Il y a deux cents ans, le fondateur de notre race, Adolf Hitler, gagnait la Seconde Guerre mondiale après avoir scellé un pacte avec la Grande-Bretagne. Ainsi avait débuté le IIIe Reich réputé durer mille ans. Puis notre peuple, après avoir pris le pas sur les autres ethnies, s'est désolidarisé de l'Angleterre pour vivre en parfaite autarcie. Comme le disait notre créateur, « il n'est pas de race qui ne soit plus supérieure aux autres que celle des Aryens ».

Après son décès, plusieurs de ses lieutenants lui ont succédé, travaillant toujours dans cette même optique de garder notre nation au niveau de l'excellence. Les uns après les autres, ils ont su faire évoluer notre société. Plus de chômage, une diminution conséquente des maladies, voire l'éradication totale de certaines. En bref, un avenir pour chaque Aryen. De nos jours, le Führer actuel se prénomme Otto Lechman. C'est un homme au visage taillé à la serpe, au corps longiligne, avec des yeux de squale d'un bleu métallique et des cheveux d'une couleur tirant sur le blanc, qui règne sur notre peuple. Dans quelques semaines, il fera un discours pour fêter le bicentenaire de notre victoire sur le reste du monde. Une nouvelle ère qui se profile à l'horizon avec la promesse d'un IVe Reich plus glorieux encore que le précédent. La population se prépare déjà pour ce grand jour. Des drapeaux sertis de croix gammées flottent sur les balcons et les étendards font contraste sur les façades blanc laqué des bâtiments officiels.

Cette ambiance, à peine masquée par une

excitation croissante, est parfois un peu pesante, mais cela ne m'empêche pas de me réjouir comme tout le monde. Je repose mon bol et jette un regard sur ma montre. Sept heures. D'ici moins d'une heure, je devrais partir au travail. J'ai beau avoir seulement dix-sept ans, j'ai choisi la voie de l'apprentissage plutôt que celle des études pour lesquelles je ne brillais pas suffisamment. Je n'étais pourtant pas le plus mauvais des éléments, mais mes professeurs ont considéré que je n'avais pas les capacités optimales pour faire partie de l'élite. Ma place, selon eux, était à un poste subalterne et non dans une salle de cours. Depuis un an déjà, j'officie en qualité d'aide-soignante dans une maternité qui fut, par le passé, l'un des *Lebensborn*[1] les plus prolifiques en matière de naissance de bébés aryens. Notre centre demeure malgré tout assez particulier puisqu'il est le seul à gérer les différents stades d'évolution des membres de la population jusqu'à l'âge de seize ans. Sa tâche est simple : les nourrissons venant au monde avec des défauts sont placés dans la case « impropres à la vie ».

Opérables ou non, certains sont considérés comme porteurs de mauvais gènes. Les faire disparaître est nécessaire afin d'éviter tout caractère récessif. Si l'enfant né franchit la première phase

1. Association de l'Allemagne nationale-socialiste, patronnée par l'État et gérée par la SS, dont le but était d'accélérer le développement d'une race aryenne parfaitement pure et dominante. Le programme de création des *Lebensborn* vit le jour à l'initiative de Heinrich Himmler le 12 décembre 1935 dans le cadre de la politique d'eugénisme et de promotion des naissances, pendant la « Solution finale » (source : Wikipédia).

consistant à le mesurer sous toutes les coutures pour s'assurer qu'il correspond bien aux critères en vigueur, il aura pour obligation de se rendre à chaque visite médicale au bout de laquelle il obtiendra son *Ariernachweis*[1] : à trois ans, dix ans et seize ans. Si, lors d'une de ces étapes, il s'éloigne des critères aryens, il devra se plier à la règle : recevoir une injection létale. Les noms de ces enfants disparaîtront des registres de naissance et d'autres les remplaceront. C'est grâce à cette loi que notre peuple a su se préserver depuis deux décennies.

Mon travail consiste à veiller au bien-être des parturientes. Je ne peux pas dire que je déteste ce que je fais ; aider les femmes à accoucher est loin d'être une tâche ingrate, bien au contraire. Voir la vie jaillir d'un ventre est une expérience fabuleuse qui fait briller mes yeux chaque fois que j'ai l'occasion d'y assister. Mais de temps à autre, certaines choses me déroutent, même si elles s'inscrivent dans la normalité. Je sais depuis que je suis en âge de parler et de comprendre que l'imperfection n'a pas sa place dans notre société, alors je passe outre ces questions qui, parfois, me traversent l'esprit. Notre Führer dit qu'on ne peut pas se permettre de laisser l'humanité se grêler d'êtres incompatibles avec l'excellence. Et parce que j'ai vu le jour dans cet univers cloisonné et réglementé, il ne me viendrait pas à l'idée de penser différemment.

Lorsqu'un bébé ne remplit pas les critères en vigueur, je le remets à ma supérieure qui s'occupe

1. Certificat définitif d'aryanité.

de gérer le problème. De temps à autre, je dois la seconder. C'est à ce moment-là, en général, que j'ai un pincement au cœur en songeant à ce qui attend ces enfants défectueux.

Tout en lavant mon bol sous le filet d'eau chaude, je pense à mes dix-huit ans qui approchent à grands pas. Et comme ma mère avant moi, comme des milliers de femmes avant moi, je passerai l'examen de la sélection pour savoir si je corresponds aux critères en vigueur pour procréer. Seules les meilleures d'entre nous auront l'honneur d'offrir au Führer leurs deux premiers-nés afin que ces derniers servent l'État. Je repose si sèchement mon bol dans l'évier que, l'espace d'un instant, j'ai l'impression qu'il va se briser. Mais non, il atterrit sain et sauf. Une chance, je n'ai aucune envie d'enclencher le robot nettoyeur pour qu'il vienne m'assommer de « bonjour, madame » dès le matin. Qu'il continue à dormir dans un coin de la salle de séjour, ça me va très bien. J'appuie sur le bouton d'arrivée d'eau, toujours songeuse. L'eau se tarit. Puis je file me préparer, je n'ai plus le temps de m'attarder sur des rêveries de gamine. J'ai une vie à mener.

Lorsque j'arrive aux abords de la maternité, j'adresse un regard à la sentinelle postée juste devant l'entrée et je lève la main dans un *Heil* d'une neutralité exemplaire. Les deux hommes, vêtus d'un uniforme sombre assorti à une casquette sur laquelle est placé un insigne en forme de tête de mort, me répondent de la même façon et s'écartent pour me laisser la voie libre. Je fais glisser ma carte magnétique dans la fente prévue à cet effet et les portes de verre coulissent en silence. Chaque fois que j'en franchis le seuil, j'éprouve des sentiments antagonistes qui ont une fâcheuse tendance à me rendre neurasthénique. Ici, tout est blanc et chromé, comme la majorité des constructions dans Germania. Les murs sont percés de vitres opaques sur lesquelles s'affichent différentes informations en surbrillance. La température extérieure et intérieure, le nombre de patients occupant telles ou telles salles.

J'ai constamment l'impression d'évoluer dans une tablette géante, cernée de données électroniques et de robots nettoyeurs dont les patins glissant sur le sol carrelé émettent toujours un petit chuintement. L'ensemble est noyé sous un enchevêtrement de plaques lumineuses apposées au plafond. Une mer de lumière dans une mer immaculée. On pourrait presque se sentir seul au monde dans ce lieu où règne un silence religieux, mais lorsque les portes automatiques marquant la fin du long couloir s'ouvrent, les vagissements de dizaines de nouveau-nés me ramènent à la réalité. Je n'entends que très rarement les voix de leurs génitrices, ces femmes qui donnent la vie comme des vers fournissent de la soie. Certaines sont là depuis ce qui semble des siècles et ne font que procréer. C'est un choix qu'elles ont fait. Au-delà de dix enfants, elles ne sont plus bonnes à rien et sont remerciées. Elles ont néanmoins l'avantage de toucher une petite pension pour services rendus à l'État. Ces femmes, qui ont renoncé à fonder leur propre foyer pour se consacrer à la descendance de notre nation, sont, en quelque sorte, les mères de notre peuple. La majorité des patientes qui transitent dans notre établissement ou dans ceux qui sont répartis dans les autres villes ne fournit que les deux bébés réclamés par le gouvernement avant d'avoir l'autorisation de partir vivre leur existence. Mon frère et moi sommes nés dans cette maternité. Je sais donc et surtout que j'ai deux autres frères ou sœurs qui évoluent quelque part dans Germania. Des morceaux de moi que je ne connaîtrai jamais. Si cela ne me touche pas plus que ça, je me suis toujours demandé comment ma mère gérait le fait de ne jamais avoir vu ces deux enfants. Elle n'en parle jamais, mais j'imagine qu'elle considère cela comme normal et qu'il n'y a pas lieu de s'appesantir sur ce sujet. Néanmoins, ça ne m'empêche pas de m'interroger sur ma réaction quand viendra pour moi le moment d'offrir mon premier-né à notre Führer. Je parcours les quelques mètres qui me séparent encore de mon unité de travail en essayant de chasser cette pensée de mon esprit. J'ai bien le temps d'y réfléchir et je n'ai pas la certitude de faire partie des élues.

— Te voilà enfin, Krista, me lance une voix qui, bien que féminine, est rauque et sèche.

Je me contente de répondre d'un hochement de tête tout en enfilant une blouse blanche que je m'empresse de boutonner. La supérieure en chef n'aime pas que l'on traîne des pieds, j'ai plutôt intérêt à me dépêcher. Elle me regarde faire durant un instant. Ses traits sont creusés par la fatigue et ses yeux, deux billes bleues, semblent sur le point de jaillir de leurs orbites. Blonde et les épaules droites comme celles des soldats, elle est l'archétype de l'Aryenne qui commence à être usée par le temps. Frau Hirsch travaille ici depuis des années, je crois même qu'elle était là à l'ouverture de la maternité, voici une vingtaine d'années. Elle n'a pas d'enfants, elle dit qu'elle ne peut pas en avoir. En vérité, je suis convaincue qu'elle les déteste.

— Allons, Krista, nous avons à faire ! me lâche-t-elle avec dureté.

Je la suis docilement. Nous traversons une immense salle dans laquelle sont alignés, les uns à côté des autres, des lits automatisés séparés par une paroi opaque. Ici, l'intimité est très relative. Les femmes aux ventres arrondis sont allongées, certaines, assises, leurs corps reliés à de multiples sondes qui font penser à des vers argentés. Tension, température interne, variables diverses, toutes ces données se reportent directement sur les petites tablettes de verre fixées au mur au-dessus de leur tête. Elles sont proches de la date de sortie de leur œuvre, leur offrande au Führer, et toutes affichent des sourires de circonstance. Elles sont si fières d'avoir été choisies. Je les ignore et nous passons dans une seconde pièce où se trouvent de nouveaux lits, mais cette fois-ci, les occupantes des lieux tiennent leur enfant dans les bras et les nourrissent sans un mot.

— Nous avons eu six accouchements cette nuit. De parfaits petits Aryens, me dit Frau Hirsch en continuant son chemin.

Puis elle marque un arrêt devant un lit où une femme est couchée sur le flanc. Je vois ses épaules tressauter tandis qu'elle garde les mains plaquées sur son ventre. Elle pleure, mais le son de ses sanglots est inaudible. En plus du manque d'intimité, les sentiments ne sont pas bons à montrer dans ce lieu. Assumer son devoir et souffrir en silence est une règle d'or. Frau Hirsch tourne la tête vers moi.

— Sauf ici, me dit-elle.

Je reste muette comme une carpe, je sais ce que ses paroles signifient. Elle me désigne une porte, quelques mètres plus loin, et m'ordonne d'un signe du menton de la suivre. Je ravale ma salive, je connais trop cet endroit pour l'apprécier, aussi Aryenne et dévouée à la cause que je sois.

Elle ouvre le battant. Aussitôt nous accueillent les cris d'un enfant. Elle ne s'en préoccupe pas et se dirige d'un pas rapide vers une table de verre poli sur laquelle reposent divers instruments de médecine. Sans hésitation, elle se saisit d'une seringue. Il n'y a pas d'aiguille au bout, mais un petit stylet duquel une lumière rouge pulse par intermittence.

— Il vient de naître, me dit-elle.

Je la suis et me plante à la droite d'un berceau. Le nourrisson est là. Il est plutôt grand et robuste. Le fin duvet qui recouvre son crâne est clair, presque blanc. La couleur idéale. Ses yeux sont d'un bleu profond. Un océan étoilé. Mais je sais qu'il y a un problème, même si cet enfant est beau et me semble parfait. Je perçois à nouveau ce petit pincement au cœur qui me saisit chaque fois que je me retrouve dans ce genre de situation. La seringue coincée dans sa paume, Frau Hirsch fait basculer sa main libre sur le mur qui lui fait face et dans lequel est incrusté un écran noir. Après quelques manipulations, la fiche identitaire et chromosomique du nourrisson apparaît. Attentive, je regarde le schéma de son corps tourner lentement sur lui-même puis les données qui s'affichent. Tout semble si normal pourtant. Jusqu'à ce que Frau Hirsch pose son index sur la ligne d'analyse moléculaire. C'est là que je comprends.

— Ostéogenèse imparfaite. Côtes fêlées et fracture du tibia en naissant.

Je ne réagis pas. Dans ce type de cas, nous savons très bien, elle et moi, que cet enfant n'a aucune chance. Le traitement de cette maladie n'ayant jamais été une priorité, il est voué à mourir.

— Prends-le.

J'obéis et place mes mains sous le corps du nourrisson, prenant soin de maintenir sa tête. Mon regard s'attarde un instant dans le sien avant de glisser sur le reste de son visage si beau. Frau Hirsch attend que je lui présente le bébé. Je m'exécute sans broncher.

Sans un mot, elle positionne le stylet au niveau de sa fontanelle puis presse un piston. La lueur rouge pénètre la fine membrane de chair. Elle est si intense que je peux distinguer l'intérieur du minuscule crâne. Je vois le réseau veineux, la construction si fragile de ce cerveau à peine façonné. Les traits du bébé se figent pendant que la chaleur générée par le laser irradie dans tous ses organes vitaux. Pas de douleur, ni pour lui, ni pour moi. Tout se passe comme toujours avec une organisation méthodique et des instruments adaptés. Les petits bras du nouveau-né retombent comme deux branches mortes.

— Quelle perte de temps, soupire ma supérieure sans que la moindre expression ne vienne altérer ses traits.

Elle sait bien que la marge d'erreur est très faible dans la création d'embryons parfaits. Mais dix pour cent de bébés naissent malgré tout avec des maladies que la science ne parvient toujours pas à soigner convenablement, comme si les fœtus les cachaient jalousement dans le ventre de leur porteuse. Pour Frau Hirsch, c'est encore trop. Certaines anomalies sont aisées à réparer grâce aux grandes avancées médicales, mais Frau Hirsch est une personne qui pratique un aryanisme radical. Pour elle, il est inutile de gâcher du temps et de l'argent pour de telles futilités. Les choses sont simples à ses yeux : mieux vaut jeter les « pommes pourries » dès le départ et se concentrer sur les sujets parfaits. En réalité, ce qui la dérange, c'est de penser à ces neuf mois perdus pour le ventre de cette porteuse qui sanglote sur son lit. Si la parturiente avait été suivie plus tôt, nul doute que les médecins auraient découvert le monstre qui se cachait dans son utérus, ils auraient alors pu le supprimer bien avant sa date d'accouchement.

— Emmène-le à l'incinérateur central, me dit-elle en reposant son laser parmi ses instruments médicaux.

Et comme toujours, je m'exécute.

Parce que c'est normal.

2

Il est dix-neuf heures passées lorsque je termine ma journée. Comme souvent, je suis fatiguée, harassée même. Aujourd'hui, nous avons eu deux autres naissances incompatibles. Deux allers-retours à l'incinérateur. J'ai beau savoir que notre société fonctionne comme ça, cette sensation qui me noue l'estomac à chaque fois finit par me peser. J'ignore quel sentiment m'habite exactement à ce moment-là, mais je le supporte de moins en moins. C'est toujours difficile de voir ces petits êtres qui découvrent à peine la vie, qu'aussitôt, on la leur reprend. Certes, ils ne souffrent pas avant la libération finale, mais tout de même. Et je pense aux mères qui n'ont même pas la possibilité de dire au revoir à leur progéniture et qui vont désormais porter sur leurs épaules la honte d'avoir failli à leur devoir. J'ai peur moi aussi de faillir en donnant naissance à un enfant qui ne serait pas digne de notre Reich. Mais bien sûr, je ne peux en parler à personne, même pas à ma mère.

J'attends patiemment qu'une patrouille armée ait terminé de défiler sur la route puis je m'engage sur la chaussée en prenant garde de bien traverser sur le passage piéton balisé par de petites diodes d'où s'échappe un faible halo bleuâtre. Toute personne s'amusant à braver cette règle est passible d'une amende et de coups de *taser* en cas de rébellion. Très peu pour moi. Sur la façade d'un bâtiment, l'heure s'affiche en gros chiffres digitaux visibles à des kilomètres. En les voyant, j'ai toujours le réflexe de regarder ma montre pour m'assurer qu'elle n'est ni en retard ni en avance.

Le jour commence à décliner. J'apprécie ce moment entre chien et loup, comme on dit. Ça donne un aspect différent à la ville. Des ombres se dessinent sur les drapeaux du Reich et s'étirent en de longues griffes le long des vitres. Ça a un côté inquiétant, mais j'aime le silence qui règne autour de moi. Le début de la nuit représente une sorte de sécurité par rapport au jour. Les soldats sont moins présents et croiser leur regard devient moins pesant. Il demeure cependant une règle importante encore ici, et pas des moindres : le couvre-feu institué ne permet à aucun citoyen de se trouver à l'extérieur passé vingt heures. Quiconque déroge à la loi en vigueur est assuré de passer un mauvais moment en tombant sur une patrouille. Je dois me dépêcher si je ne veux pas avoir une amende.

Comme je suis un peu en retard, je m'engage dans une petite rue, puis je bifurque à droite dans une autre. Elles sont moins bien éclairées et les soldats y circulent peu nombreux, mais le chemin est plus court. À peine ai-je traversé la chaussée pour rejoindre le trottoir opposé qu'un bruit capte mon attention.

Je sursaute.

En dehors de celui de sentinelles qui patrouillent, je n'ai pas l'habitude d'entendre du bruit dans les rues à cette heure. Mais il ne s'agit clairement pas de ça. Je tourne la tête pour regarder derrière moi et n'y découvre que le vide tout juste éclairé par un réverbère implanté un peu plus loin. Au passage, je jette un œil vers le ciel où je discerne encore la courbe arrondie du dôme qui recouvre la ville. Sa présence assure à mon peuple une totale protection contre l'air saturé de particules brûlantes générées par les éruptions solaires qui ont débuté voici une centaine d'années. Le bruit qui avait troublé le silence reprend et je me remets à chercher sa provenance.

Des sanglots ?

Mes yeux se braquent sur la droite tandis que je fais quelques pas de plus. Je me retrouve à l'orée d'une impasse étroite. Ici, la lumière est encore plus ténue, mais cela ne m'empêche pas d'entrevoir une silhouette qui semble se démener tout en pleurant. J'amorce un mouvement dans sa direction.

— Eh oh ? murmuré-je d'une voix hachée.

La silhouette se fige tout à coup. Sa tête pivote vers moi l'espace d'une seconde tandis que la boule d'angoisse au creux de mon ventre prend un peu plus d'ampleur. Elle ravale un sanglot puis se détourne et reprend sa tâche. Je sens de la peur se dégager d'elle et se mêler à la mienne, comme si ce sentiment que nous avons en commun s'était mué en quelque chose de palpable qui imprègne désormais l'atmosphère. Malgré la petite voix intérieure qui me souffle de continuer ma route, c'est plus fort que moi, mon empathie naturelle me porte à aller au-devant des gens en difficulté. N'est-ce pas pour cela que j'ai choisi le métier de soignante ? J'avance vers la silhouette.

Encore et encore.

Je la distingue de mieux en mieux. Elle est agenouillée, le visage incliné vers le sol, elle essaye d'agripper quelque chose avec ses mains.

Passe ton chemin, me répète ma voix intérieure.

Mon inconscient et ma conscience n'ont jamais fait bon ménage, je fais un pas de plus, puis un autre. La silhouette se dévoile en partie. Ses traits, toujours rongés par l'obscurité, ne me laissent entrevoir que des yeux à l'éclat brillant qui se reposent sur moi et paraissent me juger. Lorsque je suis assez près d'elle, je m'accroupis à côté de cette ombre qui s'agite en des mouvements désordonnés. J'entends sa respiration haletante à peine masquée par les gémissements qu'elle tente de réprimer, sans doute par crainte qu'une patrouille ne la repère.

— Que vous arrive-t-il ? Je peux vous aider ?

Elle me fixe et sa peur me transperce comme un javelot. Je distingue enfin une partie de son visage. Celui d'une jeune femme qui ne doit pas être beaucoup plus âgée que moi. Ses cheveux blonds noués en une natte épaisse partent dans tous les sens. Avec cette pénombre, elle ressemble à une folle.

— Je vous en prie… je vous en prie… ne me dénoncez pas, marmonne-t-elle.

Un silence s'insinue entre nous tandis que j'essaye de comprendre ce qu'elle veut dire. Mais que fait-elle là, au juste ?

— Vous avez eu un malaise ? lui demandé-je.

Au lieu de me répondre, elle secoue la tête de gauche à droite puis je vois ses doigts se resserrer sur une plaque d'égout à demi ouverte. Je la regarde faire, stupéfaite.

— Mais qu'est-ce que vous…

— Aidez-moi, je vous en prie ! Aidez-moi avant que les soldats…

Je ne lui laisse pas le temps de terminer sa phrase. Je jette un rapide coup d'œil sur l'écran rétro éclairé de ma montre. Je sais qu'une patrouille va passer d'ici une dizaine de minutes, je les croise chaque fois que j'emprunte cet itinéraire à cette heure, c'est-à-dire moins d'un quart d'heure avant le couvre-feu. Je m'apprête à me relever, bien décidée à reprendre ma route. Je ne peux pas me résoudre à aider une personne qui cherche à s'introduire dans les égouts pour une raison que j'ignore, mais qui ne peut être que contre la loi. Pourquoi risquerais-je de me faire arrêter pour la folie d'une autre ?

— S'il… vous… plaît, ajoute-t-elle en agrippant mon poignet avec force.

C'est là que je le vois. Ce ventre arrondi. Il se détache dans la pénombre comme un scarabée noir cramponné à son corps. Une onde de stupéfaction monte en moi.

— Vous… vous êtes enceinte ?

Elle ne répond pas, mais pose machinalement une main sur son ventre, comme pour le protéger. Puis elle reprend sa tâche et parvient à faire coulisser la plaque de quelques centimètres dans un cri de douleur réprimé. Je ne sais pas ce qui me prend à cet instant. L'idée qu'une femme dans cet état s'abaisse à une besogne aussi ardue me fait horreur. Je m'agenouille et j'essaye de faire traction avec mes bras pour soulever le cercle de métal. Je sens ma voisine se relâcher un peu, se laissant porter par ma force. Il est vrai que j'ai pratiqué divers sports depuis mon enfance et que mes muscles sont un peu plus développés que ceux de certaines autres adolescentes. Mes parents ont toujours voulu faire de moi un élément fort en tout point pour honorer la race de Seigneurs engendrée par Hitler. Mes échecs répétés à l'école ont malheureusement vu leurs espoirs s'envoler en fumée.

Au regard de la perfection que mon frère atteint à tout niveau, je suis devenue le mouton noir. Je pense un instant à lui qui vient d'intégrer l'unité noire de la SS, la meilleure de l'armée dont l'unique tâche se résume à la protection du Führer durant ses allocutions. Je ne peux pas m'empêcher de me demander comment il réagirait s'il me trouvait là, occupée à aider une hors-la-loi. Est-ce qu'il me tuerait après l'avoir fusillée, elle ? Je secoue la tête, mon frère ne ferait jamais ça ; pas plus que mes parents ne me dénonceraient. Mais peu importe, jamais je ne leur raconterai ce que je suis en train de faire. J'effacerai ce geste inconsidéré de ma mémoire dès que cette femme aurait disparu dans la noirceur des souterrains et je reprendrai ma vie où je l'ai laissée. La plaque bouge encore jusqu'à ce qu'elle dévoile aux trois quarts sa bouche sombre dans laquelle j'aperçois des éclats luisants qui détonent dans ces ténèbres puantes : des barreaux d'escalier.

Sans un mot, la fille agrippe le premier puis fait pivoter son corps pour pouvoir poser son pied sur un autre.

— De combien êtes-vous enceinte ? ne puis-je m'empêcher de lui demander en voyant ce gros ballon qui la gêne dans ses mouvements.

Silence.

— Sept… huit mois ? insisté-je.

Mais non, décidément, ma question demeurera sans réponse. Soudain, j'entends un bruit que je reconnais aussitôt : celui des bottes de soldats patrouillant. C'est encore lointain, mais je sais qu'ils approchent. Je consulte une nouvelle fois ma montre et là, c'est la panique. Je me rends compte que les quelques minutes durant lesquelles j'ai aidé cette inconnue se sont transformées en presque une demi-heure.

Une demi-heure !

J'ai dépassé le couvre-feu depuis trop longtemps pour que les soldats ne s'en prennent pas à moi. Et comment expliquer cette plaque d'égout entrouverte ? Tout se met à tourner autour de moi tandis que la panique me gagne. Ma petite vie bien ordonnée semble s'être déréglée tout à coup et je me sens perdue. Je ne sais pas quoi faire ni comment réagir, je ne me suis jamais retrouvée dans une telle situation.

— Maintenant, descendez, me dit la femme.

— Mais… non… je… je dois rentrer chez moi !

— Les soldats vont arriver. Vous savez ce qu'ils vous feront s'ils vous trouvent ici ?

Je secoue la tête. *Non, je ne sais pas. C'est la première fois que je…*, crié-je intérieurement avant de suspendre ma phrase dans le néant. Puis j'entends à nouveau le bruit de bottes qui se rapprochent. Ce n'est pas à l'écoute de ce son que ma peur se cristallise en moi, mais à ce petit déclic qui résonne tout près de moi : celui d'une arme prête à faire feu. Je baisse les yeux et je vois le canon d'un pistolet pointé sur moi. La femme enceinte, malgré sa souffrance et son épuisement, semble bien décidée à me tirer dessus sans remords.

— Maintenant, descendez, m'ordonne-t-elle à nouveau.

3

— Vous m'avez piégée ! lâché-je à la femme alors que je vois la plaque d'égout se refermer automatiquement sans que je comprenne comment cela est possible. En entendant la jeune femme manipuler un petit objet, je réalise qu'il doit s'agir d'une télécommande ou de quelque chose comme ça. Je ne peux pas m'empêcher de me demander pourquoi, dans ce cas, elle n'est pas parvenue à ouvrir l'accès aux égouts avec le même système. Sans doute a-t-elle rencontré un problème à ce moment et a essayé de faire les choses manuellement à la place.

— Je n'avais pas le choix, dit-elle en rengainant son arme avant de se mettre à tâtonner le mur, à la recherche de quelque chose.

L'obscurité se pare brusquement d'un halo jaunâtre tandis qu'elle allume une petite lampe de poche. Le cours de mes réflexions est soudain troublé par des voix qui retentissent juste au-dessus de nos têtes. Nous retenons notre respiration. « Trouvez cette traîtresse et tuez-la ! *Schnell*[1]*!* Séparez-vous ! » Le ton est impérieux, sec. Mon regard se repose sur cette femme qui m'a menacée de son arme quelques secondes plus tôt.

1. *Schnell :* vite (en allemand).

— C'est de vous qu'ils parlent ? C'est vous la traîtresse, pas vrai ?

Elle me fixe avec froideur, mais reste silencieuse. Je détourne les yeux et concentre mon attention sur la plaque d'égout au-dessus de ma tête. Un instant, je me dis que je vais frapper à coups de poing contre cette masse métallique et hurler de toutes mes forces pour que les soldats viennent à mon secours.

— Si j'étais toi, je n'y penserais même pas. Tu seras fusillée au même titre que moi si tu fais ça, me murmure la femme.

Je la regarde à nouveau, presque surprise qu'elle ait deviné ce qui me passait par la tête. Ce que je lis dans ses prunelles n'a rien de réjouissant. Elle a raison et je le sais. Les soldats ne feront pas de différence entre cette fugitive et moi qui ai eu la sottise de l'aider. Comment une vie bien réglée peut-elle basculer du mauvais côté en quelques instants ? C'est avec cette question profondément ancrée dans mon esprit que je baisse les yeux, les mains toujours crispées sur les barreaux de l'escalier.

— Allons-y, me dit la femme.

À peine ai-je posé un pied à terre que la jeune femme à mes côtés laisse tomber sa lampe de poche en même temps qu'elle étouffe un sanglot de douleur. Je ramasse la torche et en oriente le faisceau sur elle. Pour la première fois, je peux vraiment distinguer ses magnifiques iris, d'un bleu encore plus limpide que les miens, et ses cheveux blond doré. Une main crispée sur son ventre, elle serre les dents tandis que des larmes roulent sur ses joues rougies par l'effort. Évidemment, avec une grossesse si avancée, tout ce qu'elle a fait jusque-là relève de l'impensable, même de l'irresponsabilité. Je passe mon bras autour de sa taille et la soutiens du mieux que je peux.

— Ça va aller ? demandé-je en ayant parfaitement conscience de la stupidité de ma question.

Comment pourrait-elle aller bien ? Pourtant, elle acquiesce sans dire un mot, preuve que si ce n'est pas le cas, elle sait mentir. Je braque la lampe droit devant nous. Un tunnel se profile sous nos yeux. Sombre, dégageant un mélange d'odeur d'œufs pourris et d'eau croupie. L'atmosphère paraît troublée, comme envahie par des milliards d'insectes microscopiques. Nous avançons alors qu'un ruisselet d'eau serpente entre nos pieds. L'angoisse qui m'étreint, depuis que j'ai pénétré dans cet endroit, forme comme une masse écrasant mes poumons. J'ignore où nous allons, mais je sais que je ne devrais pas me trouver là. La femme, par contre, si elle souffre toujours, a l'air de savoir exactement où elle va. Elle m'oriente dans un dédale de tunnels tous plus répugnants les uns que les autres.

— Il faut que je me repose un instant, dit-elle.

Je l'aide à s'asseoir. Elle se retrouve les fesses dans l'eau stagnante, le dos plaqué contre la paroi du tunnel. Elle ferme les yeux et reprend le cours de sa respiration en essayant de la réguler. Je reconnais là le travail de préparation à l'accouchement, lorsque ma supérieure ordonne aux femmes sur le point de donner la vie de contrôler leur souffle pour soulager les souffrances avant qu'on leur fasse une péridurale. L'idée que cette fille soit prête à accoucher me saisit d'horreur. Pas ici et pas comme ça ! Bon sang, nous sommes à l'aube du bicentenaire du IIIe Reich, personne ne devrait mettre un enfant au monde dans un égout ! Pas même une traîtresse à la nation...

Elle réprime avec peine un cri de douleur et j'éprouve de plus en plus de difficultés à masquer ma nervosité. Le bébé qu'elle porte serait-il à deux doigts de sortir de sa cachette ? Je prie pour que ce ne soit pas le cas ; j'ai beau avoir assisté et aidé à de nombreux accouchements, je ne me sens pas capable d'en pratiquer un toute seule. Pas besoin d'avoir suivi une formation médicale pour comprendre que les choses ne peuvent que mal se passer au vu des conditions.

— Il faut repartir, reprend-elle d'une voix étouffée par la souffrance.

— Vous n'êtes pas en état... Ce n'est pas prudent.

— Ah oui ? Et qu'est-ce que tu me proposes ?

— De remonter à la surface. Je peux vous emmener dans la maternité où je travaille.

— Pour qu'on y tue mon enfant ? Plutôt mourir. Nous allons continuer à avancer, il n'est pas question que j'accouche dans ce merdier.

Et comme elle essaye de se redresser, elle lâche un gémissement dont l'écho se répercute contre les parois de pierres sombres. J'ai beau ne pas être d'accord avec sa décision, je ne peux pas rester là à la regarder souffrir sans réagir. Je rassemble tout mon courage et mes connaissances puis je repose une main sur son épaule.

— Non, il faut que vous gardiez la position assise. Je vais…

Je ne termine pas ma phrase et m'accroupis devant ses jambes que je tente d'écarter. Elle résiste, mais je force.

— Je dois voir où en est le col. S'il n'est pas ouvert, vous pourrez vous relever.

— Et comment vous…

— Je travaille dans une maternité, je vous l'ai dit. Je sais de quoi je parle.

Mes paroles semblent l'apaiser et elle se détend un peu. Malgré la honte que je devine au fond de ses prunelles, elle accepte d'écarter les jambes. Je plonge ma tête entre ses cuisses glacées et je baisse sa culotte avec le plus de douceur possible pour ne pas la braquer. Elle est gorgée de sang. Ce n'est pas bon signe. J'oriente la lumière de la lampe de poche sur son sexe.

— Le col est presque entièrement dilaté, dis-je.

Comme ma pseudo-patiente ne répond pas, j'inspire un grand coup et je reprends mon monologue.

— Le travail a déjà commencé, vous relever ne serait pas prudent.

Je suis si occupée à mon inspection consciencieuse que je ne prête aucune attention aux bruits dans le lointain. Je farfouille entre les jambes de la femme comme si je cherchais une pierre précieuse dans ce dédale de poils pubiens.

J'effleure la tête du bébé des doigts lorsqu'une main solide me tire sèchement en arrière. J'ai à peine le temps de comprendre ce qui m'arrive que je retombe, fesses les premières, dans l'eau croupie.

— Ne la touche pas, sale Aryenne !

Trois hommes sont là. Les deux plus grands me tiennent en joue avec des fusils. Le dernier, celui qui m'a repoussée et insultée, s'est accroupi près de la femme. Il lui murmure quelque chose au creux de l'oreille tandis qu'elle geint comme un petit animal blessé.

Je reste immobile, malgré l'eau glacée qui me fait frissonner de la tête aux pieds. Les canons de leurs armes braqués sur moi, les deux individus me fixent avec froideur. Mais ma peur s'est muée en stupeur en découvrant leur physique étrange. Leurs cheveux sont d'une teinte sombre que je n'ai jamais vue de toute ma vie, et leurs iris, du même coloris, me font penser à ceux des serpents. Moi qui ai toujours cru qu'il n'existait dans notre monde que des personnes blondes aux yeux bleus, je suis sous le choc. Je me souviens de ces livres d'histoire où l'on parlait des sangs-impurs, ces sous-humains responsables de tous les malheurs de l'humanité. Seulement, depuis 1945, ils ont été rayés de la surface de la Terre… Alors qui sont ces gens et d'où sortent-ils ?

— Elle est infirmière ! crie subitement la femme. J'ai… besoin de son… aide.

L'homme accroupi devant elle tourne la tête vers moi et me considère sans aménité. Il ne me connaît pas, pourtant, je n'ai aucun mal à discerner l'éclat de la haine dans son regard. De la haine et du mépris.

— Tu es sûre ? demande-t-il à la femme qui halète.

Elle enroule ses longs doigts autour de son bras et le serre comme si elle cherchait à lui briser les os. Il grimace, mais ne dit rien.

— Je t'en prie, murmure-t-elle.

— Très bien.

Il se relève, me tend la main, et si j'hésite un instant à la saisir, je finis par m'y résoudre. Il a tout intérêt à ne pas me tuer, j'imagine, s'il veut pouvoir obtenir des soins pour cette femme qui, à l'évidence, a de l'importance pour lui. Peut-être est-ce le père de l'enfant à naître. Il me tire en avant puis, sans plus de douceur, me pousse vers la femme.

— Fais bien attention à ce que tu vas faire, l'Aryenne, lâche-t-il avec rudesse. Si elle ou le bébé meurt, tu mourras aussi.

Tout est dit, je n'ai pas d'autre choix que d'apporter mes connaissances pour aider cette femme.

Ma vie en dépend.

4

Je suis lessivée et mes mains sont couvertes d'un mélange de sang et de liquide amniotique quand j'arrive enfin à dégager les épaules de l'enfant. Dans un dernier « poussez », je fais comprendre à la femme que cet ultime effort sera la délivrance, pour elle comme pour son bébé. Alors, elle s'exécute comme une élève docile. Elle pousse, telle une damnée, la main cramponnée à celle de l'homme qui continue à épier tous mes mouvements avec méfiance. Sans doute a-t-il peur que l'idée d'étrangler le nourrisson avec son cordon ne me vienne à l'esprit. La tête paraît enfin et, aussi précautionneusement que possible, je fais glisser le minuscule corps le long de mes bras. Le torse apparaît, luisant de vernix, puis le bassin et les jambes. Il est là. Il pousse un cri. Son premier cri.

Au fond de moi, je ressens une immense joie en pensant à cette vie nouvelle qui se trouve entre mes mains. Le duvet qui recouvre son crâne me saisit. Il est si sombre, comme un jour sans nuit. C'est la première fois que je vois un enfant comme celui-là. Sa peau n'est pas d'une blancheur éclatante, mais légèrement hâlée ; néanmoins le mauvais éclairage dont je bénéficie m'empêche d'en avoir la certitude. Dans ma tête résonne la voix de ma supérieure à la maternité, Frau Hirsch : « Mettez-moi ça à l'incinérateur ! » aurait-elle commandé sur un ton péremptoire. Je suis figée sur place et je ne prends même pas conscience que tous les regards, ceux des trois inconnus et de la femme, sont braqués sur moi.

Quand je le réalise enfin, je dépose le nourrisson avec délicatesse sur le ventre de sa mère.

— C'est… c'est un garçon, murmuré-je.

— Allez chercher de quoi recouvrir le bébé et Anna, ordonne l'homme à ses deux compères.

— Et la fille ? demande l'un d'eux en me désignant d'un signe de tête.

L'homme me considère de ses yeux sombres avec une fixité étrange. Il y a, dans son visage allongé au teint cireux, quelque chose d'inquiétant. Il doit avoir dans les vingt-cinq ans, mais ses traits creusés et son menton dévoré par une barbe de plusieurs jours le vieillissent. Le sentiment de force qui se dégage de lui me trouble autant qu'il m'inspire du dégoût. J'ai envie de lui sauter à la gorge, lui, un sang-impur qui ose poser un regard si méprisant sur moi.

— Je m'en occupe, dit-il.

Il s'empare de l'arme que lui tend son compère et la braque sur moi tout en gardant son autre main posée sur le crâne du nourrisson. Cette fois, je n'ai plus grand doute sur le fait qu'il en soit le père. D'ailleurs, en y regardant bien, ces cheveux sombres et ce nez très fin… oui, l'enfant lui ressemble, même si je sais pertinemment qu'à cet âge, un bébé ressemble un peu à tout le monde. *Sauf à un Aryen,* m'assène ma petite voix intérieure. Je la chasse de mon esprit et je reste silencieuse, soutenant son regard. Je ne sers plus à rien à présent que j'ai fait accoucher cette femme, « SA » femme. Cette évidence aurait dû m'effleurer bien plus tôt, pourtant, ce n'est que maintenant que j'y songe... mais qu'aurais-je fait, alors ? Refuser de mettre ce bébé au monde ? Ils m'auraient tuée et l'enfant serait sorti quand même, de toute façon...

La peur me noue l'estomac, je ne me sens pas prête à mourir, mais je doute que l'on me demande mon avis. Même si je le devrais, mes pensées ne se tournent pas sur le souvenir de ma famille, ni sur ce que j'aurais pu devenir à l'âge adulte ; encore moins sur le fait d'accomplir mon devoir en donnant un bel enfant aryen au Führer. Mon esprit est empli de ténèbres. Je ne me pose même plus de questions sur ces personnes qui se baladent dans des égouts puants et qui ne font pas partie de ma race. J'ai beau me dire qu'il est impossible que des êtres vivants puissent évoluer sous les pieds de mon peuple sans avoir été repérés par les réseaux de surveillance souterraine ; j'ai beau me dire que ces gens ne devraient pas exister dans notre société actuelle, la seule chose qui me vient en tête se résume à quelques mots que je peine à murmurer à cause de la boule d'angoisse qui entrave ma gorge.

— Il faut couper le cordon ombilical.

Le transport de la femme dont je sais à présent qu'elle se prénomme Anna se fait dans une atmosphère tendue. Personne ne parle ; même le nourrisson ne pleure pas, comme s'il avait compris que ce n'était pas le bon moment. Anna se trouve dans les bras de cet homme. La façon dont elle a calé sa tête dans son cou tandis qu'il la soutient avec force est très évocatrice des sentiments qui les lient. Elle l'aime. Sur elle, le bébé, recroquevillé entre ses seins gorgés de lait, est protégé par une couverture d'aluminium qui maintient sa température. Le bruit de nos pas dans le ruisselet d'eau se répercute en un écho étrange contre les parois du tunnel que nous avons emprunté. Un énième boyau toujours aussi sale, à l'odeur de mort. Des rats courent le long des rebords préservés de l'humidité stagnante. Je frissonne chaque fois que j'ai le malheur d'en voir un apparaître dans le faisceau de lumière généré par une grosse lampe de camping qu'un des hommes, placé en éclaireur, tient. Je me trouve presque en fin de queue et je progresse à pas lents. Le type qui ferme la marche ne manque pas de me faire sentir sa présence pour que je n'oublie surtout pas qu'il n'y a pas de retour en arrière possible pour moi.

— Avance, dit-il en me poussant avec le canon de son arme.

D'un coup, il me saisit violemment par le bras et me projette contre la paroi droite du tunnel. Si je suis surprise sur le coup, je réalise très vite que les autres ont fait de même et se sont accroupis. L'homme me force à me baisser jusqu'à ce que je me retrouve presque assise par terre. Puis il oriente le canon de son arme sur ma tempe.

— Ne bouge pas. Ne respire pas, m'ordonne-t-il.

Dans le lointain, je distingue une silhouette de taille moyenne qui se dirige lentement vers nous. Ses mouvements sont mécaniques et le léger bruit qu'elle émet évoque celle, typique, des robots sentinelles équipés de chenilles semblables à celles des chars qui leur permettent d'avancer sans risquer de perdre l'équilibre. J'ai croisé des dizaines de fois ces androïdes utilisés pour nettoyer les rues. Le progrès en a fait de parfaits remplaçants de l'homme dans des tâches peu ragoûtantes et parce que notre société a considérablement diminué en termes d'effectifs à cause des critères de sélection de la population. C'est donc tout l'intérêt des robots de pouvoir pallier le manque de mains-d'œuvre. Je sais qu'ils sont équipés de détecteurs de mouvements et je commence à mieux comprendre comment mes ravisseurs peuvent parvenir à les éviter, sans compter que les androïdes doivent effectuer des rondes à heures régulières. Cela m'enseigne une chose : ils sont organisés. Et s'ils le sont, c'est qu'ils vivent ici depuis un moment. Cette seule pensée me fait frissonner… Comment vais-je pouvoir m'en sortir ? Tous nos regards restent braqués sur le robot et, lorsque ce dernier bifurque vers un autre boyau, je perçois le soulagement de ceux qui m'entourent. Évidemment…

Quand tout le monde se relève et que l'on me force à en faire autant, j'essaye de garder mon calme, même si j'ai juste envie de me mettre à hurler de rage face à l'absurdité de cette situation. Pourtant, mes lèvres demeurent closes et mes mâchoires crispées. Je reprends ma progression en prenant garde à maintenir la cadence et à ne pas glisser ; cela pourrait être interprété comme une tentative de diversion pour m'échapper et je risquerais de me prendre une balle en pleine poitrine.

Quelle heure peut-il être maintenant ? Je n'ose pas regarder ma montre. Mes parents doivent déjà avoir donné l'alerte et les soldats sont sûrement en train de me chercher. Comment expliquer ma disparition soudaine entre la maternité et mon domicile ? À l'évidence, ces gens qui me retiennent contre mon gré ne peuvent pas me libérer sans craindre que je les dénonce. Et quand bien même je le ferais, ne risquerais-je pas d'être associée à eux ? Pourtant, même si je ne veux pas mourir, je n'ai qu'une envie : fuir cet endroit et rentrer en courant chez moi.

— Tourne ici, crache l'homme derrière moi.

J'obtempère et je suis le petit convoi. L'eau, à nos pieds, a progressivement diminué pour ne plus former qu'une ligne sombre entre mes chaussures salies par une bouillasse noire et malodorante. Le terrain sur lequel nous avançons descend et nous ralentissons tous le pas pour ne pas chuter au fur et à mesure que la déclivité s'accroît. Je réalise que nous avons quitté les égouts pour arriver dans un dédale de nouveaux tunnels qui n'ont plus rien à voir avec le réseau des eaux usées ou le métro. Non, ces accès semblent avoir été creusés pour une autre utilisation dont j'ignore tout. Plus nous descendons dans les profondeurs de la Terre, plus je sens la peur enfler en moi. J'ai trop l'habitude de la propreté et du côté rassurant de ma ville pour apprécier le dénuement et la puanteur qui m'entourent. Cet endroit m'évoque un univers parallèle, peuplé de rats et de gens aux visages sales et aux cheveux sombres. Les ténèbres se font drues malgré la clarté de la lampe et le silence semble devenir plus dense, presque palpable. Je me concentre sur les chuchotements échangés par Anna et l'homme qui la porte. Je n'en comprends pas un mot, mais j'imagine qu'ils sont de nature douce, rassurants. J'entends aussi le bruit de l'enfant qui tète goulûment le sein de sa mère. Un vorace, apparemment.

Je m'arrache d'un coup à mes pensées lorsque l'éclaireur marque un arrêt, obligeant le reste du groupe, dont moi, à s'immobiliser à son tour. Il se tient devant une excavation d'un noir d'encre dans laquelle il s'enfonce et disparaît. La panique monte encore d'un cran en moi. Tout ce qui se passe ici affole mes sens. Machinalement, je pivote comme pour regarder derrière moi. Je voudrais tellement faire demi-tour.

— Où tu crois que tu vas aller comme ça, l'Aryenne ?

— Ne me touchez pas, sale… parasite !

— Tu as peur que je te contamine, l'Aryenne ? Le parasite ici, c'est toi et, crois-moi, ils ne font pas long feu dans le coin.

Je serre les dents pour ne pas répliquer, mais la colère a pris le pas sur la peur. Comment ce type que je ne connais pas peut-il se permettre de me juger ? De m'insulter de la sorte ?

— Vous n'avez plus besoin de moi. Laissez-moi repartir.

L'homme lâche un ricanement en même temps que ses iris me transpercent. Celui qui maintient

Anna dans ses bras se retourne à son tour et me fixe du même air impitoyable. Mais il ne fait pas le moindre commentaire. Je reporte mon attention sur Anna, l'implorant presque du regard pour qu'elle me vienne en aide ; après tout, j'étais là pour la faire accoucher. Mais sa réaction n'est pas celle que j'attendais, elle ne bronche pas et détourne les yeux.

— Tu vois, personne ne compte te laisser repartir. Donc maintenant, tu te tais et tu avances.

Je ne réponds pas. Je n'ai que faire de ces phrases qui sont comme des coups de poignard dans ma poitrine. Le message est très clair, je ne sortirai pas d'ici vivante et je me surprends presque à m'en vouloir d'avoir aidé cette femme à accoucher. *J'aurais dû la laisser se vider de son sang*, songé-je en progressant vers l'excavation alors que celui qui y avait disparu est réapparu et nous fait signe de le rejoindre.

Nous nous retrouvons devant une immense paroi qui me donne l'impression de ne pas être naturelle, même si les roches dont elle est constituée n'ont rien de particulier. Seuls la construction et les petits interstices entre certains blocs trahissent une intervention humaine. Puis, je vois l'éclaireur poser une main sur la pierre avec assurance jusqu'à ce qu'un déclic se fasse. Lorsque plusieurs blocs s'enfoncent tout à coup, comme un casse-tête géant, et qu'une ouverture se fait, ma respiration s'accélère. Je fixe cette issue avec des yeux écarquillés. L'éclaireur s'engouffre dans le passage, aussitôt suivi par le porteur d'Anna. L'homme derrière moi me pousse pour me contraindre à leur emboîter le pas. Je m'exécute à contrecœur et ce que je découvre me stupéfie. Je stoppe net mon avancée, comme transformée en statue de cire.

— Alors, c'est à ton goût, l'Aryenne ? me chuchote le type dans mon dos.

5

Devant nous se tisse un canevas de nouveaux tunnels qui partent dans tous les sens et s'entrecroisent, mais ils sont différents de ceux que nous avons parcourus jusque-là, ce qui me confirme que nous avons définitivement quitté le réseau d'égout normal. Les parois sont recouvertes de tags. Parmi ces enchevêtrements de dessins aux couleurs passées, je parviens à repérer des flèches directionnelles dont une peinte en rouge indiquant le chemin de gauche. Nous prenons le chemin opposé. Personne ne parle, nous continuons à marcher et j'entends le bébé qui commence à se manifester dans un vagissement de mécontentement. La luminosité reste insuffisante pour se sentir à son aise, sans compter cet air malsain. Rien de bon pour un enfant, quel que soit son âge. L'éclaireur nous fait avancer à pas rapides sur plusieurs mètres sans prêter la moindre attention aux cris de détresse du nouveau-né. Lui, comme ses comparses, paraît pressé de s'éloigner d'ici. Mais pour aller où exactement ? C'est la question qui ne cesse de me tarauder l'esprit. Nous nous retrouvons devant une porte métallique oxydée et bardée d'une sorte de volant en son centre. On se croirait presque dans un sous-marin hors d'âge et j'ai du mal à imaginer qu'elle puisse s'ouvrir avec cette couche de rouille qui la recouvre. Je me souviens avoir déjà vu ce genre de panneaux blindés dans les livres d'histoire lorsque j'étudiais à l'école. Mais on disait que ces endroits n'existaient plus depuis que le gouvernement en avait fait le total remblai, il y a plusieurs décennies de cela. Ça ressemble à l'entrée d'un bunker...

Une fois le volant tourné, l'épais battant s'ouvre dans un grincement sinistre. Un relent d'odeurs mêlées me chatouille les narines. Celle de la moisissure à laquelle se mélangent des effluves de fleurs séchées... ou pourries, je ne sais pas trop. Puis, alors que nous avons franchi le seuil de la porte, tout le monde s'arrête devant un trou. Une sorte de boyau à la verticale que l'éclaireur vient de dégager en ôtant une espèce de plaque d'une couleur qui se fondait parfaitement avec le sol. Je me dis encore une fois que ces gens s'assurent bien des subterfuges pour passer inaperçus dans cet environnement. Dans le tunnel vertical, je distingue des barreaux métalliques enchâssés dans la paroi pour former un escalier. Une lumière pulse tout en bas sans que je sache de quel genre d'appareil elle peut provenir. Quelque chose de plus puissant que la torche de l'éclaireur en tout cas. Cela me permet de discerner sans mal les rebords arrondis du puits sans fond et d'avoir une bonne idée de sa largeur et de sa longueur.

— Il faut faire attention avec le bébé, murmure Anna.

Je la regarde refermer ses bras sur son nouveau-né. Elle a peur, cela se sent autant que cela se voit. Je comprends bien la difficulté qui se présente, et pour elle avec son nourrisson, et pour son porteur. Comment pourra-t-il la garder dans ses bras tout en se tenant aux barreaux de métal ? Et puis de toute façon, les deux ensemble ne passeront pas, compte tenu de la largeur du boyau.

— Yanco, envoie-nous le bac ! lâche un des hommes vers le fond du puits.

Sa voix résonne et me fait tressaillir. Puis j'ai un nouveau sursaut lorsque je distingue un mouvement tout en bas. À peine ai-je esquissé un pas en arrière que le type derrière moi me repousse vers le trou. Je vacille durant un court instant avant de retrouver ma stabilité.

— Ne bouge pas, l'Aryenne, sinon ce sera un aller simple au fond sans l'escalier.

Aucune réplique ne sort de ma bouche. J'ai juste les lèvres qui tremblent sous l'effet de l'émotion. Cette fois-ci, les larmes ont totalement voilé mon champ de vision et j'ai un peu de mal à observer l'agitation tout en bas du tunnel. Ils sont plusieurs à s'activer. Deux hommes équipés de casques de mineurs munis de lampes sanglent une sorte de siège à des anneaux dont j'entends le claquement sec en écho. Puis ils commencent à tirer une corde reliée à la première marche du boyau et que je n'avais pas remarquée à notre arrivée.

Ledit bac remonte en grinçant jusqu'à nous et je comprends tout à coup de quoi il s'agit exactement. Le porteur d'Anna fait asseoir la jeune mère dans le siège ; il place la couverture sur elle et l'enfant qu'elle maintient fermement. Mon instinct de soignante meurt d'envie de leur crier combien je trouve cette manœuvre inconsidérée et dangereuse pour une femme qui vient d'accoucher et pour son bébé. J'ai beau estimer qu'à une époque comme la nôtre, où la technologie est maîtresse, il n'est pas concevable de faire ce genre d'acrobatie juste après avoir donné la vie, je préfère me taire. Parce que l'ennemi reste l'ennemi et puisque cette fille n'a rien fait pour m'aider à sortir de la situation dans laquelle elle m'avait mise, je ne vois aucune raison de me soucier de sa sécurité.

— À toi.

— Moi ?

L'homme près de moi me toise, puis me saisit le bras avec poigne et me pousse vers l'échelle de métal.

— Tu te tiens bien aux barreaux. Si tu lâches, personne ne viendra te réceptionner avec un tapis gonflable. C'est compris ?

— Oui, je ne suis pas stupide.

— Ça, ça reste à prouver. Une fois en bas, ne joue pas les héroïnes non plus, tu risquerais de passer un mauvais moment, crois-moi.

J'acquiesce. Reçu cinq sur cinq, soit je suis gentille, soit on me fait la peau ; le choix n'est pas difficile à faire. Et je commence ma descente, le cœur palpitant, sous les yeux des trois hommes demeurés en haut. Je serre les barreaux comme si chacun d'eux représentait une minute de vie en plus, je ne baisse surtout pas la tête de peur que le vertige me saisisse et m'empêche de continuer.

— Regarde-la. On dirait qu'elle a un balai planté dans les fesses.

— Elle est au garde-à-vous. Elle croit peut-être que son Führer est en bas de l'escalier.

— Elle va être déçue, l'Aryenne.

Les hommes, en haut des marches, s'en donnent à cœur joie, mais je ne leur ferais pas le plaisir de réagir. Je sais qu'ils n'attendent que ça. Ça leur permettrait sans doute d'avoir une bonne raison de m'abattre sans sommation. *Maintenant ou plus tard, en même temps*, songé-je, dépitée. Cependant, leurs propos me font aussi réaliser que, effectivement, j'ai tendance à me tenir raide pendant ma descente. Je n'y peux rien, j'ai été éduquée comme ça. Dans l'école que je fréquentais, il fallait systématiquement se mettre au garde-à-vous dès qu'un professeur passait. Puis à la maison, mon père, soldat de formation, ne pouvait décemment pas laisser ses enfants se tordre la colonne vertébrale en prenant des postures laxistes. La perfection n'est pas que dans la rue, elle l'est aussi dans l'intimité. Et peut-être même plus encore. Au final, que ma façon de me tenir provoque l'hilarité de ces types au-dessus de ma tête, je m'en moque un peu. Enfin, je crois…

À peine le pied posé au bas des marches qu'un homme me saisit par le bras avec rudesse. Décidément, les gens ne sont pas très amicaux dans le coin. Jusqu'ici relativement docile, je ne résiste pas, cette fois-ci, au désir de me libérer de cette étreinte. Je le regrette aussitôt.

— Sale Aryenne ! me hurle-t-il dans les oreilles en même temps qu'il me pousse violemment en arrière.

J'atterris sur le dos dans un bruit sec. J'ai perdu mon souffle en lâchant un cri de douleur et de nouvelles larmes poignent au bord de mes yeux.

— Fermez-la, maintenant ! aboie une voix toute proche.

Je me redresse sur les coudes avec un peu de mal. Notre longue marche, puis cette descente et cet accueil réfrigérant m'ont laissée sur le carreau, sans compter l'accouchement de cette Anna que j'aperçois en train de s'éloigner dans un tunnel, soutenue par deux personnes. L'homme qui a parlé marque un arrêt à quelques mètres de moi. Le visage noyé parmi les ombres qui griffent les parois autour de nous, je ne distingue pas grand-chose de ses traits, mais il me semble assez jeune et grand.

— Qui est-ce ? demande-t-il au type qui m'a projetée au sol.

— D'après Anna, c'est une des putains du Führer, répond ce dernier.

Il garde le silence tout en me dévisageant. Je ne sais pas si c'est le mot « Führer » ou le mot « putain », ou bien encore les deux assemblés qui lui font cet effet, mais il lâche un soupir contrarié en croisant les bras. Que devrais-je dire, moi, alors qu'on vient de m'insulter ? Mais je serre les dents et je reste aussi muette que lui.

— Lève-toi, m'ordonne-t-il.

J'hésite un instant, mais lorsque je réalise qu'il porte une arme en bandoulière, je préfère me redresser de moi-même. Aucune envie de me prendre une balle. Une fois debout, j'époussette machinalement mes vêtements et je parviens à voir un peu plus de ses traits. Ses yeux semblent si sombres et l'expression qui les habite est inquiétante. Sa chevelure brune, coupée court, est en accord avec son regard. Je ne me suis pas non plus trompée sur sa jeunesse, il doit avoir une vingtaine d'années. C'est idiot compte tenu de ma situation peu enviable, mais à cet instant, je me sens envahie par un drôle de sentiment, de la peur face à ce physique si différent du mien, mais aussi de la curiosité. Puis sa voix grave brise ma contemplation silencieuse de mon interlocuteur.

— Une putain du Führer, donc ?

— Je ne suis pas une putain ! me défends-je cette fois-ci.

— Qui que tu sois, en tout cas, tu n'es pas la bienvenue ici.

— Très bien, dans ce cas, je vais repartir.

Il me saisit par le poignet d'un geste vif et me fixe, un éclat froid au fond des pupilles.

— Désolé, mais tu vas devoir rester en notre compagnie jusqu'à ce qu'on ait décidé de ton sort.

— Mais je n'ai rien fait de…

— Suis-moi, me répond-il en lâchant mon bras.

Une angoisse m'étreint alors que plusieurs personnes s'engagent derrière nous vers un embranchement donnant sur de nouvelles galeries. Je regarde le plafond au-dessus de ma tête en pensant très fort à ma famille. Que va-t-on faire de moi ? Si seulement je le savais.

Bientôt, je me retrouve perdue au milieu d'un groupe composé d'une dizaine d'hommes et femmes. Certains portent des armes, d'autres pas. Tous ont en commun un aspect très différent du mien. Leurs cheveux sont bruns. Si je repère deux personnes avec des yeux du même coloris que les miens, la majorité les a verts ou noisette. La plupart des hommes ont un physique athlétique comme s'ils s'entraînaient sans répit. Mais quel genre de sport peut-on faire dans un endroit pareil ? Mon esprit bouillonne de questions. Je remarque que les femmes ressemblent quasiment toutes à des garçons manqués, leurs formes masquées par des vêtements sombres et masculins. En dehors d'Anna que j'ai perdue de vue parmi les gens, je suis la seule Aryenne et je devine sans mal que cela ne joue pas en ma faveur. Le garçon qui m'a ordonné de le suivre me précède de quelques pas et je fais quelque chose dont je ne me serais pas crue capable un jour. Les règles entre hommes et femmes sont très strictes et surveillées à Germania et tout rapprochement hors mariage est réprimé en public. Mais tant pis, au point où j'en suis, je n'ai plus rien à perdre. J'agrippe son bras pour le faire ralentir. Aussitôt, il se retourne et se dégage d'un geste sec.

— Je t'ai dit de me suivre, pas de te cramponner à moi.

— Pardon, murmuré-je en détournant le regard pour ne pas croiser le sien.

Il faudrait pourtant que je réagisse. Je ne vais pas accepter que lui et sa troupe me mènent plus profondément encore sous terre au risque de ne plus être capable d'en sortir. Je ne sais déjà même plus me situer par rapport à la surface.

— Où sommes-nous ? lui demandé-je d'une voix hésitante.

Il secoue la tête d'un air désapprobateur. J'imagine qu'il ne s'attendait pas à ce qu'une « putain du Führer » lui pose des questions. *Comme s'il allait me répondre,* songé-je en réalisant que c'est une évidence.

— Le mieux, c'est que tu te taises. Tu vois, tu n'as pas ta place parmi nous et le moindre de tes gestes pourrait marquer ta fin s'il était mal interprété. Alors, je te suggère de la mettre en veilleuse jusqu'à ce qu'on arrive à bon port.

— Mais…

— On te dit de la fermer. Ici, c'est interdit de parler quand on est aryen, aboie un autre type dans mon dos.

Le garçon qui me précède me jette un regard empli de sous-entendus accompagné d'un sourire en coin. Si, dans mon univers, j'aurais pu le prendre comme du soutien, ici, je crois que c'est tout l'inverse. Il me fait comprendre que les paroles de son camarade seraient les mêmes que les siennes s'il avait quelque chose à ajouter.

Mais il n'ajoute rien…

6

Notre arrivée se fait en fanfare, si je puis dire. Le lieu dans lequel nous débouchons est immense. Les yeux écarquillés, je regarde tout ce monde qui s'agite dans un ballet incessant et bruyant. Je découvre une ville sous la ville. Des enfants courent, d'autres tiennent les mains de ceux qui, je suppose, sont leurs parents. Autour de nous se trouvent des semblants d'habitations taillées à même la roche. Il n'y a pas de carreaux aux fenêtres, seulement des portes composées de bois rongé par l'humidité. À première vue, ces constructions datent d'il y a un paquet d'années, si ce n'est de plusieurs décennies. Rien ici ne laisse paraître une once du progrès qui rythme la vie de mon peuple.

Et pour cause. Ces gens n'en font pas partie.

Devant ces édifications, le vertige me prend en réalisant que je me trouve si loin de ma maison aux murs immaculés et percés de larges baies vitrées. Même si je suis en théorie toujours à Germania, j'ai le sentiment d'en être à des millions de kilomètres.

Un peu partout, je vois des galeries aux contours irréguliers qui mènent je ne sais où. La plupart sont noyées dans les ténèbres, semblables à des gueules béantes, d'autres sont éclairées par des sortes de guirlandes de diodes vulgairement accrochées aux parois. Et puis, il y a cette tour carrée qui prend racine dans le sol et monte sur au moins trois étages. Elle me paraît aussi immense que large. Pourtant, je peux voir que son sommet n'en est pas vraiment un, c'est comme si on avait décapité le bâtiment. C'est étrange.

De nombreuses personnes viennent à la rencontre de notre groupe et c'est une explosion de couleurs qui emplit mon champ de vision. Ici, les cheveux des gens sont brun foncé ou clair, certains les ont d'une teinte tirant sur l'orangé, d'autres sont blonds comme moi. Je ne m'attendais pas à découvrir une telle diversité humaine dans un endroit comme celui-ci. La seule chose que ces inconnus ont en commun, c'est ce masque de colère et de haine qui altère leurs traits. Tous ont le regard braqué sur moi et je comprends que c'est après moi qu'ils en ont. Je me rends compte que ceux qui m'ont ramenée ici resserrent leur cercle autour de moi, comme pour me protéger de la vindicte publique. Le garçon qui m'avait ordonné de le suivre me saisit de nouveau par le bras et, sans la moindre marque d'hésitation, se fraye un chemin parmi cette population. Les gens me font l'effet d'une meute de chiens enragés quand nous passons près d'eux, mais aucun n'ose s'approcher de cette bulle invisible que mon geôlier et moi formons.

— Lâche-moi !

J'ai beau me débattre, il s'en fiche et m'entraîne avec fermeté au centre de l'immense place qui remplit à présent mon champ de vision. Nous nous arrêtons et, cernés par une foule qui me paraît de plus en plus dense, nous attendons. La rumeur qui emplissait les lieux se mue subitement en un profond silence tandis qu'un homme fait son apparition après être sorti de la tour de pierre. Tout le monde se tourne vers lui et le regarde avancer avec lenteur dans notre direction. Les gens s'écartent avec déférence, formant comme une haie d'honneur. Avec sa canne de bois qui racle le sol et son épaisse barbe blanche, je ne parviens pas à lui donner un âge, mais j'imagine qu'il est très vieux. Il me fait penser à une gravure de l'ancien temps. Et tous ces gens ont beau être je ne sais combien à me tourner autour comme des vautours prêts à me sauter à la gorge, aucun ne moufte à son passage.

Le garçon me maintient toujours solidement, m'obligeant à réprimer la douleur que son étreinte génère sur mon bras. Le vieil homme me détaille de la tête aux pieds comme si j'étais un bout de viande. Je dois avoir l'air ridicule avec mes cheveux décoiffés et poudrés de résidus de roche, le visage maculé de boue et les doigts encore collants du sang de l'enfant à qui j'ai donné naissance. Ses yeux sombres, bordés de rides, s'arrêtent sur l'insigne en forme d'aigle surmonté d'une tête de mort accroché à ma tenue. Il fait un pas de plus vers moi, nos respirations se mêlent et un frisson glacé me parcourt. Il me l'arrache d'un coup et je pousse un petit cri sous l'effet de la surprise. Pendant un instant, il regarde avec une insistance troublante l'insigne coincé au creux de sa paume. Ses lèvres se crispent tout à coup.

— Ceci n'a pas sa place ici, dit-il en le jetant au sol.

Du pied, il l'écrase et exerce une forte pression

dessus comme s'il cherchait à le faire disparaître. Enfin, il tourne la tête vers le garçon qui me maintient contre mon gré.

— D'où sort-elle ?

— De la surface.

— Ça, je le savais déjà. Mais comment a-t-elle atterri dans les souterrains ?

— C'est moi ! C'est ma faute ! s'exclame une voix que je reconnais.

Mon visage pivote vers la femme que j'ai accouchée : Anna. Elle est dans une position oscillant entre la station assise et la station couchée sur une espèce de sofa à moitié éventré, son nourrisson allongé sur son ventre. Elle essaye de se redresser, mais une autre femme, qui doit avoir le double de son âge, l'en dissuade en faisant pression sur son épaule. Mon interlocuteur se tourne vers elle.

— Ta faute ? Anna, pourquoi nous as-tu ramené cette putain du Führer ?

— Je ne... suis pas... une putain ! m'insurgé-je en m'efforçant une nouvelle fois de me dégager.

— Tiens-toi tranquille, grogne le garçon qui raffermit sa prise sur mon bras.

Le vieil homme ignore mes tentatives pour me libérer et concentre toute son attention sur Anna.

— Le système d'ouverture de l'égout s'est bloqué et je n'arrivais pas à soulever la plaque pour accéder aux souterrains, dit-elle. Les soldats étaient sur mes pas. Cette Aryenne est passée par là et... elle m'a aidée.

— Une Aryenne ? T'aider ?

Autour de nous, des gens protestent comme si le fait que j'aie pu aider cette femme était inconcevable. Elle baisse la tête, donnant l'impression qu'elle a honte de ses dernières paroles.

— Elle ne l'a pas fait de bon cœur... mais elle l'a fait quand même, rectifie-t-elle.

Je me revois lui proposer mon aide et j'enrage intérieurement de l'avoir fait. Je déteste le mensonge et cette Anna vient d'en prononcer un à mon détriment.

— Peu importe. Et toi, tu as jugé utile de nous la ramener ? Croyais-tu que nous allions lui offrir une médaille pour son geste ?

— Non... mais, j'ai... j'ai estimé qu'il était plus sûr qu'elle me suive puisqu'elle m'avait vue descendre.

L'homme secoue la tête de haut en bas en fourrageant dans sa barbe d'un air songeur.

— Ton raisonnement est justifié, Anna. Elle aurait pu nous dénoncer, c'est vrai, mais tu sais que nous ne permettons pas aux Aryens de venir ici. Imagine si tous nos infiltrés faisaient comme toi ?

Infiltrés. Ce mot résonne dans mon esprit et son écho se répercute contre les parois de mon crâne.

— Et qu'est-ce que j'aurais dû faire, alors ?

— Si tu avais fait preuve de plus de prudence, tu aurais commencé par rentrer à l'heure prévue, et cette fille ne t'aurait pas repérée. Tu mets toutes nos vies en danger, en as-tu seulement la moindre idée ?

— J'ai été retardée !

— Je ne veux pas le savoir ! Nous avons des règles, et tu les connais !

Il se détourne d'elle et m'observe d'un air sévère.

— Qu'allons-nous faire d'une sale Boche ici ?

termine-t-il, se posant plus la question à lui-même qu'à quiconque.

— Il n'y a qu'à lui faire ce que les gens de sa race ont fait aux nôtres ! braille une voix parmi la foule.

— Oui, faisons-la crever de faim et de soif !

— Ouvrons-lui le bide et vidons-la comme une charogne !

La surenchère n'en finit pas et me donne la nausée. Je me vois déjà passer sous les armes, non pas abattue d'une simple balle en pleine tête, mais découpée, démembrée et peut-être même dévorée par ces sauvages. Je recommence à me débattre de plus belle.

— Calme-toi ! m'ordonne le garçon.

Mais je ne l'écoute plus, je suis comme folle. Je vois du sang se répandre partout et souiller les parois de pierre, les vêtements, les visages. Mon sang ! Je vois tous ces gens qui réclament ma mise à mort, une lueur de démence au fond du regard. Je ne peux pas rester calme comme si de rien n'était ! Je n'ai rien fait de mal ! Dans ma fureur, je brandis ma main libre et je balance mes ongles vers la joue du garçon. Je les sens s'enfoncer dans sa chair et je perçois sa douleur. Même si cela m'apporte un furtif instant de plaisir libérateur, cela ne dure pas assez longtemps pour que le goût de la rébellion s'imprègne en moi. Il passe son bras autour de ma gorge et m'immobilise totalement ; je me retrouve dos plaqué contre son torse, la trachée à moitié écrasée. Je ne peux plus bouger.

— Elle est dangereuse ! s'exclame une femme dans la foule. Il faut se débarrasser de cette furie !

— Pendez-la !

— Qu'elle crève, cette saloperie !

Le vieil homme n'a aucune réaction face à toutes ces phrases assassines. Au bout d'un moment, il se décide malgré tout à lever une main en l'air. Le silence retombe d'un coup. Lourd, plombé. Tous les yeux font des allers-retours entre lui et moi qui peine à respirer sous la pression qu'exerce le garçon sur ma gorge.

— Nous allons réunir le conseil afin de prendre la décision la plus adéquate… (il plante ses prunelles dans celles du garçon qui me contient toujours). Pour le moment, Élias, installe-la dans une des cellules. Ça lui laissera tout le temps de réfléchir à son avenir.

Le garçon, Élias, acquiesce sans un mot et ôte enfin son bras de mon cou. Je suis secouée par une quinte de toux. Sans attendre que j'aie retrouvé mon souffle, il emprisonne mes poignets entre ses mains, puis me tire vers un tunnel plus sombre sous les regards des spectateurs.

Certains me crachent au visage lorsque je passe devant eux. Tout du long, des insultes chuchotées fusent à mon intention : « sale Boche » ; « sale nazie » ; « va crever, comme tous ceux de ta race ». J'entends, mais je n'écoute pas, j'ai la tête qui tourne trop pour prendre ces mots au sérieux. Je ne pense plus à rien à présent, sinon à une chose : je n'aurais jamais dû secourir cette femme enceinte. Mon père, qui prône la froideur en toute circonstance comme le vaillant soldat qu'il est, m'a toujours dit que l'empathie était une faiblesse. Il avait sans doute raison. Le désir d'aider son prochain ou l'apitoiement est typiquement féminin à ses yeux et, sans ces failles, nous ferions de parfaites guerrières. Quelle déception pour lui s'il savait que j'ai failli à mon devoir par bonté d'âme…

Les cellules ne sont que des renfoncements dans la pierre, des sortes d'alcôve creusées dans la roche. C'est tout juste si je peux étendre mes jambes, alors je les replie sous moi et je me cale contre la paroi glaciale. Une barrière de bois tressé est placée devant pour obturer ma geôle et un cadenas la maintient close. L'air y semble plus lourd que partout ailleurs, mais c'est une illusion, il y fait froid et la moisissure imprègne les lieux comme une lèpre. Je plaque aussitôt mes mains sur mes oreilles. Je ne veux plus rien entendre de ces gens qui ont repris le cours de leur existence, de leurs conversations. Je laisse les larmes rouler sur mes joues brûlantes tandis que mes cheveux masquent mon visage.

— Essaye de dormir un peu.

Je garde la tête baissée. Cet Élias peut bien me parler sur un ton moins dur que tout à l'heure, il n'en demeure pas moins mon ennemi. Celui aussi qui n'a pas hésité à manquer de m'étrangler pour m'obliger à rester immobile. Je le déteste. Je les déteste tous, qui qu'ils soient. Après qu'il a actionné la fermeture du cadenas, Élias se redresse et s'éloigne sans un mot. Je me concentre sur le bruit de ses pas jusqu'à ce qu'ils se fondent dans le brouhaha ambiant. Alors, je relève la tête, mon attention rivée sur la place centrale. J'observe. Je regarde vers le sofa où se trouve toujours Anna.

À demi assise, elle écoute parler le vieil homme qui lui fait face et dont les mains s'agitent avec énergie, visiblement guidées par la colère. Elle se met à pleurer. Je la vois tendre son bébé à une femme postée près d'elle. Sans doute pour être plus libre de ses mouvements, mais je comprends sans mal que ce geste lui coûte. La femme part avec le nourrisson vers une habitation dans laquelle elle s'engouffre et Anna reprend alors sa conversation avec son interlocuteur. Elle ne semble clairement pas avoir le dessus sur lui et écoute plus qu'elle ne parle. J'imagine qu'elle se fait encore sermonner pour m'avoir ramenée dans ce lieu secret, mais je ne vais certainement pas plaindre sa situation, vu la mienne. Au bout de quelques minutes, le vieil homme l'abandonne à son sort et s'éloigne sans se soucier du fait qu'elle continue à pleurer. Puis un type, que je reconnais comme celui qui était présent lors de son accouchement, son conjoint vraisemblablement, vient la rejoindre ; il l'aide à se lever, passe un bras autour de sa taille et la fait avancer à petits pas jusqu'à une maison dans laquelle ils disparaissent tous deux. Je réalise que la place s'est en partie vidée de la foule compacte qui s'y trouvait au moment de mon arrivée. Le spectacle est terminé et chacun est reparti à ses occupations. Je retrouve le vieil homme devant la porte d'une bâtisse décrépie un peu plus loin en grande discussion avec plusieurs types armés de fusils en bandoulière. Puis, j'aperçois Élias parmi eux. Sans comprendre pourquoi, je me mets à l'étudier avec attention. Ce garçon me fait un drôle d'effet, il m'inspire autant de la peur qu'il m'intrigue. Lui, comme les gens qui vivent ici, est si différent de tout ce que je connais. Aussi brun que mes condisciples sont blonds, Élias est grand, musclé, et son attitude, à la limite de l'arrogance, me trouble pour je ne sais quelle raison. Les bras croisés, il semble absent, peut-être absorbé dans un tourbillon de pensées qui donnent à son visage un aspect moins austère, presque mélancolique. Je sens brusquement son regard glisser dans ma direction. Aussitôt, je replonge la tête entre mes mains en espérant qu'il ne m'a pas vue.

7

— Salut.

Recroquevillée dans un coin de ma cellule, ma robe et ma surveste couvrant une partie de mes jambes repliées, j'ouvre les yeux. Élias se trouve de l'autre côté de la barrière qui me prive de ma liberté. Accroupi, il me fixe sans aménité. Je me redresse lentement tout en le dévisageant.

— Tu as pu te reposer un peu ? me demande-t-il en passant une gamelle remplie d'une purée sombre entre les barreaux.

Je m'en saisis sans lui répondre et, après avoir senti son contenu, je la repose aussitôt, écœurée par cette odeur peu appétissante.

— Tu devrais quand même manger, sinon tu vas dépérir. Déjà que tu n'es pas très épaisse.

— Comme ça, vous n'aurez pas besoin de me tuer vous-même.

— Nous ne sommes pas des assassins.

— Ah non ? J'aurais pourtant cru en entendant les propos des tiens hier à mon sujet.

Un sourire fugace passe sur ses lèvres, puis il retrouve son sérieux.

— Tu n'es pas le genre de personne qu'ils ont envie de croiser, c'est tout. Pour autant que je sache, les bourreaux se trouvent plutôt du côté des gens de ton espèce.

À ces mots, la colère monte en moi comme un boulet de canon. Je m'empare du plat posé devant moi, je plonge la main dans cette purée infâme et je la lui balance à travers les barreaux. Au lieu de réagir violemment, il s'essuie d'un revers de manche en silence, m'adresse un sourire qui se veut amusé puis se relève.

— Et c'est moi l'agresseur ? murmure-t-il sans même attendre de réponse de ma part.

Je m'apprête à répliquer alors qu'il me tourne le dos. Tout à coup, quelque chose se passe. Je vois Élias qui chancelle et manque trébucher à l'instant où une puissante explosion retentit au-dessus de nous. Paniquée, je fais pivoter ma tête dans tous les sens à la recherche de la cause de cette déflagration. Les parois se sont marbrées de fissures et de la poudre de pierre s'échappe de certaines d'entre elles. Mon regard affolé s'arrête sur mes épaules qui en sont à présent recouvertes. Élias se précipite vers la porte de ma cellule, et, d'un geste fébrile, tire la clé du cadenas de sa poche. La poudre forme bientôt comme une pellicule sur mes cheveux, me donnant des airs de fantôme, puis de petits morceaux de roche se détachent de la voûte et commencent à tomber autour de moi. J'essaye de les éviter tant bien que mal, mais l'une d'elles heurte mon épaule et je lâche un cri, plus de surprise que de douleur. Élias arrache le cadenas et m'agrippe la main. Il me tire hors de la cellule et je me retrouve coincée entre ses bras alors qu'une onde de choc fait vibrer le sol sous nos pieds.

— Suis-moi ! crie-t-il en m'entraînant vers la place centrale.

Là, je vois des dizaines de gens sortir à toute vitesse des habitations, comme si le diable venait de les en chasser. Des morceaux de roche continuent à se détacher de la voûte, mais ils restent de petite taille. Un type nous intercepte au milieu de notre course. Élias s'arrête net.

— Pourquoi l'as-tu fait sortir de sa cellule ? s'exclame l'homme.

— Le plafond menaçait de s'écrouler ! Qu'est-ce qui se passe ? demande Élias dont l'inquiétude perce au travers de sa voix.

L'homme hausse les épaules et reprend d'un ton fort pour essayer de se faire entendre entre les cris et les chutes de pierres.

— Probablement un accident dans le métro ! Emmène-la dans la grotte des aspics !

Élias acquiesce et nous partons au pas de course vers un tunnel sombre où d'autres personnes s'engouffrent avec rapidité en se couvrant la tête de leurs mains pour se protéger. Je résiste alors que l'on s'apprête à pénétrer dans ce puits de ténèbres. Élias me fusille du regard.

— Dépêche-toi donc, l'Aryenne ! m'ordonne-t-il avec froideur.

— Je ne veux pas rentrer là-dedans !

— Tu préfères qu'une pierre te fende le crâne ? Il n'y a pas à dire, sang pur ou pas, vous êtes vraiment fous, vous autres !

— Laisse-moi partir ! Je me débrouillerai pour sortir des souterrains et je ne vous dénoncerai pas, mais laisse-moi rentrer chez moi ! le supplié-je.

— Dans tes rêves. De toute façon, crois-le ou non, tu es bien plus en sécurité ici que là-haut !

Et d'un coup, il me tire en avant. Je ne peux pas faire autrement que de céder sous sa force. Il m'entraîne toujours plus loin dans le boyau qui, au lieu de s'assombrir, s'éclaircit. Au bout, même si une pluie de petites pierres continue à pleuvoir sur nous, je découvre l'entrée d'une grotte ouverte dont le plafond est renforcé par d'épaisses poutrelles de bois grossièrement taillées. Ça ne me rassure pas forcément. Nous pénétrons à l'intérieur de l'abri. Des dizaines de gens sont là, assis et silencieux ; des personnes âgées et des femmes avec leurs enfants en majorité. Tous restent stoïques, paraissant attendre la fin de ce phénomène qui les contrarie visiblement beaucoup vu leurs mines crispées. À voir leur calme, j'ai surtout l'impression que ce n'est pas la première fois que ce genre d'évènement arrive, et les poutrelles de renforcement ne font que confirmer mon idée. Élias m'entraîne vers un petit coin où la lumière est plus ténue.

— Assieds-toi.

Comme j'ai l'esprit de contradiction, je ne bouge pas. Nous nous fixons pendant ce qui semble une éternité jusqu'à ce qu'il lève finalement les yeux au ciel.

— Eh bien, reste debout alors, si ça te chante, lance-t-il en s'accroupissant.

Au final, je finis par me laisser glisser le long du mur et je m'installe près de lui, les genoux coincés entre mes bras. Élias ne se préoccupe plus de moi. Il a l'air perdu dans ses pensées. J'en profite pour détailler son profil, son nez au bout arrondi, ses lèvres pleines et son front large. S'il ne répond pas du tout aux critères de l'aryanisme, il n'en demeure pas moins un bel homme dont le regard perçant me fait frissonner chaque fois qu'il le pose sur moi. C'est un autre genre de beauté, extravagante, qui sort de mon ordinaire. Une beauté interdite et contre nature. Je détourne la tête et je rive mon attention sur le sol pour fuir ce sentiment d'angoisse qui flotte dans cette grotte.

J'ai l'impression que nous sommes là depuis une éternité. Je jette un œil sur ma montre. Le cadran est fêlé. Je peste intérieurement en réalisant que le mécanisme est lui aussi hors d'usage. Cet outil était mon seul repère du temps qui s'écoule. À présent, je ne peux plus me fier à rien et j'en éprouve un profond malaise intérieur. Les gens dans la grotte sortent de leur léthargie, ils chuchotent entre eux et s'apprêtent à quitter les lieux comme les chutes de pierre se sont faites plus rares. Parfois, j'entrevois un regard en biais dans ma direction, empli d'un dégoût semblable à ce que j'ai perçu au moment de mon arrivée. Encore une fois, je ne peux m'empêcher de me demander pourquoi ils me haïssent tant alors qu'ils ne me connaissent même pas.

— Arrête de les fixer comme ça, tu vas finir par les énerver, me murmure Élias.

Je tourne la tête vers lui et je le considère d'un air mi-interrogateur, mi-agacé. Il ne réagit pas, se contente de faire craquer les articulations de ses doigts, mais il reste d'un calme olympien. Puis je recentre mon attention sur l'extérieur de notre abri, les pierres ne tombent presque plus. J'ai une boule dans l'estomac à l'idée de retourner dans ma cellule.

— Allez, debout, m'ordonne Élias en se levant.

Je m'exécute à contrecœur et, tout en chassant la poudre de roche de mes cheveux, je l'interroge :

— C'est quoi cette histoire d'accident dans le métro ? Nous sommes bien plus profondément sous terre que le métro.

— Je n'en sais pas plus que toi, figure-toi, répond-il sans même m'accorder un regard.

— Tu ne peux pas la faire taire ? grogne un vieil homme à quelques pas de nous.

— Désolé, murmure-t-il comme un enfant pris en faute.

Sans demander son reste, il enroule ses doigts autour de mon poignet.

— Les pierres ont cessé de tomber, sortons de là, dit-il en m'entraînant hors de la grotte.

— Et donc, je vais pouvoir retourner dans ma cellule. Quelle chance !

Il ne répond pas et marque un arrêt en arrivant sur la place. Son attention semble attirée par quelque chose qui se situe au niveau du plafond. Il n'est pas le seul à lever les yeux, plusieurs hommes sur la place en font autant et je vois leurs traits s'ulcérer sous l'effet d'une angoisse croissante. Intriguée, je finis par regarder à mon tour et je comprends aussitôt la cause de leur tension extrême.

Personne n'a le temps d'échanger un mot qu'une immense fissure qui défigurait la voûte de pierre la fait céder d'un coup. Les cris fusent de partout alors que de gros morceaux de roche se détachent et se fracassent au sol, écrasant ceux qui ont le malheur d'être restés figés juste en dessous. Tout le monde se met à courir dans tous les sens, c'est la panique. Sous l'effet de la surprise, Élias m'a lâchée. Je ne réfléchis pas, je tourne les talons et je me précipite vers le tunnel par lequel je suis arrivée la veille. Du coin de l'œil, je vois Élias pivoter vers moi et brailler dans ma direction. Le son de sa voix se perd dans le vacarme ambiant, entre les hurlements des gens, les roches qui tombent de plus en plus nombreuses et de plus en plus grosses. Le sol, lui-même, semble se déliter sous mes pieds et m'oblige à sauter plutôt qu'à courir. J'ai l'impression que c'est la fin du monde, mais je cours.

Je cours sans m'arrêter.

8

Arrivée à l'intersection du puits qui débouche un étage au-dessus, j'agrippe le premier barreau de l'escalier. Mon cœur bat à cent à l'heure, la peur forme des nœuds au fond de mon estomac. Une à une, je gravis les tiges de métal avec le fracas de l'éboulement plus loin qui me vrille les oreilles et menace de m'arracher les dernières bribes de courage qui me restent. Malgré mes mains et mes jambes qui tremblent, je m'élève encore. Le plafond au-dessus de moi commence lui aussi à s'effriter et des fragments de roches se mettent à tomber sur moi en une pluie fine. Les réseaux souterrains seraient-ils sur le point de s'effondrer totalement ? Mais sur combien d'étages exactement ? C'est la question qui m'effleure à l'idée qu'il soit désormais impossible pour moi de remonter ne serait-ce qu'au niveau des égouts contrôlés par mon peuple. Et tout ça, à cause d'un accident de métro ? J'ai beau essayer de me focaliser sur ma fuite, j'éprouve des difficultés à réprimer la colère qui me brûle les lèvres en songeant que ceux qui m'ont capturée ne sont peut-être pas étrangers à ce drame. Comme ils semblent détester les Aryens, je ne serais pas étonnée qu'ils aient posé des charges explosives dans le seul but de détruire tout ce qui compose mon univers à la surface. Pourquoi s'attaquer à mon peuple ? S'ils sont si bien que ça sous nos pieds, qu'ils y restent ! Bientôt, mes pensées emplies de rancœur font place aux visages des miens. Mon père, ma mère et mon frère, qui ne vivent pas loin du métro, sont-ils blessés ? Ou pire encore ? La haine qui fait bouillir mon sang laisse un goût acide dans ma bouche tandis que je continue à gravir les barreaux de l'échelle, un à un. *Reste concentrée… Reste concentrée…* Je reçois une pierre sur le crâne avant qu'elle ne termine sa chute en bas du boyau que j'escalade. Une douleur irradie au niveau de mon front et je sens un liquide tiède dans mes cheveux. Ma tête se met à tourner, tout se met à tourner. Je ferme les yeux en déglutissant et je serre le barreau au point que mes jointures en deviennent douloureuses.

— Arrête-toi ! s'exclama une voix.

Brisée dans ma concentration, je rouvre les yeux, mes iris recouverts d'un voile humide fixent la paroi qui me fait face. La voix est semblable à un écho qui se répercute tout autour de moi et finit par me donner le vertige. Elle paraît si lointaine et si proche à la fois. Est-ce à moi que l'on s'adresse ? J'entends des bruits de pierre, des grognements de douleur puis, du coin de l'œil, j'aperçois une silhouette au bas des marches ; cela suffit à me réinsuffler l'énergie de reprendre ma progression. Je m'élève encore. Un, deux, cinq échelons, je suis presque arrivée en haut quand la pluie de roches se fait plus drue et m'oblige à me plaquer contre les barreaux métalliques en marquant des arrêts répétés. Je ne sais pas de quoi j'ai le plus peur : de la personne qui est sur mes pas ou de me retrouver écrasée sous des tonnes de gravats. J'entends tout à coup le petit claquement caractéristique d'une arme prête à faire feu en dessous de moi et je parierais ma tête qu'elle est braquée sur moi.

— Non ! Ça ne fera qu'aggraver la situation, lâche une autre voix, tout en bas.

Je reconnais le timbre grave d'Élias et je comprends par la même occasion qu'il n'est pas seul sur mes traces. J'arrive aux trois quarts de l'échelle quand sa voix retentit de nouveau.

— Et les enfants ?

Ses paroles rebondissent contre mes tympans comme un boomerang et mon cœur manque un battement. *Les enfants…*, songé-je. J'ignore Élias, mais ses mots ont eu l'effet recherché sur moi ; mes gestes deviennent maladroits, erratiques, comme ceux d'un robot grippé. Mes paumes moites glissent sur les barreaux, une boule entrave ma respiration. J'aime tant les enfants… Je les imagine écrasés sous le poids de rochers, criant, geignant, suppliant qu'on les sorte de là… Comment Élias peut-il savoir que ce sujet me touche tout particulièrement ?

— Tu vas laisser tous les gamins de mon peuple mourir sous un éboulement ? Comme vous les avez assassinés dans les camps, il y a deux siècles ?

Intérieurement, je ne peux pas faire autrement que de me demander de quoi il parle. Mais quelle importance, ses paroles n'ont aucun sens, je n'ai que dix-sept ans, je ne peux pas être responsable de quelque chose qui s'est déroulé à une lointaine époque. Quelle que soit cette chose.

— Fiche-moi la paix !

— Si des enfants meurent aujourd'hui, tu l'auras sur la conscience !

— Tais-toi !

— Et le bébé que tu as mis au monde ? Lui aussi, tu vas le laisser mourir ? reprend Élias dont j'entends le bruit de l'escalade à l'échelle.

Je me fige. Ses derniers mots m'ont pétrifiée. Il a visiblement décidé de jouer à fond sur ma corde sensible. Et le pire, c'est que ça fonctionne, je suis paralysée à la pensée de ce nourrisson écrasé par des pierres plus grosses que lui. Quand Élias franchit les derniers barreaux qui nous séparent, il monte encore d'un cran et me surplombe, m'empêchant de continuer à avancer. Alors que son torse est collé contre mon dos, il passe un bras autour de ma taille, raffermit son étreinte et entame la descente de l'escalier en se maintenant avec sa main libre. Je ne réagis pas, je me laisse faire, me contentant de placer les mains et les pieds sur les échelons au fur et à mesure qu'ils se présentent sous mes yeux.

Lorsque nous posons pieds à terre, il me lâche enfin et je m'effondre, les jambes en coton. Il n'essaye même pas de me retenir, il me regarde, tout comme l'autre garçon d'une quinzaine d'années aux cheveux châtains, qui, non loin de là, est agenouillé devant une montagne de gravats. Je braque les yeux vers l'entrée de cette ville souterraine dont j'ignorais encore l'existence quelques heures plus tôt. Au lieu de ça, je vois un mur de pierres gris bleuté qui obture le passage. La place centrale, les habitations creusées dans la roche, tout a disparu, masqué par l'éboulement. Un frisson me saisit. Le bébé d'Anna... Je ravale ma salive avec difficulté et je tente de réprimer l'image de cet enfant que j'ai tenu dans mes bras durant quelques instants avant de le donner à sa mère. Je ne devrais pas me soucier, ni de lui, ni de celle qui l'a mis au monde ; ces gens ne font pas partie de mon peuple, ce sont mes ennemis, ce sont des sauvages qui ne semblent respecter aucune règle. La phrase tourne en boucle dans mon esprit. Pourquoi, alors, est-ce que je me sens si mal en pensant à eux ?

— Lève-toi. Il faut essayer d'ouvrir un passage.

— Pourquoi est-ce que je vous aiderais ? C'est votre faute si tout s'est écroulé !

À cette attaque de ma part, Élias garde un silence ulcéré. Il s'accroupit devant moi et emprisonne mon menton entre ses doigts. Il me fixe d'un air implacable, les yeux brillants. Je perçois autant de colère que de peine au fond de ses prunelles.

— Tu as choisi ton camp, alors assume et aide-nous.

— Je n'ai choisi aucun camp ! En tout cas, pas le tien.

— Alors pourquoi tu es là ?

— Pour... Pour...

... *les enfants*. Je referme la bouche, incapable d'exprimer à voix haute la raison qui m'a poussée à renoncer à fuir, parce que je ne comprends pas moi-même pourquoi je me soucie d'eux.

— Tu n'as visiblement pas les idées claires. En attendant de les remettre en ordre, je te suggère de faire ce que je te dis. Ça t'évitera d'avoir des morts sur la conscience, comme tes ancêtres.

— Sinon quoi ?

En guise de réponse, Élias tourne la tête vers l'arme posée à terre tout près de là. Je reste muette, les lèvres crispées. Sa seconde réplique ne tarde pas, il me saisit par le bras, me relève sans douceur et m'entraîne de force à côté de l'autre garçon qui me toise avant de reprendre son travail de déblaiement de l'issue condamnée.

Élias attend que je m'agenouille. Ensuite, sans plus se préoccuper de moi, il s'affaire à soulever les roches les plus grosses qu'il balance plus loin. Je reste bête à l'observer, puis, après une hésitation, j'enlève ma première pierre, puis une autre et encore une autre. Je suis bientôt si absorbée par ma tâche que je ne réagis même pas quand Élias et son ami se jettent un regard entendu par-dessus mes épaules.

9

Au bout de trois quarts d'heure à essayer de se frayer un chemin parmi les décombres, on parvient à ouvrir une brèche qui forme une sorte de minuscule travée que les pierres ont étrangement épargnée. Enchevêtrées les unes sur les autres, elles forment comme une voûte sur un espace restreint autant en largeur qu'en longueur.

— Rentre là-dedans, la Boche ! aboie le garçon en me donnant une claque si forte derrière la tête que je suis à deux doigts de manger la terre.

Ma réaction est immédiate. À bout de forces et lassée de servir de punching-ball depuis la veille, je lève aussitôt la main dans sa direction, prête à l'abattre sur son visage poupin.

— Ferme-la ! aboyé-je.

Je n'ai pas le temps d'atteindre le garçon qu'Élias saisit ma main et me tire sèchement le bras en arrière. Je pousse un cri de douleur.

— Ça t'apprendra, sale Boche ! s'exclame le garçon.

— Ça suffit, Zack ! On a des choses plus importantes à faire que de s'entretuer, le rembarre Élias.

Le Zack en question ne réplique pas, mais la tension sur son visage est si palpable qu'elle en est inquiétante. L'atmosphère est lourde ici, et ce n'est pas seulement dû à toute cette poussière de pierre qui rend l'air presque irrespirable. Si ce garçon en avait la possibilité, il n'hésiterait pas à m'étrangler de ses propres mains, peu importe son âge. Élias se penche vers moi. Ses lèvres toutes proches de mon oreille, il se met à chuchoter.

— Ce que j'ai dit est valable pour toi aussi, l'Aryenne.

— Krista ! Je m'appelle Krista ! lâché-je d'un ton cassant.

— Si tu préfères, allons-y pour Krista, reprend-il. Tu es la plus petite de nous trois, tu vas te faufiler à l'intérieur de ce trou et essayer de voir si tu entends quelque chose ou quelqu'un.

Je ne bouge pas durant quelques instants puis je hoche la tête. Au point où j'en suis, je peux encore accéder à cette demande. Je n'oublie pas que la vie de ceux qui sont coincés de l'autre côté dépend peut-être de nous… et je ne suis pas un monstre sans cœur, même si je n'aime pas ces gens. Je m'allonge sur le ventre et je m'apprête à ramper dans ce petit coin de ténèbres. Élias me tend une sorte de tige de fer.

— Sers-t'en pour taper sur les pierres quand tu seras au bout. Ensuite, attends de voir si on te répond.

Je m'en saisis sans un mot et, le bras gauche replié, la barre de métal coincée dans ma paume, je reprends ma progression. Des mèches de cheveux retombent par moments devant mes yeux et obstruent mon champ de vision ; je dois souffler par la bouche pour les chasser de ma vue. Il me faut un certain temps pour arriver au bout du trou dont la voûte irrégulière est si basse que je suis obligée de garder le menton collé au sol. Je ressens une pression sur ma cheville droite. Au départ, je ne peux m'empêcher de remuer le pied en pensant à un rat qui commence à grignoter les lacets de mes bottines. Puis, je perçois la puissance de doigts sur ma peau et je comprends qu'il s'agit d'un des garçons qui me maintient la cheville. Je me fais la réflexion que c'est complètement idiot. Croit-il que je vais m'échapper alors que je suis devant un mur de roches, le menton à moitié enfoui dans la terre ? Cette pensée me fait lever les yeux au ciel.

— Tu entends quelque chose ?

La voix d'Élias me parvient, étouffée, mais assez nette tout de même pour que sa phrase soit assez claire. Je ramène ma main gauche vers l'avant et, malgré ma position inconfortable, je frappe un premier coup sur une grosse pierre. Le bruit du métal résonne contre mes tympans. Je n'obtiens aucune réponse sinon un profond silence.

— Alors ?

— Rien, réponds-je.

— Essaye encore, la Boche ! s'exclame Zack.

Je voudrais répliquer, histoire de lui montrer que je ne me laisserai désormais plus insulter, mais aucun son ne sort de ma gorge asséchée. Je frappe à nouveau. La sueur serpente le long de mes tempes et je tousse.

— Krista ?

Je suis épuisée. J'ai les joues en feu et mes mains me brûlent d'avoir gratté comme une damnée. Je rassemble tout ce qui me reste d'énergie et j'abats une dernière fois la tige de métal sur le rocher. Je frappe si fort qu'une volute de poussière de pierre glisse entre les interstices et me recouvre le crâne de résidus plâtreux. Sous l'effet de la peur que tout s'effondre sur moi, j'enfouis ma tête entre mes bras en réprimant un gémissement. Il ne se passe rien, mais ma gorge me démange tellement que je doute de pouvoir retenir la quinte de toux qui se prépare. Soudain, alors que je plaque ma paume contre ma bouche, manquant m'étouffer sur place, un son retentit de l'autre côté de la paroi.

— Trois... coups..., finis-je par cracher en essayant de ramener autant de salive que je peux dans mon palais. Ils ont frappé... trois coups.

— Merci, mon Dieu ! s'exclament Élias et Zack à l'autre bout.

Curieusement, le même soulagement m'envahit et un sourire étire mes lèvres.

Aussitôt, je sens une pression plus forte sur ma jambe. Sous l'effet de la surprise, je redresse la tête et me la cogne contre la paroi du haut.

— Krista, me souffle Élias.

Tout en grimaçant, je lâche un grognement en guise de réponse.

— Maintenant, tu vas taper quatre coups avec ta barre de fer. Deux très rapides, et les deux autres espacés. Tu as compris ?

— Pour quoi faire ?

— On va leur faire passer un message. Sois bien attentive au nombre de coups qu'ils donneront en échange, c'est très important.

Je m'exécute malgré le mal de tête qui me ceinture le crâne. Puis je transmets à Élias ce que j'entends au fur et à mesure que l'on me répond. Au total, dix claquements sourds sur la roche, pas un de moins ni un de plus. Élias garde le silence pendant une poignée de secondes avant de se mettre à parler à voix basse à Zack. Tout à coup, je sens qu'on me tire par les pieds pour m'extraire de cette tombe de pierres. Je reste un instant sur le ventre à souffler comme si l'air ne parvenait plus dans mes poumons et je finis par me retourner. L'immense voûte de roche réapparaît sous mes yeux. Deux ombres se penchent sur moi. Les deux garçons me fixent, le visage grave.

— Qu'est-ce qu'on va faire d'elle ? demande Zack.

— On n'a pas d'autre choix que de l'emmener. Elle est notre meilleur atout pour circuler à la surface, répond Élias.

Il tend une main vers moi. Je la saisis sans un mot et il m'aide à me relever. Si je n'ai pas exactement compris la teneur de leur conversation, je sais d'ores et déjà qu'ils ont prévu de sortir des réseaux souterrains et que je vais devoir les suivre. Rien que cette pensée me redonne des forces. Enfin, je vais revoir la lumière du jour.

— Ne te fais pas d'illusions, Krista. On ne te laissera pas t'échapper pour autant.

Message clair. Sans me quitter des yeux, Élias se saisit de l'arme restée à terre, la tend à Zack qui la passe en bandoulière. Il glisse ensuite un bras autour de ma taille pour m'aider à marcher. Un frisson me parcourt en sentant la chaleur de son corps. Tous trois, nous gagnons le tunnel où les escaliers de métal nous attendent.

10

Notre ascension s'est faite dans le silence et, si nous sommes sortis du réseau de tunnels annexes creusé sous celui des eaux usées, nous sommes à présent dans la partie gérée et sous le contrôle de mon peuple. Chaque fois qu'un robot sentinelle circule dans les parages, occupé à faire son travail d'inspection et à réparer, à coups de soudures, les dégâts occasionnés par l'explosion du métro, Élias nous fait bifurquer vers un autre boyau. Nous arrivons dans un large passage où l'eau nous monte jusqu'à mi-mollets. Ça sent la charogne et, de temps à autre, j'aperçois des petits mouvements dans l'eau par endroits qui indiquent qu'un rat y nage ou s'y noie, au choix. Il peut bien faire ce qu'il veut, du moment qu'il reste loin de moi, ça me va.

Élias ouvre la marche, Zack est en queue et moi, évidemment au centre, sous bonne surveillance. En même temps que le son de notre progression dans l'eau stagnante nous emplit les oreilles, nous pouvons discerner des bruits confus provenant de la surface et qui nous reviennent assourdis ; des piétinements de bottes, des moteurs de véhicules, ça a l'air d'être l'agitation au-dessus. Élias s'arrête sans prévenir. Perdue dans mes pensées, je bute contre lui. Il tourne la tête et me fusille du regard.

Je recule d'un pas, mais aussitôt Zack me repousse en avant avec le canon de son arme.

— Chut, murmure Élias.

Nos respirations se font discrètes et le silence retombe sur nous comme une chape de plomb. Nous écoutons attentivement, les yeux braqués vers le plafond sombre. Des voix retentissent ; c'est à peine si on les entend, et seuls quelques mots épars nous parviennent. Ils proviennent sans doute des haut-parleurs qui servent à retransmettre les paroles du Führer lors de ses allocutions. Zack et Élias gardent le silence, mais j'imagine que, comme moi, ils savent à quoi s'en tenir. À moins qu'ils n'aient jamais mis un pied à la surface, ce dont je ne serais pas étonnée vu qu'ils auraient été repérés sur-le-champ avec leur physique si particulier. Néanmoins, leur très bonne capacité à se diriger dans les réseaux souterrains et leur aisance à éviter les robots sentinelles me font m'interroger. Depuis que je suis avec eux, je ne cesse de me poser des questions au sujet de ces gens qui composent leur communauté. Qui sont-ils exactement ? Comment et quand ont-ils élu domicile dans les tréfonds de la Terre sans que mon peuple ait la moindre connaissance de leur existence ?

Mais le moment ne se prête pas à de telles réflexions et je les chasse aussitôt de mon esprit. La ville doit être en effervescence depuis cette explosion dans le métro, je ne vois pas comment nous pourrions remonter à la surface sans nous faire remarquer. Ce genre d'évènement est trop rare pour que la population garde son calme quand ça se produit. Depuis que je suis née, je n'ai souvenir que d'un accident assez grave pour affoler le peuple : je n'avais alors que dix ans et j'avais assisté à la retransmission du télescopage spectaculaire de deux petites navettes volantes. J'avais vu, par écrans interposés, la panique qui s'était emparée des gens lorsque les morceaux enflammés des appareils étaient retombés au sol dans une pluie de feu. Cette réminiscence s'efface tout à coup de ma mémoire pour me replonger dans le présent et l'idée que ma famille ait été mise en danger à cause de l'explosion surgit en moi. Je songe à mes parents, puis à mon frère. Élias me fait penser à lui avec sa stature puissante et son regard décidé. La seule différence entre eux, c'est la pureté de leur sang et la grandeur de leur race.

Mon frère, Heinrich, surnommé ainsi en l'honneur d'Heinrich Himmler, digne officier ayant servi Hitler durant la Seconde Guerre mondiale, a été enrôlé dans l'armée comme la majorité des garçons de son âge. Fasciné par notre chancelier, il rêve de combattre de nouveaux ennemis pour la gloire de notre nation. J'ai parfaitement conscience que si une guerre devait avoir lieu à nouveau, Heinrich serait parmi les premiers à se proposer et je sais aussi que mon peuple est bien décidé à garder le contrôle sur tout. Et s'il doit utiliser la violence pour préserver sa place au-dessus du reste du monde, il le fera. En cela, je me demande si le peuple d'Élias est pire que le mien ou non. Ce qui le différencie de la nation aryenne à l'heure actuelle, c'est que ses membres résident dans les égouts, terrés comme des rats. Ils n'ont pas non plus d'armée et ce ne sont pas leurs ridicules effectifs qui risquent un jour de faire frémir le pouvoir en place. En ont-ils seulement conscience, eux qui semblent vivre comme à l'âge de pierre ?

— À partir de maintenant, soyez attentifs. Nous allons nous diriger vers la *Volkshalle*[1], lâche Élias dans un murmure.

Sans savoir trop pourquoi, je tourne la tête vers Zack. Son regard froid me transperce. Je sens la haine qui se dégage de lui, mais je ne me gêne pas pour lui montrer que je ressens exactement la même chose à son égard.

— La nuit ne va pas tarder à tomber. Nous attendrons le moment propice pour se glisser à l'extérieur. Ensuite, on court vers le quartier de la *Volkshalle*.

— C'est trop risqué, réplique Zack dont le visage s'est tendu.

— On n'a pas le choix, c'est le seul endroit qui nous permettra de rejoindre les autres.

— Les autres ? Mais quels autres ? interrogé-je tout à coup dans un froncement de sourcils.

Élias et Zack ignorent ma question. Ils font comme si je n'existais pas et, quelque part, ce doit bien être le cas.

— Krista, tu vas devoir te caler sur notre cadence, déclare finalement Élias.

— Mais je n'ai pas… Je ne peux…

Élias me saisit par le bras.

— Arrête de discuter. Tu n'as pas le choix, c'est clair ? Soit tu suis, soit…

1. La *Volkshalle* ou Halle du peuple est un projet architectural monumental en forme de coupole dessiné par Albert Speer, l'architecte d'Adolf Hitler.

Il referme la bouche, laissant sa phrase en suspens et, sans me quitter du regard, me pousse en avant pour que je passe devant lui. Je me retourne et je le fixe, lui, puis Zack. Ils ont cet air effronté des personnes bien décidées à aller au bout de leurs idées et je ne détecte pas une once de peur sur leur visage en partie rongé par l'obscurité. Comment peuvent-ils rester si calmes face à ce qui les attend ? Sont-ils idiots au point de croire qu'ils ont la moindre chance ?

— Toutes les garnisons doivent quadriller la ville, vous ne pourrez pas faire un pas sans risquer de tomber sur l'une d'elles, renchéris-je.

— Justement. C'est toi qui vas nous guider. Tu connais Germania puisque tu y vis. Tu sais donc quels endroits sont les moins susceptibles d'être surveillés.

Je reste silencieuse. Sa réponse n'est qu'un ordre voilé. Je comprends surtout que le but est de m'utiliser comme bouclier et, pourquoi pas, de monnaie d'échange. Les alternatives qui se présentent à moi sont claires : je peux accepter de les aider, ce qui m'évitera sans doute que les soldats ne jettent leur dévolu sur moi. Je sais qu'ils ne seront pas regardants sur l'identité d'une personne qui sort des égouts. Tout ce qui peut leur évoquer un geste de rébellion est voué à la destruction. Ou je peux refuser de me plier aux injonctions d'Élias et prendre le risque que lui ou son acolyte m'abatte sans sommation. Deux choix…

Deux choix qui me paraissent pavés de tellement de « si » que mon esprit en est paralysé. Là-haut, il s'agit de mon peuple. Parmi les soldats, je serai peut-être amenée à retrouver mon frère, alors que ces gens… Je pose les yeux sur Élias. Zack, lui, et leur communauté sont des ennemis de la nation. Le seul fait qu'ils existent met en péril son calme relatif. Encore de la politique que seules des âmes avides de pouvoir sont capables de mettre en avant pour masquer leur simple envie de prendre le dessus sur leur voisin. Depuis que je suis enfermée dans ces sous-sols, j'ai vu ces gens se comporter d'une manière totalement différente de celle que je connais. J'ai vu un bébé naître, sa génitrice donner la vie avec courage dans des conditions extrêmes ; j'ai vu des hommes et des femmes proches les uns des autres, se montrant du soutien, cherchant à se protéger mutuellement face aux chutes de pierre ; j'ai vu des mères embrasser leurs enfants et les serrer dans leurs bras. Tout est à l'opposé de cette rigueur froide dans laquelle j'ai été élevée. Je pense à la maternité et à tous ces bébés dont j'ai déposé les corps dans un incinérateur parce qu'ils ne correspondaient pas aux critères en vigueur.

Pour la première fois de ma vie, je me demande si nos actes sont réellement légitimes et s'il n'existe qu'une seule façon de voir et de faire les choses. Avons-nous le droit de décider qui doit vivre ou mourir pour une question de race ?

Nerveuse et troublée, je me mordille la lèvre, mais la patience d'Élias semble avoir outrepassé ses limites. Il pose sa main sur mon épaule et me secoue comme pour me tirer de ma léthargie. Je le repousse machinalement, gênée et agacée à la fois par cette familiarité vis-à-vis de moi dont il ne connaît rien. Il ne réplique pas et se contente de continuer à me fixer.

— Ne perds pas de temps à réfléchir, l'Aryenne. Tu aviseras quand nous arriverons à la sortie que je vise. Là, tu feras ton choix, soit tu te prends une balle par les soldats, soit elle viendra de nous. Tu vois, c'est très simple.

Il a raison pour le coup, mon choix est très simple. Être tuée par les miens ou être tuée par les siens, me voilà bien avancée. Je me dis que, finalement, je n'ai pas besoin de décider tout de suite de ce que je veux faire. Je peux les aider, le temps de sortir de ces ténèbres, puis m'enfuir et retrouver mes parents. Ça me semble si limpide tout à coup que je me demande pourquoi je n'y ai pas pensé plus tôt. Zack me pousse d'un coup avec le canon de son arme et on repart.

Notre petite balade nous a menés jusque sous une plaque d'égout. Je peux percevoir le filet d'air qui s'infiltre au travers des trous qui la percent. J'ignore combien de temps nous avons marché, mais assez pour que le soleil prenne congé et laisse place à la nuit. Malgré ça, Élias et Zack décident de faire une pause. Sans un mot, ils s'assoient sur le rebord de pierre crasseux et je finis par les imiter en gardant néanmoins une certaine distance avec eux.

Après tout, je ne suis pas des leurs.

On s'adosse contre le mur et on attend. La morsure du froid se fait ressentir à présent que nous ne bougeons plus. Je profite de ce moment pour enregistrer mentalement tout ce que je vois à la faveur de la petite lampe de poche que Zack porte autour du cou : le fusil posé sur ses genoux et sur lequel il garde les mains fermement crispées, les bras croisés d'Élias dans une attitude proche de celle d'une statue tandis que son visage affiche une mine soucieuse. Puis je frotte mes mains l'une contre l'autre dans une tentative pour me réchauffer, mais c'est comme si l'air glacé s'était immiscé en moi, qu'il avait traversé la barrière de ma peau pour s'attaquer à mes organes. Tous, sauf mon cœur qui palpite à n'en plus pouvoir. Ce soir est peut-être ma dernière nuit. Irai-je au paradis ou en enfer ? En enfer, si j'en crois ce que raconte Élias au sujet des exactions perpétrées par mon peuple et dont je ne connais rien, à vrai dire. Je songe à nouveau à ses paroles sur ce que les Aryens auraient fait par le passé, mais je ne me sens pas le moins du monde responsable parce que je n'ai pas choisi d'adopter les préceptes de mon peuple plutôt que ceux d'un autre, je suis née dedans, c'est tout.

À cette dernière pensée, je laisse couler une larme sur ma joue sous le regard insistant d'Élias. Je ne sais même pas pourquoi je pleure. Au travers du voile qui trouble ma vision, je le vois alors se redresser. Il ôte son blouson puis se dirige vers moi et, sans prononcer un mot, le place sur mes épaules. Je l'observe. Il m'ignore et retourne à sa place. Et je baisse les yeux, incapable de savoir si je dois le remercier pour son geste ou jeter ce blouson à l'eau pour lui montrer que son geste ne me touche pas.

Mais il me touche, et c'est bien ça le problème…

11

Notre arrêt nous a permis de reprendre un peu notre respiration et de faire retomber nos battements de cœur à une moyenne un peu plus normale. Je suis restée silencieuse du début à la fin et je me suis contentée d'écouter Zack et Élias chuchoter entre eux de la façon dont ils comptaient procéder. À présent, Élias et moi observons Zack gravir l'échelle scellée dans la paroi qui mène à la plaque métallique, dernier rempart entre les sous-sols et la surface.

— À toi, maintenant, me souffle Élias en posant une main sur mon épaule.

La gorge asséchée par cette peur qui rampe à nouveau dans mes veines, je ne réponds rien et je fais un pas en avant.

— Monte, m'ordonne-t-il sans pour autant hausser le ton.

Je ferme une seconde les yeux et j'inspire à fond. Puis je pose mes mains sur un barreau et je m'élève. Lentement. Je tremble de la tête aux pieds, j'ai chaud et froid en même temps. Le silence est complet, même à l'extérieur, et c'est peut-être ce qui m'inquiète le plus. Je m'arrête juste au niveau des pieds de Zack posés en travers d'un barreau et j'attends. Il essaye de regarder par un des trous percés dans la plaque d'égout, son pied droit glisse sur le barreau humide et je manque de me le prendre en pleine figure. Je l'esquive de justesse, mais je ne peux pas m'empêcher de me dire qu'il l'a fait exprès. Élias monte à son tour et nous sommes là, tous les trois, à la queue leu leu sur l'escalier. Enfin, Zack se décide. D'une main, il sort quelque chose de sa poche et le manipule dans l'obscurité de l'égout que seuls les rayons lumineux des lampadaires à l'extérieur transpercent en passant par les trous de la plaque.

— Saloperie de boîtier, grogne-t-il dans un souffle.

— Pas un bruit, le réprimande Élias d'une voix aussi basse.

Zack ne répond pas.

— Pas trop tôt, finit-il par dire, comme pour lui-même, sa voix à peine audible.

Je l'entends tapoter sur son fameux boîtier, puis un léger chuintement résonne contre mes tympans, signe que la plaque commence à coulisser. Ma peur monte d'un cran et je me raidis. La main d'Élias se pose sur mon mollet.

— Du calme, murmure-t-il.

Sa voix se veut rassurante, elle est douce comparée à toutes les fois où il m'a parlé. Si seulement ça pouvait suffire à dissiper l'angoisse qui m'envahit ; malheureusement, ça ne fonctionne pas. Zack franchit les derniers barreaux de l'échelle avec prudence jusqu'à ce que son visage émerge à la surface. Il est immobile, je n'entends même plus sa respiration, je vois les contours de ses jambes dans la pénombre. J'ai peur de mourir, tuée par des soldats me prenant pour une hors-la-loi. Je sens à nouveau les doigts d'Élias se resserrer sur mon mollet.

— Monte.

Je reste pétrifiée alors que l'écart se creuse de plus en plus entre Zack et moi. Maintenant, une bonne dizaine de barreaux me séparent de la surface.

— Monte, me répète-t-il sur un ton plus rude.

J'inspire, j'expire. Ma main tremblante cherche le barreau supérieur, le saisit et s'y cramponne. Mon corps suit le mouvement. J'ai beau avancer avec une lenteur digne de celle d'un paresseux, la sortie se rapproche trop vite. À présent, je sens l'air s'engouffrer dans le tunnel et faire contraste avec mes joues brûlantes. La silhouette sombre de Zack se penche vers moi.

— Attrape ma main, la Boche.

Je la vois comme une ombre qui se balade non loin de ma tête. Je devrais la saisir, mais je me braque, je refuse son aide. Alors, je me donne du courage et je continue à grimper l'échelle, suivie de près par Élias.

Quand j'arrive au bout, Zack me crache, dans un chuchotement, quelques mots incompréhensibles au visage. Mon rejet a dû le vexer, mais je m'en fiche, il n'est personne pour moi.

Élias s'extrait à son tour de l'égout ; il jette un regard rapide sur les alentours et attrape le boîtier que Zack lui lance. La petite rue dans laquelle nous avons débouché est déserte. Pendant que Zack resserre sa main sur son arme en pivotant sur lui-même pour faire le guet, Élias compose un code. J'ai à peine le temps de voir qu'il s'agit d'un pavé numérique qu'il le rengaine aussitôt. Je regarde la plaque d'égout se refermer. Comment ces gens vivant dans les sous-sols peuvent-ils posséder de tels boîtiers leur permettant d'accéder au réseau souterrain de Germania ? J'en déduis qu'ils ne sont pas si démunis que ça en matière de survie. Il me semble évident que ces fameux infiltrés dont j'ai entendu leur leader parler jouent le rôle de taupes parmi les miens et ont accès à des informations et à la technologie de mon peuple. Mais dans quelle mesure, exactement ? Je n'ai pas le temps de réfléchir plus longtemps à tout ça qu'Élias m'attrape par le poignet et m'entraîne dans sa course, Zack sur nos pas. Je suis le mouvement, j'ai des ratés et ma vue est comme brouillée par l'adrénaline qui court dans mes veines. L'idée que je pourrais crier pour alerter une sentinelle patrouillant dans le coin me vient à l'esprit, mais j'ignore pourquoi aucun son ne sort de ma bouche. La peur, sans doute, est revenue me hanter et a raison de moi.

Élias arrive à un embranchement et s'arrête sans me lâcher. À quelques mètres se trouve un réverbère datant de la Seconde Guerre mondiale, quand Hitler et son architecte privé, Albert Speer, en étaient aux prémices de la construction de l'utopique Germania. Le gouvernement en a gardé quelques-uns en mémoire du passé, même si leur mécanisme a été modifié et adapté à notre technologie. Élias se plaque contre le mur, calant son bras contre ma poitrine pour me forcer à rester dans l'ombre moi aussi. Zack n'a pas besoin qu'on lui dise quoi faire, il se range contre la paroi opposée jusqu'à faire corps avec. Le souffle court, j'essaye de me repérer, mais cette situation inhabituelle me rend fébrile et la pénombre ne m'aide pas. Je ne pensais pas atterrir dans une rue en retrait du centre, je n'y mets pas souvent les pieds.

Ici est massée une grande partie de la population dont le statut tire plus vers le bas que le haut, même si la pauvreté en soi n'existe plus de nos jours. Des gens qui sont devenus *persona non grata* après avoir travaillé toute leur vie. Des retraités, d'anciens soldats révoqués pour telle ou telle raison. Des boulets pour l'État. Cet endroit est à l'opposé du lieu guindé où je vis. *Où tu vivais,* me corrige ma petite voix intérieure. À force de chercher à prendre des repères, j'en trouve un de taille. Au loin, la coupole de la *Volkshalle* apparaît dans le paysage. Comme une montagne au milieu de bâtiments déjà hauts sur lesquels se reflète la lumière des éclairages de la ville, elle les surplombe sans mal.

Elle est le symbole de Germania, capitale du monde, et fait la fierté de l'Allemagne. Un joyau bâti à la gloire d'un Reich millénaire. En l'observant sous cet angle, je lui trouve des airs de champignon atomique avec sa coupole imposante.

— En ligne droite, ça nous prendrait une petite heure pour rejoindre la *Volkshalle,* murmure Élias.

— À découvert ? T'es sérieux ?

— Évidemment que non, répond-il à Zack. Il faut qu'on emprunte les rues adjacentes. Elles nous en rapprocheront un maximum, même si ça nous rallonge. L'égout d'*Altenstrasse* se situe près de la *Volkshalle,* si on peut y accéder avant le lever du jour, c'est jouable. Combien de temps ça nous prendrait, selon toi ?

Élias me donne un brusque coup de coude. Je sursaute et je tourne la tête vers lui. En voyant son regard interrogateur, je comprends que c'est à moi qu'il s'adressait. Je ne m'y attendais pas. Tout à coup, mes idées s'embrouillent.

— Je... environ... euh...

— Tu vis bien dans cette ville, non ? Tu n'es pas capable de savoir ça ?

— Si, je le sais...

Je me tais à nouveau et j'essaye de faire le vide dans mon esprit, tout du moins de chasser tout ce qui n'a pas trait à la question d'Élias. J'ouvre mentalement le plan de Germania et je cherche l'endroit où nous nous trouvons en ce moment. L'écriteau vissé au mur me permet de tracer une croix imaginaire sur le plan : *Gardenstrasse*. Germania a été conçue, ou plutôt entièrement repensée et reconstruite, après la guerre de 1945, de manière à ce que les rues forment des quadrillages et que les bâtiments soient tous bien alignés, ordonnés comme les aiment les Aryens. Dès lors, il m'est facile de suivre le trajet des axes secondaires jusqu'à *Tierenspielplatz*, un espace de jeu cerné d'arbres créés artificiellement, comme la totalité de la rare végétation présente à Germania. Je m'y suis souvent rendue en compagnie de ma mère. Nous regardions les enfants s'amuser tout en discutant de tout et de rien. Ça me détend les nerfs de penser à ces moments d'évasion et j'en oublie ce que je suis en train de faire.

— Alors ?

La voix d'Élias me sort de ma torpeur. Terminé les souvenirs agréables, je suis de nouveau dans ce lieu sombre et peu accueillant avec, pour compagnons, deux garçons dont l'hostilité à mon égard n'est plus à démontrer.

— Il faut prendre la voie qui se trouve par là, puis continuer tout droit sur environ cinq cents mètres. Je crois me souvenir qu'il y a un écran géant à cet endroit et une galerie d'art en dessous, c'est juste après qu'on devra recouper sur la gauche pour accéder à un parc.

— OK, et ensuite ?

— Ensuite, il ne reste pas beaucoup de chemin pour arriver à la *Volkshalle*. Mais à partir du parc, tout est à découvert.

— Je suis au courant, merci. Les sentinelles font des rondes tous les combien aux environs du bâtiment ?

— Je ne sais pas, je n'ai jamais calculé, mais je dirais... toutes les cinq à dix minutes.

— C'est peu.

— Quel pessimisme, chuchoté-je.

Le visage d'Élias se renfrogne aussitôt et il me toise.

— Les nôtres sont bien obligés de l'être avec tous ces nazis qui vivent au-dessus de leurs têtes.

J'entends le rire étouffé de Zack tandis que ces paroles acides m'ont cloué le bec.

— Ne perdons pas de temps, conclut-il.

Nous tournons le dos au réverbère pour gagner le fond de la rue et prendre sur la droite comme je l'ai indiqué. Soudain, un claquement sec résonne derrière nous, troublant le silence de la nuit. Nous nous figeons d'un coup.

12

— Halte ! On ne bouge pas !

Lentement, très lentement, nous nous retournons. Un homme se trouve à l'orée de la rue. Sa silhouette, encadrée par le halo du réverbère derrière lui, se dessine sous nos yeux. Il doit faire pas loin de deux mètres, ses épaules sont larges et carrées, sa tête ressemble à un ballon posé sur un cou de taureau. Des mèches rebelles dans sa chevelure forment comme des filaments d'or au-dessus de son crâne. Malgré son calme apparent, Élias me saisit aussitôt la main et je comprends très vite la raison de ce geste. Il a peur. Peur que je me mette à crier, que je les dénonce, Zack et lui. Ce serait si facile. Il me suffirait de dire à ce type qu'ils me retiennent contre mon gré, que je suis une Aryenne comme lui. Et c'était ce que je m'apprêtais à faire jusqu'à ce que l'envie de le faire s'envole à l'instant où Élias a glissé sa main dans la mienne. L'homme, face à nous, fait un pas en avant.

— Qu'est-ce que vous faites ici ? Le couvre-feu est passé depuis une demi-heure. Vous êtes des mendiants ? Des voleurs en repérage ? Je vous préviens, je vais appeler…

Les mots s'engluent brusquement dans sa gorge

alors que son regard fait plusieurs allers-retours entre Zack et Élias.

— Vos cheveux… Ils ne sont pas… blonds… D'où… d'où sortez-vous ?

Sa voix est comme une lame de rasoir. Tranchante. Incisive. Je perçois pourtant une onde de stupeur mêlée de peur qui fait légèrement vibrer ses cordes vocales. Élias doit la sentir également, c'est sans doute pour cela qu'il reste immobile. Pour ne pas que l'homme se mette à rameuter tous le quartier en hurlant. Mais comment croit-il que les gens de mon peuple peuvent réagir face à des personnes si différentes des Aryens ?

Zack, lui, ne réagit pas de la même façon et, plutôt que d'imiter l'attitude d'Élias, il braque soudainement le canon de son fusil sur l'arrivant.

— Va te faire foutre, sale nazi ! répond-il.

— Non ! s'exclame alors Élias en levant une main vers l'homme comme s'il voulait le convaincre de ne pas bouger.

Mais ce dernier l'ignore. Il ne voit désormais plus que Zack avec ses cheveux noirs, sa langue trop bien pendue et son arme prête à faire feu. Il bondit sur lui. Surpris, Zack recule, mais il heurte le rebord d'une gouttière vissée au mur et s'affale sur le bitume. Son fusil se retrouve en partie coincé dans son dos et son agresseur en profite aussitôt pour lui sauter à la gorge. Puis il lui arrache quelque chose du cou. Une chaîne au bout de laquelle oscille un pendentif qu'il maintient entre ses doigts l'espace d'une seconde.

— Un Juif ? C'est impossible ! Tu es un *Judenschwein*[1] !

La seconde suivante, il se met à vociférer des insultes, jette le collier à terre et commence à étrangler Zack. En entendant ces mots, c'est moi qui reste figée. Un Juif ? Voilà donc ce que Zack et Élias sont. Des Juifs ! Mes parents m'ont toujours dit que cette race était la pire de toutes, des voleurs, des violeurs. Je vois Élias s'élancer vers l'Aryen. En un instant, il est sur lui et essaye de le faire lâcher prise, mais l'homme est comme fou, possédé par une fureur sans nom.

Zack se défend du mieux qu'il peut. Ses mains s'agitent comme s'il cherchait à prendre son envol et ses jambes se replient dans le but de fracasser par-derrière le crâne de son assaillant. Élias agrippe l'agresseur de son ami par les épaules, puis, comme ce dernier s'accroche avec ténacité à sa proie, il le saisit par les cheveux et tire de toutes ses forces pour le contraindre à lâcher Zack. Je regarde ce drame se dérouler sous mes yeux, incapable de réagir tant cette scène me paraît irréelle. La gorge de Zack émet d'étranges et inquiétants gargouillis, l'Aryen le secoue comme une poupée de chiffon, tapant son crâne contre l'asphalte en même temps qu'il continue à lui broyer la trachée.

Il est fort. Trop fort sans doute pour un garçon d'une quinzaine d'années. Les jambes de Zack retombent au sol dans un mouvement convulsif avant de s'immobiliser totalement. Étendu sur le

1. « Sale porc de Juif » en allemand. Insulte raciale utilisée par les SS lors de la Seconde Guerre mondiale.

bitume, il ne bouge plus. C'est alors que je vois l'homme pivoter vers Élias. Il le projette contre le mur avec une puissance inouïe puis se précipite sur lui. La panique me gagne tandis que mon regard passe de Zack, toujours inerte, à Élias. L'Aryen lui envoie un coup de poing en pleine mâchoire qu'Élias lui rend avec autant de verve, mais son agresseur replie son genou et le lance dans son ventre. Élias expulse un grognement de douleur. Son assaillant en profite pour lui décocher un nouvel uppercut, frappant sec contre son arcade sourcilière. Il frappe encore et encore. Il est comme une machine à tuer.

— *Judenschwein! Judenschwein!* ne cesse-t-il de répéter comme un disque rayé.

Tout en maintenant sa main gauche sur la gorge d'Élias, il se baisse soudain vers son propre mollet. Mes yeux suivent la trajectoire de sa main droite alors qu'il a saisi quelque chose coincé dans sa chaussette. En apercevant l'éclat brillant de l'objet en question, je comprends tout de suite qu'il s'agit d'un couteau. Mon regard remonte sur Élias qui assène un nouveau coup dans la clavicule de son agresseur. Mais ce n'est pas suffisant pour arrêter l'homme dont la façon de se battre et de réagir est typique des soldats de l'armée SS. Il place tout à coup la lame de son couteau sur la trachée d'Élias et je vois un filet de sang glisser sur son cou.

— Ta race n'existe plus ! Je ne sais pas d'où tu sors, mais je vais te renvoyer là où tu devrais être : en enfer !

J'ignore ce qui se passe précisément à cet instant.

J'entends le déclic du fusil de Zack. Mes tympans résonnent de ce bruit soudainement devenu insupportable. Puis la déflagration le remplace alors que la balle fuse du canon et va se ficher dans la nuque de l'Aryen. Sa main s'ouvre et ses doigts deviennent raides comme de petits morceaux de bois. Le couteau tombe entre lui et Élias. Les deux hommes se fixent un bref instant puis l'agresseur s'effondre lourdement. Le silence retombe. Un silence de mort. Élias tourne la tête dans ma direction, nous nous regardons avec la même stupeur nichée au fond des pupilles puis il reporte son attention sur le fusil de Zack. À mon tour, je baisse les yeux dessus et je réalise qu'il se trouve dans mes mains. Aussitôt, je le lâche, mais Élias le rattrape au vol et le passe en bandoulière. Je ne m'en soucie pas, je plaque ma paume sur ma bouche. Mes lèvres et mon menton tremblent sous le coup de l'émotion.

J'ai tué un Aryen ! J'ai tué un des miens !

Ces mots tournent dans ma tête sans discontinuer. Comment ai-je pu faire ça ? Et pour sauver la vie d'un Juif ! Comment ai-je pu seulement ne pas réaliser mon geste ? Mon regard embué par les larmes se pose sur ce corps inerte puis sur le couteau près de lui. Plus que jamais, je me sens en danger, alors je fais ce qui me semble le plus logique pour m'aménager une porte de sortie. J'aurais pu prendre mes jambes à mon cou, ça aurait été la réaction la plus intelligente, mais au lieu de ça, je me baisse discrètement et je m'empare du couteau que je glisse dans ma bottine. La pointe me pique la peau puis trouve sa place tandis que je me redresse lentement, les yeux braqués sur Élias.

Il ne me regarde pas. Accroupi près de Zack, il est occupé à chercher son pouls, deux doigts posés sur sa gorge.

— J'ai tué un des miens, répété-je, cette fois-ci, à voix haute comme si j'avais besoin de faire sortir ces mots de ma bouche pour mieux intégrer ce que je viens de faire.

Élias redresse la tête. Il me fixe d'un air grave.

— Il est mort.

— Bien sûr, puisque je l'ai tué. J'ai tué un homme... un des miens...

— Non, je parle de Zack... Il est mort.

Sans attendre une réponse de ma part, il se met à tâtonner le sol tout près du corps de Zack jusqu'à ce qu'il tombe sur le collier arraché du cou de son ami. Il le fourre dans sa poche puis se redresse.

— Il ne faut pas rester là !

Il m'agrippe la main et m'entraîne à toute allure vers le bout de la rue où nous bifurquons sur la droite. Nos semelles crissent sur le revêtement du sol fraîchement refait, nos respirations sont saccadées et mon cœur est sur le point d'imploser. Et lui, son cœur est-il aussi sur le point d'imploser ? En a-t-il seulement un ? Les Juifs en ont-ils seulement un ? Nous courons sans ralentir une seconde ; nous courons si vite que les parois des immeubles de verre autour de nous se transforment en miroirs dans lesquels nos silhouettes sombres se reflètent, donnant l'impression d'avoir pris vie, elles aussi. Je ne vois plus les fenêtres des habitations où aucune lumière ne fuse comme si, le couvre-feu passé, tout le monde était mort.

Cette nuit, j'ai tué un homme…

J'ai tué un des miens…

Pour sauver un Juif…

13

Les hurlements de soldats nous vrillent les tympans. Élias et moi avons à peine eu le temps de nous engouffrer dans un égout. Nous regardons pendant quelques instants la plaque d'égout fermée au-dessus de nos têtes. Tout ce tintamarre, nous savons que c'est à cause de nous. Je pense à Zack et à cet homme que j'ai tué, leurs corps ont dû être découverts à présent et les sentinelles doivent être sur le qui-vive. À Germania, il n'y a pas souvent de meurtres et ceux qui commettent ce genre de délit sont abattus sans aucune forme de procès. Je pense alors à ce que j'ai fait, à l'acte terrible que j'ai commis. Puis je pense à Zack et à ce que la couleur de ses cheveux et de ses yeux vont déclencher chez les gens comme moi. Une vague de mépris, de dégoût et de colère... mais avant tout d'effroi à l'idée que des non-Aryens circulent dans la ville.

— Ne restons pas là, me souffle Élias.

J'acquiesce sans un mot. Pour la première fois, je suis heureuse de le suivre dans les entrailles de la Terre. Nous descendons l'échelle métallique et nous engageons dans une galerie. Nous marchons à pas lents, nos chaussures s'enfonçant dans une sorte de fange puante qui laisse échapper un bruit de succion chaque fois que nous relevons les pieds.

Des gouttes tombent du plafond de pierre, rythmant le silence angoissé qui nous lie la langue. Puis nous descendons encore de deux niveaux et nous arrivons dans un boyau tout petit et à demi rempli de terre. Il nous faut ramper pour le parcourir. J'ignore où nous sommes exactement, mais je sais que nous avons abouti dans un endroit abandonné par mon peuple depuis des lustres, à moins qu'il ne le connaisse même pas. Quelques mètres plus loin, nous pouvons enfin nous redresser, puis nous nous dirigeons vers une plaque sombre posée sur le sol. Élias s'accroupit et la soulève, dévoilant une nouvelle échelle scellée dans la roche.

— Descends en premier.

— Pourquoi moi ? m'insurgé-je.

— Parce que je te dis de le faire.

Je crispe les lèvres, la colère bouillonne en moi face à son ton froid. Un instant, j'ai envie de le frapper, et l'instant d'après, je voudrais me jeter dans ses bras pour qu'il m'insuffle un peu de son courage. Ce que j'éprouve à son égard est si étrange et confus. Attirance et répulsion, ce sont les mots qui me viennent en tête à son sujet.

— Je t'ai dit de descendre.

Sa voix me remet les idées en place et je finis par m'exécuter. Il s'engage aussitôt derrière moi et referme l'issue. Nous débouchons sur une espèce de carrefour reliant plusieurs boyaux et au centre duquel se trouve ce qui ressemble à une sorte de sens giratoire, mais avec les panneaux en moins. Je distingue à peine Élias qui vient d'allumer une minuscule lampe de poche en fin de vie. L'éclairage est si faible que je peux à peine voir l'expression de son visage tandis qu'il tourne sur lui-même pour examiner les lieux. Il opte pour le second tunnel en partant de la gauche.

— Viens.

— Où est-ce qu'on est ?

— En enfer. Ça ne se voit pas ?

— Et où, exactement, en enfer ? insisté-je.

— Ne t'inquiète pas pour ça.

Je prends sa réponse pour une confirmation qu'il sait où nous sommes, même si son hésitation à choisir notre chemin me donne l'impression qu'il n'est pas tout à fait sûr de lui. Cela dit, je préfère être perdue avec lui que seule. Au bout d'un moment, il s'immobilise, je ne vois que son dos devant moi, puis il pivote d'un quart de tour vers moi ; sa lampe n'est plus qu'un point jaune pâle noyé dans les ténèbres.

— Ici, me fait-il en pointant un endroit de la main dont le contour se dessine dans la pénombre.

Je braque la tête vers la droite et j'y distingue avec peine un renfoncement creusé dans la roche. L'idée de descendre plus bas encore dans la terre m'angoisse terriblement, mais m'arrêter me fait à peu près le même effet.

— Élias ! Je ne te vois plus ! m'écrié-je tout à coup alors que la lumière disparaît totalement.

Une main se pose sur mon bras. J'ai un mouvement de recul machinal, mais je suis soulagée de le sentir là, tout près de moi.

— C'est la première fois, dit-il.

— La première fois que quoi ?

À nouveau, une lueur fade apparaît et le visage d'Élias se teinte d'un coloris qui lui donne des airs de cadavre. Il esquisse un sourire en brandissant une lampe de poche plus grande que la précédente.

— La première fois que tu m'appelles par mon prénom.

Je ne réponds pas, je suis plus étonnée par la vue de cette lampe et je m'interroge. Comment savait-il qu'il y en avait une ici ? Il me fait signe d'approcher et oriente le faisceau lumineux autour de nous pour que je puisse découvrir avec plus de précision l'endroit où nous nous trouvons. C'est une sorte d'alcôve aux murs crayeux. Un bidon métallique est posé dans un coin. Élias se penche vers l'intérieur de celui-ci et en sort une couverture qui sent la moisissure.

— Désolé, mais cette cache n'est pas très bien fournie en matière de confort.

— Du moment qu'on a de la lumière, dis-je avec un certain soulagement dans la voix.

Il me répond d'un vague sourire dans lequel je décèle une pointe d'amertume. Il me tend la torche, puis déplie la couverture et l'étale au sol. D'un regard, il m'invite à m'y installer. J'hésite un instant avant de me décider finalement à l'imiter. Je dépose la lampe allumée entre nous deux et je ramène mes genoux contre ma poitrine après avoir calé mon dos contre le mur. Je me sens mal à l'aise.

Assise à quelques centimètres d'un garçon qui affole autant mon corps que mes sens, j'éprouve le sentiment de vivre quelque chose d'interdit et de contre nature. Plus j'y pense, plus je me dis que je devrais avoir honte de désirer qu'Élias me prenne dans ses bras pour me réconforter. En moi circule cette culpabilité à l'idée d'avoir tué un des miens pour le sauver, lui, alors qu'il fait partie de mes ennemis. J'ai l'impression d'avoir perdu la tête à l'instant où j'ai saisi ce fusil pour abattre l'agresseur d'Élias.

Mais au fond de moi, je sais pourquoi je l'ai fait et ça n'a rien à voir avec la race ou même la religion. Est-ce que je devrais me sentir fautive d'avoir tiré sur un homme qui massacrait gratuitement un adolescent après en avoir tué un autre ? J'ai beau me dire que oui, je n'y parviens pas, comme si mon cœur s'était brusquement durci en appuyant sur la gâchette de l'arme de Zack. Élias ne semble pas vivre la situation de la même façon, il replie lui aussi ses genoux, pose ses coudes dessus et enfouit sa tête entre ses mains.

— Qu'est-ce qui va se passer maintenant ?

Il redresse la tête et me dévisage avec insistance. Je sens mes joues me brûler et je remercie le ciel que le manque de clarté ne permette pas à Élias de s'en apercevoir.

— On ne change pas nos plans. Il faut rejoindre l'égout qui jouxte la *Volkshalle*.

— Mais on peut le faire par les réseaux souterrains, non ? Ils doivent bien être reliés à ceux où on se trouve.

Il secoue la tête en détournant le regard. Il fourre sa main dans sa poche et sort la chaîne qu'il a ramassée dans la rue. Le collier de Zack. Coincé entre son pouce et son index, il le fait bouger et le pendentif se met à osciller de droite à gauche devant ses yeux. Je fixe mon attention dessus à mon tour, presque hypnotisée.

— Non, ils ont été séparés par un remblai de

l'armée, il y a environ soixante-dix ans, et les tunnels en dessous se sont écroulés. On n'a jamais réussi à ouvrir une brèche pour les relier. Le seul passage qui relie l'endroit où sont les miens et les tunnels de la *Volkshalle* est bloqué par l'éboulement auquel on a échappé.

— Qu'est-ce que c'est ? demandé-je.

Élias me jette un coup d'œil troublé avant de réaliser que je parle du collier.

— Le collier de Zack.

— Oui, je sais, mais…

— Le pendentif est une *maghen Dawid*[1].

Comme je garde le silence, il me regarde plus longuement en haussant les sourcils.

— Tu ignores ce que c'est, n'est-ce pas ? Je savais que les nazis avaient effacé toute trace du judaïsme, mais à ce point…

— Je sais ce que sont les Juifs.

— Et à voir ta tête, tu ne les portes pas dans ton cœur, je me trompe ?

J'hésite, mais finis par hocher la tête.

— Comment peux-tu juger une race dont tu ignores tout ?

— J'en sais ce que mes parents et l'histoire m'ont enseigné, ça me suffit pour ne pas avoir envie de…

Le regard glacial d'Élias me fait taire sur-le-champ. Pour autant, je ne baisse pas les yeux.

— Ce qu'on t'a appris ne reflète rien d'autre que des propos mensongers.

— Mon peuple ne ment jamais !

1. Littéralement « bouclier de David », aussi appelé étoile de David ou étoile de Salomon et symbole du judaïsme (réf. Wikipédia).

— Ton peuple n'a jamais cessé de mentir depuis que la guerre a éclaté !

— C'est faux !

Lentement, ma main glisse vers le couteau caché dans ma bottine. Quand mes doigts se referment sur le manche, Élias se met à fouiller dans la doublure de sa veste. Je le surveille attentivement, prête à me défendre s'il essaie de me faire le moindre mal. Mais ce n'est pas une arme qu'il sort, juste une espèce de portefeuille de ceux qu'on voyait dans l'ancien temps. J'ignorais que des gens pouvaient encore utiliser ce genre de vestige. Aujourd'hui, tout le monde possède une carte magnétique dans laquelle sont intégrées toutes ses données identitaires. Il tire des photos du portefeuille et, sans un mot, me les tend.

— Qu'est-ce que c'est ?

— C'est le passé des gens qui vivent sous terre. Et celui de ton peuple aussi.

À nouveau, j'observe un moment de méfiance. J'hésite à m'en saisir, tout comme je ne me résous pas à lâcher le manche de mon couteau. Élias garde la même position pendant ce qui me semble une éternité, le bras tendu vers moi, les yeux rivés sur mon visage.

Discrètement, je relâche ma prise sur mon arme et je prends le petit paquet d'une dizaine de photos en jetant un regard froid à Élias. Elles sont vieilles. Très vieilles. Leurs rebords ciselés sont tout abîmés et des stries blanches barrent certaines parties des clichés, comme des cicatrices indélébiles. Je passe un doigt dessus et je sens leur rugosité. Ça me fait tout drôle, moi qui ne connais que la douceur des écrans de tablettes et d'ordinateurs.

Les images en noir et blanc défilent sous mes yeux. J'y découvre des soldats de la Wehrmacht en uniforme de la Seconde Guerre mondiale qui ont bien changé depuis, mis à part ce même insigne qui représente le régime SS. Ils paradent dans les rues d'une ville que je ne connais pas jusqu'à ce que je repère un panneau indiquant le nom de Berlin sur l'une des photos. Une ville en ruines qui n'a rien de commun avec le Germania d'aujourd'hui ; un lieu peuplé d'habitants aux visages creusés, des femmes et des enfants dont les silhouettes émaciées sont gravées à jamais sur ces clichés sans âge. Puis les images se font plus sombres et angoissantes ; je vois des corps entassés les uns sur les autres comme de vulgaires déchets. Le sang afflue et cogne contre mes tempes et je sens mon menton trembler. L'espace d'un instant, je suis obligée de tourner la tête sur le côté pour réprimer tous ces sentiments qui m'envahissent. La stupeur, le dégoût, la colère, la peine... L'émotion m'étreint tant que j'ai du mal à me recomposer une expression neutre.

— Regarde encore, me dit Élias sur un ton cassant. Allez ! N'aie pas peur d'affronter ce que ton peuple a fait des gens différents de lui.

Je lui jette un regard mauvais puis je repose les yeux sur les clichés et me force à regarder les suivantes. L'une d'elle montre un groupe de personnes, peut-être une ou plusieurs familles ; il y a des hommes, des femmes et des enfants. Tous ont les bras levés et je peux lire un effroi glacé dans leurs regards et sur leurs traits. Les trois soldats allemands, face à eux, les tiennent en joue avec leur fusil. La photo d'après, ces mêmes personnes sont étendues sur le sol dans une mare de sang. Je frissonne.

— Les gens à terre étaient des non-Aryens. Je n'ai pas besoin de te donner l'identité de leurs assassins, pas vrai, Krista ?

Je reste muette. J'aurais bien du mal à parler alors que toutes ces images ne sont qu'une suite de corps nus, semblables à des squelettes, et de scènes violentes. Pires encore sont celles de gens vêtus de pyjamas rayés et dont les silhouettes sont si efflanquées qu'ils génèrent un sentiment d'horreur et d'impuissance chez moi. Sur tous les clichés, je retrouve des soldats allemands. Tous portent une croix gammée sur leur uniforme et tous sont placés dans le rôle de l'agresseur. *Mon peuple n'a pas fait ça !* songé-je en réprimant les brûlures dans mes yeux. Je ne veux pas croire que ces photos soient la réalité de ce qui est arrivé ; sinon, il y en aurait forcément eu trace dans nos livres d'histoire !

À moins que... *À moins qu'on ait modifié la réalité pour cacher la vérité aux générations suivantes.* Cette pensée fait plus que m'ébranler. Si c'était le cas, cela voudrait dire que je descends d'une race de monstres ! Comment accepter une chose aussi ignoble ? Je ne peux pas, c'est au-dessus de mes forces. Je lève les yeux sur Élias, les lèvres pincées et je lui jette les clichés au visage.

— Ce sont des montages ! Mon peuple ne peut pas avoir commis de tels actes !

Au lieu de me répondre, il ramasse les photos une à une, les rassemble en un tas qu'il replace dans son portefeuille.

— Explique-moi alors comment ton peuple s'y est pris pour éliminer les autres races ? Elles n'ont pas disparu comme par enchantement. Non, la vérité, c'est que, pendant la guerre, ton peuple a déporté et exterminé des millions de personnes dans des camps. Des hommes, des femmes et des enfants qui ne correspondaient pas à leur façon de voir les choses, et les ont laissés mourir de faim, de soif. Ils en ont même brûlé autant dans des fours ! Des enfants, Krista ! Ils ont brûlé des enfants et les ont regardés partir en fumée !

— Tu racontes n'importe quoi !

— Vraiment ? Alors, pourquoi est-ce que je lis le doute dans ton regard ?

J'ouvre la bouche, puis je la referme, incapable de répondre. Il a raison. Une part de mon être est en plein désarroi parce que le doute s'en est emparé et qu'il me force à m'interroger, à remettre en question mon mode de pensée ainsi que mes convictions. Et le désarroi m'emplit en imaginant que ce qu'il m'a dit sur ces enfants est vrai. Je ne réagis pas parce que je ne veux pas lui montrer que ces paroles me brisent le cœur. Et si, en fin de compte, mon peuple n'était pas celui qu'on m'a appris à révérer depuis ma naissance ? Ma vie entière reposerait-elle sur un mensonge ? Et mes croyances seraient-elles faussées depuis toujours ?

— Les gens qui vivent sous la surface de Germania sont des descendants de personnes ayant échappé à l'holocauste orchestré par Hitler. Ils ont trouvé un moyen de se cacher dans les sous-sols. Je ne sais pas comment ils s'y sont pris ni comment ils ont pu survivre, mais ils y sont arrivés et ne sont plus jamais sortis des souterrains qu'en de rares occasions. Je suppose que beaucoup d'entre eux sont morts, de faim, de soif, de maladie… mais certains ont réussi à assurer une descendance. Une descendance qui vit encore sous terre parce que ton peuple est toujours prêt à la détruire s'il apprenait son existence.

— Pourquoi est-ce que tu me dis tout ça ?

— Pour que tu comprennes que nous n'attendons rien de ton peuple. Ni aide ni compassion. Nous ne sommes pas des parasites accrochés à leurs semelles, nous sommes des êtres humains, comme eux. Des Juifs, des Tsiganes, des Slaves, des handicapés… peu importe notre race ou notre religion, nous sommes ceux dont ton peuple ne veut pas au nom d'une perfection imaginaire.

— Des handicapés ?

Il hoche la tête.

— Contrairement à ton peuple, nous ne tuons pas les gens parce qu'ils sont différents, que ce soit mentalement ou physiquement. Nous essayons de composer avec ce que nous sommes, nos rêves, nos croyances, nos espoirs… Bref, de vivre en paix entre nous. Tu as quelque chose contre les handicapés ?

Je pense aux enfants que j'ai vu naître à la maternité, ceux dont j'ai dû déposer les corps dans l'incinérateur après que ma supérieure leur a fait la piqûre fatale. Des enfants porteurs de malformations, des enfants imparfaits… de futurs handicapés. Un nœud se forme dans mon ventre, s'ajoutant au précédent déjà présent.

— Je… je ne sais pas… Je n'en ai jamais vu.

— Pas plus que des non-Aryens, j'imagine. Ça apprend l'humilité en tout cas, crois-moi. Tout comme vivre dans des conditions comme les nôtres.

Je baisse un instant la tête avec la vague impression qu'Élias cherche à me culpabiliser de n'avoir jamais vécu ailleurs que dans un moule formaté où l'on ne manque de rien, du moins pas de l'essentiel. Et le pire, c'est que ça fonctionne.

— Et ce collier, tu l'as récupéré parce que…

— Pas par sentimentalisme, si c'est ce que tu te demandes. Mais quand ton peuple découvrira que des non-Aryens ont survécu dans leur royaume empoisonné, ça risque de compliquer la vie de ceux qui vivent en bas. Sans ce collier, Zack sera impossible à catégoriser, ce n'est pas grand-chose, mais puisqu'il y a des Aryens qui n'ont pas la chance de garder leur blondeur et leurs yeux bleus, ça permettra de laisser planer le doute.

— Tu te trompes, les Aryens sont tous blonds avec des yeux bleus. C'est la sélection qui fait que…

— Oui, la sélection… T'es-tu un jour posé la question de savoir ce que devenaient les gens qui ne correspondaient plus à vos critères passé un certain âge ? Ceux dont les cheveux virent au brun, ceux dont les iris changent ? Des bébés, des enfants… Qu'en faites-vous, dis-le-moi ?

Je me mordille la lèvre inférieure. Je suis incapable de répondre à sa question, même si j'en connais parfaitement la réponse.

— Nous préservons notre race, nous ne faisons rien de mal.

— C'est ça, rien de mal… La vérité, c'est que tu n'en sais rien, tu te contentes de voir et de croire ce qu'on veut bien te montrer et te dire parce que c'est plus facile de vivre comme ça. Mais ces gens-là, peu importe leur âge, s'ils sortent des normes en vigueur, ton Führer les fait exécuter. Comment peux-tu cautionner le meurtre de personnes au nom de leur différence, même parmi les tiens ?

J'essaie de ne rien laisser paraître alors même que ses paroles résonnent d'une drôle de façon en moi et que mon cœur semble tout à coup secoué par un vent de culpabilité, non pas d'agir mal, mais de ne pas réagir. Je me concentre sur le collier de Zack qu'il continue à faire osciller entre ses doigts comme un pendule à la recherche d'un trésor enfoui. Je ne peux pas m'empêcher de me demander si ce qu'il m'a dit à ce sujet est vrai. La manière dont il a détourné la conversation en attaquant l'aryanisme de mon peuple me fait douter. Si j'imagine bien qu'il a pris le collier pour protéger sa communauté, je pense dur comme fer que ce n'est pas l'unique raison qui l'y a poussé.

— Je ne sais pas quoi te dire pour Zack, chuchoté-je.

— Dans ce cas, ne dis rien. Je n'attends pas que tu comprennes mon point de vue. Après tout, tu es une Aryenne.

Je détourne la tête et fais comme s'il n'existait plus. J'aurais voulu trouver les mots pour le soulager un peu de sa peine, mais je n'ai jamais été très douée pour ce genre de chose et ses reproches m'ont ôté toute envie de faire des efforts pour lui. Et puis, il fait montre d'un tel sang froid face à la perte de son ami que je ne sais trop quoi penser. Que ressent-il à cet instant ? Est-il aussi dur que ces jeunes hommes qui s'enrôlent dans notre armée à la vie, à la mort ? Une sorte de fanatique que même le visage de la mort n'effraie pas ? Mon frère est comme ça et je n'ai jamais pu supporter ces soirées où il jubilait en parlant de son avenir en tant que soldat.

Élias pose tout à coup sa main sur mon épaule et je tourne à nouveau la tête vers lui. Nos regards se captent et je distingue un éclat puissant dans ses yeux. Celui du désarroi.

— Zacharie était mon ami. J'ai grandi avec lui. Je l'ai même vu naître et… je ne sais pas ce que je vais pouvoir dire à mon grand-père pour expliquer sa mort.

— Et ses parents, est-ce qu'ils sont…

— Ils sont morts depuis longtemps déjà… de maladie. Vivre dans les égouts n'a pas que des avantages. Il y en a même peu.

J'observe son profil, son front haut, son nez bien dessiné et ses lèvres. J'ai envie de poser ma main sur sa joue, de sentir sa peau légèrement râpeuse alors qu'un début de barbe englobe son menton, mais je ne le fais pas. Parce que c'est interdit. Parce qu'il n'est pas comme moi. Parce qu'on m'a appris à détester les gens comme lui.

— Je suis désolée.

Élias se contente de replier ses doigts sur le collier qui disparaît dans sa paume. Ensuite, il recule de quelques centimètres, jusqu'à ce que son dos se retrouve collé au mur derrière lui. Il cale sa tête contre la paroi et se met à fixer un point invisible.

— Et toi ? me demande-t-il soudain sans cesser de regarder droit devant lui.

— Moi ?

— Ça te fait quoi d'avoir tué ce type ?

Je reste muette un long moment. J'essaye de faire le tri dans mes émotions et mes pensées pour savoir ce que je ressens au plus profond de moi. Mais j'ai beau chercher, je ne parviens pas à trouver la réponse à cette question.

— Je ne sais pas vraiment…

— Tu ne te sens pas coupable ?

— Sans doute, oui… Mais… je suis peut-être une Aryenne, un de ces monstres que tu décris, seulement… Je… C'est surtout que c'est la première fois que je tire sur une personne et…

— Et tu n'aimes pas ça.

— Je ne sais pas… J'ai l'impression d'être passée dans le camp ennemi. J'ai commis le pire crime qui soit envers ma patrie, et en même temps… je ne regrette pas mon geste… Je ne pouvais pas laisser cet homme te massacrer juste parce que…

— Parce que je suis un *Judenschwein* ?

Nos regards se croisent une nouvelle fois. Ce mot dans sa bouche sonne comme la pire des insanités. Je ne veux pas lui répondre, alors je détourne les yeux et il n'insiste pas.

— Éteins la lumière, il faut l'économiser, chuchote-t-il.

Même si l'idée de me retrouver dans l'obscurité me fait frissonner autant de peur que de froid, je me plie à sa demande. Quand le noir est total, qu'on n'y voit même plus les contours de nos deux silhouettes recroquevillées sur elles-mêmes, je cale ma respiration sur celle, plus régulière, d'Élias. Malgré le fait qu'il garde ses distances avec moi, le savoir tout proche me réconforte. Je ferme les yeux et j'essaie d'effacer ces images de souffrance qu'il m'a montrées et mes doutes sur mon peuple. Je ne veux plus penser à tout ça. Je ne veux plus penser à rien.

14

Quand je finis par ouvrir les yeux, mes membres sont engourdis par le froid. Durant un instant, je n'ai plus conscience de l'endroit où je me trouve. Machinalement, je cherche mes repères habituels, ma table de chevet, la fenêtre de ma chambre, puis je sens cette odeur de renfermé tandis qu'un frisson me parcourt et ça me revient. Nous sommes sous les égouts. Dans le lointain, un faisceau lumineux recouvre la surface de l'eau stagnante d'un halo doré. La peur ondule sur ma peau quand le rayon blafard se met à balayer le tunnel de gauche à droite.

— Élias ? murmuré-je, une boule d'angoisse dans la gorge.

Pas de réponse. Je trouve le courage de poser ma main là où il est supposé être assis et je tâtonne le sol, mais il n'y a personne. Je tente alors de me lever, lentement, sans décoller mon dos du mur. Mes semelles glissent sur la couverture et font crisser les quelques minuscules fragments libres de roche juste en dessous, ramenant aussitôt le faisceau de lumière dans ma direction. J'ai l'impression d'être un bateau en perdition sur lequel un phare braque son rayon menaçant.

— Enfin debout ?

La voix d'Élias forme un écho qui se répercute

contre les parois du tunnel même s'il n'a pas parlé très fort. Sa silhouette se détache derrière la lampe qu'il tient d'une main, alors que l'autre est occupée à maintenir immobile son arme placée en bandoulière le long de son torse. À la vue de mon compagnon d'infortune, je ne peux réprimer un soupir de soulagement. Il se plante devant moi et je plisse les paupières.

— Baisse la lumière, tu m'éblouis.

— Désolé.

— Je me suis endormie, je crois.

— En effet, tu as fait un bon petit somme. Pas trop faim ?

— Si, j'avalerais bien un cheval.

— Désolé pour ça aussi, mais il va falloir se passer de repas pour le moment. Cela dit, il y a les rats si tu as vraiment un gros creux, mais pas de petit-déjeuner à la nazie.

Ses paroles me font l'effet d'un coup de poignard en pleine poitrine, encore un. Ma réaction est immédiate. Ma main retombe sur sa joue dans un claquement sonore. J'ai frappé avec une telle vigueur que ma paume me brûle et je dois la frotter contre mon tee-shirt pour calmer l'échauffement. Élias me fixe sans ciller ; je soutiens son regard avec le même éclat de colère qui brille dans le sien. Pour la première fois depuis que je suis arrivée dans ces souterrains, que j'ai découvert ces gens qui vivaient sous mes pieds depuis je ne sais combien d'années, je me sens forte. Sans doute le fait d'avoir tiré sur un homme a-t-il ravivé mes souvenirs de l'époque où j'ai suivi quelques cours au BDM[1] avant de finalement partir pour la vie active. Lorsque j'ai tué notre assaillant, c'est tout un pan de cette période qui est revenu à la surface et qui a mis en ébullition chacune de mes cellules, même si je fais de mon mieux pour le repousser vers les ténèbres.

— C'était juste une expression, me souffle-t-il.

— Je suis ici depuis deux jours. J'ai donné naissance à un des vôtres, on m'a insultée, craché dessus comme une moins que rien et j'ai été emprisonnée. Malgré tout ça, j'ai accepté de t'aider à obtenir un message des tiens coincés sous l'éboulement et j'ai même tiré sur un des miens pour te sauver. Je crois avoir mérité un peu plus de respect que tu ne m'en portes.

À ma grande surprise, la réaction d'Élias n'est pas celle à laquelle je m'attends. Il se baisse d'un coup et se saisit du couteau dissimulé dans ma bottine avant de se redresser et de me toiser. Il est si rapide que je n'ai même pas le temps d'avoir un mouvement de recul, encore moins celui de l'en empêcher.

— Pour obtenir mon respect, il ne faut pas s'amuser à cacher des armes dans ses chaussures, me lance-t-il en brandissant le couteau sous mes yeux.

Je lui renvoie un regard furibond.

— Je te déteste.

Comme s'il n'avait rien entendu, il coince la

1. BDM : *Bund Deutscher Mädel* (jeunesse hitlérienne au féminin) : centre n'accueillant jusqu'à 1938 que des adolescentes de 14 à 18 ans. Plus tard, la structure fut modifiée et l'âge ramené de 17 à 21 ans.

lame dans sa ceinture puis presse sa paume sur mon épaule pour me forcer à me rasseoir. Ma main me démange encore quand je réalise que mes paroles le laissent insensible. Il s'accroupit face à moi et me dévisage.

— Nous sommes tous les deux dans le pétrin, et si tu veux survivre à tout ça, tu as tout intérêt à t'allier à moi plutôt qu'à essayer de me tuer.

— Et si je n'ai pas envie de le faire ?

Il hausse les épaules d'un air nonchalant.

— Alors, c'est que tu n'as pas envie de survivre parce que sans moi, tu ne feras pas long feu.

Je me contente de le fixer sans un battement de cils. Encore une fois, il a raison et c'est sans doute ce qui m'énerve le plus.

— Le jour doit être levé maintenant et sortir des égouts est impossible pour moi, reprend-il.

— Pourquoi ?

À ces mots, il lâche un ricanement, entre agacement et moquerie.

— Tu m'as bien regardé ? Tu trouves que j'ai l'air d'un bon Aryen avec mes cheveux bruns et mes yeux foncés ?

— Tu ressembles à tout sauf à un Aryen.

— Dieu m'en préserve. En attendant, si je veux me fondre dans la masse, je vais devoir teindre mes cheveux en blond et mettre des lentilles de contact bleues. Le problème étant que pour me procurer ces produits, il faudrait que je puisse sortir de cet endroit. C'est le serpent qui se mord la queue.

— Je ne sais même pas de quoi tu parles.

— Ce sont des produits qui n'existent pas sur le marché aryen.

— Comment pourrais-tu te procurer ce genre de choses si elles n'existent pas ?

— J'ai mes sources, ne t'inquiète pas pour moi. Ma curiosité est piquée au vif.

— Comment faites-vous en général ?

Élias fronce les sourcils. Ses lèvres ne sourient plus. Elles ne sont plus qu'un trait crispé sur son visage fatigué.

— Comment on fait « quoi » ?

— Ton groupe et toi, pour manger, pour... vivre sous terre. Il doit bien y avoir quelqu'un qui vous ravitaille en nourriture, médicaments et... enfin pour tout ce que vous ne pouvez pas trouver en bas, non ?

Élias ébauche un sourire amusé.

— Tu poses des questions, c'est étonnant. En général, les gens de ton peuple ont tendance à laisser de côté la réflexion au profit de pensées plus formatées.

— Je ne suis pas qu'une Boche bête et disciplinée, figure-toi. Alors ? Tu réponds à ma question ?

— Nous avons ce qu'on appelle des infiltrés. Tu n'as pas besoin d'en savoir plus.

— Anna, cette fille que j'ai accouchée, c'est une infiltrée ?

Élias détourne la tête, mais je m'obstine.

— Et c'est une Aryenne ?

Il me fusille du regard. Visiblement, cette discussion commence à lui déplaire.

— Ça ne te regarde pas. Maintenant, arrête avec tes questions. Anna n'est pas là, d'accord ? Elle est peut-être en train de mourir avec les autres. Tu n'as pas besoin d'en savoir plus sur le sujet.

Je lâche un soupir de lassitude. Cette attitude qu'il a vis-à-vis de moi me fatigue. Je voudrais pouvoir être capable de le mépriser autant qu'il semble me mépriser, mais je n'y arrive pas ; c'est plus fort que moi.

— Je vais le faire.

Élias continue à me fixer, une lueur de défi dans le regard.

— Je vais aller chercher ce dont tu as besoin. Moi, je suis une Aryenne, je peux sortir.

Élias lâche un petit rire nerveux puis son visage se tend, les muscles de ses mâchoires saillent sous sa peau.

— Et pourquoi ferais-tu ça ?

Je hausse les épaules. Je ne le sais même pas moi-même. Peut-être parce que j'y vois le moyen de lui prouver que je ne suis pas l'être inhumain qu'il s'imagine. Peut-être surtout parce que ce serait l'occasion pour moi de revenir à ma vie d'avant.

— Et qu'est-ce qui te fait croire que je vais te faire confiance ? reprend-il.

— Parce que tu n'as pas le choix.

Il se frotte le menton d'un air contrarié. Il sait bien qu'il n'a aucune autre solution, sinon celle de me laisser sortir pour lui ramener ce dont il a besoin, et j'imagine sans mal quel désordre ce doit être dans sa tête à l'idée de devoir me confier cette mission.

Curieusement, cette fois-ci, c'est sa vie à lui qui est entre mes mains et non plus l'inverse.

— Admettons que je te fasse confiance, qu'est-ce qui me prouve que tu vas revenir ?

— Rien.

Le silence retombe entre nous, même si nous continuons à nous jauger du regard. J'ai toujours été une personne de parole, mais à cet instant, je ne suis pas certaine de vouloir aider Élias. Je ne peux pas être sûre que le désir de retrouver ma famille ne soit pas le plus fort. Parce qu'au final, c'est plus important que de sauver la peau d'un hors-la-loi, même si je ressens d'étranges sentiments à son égard… Retourner vers les miens, c'est mon devoir, mais je pense au peuple d'Élias, à ces gens restés coincés sous les gravats de l'éboulement ; à la mort de Zack sous les coups de cet Aryen. Tout me ramène à Élias qui est désormais seul à devoir parcourir une ville remplie de ses ennemis. J'ai un cœur, comme tout le monde, et les photos qu'il m'a montrées la veille n'ont pas cessé de me hanter. Mais, pour une fois, j'aimerais penser à moi, moi et uniquement à moi. De quoi ai-je vraiment envie, Moi ? De quoi ai-je besoin pour me sentir mieux, Moi ? Je ne suis pas très sûre de vouloir découvrir la réponse.

Je vais le faire, me répété-je. *Et ensuite, je rejoindrai ma famille.*

Nos chemins se sépareront à cet instant. Oui, c'est la seule solution humainement acceptable pour moi ; reprendre ma vie où je l'ai laissée, même si l'ombre de cet Aryen que j'ai tué est comme une tache indélébile dans mon âme. *Je m'y ferai. J'oublierai.* J'aiderai Élias dans la mesure du possible et une fois qu'il aura ce dont il a besoin, il pourra se fondre dans la masse, atteindre son objectif sans mal tandis que, moi, je retrouverai les miens. J'acquiesce d'un mouvement de tête à peine perceptible à ma propre décision, soulagée d'avoir enfin trouvé une alternative qui ne lèse personne et qui ne m'empêchera pas de continuer à me regarder dans un miroir. Élias fait passer la bandoulière de son arme par-dessus son épaule pour l'enlever et la pose devant lui, sur la couverture qui empeste l'humidité et le vieux.

— Écoute-moi bien. Sur *Himmlerplatz*, il y a une enfilade de routes. Tu devras prendre la troisième à gauche, la rue *Vonbergerstrasse*. Ensuite, tu continues tout droit jusqu'à ce que tu aperçoives l'enseigne d'un coiffeur. Juste après, il y a un petit renfoncement et une autre boutique qui vend du bric-à-brac. Le magasin s'appelle *Von Unser & Kramen*. Tu tomberas sur Wolf Kramen, son associé est mort l'année dernière. Dis-lui que tu viens de la part de Menahem et que tu as besoin de teinture pour cheveux, la plus claire possible, et de lentilles de contact bleues.

— Menahem ?

— C'était le vieil homme qui... celui qui t'a fait enfermer dans une de nos cellules le temps de statuer sur ton sort. Il...

La voix d'Élias se trouble et il suspend sa phrase dans les airs malgré mon regard intrigué. Je garde le silence, j'attends simplement qu'il se reprenne.

— Tout va bien ?

Il acquiesce, le visage fermé, puis il reprend :

— Wolf Kramen est un ami, il t'aidera sans poser de questions. Dis-lui bien que tu viens de la part de Menahem, sinon il fera comme s'il ne savait pas de quoi tu parles. Est-ce que tout est clair pour toi ?

— Je pense, mais…

Élias hausse un sourcil et comprend aussitôt la cause de mon embarras. Il me regarde un instant tenter de remettre de l'ordre dans mes cheveux, puis dans mes vêtements.

— Tu n'es pas très présentable, c'est vrai… surtout pour une Aryenne.

— Je dois le prendre comment ?

— Comme ça vient. Maintenant, on va te refaire une beauté. Du moins, essayer, dit-il en m'aidant à me lever.

15

Vonbergerstrasse se trouve à environ une petite demi-heure de l'égout par lequel j'ai pu me hisser à la surface après avoir évité de justesse un robot sentinelle. Les sorties qu'utilise Élias sont toujours situées dans des endroits isolés, c'est bien pratique et surtout calculé, j'imagine. Ma robe est déchirée au niveau de mon flanc gauche et je garde une main crispée sur l'accroc de peur qu'on le remarque. Heureusement, ma surveste a été épargnée pendant l'éboulement. Mes bottines, par contre, ont un peu souffert et Élias a eu beau faire de son mieux pour leur redonner un peu de brillant, il n'a pas réussi à faire de miracle. Mais je peux compter sur les gens pour continuer à regarder fixement devant eux comme ils savent si bien le faire. Pour une fois, le fait qu'ils avancent fiers comme des paons indifférents à leur environnement est un avantage pour moi. Durant l'éducation de chaque Aryen, il a toujours été institué cette règle qui est de ne jamais se comporter en être inférieur. En tant que race d'exception, la seule méritant de vivre, comme ne cesse de le répéter le gouvernement, nous nous devons de ne jamais baisser les yeux face à quiconque. Ne jamais avoir une attitude fuyante, ne jamais montrer sa faiblesse ou un quelconque manque de confiance en soi.

Combien de fois ai-je eu droit à des tapes dans le dos de la part de mon père lorsqu'il me surprenait à plier l'échine juste pour ne pas croiser le regard des autres. Aujourd'hui, je fais encore moins acte de bravoure que d'habitude ; je rase les murs, le visage aussi inexpressif que possible afin de masquer l'angoisse qui me dévore. Dans la foule, on me bouscule d'un coup d'épaule, je ne réplique pas, je trace mon chemin, comme une souris au milieu d'un groupe de félins.

Un long moment s'est déjà écoulé depuis que j'ai quitté Élias. Sur la droite, j'aperçois différentes enseignes de magasins. Je regarde autour de moi tandis que les autres passants me frôlent de chaque côté tout en m'ignorant soigneusement. Je m'arrête un instant et je fais pivoter ma tête en m'élevant sur la pointe des pieds, à la recherche de l'enseigne du coiffeur dont Élias a parlé. Mais je ne la vois nulle part. Je braque les yeux vers la plaque de verre fixée au mur à hauteur d'homme. *Vonbergerstrasse*. C'est pourtant bien la bonne rue.

— *Papiere*[1] *!*

Une angoisse me saisit soudain, alors que la voix d'un soldat vient de résonner dans mon dos. Le souffle me manque une seconde ; je voudrais me retourner pour m'assurer qu'il ne s'agit pas de cela, mais je ne dois pas le faire. C'est forcément un soldat. Qui d'autre pour demander à quelqu'un de

1. « Papiers » en allemand.

montrer ses papiers en pleine rue ? Une perle de sueur coule le long de ma tempe gauche. *Respire. Respire et garde ton calme.*

Je redresse la tête. Le regard rivé droit devant moi, je dévisage les gens sans les voir et je me remets à marcher en me faisant violence pour conserver un rythme normal, ne pas faire la moindre chose qui pourrait pousser le soldat à s'intéresser à moi.

Quelques mètres plus loin, après avoir dépassé une boutique de vente de matériaux technologiques, j'aperçois une étoile blanche avec, en son centre, une croix gammée dont le constellée de diodes blanches qui scintillent par intermittence. L'enseigne n'est pas très grande, mais bien visible à présent que je m'en approche. Je tends l'oreille, histoire de vérifier que je suis maintenant à bonne distance du soldat, mais un nouveau « *Papiere* », non loin de là, m'indique que je me trompe.

L'homme a dû progresser au même rythme que moi. J'inspire aussi profondément que je peux, puis j'expire d'un coup bref. Si je n'ai pas dégagé de cette rue d'ici cinq minutes, je risque d'être la prochaine à qui l'on demandera de décliner son identité, j'en suis sûre.

J'accélère le pas, rien qu'un peu pour ne pas alerter le soldat derrière moi. Je passe devant la vitrine du coiffeur. Machinalement, je regarde mon reflet qui progresse à mes côtés. Ce que j'en vois n'inspire pas vraiment confiance. J'ai fait de mon mieux pour remettre mes longs cheveux en ordre, mais ils ont l'air de partir dans tous les sens et mon visage est un peu crasseux. *Ce n'est pas important. Marche !*

Je lis une pancarte accrochée sur une devanture recouverte d'empreintes de doigts par endroits. Derrière sont disposés mille et un objets datant d'un temps révolu. Ici, pas de tablettes ni de nanopuces, juste des reliques du passé. D'un passé qui me fait repenser aux photos d'Élias, mais aussi à son portefeuille. Élias me fait parfois l'effet de venir d'une autre époque où les méchants étaient peut-être ceux qu'on porte aux nues de nos jours. *Von Unser & Kramen*. Mentalement, je me repasse le nom de la boutique en boucle. Je ravale ma salive, me plante devant l'entrée. Les portes de verre coulissent dans un chuintement et je me jette presque à l'intérieur du magasin.

L'homme debout derrière un comptoir pose un œil intrigué sur moi. Je balaye la pièce du regard. Elle manque de luminosité malgré la grande vitrine. Les murs ont tous disparu, masqués par de lourdes étagères chromées qui croulent sous des livres aux dos ornés de croix gammées noires sur fond rouge. Ça sent le vieux et la poussière. C'est un endroit triste, déprimant. Enfin, je porte mon attention sur l'homme qui m'observe toujours. La soixantaine facile, ses cheveux oscillent entre le blanc et un blond filasse qui fait le tour de son crâne nu. Ses yeux cerclés de métal argenté ressemblent à de petites perles de lapis-lazulis. Ils me transpercent tandis que je m'avance vers lui d'un pas incertain et le cœur battant la chamade. La froideur qui se dégage de cet individu me donne le sentiment que je me suis trompée d'endroit. Je ne peux pas croire qu'il soit en relation avec des non-Aryens...

— Herr[1] Kramen ? demandé-je dans un murmure.

— Que puis-je pour vous ?

Je déglutis avec difficulté. Sa voix est à l'image de son visage inexpressif. Elle ne laisse rien passer. Aucun sentiment, aucune empathie. Rien d'autre que le détachement de rigueur de mon peuple.

— Je...

— Que voulez-vous ? répond-il d'un ton légèrement agacé.

— Je viens de la part de... de Menahem.

Ses yeux s'étrécissent au fur et à mesure qu'il m'étudie du regard. Il ne s'est pas départi de son attitude glaciale. Silencieux, il ôte ses lunettes et se met à les frotter avec un petit chiffon.

— Qui êtes-vous ?

— Je...

Je m'interromps, me demandant si décliner mon identité est réellement utile. Après tout, Élias ne m'a jamais parlé de cette étape dans la conversation. Je décide de mentir.

— Je m'appelle Silke. J'ai besoin de teinture pour les cheveux. La nuance la plus claire que vous ayez... et des lentilles de contact bleues.

L'homme continue à me fixer, sa bouche se tord dans une grimace de réflexion. Enfin, il remet ses lunettes sur son nez.

— Ce ne serait pas plutôt Krista, ton prénom ?

1. « Monsieur » en allemand.

Je recule sous l'effet de la surprise. Mon interlocuteur ne me quitte pas des yeux.

— J'ai… j'ai dû faire erreur… Désolée de vous avoir dérangé.

Je lui tourne le dos et je me dépêche de gagner la sortie.

— Si j'étais toi, je ne ferais pas ça, petite, me dit l'homme alors que les portes s'ouvrent devant moi.

Je lève les yeux sur l'extérieur. Un soldat est là, à quelques mètres, qui continue à vérifier les papiers des piétons. Si je quitte la boutique maintenant, je n'ai aucune chance de passer entre les mailles. Je me retourne d'un bloc et je plante mon regard dans celui d'Herr Kramen.

— Comment connaissez-vous mon prénom ?

Un demi-sourire étire les lèvres de l'homme, adoucissant ses traits. Il se penche légèrement sur le côté et fouille dans un tiroir. Il en sort une feuille qu'il dépose sur le comptoir à mon intention. Méfiante, je m'approche à petits pas jusqu'à arriver à son niveau. D'une main hésitante, je la prends. Il s'agit d'un avis de recherche. Ma photo y figure au centre. Au-dessus est indiquée la date à laquelle j'ai disparu dans de mystérieuses conditions après avoir quitté mon poste à la maternité. En lisant ces mots, ma vision se brouille. Il y a cet élan d'amour qui monte en moi et se répand dans tout mon corps comme un brasier. Je me sens si heureuse de savoir que mes parents ne sont pas restés les bras croisés à attendre que je ressurgisse de nulle part. Ils me cherchent et cela me conforte dans mon désir de les retrouver. D'un revers de main, je m'essuie les yeux. Brusquement, je me raidis. Mes larmes sont comme de la glace figée tout à coup. En bas de l'avis de disparition, trois mots sont écrits en rouge. Trois mots qui éteignent le brasier d'un coup tandis que je me noie sous un tsunami de désespoir.

« Suspectée de trahison. »

16

Tandis que l'air entre à grand-peine dans mes poumons, Herr Kramen fait le tour du comptoir. J'ai l'impression qu'il glisse un bracelet de menotte autour de mon poignet. Je baisse les yeux et je réalise que ce ne sont que ses doigts qui enserrent ma peau. Je ravale un sanglot.

— Viens dans l'arrière-boutique, petite. Il ne faut pas rester là.

Malgré son allure svelte, il dissimule une vraie force dans ses bras et il n'a aucun mal à m'entraîner, vu le peu de résistance que j'y oppose. Je suis trop sous le choc pour réagir ou même avoir l'idée de me dégager. Il ouvre une porte, me fait entrer dans une pièce exiguë au fond de laquelle dort un bureau recouvert par une montagne de paperasse. Il me désigne une chaise sur laquelle je me laisse tomber sans douceur. Il se saisit d'une autre chaise et la place en face de moi. Une fois assis, il m'étudie avec attention. J'entends sa respiration sifflante et je vois ses yeux cernés de ridules fixés sur moi.

— Qui t'envoie exactement, petite ?

— Menahem, répété-je.

Les visages de mes parents et de mon frère ne cessent de s'afficher dans mon esprit. Les réminiscences du passé surgissent en moi comme autant de clichés rangés méthodiquement dans un album photo. Je me souviens de l'éclat froid dans le regard de mon père après que mes professeurs lui eurent expliqué que mon niveau était trop faible pour être dirigée vers une profession en rapport avec l'armée. Il aurait voulu que je sois dure comme l'acier, que je ne plie pas, que je sache aussi bien donner les coups que les recevoir, mais je ne l'étais pas. Est-ce une raison pour me suspecter de trahison ?

Je revois ma mère, son visage qu'un vague sourire rendait un tant soit peu avenant et la douceur de sa voix malgré ses jugements sévères à mon égard. « Elle travaillera à la maternité, ce sera toujours mieux que le déshonneur », chuchotait-elle en parlant de moi comme si j'étais invisible.

Une société comme la nôtre n'a pas à s'infliger la présence de maillons faibles dans ses rangs, c'est la règle. La société n'existe pas pour assister les gens, mais pour être protégée et construite par eux.

Je ne me soucie même plus de mon interlocuteur. Qu'il fasse ce qu'il veut, qu'il dise ce qu'il veut, je m'en moque. Ma vie est en train de partir en miettes d'un seul coup. Je regarde mes mains ouvertes et couvertes d'égratignures tandis que les larmes continuent à troubler ma vue. J'imagine mes paumes se remplir peu à peu de cendres symbolisant chacun de mes souvenirs, chaque pan de mon existence.

Mes parents m'ont-ils jamais aimée ? Jamais plus qu'un simple produit de cette société où l'imperfection n'a pas sa place ? J'ai tant de mal à croire que ma propre famille ait laissé écrire ces mots sur mon avis de recherche.

Tout à coup, Herr Kramen tourne la tête vers la porte de son bureau restée entrebâillée. Comme moi, il a entendu celles de la boutique s'ouvrir.

— Ne bouge pas d'ici, lâche-t-il dans un murmure que je devine anxieux.

Il se lève et quitte la pièce, m'abandonnant à mes lamentations intérieures. À présent que je ne me sens plus observée, je laisse les larmes couler librement sur mes joues.

— Où est l'affiche qu'on vous a amenée tout à l'heure ? demande une voix rocailleuse.

Je ravale un sanglot. Ce timbre impérieux, c'est celui d'un soldat. Je me retourne et je fixe la porte entrebâillée qui donne sur la boutique, mais je ne bouge pas de ma chaise comme si j'étais pétrifiée. J'écoute.

— Pourquoi ne l'avez-vous pas encore accrochée ?

— Oh, je m'apprêtais justement à le faire, mais je ne trouvais pas mes attaches magnétiques. À mon âge, on perd parfois la mémoire, répond le propriétaire des lieux.

— Accrochez-moi cette affiche tout de suite !

— Oui, bien sûr.

J'entends des bruits dans le magasin. Un petit pas léger suivi d'un autre, beaucoup plus lourd, plus imposant : celui du soldat. Ces mouvements, si je les devine sans les voir, me font prendre conscience que pendant qu'Herr Kramen placarde mon avis de recherche sur sa vitrine, livrant ainsi mon visage à tous les gens qui passent, je suis là à pleurer dans son bureau comme une enfant esseulée.

Je me lamente tandis que lui prend des risques

énormes en ne dévoilant pas ma présence ici. Je réalise que si ma famille m'a trahie, lui, un inconnu, ne le fait pas. Cela suffit à faire naître une poussée de colère en moi. Le brasier se rallume, flamme après flamme, plus haut, plus puissant. Seulement, il n'est plus constitué d'amour pour les miens, mais de l'envie de montrer que je ne suis pas faible comme mes parents et la société l'ont toujours estimé. Je suis suspectée de trahison ? Très bien, dans ce cas, autant confirmer leurs accusations puisqu'ils m'ont déjà jugée coupable. Je regarde mes paumes et je les referme. Je serre si fort que mes ongles rentrent dans ma peau. J'ai mal et la douleur décuple ma colère.

Lorsque j'entends à nouveau le chuintement des portes de la boutique, je me redresse et j'attends que le propriétaire des lieux rapplique dans le bureau. Quand il fait son entrée, je croise les bras pour empêcher mes mains de trembler.

— Merci, dis-je.

Il hausse les épaules et va se rasseoir sur sa chaise avant de tapoter la mienne pour me faire signe d'en faire autant. Je m'exécute.

— Bien, revenons-en à nos affaires. C'est Menahem qui t'envoie, c'est exact ?

Je hoche la tête en signe d'assentiment.

— Comment va-t-il ? Sa jambe le fait-elle toujours souffrir ?

Prise de court, je me mords l'intérieur des joues un grand coup avant de me lancer.

— Sa jambe va bien.

— Vraiment ? Pourtant Menahem n'a jamais eu mal aux jambes.

Je me renfrogne et me cale contre le dossier de ma chaise.

— Pourquoi chercher à me piéger maintenant, alors que vous ne m'avez pas dénoncée au soldat ?

— Je m'assure simplement des intentions de la personne que j'ai en face de moi. Donc, la vérité serait la bienvenue à présent.

— La vérité, c'est que Menahem se trouve actuellement prisonnier sous terre avec son groupe à la suite d'un éboulement.

— À cause des travaux dans le métro ?

— Des… travaux ? lâché-je en arquant les sourcils.

Mon interlocuteur hoche la tête avant de reprendre.

— Ils ont effectué quelques travaux de réfection et je craignais que les vibrations aient une incidence sur les niveaux de galeries en dessous.

Je détourne un instant la tête d'un air songeur. Ainsi donc, ce n'était pas une explosion causée par une tentative des non-Aryens de blesser ceux de mon peuple. Quelque part, je sens la honte monter en moi en songeant que j'étais convaincue de leur culpabilité.

— J'avais pourtant prévenu Menahem que les carrières de pierres se fragilisaient, reprend Herr Kramen.

— C'est Élias qui m'a demandé de venir vous voir. Il a besoin de passer pour un Aryen pour pouvoir sortir au grand jour sans se faire remarquer et atteindre un autre réseau souterrain qui donne du côté opposé de l'éboulement.

Herr Kramen entrelace ses doigts légèrement tordus et les pose sur ses cuisses.

— Élias. Il y a si longtemps que je n'ai pas vu le

petit-fils de Menahem. Il doit avoir bien grandi depuis, murmure-t-il comme s'il se parlait à lui-même.

Je fronce les sourcils en apprenant qu'Élias est le petit-fils de Menahem. À l'évidence, s'il y a beaucoup de choses que j'ignore concernant sa communauté, c'est pareil à son sujet.

— J'imagine…, rétorqué-je finalement d'un air que j'essaye de garder détaché.

— La teinture n'est pas la meilleure des options, je l'ai déjà dit à Menahem. Les cheveux bruns sont difficiles à masquer d'un coup et surtout, les racines sont vite visibles.

— Qu'est-ce que vous proposez dans ce cas ?

— Une perruque. Bien entendu, la teinture doit être utilisée en complément pour modifier la couleur des sourcils, à défaut de mieux, et il faut veiller à être rasé de près. Ne pas non plus montrer ses bras ou ses jambes, mais j'imagine qu'Élias n'a pas l'intention de se promener en débardeur et short dans les rues de Germania.

Les dernières paroles d'Herr Kramen m'arrachent un sourire à l'idée de découvrir Élias dans ce genre de vêtements. Jusqu'à présent, je n'ai vu de lui qu'une tenue sombre comme ses cheveux.

— Ma fille s'occupe du magasin de coiffure voisin, mais les contrôles sont trop fréquents et elle est obligée de jeter les cheveux coupés à l'incinérateur. Habituellement, j'arrive à lui obtenir de la fibre synthétique pour en confectionner, seulement là aussi, les contrôles se sont renforcés et j'ai de plus en plus de difficultés à en trouver.

Je reste attentive au moindre de ses mots. Le visage d'Élias m'apparaît en surimpression sur celle de ma famille. Je lui ai promis de l'aider, mais maintenant que je me sais trahie par les miens, je peux faire mieux que lui fournir de la simple teinture. De la main droite, j'attrape la masse de cheveux qui pend dans mon dos, je la ramène sur mon épaule et, les yeux braqués sur Herr Kramen, je redresse la tête.

— Prenez les miens.

Une expression d'étonnement passe sur son visage. Lentement, il se penche vers mes cheveux et en saisit une mèche qu'il fait rouler entre ses doigts.

— Belle texture. C'est un choix idéal, mais es-tu certaine de vouloir faire ça, petite ?

Tout en inspirant profondément, j'acquiesce. Ma chevelure a toujours représenté pour moi la féminité, mais elle est surtout le symbole de ma vie d'avant. Cette existence où ma mère les brossait, où mon père posait une main sur le sommet de ma tête comme pour marquer sa supériorité. Les filles de mon âge les ont, pour la majorité, longs jusqu'à la naissance des reins.

Quand je repense à ces mots écrits à l'encre rouge sur mon avis de recherche, la nausée me retourne à nouveau l'estomac. Comment mes parents ont-ils pu laisser faire ça ? Moi qui ai toujours suivi les règles en vigueur, moi qui ai accepté de me plier à cette loi de l'enfant parfait. Je ne peux pas supporter l'idée qu'on m'accuse de trahison ni que ma famille me tourne le dos si facilement.

Ces cheveux, je n'en veux plus, ils me dégoûtent, comme ma famille et mon peuple me dégoûtent. Mon visage se ferme, mais je suis sûre que mon interlocuteur peut voir combien je suis décidée à me débarrasser de ce qui me rapproche de celle que j'étais avant qu'on ne placarde mon avis de recherche sur toutes les vitrines de la ville.

Je ne veux plus être une Aryenne.

Je ne veux plus avoir de parents aryens.

Mon peuple pense que je suis une traître ?

Alors je vais en devenir une.

17

Quand Manuela, la fille d'Herr Kramen, pose ses ciseaux sur mon cou, je frissonne. Il n'y a pas de miroir dans le bureau de ce dernier et je n'ai aucune idée de la longueur de cheveux qu'elle coupe. De temps à autre, j'essaye de baisser les yeux sur le sol pour évaluer la taille des mèches qui tombent, mais Manuela me redresse systématiquement la tête comme si elle craignait que je lui demande d'arrêter.

— Eh bien, nous avons de quoi faire, déclare-t-elle en posant les ciseaux sur le tabouret devant moi.

Je sens ses doigts glacés se balader dans ma tignasse pour la remettre en ordre. Ils frôlent plusieurs fois ma nuque et j'ai un petit pincement au cœur. Mes cheveux, ma fierté. Herr Kramen pose soudain sa main sur mon épaule et je tourne la tête vers lui.

— Pas trop désappointée par ce changement ?

Je me force à sourire.

— Ça repoussera. Est-ce que ça va prendre longtemps pour la confection ?

— Je ne pense pas, mais Manuela va te dire ça mieux que moi.

D'un même mouvement, nos regards pivotent vers cette dernière. Elle et son père sont à l'opposé l'un de l'autre. Lui, avec son corps svelte, son visage aux traits figés et elle, à la carrure de sportive et aux yeux rieurs. Elle termine de ramasser les mèches de mes cheveux et les place dans un tissu qu'elle referme avant que j'aie eu la possibilité de compter mentalement le nombre de centimètres qu'elle a coupé. Ce n'est pas plus mal, ils ne m'appartiennent plus désormais.

— Le temps que je passe l'ensemble dans la machine, disons une petite quinzaine de minutes.

— Si peu de temps ? m'étonné-je.

— Eh oui, jeune fille, on est à l'ère du progrès. Si tu savais le nombre de personnes qui en portent pour masquer leur calvitie, tu serais surprise.

— Je croyais que c'était interdit.

— Tu te doutes bien que tout ce que nous fournissons à Menahem et à son peuple ne figure pas sur la liste des articles autorisés. Ce serait un peu trop simple sinon. Mais comme je te l'expliquais, ils ne sont pas les seuls dans ce cas. Certains Aryens sont parfois prêts à défier les lois pour conserver leur dignité physique. La différence est que les non-Aryens le font pour survivre, les autres pour continuer à briller.

— Je vois, dis-je en me levant.

Alors que Manuela quitte la pièce, j'époussette les quelques cheveux restés sur mes épaules et ça me permet de constater que je suis coiffée au carré. Un carré assez court qui m'arrive jusque sous les oreilles.

— Le temps que Manuela fasse son travail, je vais vous trouver des vêtements propres à toi et à Élias. En attendant, ne quitte ce bureau sous aucun prétexte.

Un petit « merci » s'échappe de ma gorge à l'instant où Herr Kramen sort à son tour. Mal à l'aise, je me rassois. Je reste sur ma chaise quelques minutes à réfléchir à tout ce qui s'est passé depuis ma disparition involontaire. En si peu de temps, j'ai l'impression d'être devenue une autre personne. Je me sentais fragile, mais je me rends compte que je ne le suis pas tant que ça. Je me sentais heureuse dans mon monde avec ses règles et son ordre, je réalise que je ne l'étais pas tant que ça. Et à présent, je prends conscience aussi que j'ai sacrifié ma chevelure pour une personne dont on m'a toujours appris à haïr la différence et la religion.

Qui suis-je à présent ?

Toutes ces questions me donnent la migraine ; je me relève et je me mets à tourner en rond comme un lion en cage. Quand Herr Kramen revient enfin, je m'immobilise et l'observe en silence. Il dépose sur le bureau une boîte en carton blanche siglée de la croix gammée que je regarde depuis l'endroit où je me trouve.

— Eh bien, vas-y, ouvre-la, qu'est-ce que tu attends ? me dit-il.

Je m'avance puis je pose mes mains sur les rebords de la boîte.

— Allez ! insiste-t-il.

J'ouvre. À l'intérieur, je découvre une tenue sombre. Un tee-shirt noir de toile antitranspirant, c'est ce qui se fait de mieux de nos jours. Je le pose puis je continue avec un pantalon du même coloris et une paire de boots assortis. Une tenue de garçon manqué loin des robes que j'ai l'habitude de porter.

— C'est pour moi ?

— Tu as une douche à ultrasons dans le coin, là-bas, me dit-il en désignant une porte entre deux étagères. Ces nouveaux habits te permettront de te fondre plus facilement dans la foule. Tu as déjà bien de la chance qu'aucun chien ne t'ait reniflée. Tu empestes l'eau croupie à plein nez.

— Merci, réponds-je d'un ton un brin sec.

Il quitte la pièce, mais par mesure de précaution, je bloque la porte avec une chaise pour empêcher quiconque d'entrer pendant que je me change. J'attrape ensuite le paquet de vêtements et je gagne la douche.

La porte n'a pas de verrou et je dois me faire violence pour chasser l'idée qu'on puisse pénétrer dans ce local exigu. Je me glisse sous la douche dont les parois se floutent pour me garantir mon intimité. De minuscules diodes rouges commencent à balayer mon corps de leurs rayons avant de passer au violet lorsque les saletés incrustées sont désintégrées. J'enfile les vêtements et je me sens tout de suite plus à l'aise. Ensuite, je retourne dans le bureau et j'attrape la pochette qui traîne au fond de la boîte. Il s'agit d'une lingette imprégnée de nettoyant. Je frotte mon visage avec en exerçant de petites pressions sur mes yeux encore humides de larmes.

Lorsque j'ai terminé, j'ai l'impression d'être à nouveau un être humain, mais un être humain différent. Adieu les longs cheveux et les tenues guindées de soignante du Reich. Je fais semblant d'être une autre personne. Une personne dont les décisions et les choix ne dépendront plus que d'elle, désormais.

Une fois prête, je débloque la porte et je m'apprête à quitter la pièce avant de me souvenir qu'Herr Kramen me l'a défendu. Je me demande si je ressemble toujours à la Krista d'avant, celle qui figure sur l'avis de recherche placardé sur la vitrine du magasin. L'idée que mon visage apparaisse partout dans la ville avec la légende « Suspectée de trahison » me dégoûte. Sortir pour rejoindre Élias dans les égouts n'est déjà pas évident en soi, mais si je dois également me cacher par peur d'être reconnue, c'est un sacré obstacle que je vais devoir supporter en plus.

Manuela entre dans la pièce et me surprend en pleine réflexion. Elle tient un sac entre ses mains. Je retourne m'asseoir et je la regarde déballer son contenu sur le bureau. Il y a des vêtements pour Élias. Rangés dans de petites pochettes de plastique translucides, ils sont pliés et compressés quatre fois leur taille. Il y a aussi un costume de soldat que je reconnais sans mal avec ses insignes et je me dis qu'Herr Kramen a vraiment pensé à tout. Il veut faire les choses en grand alors que je m'en suis tenue à lui demander ce qu'Élias désirait. Pourquoi s'implique-t-il autant quand on connaît les risques ? Le peloton d'exécution, c'est ce qui l'attend s'il se fait prendre à aider des non-Aryens. S'il devait y avoir une personne à accuser de trahison en ce moment, ce ne serait pas moi, mais lui.

— J'ai ajouté un peu de nourriture déshydratée. Pas grand-chose, mais de quoi vous caler au moins sur deux jours. J'imagine que vous n'avez pas mangé depuis un moment.

Hochement de tête. Je n'ai plus envie de parler, je voudrais juste partir et me réfugier dans les égouts pour oublier toutes les horreurs que j'ai apprises aujourd'hui. Mais Manuela est une bavarde, elle parle encore et encore sans se rendre compte qu'elle s'est lancée dans un long monologue. De l'eau pour boire, des insignes militaires au cas où, un miroir de poche accompagné d'un rasoir et une boîte contenant les lentilles de contact, puis la fameuse perruque. Quand je la vois, je me dis que cette machine qui l'a fabriquée a fait du bon boulot. Tout y est pour transformer Élias en un véritable Aryen, même si, de loin, je le préfère en brun. Cette pensée me fait sourire, moi qui n'ai jamais connu autre chose que la couleur blonde, je n'imaginais pas un instant en apprécier une autre. Manuela me montre aussi un petit stick fermé par un capuchon translucide.

— La teinture pour les sourcils, me dit-elle en le replaçant dans le sac avec sa notice.

Je prends le sac qui a tout l'air d'un simple cabas de courses pour ne pas attirer l'attention. Je hisse les anses sur mon épaule puis je remercie Manuela et Herr Kramen.

Il me fait sortir par une porte dérobée à l'arrière de la boutique qui donne sur la *Wernerstrasse*. Il me presse le bras, le regard inquiet.

— Tu n'es plus en sécurité désormais parmi les tiens, ne fais confiance à personne d'autre qu'à Élias et prenez garde à vous, tous les deux.

Je ne réponds rien, j'imagine que la découverte

du cadavre de l'Aryen que j'ai abattu et surtout celui de Zack a été relayée. Il doit avoir compris que je suis au courant. Je me contente cependant de baisser les yeux en attendant qu'il me lâche.

— Ils ne feront pas de cadeaux aux gens comme Élias… et à toi non plus dorénavant, termine-t-il en me libérant finalement.

Je traverse la chaussée en diagonale, même si je sais que c'est un acte passible d'une amende. Je me rends compte après coup que mon petit acte de rébellion aurait pu me mettre en danger. Les trois passants qui m'adressent des regards outrés auraient pu être des soldats. Pourtant, je ne peux pas m'empêcher de penser que deux jours plus tôt, je n'aurais jamais osé braver cet interdit. Aurais-je changé à ce point en si peu de temps ? Juste à cause d'un avis de recherche porteur d'une accusation de trahison ? Ou bien est-ce plus profond ? Comme une prise de conscience vis-à-vis des règles absurdes et abusives qui régissent mon pays ? C'était comme si les photos qu'Élias m'a forcée à regarder avaient eu l'effet d'un électrochoc sur moi et que j'avais brutalement réalisé, à son contact, que quelque chose n'allait définitivement pas dans mon monde.

Une fois sur le trottoir, je m'arme de courage et je redresse la tête pour examiner les lieux. Deux soldats se profilent à l'angle de la rue. Cette fois-ci, j'emprunte le passage piéton pour changer de trottoir puis, comme si de rien n'était, j'accélère le pas, la peur vissée au ventre. Je rase à nouveau les murs, anxieuse à l'idée qu'on me reconnaisse, mais quelque chose m'arrête en chemin.

Dans une boutique de ventes d'écrans TV, je braque mon regard sur celui dans la vitrine. Il est allumé sur la chaîne satellite et rediffuse un flash d'information montrant le Führer en pleine allocution. Mon sang se glace lorsqu'apparaît en dessous la photo du corps de Zack, le teint violacé et les yeux grands ouverts. Il me semble évident que cette terrible image a pour but de provoquer la peur. Le regard vitreux de Zack laisse voir ses iris aussi sombres que ses cheveux, prouvant que si un intrus de son espèce s'est immiscé dans Germania, il y en a forcément d'autres. Ainsi sera-t-il aisé de soulever la méfiance parmi la population. Je comprends mieux les craintes d'Élias à présent. Si le Führer s'est donné la peine d'apparaître à l'écran pour faire état de cette nouvelle, c'est qu'il prend le sujet très au sérieux.

Je ne m'attarde pas à détailler la photo de l'homme qui vient de s'afficher près de celle de Zack. C'est celui que j'ai tué pour sauver Élias. Partir d'ici est plus sûr. Vite. Très vite, même.

Plusieurs fois, je suis sur le point de me mettre à courir, mais le quartier est trop à découvert et les soldats trop présents dans les environs pour ne pas attirer leur attention. Silencieuse, les mâchoires contractées, je fixe le bitume qui défile sous mes pieds. Mon cœur bat si fort que j'ai l'impression qu'il va exploser. Je suis tellement submergée par l'angoisse que je percute un passant sans faire exprès. L'homme commence à m'injurier, j'accélère encore plus le pas avant qu'il ne rameute une sentinelle, puis, quand j'arrive au coin de la rue, je n'y tiens plus et je pique un sprint.

Dans le lointain, je perçois des cris. Les soldats ont dû entendre le piéton brailler et se sont lancés à ma poursuite. Je redouble de vitesse, bousculant les gens sur mon passage. Lorsque je pénètre dans la voie qui abrite l'entrée de l'égout par lequel je suis sortie tout à l'heure, je me jette dessus. Mes genoux râpent le sol quand je tombe à genoux devant la plaque de métal, mais c'est le moindre de mes soucis avec ces soldats sur mes traces.

Avec Élias, nous avons convenu d'un code de reconnaissance pour qu'il m'ouvre dès que j'arriverai. Il m'a confié un bâtonnet en ferraille d'une dizaine de centimètres que je dois enfoncer, sans le lâcher, dans un des quatre trous répartis sur la plaque autour de l'aigle royal qui y est dessiné en relief. Je le cherche dans mes poches en jetant des regards affolés derrière moi. À nouveau, les cris des soldats. Ils se rapprochent. Je farfouille alors dans mon sac. Le bâton roule sous mes doigts, je l'emprisonne dans ma main et le glisse de moitié dans un des orifices. J'essaye de contrôler mes tremblements pour qu'il ne m'échappe pas. Les soldats ne sont plus très loin de là. Le murmure de leurs bottes battant le pavé s'intensifie. *Vite, Élias !* crié-je intérieurement. Soudain, j'entends un bruit et son visage apparaît tandis que la plaque d'égout coulisse. Je lance un dernier coup d'œil en arrière et je me jette dans ses bras en repliant mes doigts sur l'un des barreaux. Il me regarde avec un drôle d'air alors que je place ma main libre sur sa hanche pour éviter de basculer dans le vide.

— Qu'est-ce que tu as fait à tes chev…

— Des soldats sont à mes trousses ! le coupé-je précipitamment.

Il n'en faut pas plus pour le faire réagir, il compose aussitôt le code de fermeture et la plaque coulisse dans l'autre sens.

— Ici ! aboie une voix.

Les claquements de bottes se sont arrêtés juste devant la plaque sous laquelle nous nous tenons. Fondus dans l'obscurité, Élias et moi restons pétrifiés tout en haut de l'échelle.

18

— Je suis sûr que la fille a tourné dans cette rue, certifie l'un des soldats.

— C'est une impasse, Gerhard ! Tu vois bien !

— Je ne suis pas fou.

— Je me demande, parfois… laisse-moi vérifier quelque chose.

Ma gorge se serre alors que je repère brusquement un doigt qui s'enfonce dans un des trous percés dans la plaque, un second apparaît dans l'orifice opposé et les deux se replient en même temps.

Élias et moi échangeons un regard. Nous avons arrêté de respirer, rongés par la crainte d'être découverts. Dans la panique du moment, je n'ai même pas remarqué que, si je tiens un barreau de l'échelle de la main droite, mon bras gauche s'est arrimé autour de la taille d'Élias.

— C'est impossible de faire bouger ce truc, grogne l'un des soldats en retirant ses doigts.

— Forcément, avec deux index, qu'est-ce que tu veux faire bouger ? Tu es idiot ou quoi ?

— Justement, si cette plaque pouvait se soulever à mains nues, j'aurais au moins senti un petit mouvement.

— Et donc ?

— Gerhard, j'ai fait ça pour te prouver qu'elle

ne s'ouvre pas. Tout juste si elle n'est pas collée. Dois-je te rappeler que tout le réseau souterrain est contrôlé par un système électronique ? Cette fille ne peut pas être entrée là-dedans, et si elle était venue dans cette impasse, elle serait juste sous notre nez à se pisser dessus.

— Pourtant...

— Je te répète que les égouts sont verrouillés ! Personne ne peut y pénétrer, sinon ça se saurait. La fille a dû tourner quelque part et on ne l'a pas vue, c'est tout. Qu'est-ce que ça peut faire, de toute façon ? C'était une Aryenne. Elle était sans doute juste pressée.

J'éprouve la brusque envie d'expulser l'air resté bloqué dans mes poumons en réalisant que le danger est sur le point de s'éloigner, mais Élias m'en dissuade en secouant la tête comme s'il avait pressenti que c'était encore trop tôt.

— Tu permets quand même que je fasse une petite vérification ? lâche le soldat sur un ton sceptique.

— Oui, oui, Gerhard, si ça t'amuse.

Un des orifices de la plaque s'assombrit à nouveau. Élias pose subitement sa main libre sur ma bouche alors qu'une balle fuse depuis la surface. Le soldat s'attaque à un autre trou et fait feu. Le second projectile passe à quelques centimètres de nous en sifflant. Intérieurement, je pousse un cri, mais Élias maintient si fort sa main contre mes lèvres que je dois respirer par le nez. Mon dos est collé au sien et le sien plaqué contre l'échelle. Nous n'avons aucune possibilité d'échapper aux tirs si jamais une balle venait à ricocher contre le mur, mais si nous bougeons, nous risquons d'être repérés. Sous l'effet de la surprise, un de mes pieds a glissé du barreau sur lequel il était posé de guingois. À présent, il pend dans le vide et je me vois déjà faire une chute vertigineuse. J'en ai les larmes aux yeux.

Le soldat dégage le canon de son fusil et le replace dans un autre orifice plus proche de nous.

— Gerhard, tu uses tes balles pour rien. Le commandant ne va pas apprécier.

Un silence suit le reproche. Un silence durant lequel mon cœur palpite à un rythme effréné. Dans mon dos, je peux percevoir celui d'Élias qui pulse à toute allure lui aussi. Le soldat retire son arme, libérant ainsi le trou.

— Au moins, ça aura peut-être tué un de ces sales rats.

— C'est ça. Dépêche-toi maintenant, on a assez perdu de temps comme ça.

Nous attendons dans la même position inconfortable pendant des minutes qui s'éternisent, puis je sens le souffle chaud d'Élias alors qu'il colle ses lèvres contre mon oreille.

— Surtout, tu ne cries pas, d'accord ?

La bouche toujours emprisonnée par sa paume, je hoche la tête en signe d'assentiment. Il ôte alors sa main et glisse son bras autour de ma taille. Il serre au point que j'ai l'impression qu'un poids me compresse l'estomac, mais pour rien au monde je ne veux qu'il me lâche.

— Ne regarde pas en bas, me murmure-t-il en voyant que je commence à baisser les yeux vers le vide.

Je serre tellement les dents pour réprimer tous les cris qui luttent pour s'échapper de ma gorge que mes mâchoires me font souffrir. Mais ce n'est rien en comparaison de mon bras qui me brûle et tremble de plus en plus à force de tenir le barreau de l'échelle. Je suis presque au bord du malaise quand les bruits de pas des soldats se fondent dans le lointain.

— Ça va, Krista ? me demande Élias toujours tout bas.

Je voudrais répondre, mais mes lèvres restent scellées, comme collées. Une crampe plus forte que les autres finit par avoir raison de mon bras, je lâche subitement le barreau d'escalier. Déséquilibré par mon mouvement, Élias manque laisser échapper celui qu'il tient au risque de nous précipiter dans le vide. De justesse, il réussit à verrouiller tous ses doigts autour de la tige de fer.

— Ne fais plus jamais ça, compris ? Maintenant, écoute-moi bien.

— D'accord…

— Je vais devoir te lâcher.

— Non ! Si tu fais ça, je vais tomber !

— Il le faut si on veut pouvoir descendre de cet escalier et, non, tu ne tomberas pas si tu fais les choses correctement. D'abord, tu vas pivoter vers moi. Ensuite, tu attraperas le barreau qui se trouve au niveau de ma taille sur ma gauche, puis sur ma droite. Ce ne sera qu'à ce moment que je te lâcherai. Tu es prête ?

Je suis si obnubilée par la vision de mon corps écrasé cinq mètres plus bas que je peine à enregistrer ses paroles. Il me faut quelques instants pour réussir à remettre mes idées au clair. Puis je repose mon pied à côté de l'autre sur un échelon en dessous et je commence lentement à me retourner de manière à faire face à Élias. Quand enfin, mon visage se retrouve à quelques centimètres du sien, que nos souffles se mêlent, je plonge mon regard dans le sien. Il paraît mal à l'aise et se crispe. Mais, de nous deux, j'imagine que ce devrait être moi la plus gênée. Mes seins collés contre son torse, j'ai l'impression que mon intimité vient de voler en éclats. Ma peur de faire une chute mortelle reprend le dessus et je me raidis.

— Maintenant, tu vas attraper le barreau. Tu vas y arriver.

Sa voix est comme un murmure qui m'enveloppe, m'apaise et me donne du courage en même temps. Je me force à baisser les yeux sur le côté et je vois la tige métallique coincée au bas de son dos. Pour l'atteindre, je dois plier légèrement les jambes pour me mettre à son niveau. J'enroule mes doigts autour et je serre. Fort.

— C'est bon ?

— Oui.

— OK, l'autre main maintenant.

J'obéis. Mes bras entourent à présent la taille d'Élias. Comme il est bien plus grand que moi, mon visage se retrouve au niveau de son torse. Si je ne vois plus ses yeux, je peux sentir son odeur, mélange de poussière et de sueur. Je plaque ma joue contre son tee-shirt et je me cale sur les battements de son cœur pour me rassurer.

— Maintenant, je vais te lâcher, Krista. Krista, tu m'entends ?

— Oui, je t'entends.

— Dès que j'aurai enlevé mon bras de ton dos, serre très fort tes mains sur le barreau, d'accord ? À trois, tu serres très fort... Un...

Je sens son étreinte se relâcher et ma respiration se faire plus aisée en même temps que le froid remplace la chaleur de sa peau.

— Deux.

Je vacille. Élias resserre machinalement son bras avant de faire une nouvelle tentative.

— Trois.

Mon cri s'étouffe dans ma gorge tandis que mes pieds glissent du barreau humide. L'impression atroce de tomber d'une falaise me retourne l'estomac. Mes bras se tendent et une douleur sourde les traverse pour aller se loger dans mes paumes.

— Chope un barreau avec tes pieds, maintenant.

Mes jambes battent dans le vide tandis que j'essaye désespérément d'en trouver un, mais c'est comme s'ils avaient tous disparu.

— Je n'y arrive pas !

— Commence par te calmer, d'accord ? Tu as été très courageuse jusqu'ici, alors, ça, ce n'est qu'un détail. Tu peux le faire. Allez, Krista !

Il y a toujours tellement d'assurance dans sa voix et son attitude, même dans des moments où la situation semble devenir ingérable. J'aimerais pouvoir me comporter avec autant de témérité. À force de chercher, l'un de mes pieds finit par buter contre un barreau et je m'empresse de le poser dessus. Il ne me faut que quelques secondes de plus pour faire de même avec le second. Tout à coup, la tension dans mes bras se relâche et je laisse échapper un soupir de soulagement. Mon sac coincé sur mon épaule, j'entame la descente de l'échelle, suivie de près par Élias. Une fois que nous sommes en bas, il referme sa main sur la mienne et nous rejoignons notre cache à toute allure comme si nous étions poursuivis. Ce n'est pas le cas, mais notre condition déjà précaire risque de devenir critique si les soldats décident de désactiver tous les codes qui maintiennent verrouillés les réseaux souterrains.

Je me laisse tomber sur la couverture et je reste immobile à fixer le plafond plongé dans la pénombre. En deux jours, j'ai connu plus de situations dangereuses qu'en dix-sept ans de vie. Je pourrais dire que je suis terrifiée, mais ce n'est étrangement pas le cas. Une partie de moi est galvanisée par l'adrénaline qui ne cesse de faire des allers-retours dans mes veines. C'est comme si j'existais enfin en tant qu'individu propre et non plus comme un fragment du puzzle aryen que constitue mon peuple. Je me redresse sur les coudes et je regarde Élias. À la lueur de la lampe torche, il étudie en silence le contenu du sac que j'ai jeté près de moi.

— Il y a des vêtements et de la nourriture…

— Et la teinture ? m'interrompt-il.

— Mieux que ça.

Je m'empare du petit paquet dans lequel est emballée la perruque et je la sors. Élias ouvre de grands yeux en la découvrant. Son attention se reporte sur moi.

— Une perruque ? Tu es sérieuse ?

— Herr Kramen m'a assuré que tu risquais moins avec ça qu'avec de la teinture.

— Sans blague… Et d'où tu sors ce truc ? grommelle-t-il en retournant la perruque dans tous les sens d'un air dubitatif.

D'un coup, je me sens gênée. Je pince les lèvres et je baisse les yeux.

— Est-ce que ce sont tes… cheveux ?

Je le fixe de nouveau, nos regards se croisent, mais je ne dis pas un mot, parce que je ne vois pas ce que je pourrais dire. Élias n'insiste pas. Il remballe la perruque et sort une tablette de chocolat. Il en casse une barre avant de me la tendre. Je secoue la tête en signe de refus.

— Tu avais une faim de loup avant de partir, ne fais pas ta princesse.

Je le dévisage.

— Tu n'es pas du genre très reconnaissant, toi, lancé-je, une pointe d'agacement dans la voix.

Il ne répond pas et fourre un nouveau morceau de chocolat dans sa bouche. Je ne peux pas m'empêcher de me demander s'il a changé d'avis à mon sujet. Est-ce qu'il me voit toujours comme un monstre nazi ? Est-ce qu'il me déteste autant que je suis supposée le détester, moi ? Parfois, quand il a ces gestes de protection envers moi, il me semble que non, mais l'instant d'après, ses paroles sont si dures que je me dis qu'il me considère toujours comme une ennemie. Je suppose qu'il en est de même pour moi, nous voguons entre deux eaux sans savoir si on doit s'aimer ou se haïr. Je saisis le chocolat et je croque dedans à mon tour en dirigeant mon regard sur mes pieds pour ne plus avoir à croiser le sien.

— Je ne pensais pas que tu reviendrais.

Je lève les yeux en haussant un sourcil.

— Vraiment ?

— Vraiment.

Le silence retombe entre nous bien que nous continuions à nous observer avec intensité. Élias esquisse un sourire qui adoucit son visage de manière presque spectaculaire en comparaison de la dureté qu'il affichait jusque-là. Je fais comme si ça ne me touchait pas et je m'allonge en lui tournant le dos. Ce n'est pas facile pour moi d'oublier tout ce qu'on a pu m'inculquer de principes et de rejet des non-Aryens. Mais ça m'est aussi difficile de me mentir sur l'attraction que ce garçon exerce sur moi. Je cale mon bras sous ma tête et je fixe le vide devant moi en me posant mille questions.

Quand je sens les doigts d'Élias se glisser dans ma paume, je ne fais pourtant rien pour les repousser et je referme la main dessus pour que leur chaleur se mêle à la mienne. Puis je ferme les yeux.

— Merci de ne pas m'avoir trahi, murmure-t-il.

Une ébauche de sourire passe sur mes lèvres en même temps qu'une larme glisse le long de ma joue.

19

Après avoir pris un petit moment pour nous reposer et récupérer de nos émotions, nous commençons à nous préparer pour notre sortie qui aura lieu dans la soirée. Nerveuse, je jette un regard sur ma montre et je peste en me rappelant qu'elle est hors d'usage depuis l'éboulement. Néanmoins, Élias m'a dit tout à l'heure que nous étions pile-poil dans le timing prévu ; il ne me reste plus qu'à prendre sa parole pour argent comptant. Il a planifié notre sortie un peu avant le couvre-feu, mais pas trop tôt pour masquer les imperfections du déguisement qu'il portera.

Je reporte mon attention sur lui. Le manche du rasoir coincé dans sa paume, il s'apprête à l'utiliser. Je l'observe qui penche la tête pour atteindre l'angle de sa mâchoire. Il grommelle, agacé parce que le miroir que j'ai ramené s'est brisé durant mon trajet. J'hésite un instant puis je pose ma main sur la sienne.

— Quoi ?

— Laisse-moi faire, lui dis-je.

Il m'étudie du regard avant de finalement me tendre le rasoir. Il n'a pas l'air très rassuré, mais sans glace pour lui renvoyer son reflet, il risque de ne pas faire les choses avec autant de précision. J'enclenche l'appareil. On n'entend pas le bruit du moteur, il n'y a que ses vibrations au creux de ma paume pour m'indiquer qu'il est en marche. Je pose mon index sur la pommette d'Élias pour qu'il penche un peu plus la tête. Je rejoins l'autre angle de sa mâchoire en faisant une petite halte sur son menton volontaire. Je suis si absorbée par ma tâche qu'à aucun moment je ne croise son regard que je sens pourtant insistant sur moi. Aurait-il peur que je le massacre à coup de rasoir ? Sans lame, j'aurais bien du mal à venir à bout d'un garçon de cette stature. Cette pensée me fait sourire et, lui, il fronce les sourcils parce qu'il ne comprend pas ce qui m'amuse. Quand j'ai terminé, je nettoie consciencieusement le rasoir en vidant dans l'eau stagnante le petit réservoir contenant les poils. Pendant qu'Élias passe une main sur son menton, j'imagine pour vérifier que j'ai bien fait mon travail, même s'il ne compte pas me féliciter ou me remercier, je sors le stick de teinture. Je me rapproche à nouveau de lui. Il a un mouvement de recul.

— Du calme. Je vais seulement te colorer les sourcils, pas t'égorger.

— Ça ne m'étonnerait même pas si c'était ton intention.

Je souris encore. À la façon dont il me dit ça, je sais qu'il plaisante, même si son visage ne laisse passer aucune émotion. Mais j'ai compris qu'Élias est le genre de personne à tenir des propos qui oscillent entre ironie et insulte. Parvenir à faire la nuance n'est pas évident.

— Ne bouge plus.

Il s'exécute et garde la pose. La lumière faiblissante

de la lampe de poche ne m'aide pas à travailler dans les meilleures conditions ; je bloque son menton entre pouce et index et je me rapproche un peu plus de lui pour appliquer correctement la teinture. Il m'observe, une expression indéchiffrable sur le visage. Il m'est difficile de faire comme si je ne voyais rien, mais je m'y efforce. Une onde de chaleur m'envahit, suivie d'un frissonnement. Le sentir si près de moi, respirer la même parcelle d'air que lui, je ne peux pas résister à l'envie de poser mes yeux sur ses lèvres l'espace de quelques secondes. Je repense à sa main glissée dans la mienne un peu plus tôt avant qu'il finisse par la retirer. Il a une façon de se comporter qui me déconcerte, mais ce dont je suis certaine, c'est qu'il me regarde différemment de quand je me trouvais derrière les barreaux de ma cellule. Il y a moins de froideur au fond de ses pupilles. Comme je ne veux pas qu'il se rende compte de mon trouble, j'essaye de détourner son attention.

— Depuis quand ton groupe et toi vivez-vous sous la ville ? Et tes parents, ils font aussi partie du groupe, comme ton grand-père ? Où sont-ils ? Tu as des frères et sœurs ?

Un sourire apparaît sur ses lèvres.

— Ça fait beaucoup de questions d'un seul coup. Je t'ai connue moins bavarde.

— C'est-à-dire que…

— C'est bon, tu as terminé ?

J'acquiesce en appliquant la dernière touche de stick le long de son arcade sourcilière, puis je range le produit et je me rends compte qu'il n'a répondu à aucune de mes questions.

— Maintenant, la perruque. C'est parti pour le mode clown.

Il la sort du sac, baisse la tête et l'enfile de travers. Ça me fait un drôle d'effet de savoir que ce sont mes cheveux qu'il porte sur le crâne. J'ai envie de rire et de pleurer à la fois. Je la lui arrange correctement, prenant garde à ce que ses tempes soient bien dissimulées dessous. Il a une coupe assez courte, ça rend les choses plus faciles.

— À quoi je ressemble ? me demande-t-il.

Si je m'en tenais à la stricte vérité, je lui dirais que, même déguisé comme ça, il n'a rien d'un Aryen. Sa peau n'est pas assez laiteuse et le blond ne lui va pas au teint.

— À ce qui se rapproche le plus d'un Aryen...

— Parfait, alors.

— ... mais de loin.

Il esquisse une grimace puis hausse les épaules.

— Ça fera l'affaire.

Il ne lui reste plus qu'à mettre les lentilles de contact et nous pourrons partir. La perspective de me retrouver dans les rues de Germania gomme de mon esprit le plaisir des derniers moments détendus partagés avec Élias. L'inquiétude reprend sa place avec une facilité déconcertante.

La plaque d'égout coulisse sans bruit comme si elle était posée sur un coussin d'air. Après avoir balayé la rue du regard, Élias se hisse à l'extérieur. Il remet son arme en bandoulière sur la tunique de soldat SS qu'il a endossée pour faire plus vrai, puis il se penche vers moi et m'aide à sortir à mon tour. Je ferme une seconde les yeux et je fais le plein de cet air si doux qui manque tant dans les souterrains. Comment des gens peuvent-ils supporter de vivre six pieds sous terre ? *Par peur de ce qui se trouve à la surface,* me suggère ma petite voix. Je fais comme si je ne l'avais pas entendue et, après qu'Élias a activé le système de fermeture de la plaque, nous nous dirigeons vers la sortie de l'impasse.

Les rues se sont vidées. Il reste quelques personnes qui progressent sur les passages piétons d'un pas pressé, d'autres en voiture. Tous doivent être sur le point de rentrer chez eux pour respecter le couvre-feu. Quand plus personne ne se trouve dans les environs, nous traversons l'avenue *Wagner* au pas de course pour joindre l'autre trottoir. Élias me désigne un arbre un peu plus loin. Je m'empresse d'aller me placer derrière. Avec mes vêtements noirs, je me fondrais parfaitement dans l'ombre si seulement mes cheveux blonds ne luisaient pas à cause de différents éclairages d'enseignes de magasins. Élias se rapproche de moi, mais reste visible aux yeux de quiconque passerait dans la rue. Il met son arme bien en vue pour donner l'impression qu'il fait la ronde pour surveiller le quartier. Je l'observe un instant et je lui trouve vraiment des airs de soldat. Ses épaules carrées, sa grande taille et sa façon de se tenir droit, comme s'il était au garde-à-vous, le rendent tout à fait crédible dans la nuit tombante. Mais il n'y a pas que son allure qui me trouble. Il y a ce sentiment permanent que le danger est à nos trousses, dans cette partie de la ville plus qu'ailleurs parce que le quartier général du Führer n'est pas si loin.

Élias avance en silence sur le trottoir, dépasse le tronc derrière lequel je me dissimule. Il parcourt quelques mètres d'un pas cadencé. Je prends alors une nouvelle inspiration et je cours jusqu'à l'arbre suivant pour rester à proximité de lui. Nous sommes comme le jour et la nuit et, pour une fois, il est le soleil qui a le droit de se montrer et moi, la lune cachée par les nuages. Nous continuons ainsi sur un bon kilomètre, jusqu'à ce que plus aucun arbre ne longe la voie. Ici prennent fin mon semblant de protection et le rôle qu'a endossé Élias. Nous nous mettons à courir et tournons au coin d'une rue puis nous marquons un nouvel arrêt.

— Là, il y a une plaque d'égout, murmure Élias en la désignant avec le canon de son fusil.

— Mais nous ne sommes même pas arrivés à la *Volkshalle*.

— Je sais, répond-il en s'accroupissant devant. Je te dis simplement que c'est le bon chemin. Tu vois le trait qui barre la tête de l'aigle royal, ici ? me demande-t-il en posant son index sur ce qu'il veut me montrer.

Je me penche pour regarder. Une ligne oblique gravée dans le métal traverse l'œil et le bec de l'oiseau, comme une rayure. Le trait est tellement discret que si Élias n'avait pas mis le doigt dessus, je n'aurais jamais remarqué. Un frisson me secoue à l'idée des risques pris par la personne qui a fait ça pour je ne sais quelle raison exactement, sans doute renier notre société en mutilant son symbole.

— De là à la *Volkshalle*, il y a exactement dix

plaques avec des repères qui se suivent en formant un « J » à l'envers, reprend Élias.

— Un « J » ? Comme… Juif ?

— Bien sûr, qu'est-ce que tu t'imagines ? Nous sommes le peuple élu, contrairement au tien. Dieu adore nous adresser des signes.

Je reste un instant muette en me demandant s'il se paye ma tête ou s'il est sérieux.

— Ou bien ton peuple voit des signes dans de simples coïncidences, réponds-je sur un ton sec.

— Question de point de vue.

— Et qu'est-ce qui te fait croire que ton peuple est celui que Dieu a élu ?

— Et toi ? Qu'est-ce qui te fait croire que c'est le tien qu'il a choisi ? rétorque-t-il, un sourire sardonique au coin des lèvres.

Je soutiens son regard autant qu'il soutient le mien. Je n'ai jamais vraiment compris la notion de peuple élu que mes professeurs me martelaient du matin au soir. « Le sang aryen est la pureté même, la perfection voulue par Dieu. Nous sommes de la race des Seigneurs et aucune autre ne peut égaler notre supériorité. Voilà pourquoi nous sommes les seuls à avoir survécu à la Seconde Guerre mondiale. »

Mes professeurs racontaient aussi que, par le passé, notre race avait été souillée par celles d'autres peuples impurs, ce qui avait provoqué la dégénérescence de notre population et la guerre par la même occasion. À présent que j'ai croisé le chemin de non-Aryens et que j'ai parlé avec Élias, toutes ces considérations sur quelle race est plus méritante de vivre qu'une autre me paraissent incongrues, et plus encore au beau milieu d'une rue plongée dans la pénombre. Je finis par hausser les épaules et je me colle dos au mur, me surprenant moi-même de ma rapidité à avoir compris comment me fondre dans le noir. Élias fait de même. L'écho d'un bruit de pas trouble le silence. Inquiets, nous nous arrêtons et tendons l'oreille.

— Accroupie, tête entre les mains, m'ordonne soudain Élias en sortant de l'ombre, comme pour faire bouclier entre moi et la personne qui arrive.

Sans réfléchir, je m'exécute, tout en restant calfeutrée dans l'obscurité, et j'enfouis ma tête entre mes mains pour cacher ma chevelure qui forme un point clair dans la pénombre. En même temps que la peur qui m'étreint en pensant à ce que risque Élias, il y a ce curieux sentiment qui m'habite toujours et refuse de me lâcher. Le danger rôde, plus puissant que jamais.

— Déclinez votre identité !

— Sergent Gebarht. Feldgendarm[1], répond Élias d'un ton assuré.

— *Sieg Heil !* Je suis le colonel Hoess.

Le bruit de ses bottes qui s'entrechoquent quand il les claque pour saluer et le silence qui s'ensuit me font relever légèrement la tête pour entrevoir ce qui se passe, bien que j'en aie déjà une bonne idée. Élias doit être trop fier pour accepter de s'abaisser à faire le salut nazi, même si c'est pour jouer la comédie. Mais s'il ne le fait pas, les choses vont mal tourner, c'est une évidence.

— *Sieg Heil*, répond-il enfin d'une voix tendue.

1. Grade police militaire de la Wehrmacht (police allemande).

— Que faites-vous seul dans cette rue, sergent Gebarht ?

— Je patrouille.

Le ton d'Élias est cassant, empli de mépris. Je l'imagine qui soutient le regard de ce colonel avec un éclat inquiétant au fond de ses pupilles. Celui de la haine, de la rage… de l'envie de tuer. J'entends des pas, mais je sais que ce ne sont pas ceux d'Élias qui ne porte pas de bottes, mais des baskets heureusement assez foncées pour se fondre dans l'obscurité.

— Votre fusil…

La voix du colonel se dissout dans les airs tandis qu'il suspend sa phrase. Élias n'a pas bougé d'un pouce. Je devrais me cacher mieux que ça, mais je ne peux pas m'empêcher d'observer la scène du coin de l'œil.

— Votre fusil ne correspond pas à votre grad…

Élias n'attend pas la suite, il attaque en frontal. Il bondit en avant et empoigne le colonel à la gorge tandis qu'un début d'appel s'étrangle entre ses lèvres entrouvertes. D'un mouvement sec, il lui arrache son arme des mains.

— Krista !

Je me relève d'un coup et me précipite vers lui, j'attrape le fusil qu'il me lance en même temps qu'il recule dans l'ombre sans relâcher son étreinte sur la trachée du soldat. Il le plaque ensuite contre le mur et lui assène un coup de poing en plein visage. Puis un autre et encore un autre. Le colonel essaye de le déstabiliser en repliant son genou dans son ventre. Il pousse un cri alors qu'Élias ouvre ses doigts et libère sa gorge.

— Attaque ! Attaque ! crie l'homme.

Élias se jette à nouveau sur lui et, comme un boulet, le frappe assez violemment pour que je l'entende s'effondrer au sol. En à peine quelques secondes, Élias s'est assis à califourchon sur lui pour pouvoir lui porter des coups plus durs tout en le maintenant de force à terre. Pendant un instant, je revois la scène de Zack se faisant massacrer par l'Aryen que j'ai tué. La différence est que cette fois-ci, c'est Élias, un Juif, qui massacre un Aryen. Je me force à détourner la tête, je ne veux pas assister à ça. Je jette des regards autour de moi, prête à faire feu si des sentinelles pointent leur nez.

— Ils arrivent ! crié-je alors que des bruits de bottes martelant le sol résonnent dans le lointain.

Mais Élias semble sous l'emprise d'une folie meurtrière. Il frappe et frappe et frappe. J'entends le craquement des os qui se brisent sous la violence des coups. J'entends les râles qui s'échappent de la gorge du SS à terre.

— Il faut partir ! Élias !

Je recule tout en gardant le visage braqué droit devant moi au cas où j'aurais besoin de tirer. De ma main libre, j'agrippe son épaule pour le forcer à sortir de sa transe destructrice.

— Arrête, maintenant !

Il se relève. Le soldat à ses pieds ne bouge plus. Élias lui donne un dernier coup de pied dans le thorax.

— Pour Zack, sale nazi ! crache-t-il.

Il reprend son fusil qui traîne sur le sol.

— Allons-y !

On se met à courir, laissant derrière nous le corps

d'un membre de l'armée allemande. Encore un Aryen. Je pourrais me sentir triste pour lui, mais je ne ressens rien. Ni haine, ni compassion. Simplement la peur des retombées que cela aura sur mon peuple et sur celui d'Élias. Parce qu'il y en aura, cela ne fait aucun doute. On ne tue pas un soldat comme on tue un civil. Ce genre d'acte, ça se paye… et ça se paye cher, en général.

20

Élias s'arrête brusquement alors que l'on entend un raffut du diable aux environs de la rue que l'on vient de quitter. Il pivote vers moi. Dans l'obscurité, ses yeux brillent de mille feux. Je le considère d'un air interrogateur et affolé à la pensée qu'on nous rattrape, parce que si on ne décampe pas d'ici très vite, c'est ce qui va arriver.

— J'ai une idée pour brouiller les pistes.

— Quoi ?

Il pose ses mains sur mes épaules et, à nouveau, je sens une chaleur se répandre en moi. Pour autant, je ne dois pas me laisser distraire par cette sensation de me transformer en torche vivante dès qu'il me touche. Ce n'est vraiment pas le moment.

— Si on veut pouvoir leur échapper, il faut jouer leur jeu.

Le crissement de pneus d'un véhicule s'arrêtant non loin de là ponctue le court silence d'Élias. Il reprend sans me quitter des yeux.

— Je vais retourner dans la rue où j'ai tué ce SS et je ferai croire que j'ai vu filer son assassin en leur indiquant le chemin opposé à la *Volkshalle*. Ça te laissera le champ libre.

— Quoi ? Mais tu es fou ! Tu ne peux pas faire ça !

— C'est notre seule chance, et avec mon déguisement, ça passera. Ça va te permettre de suivre les repères dont je t'ai parlé.

— Non !

— Ça va marcher ! Écoute-moi…

Ma respiration se bloque sous le coup de l'émotion et Élias doit me secouer un peu pour que mon regard cesse d'errer dans le vague.

— Tu as dix plaques à suivre. Rappelle-toi, en forme de « J ». Sur neuf d'entre elles est gravé un trait diagonal.

— Élias…

— La dixième comporte une croix placée entre l'aile et la tête de l'aigle, continue-t-il comme s'il ne m'entendait pas. C'est par le biais de cet égout que tu trouveras le groupe qui nous permettra de joindre le réseau écroulé. Tu dois les avertir et leur demander de nous aider.

— Mais je…

Il me relâche et plonge sa main dans une poche de son pantalon. Il en ressort un petit boîtier numérique. Sans un mot, il dépose l'appareil dans ma paume.

— Ça te servira à ouvrir la plaque de l'extérieur. Le code est…

Élias s'interrompt et jette un coup d'œil pardessus son épaule. Je suis son regard, mais il n'y a rien à voir, on n'entend que la clameur toute proche qui déchire le voile de la nuit tombante. Les soldats braillent, la colère gronde. Ils doivent être au minimum cinq. Élias me dévisage à nouveau.

— Le code est 1103.

— 1103, répété-je d'une voix tremblotante. Mais

comment feras-tu pour rentrer dans l'égout si tu n'as plus de boîtier électronique ?

— Je suis un grand garçon, je me débrouillerai. La vie de Menahem, d'Anna et de son bébé, et de tous les autres est entre tes mains. Je choisis de te faire confiance, Krista.

— Non… Élias, ne me demande pas ça, dis-je en détournant la tête comme si sa vue m'était à présent aussi insupportable que l'idée qu'il me laisse seule et aille au-devant du danger.

Il pose sa main sur ma nuque. Nos visages se rapprochent et je sens son souffle tiède sur mes joues. La chaleur de sa paume se répand en moi à toute allure. Son geste me force à le regarder de nouveau.

— Krista…

Nous demeurons immobiles, à nous fixer comme si les paroles ne comptaient plus. Comme si seules nos prunelles pouvaient révéler les sentiments que nous avons enfouis au plus profond de nous. Le moment ne s'y prête pas, c'est l'agitation tout près de nous. Malgré cela, j'ai l'impression de me trouver dans une bulle de silence avec lui et que plus rien n'existe en dehors de nous. Le vent frôle ma nuque, ma peau se hérisse de chair de poule, pourtant, je me consume de l'intérieur. Je ne sais pas ce qui me prend tout à coup, je pose mes mains sur ses joues et je l'embrasse. Il ne fait aucun geste pour me repousser ; c'est moi qui, sans crier gare, ai un mouvement de recul.

— Je… je suis désolée. Je ne voulais pas, murmuré-je en baissant les yeux, honteuse.

Élias ne répond rien. Il coince mon menton

entre ses mains pour m'obliger à affronter de nouveau son regard. Silencieux, il se penche vers moi, effleure mes lèvres du bout des siennes. L'incompréhension se lit au fond de mes pupilles, je m'attendais à ce qu'il me rembarre et c'est tout l'inverse qui se produit.

Éprouverait-il lui aussi des sentiments à mon égard ?

Je me laisse aller et il presse ses lèvres un peu plus fort sur les miennes tandis que j'ose poser ma main sur son dos et la faire remonter jusqu'à sa nuque. Toucher un garçon, c'est une première pour moi et le goût de l'interdit a un côté excitant, tout comme le fait de me trouver au coin de cette rue en compagnie d'un hors-la-loi doublé d'un Juif. Comment ai-je pu changer en si peu de temps, moi, l'Aryenne façonnée dans un moule immuable ? Lorsqu'il met fin à notre baiser, il garde mon visage bloqué entre ses paumes tièdes.

— Je vais le faire, dis-je.

Son regard semble se voiler sous l'effet de l'émotion et je ne crois pas me tromper en lisant de la gratitude dans ses yeux. Je lui adresse un sourire qui se veut rassurant, même si j'ai peur de ce qui pourrait nous arriver. À lui comme à moi.

Il ne me donne pas l'occasion d'ajouter quoi que ce soit, il tourne les talons vers le chemin par lequel nous sommes arrivés et part en courant pour disparaître dans le noir. Je reste paralysée, le regard braqué sur cette purée de pois qui vient de le dévorer. Dans mon esprit, tout s'embrouille en même temps qu'une onde d'inquiétude m'envahit. Et si Élias est démasqué ? Que vont-ils lui faire ?

Le tuer bien sûr… Toutes ces interrogations me clouent sur place et il faut de nouveaux braillements des soldats tout proches de là pour me sortir de ma transe. Je détale.

Un millier de pensées et de sensations contradictoires se bousculent en moi après ce baiser, mais je me force à les mettre de côté pour me focaliser sur la mission qu'Élias m'a confiée.

Je traverse la rue à toute allure. Je me fais l'effet d'une ombre sans texture qui évolue dans un paysage de tours de verre et d'acier. L'écho de ma course effrénée se répercute contre mes tympans déjà assaillis par les pulsations de mon cœur. Au fil de ma progression, les cris des soldats se muent en murmures. Je pivote sur la droite pour suivre le tracé de la rue où devrait se trouver la deuxième plaque d'égout supposée jalonner mon parcours. Encore quelques mètres et la lumière du réverbère, non loin duquel je viens de passer, se fait plus ténue. Elle dessine des silhouettes hideuses sur les murs. Mon regard se pose sur le sol et en fouille la surface avec nervosité. Quand j'aperçois la plaque, je me précipite vers elle et je me laisse tomber à genoux devant. Je me focalise sur la tête de l'aigle gravée en son centre. Du bout de l'index, je suis le tracé du trait qui la défigure comme un coup de canif. Un soupir de soulagement s'échappe de mes lèvres. Je suis sur le bon chemin. Les paroles d'Élias me reviennent en mémoire. « Les plaques sont placées dans la ville de manière à former un "J". » J'en conclus que si nous sommes partis de celle qui composait le sommet de la lettre, je dois continuer tout droit avant de tourner à gauche puis encore à gauche pour arriver à la dernière. Élias ne m'a pas précisé, cependant, sur combien de mètres s'étendait ce fameux « J », mais il me semble me souvenir que les accès aux égouts sont distants d'environ cent cinquante mètres les uns des autres. Je devrais donc en avoir pour une petite demi-heure si tout se passe bien. Ce qu'il ne m'a pas dit non plus, mais que je sais déjà, c'est le risque de trouver plus de sentinelles près de la *Volkshalle*. Je dois donc redoubler de prudence. Mes yeux se posent sur l'arme qu'Élias m'a confiée ; celle du colonel nazi qu'il a tué. Je sais m'en servir, j'ai utilisé le même type d'arme durant mon apprentissage aux jeunesses hitlériennes. Et je ne me débrouille pas non plus trop mal au tir, à défaut d'être aussi parfaite que l'auraient souhaité mes professeurs et mes parents. D'un revers de manche, j'essuie les perles de sueur sur mon front et je me redresse en regardant dans le lointain. Puis je repars au pas de course sans prendre le temps de retrouver mon souffle.

21

Au bout de la sixième plaque, je perds le compte et je dois me concentrer pour tenter de replacer les choses en ordre. Calée contre un mur près de l'entrée de l'égout, mon corps tout entier fondu dans l'obscurité, je suis si absorbée par ma tâche que je ne réalise pas immédiatement qu'un soldat vient de pénétrer dans la rue où je me trouve. Je redresse la tête d'un coup, les yeux agrandis par la peur et le cœur battant. Il marche d'un pas alerte ; il ne lui faudra pas longtemps pour me voir s'il avance jusqu'à mon niveau.

Les alternatives qui se présentent à moi ne sont pas nombreuses : soit je pars en courant et je suis repérée à coup sûr, soit je lui tire dessus, ce qui implique pour moi le risque de me faire tuer ou bien de devoir tuer. Aucune de ces options ne me convient ; je dois pourtant en choisir une. Rester dans l'ombre ne me sera d'aucune aide. À peine arrivera-t-il près de moi que ma peau blanche et ma tignasse blonde trahiront ma présence. Je me dis qu'au final, avoir les cheveux sombres, comme Élias, est un avantage de nuit parce qu'on se fond mieux dans les ténèbres. Qui aurait cru que je puisse un jour préférer ressembler à tout sauf à une Aryenne ?

Le sang afflue jusqu'à mes tempes et tambourine

à m'en donner la migraine. La phrase prononcée par Élias quand le colonel SS s'était engouffré dans la rue où nous étions tout à l'heure me revient en mémoire. « Accroupie, tête entre les mains. » Est-ce que ça fonctionnerait encore sachant qu'Élias ne sera pas là, cette fois-ci, pour faire bouclier ? Le risque à courir est grand, mais… *J'ai mon fusil*, songé-je pour me rassurer.

Je me laisse lentement glisser le long du mur tandis que le soldat se rapproche. Une fois les genoux repliés, le poids de mon corps pesant sur mes pointes de pieds, je me fais aussi petite que possible. Mon arme coincée à la verticale entre mes cuisses, je tire sur les manches de mon pull pour recouvrir mes mains et je place mes bras sur ma tête inclinée au maximum. Les battements de mon cœur sont de plus en plus assourdissants. J'ignore quel bruit est le plus insupportable entre mon organe devenu fou et le crissement des pas du soldat. Sa silhouette n'est plus qu'à quelques mètres de moi. Je pourrais presque entendre son souffle si je n'étais pas totalement parasitée par les sons générés par mon corps.

Bientôt, la démarche de l'homme se fait moins lourde, moins cadencée. Il ralentit. Un pas. Deux pas. Il s'arrête. Ma respiration bloquée, mes lèvres scellées, je ferme les yeux comme si ça pouvait m'aider, même si j'ai conscience que ce n'est pas le comportement à adopter dans ce genre de situation. Je dois me faire violence pour me remémorer ce que mes professeurs me disaient à ce sujet, mais rien ne vient. Mon esprit est vide. Le soldat reprend sa progression. Encore un pas, puis un autre. Silence. S'il continue comme ça, je vais finir par avoir une attaque.

Tout à coup, des cris retentissent dans la nuit. Ses bottes grincent alors qu'il pivote sur lui-même, sans doute pour jeter un coup d'œil vers l'orée de la rue. De nouveaux braillements. Des phrases indistinctes au milieu desquelles surnagent les mots « Vite ! » et « Regroupement », puis le claquement des semelles du soldat reprend tandis qu'il rebrousse chemin à vive allure. Je relève tout doucement la tête et risque un regard dans sa direction. Je n'aperçois plus qu'une vague ombre qui disparaît à l'angle du bâtiment contre lequel je suis accroupie. *Respire*. J'inspire profondément et j'expire de la même façon. Je l'ai échappé belle ! Tout en me redressant, je pense à Élias. L'ordre de rassemblement doit provenir des officiers au niveau de la rue où il est retourné. Je me mordille nerveusement l'intérieur de la joue pour réprimer mon inquiétude à son sujet. L'idée de le savoir cerné par une bande de soldats me fait horreur et je m'en veux d'avoir accepté que nous nous séparions. Je n'aurais jamais dû l'écouter. Mais je n'ai pas d'autre choix que de continuer sur ma lancée, rebrousser chemin serait suicidaire. Je me tourne vers la plaque d'égout pour chercher le trait qui l'identifie comme étant bien une de celles qui m'intéressent.

— La sixième, me murmuré-je.

Il m'en reste encore trois à atteindre avant de parvenir à celle sous laquelle se cachent les amis d'Élias. Je repars au pas de course, mon fusil calé contre le flanc gauche, en me promettant de réagir plus intelligemment la prochaine fois que je croiserai un soldat. Pour rien au monde, je n'ai envie de me retrouver nez à nez avec un homme de l'armée SS, surtout depuis que je suis considérée comme une traître à ma patrie. Au bout de la voie, une chaussée à traverser ; je m'élance avant de m'apercevoir qu'une sentinelle patrouille à proximité. Je cours quand même. Les deux soldats sont visiblement occupés à étudier quelque chose sur leur tablette électronique. Il ne me faut qu'un instant pour m'engouffrer dans la rue suivante. Elle est le prolongement de celle dont je viens de sortir, je devrais, en toute logique, y trouver les plaques restantes.

Quand j'ai dépassé la neuvième plaque et que j'approche du lieu où est supposée se trouver la dernière, je me rends compte que l'endroit n'a rien à voir avec ce que je m'étais imaginé. La *Volkshalle* est bien là, à quelques mètres, mais si je suis le tracé du « J », l'entrée de l'égout que je recherche doit se situer aux abords de l'immense place qui entoure la Coupole. Mon chemin me mène dans une étroite voie où il n'y a pas la place de faire passer un véhicule à quatre roues. C'est sans doute parce que l'endroit n'est pas à découvert et peu surveillé qu'Élias n'a pas jugé utile de me mettre en garde sur le risque d'y croiser des hommes en armes. Ces derniers sont cantonnés sur les axes principaux qui donnent sur la Grande Coupole dont je peux voir briller les multiples spots orientés vers sa gigantesque façade. Je me concentre sur ma destination et je m'élance sur les quelques mètres restant à parcourir pour atteindre mon but.

La voie est sombre. Il y flotte une odeur indéfinissable, entre celle d'un puissant détergent mêlée à celle de la viande en décomposition. C'est fou ce que la proximité d'un égout peut générer comme effluves. Je découvre que je me trouve dans une impasse. Elle se termine par une paroi de verre noir et m'inspire un sentiment de dénuement total, à l'opposé de la splendeur de la Coupole et de ses abords. Je cesse de courir et je continue mon exploration des lieux en marchant d'un pas mesuré. Le dos collé au mur, je progresse sur encore une bonne cinquantaine de mètres avant de l'apercevoir.

La plaque. La dernière !

À condition que je ne me sois pas trompée de chemin, bien entendu. Quand je suis à son niveau, je m'accroupis devant après avoir jeté un regard derrière moi pour m'assurer que personne ne m'a suivie. J'essaie de repérer la fameuse croix à laquelle faisait référence Élias, mais l'obscurité joue contre moi. Il fait nuit à présent et si je peux discerner les rebords de la plaque, le dessin de l'aigle gravé est totalement invisible pour cause de manque d'éclairage public.

Je dois y aller à tâtons. Comme une aveugle, j'explore le métal du bout des doigts en priant pour trouver le repère que je cherche. Je sens le relief de l'aigle, je suis les contours de sa tête, longe son aile déployée du côté droit, et le tracé de son corps avant de revenir à l'aile gauche. Puis je suspends mon geste.

Elle est là !

La croix est comme une cicatrice sur la peau ; je peux très nettement percevoir les petites crevasses dans le métal. Sans perdre de temps, je plonge une main dans ma poche et sors le boîtier confié par Élias. Je presse une touche au hasard, une faible lumière bleue s'allume, me dévoilant un pavé numérique allant de zéro à neuf.

— Quel était le code déjà ?

Je réfléchis. Je réfléchis. Je me repasse l'ensemble de ma conversation avec Élias en essayant de ne pas penser à son visage, à l'éclat de ses yeux, à ses lèvres humides posées sur les miennes… C'est difficile.

Concentre-toi !

J'appuie sur le chiffre 1.

Ensuite, qu'est-ce qui vient après ? Qu'est-ce qui vient après ?

J'ai beau me secouer les méninges, ça ne me revient pas.

— Ce n'est pas possible ! Je n'ai pas fait tout ce chemin pour oublier quatre saletés de chiffres, me murmuré-je tandis que je sens la colère monter en moi et contre moi.

Je m'assois par terre, dépitée par mon incapacité à me souvenir de quelque chose qui semble pourtant si simple. Quatre chiffres ! Je me masse nerveusement les tempes, je dois me calmer, reprendre le contrôle de mes nerfs. Je sais que cet oubli n'est dû qu'à mon affolement. Ma migraine s'est intensifiée et de profonds élancements enserrent mon crâne comme un étau. J'inspire profondément et je relâche la pression. D'un coup, je redresse la tête, comme si je venais de recevoir une décharge électrique. 1103 ? Est-ce que le code serait 1103 ?

Je replace le boîtier sous mes yeux. Il s'est éteint. Je réappuie sur une touche au hasard et je tape la série de chiffres. Un déclic se fait entendre, à peine perceptible. Mon visage pivote vers la plaque et je pose la main dessus pour vérifier si elle bouge. Son mouvement renvoie des vibrations dans ma paume. Je ne peux pas m'empêcher de lâcher un cri de victoire intérieurement.

J'ai réussi ! J'ai retrouvé le code !

Comment ai-je pu oublier une telle combinaison ? Une série de chiffres qui correspond très exactement au jour et au mois de naissance du… Führer ! L'idée que le peuple d'Élias se sert de la date anniversaire de leur ennemi pour protéger leur territoire est presque risible.

Je fourre le boîtier dans ma poche et je cherche à tâtons les premiers barreaux de l'escalier qui mène au fond de l'égout. Mes pieds prennent appui dessus. J'enroule ensuite mes doigts autour d'une des tiges de fer pour assurer ma prise. Ma main droite explore la paroi pour trouver une éventuelle lampe de poche dissimulée lorsque le canon d'une arme se pose tout à coup sur mon front.

22

— Où tu crois aller comme ça ?

La silhouette au-dessus de moi me paraît immense et sa voix grave est le seul indice me permettant de savoir qu'il s'agit d'un homme. Mes lèvres s'entrouvrent pour laisser passer quelques mots, mais je n'ai pas le temps d'en prononcer un seul.

— Ton arme, donne-la-moi.

Je baisse la tête vers le fusil placé en bandoulière autour de ma poitrine. Je ne peux le lui donner sans lâcher au moins un barreau et, dans ma position, mon agresseur n'aura aucune difficulté à me pousser dans le vide si l'envie lui en prend.

— Obéis ou je fais un trou dans ton joli petit crâne de sale Boche.

En moi, un déclic se fait. L'insulte qu'il vient de proférer prouve qu'il ne s'agit pas d'un soldat. L'espoir renaît en moi.

— Je… Je viens de…

— Donne-moi cette arme. Dernier avertissement.

Mon espoir s'amoindrit au fil des secondes et je comprends que je ne suis pas en position de force. Je resserre ma main droite sur le barreau à m'en faire blanchir les articulations et, de la gauche, je me démène pour passer le fusil par-dessus ma tête. Je le tends à l'homme qui s'en empare sans douceur.

— Maintenant, tu descends.

— Quoi ?

— Descends, je te dis ! répète-t-il en réappuyant le canon de son arme sur mon front.

J'hésite un instant, mais sentir le métal froid sur ma peau me dissuade de discuter. Je baisse les yeux pour voir où je mets les pieds et je commence à descendre. L'homme s'engage à son tour et ses pieds sont bientôt au niveau de mon crâne. D'un geste rapide, je l'entends qui tape un code ; nous nous retrouvons dans le noir alors que la plaque s'est refermée. Ce serait l'occasion pour moi de filer, seulement coincée comme je le suis sur cette échelle, quel autre choix ai-je que celui de continuer à progresser vers le bas ? Ensuite, je pourrai aviser.

À peine ai-je mis pied à terre que je m'élance pour m'échapper, mais l'homme saute avant d'avoir terminé sa descente et me rattrape par le bras qu'il me tord violemment. L'écho de mon cri contre les parois du tunnel est impressionnant. Une lumière fuse tout à coup tandis que mon agresseur allume une lampe torche fixée sur sa ceinture. J'aperçois alors son visage anguleux et grêlé. Une mèche brune tombe devant ses yeux, mais ça ne m'empêche pas d'apercevoir l'éclat froid qui brille dans son regard ; le même que celui d'Élias et de Zack au tout début de notre périple. Un regard qui juge et ne pardonne pas.

— Lâchez-moi !

— Je ne sais pas comment tu as réussi à ouvrir l'entrée de l'égout, mais je vais te le faire regretter.

Il ne me laisse pas le temps de lui expliquer et m'envoie un coup dans la mâchoire. Je m'effondre à terre. L'eau stagnante émet un bruit sous le poids de mon corps.

— Tu ne sortiras pas d'ici vivante.

J'ignore ses paroles et je me mets à ramper pour m'éloigner de lui, mais il me suit. Chacun de ses pas déchire la surface de l'eau et leur écho emplit le tunnel. Il saisit le col de mon tee-shirt par-derrière et tire. Ma gorge se comprime, ma respiration devient laborieuse. Il me force à me relever, me soulevant presque comme une poupée de chiffon, puis me plaque sèchement contre l'un des murs. Son regard capture le mien, c'est comme s'il me transperçait avec un couteau. Il y a tant de haine au fond de ses pupilles. Il brandit la crosse de son arme pour me frapper à nouveau, mais je lève le bras pour parer le coup et une vive douleur irradie dans mon membre jusqu'à ma clavicule. Ensuite, il me fait pivoter et écrase mon visage contre la paroi de pierre. Je réprime un cri.

— Qui t'a donné ce boîtier ?

Je réponds par un gémissement étouffé tout en essayant de me dégager.

— Qui ?

Comme je reste muette, il me retourne de nouveau, me projette à terre et je glisse sur quelques mètres sur le ventre. Mes mains écorchées me brûlent, mes poumons me brûlent. Mon corps n'est plus qu'un brasier alimenté par la douleur. L'homme revient sur moi au moment où j'arrive à me remettre à quatre pattes. Il plaque son pied sur mon dos et appuie de toutes ses forces ; je retombe, tête la première. L'eau croupie s'insinue dans ma bouche et je crache tant que je peux.

— Qui ?

— Élias !

— Élias ? s'exclame-t-il d'une voix qui laisse transparaître sa surprise.

Je profite de son trouble pour lancer mon pied en l'air et le frapper à l'entrejambe. Il lâche un hoquet de douleur. Je me retourne et, de nouveau à quatre pattes, je m'éloigne de lui pour me relever à quelques pas de là.

— Tu vas me payer ça ! aboie-t-il.

Il bondit vers moi. À mon tour, je me mets à courir aussi vite que je peux malgré le poids qui comprime ma cage thoracique. Je file droit devant moi sans savoir où je vais, mais c'est toujours mieux que de me retrouver entre les mains de ce malade. En entendant le bruit caractéristique d'un robot sentinelle dont les chenilles d'appui au sol font frémir l'eau stagnante, je vire vers un tunnel adjacent. Mon poursuivant suit le même chemin, mais je ne relâche pas mes efforts. Je tombe sur une jonction entre deux boyaux baignés d'obscurité. Mon choix se porte sur celui de droite, au hasard, et je m'apprête à m'y engouffrer quand un individu en sort subitement, me stoppant net. Le canon d'une arme braqué sur moi et une lampe torche accroché autour du cou, il me bloque le passage. Je pivote pour prendre la seconde issue, mais elle aussi est barrée par un autre homme qui me tient en joue. Je m'immobilise, à bout de souffle. Le type qui était à ma poursuite surgit tout à coup derrière moi et me tire violemment en arrière. Je me retrouve le dos plaqué contre lui tandis qu'il enroule un bras autour de ma gorge et serre jusqu'à ce que je n'arrive plus à respirer.

— Cette fois-ci, tu es faite comme un rat.

— D'où sort cette fille ? demande l'un des hommes.

— Elle dit qu'elle vient de la part d'Élias. Elle avait un de nos boîtiers pour ouvrir les égouts.

Un silence s'installe entre les trois individus pendant que je me sens défaillir. C'est tout juste si mes jambes ne se dérobent pas sous mon poids. Peut-être devrais-je remercier mon agresseur de me maintenir debout ? Le dernier homme à avoir parlé s'avance et se plante devant moi. Il me dévisage d'un air contrarié tout en frottant son menton dévoré par une barbe sombre.

— C'est une infiltrée ?

— Non. Elle n'en porte pas la marque.

— Elle aurait volé le boîtier ?

— C'est f...

Celui qui me retient raffermit son étreinte sur ma trachée à tel point que j'ai l'impression qu'il cherche surtout à m'empêcher de m'expliquer.

— Lâche-la, lui ordonne l'autre.

La sensation d'étouffement se relâche d'un coup et je m'effondre à genoux en toussant à n'en plus finir.

— As-tu dérobé le boîtier sur un corps ?

Les deux mains crispées sur ma gorge douloureuse, je lève les yeux vers celui qui vient de me poser la question. Les dents serrées, je fais non de la tête.

— Dans ce cas, d'où le tiens-tu précisément ?

— C'est Élias qui me l'a confié ! Nous étions en chemin pour vous rejoindre !

— Ne la crois pas, elle ment forcément ! Elle a tué Élias et lui a volé son boîtier !

— Laisse-la parler, Samuel !

Un nouveau silence. J'en profite pour essuyer le filet de sang qui goutte de mon nez. Mon geste doit les inquiéter, toutes les armes se braquent sur moi.

— Menahem, soufflé-je. Il est coincé dans l'éboulement d'un tunnel avec son groupe.

— Nous sommes au courant.

Je referme la bouche, un masque d'incompréhension sur le visage. S'ils le savaient, ont-ils au moins tenté quelque chose pour les aider ? J'essaye de faire abstraction des interrogations qui fusent dans mon esprit, puis je reprends :

— Élias voulait passer par votre égout pour joindre la cache de Menahem. Il m'a dit que c'était le seul moyen.

— Je vois, répond mon interlocuteur.

— Tu ne vas pas la croire quand même ? s'insurge mon agresseur.

— Si elle mentait, elle ne connaîtrait pas le code du boîtier et n'en saurait pas autant, sois logique, Samuel. Nous allons déjà en parler au principal intéressé, ensuite, nous aviserons.

À ces mots, je fronce les sourcils tandis que mon estomac se noue. Le principal intéressé ne peut être qu'Élias et il ne peut logiquement pas être arrivé ici avant moi ! Pourtant, le doute m'étreint d'un coup.

— Il… Il est là ? murmuré-je d'une voix éraillée.

Mon interlocuteur ignore ma question et se détourne de moi.

— Ramenons-la au quartier général.

Il pivote sur ses talons et s'engage dans un des tunnels, aussitôt imité par le second homme resté silencieux depuis le début.

Samuel, toujours derrière moi, me relève sans douceur et me pousse à la suite de ses acolytes qui se sont déjà fondus dans l'obscurité.

23

Notre trajet n'est pas différent de celui que j'ai suivi pour parvenir dans la ville souterraine où se terrait le groupe de Menahem. Les tunnels se ressemblent et le lieu d'arrivée qui se profile sous mes yeux est quasi identique également, hormis la place centrale, plus grande et mieux agencée. Là aussi, les habitations sont creusées dans la roche et fermées par des battants de bois pour certaines. Nous sommes entrés par une porte blindée datant d'un passé lointain, puis nous sommes descendus assez profond dans les entrailles de la Terre jusqu'à des carrières de pierres masquées par un mur en trompe-l'œil coulissant. Les lieux restent sommaires, mais j'imagine qu'on ne peut pas construire grand-chose dans ce genre d'endroit.

La seule chose dont je peux être certaine, c'est que, à moins qu'on ne révèle l'existence de cette cache aux soldats de la SS, il est impossible de deviner que des êtres humains vivent ici tant ils se sont calfeutrés et protégés derrière des parois actionnées par je ne sais quels systèmes de sécurité. Ça doit expliquer également pourquoi ces non-Aryens ont réussi à survivre dans ces lieux depuis si longtemps abandonnés par mon peuple. Je réalise qu'ici aussi, les gens me dévisagent sans chercher à dissimuler leur mépris à mon égard.

On me fait traverser la place ; personne ne dit un mot. La population se contente de me suivre des yeux.

Certains visages me semblent familiers, mais je ne me souviens pas de l'endroit où j'aurais pu les voir auparavant. Quand je croise soudain le regard d'Anna, je comprends. Ces personnes font partie du groupe de Menahem. Mon visage s'illumine en découvrant la présence de l'enfant d'Anna emmailloté dans ses bras. *Il a survécu !* Un sourire passe sur mes lèvres alors qu'une vague de soulagement m'étreint. Anna fait comme les autres, elle m'observe sans bouger tandis qu'on me conduit vers la zone de détention.

Il n'y a que deux cellules, mais j'imagine qu'ils ne font pas collection de prisonniers, pour peu qu'ils en aient jamais gardé un plus d'une journée. On me pousse à l'intérieur de la première et on referme derrière moi. Si Élias se trouve parmi cette foule, je n'ai que peu de chances de l'apercevoir ; ce n'est pas plus mal parce qu'accepter qu'il ait laissé un des membres de sa communauté m'accueillir à coup de poing me fait grincer des dents, et bien plus encore. Je ne peux pas imaginer qu'il ait fait ça. Ou bien, il n'a pas eu assez confiance en moi pour croire que j'irais au bout de ma mission.

Peut-être aurais-je dû le dénoncer, finalement…

Après tout, si je suis une traître pour les miens, pourquoi pas pour les siens ? Tout ça n'a plus d'importance. J'ai transmis son message et tout cela n'a servi à rien puisque, à l'évidence, le groupe de Menahem a été secouru bien avant mon arrivée.

Je lâche un soupir, j'aurai au moins eu le

« privilège » de découvrir qu'un autre peuple vivait sous terre. Différent physiquement du mien, mais peut-être pas tant que ça d'un point de vue moral. La cruauté n'a ni couleur de peau, ni religion.

Je secoue la tête pour chasser ces pensées sombres de mon esprit. Élias ne peut pas être revenu avant moi, ce n'est pas logique. *Sauf s'il connaissait un raccourci*, me souffle ma voix intérieure.

— Ferme-la, me chuchoté-je à moi-même avant de m'allonger par terre.

Je replie mes genoux sur ma poitrine, les entoure de mes bras aux muscles douloureux et je ferme les yeux en essayant de faire le vide.

— Trista ?

J'ouvre les yeux. Anna se tient devant moi, de l'autre côté des barreaux de ma cellule. Son enfant n'est pas avec elle. Je me redresse en position assise. Une migraine me ceinture le crâne et mon ventre crie famine.

— Je m'appelle Krista, répliqué-je sur un ton cassant.

— Ah oui, désolée. L'un ou l'autre, ça se ressemble.

— Sauf que c'est différent. Qu'est-ce que tu me veux ?

— Je voulais te remercier.

— Me remercier ?

Elle hoche la tête, un sourire accroché aux lèvres.

— Oui, pour m'avoir aidée à accoucher. Sans toi, je ne sais pas si Âmi aurait survécu, ni moi d'ailleurs.

— Âmi ? C'est comme ça que tu as appelé ton bébé ?

— Oui. En hébreu, ça signifie « mon peuple ».

— Tu es juive ?

Elle lâche un petit rire cristallin puis secoue la tête.

— Non, je suis d'origine slave. Mais Ezra est juif et c'est pour lui que j'ai choisi ce prénom. C'est joli, non ?

Je hoche vaguement la tête.

— Je pensais que tu étais une sorte d'Aryenne convertie.

— J'en ai peut-être l'air, mais je ne le suis pas. C'est ce que votre maître à penser, Hitler, n'a jamais compris. On ne fait pas la valeur d'un humain à la couleur de ses yeux, de ses cheveux ou de ce en quoi il croit. La preuve, je suis blonde, j'ai des yeux bleus… comme toi. Mais les gens de ton peuple ont décidé qu'eux seuls avaient de la valeur. Est-ce que tu crois que les gens qui vivent ici en ont moins parce qu'ils ne sont pas comme toi, Krista ? Chaque personne ici est différente, brune, blonde, châtain ou rousse avec des yeux verts, bleus, bruns. Pourtant, aucune ne vaut moins qu'un pur Aryen. Mais j'imagine que tu ne peux pas comprendre. Pour toi, les Aryens ne doivent pas être pervertis par le sang-impur. Tout ça, ce sont des histoires, aucun sang n'est plus pur qu'un autre. Pas plus celui de ta race que celui d'autres races.

— Si tu es venue me faire la morale, merci, mais j'ai déjà eu ma dose avec Élias.

Elle sourit à nouveau.

— On m'a dit que tu étais recherchée pour

trahison, reprend-elle. C'est pour ça que tu t'es coupé les cheveux ? Pour qu'on ne te reconnaisse pas ?

— Il y a un peu de ça, effectivement, et, oui, je suis une traître à ma patrie.

— Je suis désolée, c'est ma faute si tu te retrouves coincée ici.

— J'imagine que je devrais t'en vouloir, mais…

— Mais ce n'est pas le cas ? Tu en es bien sûre ? Est-ce que tu as conscience de la situation dans laquelle je t'ai mise ? Il n'y aura pas de retour en arrière pour toi.

— Je crois avoir compris, oui, fais-je en lui montrant de l'index la contusion sur ma pommette occasionnée par un coup de poing.

Anna grimace.

— Encore une fois, je suis vraiment navrée.

J'acquiesce comme si rien de tout ça n'était grave. Mais c'est un mensonge ; je lui en veux de m'avoir conduite dans ces égouts de force, de m'avoir arrachée à ma vie bien ordonnée. Pourtant, j'ai du mal à ignorer cette petite voix qui me siffle à l'oreille que ce changement dans mon existence est loin d'être une mauvaise chose. Du moins, c'était ce que je pensais avant de me retrouver de nouveau derrière des barreaux et de me demander si je vais ressortir de là vivante. Ça m'aura néanmoins appris des choses que j'ignorais sur mon peuple. Seulement, le reconnaître serait une preuve que j'ai choisi le camp de ceux qui vivent sous terre. Je préfère qu'Anna culpabilise en imaginant que la situation est inversée et que c'est elle qui se trouve derrière ces barreaux avec une pommette tuméfiée et des muscles en marmelade. En apercevant trois minuscules points noirs entre son pouce et son index de la main droite, je ne peux pas m'empêcher de repenser à la marque dont parlaient les hommes qui m'ont accueillie à coups de poing à propos des infiltrés. Grande et athlétique, les cheveux aussi blonds que les miens et des yeux d'un bleu à s'y noyer, Anna correspond aux critères aryens et si elle dit ne pas l'être, elle ferait néanmoins une parfaite infiltrée. Je la regarde droit dans les yeux.

— Tu es une infiltrée ?

— Peu importe ce que je suis, répond-elle en retirant sa main. J'ai choisi mon camp. Et toi, Krista, as-tu choisi le tien ?

— Qu'est-ce que ça peut faire ? Que ce soit l'un ou l'autre, je suis considérée comme une traître, non ?

— Tout ce que tu as fait jusqu'ici prouve que tu es une personne capable de discernement et sur qui on peut compter.

— C'est sans doute pour ça que je me retrouve derrière les barreaux d'une cellule.

Je referme la bouche parce que je ne veux plus parler de ça. Elle aimerait peut-être m'entendre dire que j'ai opté pour le monde sous terre plutôt que l'air libre, mais dit de cette façon, j'ai surtout l'impression d'avoir un couteau sous la gorge. Même si mon peuple a dévoilé, malgré lui, une facette qui me met en colère, je ne suis pas décidée à choisir cet univers où certaines personnes sont visiblement aussi puantes que ceux de ma race.

— Est-ce qu'Élias va bien ? demandé-je soudain.

Les traits d'Anna se tendent brusquement. Elle détourne un instant la tête comme si elle voulait s'assurer que personne ne nous épie, puis elle me regarde de nouveau.

— Il y a un problème ?

— Élias n'est pas reparu depuis qu'il y a eu l'éboulement, lâche-t-elle dans un murmure. Quand je t'ai vue, j'ai cru qu'il était avec toi.

Des images prennent forme dans mon esprit : Élias s'acharnant sur ce colonel aryen, agissant comme un animal enragé dont le désir de vengeance ne parvient pas à être assouvi ; Élias me tenant par les épaules pour me dire de continuer à fuir seule. Enfin, je le revois pencher la tête vers moi puis m'embrasser. Je me suis trompée, il n'est pas revenu avant moi et je l'ai mal jugé. Le sang se remet à pulser contre mes tempes.

— Nous avons fait une mauvaise rencontre en chemin et il a voulu qu'on se sépare pour faire diversion et me permettre d'arriver jusqu'ici. Il était sûr que, déguisé en soldat, il pourrait donner le change et me rejoindre plus tard.

Anna passe sa main entre les barreaux et la pose sur la mienne.

— Il faut garder espoir. Élias sait se battre et il est assez rusé pour échapper aux SS.

Elle tourne la tête pour fixer la rangée d'habitations creusées dans le roc à quelques mètres de là.

— Il faut qu'Élias revienne, ajoute-t-elle. Pour son grand-père.

Elle reporte son attention sur moi et esquisse un nouveau sourire qui se voudrait rassurant, mais qui ne fait que me montrer qu'elle est au bord des larmes.

— Il ne va pas bien ?

— Il est âgé, tu sais. Les gens comme lui, comme nous tous, ne vivent pas éternellement. Surtout dans des conditions de vie aussi précaires que les nôtres. S'il avait pu bénéficier d'une aide médicale dans un hôpital, peut-être que… Enfin… les choses sont ce qu'elles sont.

— Beaucoup de personnes sont mortes dans l'éboulement ?

Elle hoche la tête, se relève, le regard fuyant. À mon tour, je me lève. Il n'y a que la grille en bois de ma cellule qui nous sépare.

— Pourquoi vous ne le faites pas ?

Un creux se forme entre ses fins sourcils blonds.

— Faire quoi, Krista ?

— Vous vous plaignez sans arrêt de vos conditions de vie dans les souterrains de la ville, pourtant vous ne faites rien pour changer les choses.

Anna ouvre la bouche, puis la referme avant de la rouvrir et de la refermer à nouveau. Elle ressemble à un poisson rouge en manque d'oxygène. Mes paroles ont dû l'ébranler plus que je n'aurais pensé. Elle secoue la tête comme si je venais de sortir la pire des absurdités puis s'éloigne sans même un au revoir. Et au final, je me demande moi-même pourquoi j'ai dit une telle chose… peut-être que je deviens folle, tout simplement.

24

Le temps s'écoule lentement dans ce lieu hors d'âge. Les bruits provenant de la surface sont totalement étouffés, broyés par tous les niveaux de terre et de tunnels qui se trouvent au-dessus de mon crâne. Normal. Mon sommeil est paradoxal, je ressens un certain plaisir à écouter le va-et-vient des habitants de cet endroit, même si la majorité semble être partie se coucher. Ceux qui ne le sont pas encore sont des hommes. Ils foulent le sol d'un pas léger tout en échangeant des propos à mi-voix. Je n'ai pas envie de me réveiller, je préfère me laisser bercer par cette apparente sérénité. J'aime cette sensation où l'on sait instinctivement que l'on est en plein cœur de la nuit. Je pourrais rester des heures comme ça, affalée par terre, comme morte, et sans personne pour me malmener ou me poursuivre. Je suis comme dans mon lit, le confort en moins.

Ce n'est qu'un long moment plus tard, quand la ville souterraine est soudain plus animée, que je réalise, en ouvrant les yeux, que j'ai sombré dans un profond sommeil. Je ne sais pas combien de temps j'ai dormi, mais je me sens encore très fatiguée. Sans me lever, j'agrippe les barreaux de ma cellule et je regarde, intriguée, ce qui se passe sur la place. Les spots rivés au plafond à l'aide de volumineux crochets métalliques sont tous allumés et noient les lieux sous une myriade de rayons d'un blanc douloureux. De nombreux habitants émergent des maisons en contrebas et observent, tout comme moi, un groupe d'individus qui vient de faire son entrée par l'issue que j'ai empruntée sous escorte quelques heures plus tôt. Ils doivent être quatre ou cinq, aussi grands que larges d'épaules ; jeunes également. Ils semblent encadrer deux autres personnes dont je ne distingue que le sommet de la tête. Je me relève et me hisse sur la pointe des pieds pour mieux voir. Le groupe s'immobilise non loin d'un bâtiment torché de blanc et s'ouvre pour laisser passer ceux qu'ils masquaient jusqu'à présent. Mon cœur fait un bond dans ma poitrine à l'instant où je l'aperçois. Élias.

Des gens se pressent autour de lui dans un tourbillon incessant. Mais ils ne se comportent pas normalement. Pas de scène de liesse pour les retrouvailles d'Élias avec ses amis sauvés de l'éboulement. L'atmosphère semble plombée. Un homme aux cheveux blonds très courts, sans doute un infiltré, se tient près de lui. Lorsqu'il pivote sur le côté, me dégageant ainsi la vue, ma gorge se serre, mes lèvres restent entrouvertes sur un prénom qui n'arrive pas à sortir. Élias maintient sa main droite sur son épaule gauche. De là où je suis, je peux apercevoir le sang qui tranche sur sa peau comme je peux discerner les lacérations sur sa pommette droite. Je cesse de l'observer et je balaye les environs du regard, à la recherche d'Anna. Peut-être qu'elle, elle acceptera de m'expliquer ce qui se passe. Comme je ne la vois nulle part, je reporte mon attention sur Élias. Il disparaît dans une habitation en compagnie de l'homme blond. La subite agitation retombe et tout le monde s'éloigne ou rentre dans d'autres abris alors que moi, je reste là, enfermée et fébrile. Je crève d'envie d'appeler Élias pour qu'il vienne jusqu'ici me dire que tout va bien malgré le fait évident que ce n'est pas le cas. Mais il ne se passe rien.

Je recule tout au fond de ma cellule où l'ombre dense m'écrase de son poids. *Il est blessé...* Cette phrase tourne en boucle dans mon esprit alors que des nœuds se forment dans mon estomac. Je suis tiraillée entre le soulagement de le voir vivant et l'inquiétude de le savoir blessé. J'étais convaincue que les choses finiraient mal ; il n'aurait pas dû essayer de se faire passer pour ce qu'il n'est pas. À ce stade, ce n'est plus du courage, mais de la témérité, et la témérité n'a jamais aidé un homme à gagner contre dix.

Je me laisse glisser le long de la paroi, j'enfouis mon visage entre mes mains. Pourquoi ce garçon me retourne-t-il le cœur au point que je m'inquiète plus pour lui que pour moi ? Je ne comprends pas. Quand, après plusieurs heures, j'entends le bruit d'une clé qui tourne dans la serrure de ma cellule, je redresse la tête sans pour autant faire un mouvement. Deux hommes se tiennent à l'entrée. L'un d'eux est celui qui m'a frappée à mon arrivée : Samuel. Son expression est toujours aussi mauvaise et sa bouche n'est qu'une ligne aux contours mal définis.

— Amène-toi, la SS.

Je fais non de la tête. Je me doute du sort qui m'attend et je refuse. Je refuse de continuer à obéir docilement, comme je le faisais parmi les Aryens. S'ils me veulent, il faudra qu'ils viennent me chercher au fond de cet endroit puant.

— Ce n'est pas toi qui décides, gronde-t-il.

Comme je n'esquisse toujours pas le moindre mouvement, il pénètre dans la cellule, m'empoigne par le bras et me tire en avant. Je m'efforce de me dégager, mais sa force ne me permet pas de résister très longtemps et je me retrouve debout contre mon gré au bout de quelques instants. Mon visage à quelques centimètres du sien, je lui crache à la figure. Il lève la main pour me frapper, mais celui qui l'accompagne l'arrête *in extremis*.

— Ne fais pas ça, Samuel ! Ramenons-la, c'est tout.

Samuel me toise, puis, sans ajouter un mot, me traîne vers la sortie. Il claque la grille de la cellule. J'ai dû l'énerver un peu… Son acolyte reste en arrière tandis que nous avançons d'un pas rapide vers les habitations. Nous pénétrons à l'intérieur de l'une d'entre elles et Samuel s'arrête non loin de l'homme qui m'a interrogée dans les tunnels.

— Merci. Tu peux la lâcher maintenant, dit ce dernier.

À contrecœur, il s'exécute. Je ne peux pas m'empêcher de lui renvoyer un regard victorieux. L'air de rien, il se penche alors vers mon oreille.

— Surveille bien tes arrières, la SS, me murmure-t-il avant de quitter les lieux.

Un frisson me parcourt à l'idée de ce qu'il pourrait

me faire s'il me bloquait dans un coin. Je ne ferais pas le poids contre un type aussi vindicatif et solidement charpenté. Le pire, c'est que je ne sais même pas pourquoi il se comporte ainsi à mon égard. Ma version des faits n'est-elle pas assez crédible pour lui ou bien a-t-il envie de me malmener par pur plaisir ?

— Bonjour, Krista. Je ne me suis pas présenté tout à l'heure. Je m'appelle Yigaël.

Sans me soucier de sa présence, j'explore du regard la pièce où nous nous trouvons. Elle est assez spacieuse, mais dépouillée de toute décoration. Sur la droite, il y a une vieille table sur laquelle reposent des assiettes ébréchées et des couverts, de l'autre, plusieurs chaises dans un état d'usure assez prononcé. Du genre qu'on abandonne dans la rue les jours de passage pour la déchetterie. Rafistolées de partout, elles ont l'air de tenir debout, cela dit. Je me reconcentre sur mon interlocuteur.

— Comment savez-vous comment je m'appelle ? demandé-je.

— Peu importe. Nous sommes là pour décider de ton sort.

— Mon sort ? Vraiment ?

Il acquiesce comme s'il n'avait rien à ajouter et je sens déjà que ce moment ne va pas être le plus agréable du monde. L'idée de prendre mes jambes à mon cou m'ébranle, mais encore une fois, la voix de la raison me rappelle que je n'en ai ni les moyens ni la possibilité. Le lieu où évoluent tous ces gens est bouclé de partout, bien dissimulé derrière de solides parois. Pour m'en sortir, j'aurai besoin d'un miracle… ou d'un autre éboulement.

— Suis-moi.

D'un signe de la main, Yigaël me désigne une porte au fond de la pièce. Je le précède et m'arrête juste devant. J'ai les mains moites et la gorge serrée à l'idée de ce que je vais trouver derrière.

— Quelles sont les options possibles de votre jugement ?

— Tu verras bien.

Sa réponse évasive n'est pas faite pour me rassurer. Je pose les yeux sur ses doigts noueux enroulés autour de la poignée. Quand il l'abaisse enfin et que la porte s'ouvre, mes épaules sont secouées par une vague de frissons.

— Entre.

Je lui jette un regard plus froid que je l'aurais souhaité, puis je franchis le seuil de la pièce. À l'intérieur de celle-ci, plusieurs paires d'yeux se braquent sur moi. Des hommes sont assis sur des chaises disposées en arc de cercle ; ils doivent avoir passé la soixantaine, plus pour certains dont les cheveux blancs et le visage parcheminé trahissent leur âge. Tout comme Yigaël qui referme la porte et va s'installer sur un des sièges. L'atmosphère est lourde et je reste aussi immobile qu'une statue en laissant mon regard errer autour de moi. Le mobilier se résume à des matelas entassés et rangés dans un coin. Les murs sont nus et, en dehors de l'issue qui m'a permis d'entrer ici, il n'y a aucune ouverture. Je remarque qu'il y a une chaise vide à la gauche de Yigaël. Je me demande pourquoi personne ne s'y trouve. L'un des hommes, dont le visage est barré par une balafre partant de son arcade sourcilière droite pour finir sous son menton, se lève.

— Va t'asseoir.

Sa voix sonne comme celle d'un chef de régiment. Je tourne la tête vers l'endroit qu'il me désigne de la main. Il s'agit d'un banc en pierre enchâssé dans le mur comme s'il avait été taillé directement dedans. Il fait face aux chaises. Je ne bouge pas.

— Ton attitude ne joue pas en ta faveur, reprend l'homme.

Je m'obstine à rester sur place en le fixant.

— Va t'asseoir, lâche soudain une voix dans mon dos.

Je me retourne d'un mouvement rapide et je croise le regard d'Élias qui vient d'entrer dans la pièce sans un bruit. Il me fait face à présent et me considère d'un air peu engageant.

25

À sa vue, je ne peux pas m'empêcher d'ébaucher un sourire. Je suis soulagée qu'il soit sur pied et sa présence m'apaise tout de suite. Je ne suis plus seule face à ces inconnus vieillissants qui me jaugent. Pourtant, quelque chose cloche, je m'en rends compte tout à coup. Ses traits sont tendus et son visage inexpressif. Même son regard ne laisse rien percer. A-t-il oublié notre baiser ? A-t-il oublié qu'il avait cessé de me voir comme une ennemie ? Je ne comprends pas.

— Élias ? Est-ce que ça va ? Tu as été blessé ?

— Va t'asseoir, répète-t-il sur un ton sec.

Je le dévisage, en proie à l'incompréhension la plus totale. Comme je ne bouge toujours pas, il me saisit par le bras et m'entraîne vers le banc. Il me force à y prendre place et retourne s'installer sur la seule chaise vide de l'assemblée face à moi. Mon regard reste fixé sur lui comme une question en suspens. Pourquoi se comporte-t-il si froidement avec moi ?

— Bien, commençons par le début. Tu te prénommes Krista, tu es une Aryenne sous le contrôle du Führ…

— Je suis un être humain et je ne suis sous le contrôle de personne, coupé-je l'homme balafré en reportant mon attention sur lui.

Les autres occupants de la pièce, hormis Élias, se mettent à chuchoter entre eux jusqu'à ce que mon interlocuteur lève la main. Le silence revient.

— Nous sommes là pour décider de ce que nous allons faire de toi. Je me prénomme Serge et je préside ce conseil. Chaque personne présente ici dirige une de nos communautés, en dehors de Yigaël qui gère la sécurité de celle-ci.

Je fais un rapide calcul. Ils sont au nombre de cinq, il y a donc cinq groupes, même six en y incluant celui de Menahem malgré son absence. J'ignore de combien de têtes est constitué chaque clan, mais je crois comprendre, en découvrant leur organisation, que ces gens sont loin d'être une minorité dans les souterrains, même si je ne peux pas imaginer qu'ils soient plus nombreux que mon peuple.

— L'état de santé de Menahem ne lui permettant pas d'assister au conseil, ce sera donc son petit-fils, Élias, qui le représentera.

Mon regard revient sur Élias. Voilà qui explique la raison de sa présence ici. Les bras croisés, il me fixe l'espace d'une seconde avant de détourner les yeux comme si ma vue le dérangeait. Mon attention se reporte sur le bandage qui enserre son biceps gauche et dépasse de sa manche de tee-shirt.

— Le fait que tu te retrouves au milieu de notre communauté est un problème. Tu représentes un danger pour nous ; je suppose que tu en as conscience, ajoute Serge.

— Je ne savais même pas que vous existiez !

— Cela ne modifie en rien les données du problème qui nous occupe à l'heure actuelle.

J'ai envie de me lever et de partir en claquant la porte. Ce qui se passe ici est tout bonnement un simulacre de jugement alors que je n'ai rien fait de mal. Et la froideur d'Élias me rend folle, je voudrais ne plus le voir, ne plus me souvenir du moment de notre baiser, de la tiédeur de sa peau. Je voudrais qu'il soit mort… mais en l'occurrence, à cet instant, c'est plutôt moi qui devrais avoir peur de mourir.

Sans se soucier du fait que je ne daigne même pas lui faire la politesse de le regarder en face, Serge reprend la parole.

— Notre interrogation première est de savoir comment tu es arrivée parmi nous. As-tu une réponse claire à nous fournir ?

— J'ai aidé une des vôtres à pénétrer dans un égout et elle m'a forcée à descendre dans les sous-sols.

— « Aidé » dans quel sens ?

Le souvenir d'Anna avec son gros ventre de femme enceinte en train d'essayer de débloquer la plaque de métal me revient en mémoire. Je me revois m'accroupir près d'elle alors qu'elle se démenait avec l'énergie du désespoir. Si j'avais continué ma route sans me soucier d'elle, peut-être que…

— Anna, la fille en question, n'arrivait pas à ouvrir l'accès à l'égout. Je l'ai aidée à se faufiler dans le réseau souterrain. Elle m'a alors menacée avec une arme et ordonné de la suivre. Je n'ai pas cherché à vous trouver, j'ignorais votre existence jusque-là… et je me serais bien passée de la connaître.

Serge opine d'un mouvement de tête. Je ne doute même pas un instant qu'il soit déjà au courant de cette histoire puisqu'Anna se trouve à présent dans cette communauté. Mais savoir pourquoi il veut malgré tout l'entendre de ma bouche, ça reste un mystère.

— L'as-tu aidée en sachant ce qu'elle était ? demande Yigaël.

— Je...

— Que s'est-il passé ensuite ? m'interrompt aussitôt Serge, visiblement agacé qu'Yigaël se mêle de son interrogatoire.

— Elle était en fin de grossesse et elle a eu des contractions. J'ai dû la faire accoucher.

— Parce que n'importe quel Aryen peut se permettre d'accoucher une femme ? s'exclame un des hommes du conseil au crâne lisse. Tu aurais pu la tuer, et l'enfant avec.

— Je travaille dans une maternité, je savais ce que je faisais.

— Un de ces endroits où vous euthanasiez les bébés qui ne vous conviennent pas ? Je n'appelle pas ça une maternité, mais une usine à tuer.

— Vous n'avez aucun droit de juger les méthodes de mon peuple !

— Pas plus que tu n'as celui de poser la main sur un de nos enfants, rétorque sèchement l'homme.

— Quelle déception de constater que vos mentalités n'ont pas évolué d'un pouce en deux cents ans... Vous tuez même votre propre progéniture quand elle ne rentre pas dans le moule, c'est pathétique, ironise Serge.

Je préfère ne pas répondre. Je n'oublie pas que

si mon peuple fait des sélections pour que notre race perdure dans le temps, la façon de procéder n'est pas forcément la meilleure. J'ai déposé assez de corps de bébés dans l'incinérateur pour avoir mon avis sur la question. Néanmoins, je tiens à ce que les choses soient claires pour tout le monde.

— Je n'étais pas forcée de l'aider à accoucher. J'aurais pu la laisser se tordre de douleurs et en profiter pour m'enfuir. Mais je ne l'ai pas fait, je suis restée avec elle et j'ai fait de mon mieux pour que tout se passe bien.

Un court silence suit durant lequel je me demande si mes paroles ont eu le moindre impact sur eux ou si, quoi que je dise, ils m'ont déjà jugée d'avance.

— Continue, reprend Serge.

— Des hommes sont arrivés pour la ramener dans le groupe de Menahem et m'ont emmenée de force.

— Donc, si je comprends bien, tu ne l'as pas fait de ton plein gré.

Je fais non de la tête. Qui pourrait être assez fou pour suivre de plein gré des inconnus dans les profondeurs de la Terre ? Serge lâche un soupir agacé tandis que les chuchotements repartent de plus belle.

— Tu restes donc une ennemie à nos yeux, conclut-il.

Ces mots sont comme un bain d'acide dans lequel on me plonge. Bon sang, je n'ai rien demandé à personne et me voilà accusée d'être l'ennemie d'un peuple dont j'ignorais jusqu'à l'existence ! Du regard, je cherche le soutien d'Élias, mais il ne fait rien. La tête baissée, il s'obstine à fixer un point invisible sur ses cuisses. Une onde de colère monte en moi à l'idée de tous ces risques que j'ai pris pour les aider, lui et les siens. Pourquoi cette attitude mutique à mon égard ?

— La question est de savoir pourquoi tu as emmené cette fille avec toi, Élias, lâche Serge en reportant brusquement son attention sur lui.

Cette fois, Élias redresse la tête et dévisage Serge.

— Nous n'avions pas le choix.

— Zack vous accompagnait dans ce périple et il a été tué par un Aryen d'après ce que tu nous as dit tout à l'heure, c'est bien ça ?

Il confirme d'un mouvement de tête.

— As-tu conscience qu'en laissant le corps de Zack sur place, tu as permis aux SS de trouver une preuve de notre existence ?

— Nous ne pouvions pas l'emmener, nous devions nous enfuir à cause des gens qui arrivaient dans notre direction.

— Et malgré cela, tu as pris le risque de continuer sur ta lancée, et cela toujours en compagnie d'une Aryenne pouvant te trahir à la première occasion. Tu lui as confié ton boîtier d'ouverture de notre cache alors qu'elle aurait encore une fois pu changer d'avis et nous dénoncer aux autorités de son peuple ?

— Elle ne l'aurait pas fait.

— Qu'en sais-tu ? Aurais-tu le don de deviner les pensées d'autrui ?

— Elle est recherchée par les siens parce qu'elle s'est justement volatilisée des écrans radars. Vous savez tous comme moi que le système nazi accuse de trahison toute personne disparaissant du jour au lendemain. Ce n'était donc pas dans son intérêt de nous dénoncer.

— Peu importe. Le fait que tu aies été blessé par des soldats prouve que tu as été repéré. Encore un indice allant dans le sens de notre existence. Par ta faute, toute notre communauté se retrouve mise en avant alors que nous avons passé des siècles à nous faire oublier pour pouvoir vivre en sécurité.

Élias baisse à nouveau les yeux et je réalise tout à coup que mon procès est devenu le sien. C'est lui que l'on accuse désormais d'avoir permis au gouvernement de comprendre que des sangs-impurs vivent dans la ville à l'insu de notre population. Je me sens mal pour lui ; je ne le crois pas responsable de cette situation, pas plus que je ne le suis. Quand il relève les yeux pour affronter de nouveau Serge, je vois son regard briller sous l'effet d'une colère réprimée.

— Je n'avais pas d'autre choix si je voulais sauver notre groupe. J'ai respecté les consignes de sécurité dans la mesure de mes moyens. Et Krista…

Il suspend sa phrase et me jette un rapide coup d'œil avant de reprendre :

— L'Aryenne m'a aidé à le faire. Qu'est-ce que j'aurais dû faire d'autre, à votre avis ?

— La traiter comme les gens de son espèce pour commencer, en te débarrassant d'elle dès son arrivée dans les tunnels.

Le mot « Aryenne » dans la bouche d'Élias sonne comme un retour dans le passé, quand il me regardait comme une mauvaise personne que je ne suis pas. Je me sens blessée, cruellement. Mais savoir comment aurait dû se terminer ma vie s'il n'y avait pas eu cet éboulement n'est pas non plus fait pour me rassurer. Quelque chose en moi se tend comme un élastique prêt à rompre à l'idée que mon sort actuel est déjà scellé. Je vais mourir.

— C'est peut-être ce que Menahem aurait fait s'il ne s'était pas retrouvé enseveli sous des tonnes de pierres, réplique Élias, un sarcasme dans la voix.

— « Peut-être » ? Es-tu sérieux ? Il n'y a pas de « peut-être » qui tienne. Les règles sont les mêmes pour tout le monde.

— Les règles indiquent-elles précisément ce qu'il faut faire lorsqu'un Aryen aide une personne de notre communauté ? Non seulement à sauver sa vie, mais aussi à la donner ?

Les dernières paroles d'Élias ont cloué le bec à toute l'assemblée. Le visage crispé, Serge se penche vers Yigaël et lui glisse un mot à l'oreille. Puis il reporte son regard sur Élias. Un regard plus noir que l'instant d'avant.

— Ton insolence n'a pas sa place ici, jeune homme. Je te signale qu'il reste une cellule de libre si tu as besoin de calmer tes instincts rebelles.

— Je ne suis pas insolent, je ne fais qu'énoncer des faits. Vous jugez une personne sans savoir ce qu'elle a fait pour nous.

— Ce n'est pas une personne, mais une SS ! Dois-je te rappeler ce que ces gens ont fait aux nôtres ?

— C'était il y a longtemps.

— Pas assez pour être oublié et pardonné par notre communauté, renchérit Serge, les joues rougies par la colère.

Sans quitter Élias des yeux, il se penche vers lui au point qu'il ne reste plus que quelques centimètres entre leurs visages. Ses iris sont comme des billes noires de prédateur qui lui donnent presque des airs de ressemblance avec le Führer, la couleur mise à part.

— Suggérerais-tu que les SS sont devenus de gentils moutons ? C'est sans doute pour cela que ton père est tombé sous leurs balles, il y a dix-sept ans.

À l'expression qui altère ses traits, je devine sans mal qu'Élias est atteint dans son cœur. Les mots prononcés par Serge auraient été des lames de rasoir lancées à toute vitesse sur lui que le résultat n'aurait pas été différent. Au fond de moi, je ressens une profonde empathie pour lui, parce que j'ai beau ne pas le connaître beaucoup, je sais reconnaître quand la douleur morale vous fait l'effet d'une gifle en pleine figure.

— Mon père serait peut-être toujours en vie si les gens qui vivent ici ne cultivaient pas la lâcheté, réplique Élias en desserrant à peine les dents.

Comme Serge s'apprête à reprendre la parole, j'imagine pour en remettre une couche, je me lève d'un bond. Tous les regards se braquent sur moi. Même Élias, pour qui je paraissais être devenue invisible, daigne enfin me dévisager.

— Stop ! Vous disiez être là pour décider de mon sort. Alors, décidez-en, qu'on en finisse une bonne fois pour toutes.

26

Je m'en sors étrangement bien et c'est ce qui m'inquiète. Après avoir discuté pendant une bonne demi-heure pendant qu'un homme me surveillait dans la pièce voisine, Serge et ses semblables ont tenu compte de l'aide que j'ai apportée à Anna pour la naissance du bébé et aussi du fait que je n'ai dénoncé personne quand j'en avais l'occasion. Je suis donc pour le moment autorisée à circuler librement dans cette ville souterraine. Libre, mais pas tout à fait. Je ne quitterai plus jamais cet endroit, Serge me l'a certifié. Il a estimé que le risque était trop grand pour moi de revenir à la surface, mais je devine qu'il pense surtout que je pourrais encore changer d'avis et dévoiler leur existence pour me laver des soupçons de trahison qui pèsent sur moi. Je ne suis pas stupide, j'ai bien compris que je suis désormais coincée entre deux mondes. Rejetée par le mien, non acceptée par le leur.

Élias, toujours présent lors du rendu du jugement, n'a pas prononcé un mot. Je crois que Serge et les autres l'ont remis à sa place durant mon attente. Après que Serge m'a indiqué que je demeurerais sous la surveillance d'Élias, Élias a quitté la pièce. Je ne sais pas où il se trouve à présent. Je reste près de ma cellule, même si je n'ai plus aucune raison de le faire, mais je m'y sens plus en sécurité que parmi ces gens qui me détestent et que je n'apprécie pas forcément plus.

— Krista !

Anna vient à ma rencontre, son bébé dans les bras. Elle affiche un large sourire comme si tout était parfait dans un monde parfait. Je me force à le lui rendre, bien que le cœur n'y soit pas.

— Je suis contente qu'ils aient décidé de te libérer.

— Libérer n'est pas le mot que j'utiliserais. Je suis juste comme un chien en laisse.

— Et qui tiendra la laisse ?

— Élias.

— Ma foi, c'est mieux que de rester derrière des barreaux, tu ne crois pas ? Élias est quelqu'un de bien et il est plus tolérant que les doyens.

Quelqu'un de bien, songé-je. Si bien qu'il n'a pas cherché à me défendre plus que ça et qu'il m'a traitée d'Aryenne. Je ne suis pas sûre d'avoir envie qu'il me fasse faire ma promenade tous les matins à six heures tapantes avant de me balancer un os à ronger. Le fils d'Anna émet un bruit de succion comme sa mère maintient son auriculaire dans sa bouche en guise de tétine. Cela m'arrache à mes pensées et je me penche pour regarder son petit visage. Le duvet sombre qui recouvre son crâne renvoie des reflets auburn sous l'éclairage. Je le trouve tellement différent des bébés que j'ai vus jusque-là. Pourtant, je dois bien le reconnaître, il est magnifique.

— Il ne pense qu'à téter, s'extasie Anna. Tu veux le tenir un instant ?

— Je…

Ma voix se perd sous l'effet de la surprise. N'a-t-elle pas plus peur que ça de moi, une sale Boche ? Je hoche la tête et elle me le met dans les bras. Tout de suite, je retrouve les gestes qui m'avaient tant manqué depuis que je suis dans les tunnels. C'était ce que j'aimais le plus à la maternité, tenir les bébés me faisait toujours fondre. « Tu ne dois jamais t'attendrir ! » me disait sans arrêt Frau Hirsch, ma supérieure en chef. Mais comment ne pas s'attendrir devant la pureté et l'innocence ? Et je réalise que la couleur de cheveux ou de peau ne change rien à mon mode de fonctionnement. Je ne peux pas détester un bébé, quel qu'il soit.

Anna m'invite à la suivre et nous marchons à pas lents jusqu'à la place. Tandis que je sens les regards se poser sur moi au fil de ma progression, je me concentre sur le nourrisson lové contre moi, le crâne soutenu par ma main.

— Combien de gens vivent ici au juste ? demandé-je.

— Je ne sais pas exactement. Ce que tu vois n'est qu'une infime partie de la ville souterraine. Ce groupe-ci possède un des terrains les plus vastes. À peu près trois cents personnes sont rattachées à Serge.

— Et le groupe principal, c'est celui-ci ?

Anna secoue la tête.

— C'est celui de Menahem. C'est lui le chef de tous.

Un silence se fait entre nous et nous continuons à marcher pendant quelques minutes, Anna, avec les yeux qui font des allers-retours entre le tunnel devant nous et son bébé, moi qui détaille chaque façade de maison.

— L'état de Menahem a empiré. Je l'ai appris quand tu passais devant le conseil, reprend-elle d'une voix tout à coup éraillée par l'émotion.

Mes pensées vont vers Élias. J'ai beau ressentir de la colère à son sujet, cette annonce me la fait oublier et j'éprouve l'envie de me tenir près de lui, peut-être pour lui apporter mon soutien. C'est idiot. Son attitude et sa froideur devraient pourtant me faire comprendre qu'il ne voudra pas de ce soutien. Celui d'une Aryenne ne doit pas avoir de valeur à ses yeux.

Après m'avoir montré la chambre-dortoir où elle dort avec Ezra et déniché un lit pour moi, Anna a repris son petit garçon et m'a laissée seule afin que je puisse me reposer. Je suis étendue sur le matelas. Les bras coincés derrière ma tête, je fixe le plafond. La roche est d'un blanc crémeux et son aspect solide me donne un sentiment de sécurité.

Au bout d'une trentaine de minutes sans trouver le sommeil, je finis par me lever. Je croise le regard d'autres habitants des lieux, mais je ne m'attarde pas, je n'ai aucune envie d'entendre encore des réflexions fuser sur mon compte. Je m'arrête sur le seuil de la porte qui est inexistante et j'inspire profondément en fermant les yeux. Puis je les rouvre et je reste là, à contempler le vide en me demandant ce que va être ma vie dorénavant.

Les personnes qui passent dans mon champ de vision vaquent à leurs occupations, certaines portent des sacs de pommes de terre, d'autres rassemblent les enfants pour les conduire je ne sais où. Au final, leur existence semble aussi creuse que celle des habitants de Germania, ce qu'ils sont également d'une certaine façon.

J'aperçois alors Élias. Les mains dans les poches, il marche en regardant droit devant lui comme s'il n'y avait rien d'autre. Je sens ma colère remonter comme des bulles à la surface de l'eau et je vais le rejoindre.

— Pourquoi as-tu fait ça ? demandé-je sur un ton agressif.

Il soupire puis s'arrête et me fait face.

— Je te cherchais.

— Pourquoi ? C'est l'heure de la promenade de l'Aryenne ?

Il daigne enfin poser les yeux sur moi, mais c'est pour me dévisager d'un air dur.

— Suis-moi, se contente-t-il de dire.

— Pour aller où ?

— Là où nous pourrons parler.

Je le considère avec une certaine méfiance pendant une poignée de secondes puis, lorsqu'il se remet en marche, je le suis en lui jetant des coups d'œil tous les trois pas.

27

Le tunnel descend en oblique vers un palier plus bas. Nous y accédons par le biais d'un escalier taillé dans la pierre, des marches irrégulières qui, si on n'y fait pas attention, risquent de nous faire tomber. En grimaçant sous la sensation de brûlure générée par mes muscles endoloris, je fixe mon regard sur le dos d'Élias devant moi. Il a posé une main sur l'une des parois, mais garde son bras blessé plaqué le long de son corps. L'éclairage du tunnel est une enfilade de petites diodes suspendues comme une guirlande au plafond à l'aide de petits pitons plantés dans la roche. On se croirait presque dans une rue en plein mois de décembre, mis à part l'obligation de marcher en courbant l'échine comme des vieillards. Cette ambiance me plaît autant qu'elle aiguillonne mon cœur. Les souvenirs des fêtes de fin d'année en famille refont surface dans mon esprit et je dois me faire violence pour les chasser. Mes parents me manquent et ce manque commence à se faire sentir. Mes yeux sont chargés de larmes que je refuse pourtant de laisser couler parce que j'ai bien compris que la faiblesse n'avait pas plus sa place ici que dans mon monde.

Arrivé au bout du tunnel, Élias marque un arrêt

et reprend son souffle en attendant que je me retrouve à son niveau. Il me tend la main pour m'aider à sauter la dernière et plus haute marche. Mes yeux s'arrondissent d'étonnement alors qu'une rivière souterraine se dessine devant moi. Je me sens idiote de m'ébahir pour une chose si banale, mais cette impression de me trouver en pleine nature me submerge au point que je manque me tordre la cheville en faisant un pas de côté. Élias me retient de justesse en passant son bras valide autour de ma taille. Et la fraîcheur de sa peau se surajoute à mon trouble déjà présent.

— Où sommes-nous ? m'enquiers-je en observant les spots installés sur la berge qui font briller l'eau de mille feux par endroits.

Élias m'entraîne avec lui sur quelques mètres.

— C'est là que le groupe se ravitaille en eau potable, répond-il.

Sa réponse passe aux oubliettes à l'instant où, du coin de l'œil, j'aperçois quelque chose sur la paroi. D'un pas lent, je m'avance vers celle-ci et j'y découvre une immense fresque composée de centaines d'empreintes de mains qui s'entremêlent sur la roche en un patchwork multicolore. Fascinée, je les effleure du bout des doigts comme si j'avais peur de les effacer rien qu'en les touchant.

— Qu'est-ce que c'est ? demandé-je sans quitter la peinture murale des yeux.

Je sens le souffle d'Élias dans ma nuque tandis qu'il s'est approché, et je frissonne malgré moi.

— C'est une coutume chez nous. Les enfants de la communauté laissent une trace de leur existence sur cette paroi.

— C'est magnifique, murmuré-je, plus pour moi-même que pour Élias.

Mon regard suit le fil de la fresque qui semble s'étirer sur des kilomètres. J'ébauche un sourire.

— Elle a l'air gigantesque.

— Elle marque le passage des enfants sur une période de deux siècles, ça devrait te donner une idée de sa longueur.

Comme ses paroles résonnent dans mon esprit, je songe aux enfants aryens à qui il n'est pas permis de dessiner afin de réprimer toute envie de s'exprimer différemment que par les voies approuvées. En règle générale, en dehors des journaux d'informations validés par le gouvernement, l'art ne fait pas partie des apprentissages de notre vie et n'en fera jamais partie ; du moins, pas sans l'aval de l'autorité au pouvoir. Je me tourne vers Élias et je devine, à sa mine troublée, qu'il ne comprend pas que je sois aussi émue à la vue de quelque chose qui doit être anodin à ses yeux. Mais cela ne l'est pas du tout pour moi.

— Et toi ? Tu as laissé une trace ?

Il lève le bras et pose sa main sur une minuscule empreinte de main rouge.

— J'avais cinq ans.

Je la regarde, silencieuse. Je prends à peine conscience du fait qu'Élias s'est éloigné pour aller s'asseoir sur la berge. Quand je m'en rends finalement compte, j'abandonne ma contemplation et je vais le rejoindre. Comme lui, je replie mes jambes pour éviter de me mouiller, puis j'attends qu'il reprenne la parole, mais il ne le fait pas. Alors je reporte mon regard sur l'eau et je laisse mes pensées voguer au gré de ses ondulations.

— Comment va ta blessure ? finis-je par lâcher en gardant les yeux rivés sur la rivière.

— Bien.

Un lourd silence retombe entre nous, comme une chape de plomb. Je perçois son malaise tandis que je l'observe, de profil, qui fixe l'eau d'un air absent.

— Élias ?

Il tourne la tête vers moi.

— Oui, Krista.

— Pourquoi ne m'as-tu pas défendue au conseil ?

— J'ai fait de mon mieux, je ne pouvais pas faire plus.

Je fronce les sourcils.

— Tu ne pouvais pas ? Ou tu ne *voulais* pas ?

Il me considère avec attention. Malgré la colère qui bouillonne de nouveau en moi à l'évocation de sa rudesse au conseil, je me laisse envahir par les innombrables émotions qui traversent ses prunelles. J'ai beau m'efforcer de garder une expression la plus neutre possible, je ne résiste pas à l'envie de poser les yeux sur ses lèvres. Il esquisse un petit sourire amusé comme s'il s'en était aperçu et je sens le rouge me monter aux joues.

— Ici, je ne fais pas ce que je veux. Ce n'est pas parce que mon grand-père est le dirigeant de notre peuple que son petit-fils a droit de parole. J'en ai déjà trop dit pour me mettre les doyens à dos. Il faut que tu comprennes que ce n'est pas parce qu'on a vécu certaines choses ensemble qu'on peut se comporter de la même façon ici. Si je défends une Aryenne avec trop d'ardeur, ce sera très mal interprété et ça provoquera des tensions.

— Une Aryenne, répété-je pour moi-même en reposant les yeux sur l'eau.

Élias reste silencieux. A-t-il compris que ce mot sonnait comme une injure à mes oreilles venant de lui ? Une Aryenne, c'est ce que je suis, mais quand Élias le dit, c'est en pensant à ce que mon peuple a fait au sien et c'est insupportable à mes yeux... Brusquement, je sens ses doigts effleurer ma joue et suivre le contour de mon visage jusqu'à ma mâchoire inférieure. Mes paupières se ferment, tant pour contenir mes larmes, qui se font de plus en plus présentes, que pour profiter de ce geste de tendresse.

— Il ne faut pas faire de vagues si tu veux être acceptée ici.

— Je ne sais pas si j'en ai envie...

— De quoi ? De ne pas faire de vagues ou d'être acceptée ici ?

À ces paroles, je ne peux réprimer un petit rire, mais il tient plus du sanglot et, cette fois, je ne parviens plus à jouer ce rôle de dure à cuire qui me ressemble si peu. Les larmes commencent à rouler sur mes joues. Élias m'attire à lui avec douceur jusqu'à ce que mon flanc soit collé contre le sien, puis il passe son bras autour de ma taille et dépose un baiser sur mon front. Je ne dis rien. Je voudrais le faire que j'en serais incapable. Je me sens bien avec lui. Peut-être trop bien quand je sais qu'il n'a pas le droit de se rapprocher de moi. Finalement, les gens de son peuple sont comme les miens ; on ne se mélange pas. Je songe à Anna qui a tout d'une Aryenne et qui, pourtant, est en couple avec un homme d'ici. Pourquoi le peut-elle, elle ?

— Pourquoi le fais-tu, dans ce cas ? murmuré-je comme si je me parlais à moi-même.

— Faire quoi ?

Je redresse la tête et son regard capture le mien.

— Pourquoi te rapproches-tu de moi alors que tu n'en as pas le droit ?

Une expression indéchiffrable passe sur son visage tandis qu'il me fixe. Puis un sourire d'une douceur dont je ne l'aurais pas cru capable étire ses lèvres.

— Peut-être parce que, pour une fois, j'ai envie d'écouter mon cœur malgré le fait qu'on ne soit pas compatibles d'après les normes.

Au bout d'un instant, quand je ne me sens plus la force d'affronter son regard, je repose ma tête sur son épaule. Ses paroles me paraissent tellement incongrues, mais pourtant si réconfortantes. Elles me donnent le sentiment d'être importante pour quelqu'un. Et curieusement, cet intérêt ne vient même pas de quelqu'un de mon peuple.

— Ils ne t'ont pas ratée, dit soudain Élias en effleurant du pouce ma pommette contusionnée. Premier gros bleu au visage, j'imagine ?

Je grimace et il retire aussitôt son doigt.

— Non, j'en ai déjà eu quand j'étais en formation militaire. Mais en situation réelle, oui, c'est mon premier… et j'espère le dernier.

— Je ferai en sorte que ça n'arrive plus. Je pensais que l'accueil serait meilleur, mais il faut les comprendre. Ils ont peur.

Sa réflexion me fait sourire intérieurement. Je ne crois pas que la peur soit une excuse valable au fait de frapper quelqu'un. Mais je préfère ne pas lui faire part de mon avis sur la question.

— De quoi ont-ils peur ?

— De tout. Ils vivent dans les souterrains depuis si longtemps qu'ils sont paniqués à l'idée qu'on les découvre. Ça en fait presque des bêtes sauvages.

J'observe à mon tour ses blessures. Si j'ai écopé d'une ecchymose, lui n'est pas en reste avec les plaies qui barrent son menton et sa pommette droite. Elles sont loin d'être superficielles même si elles ne sont pas profondes. J'imagine qu'il s'est pris un coup de crosse de fusil ou bien de poing américain comme les soldats en utilisent parfois. Mon frère en possède un qu'il astique chaque soir avant de se coucher comme s'il s'agissait d'un trophée. Mais c'en est un à ses yeux puisque c'est un cadeau du Führer offert aux jeunes engagés dans l'armée.

— C'est pour ça que tu les as traités de lâches ?

Ses doigts se resserrent sur ma taille et ses lèvres se crispent dans un rictus qui m'évoque un mélange de douleur physique et morale. Doucement, j'ose poser ma paume sur sa joue que je sens râpeuse. Il pose sa main sur la mienne comme pour me donner l'assurance que je n'ai pas, puis il raffermit son étreinte et guide lentement mes doigts sur son visage. Mon index glisse sur ses lèvres puis vers son menton. Il lève les yeux vers moi et approche son visage du mien. Nos souffles ne font plus qu'un. Je me sens presque paralysée par cette proximité, mais je continue à le fixer sans un battement de cils. Il m'embrasse et je m'embrase de l'intérieur. Ma main s'enroule autour de sa nuque avec un naturel dont je m'étonne moi-même. Un début de crampe dans mon bras tendu m'oblige à le faire glisser vers le bas de son dos pour que mes muscles endoloris se décrispent un peu. Élias ôte ses lèvres des miennes, mais continue à me fixer de ses yeux qui me font l'effet d'être des gouffres sans fond.

— On a toujours le choix de changer les choses. Mais eux ont renoncé à l'avenir de leurs descendants comme ils ont renoncé au leur. Et j'ai du mal à l'accepter.

— Quel avenir voudrais-tu avoir ? lui chuchoté-je au creux de l'oreille.

— Un avenir à l'air libre. Je voudrais pouvoir vivre comme les gens normaux, que les enfants de la communauté ne soient pas obligés de rester cloîtrés comme des rats, que les femmes ne soient pas contraintes d'accoucher dans des égouts puants et que nos morts ne soient pas incinérés sans dignité, sans sépulture.

— Vous n'avez jamais tenté de vous rebeller ?

Je me mords la lèvre. Je ne peux pas croire que moi, une Aryenne, je sois en train de lui suggérer de mener une insurrection contre mon propre peuple ! Je suis peut-être vraiment une traître, au final.

— Mon grand-père et les doyens sont contre cette idée. Et de toute façon, nous restons en infériorité numérique par rapport aux hommes du Führer.

— Tu en as déjà parlé avec eux ?

— Plusieurs fois avec mon grand-père. Il s'y est

toujours opposé et comme je m'obstinais, il en a fait part aux doyens. Ça m'a dissuadé de continuer à essayer de les convaincre. Ils préfèrent définitivement vivre cachés. Je ne peux pas aller contre la décision de mon grand-père.

— Tu l'as dit toi-même, Élias. On a tous le choix de changer les choses.

— Non, je ne le ferai pas. Je n'irai jamais à l'encontre des ordres de Menahem. Je ne suis pas…

Il se tait soudain et tourne la tête vers les escaliers que l'on ne distingue pas depuis l'endroit où on se trouve. Néanmoins, on entend nettement des bruits de pas. Il retire aussitôt son bras de ma taille et se relève d'un mouvement rapide en oubliant qu'il est blessé. Il lâche un grognement de douleur avant de s'éloigner de moi pour marquer une distance entre nous.

Un homme apparaît. Je me raidis en découvrant qu'il s'agit d'Ezra, le conjoint d'Anna ; celui-là même qui m'a molestée à mon arrivée dans les tunnels. Celui-là même qui a cru que j'allais assassiner son enfant sous ses yeux. Il me jette un regard glacial avant de porter son attention sur Élias à présent adossé contre la paroi humide, les bras croisés dans une attitude figée.

— Qu'est-ce que vous faites là ?

— Rien. J'expliquais les règles de vie de la communauté à Krista, répond Élias.

— Krista ? Tu l'appelles par son prénom maintenant ?

— C'est moins long que « l'Aryenne ».

Son ton cassant ne dissimule rien de son agacement et, même si Élias cherche à jouer le rôle d'un personnage froid à mon égard en présence d'autrui, je vois qu'il fait malgré tout l'effort de me traiter de façon plus humaine face à Ezra. De nouveaux bruits de pas résonnent dans l'escalier. Plus maladroits, mais plus aériens aussi. Je parierais pour ceux d'une femme.

— Anna, je t'avais dit de ne pas descendre ! Ce n'est pas un endroit pour une femme qui vient d'accoucher !

L'écho de son rire tinte à mes oreilles. Depuis qu'elle a donné la vie, je la trouve tellement épanouie. Elle est à l'opposé de cette fille désespérée que j'ai croisée la première fois, mais peut-être qu'elle a toujours été comme ça au final : joyeuse dans l'âme. Elle trébuche à moitié sur la dernière marche et Ezra bondit dans sa direction pour la rattraper de justesse.

— Ouh, merci Ezra, un peu plus et je me cassais « la margoulette ».

— Je t'ai déjà dit de ne pas parler comme ça !

— Tu es un empêcheur de tourner en rond, Ezra, réplique-t-elle. Mais je t'aime quand même.

Elle se pend à son cou comme une gamine de quinze ans, mais ça ne doit pas faire si longtemps qu'elle ne les a plus. La pensée qu'elle est déjà mère à son âge alors que moi je reste une gamine pour ma famille m'aiguillonne le cœur. Je ne serai sans doute jamais maman…

Ezra aide Anna à s'asseoir sur la berge près de moi, puis il pivote vers Élias.

— Yigaël te cherche, dit-il avant de me jeter un coup d'œil en biais.

— OK. Krista, tu viens avec moi.

Je me relève quand Anna pose soudain sa main sur mon bras pour me retenir.

— Vas-y seul, Élias. Krista va rester avec nous.

Étonnée, je lance un regard à Élias qui ne semble pas plus comprendre.

— Très bien, mais ne la quittez pas d'une semelle, elle est supposée être sous ma responsabilité.

— Ne t'inquiète pas pour ça.

Il ne prend pas le temps de répondre et disparaît dans les escaliers que je l'entends grimper d'un pas rapide. Le silence revient. Je me rassois et je pose un regard interrogateur sur Anna.

— Il vaut mieux qu'il soit seul, dit-elle d'une voix qui a perdu toute gaieté.

— Pourquoi ? demandé-je, toujours déconcertée par leur attitude étrange.

— Parce que son grand-père vient de mourir, lâche Ezra en prenant place près d'Anna.

Puis tout le monde se tait.

28

Quand je vais me coucher, Élias n'est toujours pas reparu. La place s'est vidée de ses occupants et ceux qui s'installent sur les lits voisins du mien parlent en chuchotant, m'ignorant totalement. Leur visage, je m'en aperçois, est grave ; certains ont les yeux bien trop brillants pour que ce soit naturel. L'atmosphère semble peser sur les épaules de tout le monde, comme si la tristesse de toute la communauté s'était transformée en une chape de plomb.

Je tourne la tête vers Anna. Assise sur sa couchette, Ezra à ses côtés, elle allaite leur bébé. Je voudrais lui demander où se trouve Élias en ce moment, mais j'ai conscience que si son grand-père est mort, il a peut-être envie de solitude. Anna m'a dit qu'il allait dormir dans cette pièce, comme toutes les personnes venant du groupe de Menahem qui surchargent un peu les lieux de leur présence. Sa couchette est située à quelques mètres de la mienne. Je m'allonge, mais mon regard reste braqué dessus, à l'affût de son retour. Puis les minutes s'écoulent et se changent en heures, et le sommeil me prend alors que j'essaye de lutter de toutes mes forces contre lui.

Quand je rouvre les yeux, seule la faible lumière provenant de l'extérieur du dortoir me fait reprendre conscience de l'endroit où je me trouve. Je distingue les formes des corps allongés sur les lits environnants, j'entends les ronflements de certains et je perçois la morsure du froid qui s'immisce sous la fine couverture qu'Anna m'a donnée. Je me recroqueville autant que je peux. Puis mon attention est attirée par une silhouette qui se tient debout devant une couchette. Je la vois trifouiller dans un sac avant de s'asseoir. Je me redresse lentement, mes pieds nus se posent sur le sol et je frissonne de plus belle.

— Élias ? chuchoté-je.

Comme il ne semble pas m'avoir entendue, à moins qu'il fasse semblant, je finis par me lever. Je traverse les rangées de lits en faisant attention de ne pas heurter un pied ou une main qui dépasse. Quand j'arrive à son niveau, il reste immobile. Assis sur le rebord de sa couchette, il garde les coudes vissés sur ses genoux et fixe l'espace entre ses jambes écartées. J'hésite un instant puis je m'installe près de lui. Je le regarde un long moment en silence avant de poser une main sur son bras.

— Élias. Je suis désolée.

Ma voix n'est qu'un murmure qui se perd dans le creux de son oreille. Il tourne la tête dans ma direction et, si ses traits sont rongés par l'obscurité, je peux malgré tout voir l'éclat scintillant de son regard. Il ne prononce pas un mot, se contente de caresser ma joue. Puis, sans que je m'y attende, il se redresse et me fait face.

— Viens, murmure-t-il en glissant sa main dans la mienne.

Je me lève et le suis vers la sortie.

— Mes chaussures.

En guise de réponse, Élias passe un bras derrière mes jambes et me soulève. Sans un mot, je noue mes doigts autour de sa nuque et je me laisse porter. Son pas est vif et mon poids ne paraît pas le déstabiliser. La place centrale est déserte et glaciale, à peine éclairée par quelques ampoules. Je perçois cependant deux ombres un peu plus loin et je discerne la forme d'armes qui pendent le long de leur corps. Élias tourne sur la gauche, à l'opposé. Il s'engage dans un tunnel sombre qui forme un coude avec un autre boyau privé de lumière. Il marche ainsi pendant plusieurs minutes sans qu'aucun de nous n'échange la moindre parole. J'ai l'impression que ma gorge est complètement nouée et que, quoi que je dise, Élias ne désire pas l'entendre.

Quand il me pose enfin, je n'y vois plus rien, pas plus son visage que ce qui peut bien m'entourer. Je ne perçois que la froidure de l'air sur ma peau. Puis je sens une autre odeur que je ne parviens pas à définir. Mes oreilles capturent un bruit qui trouble le silence ambiant et lorsqu'une flamme perce l'obscurité, je comprends qu'il s'agit d'une allumette grattée par Élias. Il embrase la mèche d'une bougie et sa lumière jaune orangé génère un halo presque fantomatique autour de lui. Il réitère son geste et, bientôt, ce sont des dizaines de flammes qui oscillent sur une sorte d'autel creusé dans la roche. Élias fait de même sur la paroi opposée. Je tressaille. Un corps recouvert d'une espèce de linceul gît sur une longue table de pierre. De hauteur, elle arrive au niveau des hanches d'Élias qui vient de se planter devant. Je me redresse du banc sur lequel il m'avait déposée et je m'approche en prenant garde où je mets mes pieds nus. Je me place juste à côté de lui, nos avant-bras se touchent tellement nous sommes près l'un de l'autre. Je baisse la tête, mal à l'aise. Il n'est pas utile qu'il me dise qui se trouve sous ce drap. À présent, je sais quelle odeur a la mort. Une odeur âcre, comme celle du chagrin.

Le silence entre nous ne semble plus un obstacle, mais quelque chose de normal qui nous fait du bien à tous les deux. Ma main cherche la sienne et nos doigts s'entrecroisent.

— Mon grand-père était tout ce qui me restait.

Je l'observe tandis qu'il continue à fixer le drap sous lequel repose la dépouille de Menahem. Enfin, la tête d'Élias pivote vers moi. Son visage est inexpressif, comme un masque de cire.

— Qu'est-ce qui va se passer, maintenant ?

— Les doyens vont élire un nouveau leader commun.

— Tu comptes te présenter pour seconder ton grand-père ?

Il lâche un petit rire qui tient de l'amertume.

— Tu plaisantes ? Je suis bien trop jeune pour ça et les responsabilités de ce genre ne m'intéressent pas. De toute façon, ma présence, ainsi que celle de mon groupe, n'est pas souhaitée ici.

Je le fixe dans un froncement de sourcils.

— Pas souhaitée ?

— Il n'y a pas assez de place pour tout le monde. Nous devons repartir et chercher un autre emplacement. Le groupe sera protégé le temps que…

Il ne termine pas sa phrase. Son visage est redevenu neutre, exempt de toute expression.

— Le temps que quoi, Élias ?

— J'ai beaucoup réfléchi depuis la mort de Menahem, sur le fait qu'on a tous le choix de changer les choses. Et j'ai décidé de me battre pour gagner ma place et celle des miens à la surface.

J'entrouvre la bouche pour répondre, mais je ne sais pas quoi dire. À peine quelques heures plus tôt, il m'assurait que jamais il ne se rebellerait contre l'autorité des doyens, et voilà qu'il change d'avis.

Mais au fond de moi, je comprends ce qui motive ce renversement de situation. Je tourne les yeux vers le corps sous le drap. J'écoute les battements de mon propre cœur, moi qui suis encore en vie. La mort de Menahem remet tout en cause pour Élias. Et je presse ma paume plus fort contre la sienne en guise de soutien.

On ne peut pas rester cacher pendant près de deux siècles sans un jour avoir envie de regarder le soleil en face.

29

Deux jours s'écoulent sans qu'Élias refasse allusion à notre conversation. C'est comme s'il avait tiré un trait sur son désir de liberté à la surface. Il est distant, presque fuyant, et s'il continue à me surveiller pour respecter la décision du conseil me concernant, il s'esquive dès qu'il peut et me laisse aux côtés d'Anna.

À défaut d'accepter de me confier leur progéniture, les femmes de la communauté m'ont affectée à différentes tâches pour m'occuper l'esprit et éviter de me voir mettre mon nez n'importe où. Après avoir fait un passage dans les cuisines, plus que sommaires, pour aider à la confection des repas, j'ai découvert avec stupéfaction que cette communauté était autonome sur bien des points. Moi qui pensais au début, à tort, qu'elle vivait totalement aux crochets des Aryens, je me suis trompée. Si les aliments sont rationnés et les menus peu recherchés, les habitants de cette ville souterraine ont su faire pousser diverses cultures pour obtenir des légumes. Je n'aurais pas imaginé trouver de telles choses sous la surface. Ici, les adultes se serrent la ceinture pour donner plus aux enfants, et ce geste me touche. Dans mon monde, les enfants ne sont privés de rien, mis à part de cet amour parental à l'état brut si présent ici ; mais c'est justement parce que se nourrir est quelque chose d'acquis et de facile que ça ne revêt pas la même importance. J'ai pu également me rendre compte que les membres de ce peuple travaillaient en unité, chacun endossant un rôle bien précis pour le bon fonctionnement de la communauté. J'ai pris conscience, chaque jour que je suis restée parmi ces gens dans les souterrains, que leur vie n'est faite que de contraintes, de concessions et de partage. Parce que sans tout cela, ils ne peuvent exister.

Une fois mes tâches effectuées, je flâne sur la place centrale en sachant qu'on me garde à l'œil malgré tout. J'observe les lieux, j'essaye de me faire à l'idée que c'est chez moi, désormais. J'ignore combien de temps on peut supporter l'enfermement quand on n'y est pas habituée, mais je ne suis pas certaine de pouvoir y parvenir. Au détour d'un tunnel annexe, j'entends des bruits qui m'intriguent. Je jette un coup d'œil autour de moi pour m'assurer que personne ne va me sauter dessus pour m'empêcher de m'enfoncer dans le boyau. Mais les gens ne se préoccupent pas de moi, quant à Élias, il a disparu en début de matinée et je ne l'ai pas revu depuis, pas même à l'heure du déjeuner. J'imagine que la mort de son grand-père a dû le chambouler plus qu'il ne l'a laissé paraître jusque-là.

Je fais un pas en avant, puis un autre. Les bruits semblent s'amplifier, comme si leur écho se réverbérait contre les parois rocheuses. J'avance encore et la pénombre s'éclaircit au fur et à mesure que je progresse dans le tunnel. Enfin, quand il forme un coude vers la droite et que je franchis cette limite, je m'arrête et je sursaute en même temps que je vois un homme tomber lourdement à terre. Son dos fracasse le sol avec une telle violence que mes yeux s'écarquillent de stupeur. Son regard croise le mien et je reconnais Élias. Face à lui, debout et les poings encore serrés, se trouve Ezra.

— Tu viens nous rendre une petite visite, l'Aryenne ? s'esclaffe Ezra.

Je reporte machinalement mon attention sur lui et je prends subitement conscience que, dans cette grotte baignée par une lumière tamisée provenant de spots scellés dans la roche, d'autres hommes de la communauté s'entraînent au corps à corps. Je me sens bête tout à coup d'avoir imaginé qu'Ezra et Élias s'affrontaient pour une obscure raison. Ils ne font qu'entretenir leur capital force. Cette découverte me permet néanmoins de mieux comprendre comment ces hommes peuvent être bâtis comme ça et avoir l'endurance dont Élias a fait preuve à l'extérieur. Il termine de se relever et me jette un regard sans expression.

— Tu voulais quelque chose ? me demande-t-il en époussetant son pantalon.

Je fais non de la tête sans bouger de l'endroit où je me trouve.

— Tu n'es pas censée la surveiller ? lance Ezra à Élias.

— Je peux très bien me surveiller toute seule, répliqué-je, même si la question ne m'est pas directement adressée.

Élias ne semble pas avoir apprécié que je réponde à sa place. Il vient dans ma direction, d'un air donnant l'impression qu'il va me saisir le poignet avec sécheresse comme il le faisait au tout début de notre rencontre. Je me prépare déjà à le repousser, mais il se campe simplement devant moi.

— Tu veux t'entraîner ?

Je hausse les épaules.

— Je ne sais pas.

Il fait un pas de plus vers moi et nos visages ne sont plus séparés que par quelques centimètres. Il esquisse un sourire. Un sourire que je suis la seule à voir. Un sourire rien que pour moi.

— Tu en as besoin.

J'ignore pourquoi, mais cette phrase sonne tout de suite clairement en moi, comme si j'en devinais la raison exacte. Notre conversation sur ce désir d'insurrection contre son peuple et le mien me revient et je sais que ses paroles s'y rattachent et qu'il espère que je comprendrais. J'acquiesce sans ajouter un mot. Alors il s'écarte et m'invite à rejoindre Ezra au centre de la pièce. Intimidée par tous les regards braqués sur moi, je m'avance lentement.

— Les règles sont simples, l'Aryenne. Pas d'arme, juste nos poings et un brin d'intelligence. Tu es sûre de vouloir te mesurer à l'un d'entre nous ?

En guise de réponse, je me mets en position de combat comme je me remémore les souvenirs de mon apprentissage à l'école militaire, même si ce ne sont que des bribes. En voyant Ezra se placer face à moi, je ne peux pas m'empêcher de jeter un coup d'œil inquiet en direction d'Élias qui vient de s'adosser contre le mur pour nous observer.

Je n'ai jamais affronté que des filles et la carrure d'Ezra est impressionnante.

— Prête ?

— Prête, réponds-je en levant les poings.

— Tu mens très mal, se moque-t-il.

Il me surprend en fonçant directement vers moi. Sa jambe droite se plie d'un coup et son genou atterrit dans mon ventre. J'expulse l'air emmagasiné dans mes poumons tandis que je recule sous le choc. Je me ressaisis puis je me mets à tourner autour de lui comme lui tourne autour de moi en prenant garde de placer mes bras en bouclier devant mon visage.

À mon tour, je me lance. Mon poing fond vers sa mâchoire, mais il pare le coup et me renvoie en arrière avec virulence. Il n'attend pas que je retrouve ma stabilité et me cogne au niveau de l'oreille droite qui se met aussitôt à bourdonner. Je presse ma main dessus, des larmes de douleur dans les yeux.

— Pas le visage, Ezra, lance Élias.

Je profite de ce moment pour foncer tête baissée vers Ezra. Mon crâne heurte son ventre et j'enroule mes bras autour de sa taille pour tenter de le renverser, mais faire ça revient à peu près à essayer de déraciner un arbre solidement arrimé dans la terre. Son corps vacille sur le côté et je crois prendre le dessus. Il entoure tout à coup lui aussi un bras autour de ma taille et me fait pivoter d'un demi-tour, comme une marionnette, pour me projeter à terre. Mon pantalon râpe le sol en me brûlant la peau au passage. Je me retourne, haletante. Je vois Ezra arriver sur moi comme un boulet de canon, il me redresse, me plante un poing dans l'épaule et je m'effondre à nouveau. Cette fois-ci, je ne réussis pas à me relever, trop épuisée. J'ai mal partout.

— Debout, m'ordonne Ezra.

En moi, mon esprit me commande de le faire, mais mon corps ne suit pas. Je reste à terre à fixer le plafond, le cœur palpitant contre mes tympans et la respiration sifflante. Élias s'avance vers moi et m'observe un instant sans un mot avant de me tendre la main. Je la saisis et il me redresse d'un coup. L'espace de quelques secondes, des points noirs dansent devant mes yeux et je chancelle.

— Je t'avais dit que tu avais besoin de t'entraîner, murmure-t-il en enroulant un bras autour de ma taille pour me soutenir.

Je me dégage aussitôt, un brin vexée.

— Alors, montre-moi, soufflé-je.

J'ignore depuis combien de temps je me trouve dans cette grotte, mais quand je me retrouve seule avec Élias pour notre dernier affrontement, je suis épuisée. Ce n'est pas à proprement parler un combat, mais plutôt des explications qu'il me donne au fur et à mesure que je le frappe. Il est endurant. Je le suis beaucoup moins. Au bout d'une quinzaine de minutes à envoyer autant de coups qu'à en recevoir, je me penche légèrement en avant et, les mains sur les cuisses, j'essaye de reprendre ma respiration.

— Fatiguée ?

Je hoche la tête et Élias m'indique deux énormes roches qui forment comme des sièges sur le sol. Nous nous asseyons et, pendant un instant, nous restons silencieux, lui repositionnant son pansement sur son bras, moi terminant de cracher mes poumons.

— Ça va ?

— Je n'ai jamais été très douée en combat.

— Pourtant, tu as de bonnes bases et tu es rapide, je pense surtout que tu manques d'assurance au point de te voir comme la personne faible que tu n'es pas. Si on avait plus de temps, tu pourrais t'améliorer encore.

— Mais on n'en a pas, c'est ça ?

Il ne répond pas, ne fait même pas un signe de tête. J'ai du mal à comprendre son attitude si secrète et cette distance qu'il ne cesse de mettre entre nous alors que nous sommes pourtant seuls. Craint-il qu'on nous observe ? Puis je repense au fait qu'il vient de perdre son grand-père et que c'est peut-être la raison de son mutisme. Néanmoins, j'ai la conviction que ce n'est pas l'unique point qui le perturbe.

— Demain, se contente-t-il de dire avant de se redresser.

Je pose machinalement une main sur son bras pour le retenir et il baisse les yeux vers moi.

— Quoi, *demain* ? lancé-je en me levant à mon tour.

Il me fixe avec intensité, je décèle de la gravité dans son regard malgré l'ébauche de sourire qui étire ses lèvres. Il ramène une de mes mèches de cheveux derrière mon oreille et je frissonne.

— Demain, je parlerai aux gens de mon projet.

Un silence suit ses paroles et nous restons là, à nous dévisager comme si chacun de nous essayait de lire dans le regard de l'autre. Je sens son souffle sur mon visage comme une brise tiède. Je voudrais qu'il mette un terme à cette tension qui nous habite tous les deux chaque fois que nos chemins se croisent. Nos lèvres se frôlent, s'effleurent, puis il m'attire tout contre lui et je me retrouve plaquée contre son torse. Ses mains se referment sur mes joues brûlantes et il m'embrasse. Au départ timide, notre étreinte se fait plus assurée et nous reculons vers le mur pour gagner un peu plus d'intimité.

30

Le lendemain, après nous être entraînés une bonne partie de la matinée et nous être occupés chacun de nos tâches respectives, Élias met à exécution ses paroles de la veille. Son premier acte de révolte passe par un rassemblement de tous ceux qui composent son groupe. Ils sont une centaine à avoir pris la peine de venir au point de rendez-vous et nous sommes serrés comme des sardines dans la grotte de la rivière. Il est très tôt et je bâille à m'en décrocher la mâchoire, assise devant la berge.

Élias se tient à bonne distance de moi, je sais qu'il ne veut pas montrer que nous nous sommes rapprochés, mais je crois surtout qu'il essaye de s'imposer comme le leader. Après tout, en logique, il est celui qui devrait succéder à son grand-père parmi ces gens. Néanmoins, même si je comprends son attitude, cette mise à l'écart me blesse malgré tout. Que le groupe me rejette, je l'accepte parce que je ne me considère pas comme une des leurs et je n'en ai d'ailleurs pas envie, mais venant de lui, le résultat n'est pas le même et ça me fait un pincement au cœur. Il m'apparaît différent de la facette douce que j'ai entrevue lors de notre discussion près de la rivière. À ce moment précis, il ressemble plus au garçon sec et assez brutal des débuts, quand il me considérait comme l'ennemie. J'en conclus qu'il est capable de jouer un rôle différent selon que la situation l'exige ou non.

Au fur et à mesure que les gens descendent dans le tunnel, Élias se montre très familier avec eux. Il leur serre la main ou les étreint dans une accolade fraternelle pour les remercier de leurs condoléances. Je ne bouge pas d'un poil et je me rassure comme je peux avec la présence, à mes côtés, d'Anna et celle, moins chaleureuse, d'Ezra. Mais au moins, je le connais un peu, c'est déjà ça.

— Si je vous ai réunis ici, c'est pour vous parler de l'évolution de notre situation, commence Élias. Serge m'a fait part du problème de place qu'il rencontre depuis notre arrivée. Faire cohabiter deux communautés dans cet endroit ne sera pas possible à long terme, nous devons donc trouver un autre emplacement.

— Pourquoi ne pourrions-nous pas retourner à notre ancienne cache ? s'exclame une femme dans la foule dont la voix nasillarde me vrille les tympans.

— C'est trop dangereux, il pourrait y avoir de nouveaux éboulements. C'est plus prudent de s'installer ailleurs. Ce n'est pas un problème, les souterrains sont vastes.

Les chuchotements emplissent à présent les lieux. Les gens parlent par petits groupes comme s'ils s'interrogeaient sur le sérieux d'Élias en qualité de guide. Lui reste immobile, le visage empreint d'assurance. Je dois lui reconnaître l'étoffe d'un vrai leader. Il aurait fait merveille dans les rangs de l'armée SS.

— Personne n'est obligé de partir dans l'immédiat, je vous fais seulement part du problème soulevé par Serge, reprend-il. Maintenant, je profite de ce que vous soyez tous rassemblés ici pour aborder un autre sujet.

L'atmosphère semble tout à coup se charger d'un sentiment d'inquiétude générale. Les yeux sont tous braqués sur Élias. Anna se penche vers moi.

— Tu sais de quoi il veut nous parler ?

— Comment je le saurais ?

Je feins l'ignorance, mais je n'ai aucun doute sur le fait qu'il veuille essayer de persuader un maximum de gens de remonter à la surface. Son regard se pose sur moi l'espace d'un instant. À peine une fraction de seconde qui me permet malgré tout d'y déceler son anxiété. Je ne sais pas ce qu'il attend de moi ; je suis bien la dernière personne à pouvoir décider à sa place ou le conseiller, mais je lui adresse un petit sourire pour lui donner le courage d'aller au bout de ses convictions. Il prend une inspiration et croise les bras comme s'il cherchait à se donner plus d'envergure qu'il n'en a.

— Mon but est de remonter à la surface.

— Remonter à la surface ? s'exclament plusieurs personnes dont les yeux sont si écarquillés qu'on pourrait presque croire qu'ils vont jaillir de leurs orbites.

— C'est ça. Remonter à la surface et y gagner notre place. Nous nous sommes suffisamment terrés comme des rats. Nous ne sommes pas des rats ! Nous avons le droit de vivre aussi à l'air libre et de profiter de la lumière du jour, reprend Élias.

L'ambiance s'alourdit tandis que flotte un air de

désapprobation ponctué de murmures de mécontentement. Anna et Ezra ont tourné la tête et, à l'opposé des autres membres du groupe, c'est moi qu'ils fixent.

— Quoi ?

— Tu es sûre que tu n'étais pas au courant ?

— Oui, j'en suis sûre, mens-je avec aplomb.

— Élias a pourtant changé d'attitude à partir du moment où tu t'es ramenée ici, lance Ezra.

— Je ne me suis pas « ramenée » ici, c'est vous qui m'avez forcée à rester dans ces souterrains, au cas où tu l'aurais oublié.

— On aurait effectivement peut-être dû t'abattre plutôt que te permettre de croiser le chemin d'Élias, lâche Ezra d'un ton venimeux.

Mes joues me brûlent tout à coup. J'ai l'impression de me consumer de l'intérieur et cette fois-ci, ça n'a rien à voir avec l'effet que me fait Élias. Je me sens jugée, je me sens coupable alors que je n'ai strictement rien fait de mal. Cette façon qu'ils ont de m'accuser pour tout et moi de me sentir aussitôt coupable devient lassante.

Si Élias a pris cette décision, c'est qu'il l'avait déjà en tête depuis un bout de temps, et si quelque chose l'a changé, c'est la mort de son grand-père et non pas ma proximité. Quel est finalement mon intérêt à ce qu'il se rebelle contre mon peuple ? Je me pose soudain la question et je la trouve dans un désir de changement mais aussi de vengeance. Une vengeance contre mes parents, contre mon peuple et ces accusations infondées de trahison à mon égard. Mais tout ça, je le garde pour moi, bien décidée à ne pas m'énerver face à Ezra. Je reporte mon attention sur Élias.

— Il n'est pas question qu'on fasse ça ! s'insurge un homme aussitôt suivi par d'autres qui brandissent le poing comme s'ils cherchaient à intimider Élias.

Il ne montre cependant aucun signe de peur. Ses pieds restent fermement vissés au sol. Son corps est droit, ses bras toujours croisés et son regard déterminé. Il a l'air de quelqu'un qui compte bien aller au bout de son idée, quoi qu'en disent les gens.

— Je n'impose ce choix à personne, mais sachez que plus nous serons nombreux, plus nous aurons de chances de réussir.

— Réussir quoi ? grogne un type au crâne dégarni. Nous ne sommes qu'une poignée contre des hommes capables de faire brûler vifs nos enfants ! Et tu voudrais qu'on se confronte à ces monstres ? Le passé ne t'a-t-il donc rien appris, Élias, petit-fils de Menahem ?

— Ou bien c'est cette Aryenne qui t'a fait perdre la tête ? renchérit son voisin d'une maigreur affolante.

Les traits d'Élias se contractent et il me jette un bref coup d'œil avant de m'ignorer à nouveau.

— Vous voulez que vos enfants continuent à vivre comme des taupes ? Qu'ils ne connaissent jamais la lumière du soleil ? Avoir froid toutes les nuits, manger des aliments à moitié périmés et risquer de mourir de maladie ou sous des éboulements ? C'est l'avenir que vous souhaitez pour votre descendance ?

Sa voix est devenue cassante. Il est en colère même s'il demeure d'un calme étonnant.

— Maintenant, que les choses soient bien claires. Je ne suis le leader de personne. Chacun est libre. Ceux qui désirent me suivre le font, les autres resteront ici et se débrouilleront par la suite pour trouver un endroit à eux si Serge refuse de les accueillir plus longtemps. Mais n'oubliez surtout pas que cet éboulement, qui a coûté la vie à Menahem et à d'autres, risque d'attirer des Aryens dans les sous-sols de la ville et ils découvriront des traces de notre existence… Et ils se remettront à nous traquer. Il serait plus judicieux de prendre les devants, ajoute-t-il avant de se taire pour de bon.

Les gens ne font même plus l'effort de chuchoter, ils parlent d'une voix qui porte et les lieux résonnent de cet écho à donner la migraine. Je suppose qu'Élias est déçu de voir que son idée est loin de remporter l'unanimité. Mais c'est un projet ambitieux, il doit en avoir conscience également. Puis les premiers départs commencent. Ils sont des dizaines à se lever et, sans même un dernier mot pour Élias, ils quittent le tunnel. Les uns après les autres, ils gravissent les marches, tirant derrière eux leur progéniture. Ceux qui sont encore hésitants se regardent, comme pour savoir ce que leur voisin va faire et se caler sur leur décision.

Anna me fixe avec insistance. Je sens son désarroi, partagée entre l'envie de suivre Élias et celle de garder son bébé en vie. Elle est une infiltrée, elle, le soleil, elle l'a vu chaque fois qu'elle est montée à la surface. Elle sait à quel point il est agréable de se laisser caresser la peau par ses rayons au travers du dôme qui protège la ville. Elle sait sûrement aussi que les enfants ne peuvent que mieux grandir à l'air libre plutôt que dans des réseaux souterrains qui empestent et brident leurs mouvements.

Mais son fils n'est pas un Aryen et ne le sera jamais…

Je pose une main sur la sienne.

— Élias comprendra, murmuré-je.

Sans un mot, elle hoche la tête, le visage fermé. Elle pivote vers Ezra, resté assis. Il l'enlace avec force, comme si c'était la dernière fois qu'ils se voyaient, puis Anna se lève et se dirige vers la sortie. Au passage, elle pose une main sur le bras d'Élias qui la gratifie d'un sourire bienveillant. Il a compris.

Le tunnel se vide peu à peu, je balaye les lieux du regard pour dénombrer ceux qui n'ont pas bougé. Au final, ils ne sont plus qu'une vingtaine, les choses sont mal engagées. En reportant mon attention sur Élias, je vois, à son air tendu, qu'il s'attendait à plus de soutien de la part des siens. J'aimerais pouvoir me lever et l'enlacer pour essayer de lui insuffler un peu d'optimisme, mais je ne suis même pas sûre d'en avoir pour deux.

— Bien, fait-il. Merci à ceux qui sont restés. Nous ne sommes pas très nombreux, mais ce n'est pas grave. Nous avons une précieuse alliée dans nos rangs qui saura nous guider dans les endroits clés de Germania.

Le silence retombe.

— Krista, dit-il en tendant la main dans ma direction.

Tous les regards convergent vers moi et je ne sais plus où me mettre.

31

S'il a cru que ceux ayant assisté à la réunion resteraient discrets sur son projet, Élias s'est trompé. Quand nous remontons de la rivière, le calme apparent qui règne sur et aux alentours de la place centrale n'est qu'une façade. Là où Élias passe, des visages se détournent, des chuchotements troublent le silence. Ça me rappelle ce que j'ai vécu lorsque je suis arrivée dans la cache de Menahem. Que disent les gens ? Pensent-ils qu'Élias est soudain devenu fou ou bien ont-ils honte de leur lâcheté ? Tout ce dont je suis sûre, c'est que bientôt, tout le monde ici sera au courant, et plus seulement les membres de son groupe. Ceux qui lui ont tourné le dos le considèrent-ils d'ailleurs comme en faisant encore partie ? Ou bien le fait de rejeter son plan les a-t-il aussi convaincus de le renier, lui, en tant que potentiel successeur de Menahem ?

Parmi mon peuple, les gens se disputent pour le pouvoir ; ils le font toujours en silence pour sauvegarder les apparences, faire croire que chacun est en accord avec l'autre. Ils font comme si le monde aryen vivait une époque de paix, protégé sous le dôme de verre. Mais la population n'est pas dupe des guerres qui se jouent dans le milieu politique. La jalousie est un sentiment primaire qui emplit le cœur de tous les êtres humains. Même moi, je me souviens avoir éprouvé ce genre d'émotion quand j'ai croisé le chemin d'autres filles plus douées et plus jolies que moi. Je n'ai pas décidé de les mépriser pour autant, ce n'est pas dans mon caractère, mais ce que je découvre ici est une preuve que si mon peuple est détestable sur ce point, celui d'Élias n'a pas forcément grand-chose à lui envier. Le rejet et le jugement, tous ces raccourcis par lesquels les gens passent, sont aussi présents sous terre qu'à la surface.

L'attitude d'Élias laisse toutefois à penser qu'il se moque de comment on considère son projet et j'en arrive à me demander s'il n'a pas des envies de suicide, au final. Parce qu'avec seulement une vingtaine de partisans à ses côtés, il doit bien se rendre compte que c'est perdu d'avance.

Mon attention saute d'une personne à l'autre en même temps que je marche non loin d'Élias. J'entends les bruits autour de moi, un seau dont on vide le contenu dans un tonneau cerclé de métal, des semelles qui raclent le sol, le babillage d'un enfant dans les bras de sa mère. J'ai l'impression que ma tête va exploser ; j'essaye d'inspirer et d'expirer lentement pour retrouver mon calme. Je suis si prise dans ma douleur que je bute contre Élias quand il s'arrête. Il se tourne vers moi et me dévisage, sourcils froncés, avant de reporter son regard sur Yigaël qui vient de se planter devant lui.

— J'ai entendu dire des choses étonnantes à ton sujet, Élias.

— Vraiment ?

Yigaël se contente de hocher la tête, mais son expression trahit sa contrariété.

— On peut en discuter en privé ?

Élias hausse les épaules puis pivote de nouveau vers moi.

— Attends-moi ici, me dit-il. Et n'en profite pas pour filer, ajoute-t-il en m'adressant un clin d'œil entendu.

Bien sûr, il est supposé me surveiller et s'assurer que l'envie de fuir ne me viendra pas à l'esprit ; autant qu'il donne le change. J'opine d'un signe de tête et je vais m'asseoir sur un petit banc de pierre qui borde une habitation. Pendant qu'Élias et Yigaël s'éloignent, je m'adosse contre le mur de la maison et je laisse mes paupières se fermer pour essayer de me ressourcer. C'est ce moment que choisit Anna pour me rejoindre. Elle s'installe près de moi sans même que je m'en aperçoive et c'est le vagissement d'Âmi, son bébé, qui me fait sursauter alors que je commençais à m'enfoncer dans un semblant de sommeil. J'ouvre les yeux, elle m'adresse un sourire empreint de mélancolie avant de se concentrer à nouveau sur son petit garçon.

— Où est Élias ? demande-t-elle.

— Dans la salle du conseil avec Yigaël.

— Il a fait une erreur. Je veux dire… il n'aurait pas dû parler de son projet au groupe entier.

— J'imagine qu'il sait ce qu'il fait, mais tu le connais mieux que moi.

— Je le connais, oui, et je sais qu'il ira au bout de ses convictions, même contre l'avis de Serge et des autres leaders. Il est trop téméraire et ça le perdra.

Je ne peux m'empêcher de tourner la tête vers la

porte derrière laquelle se cache la salle du conseil. Cet endroit même où je me suis tenue, jugée sur un banc par ces doyens qui m'ont fait l'effet d'être imbus de leur personne. Je me demande comment les choses se déroulent pour Élias.

— Ezra va le suivre ?

— Oui. C'est peut-être son ami le plus proche, alors, je doute qu'il renonce à l'accompagner, même si pour ça, il doit nous laisser seuls, notre enfant et moi.

Je me contente de hocher légèrement la tête. Touchée par la peine qui perce dans ses paroles, je ne sais pas quoi lui dire pour qu'elle se sente plus apaisée. Alors, je change de sujet pour essayer de lui faire oublier sa peine.

— En quoi ça consiste, le rôle d'infiltré ?

Anna grimace.

— Décidément, tu ne poses jamais les bonnes questions. Krista, il va falloir que tu fasses taire ta curiosité.

— Pourquoi ? Je ne retournerai jamais parmi mon peuple, de toute façon, Serge me l'a dit, alors, je ne vois pas quels risques vous prenez à m'expliquer les choses.

— Parce que ça ne te regarde pas, tout simplement.

— Je vois.

Je serre les lèvres en même temps que je baisse les yeux pour fixer mes mains, à défaut de mieux. Cette méfiance qui se répète dès que j'ai le tort de poser une question m'épuise. Je pensais qu'Anna n'était pas comme les autres, mais je me suis apparemment trompée. Je me lève et jette un nouveau coup d'œil en direction de la porte du conseil toujours close.

— Je vais me coucher. Je suis fatiguée.

Un creux se forme entre les sourcils fins et presque invisibles d'Anna.

— Tu es fatiguée ?

— Oui.

— Vraiment ? Ou bien, c'est le fait que je te remette à ta place qui te contrarie ?

— En logique, ma place devrait se trouver à la surface, loin des gens comme toi et Élias, réponds-je sans ajouter que si je me retrouve dix pieds sous terre à grelotter de froid, c'est bien sa faute.

Elle se redresse à son tour et pose une main sur mon poignet. La manière dont elle crispe ses doigts sur ma peau me fait hésiter sur l'interprétation que je dois donner à son geste. Amical ou agressif ?

— Tout ce qu'on ne te dit pas te rendra service plus tard, Krista.

— Qu'est-ce que tu en sais ?

— Il est préférable que tu en saches le moins possible lorsque ton Führer vous aura attrapés et qu'il vous torturera les uns après les autres, lâche-t-elle en ravalant un sanglot.

Mon cœur manque un battement et je soutiens son regard sans ciller.

— Qu'est-ce qui te prend, Anna ? Comment peux-tu imaginer de telles choses ? Surtout pour ton conjoint ou tes amis !

— Et toi ? Qu'est-ce qui te prend de suivre si facilement Élias dans son délire alors que tu le connais à peine ? En y réfléchissant bien, je me demande si tu ne cherches pas à piéger notre communauté par le biais d'Élias.

Cette fois, je n'en peux plus, une onde de colère m'envahit. Plus encore, c'est de la haine qui coule à présent dans mes veines. J'en ai assez. Assez de ces gens qui se montrent cordiaux puis qui, l'instant d'après, tiennent des propos imprégnés de menaces. Je ne suis d'aucun côté en vérité. Je continue à aimer mes parents et mon frère, même si je leur en veux au point d'avoir envie de les laisser affronter un troupeau de non-Aryens enragés en réponse à l'accusation de trahison dont ils m'accablent. Les sentiments que je commence à éprouver pour Élias sont d'une tout autre nature. Rester près de lui, sentir sa présence, en dehors du fait qu'il me met les sens en ébullition, me rassurent. Il est comme une bouée de sauvetage dans cet endroit où je n'ai pas demandé à venir. Puis, j'ai l'impression d'être brave et forte quand il me regarde…

Pourquoi je suis sa décision de se rebeller ? Peut-être parce qu'intérieurement, c'est ce dont j'ai envie moi aussi : me rebeller contre mon peuple, contre les règles qui m'ont dicté ma conduite toute ma vie, contre le fait que les miens m'aient toujours vue comme une personne faible tout juste bonne à exécuter un travail subalterne. Ce ne sont pas les mêmes raisons qui nous animent dans ce désir d'insurrection, lui et moi, mais notre soif de liberté et de changement est la même.

— Arrête de me prendre pour le monstre que je ne suis pas. Je n'ai jamais eu l'intention de vous trahir, sinon, je l'aurais fait depuis longtemps. Et si tu ne veux pas qu'Ezra parte avec Élias, il suffit de le lui dire, t'en prendre à moi ne servira à rien !

Sans attendre qu'elle réplique, je m'éloigne et je me dirige vers le dortoir. Puis je change d'idée et je gagne le tunnel menant à la rivière. J'ai besoin de calme pour réfléchir à tout ça, de remettre un peu d'ordre dans ma tête, si tant est que cela soit possible.

La fraîcheur de l'endroit me fait frissonner. L'atmosphère semblait plus chaude lorsque nous étions nombreux ici, mais le fait d'être seule modifie les choses. Je fais quelques pas en suivant le cours de la rivière tout en me demandant où elle commence et où elle se termine. Peut-être fait-elle toute la longueur de Germania. Peut-être même coule-t-elle sous la Grande Coupole qui abrite les quartiers du Führer. Puis je finis par m'asseoir sur la berge et je fixe le néant devant moi.

Mes réflexions intérieures se tournent vers ce moment où ma vie a basculé. Je sortais de la maternité pour regagner ma maison. Comme à présent, j'avais les yeux dans le vide et l'estomac noué à l'idée de ces petits cadavres de bébés que j'avais déposés à l'incinérateur sous les ordres de Frau Hirsch. Je repense à tout ce qui s'est passé dès l'instant où je suis descendue dans les tunnels sous la menace de l'arme tenue par Anna ; à la cellule où Menahem m'a fait enfermer en attendant de décider de mon sort ; à l'éboulement et à la folie qui s'était emparée des lieux à ce moment-là. Puis me reviennent en tête les images de moi tirant sur l'Aryen qui s'apprêtait à tuer Élias après avoir étranglé Zack. Je revois Élias récupérant l'étoile de David de son ami et la garder serrée dans son poing comme s'il s'agissait d'une pierre précieuse.

À aucun moment, je ne l'ai vu pleurer. Pas plus pour Zack que pour son grand-père. Il y a eu ensuite encore tant de choses que je n'arrive plus à m'en souvenir précisément. La colère m'embrouille les idées. Le visage d'Élias s'impose dans mon esprit tandis qu'il me maintient tout contre lui au moment où un soldat SS tire à travers la plaque d'égout. Sans lui, j'aurais pu mourir, tuée par un des miens. Je me remémore l'odeur d'Élias. Elle s'insinue dans mes narines alors qu'il n'est même pas là. Je voudrais qu'il soit là. Je voudrais qu'il m'aide à comprendre comment j'ai pu, en si peu de temps, devenir autre chose qu'une Aryenne pétrie de préjugés et décidée à rester dans l'ombre de sa famille.

— Alors, comme ça, on reste toute seule dans un coin à réfléchir ?

Je tourne la tête d'un mouvement vif. J'essuie mes yeux humides du plat de la main.

Ça aurait pu être Élias… mais ce n'est pas lui.

32

La silhouette de Samuel se dévoile devant moi et je reste pétrifiée en me remémorant ses paroles menaçantes alors qu'il m'amenait dans la salle du conseil.

— Je t'avais bien dit de surveiller tes arrières. Apparemment, tu es aussi gourde que toutes les filles de ton peuple. Toutes à vous croire supérieures avec vos petits airs méprisants et pas une avec un brin de jugeote, lâche-t-il en avançant.

Mon cœur bat si fort que je l'entends tambouriner dans mes oreilles. Je n'arrive pas à bouger, comme si mon corps pesait des tonnes. Quand il n'est plus qu'à quelques pas de moi, je peux distinguer le sourire narquois qui déforme ses lèvres.

— Laisse-moi tranquille, soufflé-je.

— Comment ? Qu'est-ce que tu dis ? « Laisse-moi tranquille » ? C'est tout ce que tu as trouvé ? Il va falloir faire mieux, la Boche.

La torpeur qui avait envahi mes jambes commence à s'estomper, aussitôt remplacée par des fourmillements qui me picorent la peau. Je pose mes paumes à plat sur le sol et je me redresse sous le regard mauvais de Samuel. J'esquisse un pas en arrière quand lui en fait un autre en avant.

— Alors, comme ça, il paraît qu'Élias a décidé de monter à la surface pour se battre ?

— En quoi ça me concerne ?

Sans prévenir, il bondit sur moi. Je pousse un cri de surprise. Il est si près que son souffle glacé me brûle les joues. Son odeur est âcre et je détourne la tête.

— C'est toi ! me crache-t-il au visage.

Il resserre sa prise sur le col de mon tee-shirt et je me retrouve avec la trachée comprimée.

— C'est toi qui lui as fourré cette idée dans le crâne ! Pour nous piéger !

— C'est faux ! crié-je en levant tout à coup mon genou dans son estomac.

Je vise juste et il expulse l'air de ses poumons en même temps qu'il me lâche et recule sous le coup. Il se jette de nouveau sur moi. J'essaye de repenser à mon combat contre Élias, à ses conseils, mais aussi aux souvenirs de ma formation initiale au BDM. Je cale les bras devant mon visage pour me protéger puis je lance mon pied en avant.

— Il va signer notre arrêt de mort à tous s'il s'attaque aux SS ! Tu le sais très bien ! aboie Samuel.

Le coup percute son torse, mais il réussit malgré tout à m'attraper la jambe et m'attire à lui avec violence. Je griffe ses mains pour le forcer à lâcher mon col ; en réponse, il fait brusquement retomber sa paume rêche sur ma joue. Ça claque comme un pétard dans la grotte et je sens le feu qui monte sous ma peau ; malgré la douleur cuisante, je continue à me débattre avec véhémence. Il me retourne sèchement et je me retrouve le dos plaqué contre son torse. Il enroule un de ses bras autour de ma taille et mes pieds décollent du sol de quelques centimètres.

— Et si je te faisais faire un petit plongeon ? Ça n'a pas l'air comme ça, mais le courant t'entraînera vite quelques kilomètres plus loin. Assez pour qu'on ne retrouve pas ton corps.

— Lâ… che-moi !

Convaincue que ses paroles ne sont pas qu'une menace en l'air, je me débats de plus belle, tentant d'atteindre son visage calé derrière mon épaule. Quand j'y parviens, Samuel émet un hoquet de douleur. Son étreinte se relâche un peu, mais nous sommes à présent si près de la rivière que s'il me lâche, je vais tomber. D'un coup de pied, j'essaye de le déstabiliser, mais avant que j'en aie le temps, il me projette par terre sur le ventre. Ma tête percute le sol et une violente douleur explose dans mon crâne. Un liquide chaud serpente sur l'arête de mon nez au moment où je redresse la tête.

Samuel me tire sur la berge, au plus près de la rivière. D'une main, je tâtonne le sol près de moi, à la recherche d'une pierre à lui jeter au visage, mais il bloque mon poignet sous la semelle de sa chaussure tandis qu'il s'accroupit près de moi. Je perçois la chaleur de sa main posée sur mes cheveux. Il resserre ses doigts comme des serres et me soulève la tête. Je tremble de partout, ma respiration se fait plus laborieuse.

— Tu as beau essayer de te faire passer pour une gentille petite Aryenne, tu ne vaux pas mieux que les gens de ta race… En plus… il paraît que tu tues des bébés dans ta foutue maternité ? Tu ne devrais même pas avoir le droit de vivre !

Et d'un coup, il plonge ma tête sous l'eau. D'instinct, je ferme les yeux et j'entends, en un écho douloureux, le bruit des bulles d'air qui heurtent la surface alors que mes poumons se remplissent du liquide glacé. J'ai l'impression que ça dure des heures, pourtant, au bout de quelques secondes, l'oxygène entre à nouveau dans ma trachée. Je tousse, je crache sous le regard de Samuel qui, après avoir ressorti ma tête de l'eau, continue à me maintenir par les cheveux.

— Tu es un monstre, comme tous les tiens, rien de ce que tu feras ne pourra racheter le passé, tu le sais, ça ?

— Je...

— Ne te fatigue pas à répondre, va... Ton avis, on s'en moque. Tu vas mourir parce que c'est comme ça que les choses doivent se dérouler.

À nouveau, mon visage crève la surface de l'eau. Les mêmes sensations s'emparent de moi. La peur palpite dans tout mon corps que je sens tressauter. J'ai eu le réflexe de garder la bouche fermée, mais je ne peux plus respirer ; pas sans emmagasiner du liquide dans mes poumons par le nez. Et le supplice s'éternise. Il me maintient sous la surface avec force. Je m'étouffe, mon esprit se perd dans le vague, submergé par une lame de fond destructrice. Je suis à deux doigts de renoncer à lutter quand ma tête ressort tout à coup de l'eau. J'agrippe le rebord de la berge en crachant mes poumons pendant que, en arrière-plan, j'entends des échanges de coups et des paroles dont je ne comprends pas un mot. Je suis tellement épuisée et nauséeuse que je me laisse retomber sur le sol dur. Le froid m'enveloppe. Peut-être que c'est ça, la mort. Pas si terrible que ce à quoi je m'attendais, au final. Une main m'attrape par les épaules et me retourne sur le dos.

— Krista ? Krista, ça va ?

Mes yeux me brûlent tant que je les garde fermés. La voix d'Élias vibre dans mes oreilles, mais je n'ai pas la force de lui répondre. Puis il me redresse en position assise et je vomis un filet d'eau entre mes cuisses, les paupières à demi closes. Élias enroule un bras autour de mes épaules. Sa chaleur forme comme un châle qui fait contraste avec le froid de la peau. Je tourne la tête vers lui, mais son attention reste concentrée droit devant lui. Mes yeux se posent sur ce qu'il observe et je vois Samuel affalé sur le sol. Du sang coule de sa lèvre, mais il est loin d'être assommé. Il se relève, un air menaçant lui barrant le visage. Élias lève aussitôt un bras dans sa direction.

— Si tu t'approches encore d'elle, je te tue !

Samuel se fige et le fixe avec froideur. Élias ne lui fait pas peur, c'est une évidence.

— Pourquoi tu la défends ? Elle n'est même pas des nôtres ! aboie-t-il.

Élias plonge tout à coup une main dans la poche de son jean et en ressort quelque chose que je peine à discerner au départ. Lorsqu'il le passe autour de mon cou, je réalise qu'il s'agit d'un collier. Et pas n'importe lequel, je sais très bien que le seul qu'il a conservé précieusement depuis notre arrivée, c'est celui de Zack.

— Maintenant, elle l'est, lâche-t-il.

Samuel garde un instant les yeux rivés sur l'étoile

de David qui pend à présent à mon cou, puis nous toise tour à tour. Élias m'aide à me relever. Un bras passé autour de ma taille, il me serre contre son flanc pour me maintenir debout. Machinalement, je cramponne mes doigts sur sa nuque et je m'y accroche avec énergie. Il me fait avancer à pas lents puis s'arrête alors que Samuel se plante devant nous pour nous barrer l'accès à la sortie.

— Pousse-toi de mon chemin, lui ordonne Élias d'un ton abrupt.

Samuel secoue la tête d'un air désapprobateur.

— Tu vas tous nous faire tuer à cause de cette manipulatrice.

— Pousse-toi, répète Élias.

Après un moment sans bouger d'un poil, Samuel fait un pas de côté et libère le passage. Élias m'entraîne alors vers l'escalier.

— Serge ne te laissera pas faire ! Aucun de nous ne te laissera faire !

Élias marque un nouvel arrêt et je raffermis mon étreinte contre lui en expirant d'un coup. Il me jette un regard tandis que je secoue la tête pour lui faire comprendre que répondre ne servirait à rien, mais il se retourne quand même vers Samuel.

— Concentre-toi plutôt sur la réaction de Serge quand je lui apprendrai que tu as frappé une femme sans défense sous prétexte qu'elle n'est pas des nôtres, lâche-t-il.

— Ce n'est pas une femme, insiste Samuel comme s'il cherchait à entamer un duel verbal.

Mais cette fois-ci, Élias ne prend pas la peine de répliquer, il place une main derrière mes genoux et me soulève aussi facilement que si j'étais une plume. Je me retrouve dans ses bras, pantelante, comme si j'avais passé des heures sous l'eau. Tous les muscles de mon corps sont tétanisés et me font souffrir. Et tandis qu'il gravit les marches en silence, je me jure que plus jamais je ne me laisserai malmener…

Mais en attendant, j'ai envie de pleurer comme une fillette de cinq ans…

33

— Krista, réveille-toi.

Une main se pose sur mon épaule et la secoue. La peur remonte du plus profond de mes entrailles alors que je suis plongée dans le sommeil. J'ouvre subitement les yeux, le visage de Samuel en tête. Mais il ne s'agit que d'Élias. Je cligne des paupières pour parvenir à faire le point sur lui. Il s'est changé, mais ses vêtements sont toujours noirs, ses traits sont tendus et je perçois de la gravité dans son regard.

— Qu'est-ce qui se passe ?

— Il faut partir, me répond-il.

— Quoi ?

— On n'a pas beaucoup de temps. Serge va certainement essayer de nous empêcher de monter à la surface demain. Il vaut mieux s'en aller maintenant.

— Quelle heure est-il ? demandé-je en me redressant sur un coude.

Une douleur au niveau de ma colonne vertébrale me fait plisser le nez et tordre les lèvres.

— Deux heures du matin. Ça ira ? Tu pourras marcher ? chuchote-t-il en plaçant une main dans mon dos.

Je fais une nouvelle grimace au moment où je m'assois sur ma couchette. Je me contente de lui répondre d'un hochement de tête.

— Très bien, alors prépare-toi. Tu trouveras une arme sous ton oreiller, lâche-t-il avant de retourner vers son lit.

Je soulève mon oreiller et je découvre un fusil posé sur le matelas. C'est un calibre semblable à celui que j'ai utilisé pour tuer l'agresseur de Zack. À l'évocation de ce prénom, je porte machinalement la main à mon cou et, de l'index, je caresse l'étoile de David qui pend au bout de la chaîne. Je n'ai donc pas rêvé, Élias m'a vraiment mis le collier après que Samuel a essayé de me noyer. Je frissonne. Ce geste est pour moi d'une puissance incroyable et je ne sais pas comment réagir. En tant qu'Aryenne pure rejetant toute autre ethnie que la sienne, se retrouver avec une étoile de David autour du cou semble tellement incongru. Une chance qu'Élias ne se trouve pas à côté de moi, je serais bien incapable de lui dire ce que je ressens à ce sujet, parce que je ne suis pas fichue de le savoir moi-même.

En balayant le dortoir du regard, je réalise que c'est l'agitation autour de moi. Une agitation silencieuse. Les gens s'affairent, s'habillent en quatrième vitesse avant de s'emparer des fusils identiques au mien dissimulés sous leur oreiller. Je me demande quand ils ont pu les y cacher et surtout comment ils peuvent être en possession de ce genre de choses. Sans doute qu'une personne comme Herr Kramen les fournit à l'instar de l'armée SS. Plus loin, Élias et Ezra parlent à voix basse avec des airs de conspirateurs. Je les fixe un instant, puis je reprends mon inspection visuelle des lieux. Je m'arrête sur le visage d'Anna. Son bébé emmailloté au creux de ses bras, elle m'observe en silence. Notre dernier échange n'a pas été très chaleureux et je préfère détourner la tête plutôt que d'avoir à lui adresser la parole. Au final, c'est elle qui se lève de sa couchette et vient se placer devant moi.

— Alors, c'est le grand moment ? me dit-elle à voix basse.

Je dois me faire violence pour finalement la regarder. Je la dévisage comme si je la voyais pour la première fois. Je retrouve ce visage empli de désespoir, comme à notre première rencontre, et ses prunelles qui luisent comme jamais.

— Oui, on dirait bien.

— Dépêche-toi donc. Élias ne va pas t'attendre.

J'acquiesce en silence et je me lève. Une nouvelle vague de souffrance m'assaille, mais je la réprime. Je me rends compte que ma gorge aussi est douloureuse d'avoir avalé de l'eau contre mon gré. Comme je suis déjà habillée, ou plutôt que mon état après l'attaque de Samuel ne m'a pas permis de me déshabiller, je n'ai pas besoin de me préparer. Je sens la sueur et la poussière, mes cheveux sont en bataille et mes vêtements sales. Le confort de ma maison et tous les petits détails de la modernité me manquent dans cet endroit hors du temps. Je prends le fusil sur mon lit. Le métal est froid au contact de ma peau. J'enserre la crosse comme si elle était hérissée de piquants. Je préférerais ne pas avoir à m'en servir, mais je doute avoir le choix compte tenu de la situation conflictuelle qui s'annonce, si j'en crois les propos d'Élias. Anna pose tout à coup sa main sur la mienne.

— Écoute, Krista. À propos de notre dernière conversation, je... je suis désolée.

— Laisse tomber.

— L'idée qu'Ezra parte... que tous mes amis partent et que, moi, je doive rester ici à ne rien faire d'autre qu'attendre, ça m'a rendue hystérique.

— Je comprends, réponds-je, même si la colère que j'ai ressentie à son égard n'est qu'en partie éteinte.

— Mais ne va pas croire que je doute de ta sincérité en voulant aider notre communauté. Je pense que tu n'es pas comme les autres Aryens. Et puis, j'ai confiance en Élias. Je sais qu'il est capable de modifier le cours des choses... Seulement, je ne suis pas certaine qu'il ait pleinement conscience de la puissance à laquelle il va se frotter.

À nouveau, je me sens partagée entre deux univers diamétralement opposés. Mon monde reste ce qu'il est et je ne peux pas oublier que mon frère et mes parents en font partie, même si, d'un autre côté, je veux soutenir Élias et permettre aux enfants de son peuple de trouver leur place à la surface. J'ai conscience, néanmoins, qu'il faudrait pourtant que je fasse un choix au lieu de continuer à aimer et rejeter en même temps ces deux univers.

Plutôt que de répondre à Anna, je me concentre sur son bébé. Je crois que me concernant, ce sont les enfants qui arrivent à faire ce pont de liaison entre les deux faces de mon être. Je caresse son front si lisse tout en m'attendrissant sur ce visage endormi. Je songe à l'avenir sombre qui se profile pour ce petit être innocent si les choses ne changent pas, et j'en ai mal au ventre.

Mon esprit s'obscurcit. Il s'envole vers ma vie d'avant, vers ma famille. Heureusement, Élias et Ezra nous rejoignent et mes sombres réflexions s'éloignent. Pendant qu'Ezra enlace Anna et l'embrasse, je me détourne. Ces effusions d'amour me mettent trop mal à l'aise. Mon regard croise celui d'Élias et la pensée de me lover dans ses bras m'effleure. Est-ce que moi aussi, je pourrais un jour me laisser aller ainsi avec lui, comme Ezra avec Anna ? Je l'ignore ; nous sommes si différents, lui et moi. Il se contente de poser une main au creux de mes reins sans un mot pour me faire comprendre que le moment est venu de lever le camp. Une trentaine de gens se mettent en route dès qu'Élias brandit un bras en l'air. En fait, mis à part Anna et quelques femmes qui sanglotent en silence, tout le reste du dortoir part. J'en reconnais même certains comme faisant partie du groupe de Serge ; j'imagine qu'ils ont rallié le projet d'Élias. Quand ? Je suppose que des choses se sont passées pendant que je récupérais de l'agression de Samuel. Lui, en tout cas, ne compte pas parmi les insurgés. Ce qui n'a rien d'étonnant vu ses dernières paroles à ce sujet. Et c'est tant mieux, j'aurais eu du mal à suivre le mouvement s'il avait été là. Tous les membres du groupe sont jeunes, entre dix-sept et trente ans. Je ne suis pas surprise ; ceux qui souhaitent le changement n'ont pas encore construit leur vie et voudraient la bâtir sur des fondations plus solides que ces conditions précaires dans lesquelles les ont placés leurs parents. Je ne les juge pas, ni en bien ni en mal. Élias m'a dit au tout début que je devais racheter les fautes des miens, mais cette notion est comme les doctrines que l'on m'a inculquées depuis la petite enfance, elle est erronée. En vérité, nous nous devons seulement de changer les choses comme nous désirons qu'elles le soient. Modifier le présent, c'est éradiquer tout ce en quoi nous ne croyons plus.

Notre groupe sort à pas feutrés du dortoir. Le paysage est angoissant. Malgré les lueurs ténues de certaines lumières restées en veille, la place ressemble à un immense gouffre prêt à nous avaler. Plus que jamais, j'éprouve un sentiment d'oppression, cernée par ces lourds murs de roche. Nous nous mettons en route vers un tunnel, Élias en tête, moi à côté de lui parce que c'est là que je me sens le moins vulnérable. Nos armes placées en bandoulière pendent le long de nos corps. Certains portent des sacs à dos qu'ils ont remplis de nourriture ou de matériel comme des lampes de poche, des outils divers.

— Où allons-nous exactement ? demandé-je à Élias dans un chuchotement.

— Vers une zone qui nous servira de point de départ et de retranchement. Ça évitera au groupe de Serge d'être impliqué dans nos affaires.

— Et après ?

— Chaque chose en son temps, Krista.

Des bruits indéfinissables tintent brusquement contre mon oreille et je ne comprends pas tout de suite ce qui se passe. Élias et ceux qui suivent derrière nous s'immobilisent et scrutent l'obscurité du tunnel.

Puis nous les voyons sortir des ténèbres pour apparaître en demi-teinte : Serge, Samuel, Yigaël et d'autres hommes, leurs fusils dirigés droit sur notre groupe. La réponse est immédiate, Élias et ceux de son camp, moi comprise, braquons les nôtres sur eux dans un geste plus machinal que réfléchi.

— Ce n'est pas malin d'essayer de nous fausser compagnie pendant la nuit, Élias, lâche Serge, le seul à ne pas être armé.

Il fait un pas en avant.

— Nous ne pouvons pas te laisser partir, et tu le sais.

— Mon but n'est pas de mettre vos vies en péril, Serge. Simplement de faire ce en quoi je crois. Ce en quoi nous croyons tous.

— Tu sais très bien que tes décisions sont irrémédiablement liées à toutes les personnes vivant sous terre. Tes victoires sont les nôtres, mais tes échecs le sont également. Il n'est pas question que tu fasses courir le moindre danger à la communauté à cause de ton égoïsme.

Les lèvres d'Élias se crispent et je vois les os de sa mâchoire saillir sous sa peau qui paraît un peu olivâtre sous le faible éclairage. À son tour, il avance d'un pas sans cesser de fixer Serge. Les hommes, derrière ce dernier, en font un aussi, puis ceux du groupe d'Élias s'y mettent également, et bientôt, j'ai le sentiment de me trouver sur un échiquier en plein cœur d'une bataille. Ils sont là, à se regarder en chiens de faïence, leurs armes prêtes à tirer. Je les croyais unis et je découvre qu'ils se divisent au moindre désaccord entre eux.

— Laisse-nous passer.

— Élias, je comprends ton désir de changer les choses. Tu as vu le monde à la surface et ta jeunesse te fait imaginer que tu peux y trouver ta place, mais ce n'est qu'un miroir aux alouettes. Ce lieu n'est pas fait pour les gens comme nous. Il n'est fait que de violence et cruauté.

— Vous mentez ! m'insurgé-je en faisant un pas à mon tour.

Serge braque la tête vers moi et me toise en plissant les paupières.

— Mon monde n'est pas fait que de violence.

— C'est sans doute pour ça que tu t'es rangée dans le camp adverse de ton peuple ? ironise-t-il, un sourire mauvais au coin des lèvres.

— Je sais qu'il y a beaucoup à faire pour modifier les choses. Je sais comment sont les Aryens, j'en suis une, vous me l'avez assez répété, mais en empêchant les gens de votre communauté d'essayer de rattraper le passé, vous les gardez sous votre coupe. Vous ne valez pas mieux que le Führer en vérité.

Je crache ces mots avec colère parce que cette situation me renvoie à ce que j'ai connu à la surface. Le désir du gouvernement de contrôler tout un peuple. J'en ai pris conscience dès l'instant où je suis tombée sur mon avis de recherche. Les photos que m'a forcée à regarder Élias et nos multiples conversations ont fini de me convaincre que ce que je vivais n'était pas tout à fait normal. Et ce que je vois, c'est que Serge se comporte exactement de la même façon.

— Peu importe ce que tu penses, Krista. Tu n'as pas ton mot à dire ici et personne ne sortira…

Il se tait brusquement et tous ceux qui chuchotaient jusque-là en font autant dans les deux camps. Toutes les têtes se tournent d'un coup vers la seule issue qui sépare cet endroit du reste des réseaux souterrains. Le bruit du mur qui coulisse déchire le silence et tous retiennent leur souffle, moi comprise. Un homme à la respiration haletante pénètre à l'intérieur de la cache et s'empresse de réactiver le système de fermeture. Je le reconnais, c'est un infiltré du groupe de Serge, ses traits fins et ses yeux bleus, profondément enfoncés dans leurs orbites, lui donnent un air presque angélique, mais la couleur de ses cheveux affadit son visage.

— Rolf ? Mais que se passe-t-il ? Tu ne devais revenir que dans trois jours ! s'exclame Serge sans bouger.

Il faut quelques instants à l'infiltré pour reprendre sa respiration et enfin réussir à parler.

— Les soldats… ils ont déverrouillé toutes les issues menant aux égouts. Ils arrivent vers celui-là.

D'abord, c'est le silence qui accueille cette annonce glaçante, puis tous les gens se mettent à brailler et à courir dans tous les sens comme des rats pris au piège.

34

— Taisez-vous ! crie soudain Yigaël à l'ensemble de la foule. La dernière chose à faire est de céder à la panique !

— Combien de temps nous reste-t-il avant leur arrivée ? demande Serge en se plantant devant l'infiltré.

Le pauvre garçon affiche tout à coup un air décontenancé en réalisant que nombre des habitants ici sont armés. Il pose un regard interrogateur sur Élias, puis sur Serge.

— Une dizaine de minutes au maximum si les soldats tardent un peu, répond-il. Ils étaient sur mes talons quand je suis entré dans l'égout. Ils ont déjà découvert deux de nos communautés.

Les gens autour d'eux se remettent à chuchoter. Un souffle de panique alourdit l'atmosphère. J'imagine qu'ils se voient déjà tous perdus et j'ai bien peur qu'ils soient dans le vrai.

— Quels groupes ?

— Celui d'Âdrièl et de Milo. J'ai vu les soldats faire monter dans un camion les hommes et les femmes.

— Et les enfants ? me risqué-je à demander.

Aussitôt, le visage tendu de Serge pivote vers moi et je recule machinalement d'un pas face au gouffre béant que sont devenues ses pupilles.

— Il n'y en avait aucun. Ils ont sans doute été fusillés sur place.

Je ferme les yeux et je ravale mes larmes à grand-peine tandis que le silence tombe comme un rideau de fer chargé d'effroi. J'échange un regard avec Élias. Il ne me renvoie qu'une profonde haine dont je sais qu'elle ne m'est pas réellement destinée. C'est après mon peuple qu'il en a et je crois que je peux le comprendre face à une telle injustice.

— Il faut se cacher pendant qu'on a encore un peu de temps devant nous. Que tout le monde descende à la rivière, lâche enfin Serge.

Alors qu'il se détourne, Élias lui saisit brusquement le bras. Serge se retourne et je me dis que ses réflexes sont plutôt bons pour un homme de son âge.

— Nous ne pourrons pas fuir les SS éternellement !

— Crois-tu, Élias ? Regarde la réaction en chaîne que tes agissements et ceux de l'Aryenne ont provoquée !

— Nous ne sommes pas responsables de ça, ils nous auraient trouvés de toute façon !

— Peu importe. À présent, nous sommes tous condamnés.

— Pas si nous ne nous laissons pas faire. C'est le moment ou jamais de résister.

Serge le fixe d'un air dur. Nulle part sur son visage, je ne vois trace d'un quelconque espoir. Et quand Élias lui lâche enfin le bras, il se détourne et reporte son attention sur la foule de gens qui se presse dans le tunnel de la rivière. C'est comme si les paroles d'Élias avaient glissé sur lui sans atteindre leur but. J'en reste estomaquée. Un violent bruit nous fait tous sursauter tout à coup. Je suis le regard des autres, braqué sur le mur qui masque l'entrée de la ville souterraine. Des coups sourds résonnent partout autour de nous. Les soldats sont là, juste derrière, et ils ont ramené de quoi faire céder les portes, aussi solides soient-elles. Serge croise les mains et je vois ses doigts noueux se crisper.

— Très bien, si tu penses que nous avons une chance, je te laisse le champ libre.

Élias acquiesce sans un mot, il me saisit aussitôt par la main et m'entraîne vers le dortoir.

— Va vérifier qu'il ne reste plus personne et rejoins-moi.

Il repart d'un pas rapide et s'arrête près de Yigaël avec qui il commence à parler. Je les vois tous les deux indiquer du doigt différents endroits aux autres hommes dans leur sillage. Au fur et à mesure, ces derniers hochent la tête et filent s'accroupir à leur poste, le canon de leur fusil orienté vers l'entrée principale que les soldats sont en train d'essayer d'éventrer. Je ne m'attarde plus et je fonce dans le dortoir.

— Il faut partir ! crié-je.

Personne ne me répond et les lieux semblent avoir été désertés. Les couvertures ont disparu de certaines couchettes, mais d'autres pendent dans le vide ou gisent à terre. Je martèle le sol, passant d'une allée à l'autre avec mon arme à la main. Je tourne la tête de gauche à droite, me penche vers les lits d'en bas, me hisse sur la pointe des pieds pour vérifier ceux d'en haut. J'agis comme un automate sous l'effet de l'adrénaline. Je ne me rends compte qu'après coup que je me comporte comme un soldat SS. Des hommes de l'armée vont s'infiltrer ici, je devrais peut-être me réjouir, mais au lieu de cela, je me sens prise au piège au même titre que tous ces gens.

Pourtant, je n'arrive pas à m'apitoyer sur mon sort ni sur le leur. Les seuls dont la mort potentielle me retourne le cœur sont les enfants. Je ne peux pas les imaginer se faire fusiller. L'image du bébé d'Anna m'apparaît l'espace d'une seconde et je perçois la morsure des larmes qui essayent de forcer le barrage de mes yeux. Mais non, je ne les laisserai pas venir. Toute ma vie, j'ai évolué dans un univers où la compassion et le questionnement n'avaient pas leur place et j'ai conscience que les chances de survie du peuple d'Élias sont plus que minimes, elles sont inexistantes. Je ne permettrai pas aux soldats de tuer ce bébé, ni lui ni aucun autre enfant. Je quitte le dortoir et m'arrête sur le seuil. Les bruits sont de plus en plus prononcés contre l'entrée de notre cachette. Elle n'est pas loin de céder. Je cherche Élias du regard. Quand je le repère, je le rejoins au pas de course. Il est accroupi à l'angle d'une paroi qui forme une sorte de coude.

— Tout le monde est descendu ?

Je fais oui de la tête. Il me sourit, mais c'est un sourire de façade. Lui aussi a peur de ce qui va se passer.

— Va te mettre à l'abri avec eux dans ce cas.

— Pas question ! Je reste avec toi.

Il me regarde pendant un instant, troublé, ou peut-être perplexe.

— Tu es certaine de vouloir mourir au nom d'une cause qui n'est pas la tienne ?

Nouveau hochement de tête de ma part.

— Dans ce cas, n'aie pas de pitié pour l'ennemi.

— Ne t'inquiète pas pour ça.

— Le mur ! s'exclame l'un des hommes postés non loin de là.

Nos regards se posent sur celui-ci, une longue fissure apparaît en son centre. C'est le signal. Élias lève un bras en l'air et un autre type court tout autour de la place avec un bâton. Devant chaque ampoule qui dispense de la lumière, il marque un arrêt, la brise, puis reprend sa course jusqu'à ce que nous nous retrouvions plongés dans le noir. Alors, un grand fracas retentit. Le mur cède et des cris menaçants explosent contre nos tympans.

— Tuez-les tous ! Tuez-les tous ! hurlent les soldats.

35

Les silhouettes des soldats se découpent devant le spot de lumière qu'ils ont amené avec eux. Des grognements se répercutent autour de nous comme si nous étions cernés par des fauves. Ils ont dû emmener des chiens avec eux, bien utiles pour pister les odeurs de fugitifs. Élias me presse le bras.

— Maintenant, lâche-t-il.

Je me mets en position et j'appuie sur la détente. Je ne réfléchis pas, j'agis comme ces soldats qui nous font face. Les balles fusent dans tous les sens. La quarantaine de non-Aryens restés dans la planque pour repousser l'ennemi ne cesse de tirer. Les SS braillent sous l'effet de la rage et de la surprise cumulées. Ils ne devaient pas s'attendre à un tel accueil ; ils répliquent avec autant de verve. Partout autour de nous, les coups de feu claquent, les projectiles ricochent sur les murs, retombent au sol ou touchent des hommes de l'un ou l'autre camp. Je vois leurs silhouettes s'effondrer en même temps que je continue à mitrailler.

— Vise la lumière, me dit Élias.

Je modifie mon angle de tir et je presse la détente en direction du spot. Je fais mouche du premier coup, il explose et une flamme incandescente jaillit brusquement, brûlant à la jambe le soldat posté juste à côté. Puis l'obscurité retombe tout à fait.

On n'entend plus que les souffles des gens et les grognements des chiens. Cela ne dure qu'un instant avant que les faisceaux de lampes de poche des soldats s'allument et balayent les lieux à la recherche de l'un d'entre nous. Mais c'est beaucoup moins aisé pour eux avec un matériel de ce type. Les hommes qui vivent ici connaissent les endroits où se cacher et, curieusement, pour des gens restés terrés sous la surface depuis toutes ces années, ils sont plutôt doués pour affronter l'ennemi et ils n'ont pas froid aux yeux. Encore un point qui s'ajoute à la réflexion d'Élias sur la possibilité de combattre les Aryens. Lui et les siens savent manipuler les armes autant que le courage.

— Sortez de là ! Vous n'avez aucune chance ! ordonne une voix rauque.

Mais aucun d'entre nous ne répond. Au lieu de ça, en dehors d'Élias, d'Ezra et de moi qui restons ensemble, les autres membres du groupe se mettent à bouger, se déplaçant à pas feutrés pour essayer de trouver un meilleur angle de tir. Ils me font l'effet d'une meute de loups tournant autour de sa proie. Leurs ombres apparaissent et disparaissent dans les rayons de lumière. Les SS ne cessent de tourner la tête dans tous les sens. Ils tirent dans le vide, croyant atteindre une cible sans y parvenir.

Un cri déchirant retentit soudain en même temps que j'entends un aboiement, et je comprends. Si les non-Aryens ont l'avantage d'être sur leur terrain dans les sous-sols de la ville, les soldats, eux, ont celui de posséder une technologie qui les surpasse de loin. Les tirs reprennent, plus nourris encore, des gens s'effondrent dans un bruit lourd sans que je sache à quel peuple ils appartiennent. La sueur coule le long de mes tempes et serpente entre mes omoplates tandis que je recharge mon arme. J'ai l'impression que ma tête va éclater à force d'entendre les détonations qui se répercutent à l'infini sur les parois rocheuses. La nausée me saisit alors qu'une odeur de poudre et de poussière me monte aux narines, mais lâcher mon fusil en plein milieu de ce chaos serait suicidaire.

Autour de nous, les chiens se déploient à leur tour et parviennent à détecter la présence des non-Aryens dissimulés dans des alcôves de pierre. Leurs cris de douleur se mêlent à ceux des coups de feu tandis qu'ils se font happer. Ça semble durer une éternité. Brusquement, je sens des crocs se refermer sur mon poignet et une douleur sourde irradie dans tout mon bras, mon arme m'échappe et glisse plus loin. Les dents de l'animal s'enfoncent plus profondément dans ma chair. De ma main encore libre, je tâte le sol à la recherche de mon fusil dans l'espoir de m'en servir pour le frapper, mais je ne la trouve pas et la douleur s'intensifie.

— Élias !

Mon cri se perd au milieu de tout ce vacarme qui résonne dans les lieux. Un poids s'abat tout à coup sur moi et j'expulse l'air coincé dans ma gorge. Je perçois le son d'un cœur qui palpite contre ma poitrine et l'odeur d'Élias emplit mes narines. Son torse plaqué sur ma poitrine, chacun des coups qu'il porte sur mon assaillant à quatre pattes se répercute dans tout mon être en même temps que mon bras, pris en étau, est ballotté de droite à gauche. Soudain, j'entends un craquement sinistre puis un coup de feu résonne tout près de mon oreille. La pression sur mon poignet se relâche brusquement, générant une nouvelle vague de souffrance chez moi. Élias me traîne vers lui comme si j'étais un cadavre. D'un geste rapide, il me force à me recroqueviller et se repositionne à genoux devant moi pour me protéger comme un bouclier. Les tirs reprennent. Encore et encore. Tout finit par se mélanger dans ma tête, je ne distingue plus les gémissements humains de ceux des chiens, je ne distingue plus la douleur de la jouissance ni la mort de la vie.

Lorsque le silence revient, j'ai l'impression de m'éveiller sur un champ de bataille après un long cauchemar. Je sens l'air qui s'engouffre entre mes lèvres entrouvertes et pénètre dans mes poumons. Mon poignet me lance. Je ne suis pas morte.

Une main se glisse sous une de mes aisselles ; j'ai un mouvement de défense machinal et je lève mon bras valide pour frapper en même temps que je m'assois.

— Doucement, Krista, c'est moi.

— Élias ?

— Évidemment. Tu t'attendais peut-être au prince charmant de Cendrillon ?

Je ne peux m'empêcher de sourire, c'est plus fort que moi.

— Les soldats sont tous morts ?

— Je ne sais pas exactement. Reste cachée ici,

on va récupérer les lampes pour vérifier que tout va bien.

— Élias !

Il arrête son geste alors qu'il s'apprêtait à se lever. Dans cette étrange atmosphère, avec une obscurité qui n'en est pas vraiment une à cause des vagues éclairs de lumière projetés par les torches tombées au sol, je distingue les contours de sa silhouette, mais assez mal son visage. J'ai besoin de sentir sa peau pour me prouver qu'il est bien réel.

— Qu'est-ce qu'il y a ? Nous n'avons pas beaucoup de temps.

Je pose ma paume sur sa joue, je perçois les muscles de ses mâchoires qui se crispent d'un coup. Mon pouce se pose sur ses lèvres à peine entrouvertes. Je secoue la tête.

— Rien. Dépêche-toi, murmuré-je.

La lumière vacillante des lampes de poche se retrouve soudain au niveau de mes yeux. Je parviens à voir Ezra parmi ceux qui les tiennent. Élias est là aussi, les bras chargés d'armes siglées du symbole nazi. Je me fais violence pour me redresser. Je manque m'effondrer à nouveau en prenant appui sur ma main dont le poignet a été mordu. Je dois m'y reprendre à plusieurs fois avant de réussir à me relever.

Lorsque je suis enfin debout, mon regard court d'un bout à l'autre de la place. Mes yeux s'attardent sur les corps gisant au sol et le sang un peu partout. Les deux races sont mélangées, les cheveux blonds des Aryens en opposition avec ceux, sombres, des combattants non-aryens. Je ne fais pas le compte de tous ceux qui sont morts, mais à l'évidence, les survivants sont si peu nombreux qu'il n'est pas difficile de le faire à vue de nez. Les soldats n'étaient finalement pas venus à plus d'une dizaine, et tous sont à terre. Cette fois, le groupe d'Élias était supérieur en effectif, mais ce ne sera sans doute pas toujours le cas, surtout maintenant qu'ils ont perdu des hommes.

Dans un coin, je vois un corps étendu devant le seuil d'une habitation vide. Samuel. Je m'approche et une onde de mépris remonte en moi quand je réalise qu'il n'est pas tout à fait mort. À ce moment précis, j'ai envie de prendre mon arme et de lui tirer en pleine tête pour l'achever. Je braque mon fusil dans sa direction, animée par le seul désir de lui rendre la monnaie de sa pièce. Lentement, il redresse la tête et son regard fiévreux croise le mien. Précisément à cet instant, je me sens en position de force. Les rôles sont inversés et je ne suis désormais plus la pauvre victime d'une brute épaisse.

— Vas-y, achève-moi, sale nazie. Tu montreras ta supériorité comme ça.

Un sourire étire soudain mes lèvres et je secoue la tête.

— Ça te ferait trop plaisir de mourir en victime, dis-je en baissant mon arme.

Sans plus attendre, je me détourne de lui et je continue à marcher entre les corps en me demandant comment j'ai pu en arriver à tuer les gens de mon propre peuple.

— Krista ?

Je me retourne et je fais face à Ezra.

— Va rejoindre ceux qui sont en bas, m'ordonne-t-il. Préviens-les que le pire est passé... pour le moment.

— Tu tiens vraiment à ce que je rajoute « pour le moment » ?

Il hausse les épaules. Évidemment que non, la réponse coule de source. Je me dirige vers le tunnel menant à la rivière.

— Celui-là n'est pas encore mort, lâche quelqu'un dans mon dos.

— Achève-le, réplique une voix dont je jurerais qu'il s'agit de celle d'Élias.

À l'instant où je m'engage dans le boyau, j'entends un coup de feu. La déflagration résonne dans ma tête comme si c'était moi que l'on venait d'atteindre. Je reste figée avec l'impression d'avoir pris racine. Puis je m'engouffre dans le tunnel, l'estomac au bord des lèvres.

36

Ça fait des heures que nous sommes assis sur la berge de la rivière. Les regards se perdent tous dans les légers remous de l'eau. Les lumières accrochées au mur ont été laissées en place et leur halo nous enveloppe d'une lueur froide. Partout où se posent mes yeux, je vois la misère et l'abattement. Des gens aux allures chétives, habillés de façon sommaire, certains encore en tenue de nuit, les pieds nus, des visages hagards, des femmes âgées recroquevillées, leur tête aux joues émaciées reposant sur les cuisses de leur compagnon. Puis il y a les blessés, ceux qui ont survécu à ce violent affrontement, seulement, sans soins spécifiques, leurs chances de s'en sortir sont quasi nulles. Au fond de moi, je ne sens que le vide. Tous ces gens sont des fantômes du passé, des morts en sursis.

Après avoir fait le ménage dans la ville souterraine, Élias et les autres nous ont rejoints, sans Yigaël, qui a été tué, comme d'autres. Ils ont ensuite actionné un système de fermeture du tunnel qui permet à la roche de basculer comme une porte secrète. J'ai entendu l'un d'eux dire qu'ils avaient laissé tous les cadavres en place, ceux des Aryens comme ceux des non-Aryens, pour faire penser qu'ils s'étaient entretués. Ils espèrent ainsi éviter que la seconde vague de soldats se mette en tête de chercher d'éventuels survivants. Mais ces derniers ne sont pas stupides au point de croire qu'une poignée de sangs-impurs vivaient ici quand il y a plusieurs dortoirs d'une cinquantaine de lits répartis dans la ville souterraine. Ils ne vont certainement pas lâcher le morceau aussi facilement. Assise à côté d'Anna qui tente de calmer les pleurs de son bébé, je n'arrête pas de frotter mon poignet gonflé même si je sais que ce n'est pas la chose à faire si je veux que la douleur s'apaise.

— On va tous mourir, pas vrai ?

Je tourne la tête vers la fillette qui vient de parler. Elle s'est réfugiée près de moi. Elle doit avoir une dizaine d'années, peut-être moins, de longs cheveux noirs, le nez légèrement retroussé et de grands yeux noisette dans lesquels brûle la flamme de la peur.

— Je ne sais pas. Où sont tes parents ?

— Ma mère est morte quand je suis née et mon père est mort là-haut, dit-elle en pointant son index vers l'escalier qui mène à la place centrale.

Mon regard suit son geste et je comprends que son père faisait partie des tireurs restés à la surface. Il n'a pas eu ma chance. Le désarroi de cette petite fille me fait l'effet d'un coup de fouet en plein visage. Il me rappelle ce qu'est la souffrance, la vraie, celle dont on ne guérit jamais. J'ai mal pour elle et mes larmes montent sans que je puisse les retenir. Les enfants seront toujours ma faiblesse. Je me force à lui sourire puis j'enroule mes bras autour de ses épaules frêles. Et je la serre contre moi comme si c'était ma propre enfant. Je repère Élias du coin de l'œil tout en continuant à consoler la fillette.

Il quitte Serge et vient dans ma direction. Je fais comme si je ne le voyais pas, me focalisant totalement sur la petite. Elle vient de perdre son dernier parent et c'est mon devoir de lui offrir ce que je peux, même si ça ne tient qu'à mes bras et ma compassion. Élias peut attendre. Il s'arrête à quelques pas de nous et regarde ailleurs pour nous laisser un semblant d'intimité.

Lorsque je relâche la fillette et que j'essuie ses larmes du pouce, Élias tourne la tête vers nous. Il ne dit rien. Il nous observe juste et je le sens troublé.

— Il faut qu'on parle, dit-il finalement.

Je me penche alors vers l'enfant.

— Comment est-ce que tu t'appelles ?

— Eden, me répond-elle d'une voix tout effacée.

— Eden, je dois discuter de choses importantes, tu veux bien nous laisser un instant ?

Elle ne cherche même pas à défendre sa cause, se redresse et s'éloigne. Je ne peux m'empêcher de la suivre du regard quelques minutes tandis qu'elle longe la berge. Je me sens tellement coupable de ne rien pouvoir faire de plus pour elle. Élias pose une main sur l'épaule de la petite fille quand elle passe près de lui puis il vient s'asseoir près de moi.

— Ne t'inquiète pas pour elle, Serge va la prendre en charge.

J'ouvre la bouche pour répondre, puis je me rappelle que je ne connais pas assez Serge pour pouvoir me permettre d'émettre un jugement sur lui. Après tout, il a peut-être plus de qualités qu'il n'y paraît, même si le courage et l'empathie ne semblent pas en faire partie.

— Tu voulais me parler ?

Élias hoche la tête en même temps qu'il replie ses genoux devant lui et place ses bras autour d'un air détaché.

— J'ai discuté avec Serge et il est d'accord pour nous laisser faire ce qui était prévu au départ.

— Monter à la surface ?

— En fait, j'ai bien réfléchi et cette attaque a changé un peu la donne. On n'a aucune chance face aux soldats. J'avais pensé contacter tous les groupes dispersés dans les souterrains pour augmenter nos effectifs, mais ça ne sera pas possible non plus, surtout que tous les réseaux des égouts doivent être sous surveillance à présent.

— C'est quoi alors, ton plan ?

— La rivière coule en amont pour aller jusqu'à *Marktstrasse* de ce côté, dit-il en pointant l'index sur la gauche. À l'opposé, elle arrive de *Himmlerstadt* et passe juste sous la Grande Coupole.

Comme je le supposais, songé-je sans quitter Élias des yeux. Il arrête de parler et fronce les sourcils.

— Tu m'écoutes ?

— Oui, bien sûr. Tu disais que la rivière passait sous la Coupole.

— Exact, lâche Ezra qui s'installe entre moi et Anna.

Je m'écarte un peu pour lui permettre de se mêler à la conversation et au final, si Ezra reste collé à Anna, je me rapproche d'Élias sans avoir prémédité mon geste. Il ne semble pas m'en tenir rigueur. Bien au contraire, il prend ma main et la considère en silence un instant.

— Ton poignet va mieux ?

— Oui, merci. Juste encore un peu mal, mais ce n'est pas trop profond.

— Tant mieux.

— Et ta blessure au bras ? demandé-je à mon tour.

— Ce n'est que superficiel. Ça va.

Il lâche ma main, mais les regards d'Ezra et d'Anna prouvent qu'ils ne sont pas dupes de ce qui se passe entre nous. Ils ont compris et je crois que je m'en fiche.

— Le but serait de pénétrer dans la Grande Coupole puisque c'est le quartier général du Führer. Le problème, c'est qu'on restera quand même en infériorité numérique par rapport aux sentinelles qui doivent surveiller.

— Admettons que ça ne soit pas un souci si on prend de bons tireurs. Qu'est-ce que tu veux faire exactement dans cet endroit ? Tuer le roi des Boches ? Et après, ça va changer quoi ? l'interrompt Ezra.

— Non, tu n'as pas compris, Ezra. Abattre le Führer, évidemment, si l'occasion se présente, mais le plus important n'est pas là.

— Je ne te suis pas. Explique-toi.

— Tu sais que tout est automatisé, qu'il s'agisse de l'ouverture des égouts, des caméras de contrôle de Germania, de la distribution de l'électricité et de l'eau. Que crois-tu qu'il va se passer si on coupe tout ?

— On paralyse Germania, réponds-je à la place d'Ezra d'un air songeur et fasciné à la fois.

Je n'y avais jamais réfléchi, mais c'est vrai que la ville dépendant entièrement de la *Volkshalle*, il suffirait de tout éteindre pour que la confortable existence automatisée des Aryens se transforme en un véritable enfer. Ce que je prenais pour une faiblesse chez les non-Aryens devient une force tout à coup. Eux savent vivre sans ce progrès qui régit notre vie, contrairement à nous. Que tout s'arrête, comme ça, d'un claquement de doigts, ça paraît si facile et si terrifiant à la fois.

— Exactement, répond Élias, un demi-sourire sur les lèvres.

— Et une fois paralysée, Germania deviendra vulnérable, ajoute Ezra.

Élias acquiesce d'un mouvement de tête.

— Le problème qui se pose, c'est de savoir comment circuler dans le bâtiment. C'est sans doute très vaste, bourré de couloirs et de soldats. On risque de vite se perdre et ça jouera en notre défaveur.

J'écoute la conversation en même temps que j'essaye de visualiser l'intérieur de la *Volkshalle*. J'ai eu l'occasion d'y mettre une fois les pieds, mais ça date d'un moment et je ne suis pas certaine de me rappeler l'agencement exact du bâtiment. Néanmoins, ce dont je suis sûre, c'est qu'il n'y a pas autant de soldats qu'Élias le pense, encore une fois à cause des effectifs de plus en plus réduits de mon peuple, conséquence des critères de sélection. Je me souviens aussi que la majorité des accès à la Coupole est automatisée. Nous aurons donc besoin de cartes magnétiques pour pouvoir y circuler plus aisément et je ne vois pas du tout où nous pourrions nous en procurer à moins de voler celles des soldats présents. Mais pour cela, il faudra sans doute les maîtriser et peut-être même les tuer.

Je préfère me concentrer sur mes souvenirs de ma visite de la *Volkshalle*. À l'époque, je devais avoir une quinzaine d'années et j'en ai dix-sept à présent. En prenant conscience, au travers des paroles d'Élias, que cet endroit est le point névralgique de Germania, je me rends compte qu'il en connaît plus sur mon univers que moi-même. Je réalise aussi que je n'avais pas donné autant d'importance à cet endroit, alors que c'est là que toutes les décisions capitales se prennent, là encore que transitent les communications provenant des chanceliers à la tête des différents continents. C'est encore dans ce bâtiment que se situe le système qui régit le dôme de verre protégeant la ville des rayons meurtriers du soleil. Sans la Grande Coupole, Germania et le monde ne peuvent ni fonctionner ni être en liaison et Élias l'a bien compris. Je crois qu'il a pris le temps de réfléchir à tout ça, peut-être même des années, et de calibrer son plan d'attaque avant d'exposer à son grand-père sa volonté de combattre les Aryens. Je me surprends encore une fois à lui trouver les épaules pour faire un parfait leader malgré son jeune âge. Je m'arrache de force à mon silence, une expression déterminée sur les traits.

— Moi, je connais un peu la cartographie de la Coupole, lâché-je soudain.

Élias, Ezra et Anna braquent tous les trois leur regard sur moi.

37

« L'intérieur de la *Volkshalle,* en dehors de son toit en forme de coupole, est un immense rectangle dans lequel des centaines de couloirs se croisent comme le quadrillage d'une ville. Il y a quatre étages superposés les uns sur les autres. »

Mes paroles tournent encore en boucle dans ma tête tandis qu'Élias, Ezra, moi et la dizaine d'hommes volontaires pour cette mission progressons d'un pas prudent sur la berge en direction des fondations du bâtiment en question. Notre chemin a été ponctué de différents obstacles tels que des pierres éboulées qui nous ont parfois obligés à plonger dans la rivière pour les contourner. À présent, il semble que nous ayons passé tous les barrages naturels, et nous continuons à nous enfoncer dans les ténèbres de cette galerie où règne une atmosphère glaçante. Notre seul éclairage se résume aux faisceaux projetés par nos lampes de poche. La paroi que nous longeons depuis près de deux heures sent la moisissure à plein nez. On dirait presque qu'elle exsude de l'eau croupie.

Comme je suis la dernière de notre file, j'ai tendance à ressasser nombre d'interrogations. Entre ce que je m'apprête à faire et ma vie sans histoire aux côtés de mes parents, j'ai de quoi faire et aussi de quoi m'inquiéter. Est-ce que je ne fais pas fausse route en me préparant à trahir pour de bon mon peuple ? Quand je m'aperçois qu'Élias a ralenti la cadence et laisse passer ses compagnons pour se retrouver à mon niveau, je me sens mal à l'aise. Je ne le montre pas, je ne voudrais pas qu'il devine que le doute m'envahit de plus en plus et que l'idée de rebrousser chemin me taraude. Je continue alors à marcher et il calque son pas sur le mien. On ne parle pas pendant quelques minutes, puis la berge se rétrécit et nous nous rapprochons, nos bras collés l'un à l'autre.

— Tu vas bien ? me demande-t-il sans cesser de regarder droit devant lui, le rayon de sa lampe de poche orienté vers le sol.

— Dans la mesure où j'ai un poignet esquinté, faim, soif et sommeil, ça va super.

— C'est super, alors.

— Ouais, super, répété-je en me détendant un peu.

— Je voulais te remercier.

— Me remercier ? Qu'ai-je encore fait de si merveilleux ?

— Tu t'es battue à nos côtés, tu n'as pas essayé d'en profiter pour rejoindre le camp adverse.

— Tu en doutais ?

— Non. En fait... depuis que tu as coupé tes cheveux pour m'aider, je ne doute plus de toi. Je ne connais aucun Aryen qui aurait accepté de faire ça, surtout pour quelqu'un de mon... peuple.

Son hésitation soudaine me trouble. Lui, toujours si sûr de lui quand il parle, ça ne lui ressemble pas.

Je m'apprête à lui demander pourquoi il accroche sur ce dernier mot, mais il reprend immédiatement la parole comme s'il cherchait à se rattraper.

— Malgré ça, je reste étonné... Je veux dire, tu avais l'air de tenir à ta vie d'avant, tu évoluais dans l'ordre et la sécurité. Tu pourrais partir, retrouver les tiens et nous laisser dans notre pétrin. Pourquoi est-ce que tu ne le fais pas ?

Je m'arrête, aussitôt imitée par Élias. Nous nous faisons face et nous fixons avec une intensité que je n'imaginais pas possible. Le bleu contre le brun. Nous sommes si différents et pourtant si semblables dans la pénombre.

— Pour être entièrement honnête avec toi, j'ai envisagé de rejoindre ma famille après t'avoir aidé. Je voulais vraiment le faire.

— Le contraire aurait été étonnant. Qu'est-ce qui t'a fait changer d'avis ?

— Quand je suis allée chez ton ami... Herr Kramen... Il a tout de suite su qui j'étais. Je n'ai pas compris sur le coup comment il pouvait connaître mon prénom... et puis il m'a montré mon avis de recherche.

— C'était donc ça.

Comme je garde le silence, il me saisit par le bras.

— Avançons, sinon on va perdre les autres de vue.

Nous faisons quelques pas sans parler, puis lorsque nous sommes de nouveau proches du groupe, Élias reprend :

— Quand je suis resté dehors avec les sentinelles pour essayer de faire diversion. J'ai vu ton avis de recherche placardé sur plusieurs boutiques.

— J'imagine qu'il a fait le tour de la ville maintenant, soupiré-je.

— Ça te blesse qu'on pense que tu es une traître ?

Je fais non de la tête même si, intérieurement, ce serait plutôt un oui ferme. Mais comment lui faire comprendre que si je me suis retournée contre mon peuple, ce sentiment d'injustice vis-à-vis de moi n'y est pas pour rien ? Je sens sa main qui cherche la mienne et quand nos paumes se touchent, je replie mes doigts entre les siens et je me laisse envahir par la douce chaleur de sa peau. Ma curiosité du début à son égard parce qu'il était à l'opposé des Aryens s'est muée en une attirance et un attachement qui ne font que s'intensifier au fil des moments passés en sa compagnie. Il me donne l'impression qu'avec lui, tout pourrait être différent. Ma vie pourrait être différente. Et moi aussi, j'ai envie de laisser parler mon cœur, de ne plus cacher les sentiments qui grandissent en moi, de ne plus avoir peur de toucher l'autre par peur d'être jugée ou punie.

— Je crois que ça n'a plus d'importance, ce que ça me fait. Cette fois, j'ai choisi mon camp.

— Tu es bien sûre de ton choix, Krista ? Il n'y aura pas de retour en arrière possible.

À ce moment, c'est comme si ses dernières paroles venaient de me remettre le cerveau en place. Mes doutes sur notre périple vers la *Volkshalle* et son imposante coupole se dispersent dans mon esprit comme une nuée de cendres. Je ne reviendrai pas en arrière. Plus maintenant. Plus jamais.

— Oui, je suis sûre.

— Et ta famille ?
— Je n'ai plus de famille.

Lorsqu'on arrive au niveau des fondations de la *Volkshalle*, c'est un enchevêtrement de barres de fer enchâssées dans le béton qui nous accueille. Penser que ce qui soutient le bâtiment abritant la salle qui contrôle tout Germania date de deux siècles, ça donnerait presque le vertige. Élias a lâché ma main. Nous éteignons tous nos torches et nous immobilisons à proximité des poutres. Silencieux et tendus, nous attendons, à l'affût d'un bruit, d'une présence militaire quelconque, mais à l'évidence, cet endroit est à l'abandon. L'un des hommes du groupe rallume sa lampe par intermittence et nous suivons le trajet du faisceau qui clignote comme une luciole dans la nuit.

Il nous faut escalader les poutres pour atteindre un second plateau qui correspond à la réfection des fondations effectuée, il me semble, vers les années 2000. Tant bien que mal, on avance, les bras rivés aux poutres et les jambes dans le vide. On ressemblerait presque à une tribu de petits singes se balançant sur des lianes, une fois tous hissés sur une épaisse plaque de métal percée de nouvelles poutres porteuses. On reprend notre souffle avant d'aviser une porte. Ezra s'accroupit et farfouille dans son sac à dos à la lueur de la lampe de poche qui fonctionne toujours par intermittence. Il en ressort un petit cylindre que je reconnais aussitôt. J'imagine que ces bombes désintégrantes leur ont aussi été fournies par des contacts aryens.

Élias me tire vers lui en reculant et je me retrouve blottie dans ses bras. Son souffle me frôle les joues comme une légère brise et je sens sa respiration plus rapide. La mienne n'est pas en reste ; pas plus que mon cœur qui cogne contre ma poitrine au même rythme que le sien. Je jette un regard en direction d'Ezra qui installe son matériel. Il est concentré sur la mise en place d'une seconde bombe au bas de la porte. Les autres hommes surveillent les alentours et personne ne se préoccupe de nous. Je me hisse sur la pointe des pieds pour me grandir. Mes lèvres effleurent celles d'Élias, elles ont un goût indescriptible et excitant. Celui de l'interdit. Notre baiser se fait moins timide, nos gestes plus assurés, et je frémis en sentant sa main se poser au creux de mes reins puis remonter jusqu'à ma nuque. Nous entendons un claquement sec qui pourrait être celui d'un pétard mouillé et nous arrêtons de nous embrasser, mais restons un instant front contre front, la respiration hachée. Dans le noir, je souris tandis que des millions de papillons courent dans mon ventre et je devine qu'Élias sourit aussi. Puis nous retournons vers le groupe et il m'abandonne à quelques pas de là pour aller s'accroupir près d'Ezra.

— J'adore ces bombes. Pas un bruit et plus de serrure, c'est magique. Franchement, ces Aryens sont peut-être des monstres, mais ils ont des idées.

— Dommage qu'ils les utilisent à mauvais escient, répond Élias sur le ton de l'ironie.

Ils se redressent tous les deux pendant qu'un des autres hommes pousse la porte du bout du pied. Elle s'entrebâille avec un peu de difficulté à cause des gonds rongés par la rouille, mais à force d'insistance, elle finit par s'ouvrir assez pour que tout le monde puisse se faufiler à l'intérieur du bâtiment.

Rien de ce que nous voyons à ce moment grâce à nos lampes ne nous indique que nous sommes entrés dans un des lieux les plus majestueux de Germania. Le sol est recouvert de bris de verre et de gravats, le tout enveloppé par une puanteur qui laisse supposer que l'endroit a lui aussi été abandonné depuis longtemps. Je m'interroge en me demandant comment la sécurité de la Coupole peut être assurée si les fondations ne font l'objet d'aucune surveillance, et puis je me remémore les travaux plus récents, une dizaine d'années peut-être, faits sur le bâtiment. D'après mes vagues souvenirs, les architectes avaient créé un nouveau soubassement par-dessus celui déjà en place afin de consolider les structures datant des années 1950. Ce qui nous laisse donc encore au moins un étage déserté avant d'atteindre les dernières fondations. En attendant, le chemin que nous sommes en train de parcourir est un véritable voyage dans le temps, un retour en arrière quand mon peuple a gagné la guerre et que celui d'Élias, entre autres, a été exterminé. Ça n'a rien d'excitant ; au contraire, ça me glace plutôt le sang. Il y a un escalier un peu plus loin. Aussi silencieux que nous le pouvons, nous gravissons les marches, guidés par le clignotement de nos torches. Une fois sur le palier, une nouvelle porte fermée et couverte d'une couche de rouille nous accueille. Ezra lâche un soupir blasé et se remet à la tâche. Deux bombes désintégrantes calées sur le battant et nous reculons tous dans un coin pour nous protéger en gardant néanmoins nos armes braquées sur la porte au cas où des soldats seraient placés en faction de l'autre côté.

La fermeture cède et, après avoir constaté que personne ne se trouvait derrière, nous nous engouffrons dans un corridor beaucoup plus propre. Un nouvel escalier aux marches noires en colimaçon nous attend. Nous pressons le pas pour profiter de ce qu'il fait encore nuit à la surface pour nous infiltrer au cœur de la *Volkshalle*. Les présences humaines y seront forcément moins nombreuses.

38

La nouvelle porte qui nous barre le chemin est beaucoup plus récente. La plaque de cuivre patiné qui la recouvre lui donne un aspect vert un peu rebutant. On s'arrête devant. Silencieux, on observe le pavé numérique fixé juste à côté. L'angoisse me gagne à nouveau alors que je prends de plus en plus conscience que nous nous rapprochons du but au fur et à mesure que la technologie des systèmes de sécurité évolue.

— Ça se complique, murmuré-je en jetant un coup d'œil anxieux à Élias.

— T'inquiète pas pour ça, dit-il avant d'adresser un signe à un des hommes du groupe.

Je regarde ce grand type à l'air dégingandé s'avancer dans notre direction. Physiquement, il a tout d'un Aryen. Comme moi, ses cheveux sont très blonds et ses yeux d'un bleu métallique. Son visage est très fin et ses joues creusées comme s'il souffrait de malnutrition. Avec son menton piqueté de poils qui durcissent ses traits, je pense qu'il a une trentaine d'années, mais il en a peut-être moins. En fait, je n'ai jamais su donner un âge aux gens.

— Krista, je n'ai pas eu l'occasion de te présenter Micha, notre virtuose de l'informatique, me dit Élias.

— N'exagérons rien. Salut, Krista ! me lance le

fameux Micha en se fendant d'un large sourire qui laisse apparaître une rangée de dents à l'émail jauni parfaitement alignées.

Je le lui rends, mais de façon plus timide. Il dépasse d'une tête Élias qui est déjà grand et, coincée entre eux deux, je me fais l'effet d'être une miniature.

— C'est Micha qui a trafiqué le système d'ouverture des égouts pour obtenir le code, continue Élias.

Je fronce les sourcils.

— Le système électronique est en place depuis presque cinquante ans, comment c'est possible ? m'étonné-je.

— Disons qu'on avait des aides extérieures avant ça puis les codes ont été modifiés et nos amis… remplacés, Micha a réussi à trouver la nouvelle combinaison, reprend Élias.

Il n'a pas besoin de me préciser ce qu'il entend par « remplacés », ça semble évident et ça justifie que le code des réseaux d'épuration ait été changé par mesure de sécurité. Mais cela veut-il dire que les Aryens avaient des doutes sur l'existence d'intrus dans les égouts ? Je n'en apprendrai pas plus pour le moment et je me reconcentre sur l'instant présent.

Micha sort de son sac à dos un boîtier rectangulaire semblable à une calculette. Au bas de celui-ci pendent deux fils, l'un jaune, l'autre bleu, au bout desquels se trouvent de minuscules pinces crocodiles. Il ôte la partie plastifiée qui protège le dispositif près de la porte, mettant à jour ses entrailles. Il accroche ensuite ses pinces sur certains circuits. Puis je le vois fixer son boîtier avec fébrilité. Un écran pas plus large et long que mon pouce, situé juste au-dessus du pavé numérique, laisse s'afficher une multitude de chiffres d'un rouge incandescent. Ils défilent à une vitesse qui donne le tournis, je me détourne légèrement et me concentre sur les autres membres du groupe. Je suis la seule femme, ça ramène en moi le sentiment que je ne suis pas vraiment à ma place parmi eux.

La seule femme, la seule Aryenne, la seule traître à sa patrie…

Le regard d'Élias passe du boîtier de Micha à la porte, Ezra s'essuie le front d'un revers de manche, tout le monde est nerveux. Les chiffres ralentissent soudain sur l'écran de Micha qui lâche un piaillement d'impatience. Nous gardons tous les yeux rivés sur lui.

— 1… 6… 2… 9… 3… et… et…

— Pourquoi c'est si long ? Il marche ou pas, ton truc ? grogne Ezra.

— Eh, mon ami, si tu t'imagines qu'on peut obtenir aussi facilement un code parmi des milliers de combinaisons possibles, c'est que tu crois encore à la petite souris !

À ces mots, Ezra ne peut s'empêcher de laisser échapper un soupir dans lequel je devine sans mal de l'impatience.

— 9 ! Et voilà ! Le code est 162939.

— Baisse d'un ton, Micha.

— Désolé, j'avais zappé qu'on se trouvait dans l'antre du Diable. OK, tout le monde est prêt pour l'ouverture de la porte ?

— Attends, le stoppe Élias d'un geste de la main.

Il pivote vers les autres membres du groupe

et les regarde un à un avant de s'arrêter un peu plus longtemps sur moi. Puis il se met à parler d'une voix basse dans laquelle l'angoisse et une sorte d'excitation se côtoient :

— Ben et Ari, vous encadrez la porte pour assurer nos arrières. Ezra, moi et les autres, on fonce dès l'ouverture. Vous nous rejoignez aussitôt que le passage est libre. Vous êtes prêts ?

Les deux hommes opinent du chef en même temps qu'ils arment leurs fusils.

— Et toi ? Tu es prête ? me demande Élias.

— Un traitement spécial pour l'Aryenne ? ironise Ezra.

Élias lui jette un regard noir avant de retourner la tête vers moi, visiblement décidé à attendre ma réponse. Je ne le fais pas languir plus longtemps et j'acquiesce.

— Très bien, alors c'est parti. Micha, tu peux taper le code.

— Je plaisantais, essaye de se rattraper Ezra.

Mais Élias n'écoute plus, il est concentré sur la porte et tout le monde retrouve son sérieux. Micha prend une grande inspiration puis son doigt se met à courir sur le pavé numérique.

Nous entrons dans un couloir où règne un silence qui prend presque aux tripes. Groupés, nous avançons à pas lents, chacun une arme braquée vers l'avant ou l'arrière, mais aucun soldat ne se trouve sur les lieux, comme si l'endroit était abandonné. Les murs de chaque côté sont ponctués de portes fermées sur lesquelles défilent des numéros de bureaux. Toutes les parois sont d'un blanc immaculé qui fait mal aux yeux tandis que les plaques lumineuses au plafond renvoient leur clarté sur le sol laqué du même blanc. Un peu plus loin, un drapeau avec l'emblème nazi est fixé au bout d'une barre argentée, elle-même rivetée à l'angle d'un mur.

— Étrange que l'endroit soit totalement désert, murmure Ezra.

— Il doit être un peu plus de quatre ou cinq heures du matin, c'est logique, si ce sont de simples bureaux, répliqué-je.

Élias me jette un regard avant de marquer un arrêt et de faire signe aux deux hommes restés à l'entrée pour nous couvrir. Ils nous rejoignent au pas de course, les semelles de leurs chaussures ne font pas un bruit comme s'ils avançaient sur un nuage.

— Il y a un ascenseur là-bas.

Sans un mot, tout le monde s'élance. Nous progressons d'un pas vif. Nos visages ne laissant transparaître aucune émotion, bien que je doute être la seule à me sentir en danger malgré l'absence de soldats dans les parages. Sur les instructions d'Ezra, deux hommes se postent à l'angle du couloir, prêts à faire feu, pendant que Micha enclenche le mécanisme de remise en route de l'ascenseur. Ici comme dans la ville, tous les systèmes ne servant pas la nuit sont coupés afin d'économiser l'énergie, cela explique que l'ascenseur soit en mode « off » pour le moment. Micha ne tarde pas à le débloquer et je ne peux pas m'empêcher de tiquer face à ses compétences. Comment peut-il connaître si bien les codes informatiques de mon peuple alors qu'il vit dans des souterrains démunis de toute technologie ? La cage d'ascenseur s'ouvre devant nous et Élias grimace en constatant qu'elle est composée uniquement de verre.

— Pour la discrétion, c'est raté.

— Mieux vaut passer par là, dit un des hommes de la troupe en désignant une porte sur laquelle est inscrit le mot « escaliers ».

Élias acquiesce et nous abandonnons l'ascenseur. Un à un, nous franchissons la porte qui coulisse sans bruit. Puis les deux guetteurs restés en retrait nous rejoignent au pas de course. À nouveau, nous sommes au complet pour monter jusqu'au deuxième.

Notre ascension se fait rapidement, chacun gravissant les marches deux à deux sur la pointe des pieds. Je sens la respiration des hommes autour de moi se faire plus nerveuse. La mienne reste régulière, mais mes oreilles bourdonnent et mes mains tremblent un peu. Une pellicule de sueur recouvre mon front, mais je n'ai pas le temps de l'essuyer, alors je fais avec. Je me sens fiévreuse, tous mes organes palpitant au rythme de l'angoisse qui me noue la gorge et l'estomac. Le Führer se trouve peut-être trois étages au-dessus de nos têtes. Deux à présent… Nous arrivons près d'une porte sur laquelle est gravé le chiffre 2. Derrière le battant nous parviennent des voix d'hommes qui discutent. *Des soldats*. On évite de s'approcher de trop pour ne pas déclencher le mécanisme d'ouverture et on prend quelques minutes pour souffler et relâcher un peu la tension. Puis on repart en direction du troisième.

Quand la porte de l'étage se profile sous nos yeux, l'escalier prend fin. Impossible donc d'aller plus loin.

— Je croyais qu'il y avait quatre étages ? s'étonne Micha.

— C'est ce que l'Aryenne a dit, renchérit Ezra.

Je préfère ne pas répondre, mais peut-être devrais-je l'appeler « le Juif » pour lui montrer à quel point c'est agréable d'être catégorisé de façon si péjorative. Je termine de gravir les dernières marches et je fixe la porte d'un air désemparé. Je réfléchis à ce que je ferais si j'étais le Führer ; aucun doute que je m'arrangerais pour que les zones interdites soient placées en retrait des autres. S'il n'y a aucun accès au quatrième par les escaliers ni par l'ascenseur public selon mes souvenirs, c'est qu'il doit être situé ailleurs.

— L'accès au quatrième est forcément dissimulé à cet étage. Un ascenseur privé ou un escalier masqué par une porte.

— Et bien gardé, rajoute Micha comme si ça ne coulait pas de source.

Élias redresse les épaules, son ombre se détache sur le mur. Fière, imposante.

— Dans ce cas, nous allons la trouver.

Ben et Ari se positionnent de chaque côté du battant en mode chiens de garde.

— À trois, on y va, lâche Élias.

Et mentalement, en suivant le son de sa voix, je compte.

Un… deux… trois…

39

La porte coulisse, Élias et Ezra s'engagent en même temps. D'un geste synchronisé, ils balancent la crosse de leur fusil dans les mâchoires des deux soldats postés de l'autre côté avant même que ceux-ci aient le temps de comprendre ce qui se passe. Ils s'écroulent. Micha joue les trousseurs, il récupère leurs armes plus perfectionnées que celles que nous possédons, les lance à Ben et Ari puis s'empare de leurs cartes d'identité et passes magnétiques qu'il me donne.

— Range-les. Ça peut servir. Allons-y !

Je les glisse dans ma poche puis tout le monde s'élance, sauf Ben et Ari qui restent encore une fois sur place pour nous couvrir. On court comme des dératés dans un couloir identique à celui du premier étage. La lumière du plafond glisse sur nous tout le long de notre progression. Des soldats jaillissent de tous les côtés, arme à la main, et se mettent à mitrailler dans notre direction, nous forçant à nous baisser, à zigzaguer pour éviter de nous retrouver dans la ligne de mire. Un des hommes du groupe, à ma droite, s'écroule, mortellement touché. Je ne réfléchis pas. Je ne dois pas réfléchir, ou plutôt, je dois le faire comme un soldat le ferait, ranger ma compassion dans un recoin de ma tête et ne penser à rien d'autre qu'à ma propre survie.

Ari et Ben font feu pour nous protéger du mieux qu'ils peuvent. Sous le bruit assourdissant des tirs, le couloir finit par se transformer en une caisse de résonnance. On court si vite que je dérape en tournant à l'angle, mais je me rattrape de justesse en agrippant le bras d'Ezra.

— Regardez partout où vous pouvez ! Il faut trouver l'accès au quatrième ! crie Élias entre deux coups de feu.

Je réalise soudain que ces échanges de tirs ont semé la panique dans l'étage qui est apparemment occupé par des civils malgré l'heure, ce que nous n'avions pas prévu. Des Aryens, hommes et femmes, se précipitent hors des bureaux et se mêlent à la cohue. À leurs regards effarés, je devine qu'ils sont plus effrayés par l'aspect physique des membres de notre groupe que par le fait qu'ils soient armés. Curieusement, je passe inaperçue au final. Les gens doivent me penser du côté des SS et que je suis là pour les défendre plutôt que l'inverse. Ça pourrait être le cas si je n'avais pas déserté mon camp. On doit jouer des coudes pour courir à contre-courant tandis que tout le monde se rue vers les escaliers et l'ascenseur. Je me retrouve enfouie dans une mer de visages aux traits déformés par la peur et on ne peut plus tirer sans risquer de blesser un civil. Je percute un homme dont les bras sont remplis de dossiers. Le choc nous projette tous les deux à terre et une pluie de feuilles retombe sur nous.

— Halte ! hurle un soldat en arrivant au pas de course dans notre direction.

Je ne perds pas de temps à croiser le regard

du type que j'ai heurté, je me redresse aussi vite que je peux pour m'esquiver, mais le soldat, à mon opposé, ne cherche pas à faire abstraction des civils. Il les pousse violemment sur le côté, leur braille de dégager le chemin. Quand je les vois s'exécuter à toute vitesse, ils me font penser à des moutons qu'un chien fait obéir d'un simple aboiement. Mon peuple est un troupeau de moutons… En à peine quelques secondes, il est sur moi. Paniquée, je cherche Élias parmi la foule, mais elle est si dense à présent que je ne le vois nulle part. Il a dû continuer à courir avec les autres.

— Sale traître ! tonne le soldat, des étincelles de rage au fond des yeux.

Devant cet homme, je sens toute ma colère contre mes parents refluer vers l'extérieur. Trahison. Je n'entends que ce mot depuis l'instant où j'ai atterri malgré moi dans les égouts. On me considère comme déloyale alors que j'ai toujours été l'inverse envers la société qui m'a vue naître. Comment pourrais-je jamais accepter qu'on se retourne contre moi au lieu de chercher à savoir ce qui m'est arrivé ? Ce peuple qui m'a appris comment penser, vivre et me comporter m'a d'office jugée et condamnée. Je les hais.

— Je ne suis pas… une… traître ! aboyé-je aussi fort que lui.

Sous le coup de la rage, je projette la crosse de mon fusil dans son visage. Son nez explose sous la violence du choc. Du sang se met à ruisseler de ses narines et il pousse un hurlement de colère plus que de douleur. Il réplique aussitôt en me flanquant son poing en plein plexus solaire. L'air me manque tout à coup et je lâche mon arme. Mon corps s'est vidé de toute énergie, j'ai l'impression d'être devenue une poupée de chiffon. Le soldat en profite pour se jeter sur moi et entreprend de me relever. Je m'accroche à tout ce que je peux pour l'en empêcher, aux jambes des gens affolés qui continuent à défiler dans le couloir, au rebord de la porte entrouverte près de moi. Puis un coup de feu suivi de hurlements tout autour de moi me transperce les tympans. Je sens des pieds qui piétinent mes doigts et butent contre ma tête, puis mon agresseur, un point rouge entre ses deux yeux exorbités, qui commence à s'écrouler vers moi. D'un mouvement aussi rapide que désespéré, je roule sur le côté et le corps du soldat cogne le sol. Mon visage à quelques centimètres du sien, je ravale un haut-le-cœur.

Élias m'agrippe par le bras et me relève. Il m'entraîne avec lui pendant qu'Ezra et Micha font feu en direction des autres soldats qui tentent de se frayer un chemin parmi les civils refluant à présent dans le sens inverse en braillant que les escaliers sont saturés et l'ascenseur bloqué. Mais il leur est difficile de nous atteindre avec leurs armes sans risquer de toucher des innocents. Nous profitons de cette aubaine pour nous éloigner.

Je devrais peut-être éprouver de l'empathie pour ces innocents qui se retrouvent pris entre deux feux, mais je ne ressens rien. Absolument rien. Tout ce que je vois dans le regard de ceux qui nous entourent, c'est de la peur face à ces non-Aryens qui symbolisent l'insécurité et le danger. Ils sont différents, ce sont forcément eux les méchants dans l'histoire. Mais comment puis-je juger ces personnes alors que je ressentais exactement la même chose avant d'évoluer parmi des personnes comme Élias ? On ne peut pas demander à un Aryen d'agir comme un non-Aryen, c'est évident.

Ezra nous oriente dans une artère moins fréquentée, notre groupe a perdu sa cohésion du départ ; chacun courant dans un sens différent pour finalement se disperser aux quatre coins de l'étage. Nous ne sommes plus que huit sur les traces du chemin qui nous mènera vers le quatrième. Nous sprintons d'un couloir à l'autre en cherchant tout ce qui peut ressembler à un ascenseur ou une porte interdite d'accès, voire protégée par des soldats armés jusqu'aux dents. Lorsque je tourne brusquement la tête vers un renfoncement plongé dans la pénombre, un déclic en moi se fait, comme si j'étais déjà venue ici. Je pile net, obligeant Élias à en faire autant s'il ne veut pas me rentrer dedans. Les autres nous imitent.

— Qu'est-ce qu'il y a, Krista ?

— Là !

Son regard se pose sur la porte que je viens de désigner du doigt. Il n'y a aucune sentinelle armée jusqu'aux dents ni robots de défense. Rien, hormis une inscription sur le battant indiquant que l'accès est interdit. Intérieurement, je sais que nous sommes au bon endroit ; je ne peux pas l'expliquer, mais j'en suis certaine. Le reste du groupe se rassemble devant nous pour former un mur protecteur.

— Les soldats arrivent ! s'écrie Ezra avant de faire feu. Magnez-vous !

On se précipite d'un coup vers la porte. De l'index, je suis le tracé de l'inscription en lettres noires gothiques qui est supposée nous interdire l'accès.

— Tu es sûre que c'est ici ?

— C'est la seule issue isolée de l'étage. C'est ici, j'en suis sûre.

— Je croyais que tu ne savais pas…

— Je n'en sais rien. Je fais juste une déduction. Un renfoncement, le manque de lumière, l'absence de bureaux aux environs de cette porte et…

Élias lève le bras pour m'interrompre.

— C'est bon, pas la peine de continuer, j'ai compris. Même si je trouve inquiétant que cet endroit ne soit pas surveillé. Allons-y.

Il saisit son fusil, le braque sur la porte puis m'adresse un signe de la tête. Je tire alors sur la poignée.

— Elle est verrouillée.

— Pousse-toi.

Je m'exécute aussitôt. Élias vise la fermeture qui est une serrure sans code, et appuie sur la détente. Deux coups consécutifs. Je me précipite ensuite vers la porte, j'arrache les morceaux de ferraille qui bloquaient son ouverture et je l'entrebâille prudemment.

— La voie est libre, lâché-je.

— Allez ! Allez ! crie Élias en direction du groupe.

Tout le monde s'engouffre à l'intérieur puis Ezra avise une hache fixée au mur et protégée par un écran magnétique légèrement teinté. Il plonge sa main au centre de l'écran et les particules qui le composent s'écartent, à l'image d'un essaim d'abeilles. Une fois qu'il a récupéré la hache, il place la lame sous la porte de telle manière que son ouverture soit bloquée pour nos poursuivants.

— Dépêchons-nous ! crie Élias.

Nous nous engageons dans l'escalier. Je m'accroche à la rambarde en essayant de suivre le rythme effréné des garçons. Le coup de poing du soldat m'a laissé une vive douleur qui perdure dans ma poitrine et m'empêche de respirer aussi profondément que je le voudrais, mais je dois continuer à avancer. Coûte que coûte. Deux marches, trois, puis dix. Une alarme stridente retentit subitement et nous nous figeons. Tous les néons s'éteignent d'un coup pour laisser place à des lumières rouges qui clignotent de partout au niveau du plafond. Ça nous donne des allures de monstres dont les ombres se reflètent à l'infini sur les parois.

— Allez ! aboie Ezra.

On reprend notre progression, le cœur battant plus fort que jamais. Les marches suivantes disparaissent alors que le couloir forme un coude avec le prochain. Des coups sourds surnagent au travers du hurlement de l'alarme. Les soldats, de l'autre côté de la porte, frappent comme des fous pour essayer de la débloquer. Au bout de l'escalier, les contours d'une nouvelle issue se dessinent. L'accès au quatrième est devant nos yeux, ça ne fait aucun doute. Je ne peux pas m'empêcher de m'interroger sur ce qui se cache derrière ce battant. Permet-il de pénétrer dans la salle de contrôle qui motive notre venue ici ? J'appréhende à l'idée de ce qu'on va y trouver. Des dizaines de soldats ? Une pièce remplie des machines qui font vivre notre pays ? Ou bien le Führer assis sur son trône qui nous attend de pied ferme ? La peur me remonte dans le palais comme un liquide amer et me donne la nausée.

— Micha ! appelle Élias en s'immobilisant devant le pavé numérique qui sécurise la porte.

— On n'a pas le temps ! Autant utiliser la bonne vieille méthode ! réplique Ezra en se préparant à tirer.

Élias le retient de justesse et Ezra lui renvoie un regard noir.

— Non ! L'électronique, ça s'ouvre avec l'électronique, pas avec la bonne vieille méthode ! Grouille-toi, Micha !

Ce dernier est déjà concentré sur sa tâche et manipule son boîtier avec nervosité pour tenter de décrypter le code de verrouillage. Les chiffres filent sur son écran. Les coups redoublent d'intensité au fond du couloir que nous venons de quitter. Les soldats bloqués ne vont pas tarder à faire céder la porte. Je jette un regard anxieux derrière mon épaule avant de croiser celui d'Élias. Ses yeux reflètent ce qui emplit les miens. De la peur, mais aussi des regrets à l'idée de tout ce que nous aurions pu encore nous dire et faire ensemble si nous n'étions pas si sûrs de mourir entre ces murs.

40

Micha trouve le code à l'instant où les soldats parviennent enfin à ouvrir la porte d'en bas. Ils se précipitent dans les escaliers avec la même rapidité que nous enfonçons celle qui vient de se débloquer. Élias et Ezra, ainsi que quatre personnes du groupe restent à l'extérieur et arrosent nos poursuivants de balles pendant que Micha et moi pénétrons dans la nouvelle pièce. Nous nous retrouvons dans une obscurité angoissante tandis que les tirs continuent à fuser de l'autre côté du battant qui laisse malgré tout percer un filet de lumière rouge comme Micha a gardé ses doigts dans l'embrasure pour l'empêcher de se refermer totalement. Puis deux autres membres de notre commando nous rejoignent.

— Ils ont eu Ben et Yanco ! lâche l'un d'eux.

Personne ne répond, mais nous devons tous ressentir le même sentiment d'oppression, cette sensation qu'un étau se resserre sur nous. Nous sommes arrivés dans la Grande Coupole à quinze ; à présent, nous ne devons plus être que six ou sept. Je m'inquiète à l'idée qu'Élias ne nous ait pas encore rejoints, pas plus qu'Ezra. Mais comme des coups de feu continuent de résonner, j'imagine qu'ils n'en ont pas fini. Quand ils battent finalement en retraite et nous rejoignent, les soldats jouent toujours de la gâchette contre eux et je perçois le bruit des balles qui se fichent de l'autre côté du battant. La porte se referme dans un drôle de déclic. J'entends quelqu'un secouer sèchement la poignée.

— On est enfermés, lâche Ezra.

— Elle doit se déverrouiller de l'intérieur, répond aussitôt Micha.

Aucun signe d'inquiétude ne passe dans sa voix. Je me rassure comme je peux en me disant qu'à présent qu'il a intégré le code, il lui sera facile de le retaper dans le sens inverse. Il a sûrement raison. J'essaye de retrouver mon calme en me concentrant sur l'exploration de l'endroit où notre groupe se trouve maintenant.

— Où on est ? demande un des hommes.

Ici aussi, il y a des lumières rouges à chaque coin du plafond. Si l'éclairage est trop faible pour qu'on puisse voir l'ensemble de la pièce, ça nous permet au moins d'avoir plus qu'une idée de sa dimension. L'alarme se tait brusquement et nous n'entendons plus rien d'autre que nos souffles saccadés. Je ne sais pas pourquoi, mais au lieu de me sentir rassurée, un mauvais pressentiment m'étreint. Les parois m'apparaissent baignées de rouge sombre, la seule chose dont je suis certaine est l'absence de fenêtres et de mobilier. Je sursaute alors qu'une main se pose dans mon dos, je suis sur la défensive.

— Doucement, c'est moi, murmure Élias au creux de mon oreille.

Le soulagement m'envahit, pourtant cette impression de me trouver dans une boîte me rend nerveuse. Je ne suis pas claustrophobe, mais il m'en faudrait peu pour que je le devienne.

— Tu as une idée de l'endroit où on est ?

— Aucune, réponds-je.

— On a qu'à avancer. On verra bien où ça nous mène, propose Micha.

Je fais à peine attention à sa voix, si lointaine alors que je sais qu'il n'est pas très loin de moi.

— Restons groupés dans ce cas, répond Élias.

Nous marchons tous d'un même pas hésitant, sans dire un mot. Le faible éclairage a l'avantage de me permettre de glisser ma main dans la sienne sans que personne ne s'en aperçoive. Je ne sens aucune résistance de sa part quand nos paumes se touchent. Ses doigts se replient entre les miens en serrant, mon cœur s'emplit de gratitude à son égard et je m'efforce de me détendre dans la mesure du possible. Tant qu'il est à mes côtés, je peux rester courageuse. Toujours silencieux, nous continuons notre progression vers le centre de la pièce, à la recherche d'un indice sur la route à suivre. Entre nos pas et nos respirations, un bruit vient soudain s'intercaler. Je me raidis d'un coup, à nouveau saisie par une désagréable sensation.

— Stop !

Tout le monde s'immobilise et j'imagine les yeux des autres qui, comme les miens, cherchent à sonder l'obscurité. Cependant, j'ai un avantage sur les autres membres du groupe… Je pense savoir de quoi il s'agit.

— C'était quoi, ce bruit ? chuchote Micha.

— Ça ressemble à…

La voix d'Ezra reste en suspens. Le son se reproduit, mais dans cette pénombre, impossible de savoir d'où il provient très exactement sinon la certitude que ça se trouve dans la même pièce que nous.

— Un grognement, murmuré-je en resserrant tant ma pression sur la main d'Élias qu'il tressaille.

J'ai bien conscience que je suis à la limite de lui broyer les os, mais c'est plus fort que moi. La panique me gagne, elle coule à présent dans mes veines comme un poison mortel. Mon cœur s'ébranle un peu plus encore et j'ai chaud tout à coup, si chaud que je voudrais m'allonger sur le sol pour absorber sa fraîcheur. Je voudrais crier aux autres de faire machine arrière, mais c'est impossible. Les mots ne sortent pas et je dois me faire violence pour ne pas me mettre à hurler. Il était pourtant tellement évident que l'accès à ce niveau serait plus protégé que les autres, mais je n'imaginais pas à quel point.

— Tu veux dire qu'il y a un clebs dans la pièce ? souffle Micha.

— J'ai l'impression qu'il n'y en a pas qu'un seul, réplique aussitôt Élias alors qu'un second grognement se joint au premier.

— Non… ce ne sont pas des chiens. Pas… au sens propre du terme, réussis-je à bredouiller.

— Qu'est-ce que tu veux dire ?

Je ne réponds pas. Machinalement je fais un pas en arrière, entraînant Élias avec moi.

— Ce sont des *Hunde des Todes*[1]

— Des quoi ? s'exclame Ezra.

1. « Chiens de la mort » en allemand.

— Des chiens de la mort. C'est comme ça que l'armée les appelle. Ce sont des machines à tuer.

— Des mach…

Micha n'a pas le temps de terminer sa phrase que deux petits éclats rubiconds luisants en forme de losange déchirent soudain le voile d'obscurité. Puis encore deux autres un peu plus loin. Ensuite, nous entendons un bruit sinistre indiquant que les deux monstres viennent de se mettre en marche. Les vibrations générées par leurs pattes qui retombent au sol l'une après l'autre me pénètrent et remontent dans mon corps comme un courant électrique. À présent, nous pouvons distinguer deux ombres massives qui se découpent entre lumière rouge et pénombre. Leur tête reste rongée par l'obscurité et si aucun des hommes à mes côtés ne peut discerner le faciès de ces créatures de métal, trésor du Reich, moi je peux le faire… dans mon esprit.

Ces robots tueurs me glacent les sangs, bien que je n'en aie jamais vu en réalité. Ce que m'en a raconté mon frère me revient avec une précision étonnante, comme s'il me les avait montrés en photo. De canidés, ils n'ont que la silhouette grossière. En fait, ils ne ressemblent à rien ; de grosses masses d'acier inoxydable protègent leurs corps regorgeant de rouages et d'éléments issus de la nanotechnologie. Leurs pattes sont semblables à celles des lions et quand ils marchent, le sol vibre comme à cet instant. Ce qui fait figure de face chez eux se résume à deux petits losanges rouges comme des rubis et une immense gueule chromée dans laquelle brillent des dents pointues et tranchantes comme des lames de rasoir. Se retrouver pris en étau entre elles revient à signer son arrêt de mort et ceux qui, par chance, en ont réchappé sont restés mutilés à vie. Je n'ai pas oublié à quel point mon frère était galvanisé par la description de ces mastodontes de métal, à la limite de l'excitation. Un frisson me parcourt à l'idée de devoir les affronter.

— Restez groupés ! ordonne Élias.

— Il faut quitter la pièce, chuchoté-je.

Élias m'entraîne à reculons, d'un pas lent et mesuré comme s'il craignait de déclencher la colère des chiens en se mettant à courir.

— On recule vers la sortie. Doucement. Tout doucement.

Les autres commencent à faire machine arrière. Mais au moment où Élias et moi atteignons la paroi qui jouxte la porte, l'un des hommes du groupe se jette sur la poignée. Nous l'entendons qui la secoue dans tous les sens avant de se mettre à taper des poings contre le battant. L'un des chiens de la mort fait alors un nouveau pas dans notre direction et, pour la seconde fois, le sol tremble sous nos pieds. L'autre reste immobile à balayer la pièce de son regard rougeoyant, comme s'il la scannait.

— Il faut sortir d'ici ! Il faut sortir ! Tout de suite ! crie l'un des hommes du groupe, sans doute celui qui s'énerve sur la poignée.

— Non, ça ne sert à rien ! rétorque Élias. On doit le combattre, on n'a pas le choix !

— C'est une mauvaise idée, le contré-je.

En guise de réponse, il lâche ma main, mais ne prononce pas un mot. Il ne changera pas d'avis.

— À trois, lance-t-il.

Au bruit que font les autres, je comprends aussitôt qu'ils se mettent en position de tir. Je fais de même et braque le canon de mon arme vers le molosse de fer tout en faisant abstraction des muscles de mes bras qui se tétanisent par intermittence sous l'effet de la peur.

— Un... deux... trois ! lance Élias.

Et je presse la détente. Encore et encore. C'est étonnant ce que l'on peut être capable de faire quand notre propre vie dépend d'un amas de métal aux crocs aiguisés. Les coups de feu explosent contre nos tympans, emplissant la pièce d'un son douloureux et d'une odeur de brûlé.

— N'arrêtez pas de tirer ! braille Ezra alors que le premier monstre continue sa progression vers nous.

Le second se met tout à coup en branle et je vois ses yeux clignoter comme s'il battait des paupières. Nos salves n'ont pas l'air d'avoir le moindre impact sur eux, c'est le moins qu'on puisse dire. Les balles se fracassent sur leur carcasse dans un tintement métallique, mais je n'ai pas l'impression qu'elles s'y enfoncent. Brusquement, je discerne un mouvement de la part du robot-chien le plus proche de nous. Il se dresse sur ses pattes arrière comme un cheval qui se cabre.

— Courez ! hurlé-je en comprenant tout à coup ce qu'il s'apprête à faire.

Mais il est trop tard pour réagir, il bondit d'un saut qui pourrait nous sembler majestueux si notre vie n'était pas en jeu. Tout le monde se tait alors que les contours de sa silhouette se rapprochent à toute vitesse. Je ne sais pas si c'est un effet de la surprise, de la peur ou autre chose, mais je suis désormais incapable d'émettre le moindre son.

— Courez ! répète Élias dans un cri étranglé.

Nous nous attrapons par la main et nous élançons tandis que le monstre atterrit avec lourdeur et qu'un hurlement déchirant retentit soudain.

— Bordel ! s'écrie Ezra.

Les autres se remettent à mitrailler en direction du chien. Élias et moi nous séparons de nouveau pour les imiter. Nos tirs sont devenus incertains. Comment être sûrs que nous atteindrons cette machine à tuer plutôt que sa proie qui continue à crier ? L'un des membres du groupe recommence à s'acharner sur la porte. Il a totalement perdu le contrôle de ses nerfs et sa voix s'éraille sous le coup de l'émotion.

— Il faut sortir ! Il faut sortir ! braille-t-il comme s'il cherchait à couvrir les plaintes de l'homme prisonnier des mâchoires du molosse de métal.

Il ne se rend même plus compte que si la porte s'ouvre, ce sont les soldats qui le tueront. Mais elle reste close et il est le suivant à se faire happer. Ses hurlements sont brefs et l'on n'entend plus que ses os qui craquent, broyés net sous l'étau que forment les mâchoires de ce monstre de métal. Le second chien reprend son avancée ; il piétine le sol comme un chiot attendant qu'on lui lance un jouet, puis bondit à son tour. Nous ne savons plus où donner de la tête et ce qui devait arriver arrive. Nous nous dispersons, incapables de résister à la terreur qui s'est emparée de nous. Armés ou non, ni moi ni aucun de ces hommes sortis des entrailles de la Terre ne sommes de taille à affronter une telle machine à tuer.

Un nouveau hurlement me parvient. L'un des chiens de la mort a choisi une autre proie. Je continue à courir droit devant sans savoir où je vais. Les tirs reprennent et la voix d'Élias perce au travers de ce vacarme tandis qu'il essaye de rassembler les troupes. Il a beau faire de son mieux pour leur donner des directives, tout semble se faire dans l'anarchie la plus totale. Je jette mon fusil par terre, il ne sert à rien de toute façon, et je plaque mes mains contre mes oreilles pour ne plus entendre ces cris déchirants, ces bruits de griffes métalliques qui lacèrent et ces dents qui déchiquettent.

Au travers de mon regard brouillé par les larmes, j'essaye de repérer la silhouette d'Élias, mais c'est impossible dans la pénombre. Je heurte brusquement quelque chose. C'est si froid que, pendant une seconde, j'oublie où je me trouve et je m'imagine sur la banquise, le nez planté dans un iceberg. Mais non, ce n'est pas ça. Je redresse lentement la tête et je vois deux losanges rubiconds qui me contemplent avec cet éclat sans vie typique des machines. Mon cœur manque un battement avant de repartir à toute allure. Je n'ai pas le temps d'amorcer un mouvement que l'animal me percute d'un coup de patte.

Durant ce qui me semble une éternité, j'éprouve le sentiment de flotter en apesanteur. C'est une étrange sensation où se mêlent la douleur, la peur et le lâcher-prise. Puis je retombe au sol avec fracas et je reprends conscience que mon corps n'est qu'un fragile squelette. Le choc se répercute dans tous mes organes ; mes muscles se tétanisent et ma tête me fait l'effet d'une bonbonne de gaz qui vient d'exploser. L'espace d'un instant, tous les bruits dans la pièce me reviennent en un écho dénaturé, puis mes oreilles se mettent à bourdonner. Je ne sais plus ce que je fais là, je ne sens que cette douleur lancinante qui irradie le long de ma colonne vertébrale.

— É… lias, bredouillé-je en essayant d'avaler un peu d'air.

C'est comme un hurlement intérieur que j'expulse avec force. « Élias, aide-moi », voudrais-je dire sans y parvenir. Mais il ne me répond pas. Personne ne répond. Je n'entends que des cris, des claquements de mâchoires, des dents de fer qui s'entrechoquent avec fracas, des bruits d'os broyés. Je ne sais plus s'il s'agit de la réalité ou de souvenirs. Je laisse ma tête retomber au sol et les larmes rouler sur mes joues. Je ferme les yeux.

Quand je les rouvre. La lumière aveuglante de néons me brûle les rétines et je dois cligner plusieurs fois des paupières pour réussir à m'y habituer sans y parvenir tout à fait. Je pose mes paumes sur le carrelage, un frisson me parcourt en même temps que la douleur qui se cramponne à mes os. J'arrive à redresser un peu le haut de mon corps et je regarde le paysage d'horreur qui se dessine devant moi.

Les deux chiens-robots, fidèles à la description que m'en a faite mon frère, sont immobiles au milieu de la pièce. Leurs yeux, semblables à des gouffres sombres et leur lourde tête inclinée vers le sol, ils semblent désactivés. Leurs pattes avant à demi fléchies comme s'ils s'apprêtaient à bondir, ils ne bougent pas et leurs mâchoires inférieures sont béantes. De l'une d'elles pend un morceau de tissu couvert de sang. Malgré mes prunelles encore embrumées, je continue à balayer les lieux du regard. Je vois des corps étendus par terre, de longues traînées brunes un peu partout, des lambeaux de chair dévoilant des organes au travers de vêtements déchirés, je vois des visages réduits à l'état de bouillie. La nausée me prend et je plaque une main sur ma bouche pour m'empêcher de vomir.

Des soldats en uniforme arpentent la pièce sans se soucier de moi. Du bout de leurs bottes, ils poussent les dépouilles mutilées contre les parois de cette antichambre de la mort comme s'il s'agissait de simples détritus. J'avais tout misé sur cette opération commando. À l'intérieur de moi, j'avais imaginé que tout se passerait facilement, qu'Élias et ses compagnons en sortiraient vainqueurs.

Mais voilà… ce carnage n'est qu'une confirmation d'un fait : les SS, les Aryens sont plus forts… Mon peuple est plus fort et plus puissant que ne le sera jamais le sien, que ce soit d'un point de vue technologique ou numérique.

Je me laisse retomber à terre avec, en tête, l'image obsédante de ce garçon si différent dont j'ai croisé le chemin alors que rien, dans ma vie, ne me disposait à ça. J'ai éprouvé pour lui de la curiosité, de la haine, de l'attirance, puis des sentiments. Mais aussi cette confiance en lui et en son combat qui m'ont fait penser que le cours des choses pouvait changer. Pour lui… Pour moi. Je l'ai suivi et soutenu dans son idée stupide de se rebeller contre le pouvoir en place au lieu de tout faire pour l'en dissuader. Je laisse les larmes rouler sur mes joues et glisser au sol en songeant que tous ces gens jusque-là protégés par les épaisses couches de roches des réseaux souterrains sont morts dans d'atroces souffrances. Je me sens responsable. Je me fais l'effet d'être une meurtrière, comme mes ancêtres avant moi. J'enfouis mon visage entre mes mains pour oublier cette affreuse dernière vision ; celle de ces hommes gisants, broyés par les mâchoires des *Hunde des Todes*, brisés par la machine nazie. J'ai honte d'être une Aryenne. Tellement honte.

— Celle-ci est encore en vie.

Une voix déchire le voile de silence sous lequel je me suis réfugiée. Je ne fais même pas l'effort de regarder à qui appartient ce timbre rauque. Des mains se glissent sous mes aisselles pour me relever sans douceur. Je me laisse faire sans réagir, comme un jouet cassé, en gardant mes paumes plaquées sur ma figure. Puis on tire sèchement sur mes mains pour me forcer à les baisser. Je détourne aussitôt la tête, refusant de montrer mon visage décomposé par le désarroi et la honte. Je sais que celui qui se tient face à moi fait partie de mon peuple et qu'il est devenu un ennemi à mes yeux. C'est tout ce que j'ai besoin de savoir à cet instant. Là où je pose mon regard, je m'aperçois soudain que tous les corps gisants à terre ne sont pas forcément des cadavres. Les soldats font se relever des survivants du massacre, de gré ou de force. Ils ne sont que quatre, plus ou moins égratignés ou les vêtements déchirés. Un à un, je les regarde sans vraiment les voir et j'essaye d'associer un prénom à chacun de ces visages : Ezra, Micha, Ari et… Élias.

— Amenez-les dans mon bureau, lâche une voix non loin de là.

41

Les soldats nous entraînent sans ménagement dans un couloir étroit, moi la première de la queue puis les garçons. Élias est juste derrière moi. J'essaye de tourner la tête pour le voir, mais le garde qui me maintient comprime ses doigts sur mon biceps, m'obligeant à me détourner si je veux qu'il desserre son étreinte. J'obtempère, mais je recommence trois pas plus tard, cherchant son regard, l'implorant en silence de lever les yeux sur moi, mais il ne le fait pas. Je m'obstine jusqu'à ce que mon bras me fasse trop souffrir sous la poigne du soldat. Je finis par renoncer, vaincue par la douleur.

Le couloir prend fin devant deux portes closes. Au centre de chacun des battants sont gravées des illustrations au relief patiné par le temps. Un aigle doré tenant dans ses serres un globe terrestre sur lequel sont esquissés les contours d'une croix gammée. Les portes s'ouvrent dans un glissement silencieux et nous pénétrons dans une pièce aussi grande qu'austère, sans doute l'espace de travail du « roi des Boches » comme l'appellent Élias et Ezra.

Si, dans mes rêves d'enfant, j'avais imaginé que notre dirigeant évoluait dans un lieu noyé sous une débauche de luxe, je ne vois rien, ici, qui étaye mes croyances. Son bureau est d'une banalité affligeante. Froid. Sans âme. Une longue table d'un blanc laqué fait office de plan de travail ; la lumière glacée provenant du plafond s'y reflète comme sur un miroir. Des casiers de rangement en verre sont disposés sur le coin et des documents dorment à l'intérieur. Derrière le bureau se trouve une chaise recouverte d'un matériau blanc aux aspects luisants lui aussi. Tout ici est immaculé comme la neige, même le dallage sur lequel nous nous tenons tous, chacun sous la surveillance d'un soldat qui nous maintient les deux bras dans notre dos. Sur les murs, j'avise la rangée de tableaux accrochés. Je connais les visages de chacune des personnes représentées. Le plus imposant de tous est celui de l'homme par qui tout a commencé. Le portrait de notre Führer, notre dieu, Adolf Hitler, mort à l'âge de quatre-vingt-dix ans à sa table de travail, dit la légende, trône seul sur une paroi tandis que les toiles illustrant ses prédécesseurs se partagent les autres. Sur la droite, au-delà de la porte-fenêtre, il y a une terrasse immense qui sert de tribune au Führer lors de ses allocutions. Sur la gauche du bureau, une autre pièce plus petite dont le battant entrouvert laisse entrevoir un mur recouvert d'écrans digitaux. Cet endroit est-il le fameux centre de commandement de tous les réseaux électriques de Germania ? Celui pour lequel Élias et nous tous avons pris tous ces risques ? Je chasse cette question de mon esprit au moment où un homme pénètre dans la pièce. Naïvement, je m'attendais à voir le Führer, mais ce n'est pas lui. C'est si évident qu'il ne s'abaisserait pas à croiser le chemin d'un groupe d'insurgés que je me sens presque idiote d'y avoir pensé.

Néanmoins, cet homme qui vient d'entrer pourrait très bien endosser le rôle du chancelier. Grand, blond, athlétique, les traits figés dans la pierre, il est un représentant parfait de la race aryenne. Ses yeux sont d'un bleu si clair qu'on dirait que ses iris sont délavés. Cet homme est comme ce bureau : froid. Son uniforme est bardé d'insignes et de médailles. Je le reconnais pour l'avoir déjà aperçu dans les parages du Führer. Il s'appelle Eugen Vermer, commandant de la SS. Fidèle comme un chien de garde, méprisant même à l'égard du peuple, il inspire la peur et le respect en toutes circonstances. Sans un regard pour nous, il avance vers le portrait d'Hitler et s'arrête devant. Il croise les bras derrière son dos et observe la peinture durant quelques instants. Enfin, il pivote sur ses talons qui couinent sur le dallage comme la gomme d'un pneu sur du bitume. Je le suis des yeux tandis qu'il commence à faire les cent pas devant les garçons. Ils sont étrangement calmes, mais leur façon de toiser Vermer montre que s'ils sont résignés, ce n'est que physiquement. Leur mental reste celui d'hommes prêts à mourir pour la cause qu'ils ont défendue avec ardeur jusque-là. Vermer détaille chacun d'eux de la tête aux pieds avec cet air hautain qui le caractérise tant, puis il marque un arrêt face à Ari.

— Ainsi donc, on a décidé de sortir de son trou pour renverser le gouvernement avec un petit coup d'éclat ? dit-il sur un ton qui laisse percer une vague d'ironie.

Ari serre les lèvres en même temps qu'il redresse fièrement la tête. De là où je suis, je peux voir la haine qui se diffuse dans son regard.

— Et qui sont donc ces *Untermenschen*[1] qui ont cru pouvoir échapper à mes chiens de la mort ? reprend Vermer.

Silence.

— On a perdu sa langue ? reprend-il.

Le refus de répondre d'Ari pourrait l'agacer, mais au lieu de ça, il lâche un petit rire avant de subitement le saisir par le col. Ari émet un grognement rageur, seulement, il n'est pas en position de se dégager. Vermer tire si fort sur son col que j'entends craquer le tissu dont il est fait. Une chaîne dorée se dévoile autour du large cou d'Ari et, au bout de celle-ci, une étoile de David.

— Un Juif ? Intéressant…

Sans prévenir, il lui arrache sèchement son collier.

— Vous autres, vermines, vous êtes comme la mauvaise herbe, vous trouvez toujours le moyen de réapparaître, même deux siècles après votre extermination. Mais comment faites-vous donc ? Je me le demande.

— Je ne parle pas avec les nazis, lâche soudain Ari avant de projeter un jet de salive droit devant lui.

Vermer recule d'un bond comme s'il venait d'être atteint par de l'acide.

À ce moment, la rage d'Ari devient celle d'Ezra, de Micha et d'Élias qui s'agitent malgré le fait qu'une bonne partie de leurs forces soient passées

1. « Sous-hommes » en allemand.

dans la lutte contre les *Hunde des Todes*. Ils se tortillent dans tous les sens pour essayer de s'extraire de l'étreinte des soldats qui les retiennent. Mais ils sont vite bridés et le calme revient. Vermer sort un mouchoir de sa poche et s'essuie la joue. Son apparente tranquillité m'inquiète. Il me rappelle mon père avant un gros coup de colère qui, en général, balaye tout sur son passage. Tout à coup, il s'empare du pistolet maintenu à la ceinture du soldat en face de lui et le pointe vers la poitrine d'Ari qui a un mouvement de recul machinal.

— Les Juifs ont toujours été la lie de notre société. Depuis la nuit des temps. Et si mes ancêtres ont fait le grand nettoyage, il y a deux siècles, ce n'est certainement pas pour que vous reveniez sur nos terres. Tu n'as pas ta place ici... *Judenschwein*.

En une fraction de seconde, il fait dévier le canon de son arme vers l'œil droit d'Ari et tire. Nous sommes tous pétrifiés, le visage figé par la stupeur et l'horreur de ce geste. L'orbite d'Ari n'est plus qu'un gouffre où bouillonne le sang. Mon regard dérive sur le mur juste derrière lui et je vois ce que je devine être des morceaux de cervelle. Le soldat qui maintenait Ari jusqu'à présent le lâche et son corps tombe à terre dans un bruit sourd. J'ai l'impression tout à coup que mes jambes sont devenues aussi molles que du coton et je dois me faire violence pour essayer de ne pas m'effondrer. Les visages des trois derniers survivants sont blêmes, mais ils restent impassibles quand le mien est décomposé. C'est comme s'ils refusaient de montrer leur peur à celui qui vient d'abattre l'un des leurs sans le moindre état d'âme.

— Débarrassez-moi de cette… chose, dit Vermer.

Le soldat agrippe les jambes d'Ari et tire son corps hors de la pièce. Je garde les yeux rivés sur la traînée de sang qui fait contraste avec le blanc du carrelage, puis je ravale un sanglot. Vermer se plante devant Micha.

— Voyons voir… Et toi, alors ? Juif aussi ? lui demande-t-il sur un ton tranquille comme si rien ne venait de se passer.

Micha restant muet, Vermer tire sur son col. Mais son cou ne dévoile aucun collier, aucun insigne. Il relâche Micha avec dédain et le fixe de nouveau, passant de ses cheveux blonds à ses yeux bleus.

— Pas juif ?

Micha fuit son regard et garde la bouche close, mais Vermer ne bouge pas d'un poil.

— Joli profil d'Aryen, mais… j'imagine que ce n'est pas le cas… à moins que tu sois un traître de la nation ou bien… un sale pouilleux de l'Est.

Micha esquisse un signe d'acquiescement à peine visible. J'en conclus que Vermer a vu juste.

— Bien sûr. La vermine va avec la vermine, lâche Vermer.

Je surveille la réaction de Micha avec anxiété parce que j'ai compris que Vermer cherche à lui faire perdre le contrôle de ses nerfs pour avoir l'excuse de lui planter une balle entre les deux yeux. Je prie intérieurement pour qu'il ne riposte pas. Élias m'a dit que Micha était sans aucun doute le personnage le plus important de notre groupe, dans le sens où il est le seul à pouvoir désactiver tous les circuits électroniques qui animent notre pays. Mais à ce stade, je ne suis pas certaine qu'il faille encore espérer le faire…

Micha reste stoïque, ne répond pas. À l'opposé d'Ari avant lui, il préfère baisser la tête dans un geste qui ressemble à de la soumission. Mais pour moi, c'est plutôt son instinct de survie qui vient de se mettre en marche. Et ça fonctionne, Vermer se racle la gorge, fait un nouveau pas sur le côté et s'immobilise devant Ezra. Il tire sur son col pour dévoiler l'étoile de David qui pend au bout de sa chaîne. Il arrache le collier qui cède instantanément. Il observe quelques secondes le bijou coincé dans le creux de sa paume avant de le jeter au sol et de poser sa botte dessus pour le faire disparaître.

Ce geste de pur dédain me ramène au souvenir de Menahem m'arrachant mon insigne nazi puis le foulant du pied jusqu'à ce qu'il s'enfonce dans le sol juste sous mes yeux. Son geste, alors, n'était pas moins choquant et ulcérant que celui de Vermer. Ça se résume finalement à un simple refus d'accepter l'autre avec ses croyances et ses différences. Je me demande où je dois me placer, moi qui éprouve depuis quelques jours ce sentiment d'avoir un pied de chaque côté de ces deux mondes si opposés.

— Tu es bien musclé pour un homme dont la nourriture doit se borner à des cadavres de rongeurs, c'est étonnant, reprend-il.

Les traits d'Ezra se contractent, son regard sombre se durcit, je devine qu'un flot d'insultes lui brûle les lèvres. Du peu que je connais de lui, c'est un homme à la réplique facile qui ne se laisse pas faire et qui est fier, comme Élias. Ils se ressemblent dans leur attitude, à la différence qu'Élias éprouve moins de mal avec le fait que je sois une Aryenne. Ezra ne me porte pas dans son cœur et s'il m'a fichu la paix jusque-là, c'est uniquement parce que j'ai aidé Anna à accoucher de leur enfant… et peut-être aussi parce que je me suis rapprochée d'Élias.

— Oui ? reprend Vermer en jouant avec le barillet du pistolet qu'il a toujours en main. Tu veux me dire quelque chose, Juif ?

Ezra déglutit, je vois sa pomme d'Adam monter et descendre comme un ascenseur fou et ses poings se serrer avec force, mais il garde le silence. J'imagine que ça doit lui coûter énormément.

— Tant pis, alors.

Vermer fait un dernier pas de côté et mon cœur s'emballe alors qu'il détaille Élias avec intérêt.

— Nous en sommes à deux Juifs et un Polack, tu vas donc avoir l'insigne honneur de déterminer la vermine la plus présente dans cette pièce… Quoi que tu sois, je constate néanmoins que, toi aussi, tu es un beau spécimen. Grand, les épaules carrées et une bonne musculature. Je serais vraiment curieux de savoir ce que vous faites pour vous sculpter ce genre de corps. Tu ferais un parfait soldat si seulement tu n'étais pas un sale…

Il s'interrompt alors qu'il vient de tirer sur le col de tee-shirt d'Élias.

— Voyez-vous ça, encore un Juif !

Il lui arrache son collier et Élias le fusille du regard. Le commandant laisse pendre la chaîne et son étoile de David dans le vide durant un instant, mais son visage se trouble tout à coup alors qu'il repose les yeux sur Élias. Il tire à nouveau sur son col, si fort qu'il le déchire, mettant totalement à jour un petit tatouage que je peux à présent voir aussi depuis l'endroit où je me trouve. Mon cœur rate un battement. Je porte le même, comme tous les enfants nés Aryens et baptisés lors d'une cérémonie de *nomination*[1] selon nos préceptes religieux. Plus troublant encore, contrairement à moi et au commandant SS, Ezra et Micha ne semblent ni étonnés ni choqués par la présence de ce signe.

— Un soleil noir ? Comment peux-tu avoir ce tatouage alors que..., s'exclame Vermer sans terminer sa phrase.

Élias reste silencieux, une ébauche de sourire ironique à la commissure des lèvres, alors qu'il doit bien s'en rendre compte, Vermer n'est pas le seul à attendre une réponse de sa part. Vermer le repousse sèchement en arrière, obligeant le soldat qui le maintient à reculer lui aussi.

— Tu as une explication à me fournir à ce sujet ? reprend le commandant avec plus encore de mépris dans la voix.

Mais finalement, ni lui ni moi n'avons réellement besoin d'une réponse. Ce soleil noir est un symbole de notre religion et seuls les Aryens en sont porteurs. Élias est donc, sans la moindre erreur possible, un de ces bébés dont il m'avait parlé. Un de ceux dont les yeux et les cheveux ont

1. Les nazis rejetaient la doctrine de chrétienté, Jésus étant juif. Ils organisaient donc des cérémonies païennes dites de « nomination ». Celles-ci remplaçaient les baptêmes religieux bannis par ces derniers (réf. *Enfants de nazis* – Tania Crasnianski).

changé de couleur avant que n'arrivent les premiers contrôles de vérification des critères aryens dans le temps. Mais dans ce cas, pourquoi est-il encore en vie quand il disait que ces enfants étaient tués après avoir été écartés du reste du peuple ? Et comment a-t-il atterri dans les tunnels parmi des non-Aryens ? Et par-dessus tout, pourquoi porte-t-il une étoile de David autour de son cou s'il est né Aryen ? Toutes ces questions se bousculent dans ma tête et je réalise que je ne saurai jamais la vérité à ce sujet puisque nous allons mourir.

Mon regard interrogateur se pose sur lui et il doit le sentir puisqu'il cesse de fixer Vermer pour me jeter un coup d'œil. Cela ne dure qu'une fraction de seconde avant qu'il se reconcentre sur son interlocuteur et reprenne son air frondeur.

Le regard d'Élias est presque pire qu'un crachat en pleine figure. Son mépris, sa haine, et surtout son audace, pourraient lui valoir une balle dans la tête, comme à Ari.

— Tu es un de ces mélanges impurs dont on m'a appris l'existence et qui espèrent se glisser parmi notre population, je me trompe ?

Voilà. La réponse est enfin là, sur les lèvres de Vermer et dans mon esprit. Élias n'est ni juif ni aryen… C'est un sang-mêlé. Quelque chose se casse en moi en pensant aux paroles blessantes qu'il a pu avoir concernant mon statut d'Aryenne alors qu'une part de lui est comme moi. De bout en bout, il m'a menti en me faisant croire qu'il n'avait rien en commun avec mon monde. Cela prouve en tout cas que le mode de fonctionnement de ma nation est loin d'être sans faille et qu'un sang-impur peut passer pour un Aryen, du moins pour un temps. Heureusement pour Élias.

— Je préfère être considéré comme un sale Juif que comme un sale Aryen, réplique soudain Élias avec froideur.

La réaction de Vermer est immédiate. Il pose le canon de son arme entre ses sourcils, l'index replié sur la gâchette.

— Non ! crié-je.

Il tourne aussitôt la tête dans ma direction, me dévisage pendant un instant, puis finit par abaisser son arme. À présent que ma réaction a détourné l'attention sur moi, j'ai conscience de ce qui m'attend désormais, mais je dois être forte. J'ai pris le parti d'aider Élias et les siens jusqu'au bout, il n'est pas question que je renonce. Et quand bien même je le voudrais, il est trop tard pour changer la donne. Élias tourne la tête vers moi et nous nous fixons d'un œil brillant. Je devine les reproches dans son regard. Il doit penser que je n'aurais pas dû réagir, que si ça n'empêchera pas sa mort, ça ne fera que la retarder alors que la mienne est imminente. Il a raison, mais mon tour serait venu de toute façon et à choisir, je préfère être tuée avant lui pour ne pas voir le trajet de la balle qui lui perforera le crâne. Je veux partir avec l'image de lui comme il est. Beau, fort, différent… et humain. Quand Vermer se plante devant moi, je n'entends plus que la cavalcade de mon sang qui afflue et cogne contre mes tempes.

— Pourquoi défends-tu cette vermine ? Tu sais bien qu'il va mourir quoi qu'il arrive, murmure-t-il avec une étrange douceur dans la voix.

— Je…

Les mots se perdent dans ma gorge et mes yeux restent accrochés à ceux de cet homme que je n'ai jamais vu ailleurs que dans mon écran de télévision. Son visage ne reflète aucune pitié, mais de la force mêlée à de l'orgueil.

— Ne lui réponds pas, Krista.

Vermer tourne la tête vers Élias.

— Tais-toi donc, sale petit bâtard. Tu devrais t'estimer heureux d'avoir échappé une première fois à l'incinérateur à ta naissance. Mais tu vas le regretter, crois-moi ; ce qui t'attend est bien pire.

Élias s'agite en vain pour se dégager de l'étreinte du soldat dans le but, j'en suis certaine, de foncer droit sur Vermer, mais ce dernier ne s'intéresse déjà plus à lui et reporte son attention sur moi. J'ai du mal à affronter son regard pendant que j'entends les coups qu'on inflige à Élias pour calmer ses ardeurs de chien fou. Le commandant pose une main sur mes cheveux en bataille, s'arrêtant sur mes pointes. Au fond de ses pupilles, je pourrais presque lire comme une sorte de regret que je ne comprends pas, puis ses doigts glissent jusqu'à ma clavicule. Je ferme une seconde les yeux tandis qu'un frisson glacé me traverse. Il pose sa main sur la chaîne autour de mon cou et fixe l'étoile de David dans une contemplation malsaine. Il me l'arrache et une brûlure court sur ma nuque.

— Ils ont réussi à te salir avec leurs signes de reconnaissance.

Mon visage se trouble. Je ne comprends pas ce qu'il est en train de me dire, mais je sens tout à coup les regards insistants d'Élias, Ezra et Micha sur moi. Ils sont comme des morsures sur ma peau. Je garde mon attention rivée sur Vermer tandis qu'il coince son pistolet dans sa ceinture. Enfin, ses lèvres s'étirent sur un large sourire et il me tapote la joue.

— Je te félicite, Krista. Tu as accompli ta mission avec brio. Grâce à toi, nous avons réussi à démanteler tous les réseaux des sangs-impurs.

Mon cœur explose, mes poumons se vident sous le choc et la morsure des regards d'Élias et de ses amis se fait plus incisive. Quand il se débat de plus belle et qu'on lui assène un nouveau coup de crosse dans le ventre, je n'entends même pas la plainte qui s'échappe de sa gorge. Je suis devenue sourde et muette…

42

Vermer me considère avec un sourire qui me fiche la trouille et ses yeux brillent d'une lueur à glacer le sang. Il pose sa main sous mon menton et me redresse la tête pour me forcer à affronter de nouveau son regard.

— Ne t'inquiète pas, Krista. Il est bien normal que tu ne te souviennes pas… Ce qui importe est que tu aies accompli ton devoir.

L'incompréhension doit altérer mes traits et me donner l'air d'une parfaite idiote. Pourquoi me parle-t-il comme si j'étais de son côté ? Je ne suis pas de son côté ! Je suis son ennemie et je me suis introduite dans la *Volkshalle* en compagnie d'Élias et de son groupe dans le seul but de nuire à mon propre peuple et de semer la panique dans Germania. Quelque chose m'échappe et il me semble que ce qui se passe là est grave. Très grave. Machinalement, je tourne la tête vers Élias. Mon regard se focalise sur une goutte de sang qui perle au coin de son arcade sourcilière. Dès qu'il s'aperçoit que je l'observe, il détourne les yeux comme s'il venait de voir quelque chose d'horrible, de répugnant. Mon cœur se serre et une enclume plombe mon estomac.

Élias, je n'ai rien fait ! Absolument rien !

Mes pensées se perdent aux confins de mon esprit alors que je me reconcentre sur Vermer.

— Je ne suis pas… Je n'ai pas…

— Voyons, Krista. Crois-tu qu'une Aryenne digne de ce nom descendrait dans les réseaux souterrains et y resterait sans raison valable ? Mais comme je te l'ai dit, il est normal que tu aies occulté notre accord avec la programmation.

— La… programmation ?

— Lâchez-la, ordonne-t-il au soldat qui me maintient toujours les bras.

L'homme s'exécute aussitôt et recule d'un pas comme un automate. Me jeter à la gorge du commandant de la SS est la première pensée qui me vient à l'esprit, mais sans arme, avec les quatre soldats qui occupent la pièce, que pourrais-je bien faire, sinon aggraver la situation déjà critique pour Élias et les autres ? Alors je reste là, immobile, à me demander ce qui m'arrive et pourquoi j'ai l'impression que le sol est soudain devenu semblable à des sables mouvants.

Vermer enroule sa main autour de mon bras et, à nouveau, une douleur dans mon biceps me fait grimacer. Il m'entraîne vers une chaise placée devant son bureau et fait pression sur mes épaules pour me forcer à m'asseoir. Mon réflexe n'est pas d'obéir, mais de tourner une fois de plus la tête vers Élias ; de chercher de l'aide de son côté, même si je sais qu'il ne peut rien pour moi. Son regard haineux, tout comme celui d'Ezra et de Micha, me dissuade d'espérer un quelconque soutien. Il entrouvre la bouche et articule en silence un mot. Un seul. Le seul capable de cristalliser ma colère depuis que ma vie s'est transformée en enfer. Je n'ai pas cessé de l'entendre venant de mon peuple ou de celui d'Élias. « Traîtresse. »

Je voudrais lui crier que non, jamais je ne l'ai trahi, mais ça ne servirait à rien. Les dés sont jetés. Je ne serai jamais plus rien d'autre aux yeux de ce garçon pour qui je nourris des sentiments contradictoires. Amour, haine, rancœur, reconnaissance. Élias est tout ça à la fois.

— Assieds-toi à présent, m'ordonne Vermer.

J'obéis, l'esprit vidé et le cœur en miettes. Je croise mes mains égratignées sur mes cuisses. Mais si mon attitude semble un signe de soumission, je ne baisse pas les yeux. Au contraire, je les plonge dans ceux de mon interlocuteur qui s'est installé dans son fauteuil, de l'autre côté du bureau. Et je me noie dans le bleu électrisant de ses iris.

— Je ne suis pas de votre côté.

— Mais si, tu l'es, répond-il. En voici la preuve.

Il me tend un document composé de deux pages maintenues ensemble par une agrafe. D'une main tremblante, je m'en saisis et je commence à lire. Les mots s'alignent sous mes yeux avec une facilité déconcertante et dérangeante, comme une chaîne de maillons enchâssés les uns dans les autres. Je repense au collier qu'Élias avait accroché autour de mon cou. Celui de Zack. Et j'ai envie de pleurer.

Le document est un contrat se rapportant à un programme d'aide au gouvernement appelé « Opération Vermine » mis en place pour la recherche et l'extermination des non-Aryens dans Germania. Si je m'en réfère à la date située tout en haut, le programme n'est pas récent ; il a été élaboré voici cinq ans de cela. Je comprends à demi-mot que le secret dans lequel pensait vivre la communauté d'Élias, cette obsession de Serge et des autres leaders de mener une vie paisible cachée aux yeux des Aryens, n'a jamais été qu'une utopie. Un secret éventé. Le gouvernement sait depuis longtemps que des sangs-impurs ont élu domicile dans Germania. Il ignorait où, tout simplement. Quand, tout en bas de la dernière page, à côté du cachet du Führer, mon regard se fixe sur une signature identique à la mienne, un profond désarroi m'envahit.

Comment est-il possible que j'aie validé ce contrat ? Ce pacte avec le diable ? C'est forcément un faux ! Je repose le document sur le bureau puis je redresse la tête.

— Tu vois, Krista, je ne t'ai pas menti. Tu t'es portée volontaire pour cette mission, dit le commandant en reprenant le contrat. Et tu l'as réussi avec brio. En t'infiltrant dans les tunnels, tu es tombée sur une mine d'or. Jusqu'ici, aucun de nos agents programmés n'était parvenu à un tel résultat. Grâce à toi, nous avons ainsi pu démanteler la totalité de ce réseau d'impurs. À l'heure qu'il est, le dernier groupe dont tu proviens a été neutralisé.

Ses paroles glissent sur ma peau comme un serpent. Je les entends sans les entendre. Le dernier groupe, celui dont font partie Anna et son bébé, celui de Serge… ils les ont finalement trouvés. Et tout ça… « grâce » à moi ? Je suis tombée dans un état second, à tel point que je ne prête pas attention aux hurlements d'Ezra, et aux invectives d'Élias et de Micha à l'attention de Vermer. Ce n'est que quand ce dernier tape du poing sur la table que je sursaute enfin et reprends conscience des évènements.

— Faites taire ces chiens galeux !

Leur révolte est réprimée à coups de crosse et le silence revient, entrecoupé de respirations haletantes. Je voudrais me retourner, voir ce qui se passe derrière moi, mais je ne me sens pas de soutenir encore le regard implacable d'Élias ni la douleur que doit ressentir Ezra à l'idée qu'Anna et leur bébé aient été arrêtés. *Pas arrêtés... Exécutés*, me murmure une voix au fond de moi. *Par ma faute...*

Je secoue la tête, autant pour chasser cette phrase que les larmes qui remontent plus nombreuses dans mes yeux. *Ils ont tué les enfants des autres groupes, pourquoi ceux-là échapperaient-ils à la règle ?* Cette pensée fait brusquement surgir un profond sentiment d'injustice en moi. Ce que j'ai vécu comme un rejet de mes parents, de mon frère, ce qui m'a blessée au plus haut point, tout cela n'aurait été qu'un subterfuge pour me permettre de m'infiltrer dans les rangs des non-Aryens ? J'ai besoin d'en apprendre plus, de comprendre ce que ce document implique.

— Ma famille était au courant ?

— Tu es une pupille de la nation, Krista. Tes parents sont décédés à ta naissance et tu n'as jamais eu de frère.

— Je ne vous crois pas ! crié-je en me levant d'un bond.

Aussitôt, le soldat qui m'avait maintenue, jusque-là resté en retrait, se jette sur moi et emprisonne mes bras. Je me débats avec ardeur, mais il serre si fort que bientôt, je retombe lourdement sur mon siège. Vermer se redresse à son tour. Il fait le tour du bureau et vient se planter devant moi.

— Lâchez-la.

Le SS s'exécute et s'éloigne après m'avoir jeté un regard noir.

— Je vois que ce contrat ne te suffit pas comme preuve. Dans ce cas, laisse-moi te montrer quelque chose qui va terminer de te convaincre.

Il m'entraîne contre mon gré vers la seconde pièce dans laquelle j'ai entraperçu des écrans tout à l'heure. Elle n'est pas très grande, mais s'étire en longueur, comme une sorte de corridor. L'air sent le plastique neuf.

— Reste calme. Sans quoi, je serai dans l'obligation de te mettre à l'isolement, c'est compris ? dit-il.

Je réponds d'un hochement de tête et il me lâche. Il sait très bien que je ne suis pas en position de m'échapper. Puis, j'imagine que s'il m'a formatée pour devenir cette fille faible et empathique qu'il décrit avec un certain dédain, il a bien pris garde à ce qu'elle reste docile. Et curieusement, je me pose cette question. Suis-je une docile petite créature comme ces Aryens que j'ai jugés pour leur obéissance aveugle lorsque nous courions dans les couloirs de la *Volkshalle* ? Je crois que je l'étais avant de croiser le chemin d'Élias et de tous ces gens qui ont survécu dans des conditions inhumaines, mais les évènements m'ont changée. Je ne me sens plus cette Krista aux cheveux longs qui pensait que quitter son existence bien ordonnée était la pire chose qui pouvait lui arriver. Silencieuse et droite comme un « i », je regarde Vermer se placer devant une table sur laquelle apparaissent les touches luminescentes d'un clavier complexe. Ses doigts effleurent le verre avant de presser un des nombreux boutons en relief qui luisent d'un halo rouge.

— À présent, regarde bien, reprend-il en désignant l'écran central de l'index.

Des points noirs et blancs, semblables à de la neige, y apparaissent comme si un vieux film était sur le point de se dérouler, puis une image surgit. Un nourrisson dans un landau. Le col de sa brassière est orné de deux croix gammées dont la couleur noire forme comme des taches d'encre qui tranchent sur le blanc. En dessous, un bandeau s'affiche :

« Krista Sudwischer, née le 30 août 2128, sujet numéro 79, maternité de Germania. Enfant du régime, propriété de la nation. »

Je déglutis, les yeux grands ouverts et la gorge en feu.

Puis le nourrisson devient un enfant, une jolie fillette de deux ans courant dans les allées d'un jardin aux haies taillées avec rigueur. Les années défilent devant moi et les traits poupins se transforment en ceux d'une adolescente qui me ressemble trop pour qu'il s'agisse d'une coïncidence. Comme moi, elle retrousse légèrement les lèvres lorsqu'elle sourit ; comme moi, elle penche la tête sur le côté quand elle paraît réfléchir.

Il m'est de plus en plus difficile de nier que cette personne… c'est moi.

L'endroit où j'évolue ne m'est pas non plus inconnu. Il s'agit bien de la maternité de Germania, plus exactement l'aile réservée aux enfants élevés pour le gouvernement, ceux qui sont formés pour servir l'État et le Führer. Le doute se transforme en certitude. Mes parents n'existent pas, mon frère n'existe pas… et la Krista actuelle n'existe pas non plus. Quand, enfin, la vidéo me dévoile en tenue noire de la SS division, des têtes de mort argentées ornant ma veste, je ferme les yeux pour contenir mon désarroi. Le son est moins confus qu'au début du film. Je me vois le bras levé en signe de salut et, d'une petite voix fluette, mais néanmoins ferme, je m'entends lâcher un « *Sieg Heil* » en direction de la caméra avant de me mettre à réciter un texte.

« Moi, Krista Sudwischer, certifie sur l'honneur, participer de mon plein gré au programme *Opération Vermine* mis en place par le gouvernement dans le but de trouver et d'exterminer toute race de sang-impur.

Je jure, par ce serment sacré, d'observer une obéissance inconditionnelle au Führer, Guide du Reich et du peuple aryen. »

— Nous avions besoin de t'implanter de nouveaux souvenirs dans le cerveau afin de te donner les meilleures chances de réussir là où tes prédécesseurs avaient échoué, reprend Vermer. Pour renforcer ta crédibilité et ne pas risquer que ta véritable identité soit découverte, il fallait que tu aies eu une vie de jeune Aryenne aussi simple que possible. Nous t'avons trouvé un poste dans une maternité où tu as pu apprendre les bases du métier avant de pouvoir enfin accomplir ta mission.

— Pourquoi une maternité ?

— Parce que c'est précisément là que nous avons

remarqué des irrégularités. Certaines patientes disparaissent quand approchait le moment de leur accouchement, ou bien des enfants naissaient avec des cheveux un peu trop sombres. Avec nos critères, cela ne pouvait pas arriver.

— Vous oubliez les caractères récessifs. La génétique ne peut rien contre les gènes qui sautent plusieurs générations.

— En nombre croissant depuis plusieurs années ? La logique voudrait que ces caractères récessifs s'estompent plutôt que l'inverse. Quoi qu'il en soit, nous en avons conclu que quelque chose d'anormal se passait… et nous avions raison. C'est comme ça que tu as pu tomber sur cette traîtresse d'infiltrée dont la grossesse n'était déclarée nulle part. Pendant des semaines, nous l'avons pistée, persuadés qu'elle avait un lien avec les non-Aryens. Il nous a suffi de te placer sur son chemin et cette idiote a fait le reste en te faisant entrer dans les tunnels. Son imprudence nous a permis de trouver le nid de vermine dans Germania.

Je garde le silence, la gorge nouée. Je croyais avoir croisé la route d'Anna par hasard et je me rends compte que tout était calculé, jusqu'à la route que j'ai empruntée pour tomber sur elle. Je n'ai plus de larmes pour pleurer, mes yeux sont devenus secs, pourtant j'aurais de quoi en verser encore des litres. Pas de parents, pas de frère, pas de souvenirs d'une soi-disant ancienne vie. Juste ces images d'une personne entièrement dévouée au Führer et à sa politique d'extermination de toute race autre que la sienne. Et ce document signé de ma main.

Je fais non de la tête sans savoir pourquoi. J'ai

l'impression d'évoluer dans un cauchemar duquel je n'arrive pas à me réveiller. Comment puis-je être cette femme dévouée à une cause cruelle que Vermer décrit ?

— Vous voulez dire que toute ma vie… tout ce qui fait de moi la Krista actuelle… tout ça n'existe pas ?

— C'est exact. Tu n'es pas cette fille faible et empathique que les sang-impurs ont essayé de faire passer pour une des leurs. Tu es Krista, combative et courageuse Aryenne.

Mon visage pivote en direction de la pièce voisine où je peux apercevoir Élias et les autres. Il ne me regarde pas. Il semble avoir baissé les bras. Ezra, lui, me fixe d'un œil assassin et ses prunelles se consument de haine pour moi.

— Qu'allez-vous faire d'eux ? demandé-je en me retournant vers le commandant.

— Cela fait deux cents ans que les sous-races ont officiellement disparu. J'aimerais pouvoir en étudier quelques spécimens de plus près comme l'ont fait nos ancêtres. Et plus particulièrement celui-ci.

Son doigt s'oriente sur Élias et je tressaille.

— Un mélange d'Aryen et de Juif, je serais curieux de savoir ce que ça donne, biologiquement parlant. Et puisque tu m'en as ramené quelques-uns, autant en profiter pour parfaire nos manuels de science, qu'en dis-tu ?

Je reste muette, le temps que le puzzle se constitue dans mon esprit et que j'arrive à assimiler toute l'horreur de ces paroles. Élias, un cobaye pour des expériences ? L'avenir qu'on lui réserve est pire que ce que je pensais. Puis je reporte mon attention sur l'écran. La vidéo s'est figée sur mon image, le bras levé, la main brandie en l'air, les doigts serrés les uns contre les autres. Je m'entends encore clamer « *Sieg Heil* » avec aplomb, comme si le son continuait à fonctionner, mais tout cela ne se passe plus que dans ma tête. J'imagine Élias et les autres étendus sur des tables, leurs corps, maintenus par de solides brides de cuir, entaillés à coup de scalpels, leurs visages exsangues. J'ai envie de vomir. Brusquement, je me saisis d'un lourd cendrier posé tout près de moi, et je l'abats de toutes mes forces sur le crâne de Vermer.

43

Mon geste fou déclenche un effet domino dans la pièce voisine. Les soldats, alertés par le bruit provoqué par la chute de Vermer, relâchent leur étreinte sur Élias, Ezra et Micha qui en profitent aussitôt pour leur sauter à la gorge. Des mouvements furtifs, couplés au son des coups de poing, me parviennent depuis l'endroit où je suis, mais je ne bouge pas, paralysée par la vue du commandant de la SS qui gît à mes pieds. Il n'est pas mort, juste sonné. Un soldat arrive soudain sur le seuil de la porte, son fusil pointé dans ma direction. Je n'ai pas le temps d'avoir peur ni lui de tirer qu'une main s'enroule autour de son cou et le fait basculer en arrière. Élias me jette un regard bref avant de lui arracher son arme et de la retourner contre lui. Le coup de feu me fait presque sursauter et, quand, tout à coup, je sens une pression sur mon mollet, je ne parviens pas à réprimer un cri. Je baisse les yeux. Vermer est là qui me fixe. Son visage s'est mué en un masque de colère et d'incompréhension mêlées. Il serre ses doigts sur ma peau à m'en faire mal. Ses prunelles injectées de sang me transpercent comme un poignard en plein cœur et je réalise qu'il est sur le point de se redresser. Dans la pièce voisine, Ezra, Élias et Micha distribuent les coups de poing comme les coups de feu. Ils sont en train de reprendre le contrôle de la situation quand, de mon côté, elle m'échappe totalement.

— Comment oses-tu ? aboie Vermer en amorçant un mouvement pour se relever malgré le sang qui s'écoule de sa tempe blessée.

Sa voix est dure, imprégnée d'une rage qui va me coûter la vie. Je voudrais reculer, partir en courant, mais sa main reste accrochée à ma jambe et remonte au fur et à mesure qu'il se redresse. Dans mon esprit, tout est embrouillé, recouvert d'une épaisse masse cotonneuse qui me fait douter. Dois-je me considérer du côté d'Élias ou de celui du Führer ? À l'instant, je n'éprouve rien pour Vermer, pourtant, toutes les images qu'il m'a montrées m'ont troublée. Quand il est pratiquement debout, je n'ai que très peu de temps pour réfléchir à ce que je dois faire. C'est lui ou moi.

D'un geste vif, je me saisis du pistolet coincé dans sa ceinture. Il me hurle dessus parce qu'il croit pouvoir reprendre le contrôle mental sur moi. Du coin de l'œil, je vois Élias se figer brusquement dans l'encadrement de la porte ; je l'ignore et je pointe le canon de l'arme sur le crâne de Vermer. Les bruits de lutte dans la pièce voisine semblent à présent si lointains que je n'entends plus rien d'autre que les à-coups de mon cœur cognant avec véhémence dans ma poitrine.

Vermer lève tout à coup le bras dans ma direction pour m'arracher le pistolet des mains. Il doit avoir senti mon hésitation. Mais je n'hésite plus maintenant.

Le coup de feu retentit à l'intérieur de ma tête

comme si c'était moi qui venais de recevoir la décharge. Mais non, mon cerveau est toujours intact et c'est dans le sien que la balle s'est engouffrée. Je ne peux pas croire que je l'ai tué, lui, le chien de garde de la *Volkshalle*. Cet homme était un des liens me rattachant à mon ancienne identité. Il connaissait les détails de ma conception jusqu'à ce moment tragique ; il aurait pu apporter des réponses à toutes les questions qui se bousculent dans ma tête à propos de cette programmation. Reste-t-il des gens capables de le faire ? D'autres passerelles entre moi et ce passé à peine entrevu, mais qui me ronge déjà. Élias ne me laisse pas le temps de m'appesantir sur ma condition, il me pousse dans un coin de la pièce pour que je ne sois plus dans la ligne de mire des soldats encore en vie.

— Tu as pris la bonne décision, me lance-t-il.

— Qu'est-ce que tu en sais ?

— Tu as raison, je n'en sais rien. C'était ton choix, pas le mien. Tout comme le fait de participer à ce programme d'extermination des survivants d'un génocide mondial.

— Venant de la part d'un menteur qui ne se prétend pas du tout Aryen, ce que tu me dis ne me touche pas.

Les paroles acides qui se sont échappées de ma bouche me procurent un certain soulagement. Et d'autant plus quand je me rends compte que si, au premier abord, il avait paru me soutenir, son regard acéré et la dureté de ses mots m'ont démontré qu'il m'en veut. Je vois sa lèvre inférieure et son arcade sourcilière fendues ; je vois sa tempe droite qui a pris une teinte violacée ; je vois le col de son tee-shirt déchiré par la poigne de Vermer quand il lui a arraché son collier. Je repense à l'étoile de David et surtout au tatouage nazi sur sa peau. Je voudrais comprendre pourquoi il ne m'a pas dit la vérité et qu'il me confirme qu'il est bel et bien un métissage d'Aryen et de sang-impur. Mais je ne le ferai pas parce que moi aussi, je suis en colère à ce sujet.

— Reste ici, m'intime-t-il.

Il retourne en courant dans la pièce voisine, me laissant seule avec le cadavre du commandant SS. J'entends encore des échanges de coups, des cris également, de douleur, de rage. Je me frotte les yeux avant de me forcer à me reconcentrer sur les multiples écrans plutôt que sur la dépouille de Vermer. Celui qui se trouve au centre et sur lequel j'ai vu défiler toute ma vie en l'espace de quelques minutes affiche à présent l'aigle royal du Reich avec sa croix gammée. Mon regard descend sur le clavier puis sur sa multitude de touches en relief. De petits numéros sont inscrits en dessous d'une rangée de boutons. Je pose mon index sur celui qui correspond au chiffre 1. Un écran secondaire s'allume et laisse apparaître une silhouette coupée au niveau du bas du torse. Je reconnais le chancelier Weimar en charge du continent américain. Avec son visage potelé, ses joues rougeaudes et sa frange blonde qui lui donnent un air de gamin attardé, sa voix sèche m'a souvent fait frissonner lorsque je suivais la rediffusion de ses discours eugénistes et conformistes. Seulement ici, quelque chose ne tourne pas rond. Ou plutôt, ça tourne. Le chancelier tourne sur lui-même comme un pantin perché sur un tourniquet. Son buste opère des rotations de la gauche vers la droite sans discontinuer. Je presse le bouton numéro 2, un nouvel écran se met en fonction et le même phénomène se reproduit avec, cette fois-ci, le chancelier Von Girard qui, les yeux cerclés de métal et le corps d'un apollon vieillissant, dirige le continent africain.

Micha surgit d'un seul coup dans la pièce et je sursaute, surprise.

— Ne me dis pas que tu as peur d'un sang-impur, je ne te croirai pas.

Je ne peux pas m'empêcher d'esquisser un sourire, bien que mon cœur croule sous le poids d'une profonde tristesse. Micha baisse la tête vers le corps de Vermer qui gît à nos pieds.

— S'il avait su qu'il se ferait trouer la peau par une Aryenne, ça non plus, il ne l'aurait pas cru.

Cette fois-ci, je ne souris plus. Moi non plus, je n'avais aucune idée de ce que j'allais infliger à cet homme et je ne me sens pas particulièrement fière de l'avoir fait. Je me contente de montrer à Micha les écrans secondaires où tournent toujours les représentations des chanceliers.

— C'est quoi, ça ?

— Pour l'instant, on a plus important à faire que s'occuper de ces détails, rétorque-t-il en s'installant devant le clavier.

Les yeux rivés sur ses doigts, je le regarde taper des séries de chiffres et de lettres à toute vitesse. Je suis soufflée par sa rapidité d'exécution. On dirait qu'il a fait ça toute sa vie. Il y a tant de choses qui m'étonnent de cette communauté ayant élu domicile sous terre. Comment font-ils pour s'entretenir physiquement, pour manger convenablement, se soigner et apprendre à lire et à écrire ? Je me promets intérieurement de questionner Élias à ce sujet dès qu'il nous sera possible de trouver le moment de parler.

— Où as-tu appris à manipuler des ordinateurs ? demandé-je dans un souffle.

— Avec un informaticien à la surface. Il y a quelques années, j'ai travaillé avec un sympathisant de notre cause. C'était facile de me fondre dans la population avec mon physique. Ce type m'a tout appris. Il disait que j'enregistrais les informations plus vite que mon ombre, que j'étais une sorte de petit génie. C'était un chouette gars… puis les SS l'ont fusillé en découvrant qu'il détournait des denrées alimentaires en grosses quantités *via* le réseau informatique.

— Pour les gens d'en bas ?

— Ouais… mais il n'a jamais parlé. Du coup, j'ai préféré retourner vivre sous terre parmi les miens et j'ai ramené certains de ses ordinateurs portables pour cacher ses données. Ça m'a permis de continuer à m'entraîner et à entrer dans certains systèmes protégés.

— Ça fonctionne dans les tunnels ?

— Des infiltrés allaient recharger les batteries à la surface quand j'en avais besoin. Il y a beaucoup de choses que tu ignores sur nos capacités de subsistance. Tu n'as vu que la partie visible de l'iceberg, et après ce qu'on a appris sur toi, ne le prends pas mal, mais je doute qu'Élias ait envie de t'en révéler plus.

— Je ne suis pas…

— Peu importe, Krista. Ce n'est pas le moment, nous avons vraiment plus urgent à faire que de démêler le faux du vrai, lâche-t-il en continuant à taper sur le clavier.

Un bruit m'arrache à cette conversation et je redresse la tête. Je reste un instant à observer le seuil de la porte, puis je me décide à gagner l'autre pièce en faisant abstraction du cadavre de Vermer que j'enjambe. Le spectacle qui se déroule sous mes yeux me glace sur place. Les soldats sont tous à terre, le sol est maculé de sang, tout comme leurs uniformes par endroits.

— Krista, viens m'aider !

Une boule au ventre, je tourne la tête vers Élias. Il est accroupi à côté d'Ezra et son bras est passé autour de la taille de son ami. Si au départ, je ne comprends pas bien ce qu'il fabrique, l'auréole rouge au niveau du flanc gauche d'Ezra répond rapidement à mon interrogation. Aussitôt surgissent dans mon esprit les visages d'Anna et du petit Âmi. Si Ezra mourait, si Anna et le bébé étaient déjà morts… Une famille détruite en si peu de temps…

— Grouille !

Je me précipite près de lui et passe à mon tour une main de l'autre côté de la taille d'Ezra, m'obligeant à poser mon bras sur celui d'Élias. Ensemble, nous relevons Ezra et nous progressons doucement vers la salle informatique pour ne pas aggraver sa blessure.

— J'ai bloqué la porte, mais je ne sais pas si ça va servir à grand-chose, dit Élias. Les soldats risquent de rappliquer. On n'a pas beaucoup de temps.

Une fois que nous sommes dans la salle informatique, Élias tire avec le bout de son pied une chaise qui dort dans un coin. Je me cale sur ses mouvements pour permettre à Ezra de s'asseoir sans trop souffrir. Utopie. Le blessé lâche un cri de douleur.

— Tiens le coup, on aura bientôt atteint notre but.

Ezra opine en grimaçant et regarde Élias rejoindre Micha. Je m'accroupis près d'Ezra qui, une main posée sur sa blessure, se plie en deux en haletant.

— Laisse-moi voir ta plaie.

Il me saisit le poignet au vol et me toise.

— Ne t'approche pas de moi… sale nazie.

Ce qu'il y a de bien avec Ezra, c'est qu'il n'a jamais caché ses sentiments à mon égard. Je ne lui en tiens pas rigueur. Pas cette fois-ci où je me rends compte que j'ai été missionnée pour découvrir les siens, pour faire arrêter les gens comme Anna et leur fils. Même si je n'en ai pas le moindre souvenir et que j'éprouve la terrible sensation d'avoir été manipulée, je ne peux pas le blâmer de ressentir de la haine pour moi. J'imagine qu'il en est de même pour Élias et, aussitôt, l'angoisse revient me serrer le cœur. Je n'insiste pas, je me redresse et pars rejoindre les garçons devant le clavier en prenant garde de ne pas cogner dans le corps de Vermer. Le tuer, c'était déjà bien assez.

44

Micha a réussi à mettre en fonction tous les écrans. Chacun représente un endroit précis de Germania. Le Reichstag, l'imposante porte de Brandebourg, la gare du Nord avec ses quais interminables et ses hauts murs de verre dépoli. Tous les points stratégiques y sont tandis que, sur l'écran principal, apparaît un tableau indiquant des séries de chiffres à la suite du nom de chaque réseau électrique. Impressionnée, je réalise que, depuis cette minuscule pièce, nous avons effectivement la possibilité de contrôler la totalité de la ville. Cela me fait me sentir toute petite, tout comme l'est la population de Germania. Cet endroit est semblable au trône d'un dieu tout-puissant qui règne sur ses sujets sans qu'aucun ait la moindre chance de lui échapper. Il suffit d'appuyer sur un bouton pour que chaque quartier, chaque monument, soit plongé dans l'immobilité la plus complète.

Je ne sais plus où donner de la tête alors que Micha fait défiler les images par le biais des caméras implantées dans la ville et dont il a pris le contrôle. Concentré sur sa tâche, il enfonce, les unes après les autres, les touches numérotées du clavier. Peu à peu, les lumières s'éteignent. Les feux de circulation, les lampadaires, les enseignes et les éclairages derrière les rideaux de chaque fenêtre, de chaque logement. Je vois les vitrines des boutiques s'assombrir d'un coup et l'Arc de triomphe, au cœur de la grande avenue, se muer en une masse de métal chromé si terne une fois privée de tous ces spots qui le nimbaient d'un halo argenté. Il ne fait pas nuit, mais sans la moindre lueur dans la ville, j'ai l'impression de ne plus reconnaître Germania.

— Voilà déjà ça de fait.

— Tu en as encore pour longtemps ? demande Élias, de l'impatience dans la voix.

Il hausse les épaules.

— Combien de fois il faudra vous resservir le discours du « ça se fait pas en trois secondes », hein, les gars ?

— Autant de fois que tu voudras, du moment que tu actives le mouvement, réplique Élias en jetant un coup d'œil en direction d'Ezra.

— OK, t'inquiète, je me dépêche. Tiens, ça commence à paniquer dans le coin.

Je suis le doigt de Micha qui se pose sur un écran où l'on voit des gens sortir de chez eux en regardant dans tous les sens. À l'évidence, personne ne comprend pourquoi tous les circuits électriques ne fonctionnent plus. Difficile de se passer de la technologie quand la vie y est si intimement mêlée. À l'instant où Micha appuie sur une nouvelle touche, le message « circuits et réseaux des eaux désactivés » s'affiche à l'écran. Les fontaines apparentes sur les écrans secondaires, dont celle de la *Runder Platz* que l'on peut apercevoir depuis la terrasse, se tarissent et l'eau encore présente dans les bassins devient aussi immobile que si elle était recouverte d'une couche de glace.

Les gens semblent tout à coup perdus. Sur la route, des véhicules se percutent au beau milieu de carrefours à présent privés de toutes règles de circulation. Des personnes par dizaines se retrouvent prisonnières dans les magasins dont les systèmes d'ouverture des portes vitrées se sont bloqués en position fermée. Je les vois tambouriner de toutes leurs forces. Les grilles automatiques des écoles sont verrouillées, les stations-service inutilisables. En quelques minutes, la population s'est enlisée dans la panique au lieu de tenter de raisonner calmement pour solutionner le problème. Je réalise à quel point mon peuple a toujours été assisté, déchargeant toutes les tâches et sa confiance à ce progrès qui vient pourtant de le prendre à son propre piège.

— C'est fait. Plus d'eau, plus d'électricité. Tous les systèmes sont hors d'état de marche.

Je pense aux gens dans le métro, eux aussi doivent être prisonniers des rames. Si le plan d'Élias paraissait fou au départ, je dois reconnaître qu'il a eu le nez fin en envisageant de priver Germania de ce qui la fait vivre. Sans ces éléments de base que sont l'eau et l'électricité, ses habitants ne sont plus rien. Ou plutôt, ils sont ramenés au même niveau que ceux qui subsistent dans les égouts. Élias désigne les écrans sur lesquels pivotent encore les bustes des chanceliers.

— Qui sont ces types ? demande-t-il.

— Ce sont les chanceliers des autres continents,

réponds-je. Mais je ne comprends pas pourquoi ils tournent comme ça. On dirait des marionnettes.

Micha lâche un gloussement dont je ne sais pas s'il s'agit d'un rire nerveux ou agacé.

— Parce que ça en est, tiens.

Je fronce les sourcils.

— Comment ça ? s'étonne Élias.

— Ce sont des hologrammes.

— Quoi ? m'exclamé-je, stupéfaite.

— Ce ne sont pas de vraies personnes, c'est pourtant évident. Regardez.

Il effleure une petite roulette sur la gauche du clavier et la fait avancer d'un quart de tour vers la droite. Les visages et les torses des chanceliers en complets-veston disparaissent pour laisser place à un enchevêtrement de lignes jaunes s'entrecroisant comme des armatures de monuments. Micha fait bouger la roulette d'un nouveau quart de tour et appuie sur une minuscule touche ronde juste à côté. Élias et moi voyons les lignes composant les mâchoires des deux hommes amorcer un mouvement.

— Monte le son, mon ami.

Élias s'exécute et deux voix très nettes retentissent soudain. Je reconnais le ton de chacun des chanceliers, avec leur timbre particulier. Micha tape alors « je suis un sale nazi » sur le clavier et aussitôt, l'un après l'autre, les deux politiciens prononcent cette phrase avec une aisance inquiétante. Tout y est, l'intonation, le naturel, je les croirais en train de parler dans un écran de télévision. Je me sens mal tout à coup en prenant conscience de ce que je vois. Comme si le stress avait atteint un point si haut dans mon corps qu'il m'en fait perdre le contrôle. Mes oreilles bourdonnent, mes mains tremblent. Trop d'adrénaline. Trop de tension. Je suis submergée. Pourquoi un tel subterfuge ?

— Mais alors, si ce sont des hologrammes à qui on peut faire dire n'importe quoi, ça signifie…

— Qu'il y a peu de chances que ces types soient réels, me répond Élias qui a l'air aussi sous le choc que moi.

— Je dirais même aucune, mon ami, ajoute Micha.

Les chanceliers des autres pays ne seraient donc que des miroirs aux alouettes ? Je sens que je perds pied. Pourquoi ces hommes n'existeraient-ils pas ? Pourquoi le Führer aurait-il fait croire cela ? C'est parfaitement ridicule ! Je ne peux pas m'empêcher de poser les yeux sur le corps de Vermer. Le regard rivé sur l'insigne nazi qui orne le col de sa chemise, j'essaye de réfléchir. Mais ma tête est aussi vide que mon cœur à cet instant. Mes jambes se font de plus en plus lourdes et une chaleur intense se propage en moi jusqu'à me donner l'impression d'être en nage. J'ôte les mains de la table et je ne cherche même pas à me retenir, je m'effondre.

Mon crâne heurte le sol et mon visage se retrouve à quelques centimètres de celui du cadavre de Vermer. Ses yeux grands ouverts sont semblables à deux lacs, gelés eux aussi. Le trou que la balle a fait au milieu de son front me fait l'effet d'un gouffre sans fond. Élias me relève d'un coup. Je chancelle légèrement, j'ai la tête qui tourne, les images se mélangent dans mon esprit. La Krista du passé, la Krista du présent. Qui suis-je ? Élias me serre contre lui comme s'il cherchait à me protéger dans un cocon tiède. Je me laisse faire et je plaque ma joue contre son torse à l'écoute des battements si rassurants de son cœur. J'enroule mes bras autour de sa taille.

— Il y a un problème, lâche soudain Micha.

Je redresse la tête. Le regard de Micha se pose sur Ezra puis revient sur Élias et moi avant de se braquer à nouveau sur l'écran principal. Ses lèvres pincées ne forment plus qu'une fine ligne rosée sur son visage devenu blême.

— Qu'est-ce qu'il y a ? demande Élias.

Il ne répond pas. Il passe et repasse sa main sur son front.

— Micha !

— J'ai… j'ai coupé les réseaux électriques.

— Oui, et alors ? C'est ce qu'on avait prévu, non ? s'étonne Élias.

Micha se masse nerveusement les tempes.

— Tu ne comprends pas.

— Mais explique-toi, bon sang !

Micha hésite encore un instant puis reporte son attention vers le seul écran noir resté éteint jusque-là. Il appuie sur une touche en retrait du clavier et ce dernier se met en marche. Nous découvrons l'ensemble de Germania en un modèle réduit qui ressemble à une maquette.

— En désactivant tous les circuits électriques, j'ai coupé aussi celui du dôme qui protège la ville.

— T'as pas fait ça ? s'exclame Ezra depuis sa chaise.

Élias crispe les mâchoires tandis que j'écarquille les yeux. Puis nos regards se braquent sur l'écran réservé à l'affichage de Germania dans sa totalité.

— Je pensais que ça le garderait verrouillé,

comme les portes des magasins... mais je viens de me rendre compte que c'est l'inverse qui se produit.

Sans un mot, nous assistons, impuissants, à l'ouverture de la demi-sphère de verre qui préservait Germania depuis des années des éruptions solaires.

— Mais rattrape le truc ! explose Ezra avant de lâcher un gémissement de douleur.

— Reviens en arrière, Micha ! Reviens en arrière ! ajoute Élias.

Micha secoue la tête.

— Je ne peux pas !

Son cri en guise de réponse a le don de calmer tout le monde. Plus personne ne parle.

— C'est trop tard. Le dôme doit d'abord terminer de s'ouvrir pour réenclencher une éventuelle fermeture. Je ne peux plus rien faire, reprend-il plus posément.

Curieusement, nous gardons tous notre calme. Ezra s'est raidi sur sa chaise et, pour la première fois, je vois des larmes brouiller son regard. Élias ne bouge pas non plus et a desserré sa pression sur moi. Ses bras pendent désormais le long de son corps. Quant à Micha, il baisse la tête et fixe le clavier. Je l'entends murmurer des paroles que je ne comprends pas, comme une prière.

C'est peut-être mieux, au final, que notre existence se termine ainsi. Aryens ou non-Aryens, nous serons tous égaux. Tous brûlés par l'astre solaire.

Je ferme les yeux et je pose mon front contre le torse d'Élias.

45

Quand je rouvre les yeux, j'ai l'impression que des heures se sont écoulées ; ça ne fait pourtant que quelques minutes. Rien n'a bougé. Micha est toujours assis devant le clavier, Ezra, vautré sur sa chaise, une main sur sa blessure, et moi, collée contre Élias.

— Pourquoi il ne se passe rien ?

Micha tourne la tête vers moi et hausse les épaules. Lui non plus ne comprend pas. À l'heure qu'il est, nous devrions tous être partis en fumée. Je ressens pourtant une augmentation de la chaleur dans l'atmosphère. Comme il n'y a pas de fenêtre là où nous nous trouvons, nous ne pouvons que regarder l'écran sur lequel le dôme de verre continue sa remontée. À présent, la moitié de Germania est à découvert et l'astre qui apparaît dans le ciel ne semble pas particulièrement gros ou menaçant.

— Comment tu expliques ça ? insiste Élias.

Plutôt que de lui répondre, Micha se lève. Nous lui emboîtons aussitôt le pas tandis qu'Ezra reste sur sa chaise en régulant sa respiration pour limiter sa douleur. On pénètre dans le bureau voisin, là où sont éparpillés les cadavres des soldats. Nous marchons en essayant d'éviter les flaques de sang un peu partout et nous nous immobilisons devant l'immense baie vitrée qui nous sépare de la terrasse et tribune du Führer. L'espace d'un instant, je me demande où le maître de notre monde se trouve alors que Germania est en train de se déliter sous les yeux de son peuple. Existe-t-il seulement ? Ou bien n'est-il lui aussi qu'un simple hologramme manipulé par une main invisible ? La minute d'après, je me dis qu'il existe forcément et qu'il doit avoir donné l'ordre qu'on enfonce cette porte pour nous tuer, mais ça n'a plus d'importance à ce stade de l'aventure. Notre attention se porte sur le ciel où l'on peut voir le contour du dôme en partie relevé. L'air est chaud et semble onduler sous l'effet des puissants rayons du soleil. Je pose mes mains sur la vitre. Elle est tiède.

— Combien de temps ? demande Élias.

— Une dizaine de minutes avant que le dôme soit totalement abaissé, répond Micha.

Un étrange sentiment m'envahit alors que notre protection de verre continue à descendre vers l'ouest. Jusque-là, les environs de Germania étaient constitués uniquement de forêts. Des arbres fournis certes, mais dont les ramures étaient marron noir, calcinées par le soleil, tout comme leurs troncs imposants. « Pour notre protection face aux risques de brûlures mortelles, Germania doit se suffire à elle-même », avait déclaré le Führer. Toute sortie de la ville était interdite depuis la mise en place du dôme qui date de bien avant ma naissance et de celle de mes parents fictifs. À ce jour, il n'existe dans Germania que deux tunnels composés de la même matière que le dôme qui permettent de faire circuler des capsules à grande vitesse vers d'autres destinations, mais ils sont réservés aux déplacements du gouvernement. Le commun des mortels n'a pas le droit de quitter Germania. Je ne me suis jamais posé la moindre question à ce sujet, j'ai grandi avec cette interdiction qui sonnait comme une nécessité pour protéger le peuple. Mais cette impression que quelque chose ne tourne pas rond s'intensifie en moi. Au-delà des limites qu'imposait le dôme, ce ne sont pas des arbres aux troncs calcinés et aux feuillages sombres que je vois. Non, ça n'a aucun rapport et c'est ce qui sème le trouble en moi.

Ce que j'aperçois, ce sont des réseaux routiers à l'abandon, percés d'impacts semblables à des cratères ; des ruines de maisons ou d'immeubles. Il n'y a pas de pans de verdure ni de fleurs, mais un paysage déchiré par ce qui m'évoque des actes de guerre. La vue qui s'offre à moi est si différente de ce que renvoyait le dôme avant d'être ouvert. C'est plus fort que moi, je fais coulisser la baie vitrée. Élias tente de me retenir par le bras, mais je me dégage sèchement. Je me fiche de savoir si je vais ou non m'enflammer comme une brindille sous l'effet du soleil. Au point où j'en suis, je n'ai plus rien à perdre. Ce paysage de désolation qui se profile sous mes yeux. Que signifie-t-il ? Et pourquoi ai-je toujours vu autre chose de l'autre côté du dôme ?

Il n'y a pas un brin d'air à l'extérieur. L'atmosphère est lourde, pesante. Pour autant, malgré le changement évident de température, je ne sens pas ma chair fondre, comme je m'y attendais, sous l'effet d'une intense chaleur. Au bas de la tribune, j'aperçois des centaines de personnes qui se sont rassemblées. Elles tournent la tête de tous les côtés, leurs yeux passant du soleil au dôme sur le point de terminer de s'abaisser. Dans la foule, des cris percent. Des pleurs aussi. La peur sature l'air et aucune de ces personnes n'a même conscience de ma présence sur la terrasse. Ces gens sont pourtant certainement venus ici dans l'espoir d'obtenir une explication à propos de la situation actuelle. Demander pourquoi il n'y a plus d'eau, ni électricité et, surtout, pourquoi le dôme est en train de les démunir de leur seule protection face à une nature cruelle. Élias sort à son tour et, tout comme moi, il pose les yeux sur la population.

— Ils sont terrorisés.

J'acquiesce. On le serait à moins, même si je doute que la peur des Aryens soit vraiment un sujet d'attendrissement pour lui. Ne culpabilise-t-il pas un peu, comme moi, d'être responsable du drame qui se joue devant nous ?

— Tu as vu toutes ces ruines ?

Il hoche la tête tout en faisant courir son regard tout du long du paysage. L'horizon n'est qu'un vaste champ de décrépitude.

— Tu n'es jamais sortie de Germania ? me demande-t-il soudain.

Je le considère comme s'il venait de dire la pire des absurdités, parce que c'est le cas dans la mesure où cette idée ne m'a jamais effleuré l'esprit. Puis je reporte mon attention sur les ruines.

— Il n'y a que le Führer et les membres du gouvernement qui peuvent circuler d'une ville ou d'un pays à l'autre.

— Tu ne trouves pas ça étrange ?

Je le regarde à nouveau. Je renifle et j'essuie négligemment mon nez avec la manche de mon sweater. Comme une petite fille.

— Ce qu'on apercevait derrière la vitre du dôme, c'étaient des arbres calcinés, pas ces ruines... On dirait... On dirait que tout ce qui a fait ma vie jusque-là n'a jamais été autre chose qu'une illusion.

En m'écoutant parler, je perçois le désarroi au fond de ma propre voix.

— C'est à peu près ça, je crois, lance Micha.

Je me retourne vers lui. Il est sorti à son tour et nous regarde, Élias et moi.

— Qu'est-ce que tu veux dire ?

— Réfléchis, Krista. Depuis qu'on est entrés dans ce bureau, on n'a pas arrêté d'être confrontés à des données erronées. D'abord toi qui n'es pas ce que tu semblais être. Puis les chanceliers des différents pays qui n'ont l'air d'exister que virtuellement, et enfin le dôme supposé protéger Germania des éruptions solaires. Mais en attendant, il est ouvert et nous sommes toujours en vie. Sans parler de ces ruines qui apparaissent alors que jusqu'ici, elles n'étaient pas visibles. Moi j'appelle ça un jeu d'illusions.

Les quelques mots sur mon compte me laissent un goût amer dans le palais. Moi qui ne suis pas ce que je semblais être... Micha a raison, pourtant, ça n'enlève en rien à la dureté des paroles sorties de sa bouche. Je préfère ne pas relever ce point et je braque les yeux vers le dôme. On ne le voit pratiquement plus à présent qu'il est presque entièrement rabattu. Quant au soleil, il est bien là, haut perché dans le ciel. Gros comme une boule de feu en suspension à des milliards de kilomètres de nous, il réchauffe nos visages avec ardeur, mais ne nous transformera définitivement pas en torches vivantes.

— Ça voudrait dire que cette histoire d'éruptions solaires et de dôme pour nous protéger était un mensonge ?

— Pas forcément. Le réchauffement climatique est évident à présent qu'il n'y a plus rien pour le protéger, mais pas assez pour être brûlé vif quand on s'y expose. Je pense que la véritable raison d'être du dôme était de dissimuler des choses, et peut-être d'empêcher ton peuple de quitter Germania, reprend Micha en désignant l'horizon d'un signe de tête. L'écran protecteur était visiblement bourré de filtres, ce qui a permis de tronquer le paysage en masquant ces ruines derrière une végétation virtuelle. C'est le même stratagème que pour les chanceliers imaginaires à qui on peut faire dire ce qu'on veut pour tenir la population tranquille.

— Mais pourquoi ? À quoi ça rime, tout ça ?

Micha s'avance et pose une main sur l'épaule d'Élias.

— Mon ami, ne m'en demande pas trop quand même. Je pense juste que ces systèmes de manipulation ont permis de continuer à faire croire à la suprématie du régime en place sur la planète entière.

— Où veux-tu en venir ? insiste Élias, un pli soucieux entre ses sourcils.

Micha ignore sa question et pivote vers moi. Il me considère d'un air grave.

— Je crois... mais je peux me tromper, bien sûr... Je crois que ton monde aryen, Krista, se résume à un seul et unique endroit : Germania.

Il me faut du temps pour intégrer cette hypothèse tandis qu'un silence angoissant règne à présent parmi la population en bas de la tribune. Quelque chose m'échappe dans cette histoire et je suis bien incapable de savoir quoi exactement. Pourquoi le gouvernement se serait-il amusé à manipuler tout un peuple ? Le régime SS contrôle la planète depuis deux siècles, c'est un fait qui ne demande pas à être démontré puisqu'il est avéré. Mon peuple a gagné la Seconde Guerre mondiale, nos livres d'histoire sont là pour en attester, alors comment le monde aryen pourrait-il se limiter à Germania ? Ce que suggère Micha, je ne peux pas le concevoir ni même l'accepter parce que cette idée est inconcevable.

— C'est impossible, tu te trompes.

— Tu crois ? Donne-moi une raison pour laquelle tous ces subterfuges ont été utilisés ? La seule valable et logique pour moi, c'est qu'on voulait dissimuler à ton peuple ce qui se trouvait au-delà de Germania. Ces ruines, d'où crois-tu qu'elles proviennent ?

— Je ne sais pas... d'une guerre.

— Oui... et si on parle de guerre, on parle d'affrontement entre ethnies différentes, non ? Et là, je ne fais pas allusion à la Seconde Guerre mondiale parce qu'il me semble qu'en deux siècles, ton peuple avait tout le temps de réparer ou de reconstruire sur les ruines.

Je hoche la tête, mais au fond de moi, je continue à douter. La communauté aryenne ne peut pas se limiter à Germania, sinon ça impliquerait qu'on a retenu de force sous un dôme tout un peuple. Mon peuple, que je le veuille ou non, mais également celui qui vit dans ces souterrains.

— Et si on parle d'ethnies différentes, et je ne compte évidemment pas notre communauté coincée elle aussi depuis deux siècles à Germania, c'est donc qu'il y en a ou qu'il y en a eu d'autres à l'extérieur du dôme, non ? reprend Micha.

— Je…

Ma voix se perd au fond de ma gorge. Je ne peux pas me résigner à aller dans le sens de Micha. Ce qu'il y a au-delà des frontières de la ville ? Des ruines, certes, mais à chaque guerre, il reste forcément des résidus du passé. Rien ne prouve que Germania soit la seule à être sous le contrôle du Führer. Je finis par me demander si la population entière n'est pas, au final, le fruit de mon imagination.

— Tu préfères ne pas répondre, Krista ? La vérité te fait trop peur ? Alors si tu permets, moi, je vais formuler mon idée. Ce que je crois… c'est que si votre Führer n'a jamais régné ailleurs que sur Germania, il est plausible que le reste de la planète ne soit pas ou plus sous son contrôle.

— C'est une option à ne pas écarter, lâche Élias qui se contentait jusque-là de suivre la conversation en silence.

— Ça voudrait dire que le monde est peut-être habité par des gens… des gens comme vous ?

— C'est possible, oui, répond-il.

Il me regarde. Pas longtemps, mais assez pour que j'y décèle une lueur de méfiance. Je sais que cette méfiance n'est pas dirigée vers les ruines qui jalonnent la frontière de Germania ou la crainte d'être vu par la foule d'Aryens massée en bas de la terrasse, mais contre moi. Il a sans doute en tête ce que je suis en réalité. Les dernières paroles du commandant Vermer à mon égard « Tu es une des nôtres. Tu as brillamment accompli ta mission » ne peuvent que me desservir. Peut-être même qu'Élias pense que je joue double jeu alors que j'ignore moi-même de quoi il retourne. Je n'oublie pas, cependant, que si je suis une autre personne que celle qu'il a embrassée, lui dissimule visiblement plus de secrets que je n'en connais moi-même sur mon propre compte.

— Il faut partir d'ici… et vite, dit-il en s'adressant je ne sais trop à qui.

— Qu'est-ce qu'on fait pour le Führer ? lâche Micha.

— Nous ne sommes pas de taille à l'affronter et, de toute façon, on n'a aucune idée de l'endroit où il se trouve. Micha, détruis toutes les commandes de la salle de contrôle, ensuite, on filera par les conduits d'aération pour éviter de croiser les soldats coincés dans le bâtiment.

— Et après ? Qu'est-ce que vous comptez faire ? demandé-je.

Élias jette un œil en direction de Micha puis me

fixe de nouveau. Ses yeux brillent tandis que les rayons du soleil se reflètent sur ses rétines.

— Retrouver l'endroit où les SS ont envoyé les nôtres, s'ils ne sont pas morts, et ensuite, quitter Germania et découvrir ce qui se passe au-delà, rétorque Élias d'une voix éteinte.

Je pose mes mains sur les siennes tout en le considérant de mon regard bleu luisant autant que le sien.

— Je viens avec vous, murmuré-je.

Il ne répond pas et dégage ses mains de mon étreinte pour les enfourner aussi sec dans ses poches. Puis il secoue la tête.

— Non.

— Quoi ?

— C'est la guerre à présent entre nos peuples. Soit tu es avec moi, soit tu es contre moi ; tu ne peux pas être les deux à la fois.

— Mais je suis avec toi, Élias ! Avec toi et ton peuple !

— Est-ce que tu l'es vraiment ? dit-il alors que son regard sur moi devient soudain dur et impitoyable. Comment puis-je te croire après ce que j'ai appris sur toi ?

Il y a un instant de silence et je sais déjà ce qui va suivre, mais je redoute ces mots qui vont franchir les lèvres d'Élias.

— Je ne peux pas prendre le risque de te faire confiance à nouveau, Krista. Je dois protéger les miens. C'est ici que nos chemins se séparent.

Le désarroi m'empêche de répondre. Je ne saurais même pas quoi dire de toute façon. En l'espace d'une heure, j'ai perdu ma famille, mes certitudes, mon identité… et maintenant Élias…

Silencieuse, je les regarde, lui et ses amis, se replier vers l'intérieur pour quitter la *Volkshalle* par les conduits d'aération. Mais moi, je ne bouge pas. Je reporte les yeux sur les Aryens au pied de la terrasse.

Je n'ai plus rien ni personne, à présent. Je ne peux plus compter que sur moi-même.

2 – Chaos

À toutes ces personnes qui ont donné
de leur temps pour lire les aventures
de Krista et d'Élias et pour avoir partagé
leurs avis enthousiastes.

À toutes ces personnes
qui ont fait que ce livre
reçoive le meilleur accueil.
À mon éditrice, Astrid Lafleur.

Il y a deux siècles,
la Seconde Guerre mondiale s'achevait
sur la victoire totale de l'Allemagne
et de son alliée, la Grande-Bretagne.
Adolf Hitler put alors faire grandir la nation
qu'il imaginait pour le futur.
Les Aryens, race des Seigneurs,
ont peu à peu pris la place
des autres ethnies éradiquées une à une
par le Führer fondateur
avant de se défaire de son alliance
avec la Grande-Bretagne
et de l'anéantir à son tour.
Par quels moyens exactement
a-t-il réussi à venir
à bout de tous ceux qu'il considérait
comme des sous-races et des ennemis ?
Je n'en avais aucune idée
jusqu'à ce qu'Élias me démontre
que mon existence ne reposait
que sur des impostures
et la manipulation.
J'aurais aimé ne jamais le croire, lui,
ce sang-mêlé qui a fait que ma vie
ne sera plus jamais la même.

Seulement parfois,
la vérité est plus forte que le mensonge.
Je m'appelle Krista,
je suis une Aryenne
et je suis une traîtresse à ma patrie.

1

Lorsque j'entends une rumeur montante venue de l'extérieur, je me décide enfin à quitter la *Volkshalle*. Sans électricité, les portes automatiques du bureau dans lequel je me trouve ne fonctionnent plus et restent verrouillées. Ma seule option, alors, est d'emprunter le même chemin qu'Élias, Micha et Ezra avant moi. Je jette un regard anxieux sur la trappe au plafond qui masque le conduit d'aération. Une chaise est placée juste en dessous. J'ai un pincement au cœur en imaginant Élias en train de la positionner là, mais je chasse aussitôt cette image de mon esprit. Élias est parti, il m'a abandonnée ici en sachant que je pouvais à tout moment être capturée par les soldats. Il a choisi de redevenir mon ennemi et c'est ainsi que je dois le voir, moi aussi ; même si c'est douloureux. Je monte sur la chaise et je fais glisser la trappe. L'entrée du conduit apparaît et me renvoie un souffle d'air frais.

Je m'apprête à me hisser à l'intérieur quand je songe tout à coup à quelque chose. Je saute à terre et me précipite vers le bureau du commandant Vermer. Je fouille les tiroirs, à la recherche du document qu'il m'a montré prouvant que j'aurais passé un contrat avec le gouvernement pour servir mon peuple contre les Non-Aryens. Après tout, puisque ma signature y figure, ne m'appartient-il pas ? C'est surtout un fragment du puzzle qui m'aidera peut-être à comprendre qui je suis en réalité : cette jeune femme bridée par une puce. Ce monstre en jupons qu'Élias, Micha et Ezra pensent que je suis.

Une fois le contrat trouvé, je le plie d'un geste nerveux et le glisse dans ma poche. Je m'empare également d'une torche miniature et d'une paire de lunettes servant à stocker les données informatiques. Je me dis qu'il est possible qu'elle contienne des informations importantes sur moi et sur ce que le gouvernement a caché au peuple depuis si longtemps. Je bouillonne intérieurement de cette envie de savoir, de comprendre aussi quelle est la véritable nature de ma nation. Celle qui m'a construite… puis détruite.

Je récupère une arme sur le corps d'un des soldats morts et la passe en bandoulière avant de remonter sur la chaise. Ensuite, je me hisse dans le conduit. Il y fait assez clair grâce aux grilles d'aération qui ponctuent mon chemin, mais la sensation d'être emprisonnée dans cet interminable tunnel génère un sentiment d'oppression en moi. Voir des taches de sang à intervalles réguliers sur mon parcours me serre d'autant plus le cœur, et la vision d'Ezra blessé fait un passage furtif dans mon esprit. Va-t-il seulement survivre ? Je me le demande.

Chaque fois que j'entends des voix, je marque un arrêt et j'attends avec la peur au ventre à l'idée de me faire repérer. Qu'il s'agisse de soldats ou de civils, je n'ai aucun intérêt à dévoiler ma présence.

Au bout d'un moment, le conduit oblique progressivement vers le bas et si je gère à peu près bien ma descente au départ, quand il tombe d'un coup presque à pic, un petit cri de surprise m'échappe. Je glisse à toute vitesse sans possibilité de me retenir aux parois lisses du conduit. J'ai cette terrible impression de chuter dans un puits sans fond et je m'imagine déjà morte à l'atterrissage.

Si je ne meurs pas, le choc reste malgré tout assez violent pour que la tête me tourne et que des points noirs dansent devant mes yeux pendant un instant. Je tends l'oreille. Comme si je me trouvais dans une caisse de résonnance, des sons me parviennent de façon étouffée. Je sais que si des gens se tenaient juste en dessous ou à proximité de l'endroit où je me cache, je les entendrais beaucoup plus nettement. Je m'agenouille en grimaçant, alors qu'une douleur me picore la cheville, et j'étudie le trajet du conduit. Je me situe dans un angle tandis qu'il continue sur la gauche. Du regard, je suis les traces de sang d'Ezra pour savoir par où les garçons sont passés. Le prolongement doit desservir tout le troisième avant de revenir vers le deuxième étage et ainsi de suite jusqu'au rez-de-chaussée. C'est par là qu'ils se sont dirigés. Au lieu de choisir le même chemin qu'eux, j'opte pour une solution plus simple. Mes doigts se resserrent sur la poignée qui fait coulisser le panneau de l'aération. Je découvre que je me trouve au niveau de la cage d'escalier désertée du troisième.

Je dépose mon fusil dans le conduit. Si je veux pouvoir continuer à avancer à découvert, je ne peux pas me permettre de le conserver. Ensuite, je saute. Je tombe à quatre pattes, la douleur de ma cheville semble s'être étendue à tous mes membres, mais je l'ignore et je me redresse très vite. J'enchaîne en descendant au pas de course les marches jusqu'au deuxième.

Là, j'y trouve des Aryens qui débouchent de l'étage pour se précipiter vers le rez-de-chaussée. Je ne me pose pas de questions, je profite de la panique générale pour me glisser parmi eux. Après tout, je suis moi aussi une Aryenne. Rien ne me distingue plus d'un autre Aryen. La seule nuance entre ces gens et moi, c'est l'origine de la peur qui ternit notre regard. La mienne se base sur la crainte de me faire capturer, la leur cristallise leur rejet des personnes comme Élias. Les gens différents. Je joue des coudes pour avancer plus vite, mais personne ne fait attention à moi. Miser sur mon peuple pour sortir indemne de cet endroit est un pari risqué, mais un pari gagnant. Je me rends compte, tout à coup, que jouer sur les deux tableaux n'est pas si difficile, c'est même un gros avantage. Et je songe aux infiltrés du peuple d'Élias qui ont su utiliser cet atout d'avoir un pied dans chaque communauté pour aider le camp qu'ils avaient choisi. C'est ce qui leur a permis de survivre durant tout ce temps au nez et à la barbe des véritables Aryens.

Les gens se heurtent à la porte automatique donnant sur le rez-de-chaussée. Elle aussi condamnée par la destruction du système électrique, elle refuse de s'ouvrir. Les hommes poussent les femmes et se mettent à frapper à coups d'épaule dans le battant tandis que je réfléchis à un autre moyen de m'échapper. Mais que je rejoigne les fondations de la *Volkshalle* ou que j'opte pour la sortie officielle du bâtiment, il me faut passer par cette porte.

Et elle est bloquée…

Je reporte les yeux vers le conduit d'aération au-dessus de ma tête et je me dis que j'aurais peut-être dû continuer par là, comme l'ont choisi Élias, Micha et Ezra.

Idiote !

Au bout d'un moment, à force de frapper avec véhémence dans le battant, il finit par bouger, et, comme si la peur décuplait leurs forces, les hommes s'acharnent encore plus. Puis les femmes tapent à leur tour en donnant des coups de pied. Je reste en retrait et je les regarde faire comme si je me trouvais dans une autre dimension, comme si je n'étais pas vraiment présente.

La libération vient du côté opposé de la porte, quand des soldats la débloquent à l'aide d'une sorte de tenailles gigantesques. Ils ont à peine le temps de reculer qu'une marée humaine glisse dans le couloir et m'entraîne vers la sortie de la *Volkshalle*. Mon angoisse monte d'un cran alors que j'aperçois des dizaines de soldats à l'extérieur. Une boule se forme dans ma gorge, entravant ma respiration. Je ralentis malgré moi. Les gens, tout autour, me bousculent, heurtant mes épaules comme si j'étais devenue invisible. Je dois me ressaisir, ne pas laisser la panique m'envahir face au risque d'être repérée et arrêtée. Je me force à repenser à Élias, à ses dernières paroles si dures envers moi. Ça me redonne la force d'avancer. Est-ce à cause du désarroi ou de la colère ? Je n'en ai aucune idée, mais au moins, ça fonctionne.

L'air tiède s'engouffre dans ma gorge et mon nez quand je me retrouve dehors, noyée parmi la foule déjà rassemblée sur la place centrale. Je me mets à zigzaguer entre les gens, me frayant un chemin dans cette masse compacte pour quitter les lieux. Mais plus je m'efforce de m'éloigner, plus je me rends compte que les soldats sont nombreux. Certains ont des armes à la main, d'autres, maintenant avec fermeté leurs chiens en laisse, hurlent à tout le monde de reculer. J'aperçois des voitures arrêtées dans les rues jouxtant la Grande Coupole. De la fumée s'échappe de certaines d'entre elles. J'en vois même qui se sont encastrées dans les murs des immeubles proches et des avertisseurs sonores résonnent de tous les côtés, se mêlant aux cris des soldats et aux aboiements fous de leurs molosses.

Partout, c'est l'anarchie.

Au travers de cette confusion générale, des coups de feu percent brusquement et, comme tout le monde, je me fige. Quelle que soit la nature du changement qui s'est opéré en moi depuis que je me suis retrouvée dans la communauté des Non-Aryens et le degré de la colère que je ressens à l'encontre d'Élias pour son abandon, je reste une Aryenne. J'ai toujours été habituée à l'ordre et au respect des lois. Un coup de feu, c'est plus qu'un avertissement sur le fait qu'on doit se tenir tranquille ; c'est un degré au-dessus. L'annonce d'une sanction brutale si les choses ne reviennent pas très vite à la normale. À mon opposé, d'autres personnes se mettent à pousser des cris et à partir dans tous les sens, générant une panique absolue.

L'anarchie devient enfer, des gens tombent, d'autres les piétinent. Je suis entraînée malgré moi et je dois courir à mon tour si je ne veux pas me retrouver à servir de paillasson à la foule. Les soldats commencent à poursuivre les fuyards, les chiens suivent le chemin de leurs maîtres, la gueule grande ouverte sur des crocs luisants.

Cours ! Ne t'arrête pas !

J'écoute ma conscience, je ne pense plus qu'à sauver ma vie.

— Stop ! braillent les soldats.

Je quitte d'un coup la masse de gens qui, jusque-là, me servait de bouclier et je bifurque dans une toute petite rue au risque de me faire repérer. Une porte automatique est restée bloquée en position semi-ouverte, j'en franchis le seuil sans réfléchir. Il s'agit d'un local à déchets. Je me précipite dans un renfoncement et je me tasse autant que je peux pour disparaître entre les containers. Puis je plaque une main sur ma bouche et mon nez pour masquer ma respiration haletante.

Dehors, les aboiements des chiens continuent à ponctuer les hurlements des soldats et des civils. De temps à autre, j'entends un coup de feu qui claque et je ne peux pas m'empêcher de sursauter à chaque fois. Néanmoins, je m'estime chanceuse : en me réfugiant dans cet endroit puant, je brouille les pistes des chiens. Quant aux soldats, ils ne m'ont pas vue. La peur fait place au soulagement, même s'il reste fébrile. Une voix surgit soudain dans le lointain. Forte. Cassante et intransigeante. Une voix de dirigeant.

— Votre attention !

Un silence retombe et je n'entends plus alors que les battements de mon cœur qui cognent contre mes tympans.

— Des individus non identifiés se sont introduits dans la *Volkshalle*. Ils ont coupé tous les réseaux alimentant Germania en énergie et en eau. Ils ont également supprimé la protection que nous procurait le dôme. Les soldats ont pour directive de tirer sur toute personne suspectée de faire partie de ce groupe ou de l'avoir aidé. Veuillez ne pas bouger ni parler pendant nos contrôles.

À nouveau, le silence se fait. Puis j'entends un nouveau coup de feu tout proche de l'endroit où je me terre. Je ferme les yeux tandis qu'un frisson de terreur me parcourt. Quelqu'un est mort, abattu. Intérieurement, je ne peux pas faire autrement que de penser aux infiltrés qui doivent se trouver parmi la foule, eux aussi. L'adrénaline tourne en circuit fermé dans mon corps et met mon esprit en surchauffe. Si je sais que je viens d'échapper au pire, je sais également que Germania va désormais être bouclée par l'armée jusqu'à ce que les responsables de ce désordre soient retrouvés.

Je m'avance jusqu'au seuil de la porte et je risque un coup d'œil à l'extérieur. Sur la parcelle de route que j'aperçois, je distingue deux silhouettes gisant à terre. Je détourne la tête et mon regard se fixe alors sur une plaque d'égout au bout de la voie. À présent que les systèmes électroniques sont neutralisés, elle est forcément accessible. C'est peut-être mon seul espoir de réussir à parcourir une partie de la ville dans une relative sécurité. À condition que plus aucun soldat ne se trouve sous la surface à chercher des Non-Aryens, mais vu ce qui se passe ici, je doute que ce soit le cas puisqu'ils ont déjà fait le « ménage » dans les tunnels.

Je tente ma chance. Je sors du local et je longe le mur en me fondant dans l'ombre, à la manière dont Élias me l'a appris. Ensuite, je me faufile jusqu'à la plaque et je m'accroupis devant. Ça tape dans mon crâne. C'est comme si un marteau-piqueur fonctionnait à toute vitesse. La peur me secoue les neurones autant qu'elle me remue l'estomac. Je bande mes muscles et je pousse sur la plaque qui glisse de moitié. Je ne me sens pas la force de faire plus, il faudra que ce passage suffise, je ne suis pas très épaisse, c'est une chance. Je pose mon pied sur le barreau de l'échelle le plus proche, puis je descends jusqu'à ce que je disparaisse de la surface. Ensuite, je fais de mon mieux pour refermer la plaque. Ça me prend beaucoup trop de temps et d'efforts, je laisse un interstice en espérant qu'aucun chien ne viendra renifler mon odeur. Je sors la lampe de poche volée dans le bureau de Vermer. Une fois allumée, je la coince entre mes dents et j'entame ma descente en me forçant à ne pas penser à ce qui pourrait m'attendre en bas.

2

Quand j'arrive au bas de l'échelle, j'éprouve ce curieux sentiment d'être de nouveau chez moi, en sécurité. Je sais que je me mens à moi-même ; non seulement je ne suis pas chez moi, mais je ne suis pas non plus en sécurité.

Je ne le serai plus jamais nulle part, c'est un fait avec lequel je vais devoir composer.

J'oriente le faisceau de la lampe autour de moi et je le fais pivoter lentement pour découvrir mon environnement. Je repère un robot nettoyeur au milieu d'une galerie. Il reste figé et le restera tant que les circuits électroniques de Germania ne seront pas réparés. J'aurais pu croire que ces automates fonctionnaient de façon autonome, mais Micha m'a expliqué que la majorité d'entre eux était raccordée à un programme donné. Et ce programme situé dans la salle de commandes de la *Volkshalle* a justement été réduit à néant. Les robots sont désormais des coquilles vides, incapables d'effectuer la moindre tâche. Je me pose la question de savoir combien de temps cela va prendre pour réparer les dégâts que nous avons faits. Je suppose que si le gouvernement réquisitionne les meilleurs informaticiens, il ne faudra pas longtemps pour le faire, et je réalise que si je veux quitter Germania, j'ai intérêt à faire vite. J'avance. Mes semelles claquent sur le ruisselet d'eau stagnante. Au passage, je bouscule le robot, puis je me tourne vers lui et je l'observe. C'est étrange de voir cette machine réduite à l'état d'un simple bloc de métal, moi qui ai toujours connu ces automates en fonction. On dirait que Germania a fait un bond en arrière en revenant à une époque où la technologie n'existait pas. Je reprends mon chemin dans un silence presque religieux.

Où se trouvent Élias, Micha et Ezra ? Sont-ils encore en vie ? Je les ai vus se battre et réussir à retourner la situation à leur avantage quand tout nous échappait face au commandant Vermer, je suis certaine qu'ils sont parvenus à s'en sortir. Je ne veux pas imaginer l'inverse et je ne devrais même pas songer à eux.

Puis mes pensées s'envolent vers Anna et son bébé et vers Eden, la petite fille si triste que j'ai tenté de consoler avant de partir pour cette mission suicide à la *Volkshalle*. Toutes ces personnes sont-elles mortes ? Cette idée fait monter des larmes dans mes yeux. Ce sentiment de culpabilité qui a pris place dans mon cœur ne me laissera jamais tranquille. Que ce soit dans un camp ou dans l'autre, je me considère comme la cause principale de ce chaos.

Après je ne sais combien de tunnels parcourus, je décide de faire une pause. Je ne devrais pas, mais je me sens lourde, comme si une chape de plomb pesait sur mes épaules et m'écrasait. Mon épuisement, je le sais, est plus mental que physique. C'est bien pire, au final. Au lieu de rester dans la partie des égouts contrôlée par les Aryens, je préfère descendre d'un niveau. Peut-être aussi qu'une part de moi espère croiser le chemin d'Élias en faisant ça. Plus je m'enfonce sous terre, plus mes émotions remontent en moi. Tout ce que j'ai vécu jusque-là me saute au visage et je serre les mâchoires pour me donner la force de continuer. Je marche encore un peu avant de repérer une niche de pierre dont je sais à présent que les non-Aryens l'utilisent parfois comme poste de guet. Je me laisse tomber à l'intérieur, puis je passe mes bras autour de mes jambes repliées. Un instant, je reste totalement immobile, saisie par le froid qui règne ici. Je regarde dans le vide.

Sans réfléchir. Sans penser.

Puis je me décide à sortir de ma léthargie et je tire la paire de lunettes de ma poche. L'une des branches s'est un peu tordue, j'imagine à cause de ma chute dans le conduit d'aération de la *Volkshalle*. Je presse le petit bouton placé dessus. Aussitôt, les verres se teintent d'un halo bleuté. Je pose les lunettes sur mon nez.

Plusieurs lignes de commandes apparaissent en surbrillance devant mon œil droit. Je les parcours avec attention en essayant d'en comprendre chaque mot pour ne rien rater d'important.

« Veuillez décliner votre identité. »

Je me mords l'intérieur de la joue en entendant l'injonction de la voix numérique qui vibre contre mon tympan. *Mon identité ?* J'imagine que cette paire de lunettes appartient au commandant Vermer. À moins qu'elle soit au Führer lui-même.

Je laisse échapper un soupir. C'est tout le problème de la technologie. Comment puis-je décliner l'identité d'un homme quand je suis une femme ?

L'analyse de mon empreinte vocale enclenchera automatiquement le verrouillage de l'accès aux données.

— Bon sang ! lâché-je en les retirant d'un bloc.

Je me pince l'arête du nez pour essayer de réprimer mon envie de lancer ces fichues lunettes contre le mur. *Mais qu'est-ce que tu croyais, ma pauvre Krista ? Que Vermer allait laisser des informations importantes sans aucune sécurité ?* Dépitée, je replie les lunettes et je les replace dans ma poche, puis je me relève. J'ai assez traîné comme ça, il vaut mieux que je reparte.

Je retourne vers l'échelle et je commence à monter quand, tout à coup, j'entends quelque chose. Un bruit indistinct. Mon cœur s'emballe. Je repose les pieds à terre. Lentement, je me baisse et je ramasse un gros caillou, puis je fais glisser le faisceau de ma lampe devant moi, à la recherche de l'endroit d'où provient ce son qui m'évoque des pleurs.

— Qui est là ?

3

Une silhouette se distingue au fond du tunnel, je la vois qui file vers une autre galerie. Je marque une hésitation, ne serait-il pas plus intelligent de fuir au lieu de tenter de la poursuivre ? *C'est un enfant,* me souffle ma voix intérieure. Oui, ça ne fait aucun doute au vu de sa petite taille et au bruit de ses pleurs. Et un enfant dans les égouts, je n'envisage pas une seconde qu'il puisse s'agir d'un Aryen pour descendre dans un tel endroit. C'est forcément l'un de ceux appartenant à la communauté de sangs-impurs. Je m'élance et je me retrouve à courser la silhouette dans un dédale de galeries qu'elle semble connaître mieux que moi.

— Attends ! Je ne suis pas ton ennemie !

La silhouette ralentit soudain et tourne la tête vers moi. J'aperçois alors son visage dans le rayon de lumière trouble de ma lampe de poche. J'écarquille les yeux sous l'effet de la surprise. Je la reconnais et je pense qu'elle me reconnaît aussi puisqu'elle s'arrête tout net, ses immenses prunelles fixées sur moi.

— Eden ? Qu'est-ce que tu fais ici ? murmuré-je tout en m'approchant d'elle avec prudence pour ne pas l'effrayer plus qu'elle ne l'est déjà.

Elle ne répond pas, son attention se porte sur

la pierre toujours coincée dans ma paume. Je suis son regard et je comprends qu'elle a peur. Je lâche aussitôt mon arme improvisée qui atterrit à mes pieds dans un bruit mat.

— Ne t'inquiète pas, je ne vais pas te faire de mal.

Alors, seulement, la fillette se laisse tomber à genoux. Elle enfouit son visage entre ses petites mains et se remet à pleurer. Je termine de la rejoindre, je m'agenouille devant elle. Mes mains se posent sur les siennes.

— Ils sont partis. Ils sont tous partis, se lamente-t-elle.

Je ne sais pas quoi répondre à ça, alors je me contente de la seule chose qui me vient à l'esprit. J'enroule mes bras autour de son corps frêle et je la ramène vers moi pour la consoler, pour essayer de la protéger de toutes ces horreurs auxquelles elle a dû assister.

— Ne pleure pas, lui chuchoté-je au creux de l'oreille. Ne pleure pas.

Lovées l'une contre l'autre dans le renfoncement où j'avais trouvé refuge un peu plus tôt, nous restons dans la même position figée pendant encore un long moment. Quand Eden relève enfin la tête en essuyant ses yeux, qui me font penser à deux gouffres sans fond tant ils sont sombres, je me force à lui adresser un sourire dont j'espère qu'il ne trahira pas l'angoisse qui m'habite.

— Qu'est-ce qui s'est passé ? Pourquoi es-tu si loin de la rivière ? lui demandé-je.

— Je me suis échappée et je me suis perdue.

Mon nœud dans l'estomac se resserre un peu plus.

— Et les autres ? Ils ont réussi à s'enfuir, eux aussi ?

Eden baisse la tête et fixe le sol tandis qu'une longue mèche de cheveux ébène tombe devant son visage. Je la coince derrière son oreille et j'ai un pincement au cœur en repensant au moment où Élias avait eu ce même geste affectueux avec moi. Eden me regarde à nouveau, les yeux brillants de toutes ces larmes restées prisonnières à l'intérieur. Elle fait non de la tête, comme si je n'avais pas déjà compris qu'elle était la seule à avoir réussi à échapper aux soldats.

— Ils sont morts ?

Quand Eden secoue une nouvelle fois la tête négativement, l'espoir renaît en moi.

— Les soldats ont dit qu'ils emmenaient tous les gens dans un centre.

— Un centre ? Quel genre de centre ?

— Je sais pas. Un centre de... d'exp... je me rappelle plus le mot, mais c'était un mot compliqué.

J'ai beau réfléchir, je n'ai aucun souvenir d'un lieu de ce type dans les environs. Il s'agit peut-être d'un camp d'internement. Mais s'il n'y a pas de prison à Germania, cet endroit doit donc se situer ailleurs.

— Il se trouve où, ce centre ?

— Ils l'ont pas dit. Ils ont juste dit...

Elle referme la bouche, laissant sa phrase en suspens et moi pendue à ses lèvres. J'attends patiemment, le temps qu'elle reprenne la parole. Elle ne le fait pas, je pose alors une main sur son épaule.

— Ils ont dit quoi, Eden ?

— Qu'ils… devaient prendre des navettes pour…

— Quitter Germania ? l'interromps-je.

Elle hoche la tête en guise de réponse. Voilà, maintenant, je sais. Ce fameux camp est à l'extérieur de la ville. Et si c'est le cas, ça prouve que, contrairement à ce que sous-entendait Micha, le monde aryen ne se limite pas qu'à Germania. En attendant, ce que je dois retenir, c'est que si on veut espérer retrouver des survivants de la communauté, il va nécessairement falloir sortir de Germania.

— Comment es-tu parvenue à t'échapper ?

— Quand ils sont arrivés, Serge a dit aux enfants les plus grands de se cacher dans la rivière. Il nous a donné des pailles pour respirer sous l'eau, mais je suis la seule qui ait réussi à tenir le plus longtemps.

Je me mordille nerveusement la lèvre. Serge a tenté de protéger les enfants, visiblement en vain. Je n'ose pas imaginer avec quelle violence les soldats ont dû tirer ces gamins de la rivière pour les emmener avec eux. Eden ne s'en rend sans doute pas compte, mais sa survie, elle la doit à sa bonne étoile. Je glisse ma main dans la sienne.

— On va aller les chercher, déclaré-je en sachant, en mon for intérieur, que c'est la seule chose à faire si je veux avoir des réponses à mes interrogations sur mon peuple.

Je n'oublie pas non plus les enfants comme Eden et les membres de cette communauté qui ont survécu courageusement sous terre pendant que les Aryens s'acharnaient à détruire jusqu'à leur souvenir à la surface.

— On va les libérer ?
Ma pression sur sa main se raffermit.
— On va essayer.
— Tu me le promets ?
— Je te le promets.

4

Quand j'ouvre les yeux, Eden est toujours endormie, collée contre mon flanc, son corps irradiant d'une chaleur tout enfantine qui me fait du bien à l'âme. Entre les larmes et la peur, j'imagine qu'elle doit être épuisée. Je ne sais pas depuis combien de temps nous sommes là, ni à quel moment j'ai moi-même sombré dans le sommeil.

Je profite de cet instant pour réfléchir à ce que je dois faire. Ma seule option, à l'heure qu'il est, est donc de quitter Germania. Pourtant, je suis terrifiée à l'idée de perdre mes repères et d'aller au-devant de l'inconnu. En dehors du fait que j'y suis née et que j'y ai toujours vécu, la pensée de m'exposer à des choses et à des risques dont j'ignore tout me fait froid dans le dos. Et si c'était bien pire qu'ici ? Et si les ruines que j'ai aperçues depuis la *Volkshalle* recelaient un grand danger ? Je ne sais pas si j'aurai le courage et la force d'affronter ça. Eden remue. Je l'observe et me force à ravaler toute la mélancolie que sa vue m'inspire. Je ne dois pas me montrer faible devant elle.

Si je pars du principe que le groupe de Serge, ainsi que les autres, ont été déportés à l'extérieur de Germania, et que les nazis gouvernent également cet au-delà, je considère ce point comme un plus pour moi. Au moins, je saurai à quoi m'attendre et à qui me confronter et je pourrai même parvenir à me fondre dans la masse aryenne. Je réfléchis aux différents moyens à ma portée pour quitter la ville. Le seul qui me semble viable est l'héliport où des navettes sont à disposition des usagers dans le cadre des déplacements dans Germania. Du moins l'étaient, jusque-là.

Elles fonctionnent à l'énergie solaire, donc pas de risque de panne d'électricité, juste celui qu'elles se déchargent à un moment donné, mais d'ici à ce que ça arrive, j'aurai largement eu le temps de franchir les frontières de la ville. Pour atteindre le tarmac où elles sont parquées, mon apparence physique sera aussi un avantage. C'est là que mes ébauches de plans rencontrent un problème de taille. Je reporte mon attention sur Eden. Les yeux fermés, avec sa bouche et ses traits poupins, elle ressemble à un ange. Un ange aux cheveux et aux yeux noirs… Il m'est impossible de circuler avec une enfant comme elle dans Germania.

Alors quoi ? Tu vas l'abandonner ?

Je lâche un soupir désabusé, la laisser seule ici reviendrait à la livrer au Reich. Ce n'est qu'une petite fille, elle ne doit pas payer pour les agissements de mon peuple. Il doit bien y avoir une solution. Dans mon esprit, j'essaye de faire le tri dans mes souvenirs pour arriver à ce moment où Élias et moi sommes sortis des égouts pour tenter de rejoindre le groupe de Serge. Cette réminiscence me fait porter une main à mes cheveux. S'il me restait encore assez de longueur, je les couperais pour qu'il soit possible de fabriquer une perruque à Eden, comme je l'ai fait pour Élias. Ça résoudrait le problème des cheveux. Ensuite, une paire de lentilles de contact bleues et le tour serait joué.

Oui, c'est ça ! m'exclamé-je intérieurement.

Ma solution, c'est Herr Kramen ! Il pourra me fournir tout ce dont j'ai besoin et, à défaut de mes vrais cheveux, de la teinture blonde fera l'affaire.

Avec douceur, je caresse l'épaule d'Eden pour la tirer de son sommeil. Ses paupières sont gonflées, entre fatigue et chagrin, mais dès qu'elle les ouvre, ses yeux m'apparaissent habités par une énergie puissante. Celle du désespoir est la plus forte de toutes, je crois.

— Eden, je vais devoir sortir des égouts.

Une expression d'affolement traverse son visage tandis qu'elle se met à secouer frénétiquement la tête. Elle m'agrippe soudain la main et serre avec toute la force dont elle est capable. Je grimace.

— Ne m'abandonne pas ! Ne m'abandonne pas !

Je dois la maintenir par les bras pour la calmer. Elle se fige aussitôt et j'en profite pour plonger dans son regard de braise.

— Je ne vais pas te laisser, n'aie pas peur. Seulement, si nous devons quitter la ville, je dois nous trouver à boire et à manger et aussi de quoi te faire passer inaperçue.

— Emmène-moi avec toi !

— Je ne peux pas.

— Mais pourquoi ?

— Parce que tu…

Je referme la bouche en me demandant comment justifier à une petite fille qui n'a jamais rien fait de mal qu'elle ne peut pas circuler dans les rues de Germania sans risquer d'être abattue.

Plus j'y pense, plus l'absurdité et l'injustice de cette situation et des lois qui régissent mon monde me sautent aux yeux. Le réaliser par le biais d'Élias était une chose déjà difficile, mais le comprendre en voyant cette enfant prisonnière de ce qu'elle représente pour mon peuple, c'est comme une explosion de souffrance en moi. C'est juste intolérable.

— Parce que tu es plus en sécurité ici. Dehors, il y a beaucoup de soldats, c'est très dangereux. Je veux que tu restes là. Surtout, tu ne montes pas, au pire, tu descends d'un niveau, mais tu ne remontes en aucun cas, c'est bien compris ?

Elle acquiesce tandis qu'une larme roule sur sa joue. Je l'écrase avec mon pouce, puis je l'aide à se réinstaller dans le renfoncement. Je déteste l'idée de la laisser toute seule dans l'obscurité, mais je sais que je prends la bonne décision. Je serre fort sa main, ensuite je repars en direction de l'échelle qui mène vers la surface.

5

Je serre les dents tandis que les muscles de mes bras se crispent. La douleur se diffuse jusque dans mes épaules et une pellicule de sueur me brûle les yeux, mais je finis par réussir à refermer la plaque de l'égout duquel je viens de m'extirper. Dans le lointain, des bruits confus se mêlent à celui d'une circulation devenue rare depuis l'ouverture du dôme. Je ne saurais pas identifier ces sons comme des cris de soldats ou de gens que l'on malmène, je suis trop loin pour ça et sans doute trop anxieuse pour parvenir à me concentrer sur leur véritable nature. Je reprends mon souffle et j'avale de cet oxygène tiède qui flotte à présent dans Germania.

Un coup d'œil sur le soleil me permet de voir qu'il continue à donner cette impression que l'air est troublé à cause de sa chaleur, comme en plein désert. Le dôme n'avait peut-être pas pour fonction de nous protéger des éruptions solaires, pure invention de mon peuple d'après Micha, mais il régulait toutefois la température et la rendait moins étouffante. Les rayons de l'astre se réverbèrent sur les bâtiments de verre qui constituent l'horizon, formant comme des éclairs aveuglants tout autour de moi. D'un pas prudent, je m'engage dans une rue bordée de petits immeubles blancs dont tous les stores, du même coloris, sont rabattus. Mes yeux voguent d'un point à l'autre. La peur bouillonne en moi à l'idée de croiser des soldats. Que ferais-je dans ce cas ? Et que deviendra Eden ?

N'y pense pas ! m'ordonné-je mentalement.

Je sais que parfois, quand on pense trop à des choses négatives, elles finissent par arriver. Je dois être forte pour deux, à présent.

Je quitte la rue calme pour l'axe central, une large avenue cernée de boutiques de vêtements et de produits de luxe. En général, il y circule beaucoup de véhicules, mais à ce moment précis, seules quelques voitures, dont certaines sont amochées par des chocs, roulent au pas. Je cherche des piétons du regard, mais il n'y en a aucun aux alentours. Je lève alors les yeux vers une autre artère qui forme une sorte d'arche au-dessus de celle dans laquelle je me trouve. Là non plus, je ne vois personne. Les feux de signalisation sont tous éteints, on dirait que Germania est morte, c'est un sentiment angoissant.

Je prends mon élan et je fonce, même si je sais qu'il est interdit de courir en temps ordinaire. Parfois, je me remets à marcher, n'utilisant un pas précipité que pour rallier de petites portions de route et éviter de me faire trop remarquer. Ensuite, je profite des rangées d'arbres qui bordent la chaussée. Je passe d'un tronc à un autre comme une ombre se faufilant entre les rayons du soleil.

Au bout d'un certain temps, j'arrive à un carrefour un peu plus animé. Des gens traversent la rue. À leur expression tendue, je devine que les choses ne sont toujours pas revenues au calme depuis que j'ai quitté les abords de la *Volkshalle*.

C'est le moment pour moi de redevenir cette Aryenne docile et insignifiante que j'étais avant d'endosser le rôle d'une fuyarde et d'une traître à ma patrie. Je lisse mes cheveux, j'époussette mes vêtements, puis j'attends qu'un groupe de passants arrive à mon niveau pour lui emboîter le pas. Un pas tranquille que je cale sur le leur. Les piétons m'ignorent, ils sont centrés sur leur propre peur, et ça m'arrange.

Du coin de l'œil, je repère des soldats sur ma gauche, mon cœur se met à battre la chamade et mes mains deviennent moites. Malgré mon apparente sérénité, je suis une boule de nerfs et je serre les poings pour contenir la tension qui palpite en moi. Le moindre faux pas pourrait m'être fatal. Je vois les canons de leurs armes pointées dans notre direction. À tout moment, ils peuvent tirer s'ils estiment avoir une bonne raison de le faire.

Respire calmement. Lentement.

Je rejoins enfin le trottoir tant convoité. La rue *Vonbergerstrasse*, où se situe la boutique d'Herr Kramen, part sur la gauche, mais les gens que je suivais à la trace bifurquent vers la droite pour s'engager entre deux blocs de bâtiments. Je me retrouve seule sur le trottoir, je joue vraiment de malchance.

Avance !

Je reprends ma progression, mettant un pied devant l'autre comme si je marchais sur une corde raide placée au-dessus du vide. Je me fais l'effet d'un automate téléguidé.

Sans savoir pourquoi, à force de me dire que je ne dois surtout pas regarder les soldats, je tourne la tête vers l'un d'entre eux.

Ne fais pas ça, idiote ! me hurle ma petite voix intérieure.

Trop tard.

Nos regards se croisent. Bleu contre bleu. Je ne sens plus mon cœur, je ne sens plus mes jambes. Mon instinct me force à ébaucher un sourire dans l'espoir de noyer le poisson. L'homme lève tout à coup sa main vers moi.

— *Sieg Heil!*

Mon réflexe est immédiat. Machinal. Vital. Je lui rends son signe nazi avec un aplomb dont je ne me serais pas pensée capable à cet instant, puis je continue ma route en priant pour qu'il ne m'interpelle pas. Dans cet environnement devenu plus que dangereux, je n'ai plus le choix de savoir si je crois en ce que je fais ou non. Ce en quoi je crois désormais s'appelle la survie. La mienne… et celle d'une fillette de dix ans.

J'arrive dans la rue *Vonbergerstrasse*. Cette fois-ci, je n'ai aucun mal à trouver le chemin qui mène à la boutique d'Herr Kramen, je me souviens exactement où elle est située. Je continue en ligne droite sur une distance d'à peu près trois cents mètres. Mon pas est devenu plus franc et mon esprit n'est pas submergé par des milliers de pensées contradictoires. Je n'ai plus rien à voir, ou presque, avec celle que j'étais il y a encore quelques jours, quand je suis venue pour la première fois dans cet endroit.

C'est comme si ma peur, à présent que je me retrouve à devoir me débrouiller seule, me rendait plus courageuse, plus réceptive à mon environnement et aux choix que je dois faire. Peut-être que le désir de survie est une notion primale qui est en chacun de nous malgré le fait qu'on n'en ait pas conscience jusqu'au moment où on doit s'en servir.

J'arrive devant la boutique de coiffure, là où travaille Manuela, la fille d'Herr Kramen. Les portes vitrées sont fermées et ma proximité des détecteurs de mouvements ne déclenche pas leur ouverture. Forcément, elles ont dû se bloquer lors de la coupure du réseau électrique. Toutes les lumières sont évidemment éteintes à l'intérieur, mais malgré tout, j'y vois assez clair pour me rendre compte que le magasin est vide. Du moins, le semble-t-il. Je me demande où est passée Manuela, si elle a pu se mettre à l'abri ou bien si elle se terre dans son arrière-boutique, à l'image d'un animal pris au piège.

Je continue à avancer, circulant avec un calme étonnant entre les rares personnes qui cheminent d'un pas nerveux dans la rue. Je n'entends aucune conversation, c'est comme si tous les gens étaient devenus muets, tout à coup. Je croise des regards en biais dans lesquels la suspicion perce. Tout le monde se méfie de tout le monde, ça tombe sous le sens maintenant que les soldats ont dévoilé la présence de traîtres parmi la population. Je n'oublie pas que Manuela et Herr Kramen en font partie… Tout comme moi, désormais.

Mais en révélant cette information primordiale, le gouvernement s'assure la participation du peuple. La paranoïa s'installant, les gens n'hésiteront pas à dénoncer quiconque leur paraît suspect. Je ralentis en arrivant aux abords de la boutique d'Herr Kramen. Tout en conservant une expression aussi neutre que possible, je m'avance vers l'entrée, mais en voyant la porte coulissante entrouverte, un frisson remonte le long de mon échine. Je n'aime pas ça.

J'attends qu'il n'y ait plus de passants à proximité et je me faufile dans la boutique. J'en profite pour arracher l'avis de recherche me concernant de la vitre où il est exposé aux yeux de tous. Dès mon arrivée, une odeur me saisit. Je ne saurais pas la définir exactement. Quelque chose d'écœurant, comme un fruit pourri laissé à l'abandon quelque part.

Un nouveau coup d'œil vers l'extérieur et je décide de me glisser sur le côté, là où un rideau masque une partie de l'intérieur du magasin. Je voudrais appeler Herr Kramen, mais la crainte de me faire repérer m'en dissuade. Je progresse silencieusement en tournant la tête de gauche à droite. Les étagères ont été vidées de leur contenu qui traîne par terre. Les livres forment de petits monticules sur le sol, des objets sont brisés. Le comptoir est inoccupé et cette odeur désagréable se fait plus prononcée alors que je m'approche du bureau d'Herr Kramen.

La porte est entrebâillée. Je ferme un instant les yeux, plus pour me donner le courage de découvrir ce à quoi je m'attends que celui d'entrer. Je n'ai pas besoin d'avoir déjà vu un cadavre pour ne pas deviner ce qu'il pourrait sentir. Je pousse le battant avec le bout de ma chaussure. Il s'ouvre sans un bruit et je regarde le corps d'Herr Kramen qui gît dans une mare de sang près de son bureau.

Je reste immobile, comme si j'avais pris racine.

Mon monde semble devenu un enfer depuis que nous avons détruit les systèmes de survie de Germania. J'ignore si Élias avait pris en compte le paramètre des sympathisants qui pouvaient être découverts et tués pour avoir aidé les Non-Aryens à subsister jusque-là. C'est là que je prends conscience de la faille dans son plan. Paralyser Germania était une chose, mais ensuite que comptait-il faire, au juste ? Je crois surtout qu'il ne m'a pas tout dit sur ses réelles intentions.

J'en arrive même à me demander si l'ouverture du dôme n'était pas volontaire afin de leur permettre de s'échapper de cette ville où ils n'avaient aucun avenir. Mais non, j'ai lu la panique sur le visage de Micha, j'ai entendu Élias lui crier de revenir en arrière, de corriger son erreur. Leur affolement ne peut pas avoir été feint. J'ignore quoi, mais quelque chose dans leur plan n'a pas fonctionné et la machine a déraillé. Herr Kramen est un dommage collatéral et j'ai bien peur qu'il en soit de même pour sa fille, Manuela. Je m'avance finalement et je m'arrête devant le corps, mes chaussures juste au niveau de son crâne. Puis je m'accroupis.

D'une main fébrile, je porte deux doigts sur sa jugulaire, mais je sais que c'est inutile, il est déjà mort depuis un moment.

Je pourrais rester là, me mettre à pleurer pour cet homme que je ne connais même pas. Tout ce que je sais de lui se borne à l'aide qu'il a apportée à Élias par mon biais. Mais voilà, pleurer ne le ramènera pas et je suis trop en colère pour permettre aux larmes de s'échapper de mes yeux.

Je me relève et je commence à explorer les étagères, elles aussi vidées de leur contenu. Je ramasse un sac et je fouille parmi les objets qui traînent au sol. Tout ce qui peut m'être utile, je m'en empare. Je trouve des vêtements neufs, je les mets de côté pour les enfiler une fois que j'aurai pris une douche. Loin de la vanité de me pomponner, je pense surtout qu'une apparence plus soignée attirera moins le regard, tout comme la présence des insignes nazis que je viens de dénicher et que j'accrocherai sur mon costume, une fois changée.

Au moment où je m'apprête à sortir du bureau pour aller fouiller dans l'arrière-boutique, deux soldats passent devant l'entrée du magasin. L'un d'eux tourne la tête dans ma direction, je me replie aussitôt dans le bureau, le cœur battant et la respiration coupée. Des yeux, je cherche quelque chose qui puisse me permettre de me défendre au cas où. Je me rabats sur une canne en bois et je me colle contre le mur, prête à frapper si les soldats arrivent. Mais personne ne vient. Lentement, j'abaisse mon arme improvisée en me demandant à combien de telles frayeurs je vais devoir encore survivre.

Après quelques minutes à reprendre le contrôle de moi-même, je retente ma chance et je jette un œil vers l'extérieur. Les deux hommes ne sont plus en vue. Je me glisse vers le fond de la boutique. Là, je découvre des cartons entassés les uns sur les autres. Je saisis un scan manuel que je passe sur les codes-barres pour identifier leur contenu. De la nourriture. Ce n'est pas ce que je recherche en priorité, mais j'en ai besoin. Je prends plusieurs paquets d'aliments déshydratés que j'enfourne dans mon sac, ainsi que deux bouteilles d'eau. Je repousse les boîtes au fur et à mesure que je progresse dans la pièce. J'en trouve une remplie de matériel divers. Je me sers. Deux montres connectées, trois lampes de poche miniatures, un pistolet et des munitions.

À force de remuer les choses, je finis par tomber sur une paire de lentilles de contact qui traîne par terre. Elle a visiblement échappé aux réquisitions des soldats. Les petits verres de contact sont un peu écrasés, mais au moins, ils sont de la bonne couleur et je n'ai pas d'autre choix que de m'en contenter. En revanche, je n'ai pas la même chance pour une éventuelle perruque, pas plus pour de la teinture. Je me rabats sur un bonnet dans un carton à textiles, ça cachera la chevelure d'Eden le temps qu'on traverse la ville, même si, avec un tel soleil, cela pourra paraître un peu incongru. Je n'ai de toute façon pas d'autre alternative. Ensuite, je retourne dans le bureau, je prends les vêtements neufs et je gagne la douche pour me décrasser de la tête aux pieds.

Une fois propre et changée, je roule mes habits sales en boule et je les pousse sous un meuble. Mes yeux dérivent vers le corps d'Herr Kramen tandis que je termine de remplir mon sac à dos. Je me fais l'effet d'une voleuse qui vient de piller un magasin alors que son propriétaire se trouve à quelques pas de là, mort. Je me sens comme une personne sans cœur. Mais au fond de moi, je sais que je ne le suis que par la force des choses. Je ne peux rien faire pour Herr Kramen, mais je peux tout faire pour Eden. Et je vais le faire sans regarder derrière moi.

6

À mon retour dans les égouts, Eden n'a pas bougé, comme si elle s'était figée dans la pierre. Je vois qu'elle a encore pleuré, mais je fais comme si de rien n'était. M'attendrir ne changera pas la situation dans laquelle nous nous trouvons et j'ai besoin de mettre tout sentiment de côté si je veux pouvoir me concentrer sur la suite des évènements.

— Tiens, mange un peu, dis-je en lui tendant une barre de chocolat.

Je la regarde la déballer avec une avidité typique de l'enfance, mais il y a autre chose : la sensation qu'elle découvre ce genre de confiserie pour la première fois de sa vie. Ce n'est qu'après coup que je prends conscience qu'en ayant toujours vécu dans les souterrains, il y a peu de chance qu'elle en ait jamais vu ou goûté. Je me concentre sur mon sac dont je vide le contenu. Je glisse deux lampes de poche de rechange dans la doublure de ma veste et je garde la dernière pour Eden. Ensuite, je passe le premier bracelet connecté autour de mon poignet. La charge est suffisante pour tenir un bout de temps. L'allumage enclenché, l'interface s'affiche sur ma peau, comme un tatouage, sous le regard émerveillé d'Eden.

— C'est quoi ?

— Juste un petit gadget qui permet d'avoir des tas de choses sous la main.

— Comme quoi ?

Je hausse les épaules. Tout ça me paraît si ordinaire que j'en oublie chaque fois que les gens des souterrains ne connaissent pas la technologie qui a toujours fait mon quotidien.

— Donner l'heure et les horaires des différents moyens de transport. Il y a aussi une fonction pour téléphoner et un GPS intégré pour nous guider dans la ville. C'est pratique quand on part en voyage.

— Et nous, on part en voyage.

Je hoche la tête avec un petit sourire pour confirmer ses paroles, puis j'attrape son poignet et j'y glisse la seconde montre connectée.

— Celle-ci est pour toi, dis-je en la réglant.

Ses yeux se remettent à briller, mais cette fois, je sais que ce n'est pas dû aux larmes. Elle se sent fière. Peut-être d'éprouver le sentiment d'être assez grande pour qu'on lui confie ce genre d'appareils ou bien parce qu'elle a soudain l'impression d'être à mon niveau. Elle l'est en réalité, quels que soient son âge et sa race. Elle n'en a juste pas conscience.

Ensuite, tout va très vite. Je l'aide à enfiler des vêtements propres. Je la débarbouille, la coiffe du mieux que je peux en utilisant mes doigts comme peigne, puis je dissimule sa chevelure sous le bonnet que je lui enfonce sur la tête jusqu'à faire disparaître ses sourcils. La dernière étape consiste à lui mettre les lentilles de contact. J'accroche deux insignes SS sur son col et, enfin, nous sommes prêtes.

Nous avons tout ce qu'il nous faut dans nos poches, je récupère quand même un sachet de nourriture pour la route et nous buvons nos bouteilles d'eau avant de les abandonner ici. Sans bagage, ce sera plus facile de circuler en ville sans devoir supporter ce poids en plus.

Je passe devant Eden pour gravir l'échelle qui mène à la surface. Lorsque je sors dans la rue, je hisse Eden à l'extérieur. Je ne prends pas la peine de refermer la plaque, je préfère garder mes forces pour autre chose. Ensuite, mon pistolet caché dans ma veste, je saisis la main de la petite et nous nous engageons dans une voie adjacente.

— Surtout, regarde toujours droit devant toi. Ne baisse jamais les yeux.

— Pourquoi ?

— Baisser les yeux est un signe de soumission et ça nous donne des airs de coupables. Les Aryens sont des gens arrogants par nature.

Je parle en connaissance de cause, moi qui ai toujours eu tendance à fixer mes chaussures plutôt que d'affronter les regards d'autrui. Mais cette époque est révolue, je suis trop en colère contre le monde entier pour baisser les yeux à présent. Eden garde le silence, mais je sens sa main se crisper dans la mienne. La vie, la vraie, celle qui laisse le soleil jouer avec vos cheveux et vous caresser la peau, c'est la première fois qu'elle la voit et la vit. Je comprends que ça puisse la perturber.

Nous passons devant *Vonbergerstrasse* sans nous arrêter, puis nous descendons vers l'axe central qui nous rapproche de la *Volkshalle*. À proximité de nous, des soldats montent la garde, armes au poing. Chaque fois que j'en aperçois un, je n'ai qu'une envie : enrouler mes doigts autour de la crosse de mon pistolet. Mais je me maîtrise et je m'efforce plutôt de faire en sorte qu'Eden cesse de ralentir pour contempler telle ou telle chose. Des monuments colossaux aux devantures de boutiques de jouets, il y a de quoi déclencher une fascination sans bornes chez un enfant, et plus encore lorsqu'il n'a jamais vu ça de toute sa vie. Mais le temps et nos existences sont trop précieux pour les risquer devant une vitrine. Eden l'a compris, elle a grandi plus vite qu'elle n'aurait dû dans sa tête. J'imagine que quand on est né fugitif, on n'a pas d'autre choix que de prendre en maturité très tôt. Ce n'est pourtant encore qu'une petite fille.

Penser à tout ça me ramène fatalement au souvenir d'Élias. Jusqu'ici trop centrée sur le déroulement de mon plan pour y songer, maintenant que nous marchons toutes les deux sans pouvoir nous parler librement, je n'ai que lui en tête. Lui et ses dernières paroles. Elles résonnent toujours en moi comme un coup de fouet en plein visage. Néanmoins, si une part de moi lui en veut pour m'avoir si durement traitée, je ne peux pas le blâmer d'avoir eu peur de la Krista que je serais sans cette puce implantée en moi. Moi aussi, j'ai peur d'elle et de ce qu'elle penserait de ce que je suis en train de faire à l'heure actuelle. Mais j'aurais aimé qu'Élias me laisse une chance malgré tout de les suivre, lui et le groupe. Il aurait dû tenir compte du fait que j'ai tué le commandant Vermer pour les sauver, Micha, Ezra et lui. Ça aurait dû suffire à lui montrer que j'étais définitivement acquise à sa cause. Mais non… il n'a voulu voir en moi que la part sombre dont je ne connais pourtant rien.

Au bout de la rue, j'avise un bus. D'ordinaire, les gens doivent scanner leur carte de transport pour pouvoir monter à l'intérieur, mais avec la panne d'électricité, le système est forcément hors service. Ça ne peut que m'arranger. J'entraîne Eden vers le véhicule avant qu'il quitte son emplacement. En voyant tout à coup le soldat planté juste à côté de la porte ouverte, elle a un vif mouvement de recul et je suis obligée de la tirer sèchement pour qu'elle grimpe.

— Attendez ! me lance soudain l'homme dans mon dos.

Je fais comme si je n'entendais pas et je pousse Eden à l'intérieur du bus.

— Montrez-moi vos papiers, m'ordonne-t-il.

Mes doigts se resserrent sur le bras d'Eden au point qu'elle lâche un petit gémissement de douleur. Mon autre main se glisse à l'intérieur de mon blouson alors que je me tourne lentement vers le soldat. Si je tire sur lui, les occupants du véhicule risquent de s'en prendre à nous. Mais si je ne tire pas…

Le bus démarre sans prévenir, je me rattrape de justesse à une barre d'appui, les yeux rivés sur le soldat resté sur le trottoir en nous fixant. Mon cœur bat si fort que je ne parviens pas à entendre autre chose que ses pulsations contre mes tympans. Je n'arrive pas à détacher mon regard du SS dont la silhouette rétrécit au fur et à mesure que le bus progresse sur la chaussée.

— On a eu chaud aux fesses, me murmure Eden.

Sa voix a le don de me faire sortir de ma transe et je lâche un soupir de soulagement.

Oui… on a eu chaud aux fesses, songé-je en me laissant retomber sur un siège.

La chance ne sourit pas dix fois aux gens, ça aussi, j'en ai conscience.

7

À mi-chemin du prochain arrêt, on profite d'un gros ralentissement du bus et que ses portes automatiques soient bloquées en position ouverte pour sauter en marche, puis on se remet à avancer d'un pas vif.

Ici, comme tout le long du chemin que nous avons parcouru, nous voyons le résultat de ce que le plan d'Élias a déclenché. Un peu partout sur la route, des voitures encastrées les unes dans les autres ou dans des lampadaires, des vitres brisées par les gens à coup de masse pour sortir des magasins.

L'ordre et la sécurité n'existent plus et je découvre les Aryens, mon peuple si discipliné, sous un nouveau jour, comme si notre acte leur avait permis tout à coup de révéler leur côté rebelle. En fait, si en me rendant vers la boutique d'Herr Kramen, les piétons étaient rares et d'un calme presque normalisé, plus nous approchons du centre de la ville, plus la population semble être dévorée par la folie de la destruction, la soif d'une certaine liberté, en bravant les lois établies. Ici plus que partout ailleurs, les soldats sont présents et n'hésitent pas à frapper au hasard. Même leurs chiens se conduisent en véritables prédateurs prêts à tuer. Je maintiens Eden avec fermeté, de peur qu'elle ne m'échappe sous l'effet d'un mouvement de foule.

Un homme me projette tout à coup violemment au sol. Une douleur sinue le long de mon bras alors que j'entends Eden crier. Je tente de me redresser, mais d'autres personnes me repoussent et je vois Eden se faire malmener à son tour. L'écart se creuse entre elle et moi et la seule idée de la perdre de vue, noyée parmi toutes ces têtes blondes qui ne feront qu'une bouchée d'elle, fait monter une poussée d'adrénaline en moi. Je lance mon pied en avant en repensant aux paroles d'Élias sur ma façon de répliquer à une attaque : « Tu as les bases, tu sais te battre. Tout ce qui te manque, c'est de l'assurance. »

Eden !

Elle tend la main vers moi, le regard empli d'effroi. Son bonnet bouge chaque fois qu'on la bouscule. Si une seule mèche de ses cheveux s'en échappe, Eden est morte. Je frappe plus fort encore, puis je me redresse. Ensuite, je donne des coups de coude de tous les côtés, même dans les visages tant que ça me permet de gagner du terrain. Si cet endroit est devenu une jungle, alors je dois me transformer en un animal sauvage. Je me précipite vers Eden et ma paume s'écrase sur son crâne juste avant que le bonnet ne laisse apercevoir ses cheveux. Je les renfonce de justesse en dessous.

— Garde tes mains sur ta tête ! lui ordonné-je en la soulevant comme un bébé.

Curieusement, elle pèse le poids d'une plume. D'une main, elle maintient son bonnet en place, de l'autre, elle agrippe mon cou.

— Là-bas, dis-je en bifurquant vers une grande esplanade sur laquelle sont visibles des navettes stationnées.

— Laisse-moi marcher, on ira plus vite, me lance Eden.

La maturité et le sang-froid de cette enfant n'en finissent plus de m'étonner. Je ne réponds rien et je la repose à terre. Nous échangeons un regard, puis nous nous mettons à slalomer entre les gens sans nous lâcher la main. Les navettes m'apparaissent de plus en plus imposantes et nombreuses, tout comme la masse de personnes qui gravite autour et que des soldats tentent de repousser à coups de matraque. Lorsque nous sommes toutes proches de l'accès aux rampes de lancement, nous nous arrêtons. Mes yeux font des allers-retours. À droite, à gauche. Il y a des gardes partout. L'évidence me saute au visage : nous ne passerons jamais.

Je tourne la tête vers Eden. Nos regards se croisent et je lis de l'interrogation et de l'inquiétude dans le sien. Tout à coup, une idée me vient. Je fais face à la fillette et je lui arrache ses insignes nazis que je fourre dans ma poche.

— Mais…

Je lui enlève son bonnet. Ses longs cheveux sombres comme la nuit se déroulent à l'image d'un serpent glissant sur ses épaules. Tous les yeux se braquent sur elle.

— Fais-moi confiance, murmuré-je en la saisissant sans douceur par le bras.

Je n'ai aucun mal à fendre la foule avec cette enfant qui dénote dans le paysage. Les gens s'écartent machinalement, craignant sans doute d'être contaminés si Eden effleure ne serait-ce que leurs vêtements. Cela n'en empêche pas certains de lui tirer sèchement les cheveux tout en lui lançant des crachats et des insultes. Ce déchaînement de haine me rappelle mon arrivée dans les souterrains lorsque les membres de sa communauté, à elle, s'en sont pris aussi à moi. À présent, c'est à son tour de se confronter à la vindicte de mon peuple. Pour autant, je ne trouve pas cela jouissif du tout. Les invectives fusent et je dois repousser les gens les plus téméraires et hostiles avec fermeté pour qu'on ne m'arrache pas des mains la petite. Je parviens malgré tout à arriver devant deux soldats qui barrent la route. *Sois convaincante, Krista*. J'ai un léger hochement de tête comme pour répondre à ma propre conscience. Puis mon visage devient aussi inexpressif que celui des hommes qui me font face.

— Je suis en mission pour le gouvernement. Je dois emmener cette sang-impur au camp.

Les soldats me considèrent d'un air suspicieux. L'un d'eux attrape une mèche de cheveux d'Eden qui s'est mise à pleurer et la regarde comme s'il étudiait une créature inconnue et répugnante.

— Vous avez des papiers le prouvant ?

Je tire de ma poche le contrat qui me lie au Führer dans le cadre de l'« Opération Vermine ». Si je ne conçois toujours pas de l'avoir signé de mon plein gré, je dois bien lui reconnaître un avantage certain à cet instant. Le soldat l'examine, puis le montre à son collègue.

— Vous vous appelez Krista Sudwischer ?

Je le fixe avec un aplomb qui me ressemble si peu. À ce moment précis, j'ai le sentiment d'être devenue cette Krista froide qui a conclu un pacte avec le roi des Boches.

— C'est écrit dessus, confirmé-je d'un ton cassant.

— Papiers d'identité ?

Je réprime un frisson d'inquiétude et je lui tends ma carte magnétique. Il la passe dans son scan. Durant ces quelques secondes qui me paraissent s'étirer comme un élastique sur le point de rompre, je ne pense qu'à l'avis de recherche me concernant et je me tiens prête à sortir mon pistolet malgré la peur qui palpite en moi. Mais il n'en fait pas mention et me rend la carte.

Bien sûr, ça aussi, ça devait faire partie de ma couverture, songé-je avec écœurement.

À nouveau, je me fais l'effet de n'avoir été qu'un pantin du début à la fin.

— Où avez-vous trouvé ce spécimen ?

Je me ressaisis et toise mon interlocuteur.

— Elle sortait des égouts.

Il souffle tout en secouant la tête.

— Décidément, ces rats sont plus nombreux qu'on ne l'aurait cru, pas vrai ?

J'acquiesce, même si j'ai envie de lui donner un coup de poing dans le nez pour qu'il la ferme.

— Au moins, ça fera du matériel en plus pour les expérimentations.

Les lèvres crispées, je reste silencieuse et il comprend que je n'ai aucune intention de m'étendre sur le sujet. De l'index, il me désigne un endroit au loin.

— La navette pour le camp est sur le point de décoller, dépêchez-vous d'aller remettre votre prisonnière aux pilotes.

Je ne me le fais pas dire deux fois et j'entraîne Eden avec moi en m'efforçant de garder un regard fier et une démarche assurée. Nous avons réussi à passer ! Pourtant, au fond de moi, tout au fond, je me sens prête à m'effondrer sous la pression.

Je suis faible.

Je suis forte.

Je suis les deux à la fois.

8

Au fur et à mesure que nous avançons sur le tarmac, l'horizon se dégage et la profusion de soldats du départ se mue en de petits groupes épars visiblement plus occupés à fixer leur attention sur la foule au loin que sur Eden et moi. Comme nous avons passé le fameux cordon de sécurité, ils doivent penser que nous avons de bonnes raisons de nous trouver ici. Les pleurs et les reniflements d'Eden continuent à me parvenir, mais même si l'envie de la consoler me torture, je ne dois pas m'attendrir. Je ne peux pas me permettre de me préoccuper d'elle maintenant, alors que nous sommes toujours sur le terrain ennemi. Malgré tout, je desserre un peu ma prise sur son bras.

— Je suis désolée, chuchoté-je en espérant qu'elle m'entende.

Je sens son regard qui se pose sur moi, mais elle ne dit pas un mot. A-t-elle au moins compris que j'ai agi ainsi dans le seul but de nous sauver, elle et moi ? Et que notre survie ne dépend désormais que de ma persistance à jouer les SS modèles ? Nous obliquons vers la droite en passant devant les petites navettes deux places que j'avais envisagé de prendre au départ. Des hommes en uniforme se tiennent à proximité et nous regardent d'un air sévère alors que je ralentis le pas.

— Prisonnière ?

Je confirme d'un signe de tête.

— C'est par là-bas, répond-il en désignant un endroit plus loin avec le canon de son fusil.

Intérieurement, je fulmine. Il va nous être impossible d'approcher les vaisseaux deux places. À contrecœur, je prends le chemin indiqué par le soldat en tirant Eden et nous arrivons dans la zone des plus gros appareils. Ces navettes sont interdites au public, ne servant qu'au transport des leaders de la ville. On les appelle des cargos parce qu'elles peuvent facilement contenir une dizaine de personnes. Je suppose qu'avec la découverte de tous ces Non-Aryens dans les souterrains, il a bien fallu utiliser des vaisseaux de ce genre pour les transférer dans ce fameux centre dont m'a parlé Eden.

On passe la première, dont la porte est en position fermée. Le sas de la seconde, quelques mètres plus loin, est abaissé et devant se tiennent plusieurs individus dont deux sont des soldats. Je m'arrête d'un coup, le souffle court. Les trois hommes de dos sont entravés aux mains et quand l'un des soldats pousse l'un d'entre eux vers l'entrée de la navette, ce dernier résiste et projette son pied dans la rotule du SS qui lâche un juron sous l'effet de la douleur. La sanction est immédiate, il frappe violemment le visage du prisonnier avant de lancer son pied à la pliure de sa jambe pour le faire tomber.

Puis, les autres prisonniers subissent un sort identique. Tout le monde à genoux devant les SS dont je peux discerner les sourires de satisfaction malsaine.

— Sales *Judenschwein* ! aboie l'un d'eux. Vous allez regretter qu'on ne vous ait pas tués !

Je ne peux pas m'empêcher de jeter un coup d'œil anxieux sur Eden en songeant qu'elle pourrait être victime de la même violence. Puis, alors que je redresse la tête pour me forcer à retourner dans mon rôle de SS dénuée de toute empathie, je vois l'un des prisonniers cracher un filet de sang. Son regard croise le mien et mon cœur s'emballe pour de bon.

Élias…

— Ressaisis-toi, me murmuré-je à moi-même.

— Élias ! C'est…

— Tais-toi, sifflé-je à Eden.

Je reprends ma progression en resserrant mon étreinte sur son bras, comme si j'avais déjà oublié qu'elle n'était pas mon ennemie, et je me mords très fort l'intérieur des joues pour que la douleur physique gomme tout le reste de mon esprit.

— Tu me fais mal, sanglote-t-elle.

— Je t'en prie, Eden. Si tu ne te tais pas, nous sommes fichues.

L'attention des soldats se reporte soudain sur nous et j'ai l'impression qu'un voile de glace vient de m'envelopper. Le regard de ces Aryens ne m'a jamais paru aussi scrutateur et dérangeant. Le plus costaud des deux fait un pas dans notre direction, son fusil braqué vers nous. L'autre force Ezra et Micha à se relever avant de faire de même avec Élias dont la lèvre inférieure éclatée laisse couler un filet de sang sur son menton. Je l'ignore, même si c'est difficile.

— Que faites-vous ici ?

Je pivote vers le soldat et je le considère d'un œil froid.

— Je dois accompagner cette prisonnière. Ordre du Führer.

Il détaille Eden de la tête aux pieds avec un mépris évident.

— Juive ?

Je confirme d'un signe de tête, mais je me garde d'ajouter quoi que ce soit. En faire trop n'est pas non plus la meilleure des choses.

Sans un mot, il se détourne de moi. Il saisit Élias par le bras, le pousse sèchement à l'intérieur et fait de même pour Ezra dont le visage est d'une pâleur inquiétante. Je reporte mon regard sur son tee-shirt gorgé de sang et le souvenir de sa blessure à la *Volkshalle* me revient. Il trébuche. Le soldat le relève sans douceur avant de le projeter à l'intérieur de la navette où il retombe, trop mal en point pour se retenir à quoi que ce soit. *Pas d'empathie, pas de sentiments. Je dois rester de glace.* Micha suit le même chemin et va s'asseoir. Puis, le soldat tourne à nouveau la tête vers moi et, d'un geste de la main, me fait signe de grimper à l'intérieur avec Eden. Je m'exécute avec cette sensation que je suis, moi aussi, une prisonnière dont les heures sont comptées. Une fois que nous sommes montées, l'homme s'occupe d'activer la fermeture automatique de la navette tandis que son comparse part s'installer au poste de pilotage.

Le silence retombe, seulement ponctué par une quinte de toux d'Ezra. Une fois la porte de l'appareil verrouillé, le soldat vient prendre place à côté des détenus. Je me suis assise sur le banc d'en face, Eden à mes côtés. Le soldat et moi nous fixons pendant quelques instants avant que je ne finisse par baisser les yeux, mal à l'aise. Quand le moteur de la navette rugit d'un coup, je relâche enfin le bras d'Eden, l'air de rien. Le soldat se relève tout à coup et saisit la petite par l'épaule. J'agrippe aussitôt le poignet d'Eden pour lui faire lâcher prise.

— Les prisonniers tous du même côté, c'est la règle ! aboie-t-il.

Je serre les mâchoires à m'en faire mal ; je libère Eden à contrecœur. Le soldat la pousse sur le banc et elle se blottit contre Élias qui me jette un regard assassin. Je me rassois. Jouer dans la cour des méchants n'est définitivement pas pour moi, Aryenne ou non, mais je n'ai pas d'autres choix que de suivre les règles si je ne veux pas être démasquée.

L'ambiance est tendue. L'air empeste le sang et la sueur. Entre les cahots de la navette, je me décide à regarder les prisonniers un à un. Micha est blessé au visage, je ne sais pas ce qui lui est arrivé, mais son oreille est en sang et l'une de ses joues marquée par une large ecchymose. Entre ses cheveux qui partent dans tous les sens et ses vêtements maculés d'un mélange de sang et d'autre chose qui ressemble à de la boue, il n'a jamais aussi peu eu l'aspect d'un Aryen. Même ses iris semblent avoir viré au gris.

Ezra est celui qui est le plus mal en point. Le teint blême, les yeux vitreux, de grosses gouttes de sueur glissent sur ses tempes. Il essaye de respirer le moins fort possible, sans doute par peur de se prendre un nouveau coup par le soldat. Quand je reporte mon regard sur la large tache de sang sur son tee-shirt au niveau du flanc, j'ai le sentiment qu'il ne tiendra plus très longtemps avant de s'effondrer. Ça me serre le cœur de le retrouver, lui tout comme les autres, dans cet état, même si ça n'a jamais été l'amour fou entre lui et moi. Mais peut-être que l'idée de penser à Anna et leur bébé morts lui a fait perdre le désir de lutter pour survivre. À nouveau aux prises avec ma culpabilité, je serre les mâchoires à m'en faire mal. Je ne m'en détacherai jamais, et si Ezra meurt à son tour, je devrai également le considérer comme une de mes victimes… Je n'ose pas jeter un œil sur Élias, pourtant je sens son regard insistant sur moi. Un regard mauvais, hostile. Je sais pour qui il me prend en ce moment même, ça me blesse au plus profond de moi, mais je ne ferai rien pour l'en dissuader.

Tant qu'il estime que je suis la Krista fidèle à son Führer bien-aimé, il ne tentera pas d'inverser la situation au risque de tout faire rater. Cette fois-ci, c'est moi qui contrôle les choses, je suis dans mon monde et je tiendrai les rênes jusqu'au bout.

Je jette un coup d'œil par le hublot tout proche de moi. Nous avons quitté les frontières de Germania et le spectacle de ces ruines si petites, comme nous les survolons, me donne le vertige. J'arrive à distinguer des murs effondrés, des routes défoncées, comme si des bombes les avaient éventrées, des toits endommagés, des ponts écroulés. En dehors de ça, il n'y a rien. Pas de véhicules roulant parmi ces décombres d'un temps révolu. Pas de mouvement. Pas de vie.

C'est le néant.

Ça ressemble à un paysage d'apocalypse et la question de savoir ce qui a pu se passer pour que cet endroit devienne comme ça surgit dans mon esprit. S'agit-il de vestiges de la Seconde Guerre mondiale ou bien d'une autre guerre dont je n'ai jamais eu connaissance ? Quand Hitler a acquis du pouvoir, il a renié ses alliés anglais et un conflit entre eux a très vite mis fin à toute possibilité de réconciliation entre nos deux peuples. Je me souviens qu'alors, l'Allemagne avait obtenu assez de compétences en matière d'armement nucléaire pour rayer la Grande-Bretagne de la planète. Cette étendue désertée est-elle le résultat de ce conflit ?

Je réalise la largeur du fossé entre cet endroit mort et le modernisme de Germania. Il est semblable à ce qui oppose les Aryens et les Non-Aryens. Infranchissable.

Au moment où je me détourne enfin de ce panorama déprimant, je vois le soldat poser une main sur la cuisse d'Eden et mon sang ne fait qu'un tour. C'est trop tôt pour agir, mais trop tard pour renoncer.

— Touchez-la encore une fois et je vous tue, lâché-je en sortant mon pistolet de mon blouson.

9

Le soldat reporte son regard sur le canon de mon arme braqué droit vers sa tête. Il me met aussitôt en joue avec la sienne. Brusquement, Eden se laisse tomber à terre et je vois la jambe d'Élias s'élever et percuter le bras du soldat qui tient l'arme. Ce dernier émet un grognement de douleur tandis que son fusil lui échappe des mains. C'est le moment où les choses s'inversent et où l'ennemi redevient l'allié. Au moment où le soldat se jette au sol pour attraper son arme, je presse la gâchette de mon pistolet. Une balle fuse du canon et s'enfonce dans son épaule. La navette tressaute pile au même moment et manque de nous faire tomber les uns sur les autres.

Je m'empare de la clé magnétique dans une des poches du soldat blessé et je la lance à Eden qui comprend aussitôt ce qu'elle doit en faire. Pendant qu'elle libère les prisonniers, je donne un coup de pied dans le fusil du SS pour qu'il ne puisse pas le récupérer tout en continuant à le tenir en joue.

— Sale traîtresse ! me crache-t-il au visage.

Ce mot qui me blessait tant jusque-là n'a tout à coup plus le même goût dans ma bouche. Il n'en a plus aucun en vérité. Je ne suis définitivement pas une traîtresse, j'ai juste choisi mon camp.

— Pensez ce que vous voulez, je m'en moque.

Élias arrive à son tour, le fusil du soldat en main. J'ose le regarder, mais notre échange visuel ne dure pas assez longtemps pour que je puisse décrypter l'émotion qui habite ses yeux. Pas de la douceur, c'est certain, mais les miens non plus à ce stade.

— Occupe-toi de lui, lui intimé-je.

— Où est-ce que tu vas ?

— Réparer mes erreurs, me contenté-je de lui répondre.

Je coince mon pistolet dans ma ceinture en me détournant et je franchis la porte qui débouche sur un petit couloir donnant lui-même sur un autre battant de métal. Je le fais coulisser et la cabine de pilotage apparaît sous mes yeux.

Le soldat assis aux commandes paraît surpris de me voir, mais il reste concentré sur l'imposant pare-brise sur lequel des milliers de fines particules grises s'abattent comme si nous traversions des nuages constitués uniquement de cendres. Cette vision de l'horizon me fait perdre un instant le fil et mon regard se noie dans cette immensité.

— C'est quoi, ce raffut à l'arrière ? Il y a un problème avec les prisonniers ? demande soudain le pilote.

Je fais pivoter ma tête vers lui. Quand j'étais petite, j'étais captivée par les navettes qui circulaient d'un point à l'autre de Germania. Je trouvais un côté magique dans le fait de voir ces appareils aux contours épurés flotter dans l'atmosphère sans un bruit. Je me souviens de tout ce temps passé à étudier tout ce qui touchait à leur mode de fonctionnement dans l'espoir, un jour, d'en piloter une. Aujourd'hui, alors que je me tiens dans cette cabine, que je vois de près tous les boutons et les câbles connectés qui composent le tableau de bord, je me rends compte que ma fascination ne s'est pas estompée avec les années.

— Aucun problème. À combien sommes-nous du camp ? m'informé-je.

— Environ une dizaine de minutes.

Je m'assois sur le siège voisin. Puis, avec tout le naturel possible, je ressors mon pistolet et en pointe le canon vers le soldat.

— Posez-vous, lui ordonné-je.

— Quoi ? Mais qu'est-ce qui vous prend ?

— Faites. Atterrir. Cette navette.

— Hors de question !

— Très bien.

Sans cesser de tenir l'homme en joue, je referme les doigts sur le câble de la radio de contrôle connecté au tableau de bord et je tire un grand coup sec. Ensuite, j'en attaque un autre, celui de la direction. À cet instant, je vois les traits du conducteur se tendre.

— Arrêtez ! Vous allez nous faire crasher !

— Posez cette navette !

Comme il n'obéit toujours pas, je place ma main en suspension au-dessus d'un gros bouton luisant d'un halo rouge. Si je le presse, et le soldat le sait, c'est la chute libre. Le visage de l'homme a encore blêmi et un mouvement brusque de sa part fait descendre l'appareil d'un niveau dans le ciel. Je manque de perdre l'équilibre, mais je me maintiens assez pour éviter de m'écraser contre le pare-brise. À l'arrière, j'entends Eden crier, puis plusieurs coups de feu retentissent. Le pilote de la navette me fixe encore un moment avant de reporter son regard sur ma main en suspension au-dessus du bouton.

— Ne faites pas ça, murmure-t-il.

— Faites atterrir cet appareil, répété-je.

— Non !

Je descends ma main d'un nouveau cran vers le bouton dont je sais qu'il crashera automatiquement la navette si je le presse. C'est du quitte ou double et je compte bien sur l'instinct de survie de cet homme pour que la situation vire à mon avantage.

— Dans ce cas…

— Attendez ! s'écrie-t-il.

Je suspends mon geste à quelques millimètres du bouton. Le soldat lâche un soupir, entre soulagement et dépit.

— Très bien. Je vais atterrir.

Je laisse retomber ma main libre le long de mon corps, mais pour autant, je continue à le viser avec mon pistolet. La confiance n'est plus un sentiment que j'éprouve désormais.

Brusquement, le soldat pousse au maximum le manche de direction et fait sauter un petit cran qui émet un claquement sec. Avant même que j'aie le temps de réagir, le nez de la navette pivote en avant. Mon arme m'échappe sous la violence du choc et glisse sous mon siège. La navette penche de plus en plus et je suis obligée de m'agripper aux accoudoirs du siège pour éviter d'atterrir dans le pare-brise.

— Qu'est-ce que vous avez fait ? hurlé-je.

— Ma vie pour le Führer ! répond-il sur un ton neutre.

Je me suis trompée, cet homme n'a pas le moindre instinct de survie.

Du coin de l'œil, je le vois déclipser sa ceinture bien que l'angle de la navette risque de le projeter dans le pare-brise. Il tourne alors la tête dans ma direction, me fixe avec un regard de fou, puis se jette sur moi.

10

Nos deux corps se retrouvent plaqués contre le pare-brise. La main du soldat autour de ma gorge, j'essaye de me soustraire à sa poigne. À l'instar de la douleur qui me comprime la trachée, mon corps absorbe la puissante énergie générée par notre chute libre. C'est comme si l'air s'engouffrait dans la cabine de pilotage. Les vibrations me donnent l'impression qu'un tremblement de terre a lieu à l'intérieur de mon crâne. Je balance un coup de coude dans le thorax de mon agresseur, mais il s'accroche à mon cou comme une sangsue. La descente d'un nouveau palier nous fait retomber sur le tableau de bord et le soldat éructe de rage tandis que son dos heurte plusieurs commandes. J'en profite pour lancer mon pied en avant dans l'espoir de l'atteindre. Ma jambe tape dans le manche directionnel qui craque et repart dans le sens inverse. La navette se redresse brutalement et nous envoie percuter les sièges. Je reçois un violent coup dans la pommette sans savoir si elle vient de mon agresseur ou de quelque chose qui voltige dans la cabine. Tout à coup, le battant isolant la zone de pilotage s'ouvre en grand et Élias apparaît en se maintenant au chambranle de la porte.

— Qu'est-ce que tu fiches ? s'exclame-t-il.

Tout ce que j'arrive à faire, c'est de tendre une main vers lui, mais le soldat frappe durement mon coude et une douleur fulgurante m'arrache un cri. Élias dirige soudain son fusil vers mon assaillant qui reste cramponné à moi. Il essaye de viser pour ne pas me toucher, mais nous sommes collés l'un à l'autre. Il tire une première fois, mais rate son coup. J'en profite pour projeter ma tête en avant et percuter le front de mon adversaire. Il recule sous l'effet de la douleur et Élias fait à nouveau feu. Le soldat, atteint dans le cou, se fige et retombe lourdement sur moi, me coupant la respiration sous le poids de son corps à présent inerte. Élias se précipite vers moi. Il m'aide à me libérer. Je me rue aussitôt sur les commandes de la navette pour tenter de la redresser, mais il m'empoigne.

— C'est trop tard. Vite !

Je ne comprends pas tout de suite pourquoi il crie comme ça, mais quand je sens tout à coup un violent courant d'air s'infiltrer dans l'habitacle, je réalise que la première balle tirée par Élias est allée perforer le pare-brise. L'infime impact a malgré tout ouvert une voie d'air au travers de l'étoile de verre. Nous nous précipitons à l'extérieur de la cabine. Ensuite, Élias me lâche et, ensemble, nous essayons de faire coulisser la porte tout en nous maintenant à tout ce qu'on peut. Le trou d'air est devenu semblable à un tourbillon qui s'engouffre à l'intérieur de la cabine de pilotage et fait gîter la navette de droite à gauche. Il nous faut user de toutes nos forces, peut-être les dernières, pour réussir à enfin refermer le battant.

Je m'entends hurler. Je sens les bras d'Élias

autour de ma taille et les miens arrimés à la sienne. Puis la navette se met à se retourner sur elle-même. Nos têtes percutent le plafond. Nous retombons sèchement à terre, la respiration coupée.

— Cramponne-toi à tout ce que tu peux ! s'égosille Élias.

Je garde une main maintenue autour de sa taille et de l'autre, j'agrippe une rampe. L'appareil se fracasse dans un bruit de métal sur la terre ferme, elle glisse sur ce qui me semble être des kilomètres. Une explosion résonne contre mes tympans. Mes mâchoires claquent sous le choc et un goût de sang se répand dans ma bouche. Dans le lointain, Eden pousse un hurlement déchirant. Une nouvelle déflagration retentit, puis la navette s'immobilise et c'est le silence le plus complet.

C'est une odeur de combustible qui me fait émerger. Ma tête me fait si mal que j'ai l'impression qu'on s'amuse à y enfoncer des broches de métal pour remuer ce qui me reste de cervelle. Tout est embrumé autour de moi, comme s'il y avait de la fumée. Je me redresse en position assise en réalisant que c'est effectivement le cas. Il y en a partout dans l'habitacle. Je tourne la tête si vite vers Élias qu'une douleur semblable à une brûlure me perfore le cou. Une silhouette, dont les contours sont floutés par la fumée, gît tout près de moi. Élias. J'agrippe son épaule, mais il reste immobile.

— Élias ! Élias, réponds-moi !

Je cherche son visage à tâtons et j'effleure sa joue. Je sens la moiteur du sang sur sa peau, il a dû être blessé durant le crash de la navette. Je le secoue avec plus de vigueur, il faut qu'il se réveille !

— Élias ! Je t'en prie, dis-moi quelque chose !

Toujours pas de réponse.

— Micha ! Eden ! Où êtes-vous ? crié-je en essayant de fouiller l'épaisse fumée du regard.

Ma gorge me pique et mes yeux me brûlent. Personne ne répond, et je suis terrifiée tout à coup à l'idée de me retrouver seule.

— Ezra !

Les larmes, où se mêlent la peur et la douleur due à cette fumée irritante, se mettent à rouler sur mes joues. Je ne fais rien pour les essuyer et elles glissent le long de mon menton pour aller se perdre dans mon cou. Je ne peux pas être l'unique survivante ! Ils ne peuvent pas être tous morts !

L'air devient étouffant, il faut sortir d'ici avant que la navette explose. J'enroule les mains autour des chevilles d'Élias et je tire son corps pour essayer de l'emmener vers l'endroit où sont supposés être restés les autres. Je souffle entre chaque traction, Élias n'est pas un poids plume avec sa grande taille et sa musculature, mais j'arrive malgré tout à le traîner sur plusieurs mètres. Je marque des arrêts chaque fois qu'une quinte de toux me secoue et je reprends ma progression laborieuse.

Une fois la porte atteinte, je tape dedans avec le pied, mais elle ne bouge pas. Je lâche Élias, puis je pose mes mains sur le battant. Je les retire d'un coup tant le métal est chaud.

— Le feu, il y a le feu de l'autre côté !

Je ne sais plus quoi faire et je ferme les yeux, en proie à l'horreur des images qui me viennent en tête. Eden, Micha et Ezra, brûlés vifs ? Mon cœur se soulève. Je me fais violence pour chasser ces terrifiantes visions de mon esprit, il faut que je trouve un autre moyen de nous sortir d'ici avant qu'il ne soit trop tard !

— Eden ! crié-je. Eden !

Mais je n'entends que les craquements sinistres de la navette qui donnent l'impression qu'elle va tomber en miettes d'une minute à l'autre. La fumée s'est épaissie et, quand je baisse les yeux, c'est tout juste si les contours du corps d'Élias ne disparaissent pas. Je m'accroupis à côté de lui de peur de le perdre définitivement de vue. À nouveau, je le secoue.

— Je t'en supplie ! Réponds-moi !

Je ne peux pas imaginer qu'à peine l'ai-je retrouvé, il me glisse de nouveau entre les doigts comme l'esprit libre qu'il a toujours été. Je me remets à le secouer avec plus de fermeté. Mais j'ai beau faire, il ne se réveille pas...

11

On peut faire beaucoup de choses quand on estime que notre vie est en danger, mais on peut aussi faire ces choses dans le simple intérêt de l'autre. Cet autre qui a su vous rendre meilleur sans que ni lui ni vous n'en ayez réellement eu conscience. C'est à ça que j'ai pensé chaque fois que le souvenir d'Élias est venu m'aiguillonner. Je voulais le haïr pour m'avoir laissée seule à la *Volkshalle* malgré le risque que cela me faisait courir. Mais le détester plus que je ne me déteste moi-même est impossible. Alors je rengaine mes larmes et je me place de l'autre côté de son corps, au niveau de sa tête. Là, je glisse mes mains sous ses aisselles et je le tire pour retourner vers la cabine de pilotage. Puisque la navette est désormais totalement immobile, il reste l'option de briser le pare-brise pour sortir de cette prison de métal.

Je renonce finalement à tracter Élias jusque-là, je n'en ai plus la force et ça me prendrait trop de temps. Je me précipite vers la porte de la cabine en toussant. Elle n'est pas brûlante comme l'autre et je parviens à la faire coulisser.

Il y a encore peu de fumée à l'intérieur, ce qui me permet d'avoir une vue assez nette du pare-brise. Il est en partie détruit au niveau de l'impact de la balle, mais il y a à peine de quoi y passer une main. Je grimpe sur le corps du soldat mort et je me hisse sur le tableau de bord sans me préoccuper des touches et commandes qui se brisent sous mon poids. Ensuite, je m'agenouille et j'essaye de glisser mes doigts dans la fente. Le verre est coupant et du sang commence à perler autour de mon poignet. Je ne m'en soucie pas et je retire ma main pour serrer le poing et frapper sur le pare-brise, là où il est impacté. Malheureusement, ce ne sont pas des coups comme ceux-là qui risquent d'en venir à bout.

Je retourne à toute vitesse vers Élias. À tâtons, je cherche son fusil, mais avec la fumée, y voir quelque chose est devenu quasi impossible. Je recommence à cracher mes poumons sous l'effet du gaz irritant libéré dans l'air. Je retire ma veste et je la place au niveau du visage d'Élias pour protéger ses voies respiratoires, puis je me remets à fouiller le sol, à la recherche de son arme. Au moment où je la repère enfin, une autre toux fait soudain écho à la mienne. Je me retourne d'un bond.

— Élias ?

Je sens un mouvement près de moi. Une main qui bouge, je pose la mienne dessus et les doigts d'Élias trouvent naturellement leur place entre les miens.

— Où… sont les autres ? me demande-t-il d'une voix qu'il peine à retrouver.

— Je ne sais pas ! Il faut qu'on sorte d'ici ! Tu peux marcher ?

Il émet un grognement en guise de réponse et lâche ma main. Sa silhouette se fond dans l'épaisse fumée, néanmoins, je parviens à la discerner et je me relève à mon tour.

— Dans la cabine de pilotage ! dis-je en l'entraînant avec moi.

Quand nous y arrivons, je découvre son visage et le sang qui a coulé sur sa joue. Je remonte sur le corps du soldat, le fusil en main.

— Donne-le-moi.

Je le lance à Élias qui l'attrape. Il grimpe à son tour sur la dépouille du pilote de la navette et brandit la crosse du fusil en emmagasinant un maximum de force, puis il l'abat sur le pare-brise au niveau de l'impact. La vitre se craquelle un peu plus et la fente s'agrandit. Il recommence jusqu'à ce qu'elle se constelle de millions d'étoiles de verre. Les coups s'enchaînent et de plus gros fragments finissent par se détacher et tomber à l'extérieur de l'appareil.

— Continue, lancé-je à Élias en m'avançant vers la brèche.

Pendant qu'il poursuit son œuvre de destruction, je glisse une jambe dans le trou. Ça m'oblige à me retrouver dans une position qui n'a rien de très glorieux, mais ça me permet de me servir de mon dos comme d'une masse. J'essaie de soulever la vitre en arrondissant mes vertèbres et en poussant de toutes mes forces. Avec les coups que continue à y porter Élias, de plus en plus fragilisée, elle finit par se briser dans un craquement sec. On pourrait agrandir un peu plus la brèche, mais c'est déjà suffisant pour nous laisser passer et le temps nous manque.

— Allons-y !

Élias m'aide à m'extirper totalement de la cabine

de pilotage. Je me retrouve sur le nez de l'appareil et je regarde l'horizon vide. Nulle part, je ne vois trace de Germania et de ses hautes tours de verre. Une partie de moi voudrait encore les distinguer pour ressentir à nouveau ce sentiment sécurisant qui faisait ma vie d'avant. Mais ce n'est plus possible à présent, et ça ne le sera plus jamais. L'air est brûlant et sec. Je me retourne sur le ventre et Élias attrape mes mains tandis que mes pieds pendent dans le vide. Je n'ai pas trente-six solutions, je vais devoir sauter. Je baisse la tête et j'essaye d'évaluer la distance qui me sépare de la terre ferme.

— OK, soufflé-je. OK, je suis prête maintenant.

Élias acquiesce et me lâche. Je me laisse glisser le long du nez de la navette et mon dos percute le sol. Je reste allongée, me concentrant sur ma poitrine qui se soulève et s'abaisse à toute allure, le temps que la douleur qui serpente dans la totalité de mon corps s'atténue. Entre mes muscles tendus, les coupures du pare-brise sur mes mains et mon crâne pris dans un étau invisible, j'ai de quoi faire en matière de souffrance. De là où je suis, je vois Élias sortir à son tour de la navette et se laisser tomber à côté de moi. Il demeure lui aussi un instant immobile, comme sonné.

On échange un regard sans dire un mot. Je ne sais pas ce que je lis dans le sien, mais il est tout sauf vide. Il est dur et douloureux à la fois, ses vêtements et ses mains sont couverts de sang en plus de sa joue. Je n'imagine pas par quels moments de souffrance il a dû passer en se faisant prendre par les soldats. J'ignore quand lui et les autres ont été capturés et comment les choses se sont déroulées entre le moment où ils ont quitté la *Volkshalle* et celui où ils sont montés dans la navette, mais je ne me vois pas le questionner à ce sujet. On se relève en titubant, donnant l'impression que nous avons trop bu et, à nouveau, mon regard explore les alentours, se posant sur les monceaux de pierre qui jalonnent le paysage, sur les murs écroulés, sur ce néant dont je ne connais rien. Je sens Élias troublé lui aussi, et ce trouble est comme une énergie qui circule entre nous.

— Il faut retrouver les autres, me lance-t-il.

Je fais oui de la tête et on s'empresse de faire le tour de la navette pour essayer de trouver une trace de vie d'Eden, de Micha et d'Ezra.

12

Nous n'avons pas à chercher bien loin. Nous retrouvons Micha de l'autre côté, à une proximité raisonnable de la navette. Eden est agenouillée à côté de lui, les cheveux ébouriffés. Ezra, quant à lui, est allongé par terre. Du coin de l'œil, je vois le visage d'Élias se décomposer et moi aussi, l'espace d'une poignée de secondes, j'ai la conviction qu'il est mort. Mais quand il ramène lentement sa main sur son flanc, je réalise que je me suis trompée et je me surprends à soupirer de soulagement. On se précipite vers eux et, pendant qu'Élias s'accroupit près d'Ezra, Eden se relève et bondit vers moi. Elle enroule ses bras autour de ma taille et me serre à m'en étouffer.

— Doucement, Eden.

— J'ai cru que vous étiez morts ! J'ai eu tellement peur !

— Moi aussi, j'ai eu peur, murmuré-je en enfouissant une main dans son épaisse chevelure comme le ferait une mère avec son enfant.

Je veux me montrer encore forte vis-à-vis d'elle, mais je sais que mes yeux sont chargés de larmes. Des larmes de soulagement pour moi qui la voyais déjà brûlée vive. Quand cette vision terrible ressurgit dans mon esprit, je serre les poings jusqu'à ce que mes ongles pénètrent ma peau. La douleur me fait oublier ce à quoi je pensais l'instant d'avant et je me sens mieux. Tout en gardant la petite lovée contre moi, je reporte mon attention sur les garçons.

Élias et Micha essayent de soulever Ezra de la façon la moins douloureuse possible pour lui, mais je doute qu'il en existe une. Ezra est juste une boule de souffrance à lui tout seul. En les regardant faire, en retrouvant chez eux cette unité fraternelle, les souvenirs de mes premiers moments passés en leur compagnie ressurgissent en moi. Je redeviens pendant un instant l'innocente et naïve Krista. Pourtant, après tout ce qui est arrivé depuis, je ne peux plus dire que je suis *elle*. Ni elle ni celle qui a fait le serment de soutenir le Reich jusqu'à la mort. Je suis une nouvelle Krista, une troisième entité dont je ne connais encore rien, mais qui est courageuse et qui n'a pas peur d'affronter son destin, aussi sombre soit-il.

Une Krista que, peut-être, je pourrais aimer.

Ezra laisse échapper un cri de douleur, mais au moins, Élias et Micha ont réussi à le soulever. Ils partent vers le nord en marchant très lentement pour ne pas empirer l'état d'Ezra. Je saisis la main d'Eden et nous leur emboîtons le pas.

Les abris de fortune ne manquent pas dans le coin, mais ils jettent leur dévolu sur une espèce de maison dont le toit, à demi écroulé, lui donne un aspect étrange, comme la demeure d'un vieil excentrique. Il y en avait une qui lui ressemblait à Germania. C'était celle d'une riche famille du Reich et leur bâtisse était semblable à une sorte de cube surmonté d'un étage triangulaire. Seulement ici, nous n'avons pas affaire à une loufoquerie humaine, mais à une ruine dont j'ignore comment les murs peuvent encore tenir debout.

L'intérieur n'est pas en meilleur état que l'extérieur, et si les quatre murs sont toujours là, la partie écroulée de la toiture forme un monticule de tuiles au milieu de la pièce. Nous le contournons et nous nous réfugions dans une pièce annexe où le toit nous protège des rayons du soleil et d'éventuels ennemis. Comme il y fait sombre, j'allume ma lampe de poche pour que les garçons puissent trouver un emplacement décent où allonger Ezra. Il y a des morceaux de bois qui terminent de pourrir dans tous les coins. L'odeur est âcre comme si des champignons poussaient dessus. C'est une odeur qui porte au cœur, mais rester ici est toujours plus sûr qu'à découvert. Élias et Micha déposent Ezra sur le sol fait d'une espèce de carrelage tout noir et cassé de partout.

Je m'accroupis près de lui pour évaluer son état. Après tout, qu'il le veuille ou non, je suis la plus qualifiée pour le soigner. Ni Micha ni Élias ne cherchent à m'éloigner de lui. Et contrairement à la fois où j'ai essayé d'examiner sa plaie à la *Volkshalle,* Ezra ne fait rien non plus pour m'en empêcher. J'imagine qu'il est surtout trop faible pour tenter quoi que ce soit. Même respirer lui demande un effort considérable. Je soulève son tee-shirt et je regarde sa blessure.

— Il faut la nettoyer et la refermer, sinon ça risque de s'infecter, déclaré-je.

— Tu peux faire quelque chose ? m'interroge Micha.

Je garde les yeux rivés sur la plaie. Elle est toujours

béante et le sang continue à s'en écouler. À ce rythme-là, il va se vider de son liquide vital d'ici la fin de la journée. Il n'y a pas trente-six moyens de l'aider.

— Vu son état, il y a deux solutions.

— Lesquelles ?

— Soit vous me trouvez du désinfectant et de quoi refermer sa blessure, soit…

— Soit quoi ?

Je lève les yeux vers Micha et le considère en silence. A-t-il vraiment envie que je dise tout haut quelle est la seconde option ? Mais je n'ai finalement pas besoin de le faire, Élias s'en charge à ma place :

— Soit on abrège ses souffrances, déclare-t-il en se redressant.

— Tu plaisantes ou quoi ? Pas question ! s'exclame Micha en se relevant à son tour.

Moi, stoïque, je garde le silence. Je ne peux malheureusement pas faire plus.

— Micha, viens avec moi, on va aller fouiller dans la navette pour voir si on trouve de quoi le soigner.

— Il doit y avoir une pharmacie de secours dans la cabine de pilotage, lâché-je.

Élias acquiesce sans un mot.

— Tu es blessé aussi, tu devrais te reposer, objecté-je.

— Je vais très bien. Occupe-toi d'Ezra et d'Eden.

Je me fige face à la froideur de sa réponse. Je ne cherche pas à répliquer. Pour ça, il faudrait que j'aie quelque chose à dire et, en l'occurrence, ce n'est pas le cas.

Quand Élias et Micha ont quitté notre abri de

fortune, je retourne m'asseoir dans un coin et, le dos collé au mur, je réfléchis à ce que je dois faire. Rester avec des personnes qui ont décidé de me rejeter quoi que je fasse ? Ou partir sans savoir où aller ?

Je me masse les tempes en essayant de raisonner posément. Nous sommes perdus au milieu de nulle part, nous avons un blessé grave avec nous, une enfant qui risque de se déshydrater très vite. Je n'imaginais pas une situation plus catastrophique que celle de Germania après l'attaque de la Grande Coupole, mais je réalise que je me suis trompée.

Je sens les bras d'Eden s'enrouler autour de ma taille et sa tête se poser tout contre mon flanc. La chaleur de son corps me fait du bien, il me rappelle que je ne suis pas morte à l'intérieur, même si c'est l'impression que j'éprouve à cet instant. Il me rappelle que quoi qu'Élias pense, je ne suis pas mauvaise. Je sors de ma poche un petit sachet de nourriture déshydratée. Le seul que j'ai gardé depuis notre départ de Germania. Je le lui tends.

— Va partager ça avec Ezra.

— Tu n'en veux pas ?

Je secoue la tête.

— Je n'ai pas faim.

Elle acquiesce, puis se lève et va s'asseoir à côté d'Ezra. Je la regarde glisser son doigt dans le sachet pour nourrir Ezra comme si elle donnait la becquée à un oiseau agonisant. Ezra va mourir, c'est tellement évident que je ne comprends pas qu'Élias et Micha rejettent cette idée en bloc. Ils devraient au moins prendre en compte cette éventualité. Mais je suppose que je réfléchis encore trop comme une Aryenne manquant d'empathie. Moi, j'appelle ça du pragmatisme et ce n'est pas parce que j'ai conscience des faibles chances de survie d'Ezra que je souhaite sa mort pour autant. Je voudrais le soigner et qu'il s'en sorte, tout comme j'aimerais qu'il retrouve Anna et leur bébé, Âmi. Seulement, parfois, il faut savoir accepter la réalité des faits. Ezra va mourir, puis ce sera notre tour quand nous n'aurons plus rien à manger, que la soif sera trop intense et que les blessures d'Élias s'infecteront.

Je me redresse, lassée par cet élan de pessimisme. Je cale mon épaule contre le chambranle de ce qui reste de la porte. J'observe encore une minute Eden et Ezra, puis je croise les bras et je concentre toute mon attention sur le rayon de lumière qui perce au loin en faisant briller ce qui a tout l'air d'un vieux panneau de signalisation chancelant. Et tout en rivant mon regard dessus, je me dis qu'au final, la véritable question n'est pas de savoir si nous allons mourir, mais plutôt quand.

13

Au bout de la dixième fois à consulter ma montre, j'ai fini par revenir m'asseoir près d'Ezra pour vérifier comment il va. Il est brûlant et alterne entre phases de sommeil et de réveil. Eden se tient face à moi avec le seul corps d'Ezra entre nous. Parfois, nous échangeons des coups d'œil inquiets, mais la majorité du temps, j'essaye d'éviter de la regarder pour ne pas qu'elle comprenne à quel point je me sens abattue. Elle ne faisait pourtant pas partie du groupe d'Ezra, d'Élias et de Micha, mais je la devine très attachée à eux. Ils ont forcément passé du temps ensemble au sein de toutes les communautés lorsqu'elles se retrouvaient pour diverses occasions.

Élias et Micha font brusquement irruption dans notre abri. Nous nous levons aussitôt et les rejoignons pour les aider à décharger tout ce qu'ils ont ramené. Il y a des armes dont le revêtement chromé a viré au noir à cause de l'incendie de la navette, deux couvertures de secours en aluminium et une petite citerne d'eau à peine remplie.

— C'est tout ce qu'on a pu sauver, le reste était trop calciné. Et on a trouvé ça, dit Micha en me tendant une pharmacie de voyage.

Je m'en empare et je retourne près d'Ezra. J'ouvre la trousse en priant pour qu'elle contienne tout ce dont je pourrais avoir besoin pour le soigner. L'intérieur est plutôt bien garni et j'y découvre de quoi redonner de l'espoir à tout le monde sur les chances de survie d'Ezra.

— Il faut que quelqu'un maintienne son tee-shirt pendant le soin.

Élias s'accroupit près de moi au niveau du visage d'Ezra. Il soulève le pan du tee-shirt de son ami pour dévoiler sa plaie. Nos regards se croisent durant une poignée de secondes, ça me suffit à discerner plus que de l'inquiétude dans ses prunelles. J'avais tort, finalement, en m'imaginant qu'il ne pensait pas à la possible mort d'Ezra. Y penser, je crois qu'il ne fait que ça. À moins que sa peur se trouve dans son manque de confiance en mes capacités, mais j'estime lui avoir assez prouvé que, de ce côté-là, il n'avait rien à craindre.

J'attrape un petit spray d'alcool.

— Attends, m'arrête Élias.

Je hausse les sourcils et je le regarde ôter sa ceinture et caler le ruban de cuir entre les mâchoires crispées d'Ezra. Micha se joint à nous. Se plaçant de l'autre côté, il appose ses mains sur le menton d'Ezra pour maintenir sa bouche fermée et l'empêcher de crier.

— OK, tu peux y aller, m'intime Élias.

J'asperge la plaie d'alcool. Ezra se cambre brusquement, son visage se déforme sous l'effet de la souffrance. Élias appuie sur son épaule avec force, Micha raffermit son étreinte sur son menton. J'ai un léger mouvement de recul face à l'énergie qu'Ezra déploie malgré sa blessure. Il me fait penser à une bête enragée, et pour moi qui n'ai été habituée qu'à soigner des femmes enceintes ou des bébés, un gabarit comme Ezra est plus qu'impressionnant. Il est terrifiant.

— Continue ! aboie Élias.

J'acquiesce et je fouille nerveusement dans la pharmacie. J'opte pour une seringue de gel coagulant dont je disperse le contenu dans la plaie. Ensuite, nous attendons tous quelques instants que le produit se répande à l'intérieur des chairs. Ezra est tendu comme un arc, Élias et Micha doivent, sans relâche, le contraindre à l'immobilité totale. J'en profite pour jeter un regard derrière mon épaule pour voir où se trouve Eden. L'idée qu'elle puisse assister à cette scène ne me plaît pas. Malheureusement, elle est plus en sécurité avec nous qu'à l'extérieur. Je la repère assise dans un coin, recroquevillée avec les mains autour de ses genoux et je devine plus que je ne vois les larmes qui roulent sur ses joues.

Je me reconcentre sur Ezra. L'écoulement du sang s'est arrêté, ça indique que le produit a fonctionné. Je pioche dans la pharmacie à la recherche de quoi resserrer les deux bords de la plaie et la protéger des risques d'infection. Les pansements d'hydrogel sont emballés dans des poches de papier que je m'empresse de déchirer. Ensuite, j'applique le soin sur l'un des côtés de la blessure en appuyant assez pour être certaine que les capteurs électroniques qui le composent soient bien tous en contact avec la peau.

— Aide-moi.

— À quoi faire ? demande Élias.

— Il faut rapprocher les deux bords de la plaie.

Il place ses mains de part et d'autre de celle-ci, puis jette un regard entendu à Micha.

— Tiens-toi prêt, dit-il.

Micha comprend aussitôt et se prépare à une nouvelle réaction violente de la part d'Ezra. Élias rapproche ses mains d'un coup, Ezra étouffe un hurlement. Ses muscles se contractent tandis que je colle le soin de l'autre côté de la blessure. Je garde une minute la paume plaquée sur l'ensemble du pansement, le temps qu'il adhère partout et que les petites diodes à l'intérieur des capteurs brillent d'un halo bleuté, indiquant qu'elles fonctionnent.

— C'est bon, c'est terminé, soufflé-je.

Élias relâche Ezra et m'effleure la main au passage. Je me saisis ensuite d'une des couvertures d'aluminium et, avec l'aide des garçons, je la dispose sur Ezra pour le garder le plus au chaud possible. Élias et Micha s'éloignent un peu. Ils échangent quelques mots en chuchotant, puis Micha va s'occuper d'Eden, du moins tenter de la distraire tandis qu'Élias retourne vérifier si les armes sont toujours en état de fonctionnement. Et moi, je reste là, assise près d'Ezra, une main posée sur la sienne.

Ezra a fini par s'endormir au bout d'une petite demi-heure. D'après les diodes, la plaie n'est pas infectée et la cicatrisation est en cours, même si sa fièvre n'a pas baissé. À présent qu'il a reçu des soins adaptés, j'ai un regain d'optimisme et ça m'allège un peu le cœur. Je n'oublie pas, cependant, que nous ne sommes pas à l'abri du pire, Ezra encore moins que les autres.

Eden s'est endormie, elle aussi, enfouie sous la seconde couverture d'aluminium. Micha est assis dans un coin de notre refuge et étudie la montre connectée que j'avais glissée au poignet d'Eden. Il pense qu'il peut réussir à augmenter la portée du GPS qui se bornait aux frontières de Germania. S'il y arrive, nous aurons peut-être une chance de découvrir l'emplacement du camp où sont internés les membres de la communauté des souterrains. Après avoir eu un aperçu de ses capacités en matière d'informatique, je ne doute pas un instant qu'il parviendra à trouver le moyen de détourner la technologie de mon peuple. Je me lève, la petite trousse à pharmacie en main, et je viens m'asseoir à la lisière de la sortie de l'abri, là où Élias a pris place pour faire le guet. Une arme près de lui, il cesse de scruter les environs quand je m'installe à côté de lui et m'observe sans dire un mot.

— Merci d'avoir soigné Ezra, murmure-t-il finalement avant de reprendre son examen de l'horizon.

Je reste silencieuse pendant un instant, mal à l'aise.

— Tes blessures risquent de s'infecter, Élias.

Il me jette un nouveau regard en biais.

— Qu'est-ce qui se passera quand ça arrivera ? demande-t-il.

Mon visage se tend et une onde d'incompréhension m'envahit face à ses paroles qui n'ont aucun sens pour moi.

— De quoi est-ce que tu parles ?

Il tourne de nouveau la tête vers moi et ses yeux durs plongent aux tréfonds des miens, comme s'ils cherchaient à déterrer je ne sais quel secret.

— Qu'est-ce qui se passera quand tu n'auras plus ta puce ?

— Je…

— Tu ne peux pas la garder dans ton cerveau pour toujours. Un jour ou l'autre, il faudra qu'on te l'enlève, et à ce moment-là, tu…

Je redeviendrai l'ancienne Krista, réponds-je intérieurement.

— En attendant que je me retransforme en la méchante de l'histoire, laisse-moi te soigner.

Il me fixe comme s'il n'avait pas compris ce que je venais de dire. Je vois bien qu'il est indécis à mon sujet, qu'il ne sait pas sur quel pied danser ni s'il doit m'accorder de nouveau sa confiance. Est-ce que je peux le blâmer de ne pas savoir qui je suis quand je l'ignore moi-même ?

— Écoute, tout ce dont je suis sûre pour le moment, c'est que cette puce, dans ma tête, n'en sortira pas sans l'intervention d'un chirurgien… Et je n'ai pas prévu d'en consulter un dans les prochains jours. Alors, jusqu'à nouvel ordre, je demeure la Krista qui a choisi ton camp, que tu le veuilles ou non.

Il ne répond pas. On dirait qu'il digère l'information. Malgré tout, même s'il reste mutique, il se décide à ôter son tee-shirt pour que je puisse le soigner.

S'il semble mal à l'aise, je le suis autant que lui, sinon bien plus. Je n'ai jamais eu l'occasion de me tenir si près d'un homme au torse dévoilé, et le fait qu'il me plaise rend les choses encore plus gênantes. En y songeant, je ne me souviens même pas avoir jamais vu mon frère torse nu... Je me mords la lèvre en pestant intérieurement. *Ton frère n'existe pas ! Enfonce-toi ça dans le crâne une bonne fois pour toutes !*

— Quelque chose ne va pas ? s'étonne Élias face à ma mine troublée.

Je secoue la tête.

— Tout va bien.

Son torse est couvert de lacérations et de larges ecchymoses. Je m'abstiens de faire le moindre commentaire à ce sujet parce que je me doute que ses plaies ne sont pas toutes dues au crash de la navette et je m'empare du spray d'alcool.

— Ça risque de piquer un peu.

Il n'a aucune réaction quand j'applique l'antiseptique, sinon un léger frémissement. Puis je prends une compresse imprégnée d'un cicatrisant que je tamponne sur chacune de ses blessures. Il règne comme une tension entre nous avec ce même malaise qui nous empêche de parler. Je sens le rouge me monter aux joues en même temps que, quelque part au fond de moi, une onde de chaleur m'envahit. La seule pensée de toucher sa peau fait virevolter des hordes de papillons dans mon ventre. J'aimerais qu'il enroule ses bras autour de ma taille, tout comme j'éprouve l'envie tenace de percevoir à nouveau la pression de ses lèvres sur les miennes. Mais Élias ne fait rien de tout ça, il semble indifférent à ma présence.

Je fais glisser la compresse le long de ses biceps et je finis par me rapprocher de son tatouage sous la clavicule du côté gauche. Là, je m'arrête et je le considère en silence en pensant au mien placé au même endroit. Identique en tout point. Je n'ai pas oublié toutes les questions qui m'ont traversé l'esprit à l'instant où le commandant Vermer a tiré sur le tee-shirt d'Élias et dévoilé la marque indélébile de son baptême aryen. Je me rappelle aussi le sentiment d'avoir été trahie que j'ai éprouvé en découvrant l'évidente appartenance d'Élias au peuple aryen quand il avait toujours soutenu le contraire. Il ne l'est peut-être qu'à demi, mais il reste un Aryen pour moitié néanmoins, qu'il l'accepte ou non. En réalisant que je bloque sur cette partie de son corps, il attrape soudain son tee-shirt d'un geste rapide, m'obligeant par son mouvement à ôter ma main.

— Ça ira très bien comme ça, merci, dit-il en se rhabillant.

Je range la compresse dans la pharmacie, mais ma curiosité est trop vivace à présent que j'ai la possibilité d'en apprendre plus sur ce qu'il est en réalité.

— Élias ?

Il lâche un soupir. Évidemment, il sait déjà de quoi je veux parler. Je m'attends à ce qu'il pose sur moi un regard impitoyable pour me dissuader de continuer dans cette voie, mais au lieu de cela, il me considère avec une étrange neutralité. Alors, je me lance avant que son humeur ne change.

— Qui es-tu, exactement ?

À ces mots, il ébauche une espèce de rictus, à mi-chemin entre un sourire forcé et une grimace.

14

— Qu'est-ce que tu veux savoir ?

Je hausse les épaules, il y a tellement de choses que j'aimerais connaître de lui.

— C'est mon tatouage qui te perturbe ?

Je réponds par un hochement de tête timide.

— Je vais être bref parce que je n'ai pas grand-chose à dire à ce sujet. D'autant que tu as compris l'essentiel. Ma mère était une Aryenne, mon père, un Juif.

— Comment se sont-ils rencontrés ?

Il reporte son attention sur l'horizon, comme si ma question le dérangeait au plus haut point. Finalement, ses yeux sombres reviennent se poser sur moi et son regard semble plus incisif que l'instant d'avant. Pas méchant, mais teinté d'un étrange éclat que je suis incapable de définir.

— De la même façon que nous nous sommes rencontrés, toi et moi. Ma mère a voulu aider un sang-impur. Elle est descendue dans les égouts et… Enfin, elle et mon père se sont croisés. Ils sont restés ensemble pendant quelque temps et ma mère a joué le rôle d'une infiltrée. Puis un jour, elle a décidé de retourner définitivement à la surface.

— Et c'est là que tu es né ?

— Elle était enceinte à ce moment-là, oui. J'imagine que c'est ce qui l'a motivée à remonter dans la ville.

— Pour élever son bébé dans les meilleures conditions.

— Je suppose.

Sa voix est plus grave tout à coup, plus basse également, et je comprends qu'il lutte pour repousser l'émotion que ces souvenirs doivent générer chez lui. Mais il le sait tout aussi bien que moi, un enfant a nettement moins de chances de survie dans des tunnels sombres et froids qu'à la surface de Germania où la technologie et les maladies sont maîtrisées sans problème. Sur ce point, je me dis que j'aurais peut-être opté pour la même solution que cette femme si je m'étais trouvée dans son cas. Mais j'imagine que sa décision n'a pas dû être simple ; choisir entre l'homme qu'on aime et la santé de son bébé, ça n'a rien d'aisé.

— Tu es né dans une maternité aryenne ?

Il acquiesce et je vois l'os de sa mâchoire inférieure saillir sous sa peau. Je le sens de plus en plus nerveux et je finis par me demander si continuer sur ce sujet est la meilleure des choses à faire si je veux réussir à renouer avec lui.

— Quand j'ai commencé à changer physiquement, elle a décidé de m'abandonner dans les égouts, reprend-il sans un regard pour moi.

J'écarquille les yeux.

— Mais… quel âge avais-tu ?

— Je ne sais plus trop… un peu moins de deux ans.

Je repense aux critères de sélection qui sont vérifiés quatre fois avant que ne soit délivré un certificat définitif d'aryanité aux enfants. Élias a passé le premier examen de la naissance, mais s'il avait moins de deux ans au moment de son abandon, il n'a même pas franchi le deuxième qui a lieu aux trois ans de l'enfant. Je l'imagine tout bébé, avec ses yeux virant au brun et ses cheveux qui rendent son apparence tellement différente et qui m'attire irrémédiablement. Je l'imagine seul au milieu d'un égout puant, pleurant et appelant sa mère. Comment peut-on faire ce genre de choses à un enfant ? Pourquoi être remontée à la surface si c'était pour finalement laisser son fils dans les sous-sols de Germania ?

— Mais… comment…

— Menahem m'a trouvé et ramené dans les souterrains.

Mon réflexe, à défaut de pouvoir dire quoi que ce soit d'intelligent, c'est de poser ma main sur la sienne. Je ne le vois pas comme de la compassion ou de la pitié vis-à-vis de cette période de sa vie, mais plus comme un geste de partage. Cette envie de me joindre à lui pour supporter le poids de cette blessure d'enfance qui a fait de lui la personne forte qu'il est devenu.

— Tu lui en veux, j'imagine. À ta mère, je veux dire.

Il hausse les épaules avec nonchalance.

— Une part de moi la déteste, mais l'autre la remercie. Sans ce geste, j'aurais fini par être trouvé et tué à Germania. Elle m'a sauvé la vie d'une certaine façon, même si elle n'a pas assumé d'avoir un enfant différent de la norme.

— Tu n'as jamais eu envie de la retrouver ?

— Pour quoi faire ? Elle n'existe pas pour moi. Les gènes, c'est une chose, l'amour maternel en est une autre. Elle n'est personne à mes yeux et elle pourrait être morte que ça me serait égal.

Je ne dis rien, mais je devine qu'il ment. Je crois que le fait d'avoir été abandonné parce qu'il ne correspondait pas au moule aryen l'a profondément blessé. Il a dû se sentir rabaissé et traité comme un vulgaire objet qu'on jette sous prétexte qu'il est indigne d'être considéré comme une vraie personne. Mais je demeure persuadée que, quoi qu'il dise, il ne souhaite pas vraiment la mort de sa mère.

— Et ton père ?

Il libère sa main de mon étreinte.

— Je t'ai dit l'essentiel, le reste n'a pas d'importance. Va t'occuper d'Ezra, il faut qu'on lève le camp rapidement avant qu'une autre navette ne repère l'épave de la nôtre.

Je me contente de me redresser, je crois que je ne tirerai plus rien de lui pour le moment et il a raison, rester ici trop longtemps ne me paraît pas prudent. Je retourne à l'intérieur de l'abri, Eden est réveillée et s'est assise près d'Ezra. Je prends la citerne d'eau au passage et je la rejoins. Je pose une main sur le front d'Ezra.

— Sa température a un peu baissé. Aide-moi à le faire boire.

On se débrouille comme on peut pour verser un peu de liquide dans sa bouche et humidifier son visage couvert de sueur. Puis, je laisse la petite boire et j'avale quelques gorgées à mon tour avant d'aller en proposer à Micha.

— Va demander à Élias s'il a soif, intimé-je ensuite à Eden.

Après notre discussion, je ne me sens pas vraiment capable de retourner le voir et de le regarder droit dans les yeux. Sa proximité me procure autant de plaisir que de déception. C'est étrange de réaliser que cette ébauche de rapprochement entre nous a été gommée aussi facilement à cause… Je porte une main à l'arrière de mon crâne et je glisse mes doigts dans ma chevelure. Où peut-elle être, cette fichue puce ? Ce programme qui a fait de moi ce que je suis à présent ? J'ai beau avoir dit à Élias que tant que la puce ne bougerait pas de ma tête, je resterai la Krista qu'il connaît, je ne peux pas m'empêcher de me dire qu'elle pourrait disparaître du jour au lendemain, comme par magie. Et comment est la véritable Krista ? Est-ce qu'elle méprise les Non-Aryens à ce point ? Serait-elle capable d'abattre de sang-froid une petite fille comme Eden ? Toutes ces questions qui tournent dans mon esprit me donnent la migraine. J'aimerais pouvoir m'allonger, fermer les yeux et m'endormir sereinement. Seulement, je dois veiller sur Ezra.

Au bout de quelques heures, la nuit finit par tomber. Une lampe torche trouvée dans la navette est restée allumée pour nous permettre d'y voir un minimum. Nous avons aménagé un petit coin pour dormir à proximité d'Ezra. Je me suis allongée la première, complètement lessivée par cette journée et avec le besoin impérieux de m'isoler pour réfléchir. À quoi ? Je ne sais pas exactement, mais je ressens cette nécessité de faire le point avec moi-même. Micha attend pour prendre le relais d'Élias au poste de guet, mais pour le moment, il est toujours en train de triturer le GPS à côté d'Ezra. J'aperçois son visage grâce à l'éclairage de la montre connectée sur laquelle il est penché comme un enfant sur un jeu vidéo dont il est incapable de se détacher.

Un peu plus loin, je perçois les murmures d'Eden qui parle avec Élias. Elle semble plutôt parler seule, à vrai dire, mais de temps en temps, je l'entends, lui, qui répond. Je ferme les yeux et je me laisse bercer par leurs voix. Parfois, je comprends quelques bribes de leur conversation et ça me permet de savoir qu'elle explique comment elle a pu échapper aux soldats et comment je me suis occupée d'elle. Je la soupçonne de faire en sorte que lui et moi nous rapprochions. Elle pense sans doute que mes actes auprès d'elle vont convaincre Élias de ma bonne foi, mais le connaissant, je doute que ça ait la moindre incidence. Au contraire, il pourrait croire que je ne l'ai fait que pour me faire bien voir de lui. Mais je n'ai rien à me reprocher sur ce point non plus. Peu importe ce qu'il s'imaginera à ce sujet, je n'ai fait que ce que j'estimais juste pour protéger cette fillette innocente.

Au bout d'un petit moment, ils se décident enfin à rentrer dans l'abri. Je ferme aussitôt les yeux et je fais semblant de dormir. Le dos tourné, je sens qu'on s'installe près de moi sous la couverture d'aluminium qui reste. Élias et Micha n'en ont pas, préférant nous laisser la dernière tandis que l'autre est sur Ezra. Le bras d'Eden glisse sur ma taille et elle se serre contre moi. Machinalement, je me tourne vers elle pour déposer un baiser sur son front. Au moment de me remettre dans ma position initiale, je croise le regard d'Élias en train de parler à voix basse avec Micha. Il me fixe pendant un instant, puis détourne la tête. J'en fais autant et je me rallonge, une boule au ventre.

15

— Krista ?

Je sursaute d'un coup avec la peur au ventre. Une main est posée sur mon épaule, si légère que je la sens à peine. Je me retourne lentement et je vois Eden assise près de moi. Une lumière ténue nous entoure comme si plus rien n'existait autour de nous. Je regarde la fillette d'un air inquiet alors qu'un voile de fatigue recouvre encore mes yeux.

— Qu'est-ce qui se passe ? Pourquoi tu ne dors pas ?

Elle secoue la tête.

— Je n'y arrive pas. Je n'arrête pas de penser à ça.

Je m'assois à mon tour pour lui faire face. Derrière elle, je vois Élias qui dort, étendu sur le flanc. Je devine presque ses mouvements quand il respire.

— À quoi est-ce que tu penses, exactement, Eden ?

— À ce que tu as fait.

— Ce que j'ai fait ? De quoi est-ce que tu parles ?

— Ben, tu sais, du fait que tu sois une traîtresse.

Ce que tu es, en vrai. Ses paroles me font le même effet que si on venait de me cracher du venin en plein visage, je cesse un instant de respirer, puis je déglutis avec difficulté sans quitter Eden des yeux.

— Qu'est-ce que... tu racontes ?

— C'est la vérité. C'est ta faute si tout le monde

a été capturé. Ils sont tous morts maintenant… à cause de toi.

Ma gorge se serre et je suis juste capable de laisser échapper un petit son étouffé. C'est ce qu'elle pense de moi ? Que je suis une traîtresse ? Que j'ai vraiment provoqué la mort de tout son peuple ?

— Ce que tu as dans la tête, ça va tous nous tuer, tu sais, reprend-elle sur un ton d'une gravité qui détonne dans la bouche d'une enfant si jeune.

Plus elle me sonde du regard, plus je sens la culpabilité remonter en moi comme des bulles à la surface. Je croyais l'avoir laissée entre les murs de la *Volkshalle*, mais je réalise qu'elle est toujours en moi, que je ne me pardonnerai jamais de ce que j'ai fait à cause de ce programme auquel j'ai adhéré. Je pose une main sur ma bouche, mes yeux se brouillent. Je suis tétanisée par ce que je lis dans ses prunelles. Ce n'est pas une théorie qu'elle expose, mais une accusation qu'elle lance.

— Tu es une meurtrière. Élias et Micha disent ça aussi.

— Ils… disent ça ? réussis-je à bredouiller.

À ma question, elle répond par un hochement de tête. Je n'en demandais pas tant, ce n'est qu'une confirmation de ce qu'ils m'ont fait comprendre avant de m'abandonner à la *Volkshalle*, mais c'est dur de se l'entendre dire par une petite fille de dix ans. Ma main frôle l'arrière de mon crâne, descend jusqu'à ma nuque comme si j'espérais qu'un signe m'aide à savoir où se trouve cette puce.

— J'ai une solution, déclare soudain Eden.

J'essuie mes larmes d'un revers de manche et je la considère sans un mot, le cœur en miettes.

Elle glisse sa main dans son dos et en sort un pistolet. Mon pistolet qu'Élias a récupéré dans la navette. Posé entre ses petites paumes, elle le tend vers moi à la manière d'une offrande.

— C'est la seule solution si tu veux nous sauver, murmure-t-elle.

Je la regarde, terrifiée par ce qu'elle vient de dire, puis je fixe l'arme. Mes yeux s'embuent un peu plus encore. Je suis une meurtrière. Peut-être que la mort serait préférable à l'idée de trahir Élias et les derniers rescapés de son peuple. Eden a raison, je suis responsable de tout ça, je ne mérite pas de vivre.

Lentement, mes doigts s'enroulent autour de la crosse. Le métal est froid dans ma paume et je frissonne, mais je sais que ce qui me fait trembler n'est dû qu'à la peur de tirer une balle dans ma propre tête. Eden repose les mains sur ses cuisses, ses lèvres s'étirent sur un sourire, puis elle hoche la tête pour m'encourager. Je déglutis avec difficulté et je ramène le pistolet vers ma tempe.

— Fais-le.

La voix d'Eden me traverse l'esprit, comme un murmure rassurant. La peur est en moi, elle aussi. Pas celle de mourir, mais celle d'avoir le courage de mettre fin à ma vie. Une meurtrière. Anna et Âmi, Ezra et tous les autres…

— Fais-le.

Je suis coupable d'avoir pactisé avec mon camp pour les anéantir tous. La culpabilité devient soudain plus lourde qu'une chape de plomb sur mes épaules. Elle m'écrase littéralement, m'empêche de respirer, me donne le sentiment de m'enfoncer dans un *no man's land* où le sang coule à flot pour recouvrir les visages de tous ces gens que j'ai trahis. Mon index se pose sur la gâchette. Un nouveau frisson m'enveloppe. Je me demande quel effet ça fait de sentir une balle vous traverser le cerveau. Est-ce que tous les souvenirs s'envolent d'un coup ou est-ce qu'ils s'effacent les uns après les autres ?

Je ferme les yeux.

Courage, me soufflé-je intérieurement. *Ça ne durera qu'un instant.*

Une microseconde avant que les ténèbres m'envahissent. Je ne souffrirai pas longtemps et c'est peu cher payé pour sauver ces gens. Je leur dois bien ça. Mon index se crispe sur la détente du pistolet. Je suis prête, cette fois.

— Mais qu'est-ce qui te prend ?

On m'arrache violemment l'arme des mains et je rouvre les yeux. J'aperçois Élias derrière le voile de larmes qui embrume ma vue.

— Tu es devenue folle ou quoi ?

— Eden… elle…

— Eden dort ! Tu ne la vois donc pas ?

Je pose subitement les yeux sur la fillette. Elle est recroquevillée sous la couverture d'aluminium, sa tête dépassant juste. Les yeux fermés, elle respire avec régularité et paraît dormir profondément. Je ne comprends pas ce qui se passe. Élias m'attrape le bras sans douceur, m'obligeant à me lever, et m'entraîne vers une autre partie de l'abri, là où le toit est détruit et le ciel visible. Ensuite, il me plaque contre la paroi en pierre et se plante devant moi en me fixant d'un air dénué de toute indulgence.

— Qu'est-ce que tu comptais faire ? Te faire sauter la cervelle à côté d'une gamine de dix ans ? Ça t'amuse de pousser les gens à t'aimer pour ensuite leur briser le cœur ?

— Je… Eden m'a dit…

— Krista, ça suffit avec Eden ! gronde-t-il tout à coup en me secouant sèchement par les épaules.

— Mais, je t'assure que j'ai… Elle me disait de…

— Tu as fait un cauchemar, c'est tout ! Personne ne t'a demandé de te tuer et personne ne le fera jamais !

À ces mots, je me fige d'un coup. Un cauchemar ? Tout paraissait pourtant si réel.

— C'était un cauchemar, Krista. Rien de plus, répète-t-il en se radoucissant.

Je n'y tiens plus et j'éclate alors en sanglots face à l'évidence. J'ai imaginé tout ça, j'ai fait porter à Eden le poids des accusations que je refusais de m'adresser à moi-même. Comme si l'ancienne et la nouvelle Krista s'opposaient dans mon esprit. Je ne veux pas qu'on me retire cette puce, je ne veux pas connaître la véritable Krista parce que je n'ai qu'une envie quand je pense à elle et à ce qu'elle a accepté de faire. La tuer.

— Te tuer n'effacera pas la culpabilité, glisse Élias dans le creux de mon oreille.

— Je me déteste tellement…

— Ce qui compte n'est pas ce qu'on a fait avant, mais ce qu'on fait par la suite pour se racheter et tu en as déjà fait beaucoup. Si tu abandonnes tout ce qui fait de toi une bonne personne, la mauvaise Krista aura gagné.

Je relève la tête et je le dévisage.

— Promets-moi une chose, Élias.

— Quoi ?

— Si je redeviens ce monstre… tue-moi. S'il te plaît, tue-moi.

Je le sens se tendre et je redouble de larmes en imaginant cette scène où il m'abattrait sans remords ni regret. Je sais qu'il en est capable pour protéger son peuple.

Au lieu de répondre, il m'attire à lui. Je résiste, en proie au désarroi et au rejet de moi-même, mais il tire encore et me plaque contre son torse avant d'enrouler ses bras autour de moi. Je finis par renoncer à lutter et je pose mon visage sur son épaule.

Je me laisse aller à pleurer, à libérer toutes les larmes qui pesaient dans mon cœur depuis qu'il m'a abandonnée à la *Volkshalle*. Depuis qu'il sait, comme je le sais, quel monstre se cache à l'intérieur de moi, bridé par cette puce, à l'image d'une muselière.

Sa main remonte sur ma nuque et s'immobilise. La chaleur de sa paume irradie sur ma peau et me fait du bien, tout comme sa respiration régulière calme la mienne, ponctuée de sanglots.

Il ne dit rien, mais il est là et ça me suffit.

16

Quand je m'éveille, je suis allongée en chien de fusil par terre. Mon visage me tiraille d'avoir trop pleuré et mes yeux me brûlent encore un peu. Le bras d'Élias est posé sur ma taille et je sens sa présence alors qu'il dort tout contre moi. Malgré la chaleur générée par nos deux corps collés l'un à l'autre, le froid m'enveloppe de la tête aux pieds. Lentement, je reprends conscience de l'endroit où nous sommes et je reporte mon attention sur le ciel à découvert au-dessus de nos têtes. Il fait à peine jour, pourtant j'arrive à discerner des traînées grises qui détonnent dans cette immensité sans nuages. Je les regarde sans vraiment les voir jusqu'à ce que je réalise de quoi il peut s'agir. Je me redresse subitement, réveillant Élias en sursaut par la même occasion.

— Qu'est-ce qu'il y a ? grommelle-t-il.

— Des navettes ! Il y a des navettes dans le ciel ! m'exclamé-je en me relevant d'un bond.

— Quoi ?

Il lève à son tour la tête et scrute le ciel. Ses traits se tendent d'un coup alors qu'une navette traverse notre champ de vision. Il se redresse aussi sec. Ensemble, on se précipite dans l'abri où se trouvent les autres. Eden dort encore et Micha n'est pas à son poste de guet, mais assis près d'Ezra.

Il sursaute presque quand on déboule comme des fous.

— Micha ! Pourquoi tu n'es pas à ton poste ? Il y a des navettes ! Il faut partir ! lance Élias en rassemblant nos affaires disséminées un peu partout.

— Quoi ? Je viens de le quitter à l'inst…

— Remballez tout, vite !

Pendant que Micha se poste à la sortie pour surveiller l'évolution de la situation, je réveille Eden.

— Lève-toi, ma chérie, on doit s'en aller.

Je l'aide à se lever, puis je replie à toute vitesse la couverture d'aluminium que je fourre dans un sac ramené de la navette par les garçons. Ensuite, je vais voir Ezra et je pose une main sur son front. Il ouvre aussitôt les yeux et me regarde d'un drôle d'air.

Élias nous rejoint et se plante près de moi.

— Comment va-t-il ?

— Sa fièvre est tombée.

Je soulève le pan de son tee-shirt pour vérifier l'état de sa blessure, mais Ezra projette son bras dans ma direction pour me repousser. Même si sa réaction épidermique n'est pas agréable, elle prouve au moins qu'il a repris ses esprits. C'est bon signe. Je fais comme si son attitude ne me touchait pas plus que ça et je reporte mon attention sur Élias.

— Les plaies sont en cours de cicatrisation, mais elles n'en sont qu'au début.

— Tu peux te lever, Ezra ?

— Je crois, oui… Je vais… essayer.

Il commence à se redresser, je tends la main

pour l'aider, mais il me repousse à nouveau. Je n'insiste pas.

— Je te laisse gérer ton ami, dis-je à Élias.

J'ignore son regard dont je sais qu'il me juge pour ma réaction plutôt que pour celle d'Ezra et je retourne terminer de remballer nos affaires en prenant soin de ne pas oublier la pharmacie de secours. Ezra en aura besoin dans les jours à venir. Ensuite, je rejoins Micha, toujours posté à l'entrée de l'abri. Les bras croisés, je lève les yeux à mon tour et je rive mon attention sur la navette.

— C'est le troisième tour qu'elle fait, m'annonce Micha.

— Tu penses qu'ils ont repéré l'épave de notre appareil ?

— Ça ne fait aucun doute. Reste à savoir s'ils vont estimer qu'il ne peut y avoir aucun survivant ou vouloir vérifier par eux-mêmes.

Je connais les soldats SS, ils ne sont pas du genre à renoncer facilement sans preuve. Mais peut-être qu'avec ce qui se passe à Germania, nous avons une chance qu'ils oublient notre navette crashée. L'appareil fait encore deux tours, puis remet tout à coup les gaz et repart. Micha et moi, on se regarde, les sourcils froncés sur un masque d'incompréhension.

— Dis-moi que cette navette a bien pris la direction de Germania, me lance-t-il.

Je me mords l'intérieur de la joue, aussi désappointée que lui. Non, elle n'a pas suivi le chemin de Germania, elle est partie à son exact opposé et je ne m'explique pas pour quelle raison.

— Ou alors, il y a quelque chose par là-bas,

reprend-il en désignant du menton l'endroit où a disparu l'appareil.

— Mais quoi ? lâché-je à voix basse pour moi-même.

Je fixe l'horizon. Que pourrait-il y avoir qui se trouve à l'opposé de Germania ? Une autre ville ? Ou bien…

— Elle pourrait venir du camp dont Eden a parlé. Celui où seraient emprisonnés les gens de la communauté non-aryenne.

— Possible. Dans ce cas, ça ruine ma théorie comme quoi seule Germania était sous le contrôle des SS. Ça n'est vraiment pas fait pour me rassurer.

— Alors ?

L'arrivée d'Élias met un terme à notre discussion, et je me ferme comme une huître en voyant Ezra qui l'accompagne. En avisant le bras d'Élias enroulé autour de la taille de ce dernier, j'ai un doute sur le fait qu'il puisse marcher seul pendant plus de quelques minutes, et à voir la tête d'Élias, je ne crois pas me tromper.

— Une navette est passée et est repartie.

— Vers Germania ?

Micha se rembrunit.

— Elle est partie à l'opposé.

— Tu es sûr qu'elle était siglée de la croix gammée ?

— Tu plaisantes ? lâché-je. Évidemment qu'elle l'était. Elle était identique à celle qui nous a transportés.

Il tourne la tête vers moi et son regard semble tout à coup s'être durci. J'imagine qu'il n'apprécie pas la façon sèche dont je viens de répondre, mais je connais les appareils utilisés par mon peuple.

— Il ne faut pas qu'on fasse de vieux os ici, rétorque Micha.

— Si une navette repasse dans le coin, nous serons à découvert. C'est risqué aussi, objecté-je.

— On n'a pas le choix. On doit partir, nous sommes bien trop près de l'épave de notre navette. Je n'aurais jamais cru le dire un jour, mais les tunnels de Germania me manquent, réplique Élias. Micha, tu as réussi à étendre la portée du GPS ?

À l'évocation des tunnels, une idée me vient subitement et je me mets à cogiter pendant que les garçons continuent leur conversation.

— … pas totalement, il me faudrait encore un peu de temps pour y arriver.

— Du temps, on n'en a pas, Micha. Ce que je propose, c'est qu'on tente quand même le coup pour nous éloigner de cet endroit. Il y a plein de ruines un peu partout, on devrait pouvoir vite retrouver une cachette pour ne pas rester à découvert trop longtemps. Si on trace d'un refuge à un autre, on a une chance de semer les soldats. Et de toute façon, Ezra ne tiendra pas sur des kilomètres. Ça vous paraît jouable ?

Micha et Élias se concertent du regard et je suis surprise quand Élias pose ensuite les yeux sur moi comme si mon avis comptait à nouveau parmi eux. Je le fixe sans faire un mouvement et il fronce les sourcils, conscient que quelque chose cloche.

— Mon plan ne te convient pas, Krista ?

— Ces ruines datent de quand, à ton avis ?

Il hausse les épaules.

— J'en sais rien, qu'est-ce que ça peut faire ?

Je tourne alors la tête vers Micha. Lui aussi me dévisage d'un air incrédule, face à ma question, puis il se frotte l'arrière du crâne tout en arborant l'expression de quelqu'un qui vient de plonger dans un abîme de réflexion.

— À première vue, d'une centaine d'années, peut-être plus.

— Il y a des maisons et des routes, n'est-ce pas ? dis-je.

— Pourquoi tu demandes ça ? Tu les as vues aussi bien que nous, réplique Micha de plus en plus perplexe.

— Où veux-tu en venir, Krista ?

Je reporte mon attention sur Élias.

— C'est simple. S'il y a des ruines de maisons et des axes de circulation, c'est qu'il s'agissait d'une ville, d'accord ?

Il acquiesce.

— Et qu'est-ce qu'on trouve dans une ville pour gérer les écoulements et l'assainissement de l'eau ?

Le silence se fait, mais je crois que tout le monde a compris.

— Des égouts ! Bien sûr ! lance Micha comme si ça tombait brusquement sous le sens.

— Très bien, reprend Élias. Micha et Krista, vous ouvrez la marche. On s'arrête dès qu'on repère une plaque d'égout. Eden, tu restes derrière eux et tu les suis à la trace. Tu y arriveras ?

— Oui, je suis courageuse.

— Je sais que tu l'es, murmure-t-il en posant une main sur son épaule.

Il saisit le fusil que Micha lui tend, le met en

position de tir, puis raffermit son bras autour de la taille d'Ezra.

— Quel chemin, Micha ?

— Germania est à l'est, autant prendre à l'opposé.

— Allons-y pour l'ouest. On suit les axes routiers, c'est le meilleur endroit pour trouver des égouts.

On s'élance tous et on fonce droit devant nous, Micha et moi en tête.

17

Notre début d'exploration est un étrange parcours au milieu d'un labyrinthe de ruines qui nous plongent dans une angoisse croissante. Partout, on ressent le dénuement total, l'abandon et la mort. Un paysage apocalyptique. Et puis, il y a cette impression de tourner en rond tandis qu'on essaye de repérer des axes de rues et le réseau d'égout. Tout est écroulé et de nombreux gravats masquent des détails qui pourraient nous guider. Au final, on fait dix pas en avant pour en refaire neuf dans le sens inverse. Eden n'en peut déjà plus et Ezra perd, à chaque mètre parcouru, le peu de couleurs qu'il avait retrouvé.

Quand on passe à proximité de ce qui ressemble à un lieu de culte dont les trois quarts sont éboulés, comme écrasés par une puissante masse, Élias finit par s'immobiliser. Chacun de nous se rassemble près de lui.

— On n'arrivera à rien comme ça. Il faut changer de tactique. On va s'arrêter ici pour qu'Ezra et Eden se reposent et deux d'entre nous iront prospecter dans les environs à tour de rôle.

— Et la navette ? intervient tout à coup Ezra.

Comme Élias et Micha, je braque les yeux vers le ciel. Il est vide et un silence profond règne partout. Aucun signe du retour éventuel d'une navette veut-il dire que l'on a considéré tous les occupants de l'appareil crashé déjà morts ? C'est possible, mais le doute persiste en moi et je ne pense pas être la seule.

— On doit s'arrêter, on ne peut pas faire autrement, tu vois bien que tu ne tiendras pas plus longtemps.

Ezra pose une main sur l'épaule d'Élias en haletant. Son autre main crispée sur sa blessure.

— La solution, tu la connais, Élias.

Élias le considère un instant d'un air presque dubitatif, puis son visage se mue soudain en un masque de colère.

— Il n'est pas question qu'on te laisse en arrière ! Pas question, tu entends ?

— Il le faut, pourtant. Avec moi, vous n'avancerez pas. Allez-y, je vais vous attendre ici et vous reviendrez me chercher plus tard.

Personne ne répond et Élias se contente de resserrer son étreinte sur sa taille pour le forcer à pénétrer à l'intérieur de ce nouvel abri qu'il a choisi. La discussion est close pour tout le monde, Ezra ne restera pas en arrière.

— Micha, avertis-nous si tu vois une navette. Krista, viens m'aider.

Nous laissons Micha sur le seuil de la maison en ruines et nous gagnons le fond de la pièce qui ressemble à une cuisine dont on peut encore discerner des vestiges d'appareils ménagers. Je sors une des couvertures d'aluminium et je la dispose au sol, puis Élias soutient Ezra tandis qu'il s'allonge dessus. Je prends ensuite la pharmacie de secours et je m'accroupis près d'Ezra. Concentrée, je commence à relever son tee-shirt, mais une fois de plus, Ezra essaye de me repousser.

— Arrête de te comporter comme un gamin, Ezra ! Elle va te soigner.

— Je n'ai pas besoin de ses soins.

— Si, justement, tu en as besoin, alors tu vas la boucler et faire ce qu'on te dit, c'est clair ?

Les mots d'Élias s'accompagnent d'un geste sec pour bloquer les bras d'Ezra au-dessus de sa tête. Je m'aperçois qu'il ne fait preuve d'aucune indulgence quand il s'agit de faire obéir son ami, mais lorsqu'il me jette un coup d'œil furtif, son regard ne dit pas la même chose. Il est inquiet et son inquiétude est contagieuse.

D'un signe de tête, il me fait comprendre que je dois m'activer avant qu'Ezra s'oppose une fois de plus à ce que je le touche. Je soulève son tee-shirt et j'examine la plaie. Le pansement et les diodes ont fait leur travail et sa blessure s'est en partie résorbée, mais avec la sueur, le soin n'est sans doute plus assez fonctionnel.

— Il vaut mieux changer le pansement pour éviter qu'une infection se surajoute, mais il n'y en a plus beaucoup.

— Fais ce qu'il faut tant que tu en as, si on doit rester là jusqu'à ce qu'il soit guéri, on y restera.

— Tu nous ferais tous tuer juste pour une personne qui n'en vaut pas la peine ?

Élias détourne un instant le regard de celui de son ami comme pour digérer les paroles acides d'Ezra, puis il le fixe à nouveau.

— Ce n'est pas ce qu'Anna dirait de toi, Ezra.

— Anna est morte… Qu'est-ce que ça peut faire ?

Même dans la bouche d'une personne qu'on n'apprécie pas, ressentir son désarroi est douloureux. Ça l'est pour moi, c'est sans doute pour cela que je ne ferai jamais une bonne Aryenne. Je suis trop sensible à ce genre de propos. J'estimais Anna, bien que je l'aie peu connue, et l'imaginer morte me crève le cœur. Voir l'homme qui l'aimait baisser les bras aussi facilement m'attriste. Élias, lui, réagit différemment. Il emmagasine et garde les choses pour lui. Tout ce qu'il fait alors, au lieu de répondre à Ezra, c'est de se lever et de s'éloigner. Le regard d'Ezra et le mien se croisent, mais nous n'avons rien à nous dire. Nous savons tous les deux à quoi nous en tenir.

Je reste encore un long moment près de lui sans prononcer un mot jusqu'à ce qu'il finisse par rendre les armes et s'endormir. J'essuie les perles de sueur qui ont fait leur chemin sur son visage, puis j'en fais autant sur le mien. L'air ici est lourd et irrespirable bien que le toit soit quasiment inexistant. C'est comme si le soleil s'était brusquement mis à chauffer plus fort, à moins que ce ne soit la fatigue et la faim qui me donnent cette impression. Je me dirige vers la citerne d'eau pour boire, mais je me ravise. Il en reste trop peu et nous sommes cinq. Mieux vaut l'utiliser en dernier recours. Je vais quand même en donner un peu à Eden. Blottie contre Micha, elle me regarde m'accroupir devant elle. Je caresse doucement sa joue.

Je la connais si peu, mais il y a cet élan maternel qui ne cesse de revenir en moi et accroît ma volonté de tout faire pour qu'elle soit le mieux possible. Je lui offre un sourire qu'elle se force à me rendre. Son teint est pâle et j'entends d'ici son ventre grogner, je m'en veux de ne pas avoir été plus prévoyante et surtout prudente en quittant Germania avec elle. J'aurais peut-être mieux fait de rester dans les égouts de la ville à attendre je ne sais quoi. Néanmoins, je devine qu'elle se sent plus en sécurité parmi les gens qu'elle connaît. Micha, Ezra et Élias sont des piliers pour elle. Plus que je ne le suis…

— Comment tu vas ?

— J'ai faim.

— Je sais. J'aurais dû prendre plus de nourriture.

— Tu en as déjà fait assez, m'interrompt Micha.

Je tourne la tête vers lui. Si, jusqu'ici, il ne m'avait rien dit allant dans le sens d'une confiance revenue à mon égard, il était toutefois le moins vindicatif entre Élias et Ezra. Pour autant, je ne sais pas quoi répondre et je préfère changer de sujet.

— Où en es-tu avec le GPS ?

— Je ne sais pas trop, quelques données m'arrivent, mais il me faudrait d'autres composants électroniques pour booster la portée de ce machin.

— Quels genres de composants ?

— C'est un peu compliqué à expliquer, mais des circuits électroniques semblables à ceux qu'on trouve dans des puces.

Je hoche la tête pour montrer que je vois de quoi il parle. Je ne suis pas une experte en matière de technologie, encore moins quand il s'agit de faire le tri parmi les circuits électroniques qui font fonctionner le matériel créé par mon peuple, mais je sais que je possède une chose qui pourrait aider Micha. Nerveuse à cette idée, je me mordille la lèvre et je plonge une main dans une de mes poches. Mes dents cisaillent un peu trop fort ma lèvre et la douleur m'oblige à cesser de la malmener. Au fond de moi, je ne suis pas sûre de vouloir faire ça, mais…

— Qu'est-ce que c'est ?

— Une paire de lunettes connectées, murmuré-je en la considérant dans ma paume.

Les branches sont définitivement brisées, mais les verres sont toujours en place. Je plonge mon regard dans celui de Micha. Je perçois l'éclat de la convoitise dans le sien, je sais que ces lunettes contiennent bon nombre des composants dont il a tant besoin. Je sais également que, dans cette paire de lunettes, il y a des informations importantes sur le gouvernement de Germania, et peut-être aussi sur moi et mon passé. Lui abandonner les lunettes, c'est accepter de tirer une croix sur ces données.

— Prends-les.

Micha tend la main et la suspend au-dessus de la mienne.

— Tu es sûre ? Tu as l'air d'y tenir.

— Elles sont inexploitables de toute façon. Prends-les.

Il ne se le fait pas dire deux fois et s'en empare avec avidité. Je l'observe pendant une minute tandis qu'il les désosse pour essayer d'en extraire tout ce qu'il peut puis, quand j'ai trop mal au cœur à l'idée de ne plus avoir la moindre chance de découvrir celle que j'étais avant l'implantation du programme dans mon cerveau, je me lève. Après tout, est-ce vraiment si important de savoir quelle personne j'ai été ? Je fais de mon mieux pour me convaincre que non. Je me dirige vers Élias et, sans un mot, je m'assois près de lui. Je replie mes jambes que j'entoure de mes bras. Mon regard se porte non pas sur le ciel, mais le plus loin possible, au-delà des ruines qui barrent l'horizon. Je fais comme si je voyais au travers. Très très loin. Si loin que je serais la seule à voir ce monde paisible dont je rêve et qui n'existe pas.

— Tout va bien ?

— Pas vraiment, non.

— Toujours pas digéré ton cauchemar de cette nuit ?

— Non, ce n'est pas ça. Ou plutôt... c'est un ensemble de choses.

Je tourne la tête vers lui et il en fait autant. On se fixe et même s'il ne sourit pas, la vue de son visage me rend moins maussade. Il est comme un paysage qui me fait du bien à l'âme, peu importe le temps qu'il y fait. Je continue néanmoins à entrevoir ce mélange de colère et d'anxiété qui l'enveloppe comme une aura puissante, mais je ne sais pas si ces sentiments sont dirigés contre moi ou contre lui-même.

— Tu n'as jamais eu cette impression de te trouver devant un mur et de ne plus pouvoir avancer ? chuchoté-je.

— Parfois, mais j'ai toujours trouvé une issue de secours.

— Et si cette fois, il n'y en avait pas ?

Il ébauche un sourire.

— Il y en a toujours une.

Je reste silencieuse. À cet instant, je ne vois pas quelle issue il pourrait y avoir pour nous. Germania est loin, à présent. Nous n'avons pas de nourriture et très peu d'eau. Les armes sont chargées, mais nous n'avons pas de munitions supplémentaires. Quant à Ezra, il va mal. Et surtout, autour de nous, c'est le néant. Nous sommes probablement les seuls êtres vivants à des kilomètres à la ronde. Quelle issue pourrait-il y avoir ?

Élias se lève et je m'arrache à mes sombres pensées. Il tend une main vers moi. Je la saisis. Quand nous sommes face à face, que je peux sentir son souffle sur mes joues, que je peux vraiment respirer son odeur, la tension entre nous semble à nouveau présente et m'absorbe tout entière. Je voudrais qu'il m'embrasse et je crois qu'il est à deux doigts de le faire, mais il se contente de me sonder du regard comme s'il attendait une confession de ma part sur je ne sais quel sujet.

— On va partir en reconnaissance… Et on va trouver cette issue, d'accord ?

J'acquiesce simplement. Si l'issue dont il parle existe bel et bien, alors je veux la trouver avec lui.

18

Après avoir déambulé pendant de longues minutes, on finit par repérer un axe routier dont le revêtement fracturé apparaît par fragments entre des murs écroulés.

— Place-toi de l'autre côté, me suggère Élias.

Je traverse la chaussée à demi éventrée au pas de course et, comme lui, j'examine attentivement le sol à la recherche de ce qui pourrait évoquer une plaque d'égout. Élias pousse des pierres du pied tandis que je le fais de mon côté avec le canon de mon fusil.

— Il ne faut pas trop s'éloigner de l'abri au cas où une navette se pointerait.

Je hoche la tête avant de lever les yeux vers le ciel. Il est vide, mais ça ne nous empêche pas de rester sur le qui-vive. J'imagine qu'Élias est convaincu, comme moi, que quels que soient les occupants de cette navette, ils reviendront forcément. J'aimerais croire qu'il ne s'agit pas d'un appareil SS, mais plutôt de gens susceptibles de nous aider, même si je sais pertinemment que c'est juste impossible.

— Tu penses qu'ils vont revenir ?

— Je n'en suis pas sûr, non. Pas plus que toi, en tout cas.

Je m'arrête d'un coup. Il en fait autant et m'interroge du regard.

— D'où tu crois qu'elle peut provenir, cette navette ?

Il esquisse une grimace.

— Je ne sais pas.

— Moi, je pense qu'elle vient du camp. Celui où sont enfermés les membres de ta communauté.

— Qu'est-ce qui te fait dire qu'il existe réellement ? Et même si c'est le cas, tu t'imagines vraiment que les gens de mon peuple sont encore en vie ? Je ne te croyais pas naïve à ce point, Krista.

Je secoue la tête comme pour répondre non, mais en vérité je veux surtout refuser d'entendre ses paroles. Le pessimisme d'Élias contraste douloureusement avec mon optimisme du moment. Je m'accroche à l'espoir de revoir ces personnes quand lui semble avoir tiré un trait dessus, et je ne trouve ça ni logique ni normal.

— Ce n'est pas ce que tu disais quand nous étions dans la Grande Coupole. Bien sûr que le camp existe, sinon pourquoi les soldats auraient-ils pris la peine de vous emmener dans une navette ? Et de me laisser embarquer avec Eden par la même occasion ?

— Le problème n'est pas là.

— Où est-il, alors ? Tu voulais quitter Germania pour retrouver les tiens, et maintenant, tu les penses déjà tous morts ? Pourquoi es-tu si pessimiste ?

— Ce qu'Eden m'a raconté a terminé de me convaincre que tout ça ne servait à rien.

— Comment ça, ce que t'a raconté Eden ? À

moi, elle a dit qu'ils avaient été emmenés dans ce camp, hors de la ville. Si elle m'avait dit qu'ils avaient été fusillés, tu ne crois pas que je m'en rappellerais ?

Il traverse la route et se plante devant moi. Ses iris se sont éclaircis avec les rayons du soleil, ils semblent même être devenus verts, mais l'expression qu'ils laissent passer reste sombre et dure. Inquiétante.

— Explique-toi.

— Je viens de le faire ! Eden m'a raconté que les soldats parlaient d'emmener les prisonniers dans un camp à l'extérieur de la ville. Jamais elle n'a fait allusion à une quelconque exécution ! Que t'a-t-elle dit, à toi ?

— Qu'elle les avait entendus tous les tuer. Sur la place centrale.

Je détourne la tête en fixant le ciel. Je me sens mal, tout à coup. Je m'apprêtais à détromper Élias sur le fait que les gens de la communauté soient tous morts, mais je réalise que les confidences qu'Eden lui a faites sont plausibles. Dans la mesure où elle se trouvait dans le tunnel de la rivière et non au niveau supérieur, les soldats ont très bien pu abattre tout le monde une fois sur la place centrale. Seulement, pourquoi me l'aurait-elle caché, à moi, plutôt qu'à lui ? Avait-elle peur de me raconter la vérité ou bien n'avait-elle pas assez confiance en moi ?

— Le mieux, c'est de le lui demander.

— Ne le prends pas mal, Krista, mais sa version est plus crédible que la tienne.

Une onde de colère remonte soudain en moi et,

alors qu'il vient de poser sa main sur mon épaule, je me dégage avec brusquerie. S'il ne veut pas essayer au moins d'espérer voir les siens vivants, c'est qu'il a un sérieux problème.

— Eden n'a que dix ans !

— Peu importe, ce n'est pas le moment de parler de ça.

— Je ne te comprends pas.

Il ébauche un sourire, mais pas un de ceux qui me donnent le sentiment que tout va bien se passer. Non, c'est un sourire acerbe, empli d'amertume.

— Il n'y a rien à comprendre. Je suis la logique de ton peuple, et sa logique, c'est de tuer tous les Non-Aryens, pas de les parquer dans un camp en attendant je ne sais quoi.

— C'est aussi ton peuple, ne l'oublie pas.

— Non, ça ne l'est pas. Mon peuple à moi n'abandonne pas les enfants dans des égouts puants. Mon peuple à moi se trouve dix pieds sous terre à présent. Reprends les recherches.

Je le regarde retourner de l'autre côté de la route et se remettre à avancer comme si la conversation était close ou bien qu'il se fichait de savoir quel est mon point de vue là-dessus. J'imagine que ça n'a pas vraiment d'importance, ce que je pense, mais je ne peux pas m'empêcher de me demander après quoi Élias court s'il estime que la totalité de sa communauté a été anéantie à Germania.

— Viens voir, me lance-t-il tout à coup.

Je le rejoins alors qu'il s'accroupit devant un monceau de gravats.

— Qu'est-ce que c'est ?

— Regarde ici, répond-il en désignant une minuscule parcelle dénudée.

Je me penche et j'aperçois quelque chose de semblable à un fragment de métal sur lequel semble être gravé un dessin.

— C'en est une, tu penses ?

— Y a des chances. Aide-moi à la dégager.

On lâche nos fusils et on se met à déblayer, expédiant frénétiquement les pierres sur le côté. Le morceau de métal se dévoile au fil des minutes et je pose mes doigts sur le dessin gravé en son centre. Ça ressemble à une tour autour de laquelle sont estampés des monuments, dont le Reichstag et la porte de Brandebourg. Tout autour, il y a de nombreuses fentes rondes, peut-être une dizaine, suffisamment larges pour laisser passer le canon d'une arme. Il n'y a aucun doute, c'est bien une plaque d'égout.

Élias se relève et, pendant que je termine de déblayer ce qui encombre encore la plaque, il introduit le canon de son fusil dans un des trous. Ensuite, il fait pression sur sa crosse avec force. Je sens la plaque qui vibre. C'est à peine perceptible et elle ne bouge pas d'un millimètre, mais au moins, il se passe quelque chose. Vu l'état dans lequel elle est et si elle date d'une centaine d'années, il me semble logique que son ouverture ne soit pas aisée. Il n'y a pas de système de fermeture électronique, c'est déjà un point en notre faveur.

Élias se campe devant une fente à l'opposé de la précédente et fait traction de la même manière. Ensuite, il recommence avec un autre trou. Je me redresse alors et je glisse le canon de mon fusil dans le trou qui fait face à celui qu'il a choisi. Quand il a terminé de son côté, il vient le faire sur mon arme. La plaque émet un drôle de bruit. On échange un regard plein d'espoir et on recommence, moi déplaçant chaque fusil dans un emplacement différent et lui faisant traction.

Au bout du sixième tour, on fait une pause pour reprendre un peu de forces. Je jette un coup d'œil sur ma montre, ça doit faire près d'une demi-heure qu'on a quitté l'abri et autant qu'on s'évertue à essayer de débloquer cette fichue plaque. Néanmoins, nous avons quand même avancé puisque le contour de rouille qui l'entourait s'est craquelé de partout. Il ne reste plus qu'à tenter de l'ouvrir.

— OK, Krista, dès que tu vois un jour apparaître, tu places ton fusil dans l'interstice, d'accord ?

— Je suis prête. Vas-y.

Ma gorge est sèche et je meurs d'envie de boire, je sens la sueur qui se fraye un chemin entre mes omoplates. Élias est en nage lui aussi ; il bande ses muscles et glisse ses doigts dans deux trous pour soulever la plaque. Son visage est rouge sous l'effet de l'effort et je peux même apercevoir une veine qui palpite sur sa tempe droite. Un espace apparaît entre la plaque et le sol, je m'empresse d'y placer un quart de mon fusil et Élias relâche la plaque. Il souffle un grand coup, s'essuie le front d'un revers de main. Une traînée de sable s'est déposée sur sa peau et je me retiens de la lui enlever.

— OK, je vais recommencer de l'autre côté et dès que la plaque se soulève, tu fais glisser un peu plus de ton arme dans l'intérieur de l'égout pour qu'on puisse s'en servir comme levier. Fais attention qu'elle…

— Ne t'inquiète pas, elle ne tombera pas, l'interromps-je.

Il hoche la tête et change de place. La plaque se soulève comme prévu et j'enfonce un peu plus mon fusil, mais pas trop, de manière à ce qu'il ne verse effectivement pas dans le vide. Élias vient s'accroupir près de moi.

— Prête ?

— Prête.

Épaule contre épaule, les genoux vissés au sol, on pousse de toutes nos forces. Mon fusil menace soudain de tomber et je me jette en avant pour le récupérer. Je sens tout à coup que j'ai été trop vite et surtout trop loin, je bascule vers le vide de l'égout. Je n'ai pas le temps de crier que les bras d'Élias se referment sur ma taille. La respiration coupée, je considère le puits de ténèbres sous ma tête, le sang battant furieusement contre mes tempes. Je viens d'échapper à une chute mortelle et j'en prends conscience tout à coup. Élias me tire en arrière et je me retrouve de nouveau à l'extérieur à tenter de reprendre mon souffle.

— Ça va ?

Je souris pour me donner une contenance, mais c'est tout juste si j'entends sa voix tellement la peur fait bouillonner mon esprit.

— À merveille.

— Tu m'as fichu une de ces trouilles. Évite de recommencer ce genre d'acrobatie.

— J'y penserai à l'avenir.

— Allez, debout. Maintenant que le passage est ouvert, il faut qu'on retourne chercher les autres.

Il m'aide à me relever, ses mains s'attardent sur mes hanches, puis il les enlève d'un coup comme s'il venait de s'y brûler et on se met à courir en direction de l'abri.

19

En pleine course, un léger ronflement se mêle soudain à nos expirations. Dans un même réflexe, nous levons les yeux vers le ciel. Une navette nous surplombe et continue sa progression. La panique s'empare de nous. Tout va très vite, pourtant, comme si je me trouvais dans un cauchemar, c'est au ralenti que la suite de la scène se déroule.

Je vois un rayon lumineux sortir de l'avant de l'appareil et s'abattre sur la maison en ruines où se cachent Micha, Ezra et Eden. Une explosion nous déchire les tympans. Tout à coup, les flammes engloutissent l'abri tout entier, comme une torche venant de s'embraser sous l'effet d'un soleil trop ardent. Élias et moi nous figeons, soulevant presque un nuage de poussière sous nos pieds.

Mon hurlement se mêle à celui d'Élias. Nous sommes devenus des statues dont les yeux ne parviennent pas à se détacher du spectacle qui se joue devant nous. L'abri est en feu. L'onde de la déflagration continue à vibrer dans le sol, semblable à un choc électrique qui nous cerne. Tout se passe si lentement que je ne peux pas me résoudre à croire qu'il s'agit de la réalité. Ça ne peut pas l'être ! Je ne veux pas que ça le soit !

Puis tout revient à un rythme normal et je suis

bien obligée d'accepter que tout est parfaitement réel. Je m'élance vers le brasier, Élias sur mes pas. On court à perdre haleine vers les flammes qui semblent s'étirer jusqu'au ciel tandis que la navette tire sur d'autres maisons en ruines aux alentours.

— Non !

Ma voix est comme une brise qui se perd, avalée elle aussi par les flammes. L'abri est encerclé, Élias et moi le voyons bien, mais on continue à courir parce que ceux qu'on aime sont prisonniers à l'intérieur. Parce que l'idée de les imaginer morts est insoutenable. Il n'y a rien de pire que de voir les gens qu'on aime mourir.

Un coup de laser, tout près de nous, stoppe net notre progression alors que la navette a changé de cap et se dirige à présent droit sur nous.

— Krista ! Vite ! hurle Élias.

— Non ! Eden !

— C'est trop tard, on ne peut rien faire !

Il me tire le bras comme s'il voulait me l'arracher et on pivote pour repartir dans le sens inverse.

— Cours ! Ne t'arrête surtout pas !

On décampe à toute vitesse, les tirs de la navette pulvérisent les gravats autour de nous, anéantissant des pans entiers de route sous nos pieds. Ça sent le feu et le goudron chaud. La terreur nous pousse à accélérer notre cadence au-delà de nos limites. On court, on vole presque, sautant par-dessus tout ce qui peut entraver notre progression. On fonce droit sur la plaque d'égout ouverte. Élias me projette dans le trou et je me rattrape de justesse aux barreaux d'échelle tandis qu'il fait feu en direction de la navette, comme si ça pouvait avoir le moindre impact. Un tir de laser l'effleure au bras et il plonge à son tour dans l'égout.

— Élias ! Tu es blessé ?

Il ne répond pas et je l'entends s'escrimer à essayer de refermer la plaque de métal en la faisant coulisser. Je remonte de deux échelons et je me place de manière à bloquer ma poitrine contre ses jambes pour qu'il reste stable pendant qu'il a les mains prises.

— On n'a pas le temps, Élias ! On doit descendre, maintenant !

— Cette plaque est notre seule protection contre eux ! Il faut la fermer, coûte que coûte !

Je serre les dents en comptant les secondes qui s'écoulent pendant qu'il y met toutes ses forces. Quand il réussit enfin, nous nous retrouvons plongés dans la pénombre avec, pour unique éclairage, les maigres rais de soleil qui s'infiltrent par les fentes percées dans la plaque.

— C'est bon, on peut y aller, maintenant, lâche-t-il d'une voix étouffée.

Je libère ses jambes et je reprends ma descente, suivie de près par lui. L'odeur qui nous submerge est atroce, bien au-delà de celle qui flottait dans les égouts de Germania. Un relent de cadavres en décomposition ; j'ai la gorge qui pique et les yeux qui brûlent. Mon visage s'enfonce dans des toiles d'araignées dont les filaments restent collés sur ma peau au fur et à mesure que je descends. Plongés dans l'hébétude de ce qui vient de se passer, on évolue dans ces ténèbres sans qu'aucun son ne parvienne à sortir de notre bouche. Nous venons de voir nos amis exploser sans rien pouvoir faire.

Je pose pied à terre et je vacille un instant comme si j'avais trop bu. Un tsunami de larmes menace de s'échapper de mes yeux, mais je n'ai pas le temps de me laisser aller. C'est sans doute le plus terrible dans tout ça. Je glisse une main dans ma poche de pantalon et j'en sors ma petite lampe torche. C'est la dernière qu'il me reste, j'avais confié les autres à Micha.

Je tremble de partout, mais je parviens malgré tout à presser le bouton et un halo fade nous dévoile sans surprise un tunnel en décrépitude. L'eau qui ruisselle à nos pieds est si noire qu'on dirait du pétrole. Élias me fait passer devant lui et on se met à courir. On ne réfléchit plus, on prend le premier boyau qui se présente à nous. Nous n'avons aucune idée de l'endroit où l'on va, tout ce que nous savons, c'est que les occupants de la navette peuvent à tout moment nous pister dans ce dédale de galeries. Alors, on court.

20

Arrivés au bout du boyau, on a le choix entre virer à droite ou à gauche, pourtant, on s'arrête et on bloque un instant notre respiration. À l'affût du moindre bruit qui pourrait nous indiquer que nous sommes poursuivis, on tend l'oreille. Mais c'est le silence le plus complet.

— Par là, souffle Élias en me désignant le tunnel de gauche.

On enchaîne, cette fois-ci en marchant, de manière à prendre des repères dans un dédale de galeries qui nous est totalement étranger. Élias avance en marche arrière, prêt à faire feu si quelqu'un débarque. Je fais de même devant nous tout en examinant avec le plus d'attention possible les parois et les recoins des endroits par lesquels on passe. J'essaie d'enregistrer tout ce qui me tape dans l'œil, comme ce cratère béant dans un des murs ou bien le tag en forme de rond entrecoupé d'un trait qui figure sur un autre. Tout ce qui peut nous permettre de retrouver notre route par la suite est bienvenu. Néanmoins, même si j'ai une bonne mémoire, je doute de pouvoir me souvenir de tout ça à long terme.

On tourne à droite, puis à gauche et de nouveau à droite jusqu'à ce qu'on prenne conscience qu'on est réellement en train de s'égarer. Pour la première fois depuis que j'ai croisé son chemin, je sens Élias perdu et cette fragilité qui m'apparaît chez lui rejaillit sur moi. On finit par marquer un nouvel arrêt, épuisés et toujours choqués, au niveau d'un renfoncement qui paraît nous inviter à nous reposer. Plus qu'un simple creux, ça ressemble à une excavation qui part légèrement en entonnoir dans la roche et au bout de laquelle il nous semble entrevoir quelque chose de métallique et de carré. J'oriente le faisceau de la lampe dessus.

— On dirait une grille.

Élias se penche pour essayer de regarder à son tour. Il étend le bras autant qu'il peut vers cette grille, mais elle est trop loin pour qu'il puisse l'atteindre et le conduit qui y mène trop étroit pour lui. Il se redresse et, pour la première fois depuis que nous avons fui l'explosion à la surface, il me fixe droit dans les yeux. Ça me laisse entrevoir des iris qui brillent beaucoup plus que d'habitude et je ne peux pas m'empêcher de me demander si lui aussi a ravalé de force ses larmes.

— C'est bien une grille, mais j'ai l'impression qu'il n'y a rien derrière.

— Rien ? Tu es sûr ?

— Juste un mur, je crois. Il n'y a aucun appel d'air et tout est noir.

— Laisse-moi regarder, je suis plus petite, je devrais pouvoir me hisser dans le conduit.

Il hoche la tête, récupère mon fusil pour me permettre d'avoir les mains libres, puis pose les siennes sur mes hanches afin de me soutenir pendant que je grimpe. Sa façon de me maintenir est rassurante et j'aimerais qu'il ne me lâche jamais, parce qu'à ce moment, plus que jamais, j'ai réellement besoin de me sentir en sécurité. Même si ça reste une utopie. Quand je suis juste à l'entrée du conduit, il me libère de son étreinte. Les murs sont couverts de croûtes de peinture qui s'écaillent dès que je les effleure, telle une lèpre répugnante. L'odeur qui s'en dégage me donne la nausée et je tire fort sur le col de mon tee-shirt pour essayer au moins de protéger mes voies respiratoires.

Je n'ai pas long à parcourir pour me retrouver enfin devant la grille. Je m'agenouille, mes hanches râpent un peu les parois du conduit, ce qui m'oblige à me mettre légèrement de biais, mais de là où je suis, c'est suffisant pour me permettre de poser les mains sur la grille. Je sens le métal glacé, de petites particules de rouille restent collées sur ma peau. J'inspire lentement en tendant le visage en avant, à la recherche d'un éventuel appel d'air, même le plus infime.

Je ne perçois rien.

J'essaie alors de glisser mes doigts entre les barreaux de la grille pour vérifier ce qui se trouve derrière.

— Tu as raison, cette issue est condamnée.

— OK, laisse tomber dans ce cas, ça ne sert à rien de s'attarder. Filons d'ici.

— Attends, je… je crois que…

J'arrive à taper contre ce qui bouche la grille, le son qui me revient est creux comme s'il y avait du vide derrière. Et plus encore, la texture du matériau m'évoque non pas un mur, mais du bois léger, comme du contreplaqué.

— Qu'est-ce que tu as fait ?

Je tourne la tête vers Élias, l'espoir au fond des yeux.

— C'est une planche qui se trouve de l'autre côté et ça sonne creux ! Si on arrive à enlever la grille et ensuite cette fameuse planche, je suis sûre qu'il y a un passage derrière !

Il me considère sans un mot. Ses traits se tendent, comme si cette simple idée ne l'enchantait pas. À son opposé, je me sens envahie par une onde d'excitation. Je repense à ce moment où Élias me disait qu'il y avait toujours une issue quand on se retrouvait bloqué face à un mur. Certes, c'était une allégorie d'un ressenti, mais le fait de découvrir une potentielle échappatoire derrière cette grille résonne comme un signe à mes yeux.

— Comment comptes-tu t'y prendre pour faire sauter la grille ? Je ne peux pas t'aider, je ne passerai pas dans le conduit.

— Avec le fusil. On a bien réussi à le faire avec la plaque d'égout.

À son air perplexe, j'imagine qu'il pense que je n'ai pas la force physique pour y parvenir seule et le détromper à ce sujet serait présomptueux. Je ne l'ai pas, c'est vrai, mais qu'est-ce que je risque à essayer ? Au point où nous en sommes de toute façon…

— OK, accepte-t-il finalement en me tendant mon fusil. Je te donne cinq minutes, pas une de plus. Après, ça deviendra trop dangereux et il faudra partir.

J'acquiesce d'un léger mouvement de tête, puis je me reconcentre sur la planche. Je retourne mon arme et glisse la crosse entre les barreaux. Ma première option serait de faire traction sur la grille, mais je préfère frapper le panneau de bois pour vérifier que cela vaut la peine de s'acharner. S'il n'y a pas d'issue comme le craint Élias, je ne vais pas nous faire perdre inutilement du temps. Je prends mon élan pour cogner le plus fort possible. Tout à coup, mon cœur s'emballe. La planche coulisse sur le côté, comme une paroi amovible. Je lâche un cri de surprise et de peur mêlées.

— Quoi ? Krista ! Qu'est-ce qu'il y a ?

Je recule du conduit avec précipitation. La planche glisse dans l'autre sens et se referme dans un claquement sec. Je saute à terre, une main crispée sur ma hanche éraflée. Je pose l'autre sur le bras d'Élias que je serre sans même me rendre compte de la force que j'y mets.

— Il faut partir d'ici ! Vite !

— Pourquoi ? Qu'est-ce qu…

— Il y a quelqu'un ! Il y a quelqu'un derrière cette fichue planche !

21

Les bruits sourds qui retentissent soudain un peu partout dans les tunnels sans qu'on arrive à savoir d'où ils proviennent exactement terminent de nous convaincre que, non seulement, je n'ai pas rêvé, mais que nous ne sommes pas seuls ici. Nous repartons au pas de course, la peur au ventre. Nos respirations sont saccadées, mais on garde le rythme. On file droit devant nous sans chercher, cette fois-ci, à emprunter de galeries annexes à droite ou à gauche. Ce conduit a plus de chances de nous aménager une porte de sortie que ceux qui le jouxtent. Puis sa largeur nous permet de conserver une allure soutenue.

Des ombres massives se dressent soudain sur notre route et je suis obligée de ralentir d'un coup. Élias bute contre moi. Nous sommes bloqués de ce côté par une horde d'individus. Sans hésiter, nous braquons nos armes dans leur direction. Des lumières s'allument tout à coup, provenant de sortes de colliers accrochés au cou de ces inconnus qui nous apparaissent comme un groupe d'une quinzaine d'hommes portant des bonnets et des vêtements noirs. Eux aussi nous visent avec leurs fusils. Nous sommes dans une impasse. L'un des types fait un pas en avant, se détachant ainsi des autres et se désignant clairement, par ce geste, comme le chef de la troupe. Je crispe mon doigt sur la détente de mon arme.

Il ôte son bonnet et je découvre une tignasse noir de jais coupée assez court et révélant des oreilles légèrement décollées dont une semble incomplète. Si j'ai tout d'abord pensé que nous venions de tomber dans une embuscade de soldats SS, il est évident que je me suis trompée. Ce type, au menton rongé par une barbe de plusieurs jours et mal habillé, a trop l'air d'un mendiant pour faire partie d'un quelconque régiment SS. Ce ne serait même pas un civil aryen, même s'il avait eu les cheveux blonds. Néanmoins, je ne me sens pas plus en sécurité face à leur volonté apparente d'avoir le dessus sur nous.

— Alors comme ça, on s'introduit dans les maisons des gens sans leur permission ? dit-il.

— Ce n'est pas une maison, que je sache, renchérit Élias d'un ton cassant.

L'homme ébauche un sourire qui dévoile une dentition abîmée par endroits.

— C'est peut-être pas une maison, mon gars, mais ça nous appartient et on n'aime pas beaucoup les fouineurs dans le coin. Vous êtes qui ?

— On n'est personne. Indiquez-nous une sortie et on quittera votre petit nid d'amour sans discuter.

— T'as la langue bien pendue, mon gars. Et toi ? demande-t-il tout à coup en reportant son attention sur moi. T'es quoi, au juste ?

Je suis « quoi » ? Cette pensée qu'on puisse me catégoriser comme « quoi » et non « qui » éveille une onde d'irritation en moi. Je sais très bien où il veut en venir, et je ne lui ferai pas le plaisir de me présenter comme une Aryenne. Je garde les lèvres soudées, mon fusil rivé droit sur lui.

— Ne lui réponds pas, me murmure Élias.

— Je n'en avais pas l'intention, rétorqué-je dans un souffle.

— T'es une Aryenne. Ça se voit sur ta tête. Qu'est-ce que tu fiches là ? Vous êtes ensemble ?

Sa dernière question m'ébranle. Mais c'est surtout le ton qu'il a utilisé pour la prononcer qui m'inspire de l'inquiétude. Clairement, il semble qu'une Aryenne et un sang-mêlé n'aient pas plus de légitimité de se trouver ensemble ici qu'à Germania.

— On est ensemble, oui, répond Élias en enroulant sa main libre autour de ma taille pour me ramener tout contre lui.

— Intéressant. T'as pourtant pas franchement l'air d'un Aryen, mon gars.

Élias ne le quitte pas des yeux, mais il se penche à peine vers mon oreille. Son souffle se diffuse sur ma peau tandis qu'il se met à chuchoter.

— Quand je fais un pas en arrière, tu fais pareil.

Au moment où je sens sa jambe se décoller de l'arrière de ma cuisse, je sais que c'est le signal et je suis le mouvement. Notre interlocuteur ne dit pas un mot, les autres membres du groupe continuent à nous viser comme nous faisons de même. La tension est palpable. On esquisse un second pas en arrière. Soudain, on entend le déclic des gâchettes résonner contre nos tympans, les hommes face à nous sont prêts à faire feu pour de bon. On se fige. Mais de nouveaux déclics, presque semblables à ceux qu'on vient d'entendre, claquent dans notre dos. Machinalement, nous tournons la tête. Des soldats SS en uniforme se tiennent dans le tunnel, leurs fusils orientés dans notre direction. Nous nous retrouvons pris en sandwich entre deux groupes armés. On a juste le temps d'échanger un regard, puis Élias me projette d'un coup à terre et je heurte le sol alors qu'il est pratiquement allongé sur moi. Les tirs fusent brusquement au-dessus de nos têtes. Des hommes tombent d'un côté comme de l'autre et l'atmosphère se charge d'une odeur de poudre et de brûlé. Je voudrais laisser échapper un cri de terreur, mais au lieu de ça, je braque mon fusil vers un groupe, Élias oriente le sien sur l'autre, et nous tirons aussi.

Les soldats sont moins nombreux que l'autre groupe d'hommes, cinq contre quinze, mais leurs armes sont plus perfectionnées, c'est leur avantage. Une balle s'enfonce dans ma veste, frôlant mon bras au passage, et se fraye un chemin en la retraversant. La douleur me fait lâcher mon fusil. J'essaie de le récupérer, mais dans ma position et l'endroit où il a atterri, ça m'est impossible. Élias place alors un bras au-dessus de ma tête pour faire office de bouclier. Seulement, notre situation est bien trop catastrophique pour que sa protection suffise à nous permettre de sortir vivants de cet enfer. Je me sens dans le même état d'esprit que la pauvre et apeurée Krista des débuts.

Quand tous les soldats SS sont tombés sous les balles du groupe adverse, ces derniers se précipitent vers nous. Élias tire encore et deux d'entre eux s'effondrent à quelques pas de nous. Leurs corps formant un barrage qui ralentit le passage de leurs compagnons, nous en profitons pour nous relever à toute vitesse. Ensuite, on se met à courir. On enjambe comme on peut les cadavres des SS, mais ces obstacles nous retardent forcément et les autres nous talonnent.

Je serre la main d'Élias avec l'énergie du désespoir, je n'ai même plus d'arme pour essayer de garder à distance nos poursuivants. Comme s'il avait deviné ce à quoi je pensais, Élias me projette assez fort en avant pour que je me retrouve devant lui, il a alors le champ libre pour tirer de nouveau sur les hommes derrière nous.

— Attrapez-les ! hurle l'un d'entre eux.

Ils ne sont pas très nombreux à nous courser, pourtant, j'ai l'impression que nous sommes traqués par une garnison entière. Et une garnison bien décidée à nous mettre la main dessus à présent que nous avons tué certains des leurs. Les tirs reprennent et les balles ricochent autour de nous. Pendant qu'Élias continue à assurer nos arrières, je me débrouille pour faire resurgir en moi tout ce qui peut nous permettre de retrouver notre chemin jusqu'à la plaque par laquelle nous sommes entrés dans cet égout. Si on y parvient, nous aurons une chance de nous en sortir.

Seulement ce que je n'avais pas prévu en tournant dans une galerie, ce serait qu'un second groupe armé se placerait là en embuscade. Je pile net. Cette fois, Élias me rentre sèchement dedans et je manque de m'affaler par terre. Il reporte son attention sur les hommes devant nous, puis sur ceux derrière nous, ne sachant clairement plus sur qui tirer. Malgré tout, il choisit de faire à nouveau feu. Un tir pour chaque groupe. Un des types réplique et un des projectiles va se loger dans la jambe d'Élias. Déséquilibré, il vacille et nos poursuivants en profitent pour se jeter sur lui pendant que d'autres se rapprochent de moi en me tenant en joue. Ils lui assènent un violent coup de crosse dans la nuque qui le fait tomber à genoux dans un grognement de douleur. Je tente de rattraper son fusil, mais quelqu'un pose le canon d'une arme sur ma tempe. Je me fige en sentant le cercle de métal froid sur ma peau.

— Je te déconseille de faire le moindre geste, ma jolie. Lève tes mains qu'on puisse bien les voir.

Je m'exécute à contrecœur sans quitter Élias des yeux. Des hommes le relèvent de force, les bras enroulés autour des siens. Il essaye de se dégager avec l'énergie qui lui reste, une nouvelle pluie de coups s'abat sur lui et je tressaille.

— Non ! crié-je.

— Tu bouges pas, l'Aryenne.

Je tourne vivement la tête vers celui qui vient de me menacer. Mon regard haineux posé sur lui, je lance mon genou entre ses jambes et il recule sous le choc avant de revenir à la charge. Sa main s'élève dans les airs et retombe sur ma joue dans un claquement.

Il met tant de force dans son geste que mon dos heurte l'épaule d'Élias sonné par les coups qu'il a reçus. Aussitôt, deux hommes m'empoignent par les bras et je me retrouve moi aussi dans l'incapacité de bouger.

— Recommence un truc comme ça et je te colle une balle entre les deux yeux, ma jolie ! braille le type que j'ai frappé.

Mais ses menaces ne m'arrêtent pas. Je suis trop à cran, trop pleine de ressentiment et de haine pour accepter de me calmer. Je me démène avec verve, me tortillant dans tous les sens.

— Ne me touchez pas !

L'homme m'assène une seconde gifle. Je réplique aussitôt en lui lançant mon pied dans le visage. Il heurte sa mâchoire et cette fois, ce que je vois dans son regard est pire encore que de la colère. C'est quelque chose d'indéfinissable, mais qui me fait peur. Je m'attends au retour de bâton, mais il ne vient pas. Au lieu de ça, l'homme fait un pas de côté et se plante près d'Élias. Il pose le canon de l'arme sur sa tempe. Mon cœur s'ébranle.

— Soit tu te calmes, soit c'est sa cervelle, à lui, que je fais sauter.

Sa menace fonctionne à merveille sur moi, je me fige.

— Voilà qui est bien mieux.

Il range son pistolet dans sa ceinture, puis se détourne et se fraye un chemin parmi les membres de son groupe.

— Emmenez-les, dit-il en disparaissant parmi eux.

22

Après avoir traversé une partie du tunnel central, on nous fait remonter un escalier qui nous mène non pas à la surface, mais dans une sorte de hangar sous terre. J'ignore quel est exactement ce lieu, mais il m'évoque une usine désaffectée depuis des lustres. D'imposantes machines dorment au milieu d'une galerie d'une largeur impressionnante. Recouvertes de toiles d'araignées et d'une épaisse couche de poussière, elles sont de toute évidence à l'abandon depuis longtemps. En fait, je me dis qu'il suffirait d'un frôlement de doigt pour qu'elles s'effondrent comme un château de sable. De quand datent-elles ? Je ne sais pas, mais je serais prête à parier que tout ça se situe à la période de la Seconde Guerre mondiale.

Depuis le début de mon périple aux côtés d'Élias, ma vie n'a pas cessé de se trouver rattachée à cette guerre. Que ce soit les photos de cette époque sombre que m'a montrées Élias, les ruines qui ont ponctué notre chemin jusque-là, et à présent ces machines. C'est comme si je tournais les pages d'un livre d'histoire, découvrant des choses que mes ancêtres ont jugé plus judicieux de supprimer des manuels d'apprentissage des Aryens. Et tout ce que je vois me ramène irrémédiablement en arrière et m'éloigne toujours un peu plus de la jeune femme que j'étais avant. Au final, je me sens sale et je déteste ça.

Plusieurs dizaines d'hommes circulent dans cet endroit, me donnant presque le sentiment d'être revenue dans les tunnels de Germania. Ces personnes ne semblent pas différentes, d'ailleurs. Si je n'aperçois personne ayant le type aryen dans les parages, je vois des têtes aux chevelures brunes, noires, rousses. Le physique de ces gens est éclectique et leur façon de vivre m'apparaît semblable à celle de la communauté d'Élias, en dehors du fait qu'ils n'ont pas élu domicile directement dans des égouts. Il y a néanmoins une nuance qui m'a sauté aux yeux à l'instant où nous sommes arrivés. Ils ne m'ont pas toisée quand ils m'ont vue, ni craché au visage ou insultée. Ils m'ont juste ignorée, tout comme ils ont ignoré Élias. De ce fait, je suis incapable de savoir ce qu'ils sont en réalité et de quel côté de la balance ils se trouvent.

On nous a ensuite abandonnés dans une cellule. Une pièce cubique de trois mètres sur trois. De quoi nous permettre au moins de nous allonger et de bénéficier d'un toit qui ne menace pas de s'écrouler. Pas à première vue, en tout cas. Ils ont jeté Élias à terre et je me suis précipitée vers lui, mais ils l'ont frappé si sauvagement qu'il a sombré dans une sorte de coma dont j'espère qu'il sortira rapidement. Son visage est amoché et du sang perle encore au coin de sa bouche. Néanmoins, le plus important, c'est sa blessure. J'attends quelques instants avant de me décider à évaluer les dégâts engendrés par la balle dans sa jambe. Aussi précautionneusement que possible, je remonte le bas de son pantalon pour tenter de mettre la plaie à jour. Il ouvre les yeux au même instant, sans doute réveillé par la douleur que j'ai provoquée en manipulant son mollet.

Son regard se pose aussitôt sur moi, puis il essaye de s'asseoir en grimaçant. Son premier geste n'est pas de dire quoi que ce soit ni de porter une main à sa blessure, mais d'enrouler ses bras autour de moi et de me serrer fort. J'éprouve le même besoin et je ne ressens plus la moindre appréhension à l'idée de le toucher. Ça me semble devenu quelque chose de naturel. Son étreinte fait rejaillir en moi tout ce qui s'est passé avant que nous nous retrouvions ici. L'explosion de l'abri, la mort de Micha, d'Ezra et d'Eden, puis notre course effrénée pour essayer d'échapper à nos poursuivants. Toute cette souffrance que nous avons emmagasinée en nous et retenue de force dans un coffre verrouillé.

Tout remonte en un tsunami de larmes que je laisse dévaler sur mes joues et se fondre sur le col de mon tee-shirt. Je sens la main d'Élias qui remonte sur mes cheveux et la légère pression qu'il exerce sur ma tête pour me forcer à la poser sur son épaule. Je n'ai pas la force ni l'envie de résister et j'enfouis mon visage dans son cou. Comme mes doigts s'attardent sur une de ses joues, je perçois soudain quelque chose d'humide. Je lève les yeux et je fixe la larme qui roule lentement sur sa pommette tuméfiée malgré son regard qui semble vide. C'est la première fois que je le vois pleurer. À nouveau, sa fragilité me saute au visage et je me sens plus proche encore de lui. Nous ne serons plus jamais les mêmes après avoir vécu tout ça. Notre étreinte se fait plus forte, comme si nous éprouvions le besoin vital de fusionner et de nous consoler mutuellement. J'enfouis mes doigts dans ses cheveux.

— Ça va aller, murmuré-je. Ça va aller.

Il ferme les yeux et je vois les larmes briller entre ses cils. Puis il les rouvre et me fixe avec intensité.

Je le dévisage, essayant de ne rater aucun détail de son visage comme si je voulais le graver en moi pour toujours. Il esquisse un sourire douloureux et j'en fais autant. Dans la douleur, il y a parfois le désir, la nécessité de se sentir exister pour quelqu'un, pour se raccrocher à quelque chose d'important et ne pas se sentir mourir.

Nos lèvres s'effleurent, nos souffles s'accélèrent, la souffrance intérieure s'intensifie. Je n'ai plus peur de goûter pleinement ses lèvres et notre baiser se fait plus langoureux. Je glisse mes bras autour de sa nuque tandis que les siens m'étreignent la taille. À cet instant plus qu'aucun autre, je ressens un désir puissant pour lui, cette sensation que notre désarroi décuple nos sentiments. Je ne veux plus que ça s'arrête, je ne veux plus que nos différences nous séparent. Jamais.

23

Quand des pas résonnent de l'autre côté de la porte de notre cellule, je me redresse et j'aide Élias à en faire autant. L'homme qui m'a giflée dans le tunnel apparaît dans l'encadrement. Il nous détaille de la tête aux pieds, s'attardant un instant sur nos mains scellées l'une à l'autre.

— Je m'appelle Janko. Je dirige ce groupe.

— Janko ? C'est un prénom, ça ? lâché-je avec hargne.

Élias a le réflexe de me pousser derrière lui comme s'il craignait que mes paroles n'attisent la colère de notre visiteur, mais ce dernier se contente de sourire.

— Toujours aussi nerveuse, ma jolie. Et toi, c'est quoi, ton petit nom ?

— Je n'en ai pas, renchéris-je aussi sec.

— Intéressant. Et toi, tu en as un, de nom ? s'enquiert-il en reportant son attention sur Élias.

Pas de réponse, mais un regard assassin. Le message est clair, nous n'avons pas l'intention de faire ami-ami.

— Je vois. Il va falloir utiliser une autre méthode pour vous faire parler, dans ce cas.

— C'est quoi ce groupe ? Où on est exactement ? demande tout à coup Élias.

L'homme lâche un rire grave.

— C'est donnant donnant, mon gars. Vous ne voulez pas répondre à mes questions, tu crois que je vais répondre aux vôtres ? En attendant, je te suggère de soigner ta jambe avant que la gangrène te la prenne.

— On a besoin de matériel pour ça, objecté-je.

Il enfouit sa main dans une des poches de son pantalon et en sort un petit canif qu'il lance par terre. Élias et moi le regardons sur le sol, puis on relève la tête vers l'homme.

— Il me faut aussi de l'alcool et des pansements.

— Désolé, mademoiselle « je n'ai pas de nom », vous devrez vous contenter de ça.

Prudemment, je m'avance vers le canif et je m'empresse de le ramasser avant de retourner près d'Élias. Je déplie la lame. Elle est brisée au niveau de la pointe et un peu rouillée. J'imagine déjà l'effet que ça pourrait engendrer sur une plaie.

— Je ne peux pas le soigner avec ça !

Janko croise les bras, visiblement bien décidé à ne pas nous accorder plus.

— Estimez-vous heureux avec ça.

— L'état de votre couteau risque d'aggraver sa blessure et de le tuer !

— Et alors ? Avec le nombre de mes hommes qu'il a abattus, il ne mérite pas plus. Qu'il crève, je m'en fiche.

Sur ces mots, il pivote et referme la porte dans un claquement avant de la verrouiller à double tour.

Élias me prend le canif des mains.

— Il faut faire sortir cette balle de ma jambe.

— Ça pourrait s'infecter avec une lame pareille, Élias !

— J'en ai déjà vu d'autres et la plaie n'est pas trop profonde. Si tu ne veux pas le faire, je le ferai moi-même.

Je me mordille la lèvre en le regardant s'asseoir et faire glisser sa ceinture hors des passants de son pantalon. Il la pose par terre, puis remonte son pantalon jusqu'à ce que sa blessure apparaisse. Le sang a ruisselé sur son mollet. Je soupire, puis je m'agenouille près de lui et je pose ma main sur la sienne. Il lève les yeux vers moi.

— Laisse-moi faire, soufflé-je.

Sans un mot, il me tend le canif, puis place sa ceinture dans sa bouche et serre les dents sur le ruban de cuir. D'un signe de tête, il me fait comprendre qu'il est prêt. Alors, je plonge la lame dans sa blessure, à la recherche de la balle.

24

« — *Pourquoi as-tu trahi ton peuple, Krista ?*

Assise en face de moi, Eden me dévisage avec son air enfantin. Pourtant, son regard n'a rien d'enfantin, il est empli d'un éclat dur qui n'a pas grand-chose à voir avec la fillette éplorée que j'ai croisée dans les égouts de Germania. Je reporte mon attention sur ses cuisses et je fixe le pistolet posé dessus.

— *Parce que je ne croyais plus en lui,* réponds-je.

— *Alors pourquoi nous as-tu trahis nous aussi ? Nous ne t'avions rien fait. Nous ne t'avions rien demandé. Pourtant, tu nous as tous tués.*

— *Je...*

— *Tu devrais te tuer, ça vaudrait mieux pour tout le monde. Tu es une mauvaise personne et personne ne te regrettera* », dit-elle en me tendant le pistolet.

Je me réveille en sursaut, en nage et le souffle court. Je pose les yeux sur Élias qui dort profondément, la tête calée sur mes cuisses comme je me suis endormie assise. Sa respiration, à lui, est lente, mais régulière. Cependant, son visage est pâle et brille sous une pellicule de sueur. Doucement, je passe ma main sur son front, sa peau est fraîche. Puis je repose ma tête contre la paroi en fixant un point invisible devant moi. J'aimerais comprendre pourquoi ma culpabilité a pris l'apparence d'Eden et pourquoi elle me reproche d'avoir trahi mon peuple quand, en même temps, elle me reproche d'avoir fait exactement pareil avec le sien. Ce n'est pas cohérent et je me dis que je ne suis moi-même pas cohérente. De quoi dois-je avoir honte ? D'avoir renié les miens ou bien de me sentir responsable de la mort de tous ces Non-Aryens ? Clairement, je n'ai désormais plus aucun mal à assumer le fait d'avoir déserté mon propre peuple. Surtout après ce qu'il a fait à Eden, Anna et son bébé, et tous les autres… Néanmoins, ce rêve vient de me faire prendre conscience d'une chose. Je comprends que si c'est une puce implantée dans mon cerveau qui m'a transformée en cette gentille et empathique Krista, ce que j'ai vécu et ce que je ressens à présent a forcément eu un impact sur la véritable Krista. Celle qui est dissimulée de l'autre côté de la muraille dressée par la puce. Parce qu'au final, au fond, elle et moi ne formons qu'une seule et même entité. Si mon cœur s'attendrit, le sien également, si je suis sous l'emprise de la tristesse, elle aussi. La puce n'a fait que mettre en avant une facette de moi dont j'ignorais l'existence en tant qu'Aryenne soumise. Tout ce que j'ai vécu m'a forcée à éprouver des sentiments qu'on ne m'avait pas permis de développer jusque-là. Je ne peux définitivement plus être la même.

Élias bouge légèrement, je baisse les yeux vers lui et ma main suit le contour de sa mâchoire inférieure. Ce que je ressens pour ce garçon aussi, je dois l'accepter comme ça vient au lieu de me poser autant de questions, de lutter et de tenter de me raisonner sur ce qui est bien ou mal. Je l'aime, c'est tout.

25

Notre nuit est un peu agitée. La lumière de notre cellule s'est éteinte d'un coup. Malgré cela, je n'arrive pas à dormir. Blottie contre Élias, je l'entends qui respire de façon hachée. Parfois, il laisse échapper un grognement, puis je sens sa main se désolidariser de ma taille pour aller se poser sur sa jambe. Il souffre. Sans compter la faim et la soif. La migraine qui me martèle le crâne ne fait que s'intensifier au fur et à mesure que les premiers symptômes de déshydratation font leur apparition. Je n'ai aucun mal à imaginer que c'est pire encore pour Élias vu son état.

Quand il se calme un peu et que sa respiration semble plus profonde, je me dégage de son étreinte et, le canif coincé dans ma paume, je me dirige à pas de loup vers la porte. Dans l'obscurité, je dois y aller à tâtons pour trouver la serrure. Je n'ai jamais essayé de forcer la serrure d'une porte avec un couteau, ni avec quoi que ce soit d'autre d'ailleurs, mais je tente ma chance quand même.

La lame émet de petits claquements secs tandis que je cherche le mécanisme d'ouverture. Dans mon dos, j'entends Élias remuer. Je m'arrête, le temps que le silence revienne, puis je recommence. Même si la peur rend mes gestes nerveux dès que je perçois un bruit de l'autre côté du battant, je refuse de renoncer. L'état d'Élias m'inquiète et je ferai tout mon possible pour nous sortir d'ici.

Au bout d'une dizaine de minutes, une voix trouble ma concentration.

— Qu'est-ce que tu fais ?

Je braque la tête vers l'endroit où doit être couché Élias. J'entrevois tout juste les contours de sa silhouette alors qu'il essaye de se redresser. Je retourne vers lui et je pose une main sur son épaule.

— Il faut que tu restes allongé.

Je me rassois près de lui et je regarde en direction de son visage, même si je devine à peine l'éclat éteint de ses yeux.

— Je ne pense pas que ce soit une bonne idée de chercher à s'échapper maintenant, murmure-t-il.

Je fronce les sourcils, aussi troublée que choquée par ses propos.

— Mais pourquoi ? Ces gens sont contre nous, tu l'as bien vu.

— S'ils avaient voulu nous tuer, on serait déjà morts, tu ne crois pas ?

— Peut-être, je ne sais pas.

— Et à les regarder, on peut être certains qu'il ne s'agit pas d'Aryens, tu es d'accord ?

Je hoche la tête, bien que j'aie conscience de l'impossibilité pour Élias de le voir.

— Krista, tu es d'accord ou pas ?

— Oui. Mais comme ils te traitent exactement de la même manière que moi, je ne dirais pas non plus que ce sont des Non-Aryens.

— Ça ne veut rien dire. Ce n'est pas parce qu'on

partage une même appartenance à un peuple qu'on doit s'aimer entre nous. Des humains, ça reste des humains, Aryens ou pas. On est entrés sur leur territoire, ils le défendent.

— Tu trouves ça normal, toi ?

— Je n'ai pas dit ça, mais c'est ce que nous aurions fait dans les tunnels pour nous… nous… protéger.

Sa main se crispe tout à coup, je la sens parce qu'elle est toute proche de la mienne.

— Est-ce que ça va ?

Il respire avec fébrilité et je devine que la douleur est revenue.

— Ça va passer… Ce qu'il faut…

Il se tait et expire de façon saccadée.

— C'est sortir d'ici, reprend-il. Et pour ça, il vaut mieux aller dans leur sens.

— Aller dans leur sens ? Tu veux dire…

— Oui, me coupe-t-il. Attendons déjà de voir ce qu'ils nous veulent avant de prendre une décision trop hâtive.

Un silence retombe entre nous et j'imagine qu'Élias comprend que je ne partage pas son avis. Je ne vois pas ce que nous pourrions espérer de ces gens dont ils ont clairement démontré qu'ils se moquent bien de savoir si Élias peut mourir ou non de sa blessure. Bien sûr, je veux garder mon optimisme et je trouve qu'il ne va pas trop mal pour le moment. Seulement l'idée de rester là, les bras croisés, alors qu'on nous prive volontairement d'eau et de nourriture, ne me paraît pas vraiment judicieuse.

— De toute façon, reprend Élias. Je ne suis pas en état de...

Je l'interromps en posant un doigt sur sa bouche. La seule pensée qu'il termine sa phrase m'angoisse. Il n'est pas en état, c'est un fait, mais je sens son pessimisme revenir à la charge et je commence à le connaître assez pour savoir qu'il me dira qu'au pire, je ferais mieux de le laisser en arrière et de fuir.

Il pose sa main sur la mienne et la retire d'un geste doux.

— Je sais ce que tu penses, Krista.

— Alors tu sais aussi que je ne t'abandonnerai pas, quoi qu'il arrive.

— D'accord. Recouche-toi maintenant.

Sans un mot, je me rallonge et il en fait autant. Ses bras se referment sur moi et je place les miens par-dessus pour sentir sa peau contre la mienne. Depuis que nous nous connaissons, je crois que nous n'avons jamais été si proches, tant moralement que physiquement.

26

— Debout !

Je relève la tête et je cligne des paupières pour essayer de faire le point sur la personne qui se tient près de la porte. Je reconnais le type de la veille, Janko. Il a un pistolet dans la main. L'inquiétude me gagne aussitôt et je pivote vers Élias. Lui aussi a levé la tête, mais ses prunelles sont vitreuses et il est en nage.

— À ce que je vois, tu es toujours vivant, mon gars. Félicitations. Allez, maintenant, la fille, tu fais glisser le canif jusqu'à mes pieds.

Je lui renvoie un regard mauvais. Je n'ai qu'une envie, c'est de lancer le couteau au niveau de sa gorge plutôt qu'à ses pieds. Mais je me rappelle ma conversation avec Élias sur la nécessité de savoir ce que ces gens attendent de nous et je rengaine ma colère. Je le fais pour Élias, pas pour moi.

Je récupère le canif dans ma poche et je le projette sur le sol. Il glisse sur une moitié du chemin. Sans nous quitter des yeux, Janko s'avance pour s'en emparer. Une fois qu'il l'a fourré dans un étui accroché à sa ceinture, il s'approche de nous. On reste allongés et on le suit du regard tandis qu'il s'arrête au niveau d'Élias dont le pantalon est toujours retroussé pour laisser sa plaie à l'air.

Janko glisse tout à coup une main dans la

doublure de son blouson. Par réflexe, je me redresse sur les coudes, mais il braque aussitôt son pistolet dans ma direction.

— Du calme, ma jolie.

Je me raidis. Il sort alors une flasque, puis range son arme dans sa ceinture avant de dévisser la petite bouteille.

— Ton ami ne va pas très bien, on dirait, dit-il.

Je glisse ma main dans celle d'Élias. Elle est brûlante. Sans prévenir, Janko renverse le contenu de la flasque sur la jambe blessée d'Élias qui se cambre et pousse un cri rauque sous l'effet de la douleur.

— Élias ! crié-je alors que sa main s'est crispée sur la mienne au point de me donner l'impression que toutes mes phalanges viennent de se briser.

Il retombe sur le sol en haletant et ferme les yeux pour canaliser sa souffrance. Je reporte un regard haineux vers Janko.

— Alors c'est comme ça qu'il s'appelle, ton ami ? Élias ?

Je ne l'écoute plus et, d'un bond, je me précipite dans sa direction, prête à le frapper de toutes mes forces. Il lance son bras dans les airs et la flasque dans sa main percute ma pommette. Je retombe en arrière.

— Je viens de désinfecter la plaie de ton ami et c'est comme ça que tu me remercies ? Ce n'est pas de cette façon qu'agissent les gens civilisés.

— Qu'est-ce que vous… attendez… de nous ? bredouille Élias malgré la douleur qui continue à altérer ses traits.

— Discuter, faire connaissance. La base, quoi. Ce serait déjà un bon début, non ?

Je recule en rampant sur les fesses jusqu'à me retrouver de nouveau à côté de la tête d'Élias.

— Je n'ai aucune…

Élias pose sa main sur la mienne et nos regards se croisent. Je me renfrogne.

— Très bien, murmure-t-il. Discutons.

Janko me jette un coup d'œil amusé, sans doute content de constater que je n'ai pas eu le dernier mot et qu'Élias est prêt à communiquer. Je ne dis rien, mais ça me rend folle de voir avec quelle facilité il accepte de le faire alors qu'on nous prive de soins, de nourriture et d'eau.

Élias se redresse lentement pour caler son dos contre la paroi et fixer droit dans les yeux notre charmant visiteur qui prend appui, quant à lui, contre le mur d'en face tout en restant néanmoins debout.

— D'où est-ce que vous sortez, exactement ? Vous vous êtes échappés du camp ?

Un léger mouvement de tête d'Élias, tout juste perceptible, fait comprendre à Janko que ce n'est pas le cas.

— D'où vous venez, alors ?

— Germania.

Janko ouvre des yeux grands comme des soucoupes, mais se recompose une expression neutre moins de deux secondes plus tard.

— Germania ? La ville sous la bulle de verre ?

Élias acquiesce à peine, visiblement décidé à économiser sa salive.

— Admettons que vous veniez de là-bas, comment êtes-vous arrivés ici ?

— Avec une navette. Elle s'est crashée en chemin.
— Ah, je vois, donc vous alliez au camp.
— *A priori.*
— J'ai quand même du mal à y croire. Il n'y a pas de Non-Aryens à Germania… enfin, en logique, il n'y en a jamais eu.
— Qu'est-ce qui te fait croire que j'en suis un ? renchérit Élias sur un ton qu'il retrouve cassant.
— Excuse-moi, mon gars, mais…
Élias tourne la tête vers moi et m'adresse un clin d'œil discret. Nous sommes les seuls à savoir à quoi nous en tenir à son sujet.
— Et toi ? Tu en es un ?
Janko lève les bras en arborant un large sourire face à ce qui devrait nous sembler évident. Mais s'il y a une chose que j'ai apprise depuis que j'ai rencontré Élias, c'est qu'il ne faut jamais se fier à l'aspect extérieur d'une personne pour la catégoriser.

27

Après ce premier contact avec Janko, nous avons droit à l'entrée d'une femme d'une quarantaine d'années. Son visage est esquinté par une longue cicatrice sur le côté gauche qui la force à garder son œil à moitié clos. Ses cheveux grisonnants et son aspect négligé lui donnent facilement dix ans de plus. Elle referme la porte, puis, sans un mot, dépose un plateau près de moi. Je la toise et je m'empare aussitôt de la gourde placée dessus, je la dévisse, renifle son contenu pour m'assurer qu'il s'agit d'eau, puis je la tends à Élias.

— Il y a des compresses et des pansements sous le gobelet, dit la femme d'une voix éteinte.

Je la considère toujours aussi froidement et j'attends qu'elle s'en aille pour récupérer les compresses. Ce sont de simples gazes sans diodes ni cicatrisants incorporés, mais ça aura au moins le mérite de protéger la plaie d'Élias de la poussière et des microbes. J'en applique une que je fixe avec les pansements sur sa peau, puis je me replace à côté de lui pour manger l'espèce de tambouille qui flotte dans nos bols. Il faut vraiment que nous soyons affamés pour avaler ça et si je rechigne, Élias se force à tout finir. Je lui donne volontiers ce qui reste du mien, il en a besoin pour guérir plus vite.

— C'est quoi la suite du programme ?

— Faire ami-ami avec ce Janko. C'est lui le leader, si on se le met dans la poche, on pourra sortir d'ici.

— Je n'ai pas confiance en lui.

Élias cesse de mastiquer et tourne la tête vers moi, un pli de contrariété entre ses sourcils sombres.

— Pour l'instant, je ne vois pas ce que tu peux avoir à lui reprocher... à part des méthodes un peu brutales en matière de soins.

— C'est le moins qu'on puisse dire.

— Alors quoi ?

— Je ne sais pas. Le fait qu'il veuille absolument connaître notre identité et savoir d'où on vient.

— Ce sont les questions de base qu'on pose à toute personne se trouvant sur son territoire. Menahem t'a posé les mêmes quand tu es arrivée dans les tunnels de Germania. Je ne vois pas où est le problème.

Le problème, c'est que je me méfie de cet homme, c'est tout, réponds-je intérieurement. Il ne peut pas me reprocher d'avoir perdu ma confiance en tout le monde après tout ce que j'ai vécu : ma famille fictive me trahissant, Élias m'abandonnant... Toutes ces petites choses qui lui apparaissent peut-être comme des détails ont fait de moi cette personne un brin paranoïaque que je suis devenue. Il est possible que je me trompe, mais j'ai le droit de ne pas vouloir accorder ma confiance à ce Janko, et je m'étonne qu'Élias lui donne la sienne si vite alors qu'il est d'une nature méfiante. Mais j'ai bien compris que son option première est d'utiliser

Janko pour obtenir ce qu'il désire. Élias, je m'en rends compte, est aussi un manipulateur.

Le reste de cette nouvelle journée, nous la passons dans notre cellule sans que personne ne vienne nous voir. Élias et moi discutons de notre enfance, de ce que nous aimons ou non, mais la majeure partie du temps, il somnole plus qu'autre chose et je le veille. Régulièrement, je pose ma main sur son front et je vérifie sa plaie. Je ne peux pas dire que son état empire, mais il ne s'améliore pas non plus. J'imagine que je manque de patience. Après tout, il n'est pas blessé depuis longtemps et je n'ai pas le matériel médical de mon peuple sous la main pour accélérer sa guérison. Quand vient le soir, Janko fait son entrée avec de la nourriture. Je ne peux pas m'empêcher de crisper les mâchoires en le voyant. Il dépose le plateau près de moi.

— Comment va ton ami ?

— Il dort, réponds-je d'un ton un peu sec.

— Tu ne m'aimes pas beaucoup, on dirait.

Je le considère avec le mépris qui caractérise tant la race aryenne. Pour une fois, je n'ai pas besoin de trop me forcer pour le mettre en avant.

— Je devrais ?

— C'est dans ton intérêt.

J'esquisse un sourire teinté d'ironie en secouant la tête.

— Mon intérêt, c'est de sortir d'ici avec mon ami.

— Il n'est pas en état de le faire, tu le vois bien.

— À qui la faute ?

Nous nous toisons, mais aucun de nous n'est décidé à baisser les yeux.

— Ton ami a abattu plusieurs de mes hommes. Rien que pour ça, je pourrais le tuer, et toi avec.

— Pourquoi est-ce que vous ne le faites pas, alors ? Auriez-vous besoin de nous ? Pour obtenir des renseignements sur Germania, par exemple ?

Janko plisse les paupières dans un air de défiance puis, sans un mot, il pivote et quitte la pièce. Je me saisis du bol dans lequel trempe une soupe immonde et je finis par le reposer. La boule au creux de mon estomac m'empêche d'avaler quoi que ce soit de toute façon. Je pose les yeux sur le mur en face de moi et je m'absorbe dans sa contemplation comme si je forais la pierre pour voir ce qui se passe à l'extérieur de notre cellule. Cette fois-ci, j'en suis certaine, ce Janko n'est pas fiable. Le plus dur, à présent, va être d'arriver à convaincre Élias que j'ai raison et lui tort.

La nuit est totale lorsque le rayon lumineux d'une petite torche perce l'obscurité de notre cellule. Je m'arrache à mon sommeil d'un coup et la peur me prend aux tripes quand on me saisit par le bras. Aussitôt, je tire sur celui d'Élias pour le réveiller, mais il ne réagit pas.

— Élias ! Élias !

— Il ne te répondra pas, ma jolie. Allez, viens par ici !

Je reconnais la voix de Janko. Je me démène pour essayer de lui échapper, mais il maintient sa main si fort sur mon biceps que ça m'est impossible.

J'envoie mon bras libre devant moi en espérant l'atteindre. Mon poing s'enfonce dans un os, mais ça ne change rien, on continue à m'entraîner jusqu'à la sortie.

— Lâchez-moi ! Élias !

Je me débats de toutes mes forces, je crie encore le prénom d'Élias. Je le hurle à m'en casser la voix en même temps que les larmes montent en moi. Pas parce qu'on me contraint à quitter la pièce, mais parce que si Élias ne répond pas et ne bouge pas… c'est qu'il est mort…

28

Une fois le seuil de la cellule passé, au lieu de me calmer, je redouble d'ardeur, je hurle et je frappe dans tous les sens. Je suis comme folle, j'appelle encore Élias, tournant sans arrêt la tête vers la porte, persuadée qu'il va se lever et apparaître, fort et grand comme je le connais. Mais il n'apparaît pas et deux autres hommes à la mine patibulaire viennent seconder Janko pour me contraindre à avancer vers l'endroit où se trouvent les machines que j'ai vues à mon arrivée.

Les bras pris en étau entre les mains de mes bourreaux, je suis entraînée dans un couloir aux parois abruptes. Ensuite, nous nous immobilisons devant une porte. Janko l'ouvre à la volée, puis s'écarte du chemin pour me laisser entrer avec les deux types qui me contiennent. Il pénètre à l'intérieur à son tour et referme le battant dans un claquement. Mes yeux fous tournent dans tous les sens, s'arrêtant sur chaque mur dépourvu de fenêtre, puis sur la table et les deux chaises qui constituent l'unique mobilier de cette pièce.

Les deux hommes m'assoient de force sur l'une d'entre elles et, pendant que l'un d'eux s'évertue à me maintenir dans la même position, l'autre passe des menottes autour de mes poignets et de mes chevilles pour les raccorder aux barreaux de la chaise. Ensuite, ils s'éloignent de moi, me laissant continuer à m'époumoner et m'agiter en vain.

— Tu me feras signe quand tu seras fatiguée.

Je fusille Janko du regard en même temps que je ravale un sanglot.

— C'est bon ? Nous pouvons discuter… Krista ?

Je m'immobilise en entendant mon prénom dans sa bouche. Je sais que je ne le lui ai jamais dit, pas plus qu'Élias, au contraire de moi pour le sien, n'a eu la bêtise de le prononcer devant lui ni aucun autre de nos agresseurs.

— Tu te demandes comment je connais ton identité, pas vrai ?

Je reste muette comme une tombe. Je ne parlerai pas avec cet homme.

— En fait, je sais même que tu t'appelles Krista Sudwischer, que tu travailles pour le Führer sur un programme pour découvrir les caches des Non-Aryens à Germania.

— Si vous êtes au courant de ça, c'est que vous êtes à sa botte.

Il secoue la tête et tire un papier de la doublure de son blouson.

— Pas du tout, ma jolie. Je l'ai lu dans ce contrat que j'ai trouvé dans les tunnels. Il a dû tomber de ta poche, c'est idiot.

— Je savais bien que vous n'étiez pas quelqu'un de fiable, murmuré-je.

— Pourquoi ? Parce que j'ai ramassé un document qui t'appartenait et que je ne te l'ai pas rendu ? Tu as peut-être raison, on ne sait plus à qui se fier de nos jours. La preuve, j'ai sous mes yeux une saleté de Boche qui a signé un contrat pour détruire tout ce qui ne ressemble pas à un Aryen. On se demande qui est le moins fiable de nous deux, au final.

Je serre les mâchoires à m'en faire mal, gardant un silence méprisant. Il peut bien raconter ce qu'il veut, s'il n'est pas idiot, il a dû comprendre que ce qu'il dit ne tient pas la route.

— Ah, mais non, suis-je bête. Forcément, si tu traînais dans le coin, c'est que tu as dû retourner ta veste pour… Mmh… réfléchissons… par amour, c'est ça ? Ce qui expliquerait qu'une Aryenne mandatée par le Führer en personne tienne la main d'un sang-impur sans avoir peur qu'il la repousse comme une chienne.

Ses mots sont comme un jet d'acide sur mon visage et ramènent en moi la pensée d'Élias. Je me souviens de son regard vitreux et de la veille où il ne parvenait pas à rester éveillé plus de quelques heures réparties entre le matin et le soir. Je n'aurais pas imaginé que son état empirerait si vite au point de… Je ferme les yeux. Je voudrais ne pas permettre aux larmes de se frayer un chemin entre mes cils, mais je suis incapable de les contrôler. Je refuse de penser à ce mot au goût de sang qui flotte dans mon esprit. Cette certitude que Janko a tout fait pour précipiter ce moment est plus qu'une pointe d'amertume dans ma bouche, c'est un océan de haine et de rage qui gronde en moi.

— Il est temps de t'apprendre qui nous sommes exactement.

Je redresse la tête et je rouvre les yeux sur le monstre qui me fait face.

— Je me contrefiche de savoir qui vous êtes et de ce que vous allez devenir, craché-je, venimeuse.

— C'est gentil de ta part. Bref donc, comme je le disais un peu plus tôt, je suis le leader de ce groupe. Appelle-nous... des insurgés parce que c'est ce que nous sommes. Nous avons élu domicile depuis pas mal d'années dans cette ancienne usine, construite par tes ancêtres, d'ailleurs, pour monter des missiles pendant la guerre. Nous ne connaissons rien de Germania, c'est vrai, en dehors du fait que c'est l'unique endroit où habitent de véritables Aryens. J'imagine qu'il y fait bon vivre quand on est un Aryen, mais nous n'avons pas le loisir de l'être, nous autres.

Je ne peux pas m'empêcher de froncer les sourcils en entendant ces paroles. Micha avait-il finalement raison sur la possibilité que seule Germania soit sous le contrôle SS ? Mais dans ce cas, le camp à l'extérieur de la ville, les navettes... Depuis que j'ai quitté Germania, des tas de choses paraissent sonner faux dans le déroulement des évènements et je n'arrive pas à mettre le doigt sur ce qui me dérange. Comme si ces incohérences finissaient par s'entremêler au point d'en devenir inextricables.

— Tu as l'air étonnée ? Pourtant, tout le monde sait que Germania est la perle de l'Allemagne, cet endroit paradisiaque où vivent ceux de la race des Seigneurs. Et toi, tu ne serais même pas au courant ? Passons ce détail, après tout, je me fiche bien que tu sois idiote ou bonne comédienne à ce sujet. En dehors de Germania dont personne ne peut approcher à cause de son dôme, les abords de cette ville ont été laissés à l'abandon.

Il se tait un instant et me fixe, s'attendant sans doute à ce que je me décide à participer à la conversation, mais je ne change rien à mon attitude mutique. Quant à lui dire que Micha et notre groupe a supprimé le dôme protégeant Germania, ça ne fait pas partie des révélations que j'ai envie de lui faire.

— Nous sommes ici à Nordhausen, c'est ce qu'on peut appeler une réserve de chasse doublée d'une prison.

Il se plante devant moi, puis se penche tout près de mon visage. Si près que je peux sentir son souffle légèrement aviné.

— Ici, quand un Non-Aryen a le malheur de s'échapper du centre d'expérimentation, les navettes le pourchassent… comme un cerf aux abois, tu vois ?

Il se rapproche un peu plus encore, ses yeux rivés aux miens. Si mon regard est empli d'une haine farouche, le sien l'est tout autant.

— Et couic, ils le tuent. Mais ça, c'est quand le type a de la chance.

Janko se redresse et se met à faire les cent pas dans la pièce, m'obligeant à surveiller du coin de l'œil l'endroit où il se trouve à chaque instant.

— Non, en général, les fugitifs sont rattrapés et renvoyés dans le camp. Voilà pourquoi ce lieu est considéré comme la réserve de chasse des SS. Quand ils ont besoin de cobayes, ils viennent traîner dans le coin. Heureusement pour nous, ces Aryens sans cervelle ont oublié la présence des réseaux souterrains et de cette usine. Grâce à ça, on a pu survivre, mais tu imagines bien qu'on ne vit pas comme des rois. Ici, il faut être débrouillard pour dénicher de quoi manger et boire... et surtout ne pas se faire tuer ou capturer.

Je songe à Élias et les siens, à leur espoir de découvrir des personnes comme eux en dehors des limites de Germania. J'ai envie de rire en réalisant que ces gens existent bel et bien, qu'ils sont là devant moi. Seulement, il n'y a plus personne de la communauté d'Élias, ni même lui, pour pouvoir se féliciter de les avoir trouvés. Après l'envie de rire revient celle de pleurer et de hurler.

— Pourquoi est-ce que vous me racontez tout ça ?

— Nous avons besoin d'une personne comme toi.

— Je ne vous aiderai pas, quoi que vous demandiez.

Janko lâche un soupir qu'il voudrait sans doute dépité, mais je reste indifférente, empêtrée dans ma tristesse et ma colère.

— Si, bien sûr, tu le feras.

À nouveau, j'ai envie de rire, mais d'un rire mauvais et moqueur. Comment cet homme peut-il imaginer une seule seconde que je vais accepter de me ranger de son côté après ce qu'il a fait à Élias ?

— Je préfère mourir plutôt que vous aider.

— Je ne crois pas, non.

— Quoi ?

— Parce que j'ai une proposition à te faire.

Je refuse d'en entendre plus, je voudrais qu'on en finisse, qu'il tire sa fichue balle dans mon crâne pour ne plus avoir à écouter ses élucubrations. Je baisse la tête et je fixe avec obstination mes cuisses en essayant de créer une bulle autour de moi où personne ne viendra me déranger ni éparpiller les souvenirs que j'ai d'Élias depuis notre première rencontre jusqu'à ce moment où mon cœur a volé en éclats.

Pendant un instant, j'arrive à faire remonter des sensations enfouies, comme celle où il a posé les mains sur mes hanches pour me retenir sur une échelle dans les égouts, ou bien celle de ses lèvres sur les miennes et de nos regards accrochés l'un à l'autre.

— Tu ne me demandes pas quelle proposition ?

Je relève la tête et je décoche à mon interlocuteur le regard d'une véritable Aryenne considérant un être inférieur planté devant elle. Une personne que j'estime sans valeur, peu importe ce qu'il est ou qu'un cœur batte en lui. Il est moins qu'un animal à mes yeux.

— Je m'en fiche.

— Eh bien, tu vas quand même m'écouter, que ça te plaise ou non. Bien que les Aryens se concentrent essentiellement sur Germania, ils ont pour but d'implanter de nouveaux centres de recherche un peu partout dans le monde parce qu'ils se sont aperçus que les Non-Aryens n'étaient pas tous morts pendant la guerre et que leur nombre augmentait de façon exponentielle depuis deux cents ans. Ils ont décidé de nous utiliser comme cobayes pour des expérimentations médicales, entre autres. Nous savons de source sûre que le Führer va venir au camp pour faire un point sur les résultats obtenus à Nordhausen. Nous avons le moyen d'entrer dans le complexe, mais seul un Aryen pourra approcher le Führer.

— Et après quoi ?

— Ne te fais pas plus bête que tu n'es, ma jolie.

Le but de cette mission est simple : tuer le Führer, évidemment.

— Évidemment. Trouvez un autre volontaire, dis-je en reposant les yeux sur mes cuisses.

— Même si, en échange, je t'offre quelque chose auquel tu tiens ?

Je songe à mes parents et mon frère qui n'existent pas. Je songe à Anna et son bébé, à Eden. Je songe à Élias. Il n'y a plus rien auquel je tienne, désormais. Pas même ma vie.

— Il n'y a rien que vous puissiez m'offrir en échange.

— Même pas la guérison de ton ami Élias ?

À cet instant, mon cœur marque un arrêt. Je relève la tête d'un coup et je dévisage Janko.

29

— Le deal est très simple, tu acceptes de supprimer le Führer et en échange, nous te donnons les soins adéquats pour guérir Élias.

Janko s'avance jusqu'à ma chaise et pose les mains sur la paire de menottes qui entravent les miennes. Son annonce m'a tellement sciée que je suis incapable de faire le moindre mouvement.

— Si je te les enlève, tu te tiendras tranquille ?

— Qu'est-ce qui me prouve que vous ne mentez pas ?

— Nous avons simplement drogué ton ami pour l'empêcher de réagir.

Je repense soudain à la flasque dont Janko a versé la totalité sur la blessure d'Élias. Se peut-il qu'une drogue ait été glissée à l'intérieur en plus de l'alcool qu'elle contenait ou bien la substance à laquelle Janko fait allusion se trouvait-elle dans la nourriture ? Je secoue doucement la tête, si ça avait été le cas, j'aurais été moi aussi sous l'influence de ce poison. Ça ne peut venir que de la flasque.

— Tu as ma parole d'honneur.

Sa parole d'honneur... Que vaut sa parole, à cet homme dont je ne connais rien et qui m'a inspiré de la méfiance à l'instant où il a posé les yeux sur moi ? Pourtant, je décide de le croire parce que j'en ai besoin. En mon for intérieur, je me dis que je fais peut-être preuve de naïveté, Janko pourrait très bien me mentir pour me motiver à accepter de faire ce qu'il demande. Néanmoins, je ne peux pas imaginer que des non-Aryens soient prêts à sacrifier inutilement un élément comme Élias. Il a largement démontré ses capacités physiques et son maniement des armes pour que Janko se rende compte que l'avoir dans son groupe serait un plus plutôt que l'inverse. *À moins qu'il représente, au contraire, un danger pour un leader*, me souffle ma petite voix intérieure. Je refuse de l'écouter, ce que je veux, ce sont des preuves.

— Je veux le voir.

— Tu le verras quand nous aurons discuté de notre marché, c'est juré. Je te détache ou tu préfères rester accrochée à ta chaise ?

J'acquiesce d'un hochement de tête. Ensuite, quand mes poignets et mes chevilles sont enfin libres, je regarde Janko tirer la table vers moi et s'installer sur l'autre chaise face à moi. Un des hommes présents dans la pièce se place à mes côtés, j'imagine pour calmer mes ardeurs s'il me prenait l'envie de sauter à la gorge de son mentor. Mais je choisis de faire comme Élias me l'a dit, rester tranquille et les écouter, c'est ma seule solution si je veux voir Élias.

— Le centre d'expérimentation se trouve à environ trois heures de marche d'ici en passant par les souterrains.

Il sort une feuille de la doublure de son blouson, la déplie et l'étale sur la table. Bientôt, les traits et courbes que j'entrevoyais se muent en un plan bien précis qui représente des formes géométriques de diverses tailles. Silencieuse, je les examine avec attention. La plus grande d'entre elles est un carré aux bords arrondis. En son centre sont dessinés de petits rectangles ordinaires au nombre de six sur lesquels sont notés des numéros suivis de lettres J1, Y2, H3…

— Qu'est-ce que c'est ? demandé-je.

— Au milieu, ce sont les baraquements où sont internés les prisonniers selon leur appartenance à une race ou l'endroit d'où ils proviennent. Celui qui les entoure constitue le complexe médical où sont situées les salles d'expérimentation.

— Quels genres de prisonniers y a-t-il, là-bas ?

Il hausse les épaules tout en se grattant le menton.

— Des gens comme nous.

— C'est un peu vague.

— Tu devras te contenter de cette information, pour l'instant, la priorité pour toi est de te concentrer sur le Führer. Des tunnels secrets te permettront d'accéder à des conduits d'aération dans le bâtiment principal. De là, tu devras traverser plusieurs couloirs avant d'arriver à la salle de réunion qui se trouve ici.

Je suis son doigt qui part d'un point à l'autre comme s'il courait le long d'une ligne imaginaire avant de s'arrêter sur un trait en oblique désignant l'emplacement d'une porte. Je me vois progresser dans un couloir dont les murs seraient blancs laqués et le plafond recouvert de plaques lumineuses. Un endroit semblable à la *Volkshalle* où tout serait propre et ordonné. Si je me concentre un peu, je pourrais même entendre les bruits de mes pas sur le sol et celui de mon cœur pulsant dans ma poitrine.

— Et ensuite ?

— Ensuite, tu entres dans la salle. Tu trouveras une personne en charge de la restauration. Il te suffira de te débarrasser d'elle et d'enfiler son uniforme. Tu n'auras que dix minutes pour ça, car à 14 h 30 exactement, le Führer arrivera en compagnie des dirigeants du centre. Il ne te restera alors plus qu'à choisir le meilleur moment pour le tuer.

— Le Führer sera forcément accompagné de gardes du corps, non ?

— Bien entendu.

Je reporte mon regard sur Janko.

— Je ne pourrai jamais en sortir vivante une fois que je l'aurai abattu, conclus-je dans un murmure.

Après un bref silence, Janko confirme d'un air de dire qu'on ne fait pas d'omelette sans casser des œufs. Tuer le Führer, puis mourir à mon tour… Je prends tout à coup conscience de ce qu'il me demande. Il me demande, à moi, une jeune femme de dix-sept ans, de conduire une mission suicide ; d'assassiner le Führer tout en acceptant d'y perdre la vie par la même occasion. Il a au moins le cran de ne pas me faire miroiter une quelconque échappatoire, mais ce n'est pas pour ça que je digère mieux ce fait. Je repense au commandant Vermer que j'ai tué d'une balle dans le crâne et j'ai le sentiment qu'ici, c'est un autre palier qu'on veut me voir franchir. Le plus haut et, surtout, le dernier. La question est de savoir si ma mort servira à quelque chose et si je suis assez forte psychologiquement pour le faire. Est-ce que je crois suffisamment au camp que j'ai choisi, celui des Non-Aryens, pour accepter de supprimer l'homme que j'ai admiré depuis mon enfance ? Et surtout, suis-je prête à me sacrifier pour ce camp ?

Seulement, si je ne le fais pas, c'est Élias qui mourra si on ne lui prodigue pas les soins nécessaires. Est-ce que faire un choix entre sa survie, à lui, et ma mort, à moi, est difficile, voire impossible ? Je ne sais pas.

Je me redresse sans quitter Janko des yeux.

— Très bien. Je vais le faire.

Il hoche la tête, un sourire étirant ses lèvres.

— Emmenez-moi le voir à présent.

— Tu peux me tutoyer, Krista. Nous sommes dans le même camp, désormais.

Le chantage ne me semble pas le meilleur moyen de démarrer une collaboration sur de bonnes bases, nous ne serons jamais dans le même camp, lui et moi. Je me contente de lui emboîter le pas à l'extérieur de la salle. Nous regagnons la cellule et, quand il ouvre la porte, que je vois le corps d'Élias allongé par terre, sa poitrine se soulevant et s'abaissant doucement au rythme de sa respiration, la réponse à ma question me vient tout naturellement. S'il me serait impossible de tuer Élias, je n'aurai aucun problème ni scrupule à tuer le Führer… même si je dois en mourir.

Je le ferai, mais pas pour Janko et son groupe.

Je le ferai pour Élias et pour Eden.

Je le ferai pour Anna et son bébé, ainsi que pour tous ceux qui ont péri par ma faute.

30

Les deux jours suivants, je reste aux côtés d'Élias dans notre cellule. Je m'occupe de le soigner avec, cette fois-ci, du vrai matériel médical. Je désinfecte sa plaie et j'en profite pour vérifier ses blessures plus bénignes sur son torse ainsi que son bras qu'un laser avait effleuré et légèrement brûlé. J'applique consciencieusement des pansements à diodes et je le veille avec patience. Tout en l'observant, plongé dans ce sommeil artificiel, je me repasse toutes les informations que Janko m'a transmises. Il y en a tant que j'ai la migraine. Je ne suis pas sereine, ni face à la décision que j'ai prise pour sauver Élias ni face à ce sentiment croissant que quelque chose cloche dans tout ça. Depuis que nous avons quitté Germania, il ne me lâche pas et ne fait même que s'intensifier. Pourquoi est-ce que je me sens si peu à ma place ici ? Pourquoi est-ce que j'ai l'impression d'évoluer en permanence dans un cauchemar ? Je pense à Eden qui n'a pas cessé de me harceler dans mes rêves.

J'ai appris par Janko, quand il m'a fait visiter l'abri de son groupe d'insurgés, l'historique complet de cette ancienne usine creusée sous terre durant la Seconde Guerre mondiale. Des prisonniers de camps de concentration travaillaient du matin au soir pour fournir les bombes et missiles nécessaires à l'armée. Beaucoup sont morts d'épuisement, de faim et de maltraitance dans cet endroit et je n'arrête pas d'imaginer leurs fantômes en train d'errer dans les galeries, à la recherche du repos éternel. Par la suite, après qu'Hitler a lancé une offensive à l'aide de la bombe H sur l'Angleterre pour se débarrasser de ses anciens alliés, l'usine a été délaissée, puis oubliée. Les insurgés n'ont pas tardé à la prendre d'assaut et à se l'approprier, même si les conditions de vie à l'intérieur ne sont pas des meilleures. Ils ont, néanmoins, tout comme le peuple d'Élias, fabriqué des espèces de serres dans lesquelles ils arrivent à faire pousser toutes sortes de légumes. Le soir, ils sortent et fouillent les environs à la recherche de potentiels petits gibiers. Ils vivent comme des sauvages, sans foi ni loi. Ils ne vivent pas, non… ils survivent. Tout comme les Non-Aryens de Germania, leur vie est un combat permanent.

J'ai également appris que Germania se trouvait au beau milieu d'un champ de ruines. Ces ruines que j'ai aperçues depuis la *Volkshalle* sont les restes de villes telles que Leipzig et bien d'autres. Mais le pire de tout est de savoir que cet endroit, où l'environnement est hostile, sert de réserves de cobayes aux SS. C'est difficile d'imaginer que mon peuple en soit réduit à se comporter de façon aussi cruelle avec d'autres êtres humains sous le prétexte de faire des expérimentations qui feront avancer la science.

Quand des images de corps mutilés sur des tables métalliques s'imposent à moi, je ne peux pas m'empêcher de sentir mon menton et mes lèvres trembler. Je ne peux pas oublier que c'est dans ce camp que sont supposés avoir été déportés les gens faisant partie de la communauté d'Élias. Dans ce même lieu que lui, Micha et Ezra devaient aller si la navette ne s'était pas crashée. D'un point de vue purement humain, je ne peux pas concevoir de telles choses. Aussi Aryenne que je sois, l'amélioration d'une race ne peut pas passer par la cruauté envers une autre. Tout ça me révulse au plus haut point.

Ce que je retire de tout ça, au final, c'est que si les habitants de Germania étaient emprisonnés sous un dôme de verre, les personnes qui vivent à l'extérieur de ses limites le sont également. La prison n'est pas la même, les conditions de vie non plus, mais le résultat l'est, lui. Nous ne sommes en fait que des gens rangés par castes, comme des cartes d'un jeu qu'on sort du paquet quand on en a besoin. J'aurais aimé savoir si, au-delà de cet endroit désertique, il existe quelque chose de meilleur. Une humanité qui serait tout simplement humaine, dénuée de toute envie de faire du mal à son prochain.

Mais sans doute que je me trompe, la planète entière n'est peut-être qu'une vaste prison constituée de différentes couches de personnes classées par ordre d'importance et d'intérêt aux yeux du gouvernement.

Je m'assois près d'Élias. Je caresse sa joue râpeuse. Mon regard glisse tout du long de son corps vêtu de noir, puis jusqu'à sa jambe blessée qu'il a légèrement repliée. Sous son pansement, je distingue une faible lumière qui pulse, indiquant que les diodes continuent à diffuser les produits cicatrisants en lui. Je suis heureuse de constater que Janko a tenu sa promesse, et je sais que je devrais tenir la mienne également. Ma main remonte sur son front. Il n'a plus de fièvre et je soupire de soulagement.

Je m'allonge de manière à faire face à Élias. Puis j'étudie son visage comme si c'était la première fois que je le voyais dormir. Il est paisible. Je le trouve différent physiquement, mais j'imagine que c'est dû au fait que son menton n'est plus rasé depuis quelques jours. Ça le vieillit. Je me rends compte aussi que tout ce qu'il a vécu entre notre première rencontre et aujourd'hui s'est inscrit sur sa peau, creusant ses traits et les rendant plus graves. Je repense à Micha et Ezra, ses derniers amis, qu'il a vus mourir sous ses yeux. Je repense à Eden, une petite fille qu'il connaissait et aimait également. Je voudrais avoir un miroir pour me regarder, moi aussi ; je suis persuadée que je ne ressemble définitivement plus à la naïve Krista, puce ou non dans le cerveau. Les coups au cœur portent forcément au corps.

Je glisse mes doigts dans la main entrouverte d'Élias et j'essaye de fermer les yeux. J'ai l'interdiction formelle de Janko de parler à Élias de la mission que j'ai acceptée. « Sans quoi, je m'arrangerai pour que ton ami se prenne une autre balle, mortelle celle-là », a-t-il ajouté. Je n'ai pas besoin de réfléchir longtemps sur ce que je dois ou non faire, même si je ne suis pas une fanatique du mensonge. Je préfère néanmoins mentir plutôt que risquer la vie d'Élias.

31

Deux nouveaux jours se sont écoulés depuis que j'ai accepté le marché de Janko. Il n'est pas reparu pour prendre des nouvelles d'Élias. C'est la femme à l'œil à moitié fermé qui vient désormais nous apporter nourriture, boisson et pansements. Elle ne parle jamais plus qu'elle ne le doit, comme si elle avait reçu l'ordre de ne pas entamer la conversation avec moi. Je ne sais même pas comment elle s'appelle et je m'en fiche. Pour l'heure, j'entrouvre juste les yeux pour la voir déposer son plateau et repartir, puis je laisse mes paupières se refermer.

Une main glisse dans mon dos alors que je suis sur le point de sombrer à nouveau dans le sommeil. J'aime ce contact, léger et pressant à la fois. Un instant, je songe qu'il s'agit d'Eden qui veut que je me réveille, puis cette idée s'évapore comme une pensée fugace. Je laisse la chaleur de cette main se propager dans tout mon corps tandis qu'elle remonte jusqu'à ma nuque et me fait frissonner de plaisir. Puis, je finis par me retourner lentement. Le visage d'Élias apparaît dans mon champ de vision. Son regard n'est plus vitreux ni vide, il rencontre le mien et je sais que les soins, couplés à ces deux nuits de repos total, ont réussi à le sortir de sa torpeur.

— Salut.

Son murmure glisse jusqu'à mon oreille. J'ébauche un sourire qu'il me rend. S'il a changé physiquement, il est aussi très différent dans sa façon de se comporter avec moi. Il fait preuve de douceur et au fond de ses pupilles perce quelque chose d'indéfinissable. Si je devais mettre un mot dessus, je dirais qu'il laisse à présent voir sans honte les sentiments qu'il éprouve à mon égard.

— Comment te sens-tu ?

— Beaucoup mieux. Merci de m'avoir soigné.

Je hausse les épaules. S'il savait ce qui s'est passé pendant qu'il dormait sous l'effet d'une puissante drogue, je ne suis pas sûre qu'il me croirait ni qu'il apprécierait de découvrir ce que Janko lui a fait. Cette pensée fait soudain resurgir en moi la certitude de ma mort prochaine et des larmes me montent aux yeux malgré moi. Une expression d'incompréhension passe sur le visage d'Élias.

— Qu'est-ce qu'il y a ?

Je m'empresse de ravaler mes larmes et je secoue la tête.

— Non, tout va bien. Je suis juste fatiguée.

Il ramène une mèche de cheveux derrière mon oreille tout en me fixant avec intensité. À quel moment a-t-il décidé de laisser ses sentiments pour moi apparaître au grand jour ? Je le sais au fond de moi. C'est la mort de ses amis et d'Eden qui a déclenché ça chez lui. La sensation que nous n'étions plus que nous deux et qu'il était peut-être temps de cesser de se cacher la vérité. Je ne sais pas vraiment, au juste, et je crois que je me moque bien de trouver une explication à son changement d'attitude à mon égard. Je veux juste profiter de ces instants avec lui. Je penche la tête sur le côté pour sentir plus encore sa peau contre la mienne. Je devrais pourtant plutôt m'éloigner de lui. Plus je m'attache, plus l'idée de partir en mission suicide, à son insu, est douloureuse.

— Il s'est passé des choses pendant que je dormais ?

— Non… Rien de particulier.

Il hoche la tête et pose une main sur le mur derrière nous pour prendre appui dessus. Je le regarde se redresser avec raideur.

— J'aimerais quand même pouvoir sortir de cette cage, mais si on ne vient jamais nous voir…

À peine une minute plus tard, un claquement retentit soudain dans la serrure et je me demande, pendant un instant, dans quelle mesure on ne nous écoute pas par le truchement d'un micro ou d'une caméra dissimulée. Le hasard fait parfois bien les choses, mais de là à penser que l'arrivée de Janko en est un, j'ai beaucoup de mal à le croire.

Il ouvre le battant en grand, contrairement aux autres fois où il ne faisait que l'entrebâiller. C'est à ce geste que je comprends que les choses sont désormais différentes. Notre accord a engendré le changement, et ce changement, je ne suis pas certaine qu'Élias ne le remarque pas, surtout quand je vois sa mine troublée à l'instant où Janko lui adresse un sourire jovial.

— De nouveau debout ? Tu guéris vite.

— Il faut croire, répond Élias d'une voix qui ne prête pas à la douceur.

Je me désintéresse de Janko et je me relève à

mon tour. Je me focalise sur Élias dont j'étudie le visage avec attention. Il a retrouvé meilleur teint, même s'il est encore un peu pâle.

— Une petite visite des locaux, ça vous tente ?

Élias et moi échangeons un regard, mais je détourne rapidement la tête de peur qu'il s'aperçoive que je lui cache quelque chose. Il ne réagit pas et se contente de dire oui à Janko.

— Alors, suivez-moi.

32

Je reste en arrière tandis que Janko et Élias marchent devant moi. Élias boite à cause de sa blessure, mais Janko semble ne pas s'en apercevoir et a réglé son pas sur le sien. Je les entends qui parlent, mais c'est plus fort que moi, mon esprit s'échappe vers un autre ailleurs et leurs paroles se transforment en bourdonnement confus. Je me sens oppressée et je ralentis la cadence, comme si je portais des chaussures en plomb qui m'empêchaient d'avancer aussi vite que je le devrais. Je laisse une distance se creuser entre eux et moi jusqu'à ce qu'ils finissent par s'arrêter pour me regarder.

Je serre les mâchoires en voyant Janko poser une main sur l'épaule d'Élias comme si, tout à coup, ils étaient devenus les meilleurs amis du monde. Si Élias savait le quart de ce que Janko a fait contre lui et contre moi, je doute qu'il lui aurait permis autant de familiarité à son égard.

— Dépêche-toi, Krista.

Je toise Janko. Le seul son de sa voix m'écorche les oreilles et le mépris que je perçois dans chacune de ses paroles ravive ma colère contre lui, mais si je ne veux pas éveiller les soupçons d'Élias, je dois faire avec. Je préfère baisser la tête et je presse le pas pour les rejoindre.

Nous évoluons dans le tunnel central de l'usine,

si large qu'on pourrait sans doute y garer l'équivalent de trois tanks côte à côte. Cette immensité est étrangement oppressante et je regrette le tunnel de la rivière à Germania où la fresque créée par tous les enfants non-aryens m'avait tant touchée. Ici, tout est impersonnel.

— Cet endroit est le cœur de l'usine. En vérité, la surface est bien plus étendue que ça, mais on ne peut pas accéder à certaines parties.

— Pourquoi ? demande Élias.

— Beaucoup de galeries se sont éboulées pendant la guerre contre les Anglais et d'autres sont en partie inondées par la nappe phréatique. Mais ce qu'on a est largement suffisant pour qu'on ne vive pas les uns sur les autres.

— Quels sont vos effectifs ?

— Environ deux cents hommes, répond Janko du bout des lèvres.

— C'est peu.

Janko lâche un ricanement.

— Rappelle-moi combien vous êtes, mon gars ? Deux, c'est bien ça ?

Élias n'a pas le temps de répliquer que Janko bifurque vers un nouveau tunnel plus étroit. On y croise des types qui ont tous en commun de porter une arme en bandoulière. Certains sont même équipés de casques datant de je ne sais quelle époque, mais qui leur donnent un air ridicule. À nouveau, j'éprouve la sensation d'être revenue deux cents ans en arrière avec tout ce que ça implique. Pas de technologie, une façon de penser étriquée et un seul mot à la bouche de tous ces gens : guerre.

— Cette galerie était utilisée comme dortoir pour les prisonniers.

— Les prisonniers ? s'étonne Élias.

Janko hoche la tête.

— Ceux qui travaillaient dans l'usine y dormaient aussi. Ça permettait de les avoir sous la main en permanence.

Sur le sol, nos regards s'attardent sur les morceaux de bois et de ferraille mêlés qui gisent le long des parois du tunnel. C'est tout un fatras enchevêtré qui termine de pourrir ici depuis des décennies et personne ne semble s'en soucier ni s'en émouvoir, mis à part Élias et moi. Et, comme si mon angoisse s'était transmise à Élias, il ralentit le pas jusqu'à se retrouver près de moi, ses doigts se glissent entre les miens. Janko s'en aperçoit et me jette un regard noir comme s'il ne supportait pas de nous voir si proches. Il considère sans doute que nous n'avons rien à faire ensemble. Néanmoins, il ne fait aucun commentaire et c'est tant mieux.

Il nous guide jusqu'à une pièce dépourvue de porte et nous invite à pénétrer à l'intérieur. Elle n'a rien de particulier, c'est une réplique de notre cellule à la différence qu'elle en fait le triple de la taille. Là non plus, il n'y a pas de fenêtre, juste une lampe d'un autre âge posée sur une table assez longue pour accueillir une vingtaine de personnes et autant de chaises vides autour. J'imagine qu'il s'agit d'une salle de réunion, le QG central de Janko et de ses hommes. Sans attendre d'y être invité, Élias tire une chaise et se laisse tomber dessus. Il m'adresse un signe de tête pour que je fasse de même. Janko se dirige vers une sorte de commode aux pieds branlants dont les tiroirs sont tous rayés comme si quelqu'un s'était amusé à fendre le bois dont ils sont faits avec un couteau. Il en sort un papier et mon estomac se contracte aussitôt lorsqu'il nous rejoint et commence à l'étendre sur la table. Je reconnais le plan qu'il m'a mis sous les yeux quand je croyais qu'Élias était mort. Je ne peux pas m'empêcher de jeter un regard en biais à Janko, mais il m'ignore, trop concentré sur ce qu'il fait. Je ne comprends pas pourquoi il veut montrer ce document à Élias.

— Qu'est-ce que c'est ?

— Le plan du camp, enfin le centre d'expérimentation. C'est là que vous étiez supposés aller avant que votre navette se crashe.

Élias a retrouvé un air grave. Il se penche sur le plan pour l'étudier avec autant d'attention que je l'ai fait moi-même. Son regard passe d'un point à un autre, s'attardant sur les chiffres et les lettres qui jalonnent les formes géométriques. Si je ne peux le voir que de profil, je n'ai aucun mal à imaginer que ses yeux sont remplis d'espoir. Celui de retrouver en effet ceux de sa communauté, ceux que j'ai tout fait pour le convaincre qu'ils avaient survécu.

— Ça a l'air immense comme structure.

— Le centre s'étend sur une superficie d'environ 200 hectares. Au départ, c'était un simple camp de concentration du nom de Dora. Par la suite, il a été totalement rasé pour créer le bâtiment principal qui abrite toutes les salles d'expérimentations médicales. Puis les baraquements de prisonniers se sont ajoutés au fur et à mesure quand les SS ont réalisé qu'il y avait plus de Non-Aryens encore en vie qu'ils le pensaient. Ça ne figure pas sur le plan, mais juste à l'arrière du centre, il y a une piste d'atterrissage pour les appareils.

— À combien sommes-nous de Germania ? m'informé-je.

Janko garde le silence pendant un instant avant de reprendre.

— À vol de navette, ça doit faire dans les trente minutes entre Germania et cet endroit. Mais on peut compter un peu plus de deux cents kilomètres entre les deux.

— Où sommes-nous exactement ? reprend Élias.

— À Nordhusen.

— Et le camp dont tu parles ?

— Il se trouve à environ trois heures de marche d'ici en empruntant les souterrains. Il y a trop de passages de navettes susceptibles de nous repérer à la surface.

Élias fait tourner le plan pour se concentrer sur l'entrée du bâtiment principal. Puis, son index se pose sur une ligne rouge qui fait tout le tour de la construction, collée à celle délimitant les murs du centre. Intriguée, je suis la course de son doigt sur le papier, n'ayant pas porté attention à ce détail jusque-là.

— Elle indique quoi, cette ligne ? demande-t-il.

— Les conduits d'aération.

— Et en quoi consiste exactement ce camp ?

— Je te l'ai expliqué, c'est un centre d'expérimentations médicales. Le but est soi-disant de faire avancer la science en testant différentes choses sur les prisonniers.

Élias porte l'ongle de son pouce à sa bouche et le mordille pendant un instant, le regard perdu dans le vague. Je ne peux pas m'empêcher de poser une main sur son bras parce que je sais ce qu'il pense, tout comme j'y pense. On se demande tous les deux si, au final, il n'est pas préférable de mourir fusillé plutôt que de servir de rat de laboratoire à des monstres en blouses blanches. Les paroles du commandant Vermer me reviennent en tête quand, à la *Volkshalle*, il m'expliquait qu'Élias ferait un très bon cobaye. Cette idée fait remonter le goût de la peur dans ma bouche.

— Est-ce que… Est-ce que les gens qui y sont internés ont des chances de survie ?

Janko croise les bras tout en dévisageant Élias. Il n'y a pas besoin de fouiller son regard pour comprendre que sa réponse sera certainement négative et catégorique.

— C'est très difficile… mais c'est possible. Certains des hommes ici s'en sont sortis, oui.

— Élias, murmuré-je tout près de son oreille.

J'aimerais qu'il prenne conscience que Janko ne dit pas forcément la vérité, mais il m'ignore volontairement et reste focalisé sur Janko.

— C'est possible de faire échapper des prisonniers de ce camp ?

Janko ébauche un sourire, je serre les poings. Il a réussi à capter l'intérêt d'Élias. Il a gagné.

— C'est ce à quoi notre groupe aspire et, oui, c'est possible. Je vais t'expliquer comment.

Je me lève et je quitte la pièce sans un mot, la rage au ventre.

33

Je reste un moment dans le couloir à attendre qu'Élias me rejoigne, mais il ne le fait pas. Je ne sais pas ce que je ressens, si c'est de la peine ou de la colère, mais j'ai clairement l'esprit en ébullition. Je m'éloigne en marchant droit devant moi, regardant, sans les voir, les parois arrondies qui me cernent. Je m'adosse finalement contre un mur, pile en face de ces amas de tôle et de bois qui jonchent les abords.

Je pense à toutes ces personnes mortes dans ces lieux, la douleur chevillée au corps jusqu'au bout. Tant d'autres doivent souffrir en ce moment même dans ce camp, allongés sur des tables, les bras et les jambes emprisonnés par des sangles. Des expérimentations pour la science, pour que les gens de Germania puissent bénéficier du meilleur dans le domaine de la médecine. Tout ça au détriment de vies jugées sans valeur. Tout ça ne fait qu'accentuer mon rejet du progrès dans lequel j'ai grandi, et pourtant, un progrès qui a notamment sauvé la jambe d'Élias, qui a aussi permis l'éradication de nombreuses maladies.

Mon cœur est déchiré de nouveau. Jusqu'à quel niveau de sacrifice peut-on aller avant que cela ne devienne plus acceptable ?

Je pense à Anna et à son bébé Âmi. Il me semble que ça fait des siècles que je n'ai pas vu leur visage s'afficher dans mon esprit, comme des souvenirs effacés d'un coup de gomme. À présent, tout me revient comme une onde de choc. Ce premier moment où j'ai tenu l'enfant dans mes bras à peine était-il sorti du ventre de sa mère… je sais qu'il n'y a aucune chance pour qu'il ait survécu, mais Anna, elle… peut-être que oui. J'enfouis mon visage entre mes mains et je me force à ravaler mes larmes.

— Krista, tu m'expliques ?

Je sursaute tout à coup alors que j'étais en train de me faire engloutir par le désarroi. Élias me considère sans un sourire, les sourcils froncés et les lèvres crispées. Il prend appui sur le mur avec son épaule.

— T'expliquer quoi, au juste ?

— Pourquoi es-tu partie ? Janko nous offre la possibilité de sauver nos amis, et toi, tu t'en vas ?

À ces mots, je sens l'irritation pointer, et je me redresse pour lui faire face. Dans son dos, à quelques mètres de nous, j'aperçois Janko qui nous observe. La folle envie de lui arracher les yeux m'effleure, mais je me force à revenir sur le visage d'Élias.

— Tu as confiance en lui ? Je veux dire, en Janko ?

— Je ne sais pas. Je ne le connais pas assez pour ça. Mais ce n'est pas le problème.

— Si, justement, ça l'est. Tu ne le connais pas et il ne te connaît pas, mais à l'instant où il te dit qu'il est possible d'aller dans ce camp pour sauver les autres, tu fonces tête baissée sans réfléchir ! Tu es blessé et tu n'es pas prêt !

— Les autres ? C'est comme ça que tu les appelles ? Ces gens sont ma famille ! La dernière fois, tu m'as reproché de ne plus les croire en vie, et maintenant que j'ai repris espoir, tu me suggères de ne pas tout tenter pour les sauver ? Cette fois, c'est moi qui ne te comprends pas.

Je me pince l'arête du nez un instant, en proie à la confusion. Je ne peux pas le blâmer d'avoir retrouvé son optimisme et son envie de se battre pour les siens. C'est aussi pour ça que nous avons quitté Germania, lui et moi, pas ensemble, mais dans le même but : celui de libérer les gens de ce camp de la mort. Mais comment lui expliquer que si Janko me demande de faire un ultime voyage dans ce fichu centre expérimental pour tuer le Führer, je refuse d'y voir mourir Élias ? Sinon quel est l'intérêt que je me sacrifie ?

— Je crois... je crois qu'on devrait en reparler en privé, reprends-je en baissant d'un ton comme Janko n'a pas bougé de son poste d'observation.

— En privé ? Ça me semble difficile dans une communauté, tu ne crois pas ? Et puis, il n'y a rien à ajouter, j'ai décidé de me joindre à l'équipe de Janko dans deux jours.

— Non, Élias ! m'exclamé-je, choquée.

Je recule d'un pas et je secoue la tête tandis que l'émotion me serre la gorge. Je ne veux pas qu'il meure ni qu'il tombe entre les griffes de ces savants fous. Je jette un dernier regard en direction de Janko. Un regard accusateur, haineux. Puis je me détourne et je pars en courant m'isoler dans un coin où personne ne viendra me chercher.

Malheureusement pour moi, au bout d'une petite heure, j'entends des bruits tout proches de l'endroit que j'ai choisi pour me calmer. Assise dans cette fosse où ont vécu des prisonniers des SS, entre planches pourries et barres de fer oxydées, je suis pourtant à peine visible, mais Janko m'a vue, lui. Sans doute m'a-t-il suivie depuis le début. De sa part, je n'en serais même pas étonnée. Il se fraye un chemin, faisant craquer des débris de bois sous ses pieds, puis se campe devant moi, les mains dans les poches.

— Vous n'aviez pas le droit de faire ça, grondé-je.

— Faire quoi, ma jolie ?

— Vous le savez très bien. J'avais accepté de remplir votre mission pour protéger Élias. Pourquoi l'impliquer à présent ?

— Je ne l'ai forcé à rien. Je me suis contenté de lui expliquer les ambitions et projets de mon groupe.

— En le convainquant qu'il avait sa place parmi vous et en sachant pertinemment qu'il allait vouloir vous accompagner !

— Il l'a, c'est vrai. On n'a jamais assez de bras forts pour ce genre de mission.

— Vous savez que ce sera une mission sans retour. Que je meure ne vous suffit pas ?

À ces mots, son sourire disparaît pour laisser place à une mine navrée, mais je sais qu'il fait semblant. Il n'a strictement aucun remords, il joue la comédie, simplement. Depuis le début, il se fiche de savoir si Élias va mourir, pourquoi se préoccuperait-il de sa survie à présent ?

— La tactique, ce n'est pas ton fort, on dirait. Il faut bien faire diversion pour te permettre d'approcher le Führer. Toi et moi, nous nous sommes mis d'accord pour ne pas dire un mot à ton ami sur ta mission et ça doit rester comme ça. Son travail se bornera à baliser ton chemin pour te faciliter les choses, il ne craindra rien, à moins de faire un faux pas, ce dont je doute.

— Ce n'est pas une histoire de tactique. C'est un piège que vous avez tendu à Élias. Et à moi aussi, par la même occasion.

— Ici, c'est la guerre et tous les moyens sont bons pour la gagner. Il n'y a pas de place pour les petites filles écervelées qui refusent de voir leur amoureux se mouiller. Ici, tout le monde doit se mouiller. Vous avez tous les deux des amis dans ce camp, d'après ce qu'Élias m'a dit. Tu veux les laisser se faire charcuter par simple égoïsme ?

Je fais non de la tête, ce n'est pas ce que je désire et il le sait très bien.

— Alors, laisse Élias faire ce qu'il pense devoir faire pour sauver vos amis. Quant à toi, applique-toi à accomplir la mission sur laquelle nous sommes tombés d'accord, sinon, je t'ai prévenue, ton Élias se prendra une balle dans le crâne. Et elle ne viendra pas des nazis, tu m'as bien compris ?

Je ne daigne pas lui répondre, mais je doute qu'il ait besoin d'une confirmation de ma part, mes choix étant plus que limités.

— Et sors de cet endroit, c'est bourré de vermines… quoique, entre vermines…

Il repart sans un regard en arrière. J'attends qu'il disparaisse de mon champ de vision pour me relever. Pour retourner dans la galerie menant à la cellule, je suis obligée de retraverser l'allée centrale où se trouvent les machines utilisées autrefois pour la fabrication de missiles. Au passage, j'aperçois un groupe de personnes en train de discuter. Il y a des hommes et quelques rares femmes vêtues de façon masculine. Janko parade, comme un roi au milieu de sa cour, mais ce n'est pas lui qui attire mon attention. Élias est là aussi, assis sur un tronçon de bois en guise de tabouret. Je me fige au centre du tunnel et je l'observe jusqu'à ce qu'il sente mon regard sur lui. Quand enfin il tourne la tête vers moi, j'éprouve subitement de la gêne. Janko a raison sur un point : je fais preuve d'égoïsme. Je veux le garder en vie alors que moi, je vais mourir. Je veux qu'il vive au détriment des gens qui l'ont entouré depuis que sa mère l'a abandonné dans les égouts de Germania. Qui suis-je pour avoir le droit de décider de ses choix ? Je baisse les yeux et je repars vers la cellule.

— Krista !

Sa voix au timbre grave résonne dans mon dos. J'aimerais me retourner, qu'il me prenne dans ses bras et me rassure, qu'il me dise que tout va bien se passer, pour lui comme pour moi. Mais je sais que c'est faux, alors je l'ignore.

34

Quand Élias me rejoint dans la cellule, je ne me sens pas le courage de reprendre notre conversation là où on l'a arrêtée, alors je fais semblant de dormir parce que parfois, la lâcheté est plus facile à gérer que le courage. Je perçois un petit mouvement d'air tandis qu'il m'enjambe pour réintégrer sa place, à ma droite. Une odeur de savon et de propre envahit mes narines et je devine qu'il a dû prendre une douche. J'imagine ses cheveux humides retombant en mèches sur son large front et son menton peut-être fraîchement rasé, mais je n'ouvre pas les yeux ; je me contente de respirer cette odeur douce et agréable.

Sa main effleure mes cheveux et un frisson me parcourt l'échine. *Ne bouge pas*, m'ordonne ma petite voix intérieure.

— Je sais que tu ne dors pas, Krista.

Ne bouge pas.

— J'ai besoin que tu…

Je reste attentive à la suite de sa phrase, mais elle ne vient pas. *Ne bouge pas !* me répété-je malgré la tentation.

— Je fais ce qui me semble le mieux pour mon peuple, Krista, se contente-t-il finalement de murmurer.

J'essaie de ravaler la boule qui bloque ma

respiration et je me force à garder les yeux fermés. Il n'y aura définitivement pas de discussion ni de dispute entre nous, ce soir. Et c'est mieux ainsi.

J'entends un bruit dans mon dos, celui, caractéristique, d'un pansement à diodes qu'on décolle de son support. Le grognement de douleur d'Élias me parvient aux oreilles de façon très étouffée. J'hésite encore un instant puis, n'y tenant plus, je me rassois et me tourne vers lui. Il me dévisage sans un mot, son pansement usagé dans une main, le neuf dans l'autre. Sans le regarder, je prends le bon pansement et je me place devant sa jambe. Je passe mes doigts autour de la blessure pour vérifier qu'il n'y a ni gonflement ni douleur au toucher. Puis, j'applique le soin d'un côté et je resserre les deux bords de la plaie pour que les diodes adhèrent comme il faut. Encore un ou deux jours et sa blessure sera totalement cicatrisée. Quand j'ai terminé, je roule le vieux pansement en boule et le lance dans un coin de la cellule avec nonchalance. Ensuite, je m'apprête à tourner le dos à Élias pour me rallonger, mais il attrape mon poignet au passage.

— Regarde-moi.

Je garde le visage fermement orienté sur le côté, décidée à refuser tout contact oculaire avec lui. De sa main libre, il emprisonne doucement mon menton entre pouce et index.

— Krista, regarde-moi, insiste-t-il.

Je finis par céder, partagée entre dureté et tristesse. Lui ne me renvoie qu'un regard teinté d'incompréhension parce qu'il lui manque des données pour saisir ma réaction.

— Pourquoi est-ce que tu m'en veux comme ça ? Nous sommes venus dans cet endroit pour ça et maintenant que nous avons perdu Micha, Ezra et Eden… Il nous reste peut-être une chance de retrouver des gens de la communauté. C'est mon devoir de tout tenter pour les libérer… et tous les autres détenus aussi, si c'est possible. Pourquoi tu refuses de l'accepter ?

— Parce que… Parce que je ne veux pas que tu…

Un sanglot me noue si fort la gorge que le dernier mot de ma phrase, le pire de tous, demeure emprisonné dans ma bouche, mais les larmes, elles, n'ont aucun mal à franchir le barrage de mes paupières. Élias lâche mon poignet et je laisse retomber mollement ma main sur sa cuisse, puis il ôte ses doigts de mon menton et pose son front contre le mien.

— Je ne vais pas mourir, Krista.

Je secoue la tête. Comment peut-il m'assurer quelque chose dont il n'a aucune idée ?

— Tu n'en sais rien…

— J'aimerais pouvoir te convaincre que ça n'arrivera pas… mais tu as raison, je n'en sais rien.

Il pose ses mains sur mes joues et je ne sais pas ce qui est le plus chaud entre ses paumes ou ma peau qui semble se consumer de l'intérieur.

— Je ferai tout pour que ça n'arrive pas, c'est tout ce que je peux te promettre. Et je ferai tout pour que ça ne t'arrive pas, à toi non plus… Et tu sais pourquoi ?

Je relève les yeux et je plonge dans les siens, sans réserve, sans méfiance, comme si je sautais sans peur au fond d'un immense gouffre de ténèbres.

— Parce que je t'aime.

Il termine sa phrase en effleurant mes lèvres du bout des siennes et je me laisse porter par ces mots qui pénètrent en moi comme un feu ardent. Je l'aime si fort. Il enroule ses bras autour de ma taille, j'accroche mes mains à son cou. Nous sommes si proches que nos cœurs semblent battre à l'unisson dans un seul et même corps. Nous nous allongeons sur le sol, collés l'un à l'autre, nos lèvres toujours scellées. Je me sens en sécurité dans ses bras. Je voudrais croire de tout mon cœur qu'il a dit vrai. Que chacun de notre côté, nous allons réussir et nous en sortir, même s'il ne sait pas ce que je m'apprête à faire.

— Je t'aime, Élias, chuchoté-je en retour entre deux baisers.

35

Le plan est encore étalé sur la table centrale après que toutes les personnes faisant partie du groupe d'attaque se sont concertées pour les derniers détails. Cette mission me laisse un arrière-goût de déjà-vu quand Élias a décidé d'emmener certains membres de son clan jusqu'à la *Volkshalle*. Le résultat a été un véritable carnage et je crains que ce ne soit pareil ici, même si les lieux et l'enjeu ne sont pas les mêmes.

— Qu'est-ce que tu en penses ? demandé-je à Élias tandis qu'il m'entraîne un peu en retrait dans la pièce, un bras passé dans mon dos.

Il me fait face et prend appui sur le mur.

— Janko sait ce qu'il fait, *a priori*. Si on garde notre unité, on peut sauver pas mal de personnes et faire un maximum de dégâts.

— Mais on reste en infériorité numérique quand même. C'est le même problème que la dernière fois. Et regarde comment ça a fini.

— Les gens ici sont mieux préparés que nous ne l'étions, se défend-il.

Je me rends surtout compte que quoi que je dise, il n'en démordra pas. Ce qu'Élias désire, c'est ne pas demeurer inactif et il s'imagine que parce que Janko connaît le terrain qu'il veut attaquer, leurs chances seront supérieures aux pronostics que je fais dans ma tête. C'est la première fois que je trouve qu'il n'agit pas avec intelligence et pragmatisme. Et puis, tandis que mon regard dévie vers Janko qui parle avec un autre homme, ça me revient. Comment Élias pourrait-il faire preuve de réflexion en matière de sécurité alors qu'il n'a aucune idée du point le plus important dans cette affaire : la présence du Führer. Obligatoirement, les lieux seront bien plus surveillés qu'à la *Volkshalle*... Je ne sais pas quoi faire. Si je lui dis, je risque sa vie, mais si je ne lui dis pas, il ira au-devant d'un danger dont il n'a pas connaissance...

Ce n'est qu'en croisant soudain le regard de Janko que je comprends qu'il sait exactement à quoi je pense. Lorsqu'il secoue la tête d'un air menaçant en même temps que sa main se pose sur sa cuisse à laquelle est accroché un holster, je ravale mes doutes. Je dois me taire. Nous trouverons peut-être, Élias et moi, un moyen de nous sortir des pattes de Janko, une fois sur place.

— À présent, chacun va prendre une arme et aller s'entraîner dans la galerie B. Élias et Krista, vous venez avec moi.

J'émets un soupir à peine perceptible, Janko n'est visiblement pas décidé à nous lâcher...

La galerie dans laquelle nous sommes à présent se termine en impasse. Un mur de pierres effondré la bloque. Des cibles sont plantées dans le sol juste devant. Des sortes de pieux sur lesquels sont accrochées des formes humaines en bois. Cette vision me donne froid dans le dos, comme si elle me rappelait toutes les pertes qu'il y a eues jusqu'ici, et je ne parle pas seulement de tous les gens qui sont morts récemment ou que j'ai moi-même tués. Je pense aux photos qu'Élias m'avait montrées et sur lesquelles figuraient des Non-Aryens abattus par des soldats de la Wehrmacht... Comme ces cibles, ces personnes ne devaient même pas bouger, trop tétanisées par la peur.

Janko lance un fusil, je l'attrape de justesse. Puis je réalise qu'il ne s'agit pas de celui que je possédais et qui provenait de la navette crashée. Celui-ci est vieux et son canon est rouillé.

— Ce n'est pas cette arme que j'avais en arrivant, dis-je avec aplomb.

Janko me considère sans aménité et ne semble pas décidé à me répondre.

— Contente-t'en, lâche-t-il finalement.

Je tourne la tête vers Élias. Il s'empare aussitôt du fusil dans mes mains et le lance à Janko qui l'attrape au vol.

— On préfère récupérer les nôtres.

Ils s'affrontent du regard pendant un instant, puis Janko finit par hausser les épaules.

— OK, pas la peine de monter sur tes grands chevaux.

Il farfouille parmi un bac dans lequel est entreposé un nombre assez impressionnant d'armes. Enfin, il nous renvoie celles que nous avions avant d'arriver ici.

— Par contre, pour vous entraîner, j'aime autant que vous utilisiez de vieux fusils. Les vôtres sont trop puissants et je tiens à conserver mes cibles.

— D'accord pour ça, mais on gardera désormais nos armes dans notre cellule, répond Élias.

— Si ça peut vous aider à vous endormir, c'est vous qui voyez.

Nous nous servons dans le bac après avoir placé nos autres fusils dans un coin, puis nous nous campons face aux cibles. Je me cale sur Élias pour tirer et j'essaye de faire abstraction de Janko qui nous observe comme s'il estimait que nous devions faire nos preuves devant lui alors qu'il a largement eu un aperçu de nos capacités lorsque nous avons croisé son groupe dans les égouts. Quand nous en avons terminé, au bout d'un petit moment, nous retournons vers le bureau principal où nous retrouvons le reste des hommes de Janko. Chacun reprend sa place autour de la table et il distribue à tout le monde une carte rectangulaire translucide dans laquelle sont incrustés des circuits de couleur cuivrée.

— Quand nous serons là-bas, il faudra que chaque membre du groupe condamne les portes des salles d'examens afin que les gens à l'intérieur ne puissent pas nous intercepter. Pour ça, il suffit de passer ce brouilleur de codes devant la serrure électronique, elle se verrouillera automatiquement sans possibilité d'être ouverte de l'autre côté.

— Quelle sera la répartition des tâches ? demande l'un des hommes.

Sans prêter la moindre attention à celui qui vient de parler, je récupère la carte et je la glisse dans ma poche en songeant que mon travail ne se bornera pas juste à verrouiller des accès. J'ai mal au ventre. J'ai peur.

— Nous serons trente. Dix feront diversion de l'extérieur, le deuxième groupe sera constitué de quinze gars, vous sortirez par l'égout qui se trouve dans le baraquement du centre. À vous de créer la panique et d'abattre un maximum de SS. Le dernier groupe entrera par les conduits d'aération du complexe médical et s'occupera de neutraliser le personnel, comme prévu.

— J'ai une question.

Janko interroge Élias du regard, mais je le devine un brin agacé.

— À quel moment, exactement, faisons-nous évader les prisonniers ? Tu n'en parles pas.

— Eh bien… quand tous les soldats seront maîtrisés.

— Par les égouts ou l'issue principale ? Sans véhicule, ça ne risque pas de poser un problème ? Surtout si des navettes survolent le coin.

— Tout est prévu pour que les choses se déroulent au mieux. On s'occupera des prisonniers dès que ça nous sera possible, mais pour ça, il faut d'abord prendre le camp d'assaut. Tout est calibré depuis des mois, tu t'imagines que je prépare mes offensives en amateur ?

— Ce n'est pas ce que j'ai dit. Je me renseigne, c'est tout.

— Eh bien, te voilà renseigné, alors. Job et Arno, vous m'accompagnerez dans le complexe médical, ainsi que Krista et Élias.

Je redresse la tête tout en serrant les poings. En nous incluant dans son groupe, Janko ne me laisse aucune marge, ni pour avertir Élias des risques qui pèsent sur lui ni pour me détourner de ma mission. Si je le fais, la sanction tombera aussitôt. Il a vraiment pensé à tout. J'attends quelques minutes, le temps de réussir à calmer un peu mes nerfs et que plusieurs hommes sortent. Ensuite, je me lève à mon tour et je quitte la pièce avec ce sentiment d'oppression qui m'écrase la poitrine. À l'instant où je me retrouve seule dans la galerie, je me sens plus légère et je peux de nouveau respirer librement.

Élias m'imite quelques instants plus tard. Il pose une main sur mon bras.

— Tout va bien ?

— Oui, réponds-je d'une voix lasse. J'ai juste besoin de me détendre.

— Je comprends. Viens, on va s'isoler un peu.

Je ne me le fais pas dire deux fois, nos doigts s'imbriquent les uns entre les autres comme les pièces d'un puzzle, et on s'éloigne du bureau pour gagner un tunnel un peu en retrait.

36

On s'assoit par terre, collés l'un contre l'autre comme s'il n'y avait pas assez de place alors que la galerie s'étend sur ce qui semble être des kilomètres.

— Comment va ta blessure ?

— Bien, je crois… Mieux en tout cas. Merci d'avoir été là.

— Tu m'as déjà dit merci pour ça.

Il sourit.

— C'est pour compenser pour toutes les fois où je ne l'ai pas fait.

Je me penche en avant et je pose une main sur sa jambe, puis je remonte son pantalon pour examiner la plaie. Au travers du soin, je vois les rebords de la blessure qui se sont ressoudés. Une boursouflure apparaît encore, mais elle est belle et propre. Je suis soulagée. Je lui souris, puis je me pelotonne contre lui pour profiter de sa chaleur et de cette force qu'il dégage.

— Tu as remarqué ? chuchoté-je.

— Quoi ?

— Il n'y a pas un seul enfant ici.

— C'est vrai. Je n'en ai croisé aucun depuis qu'on est arrivés.

Je ne réponds pas et je me repasse tous les moments où j'ai évolué parmi les habitants de cet endroit. Les femmes sont très peu nombreuses et se comportent comme des hommes. J'imagine que la présence d'enfants n'est pas souhaitable dans ce lieu. Ces gens sont clairement en guerre ouverte contre le système en place alors que les groupes de Germania essayaient juste de vivre une existence à peu près normale dans les égouts. Mais ça ne m'empêche pas de trouver l'absence d'enfants étrange et déprimante.

— Cet endroit manque de vie.

— Je comprends, oui. Je suis d'accord avec toi, à vrai dire. Et je trouve ces gens... bizarres.

— Il y a autre chose...

— Quoi ?

— Je ne voulais pas t'en parler, mais plus ça va, plus ça me met mal à l'aise.

Il tourne la tête vers moi, un masque de perplexité sur le visage.

— Dis-moi, Krista.

Je baisse les yeux et je fixe mes chaussures en me demandant pourquoi j'ai parlé de ça. Ce n'est qu'un simple ressenti et j'aurais peut-être mieux fait de le garder pour moi au lieu d'inquiéter inutilement Élias.

— Je ne sais pas trop, il y a des choses qui m'échappent depuis qu'on a quitté Germania. Et même un peu avant, d'ailleurs. J'ai... j'ai l'impression que tout va trop vite, que tout est trop... facile, tu vois ?

— Trop facile ? Tu es sérieuse ? On a manqué de se faire déchiqueter par des robots-chiens dans la *Volkshalle*, la navette dans laquelle on se trouvait s'est crashée et on a tous failli mourir brûlés vifs. Ensuite, nos amis ont explosé sous nos yeux...

Tu penses sincèrement que tout ce qu'on a vécu était trop facile ?

Je glisse ma main dans la sienne comme je le sens soudain animé par un mélange de colère et de tristesse à cause de ces souvenirs douloureux que j'ai ramenés à la surface malgré moi. De l'autre main, je caresse ses doigts dont je suis le tracé jusqu'aux ongles.

— Ce n'est pas ça. C'est simplement que nous avons réussi à quitter Germania sans trop d'encombre.

— Tu n'étais pas là quand Micha, Ezra et moi, nous nous sommes fait prendre et rosser à coups de poing. Crois-moi, ça n'a pas été un moment ni facile ni agréable.

Je n'écoute pas. Je continue sur ma lancée, sinon je n'aurai plus le courage de terminer.

— Notre navette s'est ensuite crashée et on s'en est tous sortis indemnes. Puis on tombe sur ces gens qui sont visiblement impliqués dans le même combat que nous. Et tout ça nous est arrivé sans jamais qu'on le provoque.

— Tu as oublié d'intercaler la mort de nos amis entre ces deux évènements. Krista, tu vois le côté facile, mais tu fais abstraction de tout le reste. Tu n'es pas cohérente dans tes propos.

— Je sais qu'il y a eu des moments très durs pour nous, mais… je trouve que les choses s'enchaînent trop vite et trop bien comme s'il suffisait de claquer des doigts pour finalement nous amener à ce camp.

Élias secoue la tête d'un air pensif.

— Je suis désolé, je ne partage pas du tout ton point de vue. Nous avons eu de la chance sur certains points, c'est vrai, mais regarde tous ceux qu'on a laissés derrière nous. Quant au fait de croiser des Non-Aryens, ça n'a rien de surprenant puisque nous sommes dans une sorte de réserve des SS, comme l'a dit Janko. À un moment ou à un autre, on serait tombés sur eux...

Je pose ma tête contre le mur, fixant la paroi qui me fait face, et je me referme comme une huître. Il ne comprend pas ce que je ressens et je ne sais pas comment lui expliquer les choses de façon plus claire.

— En fait, tu sais ce que je crois ? reprend-il.

Je fais non de la tête, mais je ne suis pas certaine d'avoir envie qu'il me dise le fond de sa pensée.

— Je crois que c'est à cause de demain et de ce qu'on va faire dans ce camp. Ça te fait peur au point que tu mélanges tout.

— Je ne mélange rien du tout. Je te fais juste part d'un ressenti.

— Krista... Je ne peux pas aller dans ton sens, j'ai perdu trop de gens que j'aimais pour le faire. Pour moi, rien n'a été simple, tout a été sanglant et cruel. Ce que je voudrais, là, maintenant, c'est seulement profiter de ce moment parce que ça pourrait être le dernier. Je voudrais qu'on oublie toutes ces tensions, qu'on oublie Janko et les autres.

Mes traits se radoucissent.

— Juste toi et moi, alors ?

Il hoche la tête et ses lèvres s'étirent sur un sourire qui fait à nouveau virevolter les papillons dans mon ventre.

— Juste toi et moi, confirme-t-il en enroulant ses bras autour de moi.

37

Quand j'ouvre les yeux, après une nuit émaillée de cauchemars et de réveils intempestifs, Élias est déjà debout. Il est occupé à vérifier les munitions de son arme. Je l'observe depuis l'endroit où je suis allongée. Sa mine est austère, bien différente de celle qu'il m'a montrée la veille alors que nous avons parcouru la galerie vide d'un bout à l'autre en nous embrassant toutes les trois secondes. Hier, nous avons joué le rôle d'adolescents insouciants, aujourd'hui, nous jouerons celui d'adultes partant en guerre. Rien de réjouissant, mais au moins, je resterai avec lui avant de devoir m'en séparer pour aller remplir ma mission suicide.

En pensant à ces derniers mots, ma gorge se serre, tout comme les nœuds dans mon estomac. Je m'en veux d'y avoir songé, mais comment ne pas le faire quand je sais que c'est sans doute la dernière fois que je vois celui dont je suis tombée amoureuse ? Ce jeune homme qui n'a rien de commun avec ce que le destin avait prévu de m'offrir. Pourtant, je ne regrette rien, j'aime le physique d'Élias, cette beauté « contre nature » comme je l'avais qualifiée la première fois que j'ai croisé son regard. J'aime son caractère et sa façon de voir le monde, et plus encore ce qu'il cache au fond de son cœur : de la douceur, de l'empathie et de la tolérance. Bien plus que n'importe quel Aryen n'en aura jamais.

Il s'aperçoit tout à coup que je l'observe et vient s'accroupir près de moi. Un sourire sur les lèvres, il me caresse la joue et mon estomac s'entortille un peu plus.

— Debout, petite marmotte.

— Quelle heure est-il ?

Il se redresse dans un haussement d'épaules. J'avais oublié que j'étais la seule à posséder une montre. Je jette un coup d'œil dessus et je découvre que les chiffres sont à demi effacés. Dépitée, je laisse tomber. Quelle importance, l'heure qu'il est ?

— Ces trucs connectés ne servent à rien dans ce genre d'endroit.

— C'est ça, le progrès, se moque-t-il. Allez, lève-toi, j'ai entendu Janko brailler de l'autre côté. J'imagine qu'il ne va pas tarder à être l'heure de partir.

Je m'exécute sans enthousiasme. Pour l'instant, mon esprit est vide, mais je sais que bientôt, il bouillonnera de toutes sortes de sentiments, de peur, d'excitation aussi à l'idée de ce que je vais faire, et de désespoir. Je n'ai pas besoin de m'habiller puisque je ne me suis pas déshabillée, et on ne peut pas dire que je sois très présentable. En l'état, si le Führer me voyait comme ça, il n'aurait aucune difficulté à deviner que je suis dans le camp ennemi, mais comme je devrais endosser les vêtements de la femme dans la salle de réunion, il n'aura pas l'occasion de me découvrir comme je suis.

— Ton fusil.

Je l'attrape au vol.

— J'ai vérifié les munitions, il n'y en a plus beaucoup. Tu n'auras qu'à voler l'arme du premier soldat sur lequel tu tomberas.

— Oui.

Son assurance me déstabilise. En pensant à tout ce qu'il a subi, à la perte de son grand-père et de ses amis, comme à sa blessure, il m'apparaît toujours plus courageux. Bien plus que je ne le suis, moi.

— Prête ?

— Pas vraiment.

Il prend ma main, la serre dans la sienne. Son visage tout près du mien, nos souffles se mêlent. Je ferme les yeux pour profiter de cet instant furtif, puis je les rouvre pour plonger dans son regard et me noyer dedans.

— On va y arriver. Ensemble, murmure-t-il.

Nouveau hochement de tête. On échange un baiser et je le retiens tout contre mes lèvres aussi longtemps que mon cœur le réclame. La peur de le perdre court dans mes veines. Ma main libre s'enroule autour de sa nuque, je veux sentir sa peau contre moi, je veux sentir son cœur pulser contre ma poitrine. Il finit par s'écarter de moi.

— On va y arriver, répète-t-il comme s'il avait compris à quel point je suis sous pression.

Ensuite, on quitte la cellule et on retrouve les autres dans la galerie centrale.

Janko compte ses hommes comme un professeur dénombrerait ses élèves. Il passe devant nous sans nous adresser ni un bonjour ni un regard. Tant qu'il me fiche la paix, ça me convient. Puis tout le monde se met en marche en direction de la galerie que nous avons parcourue la veille, Élias et moi.

Nous arrivons au fond, là où des éboulis bloquent le passage. Janko effectue, avec deux autres types, une manipulation au niveau de plusieurs pierres et nous découvrons qu'il s'agit en fait d'un faux mur masquant une échelle rouillée qui rejoint une trappe au plafond. Les uns après les autres, les hommes se hissent à l'étage du dessus qui constitue le réseau d'égouts dans lequel nous avons croisé le chemin de Janko et de son groupe. Élias pose une main dans mon dos pour me faire passer devant lui. Ensuite, il monte à son tour.

On marche pendant un long moment sans échanger un mot ou un regard. On ressemble à une armée défilant dans un souterrain. Une armée de fantômes disciplinés suivant son maître à penser en la personne d'un Janko froid et inexpressif. Comme le leader qu'il est, lui seul décide de notre cadence et des galeries à emprunter pour arriver à destination. Je me fais l'effet d'un soldat aryen qui suit bêtement ses pairs, un de ces moutons de Panurge comme ces gens que j'avais jugés si hâtivement à la *Volkshalle*. Et je songe à la puce dans mon cerveau, à ce que ressent l'autre Krista qui sommeille en moi. Est-ce que son cœur s'emballe à la pensée d'assassiner le roi des Boches ? Est-ce que l'étincelle dans ses yeux s'éteint à celle de mourir ?

Je reporte mon attention sur Élias pour chasser l'idée folle que je pourrais de nouveau retourner mon arme contre moi-même au lieu de tuer le Führer. Pour m'occuper l'esprit et surtout essayer de penser à des choses agréables, je fais le détail de son physique, de son profil aux traits tendus, de la concentration qui emplit son regard, de sa démarche rythmée malgré une petite boiterie due aux restes de sa blessure. Il est beau.

Tout le monde s'arrête et je bute dans le type devant moi. Élias me jette un coup d'œil en biais et me gratifie d'un sourire moqueur. Je lui réponds par une grimace. Les groupes se forment, des hommes passent derrière nous, d'autres nous font signe d'avancer jusqu'à ce qu'on se retrouve finalement au-devant de la queue, juste derrière Janko. Je n'ai jamais aimé être parmi les dernières de la classe, mais j'avoue que dans ce cas de figure, je préférerais largement cette position.

— On approche, tenez-vous prêts, nous souffle Janko.

38

Janko se met tout à coup à agiter les bras, un à droite en direction d'une galerie et un groupe d'hommes se détache du noyau central pour se diriger par là. Il oriente un second groupe vers la gauche. Ne reste alors plus que lui, deux types, Élias et moi.

Janko n'explique rien, il agit comme s'il était seul, et quand il reprend sa progression, on suit le mouvement, plus silencieux que jamais. Le faisceau de lumière de la lampe de Janko nous dévoile au fur et à mesure le tunnel devant nous. Nous marchons encore sur un bon kilomètre avant que Janko s'immobilise de nouveau. Cette fois-ci, il pivote vers nous et nous fait signe de nous rapprocher tous de lui, comme pour tenir un dernier conciliabule avant l'offensive.

— Au-dessus de nos têtes se trouve une plaque enchâssée dans le plafond, dit-il en levant un doigt pour la désigner.

Je suis son regard, comme tous les autres. La plaque est à peine visible. De forme rectangulaire, une vis est placée à chacun de ses coins pour la maintenir.

— C'est une vieille plaque qui date de la Seconde Guerre mondiale. Elle donnait dans la cour du camp de Dora. À présent, elle donne accès à une gaine d'aération intermédiaire du complexe médical.

— Tu y es déjà venu ? demande Élias sur le même ton de conspirateur.

Janko fait un signe de tête dont je ne sais pas trop s'il veut dire oui ou non.

— En reconnaissance. Quand vous serez à l'intérieur du conduit, il y a un embranchement. Job, tu prends le couloir est, Arno, celui à l'ouest. Élias et moi, on ira au sud, et Krista, au nord.

Élias braque aussitôt les yeux vers moi et je vois, à son air pincé, que la décision de Janko lui déplaît autant qu'à moi. Il attrape le bras de Janko d'un coup et je les observe qui s'affrontent du regard.

— Ce n'est pas ce qui était prévu.

Janko se dégage sèchement et repousse Élias.

— Et qu'est-ce qui était prévu, d'après toi ? Qu'on reste tous ensemble, histoire de se faire tirer comme des pigeons à l'instant où on entrera dans le bâtiment ? Le leader ici, c'est moi, et toi, un exécutant. Alors, contente-toi de faire ce qu'on te demande et boucle-la.

En voyant les traits d'Élias se tendre et son regard se charger d'un air féroce comme s'il s'apprêtait à sauter à la gorge de Janko, je pose aussitôt une main sur son bras. Il me considère dans un froncement de sourcils et je secoue la tête pour lui faire comprendre qu'il est préférable de ne pas envenimer les choses. Je sais parfaitement pourquoi Janko m'envoie seule dans cette aile et j'ai également conscience que le moindre faux pas d'Élias pourrait lui coûter la vie. D'autant que si Janko a choisi de faire équipe avec lui, ce n'est pas un hasard, mais un calcul judicieux.

— Laisse, murmuré-je. Je sais ce que je dois faire.

Il reste muré dans le silence. Je comprends qu'il ne doute pas de moi, mais sa colère l'empêche de répondre posément.

Job et Arno dévissent la plaque, puis se hissent l'un après l'autre à l'intérieur du conduit. Comme Élias est le plus grand de tous, il restera le dernier à pouvoir grimper dans le boyau sans l'aide d'un marchepied humain. Janko essaye bien de me faire passer avant lui, j'imagine pour éviter qu'Élias et moi communiquions, mais cette fois-ci, Janko ne parvient pas à avoir le dernier mot et finit par se résoudre à monter avant moi, à mon grand soulagement. Quand ils sont tous à l'intérieur du conduit et que vient mon tour, Élias colle ses lèvres sur les miennes, puis les fait dévier vers mon oreille.

— Ne laisse personne te désarmer, à aucun moment. Je te rejoindrai dès que Janko aura le dos tourné.

Je hoche la tête sans répondre en priant pour qu'il ne me repère pas dans le complexe, sans quoi, c'est face au Führer qu'il risque de se retrouver. Je caresse sa joue. Une dernière fois. Je plonge dans son regard. Une dernière fois. Je lui souris. Une dernière fois. Puis j'agrippe ses épaules tandis qu'il se baisse et assemble ses mains pour me faire monter. Mon pied sur ses paumes, il se redresse et j'attrape les rebords de la trappe ouverte au moment où il me propulse en l'air. Janko me tire le bras d'un coup sec et j'atterris à l'intérieur du conduit sur le ventre. Ensuite, les choses vont très vite. Pendant qu'Élias s'apprête à grimper à son tour, Janko me tend une carte magnétique.

— Elle te permettra d'ouvrir la salle de réunion. Ne la confonds pas avec l'autre.

— Je ne suis pas stupide.

Au lieu de répondre, il m'arrache mon arme des mains et je songe aussitôt aux paroles d'Élias « ne te fais désarmer à aucun moment ». Je tente de la lui reprendre, mais il la fait glisser jusque vers Arno.

— Ton fusil est trop gros pour passer inaperçue.

Il me tend un vieux pistolet que je fourre de mauvaise grâce dans ma ceinture. Puis, il sort une montre qui a l'air de dater d'un million d'années.

— Prends ça aussi. Il est 14 h, tu as quinze minutes pour arriver dans la bonne salle. Tu te souviens du plan ?

J'acquiesce tout en glissant la montre à mon poignet. Ensuite, je m'attarde pour voir une dernière fois Élias, mais Janko me pousse dans le conduit.

— Dépêche-toi, le temps est compté. Et n'oublie pas que je garde un œil sur ton Élias. Si le Führer n'est pas mort à 14 h 30 pile, Élias, lui, le sera.

Il n'a même pas pris la peine de voiler sa menace ; cette fois-ci, elle est réelle et je comprends, à la façon neutre dont Job et Arno suivent notre conversation, qu'ils étaient parfaitement au courant du plan de Janko. Élias et moi n'avons en fait jamais été autre chose que des ennemis pour ces gens. Je déteste cet homme, mais je n'ai aucune autre alternative que d'obéir, alors, à quatre pattes, je m'éloigne après avoir jeté un dernier regard en arrière et vu la tête d'Élias apparaître par la trappe. J'aurais voulu lui dire au revoir, adieu même, mais au final, c'est sans doute mieux qu'il ne sache pas ce que je vais faire.

39

Je fais une pause en entendant des voix. Deux hommes, des médecins sans doute, discutent du cas d'une femme cobaye. Les termes complexes qu'ils utilisent pour parler de ce qu'ils lui ont fait m'échappent, mais j'en comprends quelques-uns. Elle est morte sur la table et ils n'ont visiblement pas eu le temps de lui implanter je ne sais quel corps étranger dans son encéphale.

— Ce n'est pas grave, dit l'un d'entre eux. J'ai un autre cobaye sous la main très proche de celui-ci en matière de neurosciences. Elle est un peu plus jeune et son cerveau moins mature, mais ça devrait faire l'affaire pour le test initial. Envoie celle-là à l'incinérateur et je vais appeler pour qu'on me fasse monter le second cobaye.

Une main plaquée sur ma bouche, je réprime mon besoin viscéral de hurler. J'ai envie de vomir à l'idée de la façon dont ils considèrent ces gens. Des cobayes interchangeables qu'on étudie et qu'on jette comme des mouchoirs en papier. Je ne veux même pas voir à quoi ressemblent ces monstres qui parlent de manière si détachée des vies qu'ils dissèquent après les avoir arrachées. Je sais d'avance qu'ils sont forcément blonds avec des yeux bleus. Comme moi.

C'est ce que j'ai toujours dit, tu es comme eux...

Tu es mauvaise, tu es un monstre, me murmure la voix d'Eden dans mon esprit.

Je la repousse de toutes mes forces, puis je repars en quête de la grille numéro 17, celle que Janko m'a désignée comme l'issue à emprunter pour atterrir là où je dois perdre la vie.

J'évolue plus lentement que je ne le devrais, je sais que chaque minute est importante pour ma mission, mais je n'ai pas le choix si je ne veux pas qu'on détecte ma présence dans ces conduits où tout résonne. Quand j'arrive auprès de la plaque 17 en rampant, je m'agenouille et je tire de ma poche un petit canif confié par Janko. La sueur forme des gouttelettes au-dessus de ma lèvre. Je retiens mon souffle en même temps que je dévisse la plaque. Mon cœur bat à cent à l'heure.

Je la fais basculer avec précaution sur le côté, puis je récupère mon pistolet posé près de moi. L'ouverture débouche sur un autre conduit dont le revêtement est blanc et légèrement rugueux. Je me glisse à l'intérieur et je reprends ma progression, cette fois-ci à croupetons. La texture du conduit est comme du papier de verre sous mes paumes et mes genoux, et je grimace à chaque mètre franchi. Bientôt, j'arrive au niveau d'une nouvelle plaque. Celle-ci donne directement sur un des couloirs du complexe. Mes bras et mes jambes se mettent à trembler comme si tout mon corps, finalement, rejetait cette idée que je m'approche de plus en plus de mon but. Je ferme les yeux, pressant mes paupières aussi fort que je peux, et je me concentre pour me reprendre. *Je vais y arriver.* Mes yeux se rouvrent, mes doigts se posent sur la trappe d'ouverture. Elle n'est pas vissée comme la précédente, mais bloquée par un loquet qui se trouve de l'autre côté. J'utilise le canif pour tordre le système de verrouillage auquel il est raccordé de mon côté. Quand il tourne dans le vide, je sais que la trappe est prête à être ouverte. Je m'essuie le visage des deux mains, puis je colle mon oreille contre la plaque pour écouter. Pas un bruit.

C'est le moment de montrer de quoi tu es capable. Es-tu assez courageuse pour mourir pour notre peuple ?

La voix d'Eden est un murmure dans ma tête qui ne cesse de revenir. D'un côté, j'aimerais la faire taire pour toujours, de l'autre, je veux continuer à l'entendre parce qu'elle m'aide à savoir pourquoi je suis ici. Elle me force à me dépasser dans mes actes et à devenir meilleure que ne l'a jamais été la méchante Krista. Je serai plus forte que cette Krista-là. Je fais glisser la trappe et je pose un pied dans le couloir.

Il est désert. Je tourne la tête de gauche à droite sans discontinuer tandis que je termine de m'extirper de ma cachette. Je remets la trappe en place pour ne pas éveiller les soupçons si quelqu'un passe par là après moi. Mon pistolet est dissimulé dans la doublure de ma veste, mais je garde la main cramponnée sur la crosse, prête à m'en servir.

J'évolue d'un pas lent et mal assuré. Le couloir s'étire sur des kilomètres. Mes semelles crissent légèrement sur le sol immaculé. Tout est blanc ici, comme à Germania. Les murs, le carrelage et les plafonds lumineux. Les seules couleurs sont celles du drapeau rouge à croix gammée noire qui flotte au bout du couloir, suspendu à une barre scellée dans une paroi. Des données informatiques défilent sur chacune des portes qui ponctuent l'endroit dans lequel je progresse.

Salle de dissection, tests épidémiologiques, études fœtales, incinérateur.

À chaque fois, je pose la carte magnétique que m'a confiée Janko devant les détecteurs des portes pour les verrouiller et empêcher quiconque de sortir de ces pièces et de se placer sur ma route. Je voudrais ne pas imaginer ce qui se passe de l'autre côté de chacun de ces battants, pourtant des images me viennent par dizaines et m'ébranlent. En bouclant ces accès, je condamne peut-être de pauvres gens devenus des cobayes et je ne trouve pas ça juste. Mais seule, je ne peux rien faire pour les sauver. *N'oublie pas pourquoi tu es là.* Tuer le monstre qui a engendré tout ça, celui qui a reçu l'héritage empoisonné de ses prédécesseurs et l'a fait fructifier sans remords. Il sera plus à sa place mort que vivant, il n'y a aucun doute sur ce point.

Le couloir forme un coude avec un autre au niveau du drapeau SS. Je m'immobilise à l'angle et je me penche légèrement pour vérifier s'il est, lui aussi, désert. Ensuite, j'enchaîne. Je marche comme un automate, mon pas est devenu plus régulier, plus sûr, mais ma respiration reste erratique. Un poids m'oppresse les poumons. Je m'arrête. *Porte 36 B, salle de réunion.* J'y suis. Je range la première carte magnétique et je sors l'autre, celle qui me permettra de pénétrer à l'intérieur de cette pièce pour y attendre ma future victime.

Je la place devant le rayon d'identification. Un

bip discret retentit et la porte coulisse en silence. Je reste un instant sans entrer, éprouvant à nouveau cette étrange impression que mon parcours a été trop facile. Pourquoi si peu de surveillance alors que le Führer doit arriver dans quelques minutes ?

Je consulte tout à coup ma montre. 14 h 15. J'étais si occupée à rationaliser ma peur que j'en avais oublié à quel point mon timing était serré.

Je me décide à pénétrer dans la salle après avoir jeté un dernier coup d'œil inquiet en direction du couloir. La pièce semble vide. Au centre, il y a une longue table de verre entourée de six chaises. Devant chacune d'elles sont disposés des socles translucides surmontés d'hologrammes d'une dizaine de centimètres représentant chacune des personnes devant assister à la réunion. Mon regard passe de l'un à l'autre jusqu'à ce que je voie celui du Führer. Le sang se met soudain à cogner très fort contre mes tempes. Il est 14 h 17.

— Vous êtes en avance, lance une voix fluette dans mon dos tandis que j'entends le glissement de la porte.

40

Je me retourne d'un bond. Face à moi, une jeune femme vêtue de blanc de la tête aux pieds s'avance sans même prendre la peine de me regarder. Elle a le nez plongé dans un dossier. Je n'attends pas qu'elle se décide à relever la tête et je fonce dans sa direction comme un boulet de canon. À l'instant où elle pose enfin les yeux sur moi et me voit fondre sur elle, son cri s'étrangle dans sa gorge alors que je la percute avec violence. Elle s'effondre à terre dans un râle de douleur tandis que son crâne cogne au sol. Nous sommes tombées si près de la porte que cette dernière s'ouvre. La panique fait monter en moi une poussée d'adrénaline trop forte pour être contenue dans mon corps. Je m'en décharge en abattant mon poing dans le visage de la jeune femme. Puis, de ma main libre, je tire sèchement sur son bras pour l'éloigner du détecteur de mouvements. La porte se referme.

Il est 14 h 20. Le Führer sera là dans dix minutes.

J'entraîne le corps de ma victime vers l'arrière-salle où une longue armoire de verre est plaquée contre un mur. Sur ses étagères sont disposés des bocaux remplis d'un liquide jaunâtre dans lequel flotte ce qui ressemble à des organes difformes. Cerveaux, fœtus repliés et autres monstruosités indéfinissables. Je sens mon estomac se soulever.

Contre la paroi opposée se trouve une sorte de plan de travail sur lequel sont posés de multiples bouteilles d'alcool et paquets de biscuits. Je me concentre sur la fille. Elle n'est pas morte et je n'ai pas le cœur à la tuer. C'est idiot sans doute, je devrais ne faire preuve d'aucune pitié, mais je ne peux pas m'y résoudre. Cette fille doit avoir un âge proche du mien et son visage ne m'inspire ni la peur ni le dégoût. Elle n'est pour moi qu'un pantin de plus entre les mains du système SS, comme je l'ai été. Et je ne veux pas tuer pour rien.

Je retire mes vêtements à toute vitesse et je la déshabille à son tour pour enfiler sa tenue. Je lui ôte son collant blanc que je sectionne en trois avec mon canif. L'un des morceaux me sert à lui lier les bras, un autre, les jambes, et le dernier à la bâillonner. Ensuite, je regarde partout autour de moi à la recherche d'un endroit où cacher le corps. Comme il n'y en a aucun, je me rabats sur une commode que je tire pour dégager un espace à l'arrière. Je pousse la fille dans le renfoncement en espérant qu'elle ne s'éveillera pas avant que j'aie terminé ma mission.

Tout à coup, une sirène se met en branle et une voix métallique résonne dans les couloirs.

« Alerte stade 1 – Alerte stade 1. »

Je déglutis avec difficulté. Je sais que ma mission est dorénavant compromise. Mais j'ignore si l'alerte a été donnée au niveau des baraquements ou si elle concerne le complexe médical que le groupe de Janko et moi-même avons investi. Un instant, je reste pétrifiée, incapable de savoir quoi faire. Attendre la venue du Führer malgré tout ? Rebrousser chemin et retrouver Élias ?

Je fonce vers l'unique fenêtre de la pièce et je vois les baraquements à l'extérieur. Devant ceux-ci, il y a une immense cour remplie de gens. La façon dont ils sont habillés me permet de les différencier, les prisonniers portent des vêtements gris moulant leurs corps émaciés tandis que les soldats arborent des uniformes kaki et un brassard rouge à croix gammée autour de leur bras gauche. Au milieu de toute cette agitation et des coups de feu qui claquent de partout, il y a d'autres personnes qui, elles, sont vêtues de noir. Ce sont les insurgés de notre groupe. Je les vois qui font feu, seulement, ils ne visent pas uniquement les SS. Leurs tirs sont aussi pour les détenus qui tombent comme des mouches. Je plaque une main sur ma bouche en réalisant qu'à ce rythme-là, il n'en restera plus aucun. Pourquoi font-ils ça quand ils sont supposés sauver le plus de monde possible des griffes des SS ? Puis je comprends. Janko a menti du début à la fin. Libérer des prisonniers n'a jamais été sa priorité, ce qu'il voulait, c'était s'emparer du camp et que je tue le Führer. Il se moque que des Non-Aryens tombent sous les balles comme il se fiche que je meure au cours de ma mission. Je fais volte-face, mes yeux errent un instant dans la pièce.

— Il faut que je retrouve Élias.

Je me précipite vers la sortie, le battant coulisse et la sirène me hurle dans les oreilles. J'entends des cris derrière les portes que j'ai verrouillées avec ma carte magnétique. Leurs occupants y sont désormais prisonniers, mais d'autres personnes en blouses médicales se pressent dans le couloir. Malgré leur calme apparent, je sens la tension qui emplit l'atmosphère. Aucun ne fait attention à moi puisque je suis vêtue de blanc comme eux. Mon arme dissimulée sous le pan de la veste que je porte, j'emprunte le chemin inverse de tous ces gens. Je me dirige vers un couloir sur la gauche en essayant de me concentrer sur la route à suivre pour revenir vers le conduit d'aération par lequel je suis arrivée.

Si tu ne tues pas le Führer. Élias se prendra une balle dans la tête. La voix menaçante de Janko vibre contre les parois de mon crâne en un écho douloureux. Je me fige comme si je venais de percuter un mur invisible et je regarde par-dessus mon épaule. Il n'est pas là, mais je sais qu'il ira au bout de son chantage s'il apprend que je me suis défilée.

Il tuera Élias et ce sera ma faute. Comme la mort d'Anna et de son bébé, d'Eden, de Micha et de tous les autres est ma faute. Mon cœur pulse jusqu'au bout de mes doigts. Je dois mettre un terme à cette histoire.

Une bonne fois pour toutes.

Je dois tuer le Führer.

41

14 h 28. Le couloir où se trouve la salle de réunion est à présent bondé de soldats. L'arrivée du Führer est imminente, mais il va m'être impossible de retourner dans la pièce en question vu le cordon de sécurité mis en place devant à cause de ce qui se passe à l'extérieur du camp. L'ultime solution consiste à me planter au milieu du couloir quand il apparaîtra. Je n'aurai alors qu'une poignée de secondes pour tirer avant que les soldats répliquent. Je n'aurai pas deux chances, je ne dois pas rater ma cible.

Pour le moment, je reste dans la galerie adjacente, le dos plaqué contre la paroi en essayant de reprendre mes esprits. Je devrais être terrifiée, avoir les mains qui tremblent plus que jamais, mais je n'ai pas peur. Je n'ai plus peur. C'est comme si j'étais déjà morte à l'intérieur et quand on est déjà mort, on ne peut pas avoir peur de mourir.

Autrefois, il y a si peu de temps en vérité, j'étais une pauvre Aryenne coulée dans un moule uniforme. Je craignais de répondre à mes supérieurs, de traverser hors des passages piétons ou de rater le couvre-feu, et maintenant, je suis là, un pistolet caché dans mon dos à attendre l'homme le plus puissant du monde pour le tuer. Ce n'est plus de la témérité à ce niveau, c'est de la folie pure.

J'entends soudain des bruits de pas empressés. Celui des bottes qui claquent m'a toujours paru identique, quel que soit le revêtement du sol. Les semelles de bottes des SS claquent toujours comme un rappel à la soumission, comme une menace permanente. C'est un bruit indissociable de la crainte mêlée de respect que m'inspire depuis l'enfance l'ordre à Germania.

Il est temps pour moi.

Je sors le pistolet de derrière mon dos et je m'avance à l'angle du couloir. Des silhouettes s'approchent, débouchant rapidement du fond du corridor. Trois hommes, dont un au centre sur lequel je me focalise.

Il est là, il arrive. Le Führer.

Mon Dieu, autrefois. Mon cauchemar, aujourd'hui.

Sa casquette vissée sur la tête, son long manteau ouvert sur un uniforme impeccable, il a toujours voulu se donner des airs d'Hitler. Je le devine anxieux à cause de ce qui se passe à l'extérieur. J'imagine que s'il avait pu, il aurait annulé sa venue, mais si les sbires de Janko ont bloqué les issues, il est plus prudent pour lui de se cloîtrer ici le temps que la situation soit maîtrisée. Je dois le tuer avant qu'il n'entre dans la salle de réunion. Je m'apprête à sortir de ma cachette quand tout à coup, on me saisit sèchement le bras. Je braque aussitôt mon arme sur mon agresseur.

— Élias ?

Ma bouche reste entrouverte sur son prénom tandis qu'il se tient devant moi. Avec ses cheveux et ses vêtements noirs, il détonne totalement dans cet endroit aseptisé. Il détonne même avec moi de la tête aux pieds. C'est comme si nos différences me sautaient subitement au visage avec la violence d'un coup de fouet.

— Ne fais pas ça, Krista.

Je secoue la tête. Comment a-t-il su ? Janko a-t-il lâché le morceau ?

— Comment est-ce que tu…

— J'ai vu le Führer arriver par une fenêtre et j'ai compris pourquoi Janko t'avait isolée. Ne fais pas ça, tu n'as aucune chance.

— Il le faut.

— Non, répond-il avec urgence. Si tu le tues, un autre le remplacera. Ce n'est pas la bonne tactique pour faire changer les choses.

— Alors, quelle est la solution ?

— Nous devons rassembler tous les hommes que nous pourrons sauver pour être supérieurs en nombre aux SS. Ça prendra un peu plus de temps, mais au moins, nous serons prêts à agir.

Au fond de moi, je crois qu'il a raison et qu'il y a pensé bien assez longtemps pour ne pas lancer des paroles en l'air. L'échec de la *Volkshalle* lui a suffi à comprendre son erreur du moment. Je voudrais pouvoir le suivre, mais quand je vois Janko débouler tout à coup au pas de course dans le couloir et se figer en m'apercevant en train de parler à Élias, je sais déjà que ce ne sera pas possible. Lorsqu'il braque soudain le canon de son arme vers le crâne d'Élias qui n'en a même pas conscience, j'abandonne mes derniers espoirs. Je pose une main sur la joue d'Élias et je lui souris.

— Je t'aime, Élias.

Je me dégage subitement de son étreinte et je me précipite vers le couloir de la salle de réunion.

— Krista, non !

Le Führer et ses gardes du corps sont là, à quelques pas de moi. Leurs regards se posent sur moi et j'imagine qu'en me voyant vêtue de blanc, ils n'ont pas peur et se méprennent sur qui je suis.

Le Führer me dévisage en haussant les sourcils comme s'il me reconnaissait, moi, Krista la méchante, qui ai signé un pacte avec lui, le diable. Et, à cet instant, j'acquiers la certitude que c'est bien le cas : il m'a reconnue.

Je sors tout à coup mon pistolet de derrière mon dos et je le braque vers lui, les deux mains agrippées à la crosse. Aussitôt, les gardes du corps dégainent leurs fusils. Il ne s'écoule qu'une fraction de seconde durant laquelle leurs doigts appuient sur la gâchette. Les balles fusent de leurs armes. À cet instant précis où elles fondent droit dans ma direction, une silhouette se place subitement devant moi pour faire barrage.

— Élias !

Le hurlement qui s'échappe de ma bouche se répercute avec violence dans mes oreilles alors qu'Élias reçoit de plein fouet les projectiles.

Les gardes font de nouveau feu. Je suis devenue sourde. Mon esprit est une coquille vide et mon cœur vient d'imploser, déchiqueté en un milliard de morceaux. Je n'entends pas le bruit des détonations, je vois leurs lèvres bouger tandis qu'ils me crient quelque chose. Je presse la gâchette de mon pistolet. Le coup part à l'instant où les balles des gardes m'atteignent en pleine poitrine.

Je m'effondre.

Ma main retombe tout près de celle d'Élias. Mes doigts se glissent dans sa paume ouverte. Ce dernier moment de ma vie, je me sens unie à lui pour l'éternité.

Puis c'est terminé.

42

J'essaie d'ouvrir les yeux. Mes paupières sont si lourdes que je renonce. Autour de moi, j'entends des sons étranges, comme des bips qui tintent avec régularité. Puis je sens quelque chose me piquer le bras. Je me force à ouvrir les yeux. Un voile flou les recouvre et je devine des formes troubles qui évoluent à proximité de moi. Est-ce que je suis morte ? J'essaie de bouger les bras, mais quelque chose les bloque au niveau de mes poignets.

Je cligne des paupières jusqu'à ce que ma vision s'éclaircisse enfin. Je suis assise sur un fauteuil, les jambes en position allongée et la tête coincée par quelque chose de froid qui la maintient contre l'appui-tête. En baissant les yeux, j'aperçois les courroies argentées qui emprisonnent mes poignets et mes chevilles. Je reporte mon regard face à moi où un écran géant est allumé. Je m'y vois, gisant au sol, le corps d'Élias tout près du mien, ma main glissée dans la sienne. C'est la dernière image que j'ai eue de lui avant de me sentir partir à mon tour. Je ne comprends pas où je me trouve ni pourquoi je ne suis pas morte.

— Élias ?

Ma voix est étouffée, comme si je n'avais pas parlé depuis des jours. Autour de moi, je devine des machines qui mesurent les paramètres de mes fonctions vitales par le biais de capteurs raccordés à mes bras. J'essaie de faire glisser mes poignets dans les entraves en coinçant mon pouce dans ma paume, mais il n'y a rien à faire, ça ne passe pas. Je sens la panique monter et je recommence avec moins de douceur. Je m'obstine malgré le métal qui me cisaille la peau.

— Bon retour parmi nous, mademoiselle Sudwischer, lance soudain une voix.

Je me raidis pendant une seconde tandis qu'une silhouette entre tout à coup dans mon champ de vision. Un homme grand aux traits émaciés. Des cheveux blonds coupés en brosse et des iris d'un bleu très pâle derrière des lunettes cerclées d'or. Il porte une blouse de médecin boutonnée sur le devant. En plissant les yeux, j'arrive à lire ce qui est écrit sur la petite plaque collée sur sa poche : Dr Wolfergen. Il s'approche de moi. Mon regard se pose sur la tablette entre ses mains. Puis je remonte jusqu'à son visage.

— Qui… Qui êtes-vous ?

Il fait mine de ne pas m'avoir entendue et pianote avec dextérité sur sa tablette.

— Vos variables sont revenues à la normale, c'est parfait. Nous allons pouvoir faire un petit point.

À nouveau, il me dévisage. Son air plein de suffisance fait contraste avec les doutes et la peur qui m'assaillent. Alors, je me concentre sur la seule chose qui peut me rassurer dans une certaine mesure, je détourne les yeux de lui et je me focalise sur l'écran géant où j'apparais morte aux côtés d'Élias. Ça, au moins, je me le rappelle, tout comme je me souviens de cette douleur atroce qui me perfore encore le cœur en pensant à sa mort, à lui. Une mort inutile. Un sacrifice vain.

Le médecin tourne la tête pour regarder ce qui retient tant mon attention, puis il presse une touche sur sa tablette et l'image disparaît. Je me retrouve à fixer un écran noir et mon sentiment de vide reprend le dessus.

— Qu'avez-vous retenu de ce dernier moment ?

Je serre les lèvres pour lui faire comprendre que je n'ai aucune intention de communiquer avec lui. Il se lève et se penche vers mon visage, du côté gauche. Je me prépare à recevoir un coup, mais au lieu de ça, il tire sur le col de mon tee-shirt et dévoile ma clavicule. Sa main se pose sur une électrode disposée au centre de mon tatouage de baptême. Je grimace sous l'effet d'une légère brûlure quand il l'enlève. Ensuite, il manipule l'espèce de courroie métallique qui maintient mon crâne prisonnier et je me sens tout à coup libérée de cet étau.

— Vous étiez décidée à tuer le Führer ?

Je fixe l'homme. J'y mets toute la froideur dont je suis capable et je réponds.

— Plus que tout au monde.

Il a un petit hochement de tête, doublé d'un sourire en coin qui n'a rien d'amical, mais ne dit rien et retourne déposer l'électrode et la courroie de métal sur un bureau. Ensuite, il revient vers moi.

— Je crains que vous ne vous soyez perdue dans les méandres de votre esprit au point d'en oublier la raison de votre présence ici. Les effets du produit qui vous a été injecté pour le test se dissiperont d'ici quelques heures. Voulez-vous que je vous récapitule l'essentiel afin que tout soit clair pour vous ?

— Si vous y tenez…

— Tout d'abord, vous souvenez-vous de votre âge ?

Je le toise. Que croit-il ? Que je suis amnésique ?

— Évidemment. J'ai dix-sept ans.

— Bien, et vous rappelez-vous ce qui se passe pour les personnes de sexe féminin lorsqu'elles approchent de leur majorité ?

Je réfléchis un instant, essayant de me remémorer les lois de Germania. Lorsqu'une adolescente est proche de ses dix-huit ans, elle est supposée se préparer à donner des enfants au Führer, et pour cela, elle doit passer des tests afin de savoir si elle correspond aux critères en vigueur.

— Elles passent les tests de sélection pour les grossesses.

— C'est exact, mademoiselle Sudwischer. Néanmoins, en plus des critères génétiques, il a été mis au point, depuis plusieurs années, un autre genre d'épreuve.

Je serre les poings pour contenir une angoisse croissante. Je ne comprends rien de ce dont cet homme parle, je voudrais juste partir d'ici et retrouver Élias, parce qu'après tout, si je ne suis pas morte, le fait qu'il soit également vivant est plus qu'une hypothèse pour moi. C'est une certitude.

— Quel genre d'épreuve ? demandé-je.

— Un test qui permet de voir comment se comporte le sujet dans une situation donnée.

— Une situation donnée ?

— Le test débute pour tout le monde de la même façon. Ensuite, chaque jeune femme testée doit faire un choix en rapport avec la situation qui s'impose à elle.

— Je ne comprends rien de ce que vous racontez. Libérez-moi !

— Votre test a commencé à l'instant où vous avez croisé le chemin d'Anna qui soulevait une plaque d'égout pour s'y faufiler.

Je fronce les sourcils. Comment sait-il ? Comment connaît-il le prénom d'Anna ? Tout à coup, je me remémore les paroles du commandant Vermer à la *Volkshalle* lorsqu'il m'expliquait que dans le cadre de ma mission pour découvrir la cache des Non-Aryens, on m'avait volontairement placée sur la route d'Anna. Oui, c'est forcément ça, cet homme me rappelle la mise en place de ma mission initiale, avant que je ne trahisse mon camp.

— Vous aviez deux options : soit suivre cette femme dans les égouts, soit la dénoncer aux autorités. Qu'avez-vous fait, alors ?

Je reporte mon regard sur l'écran noir face à moi.

— J'imagine que vous le savez très bien, non ? réponds-je avec sécheresse.

Il sourit en acquiesçant avant de reprendre.

— Nous avons effectivement pu suivre vos pérégrinations depuis le moment où vous êtes entrée dans les égouts et celui où vous avez pris la décision d'assassiner le Führer. Entre-temps, vous avez abattu trois de vos semblables, dont un commandant de la *Volkshalle*. Puis vous avez tué l'un des soldats de la navette et aidé à s'enfuir des Non-Aryens.

Il se tait soudain. Je le suis du regard tandis qu'il va déposer la tablette sur le bureau de verre, puis qu'il ramène un tabouret. Il le place tout près de moi et s'assoit. Son visage se penche vers le mien comme s'il voulait que ses traits se gravent en moi pour l'éternité. Ses yeux bleus plongent dans les miens, les fouillent, à la recherche de je ne sais quoi.

— Ce test a été mis au point afin de mesurer le niveau de loyauté de chaque Aryenne désirant donner des enfants à l'État. Lorsque vous avez abattu un civil pour sauver ce non-Aryen…

— Élias ! Il s'appelle Élias ! Il a un nom comme vous et moi.

— Lorsque vous avez tué un civil pour protéger… Élias, reprend-il avec son ton condescendant, nous avons estimé que vous aviez commis une erreur de jugement due à la panique, tout comme le fait d'avoir accepté de descendre dans les égouts. Ensuite, vous vous êtes introduite dans la *Volkshalle*. Là, vous vous êtes retrouvée face à une nouvelle situation induite par le test. Une seconde chance, si vous préférez. Le commandant Vermer vous a expliqué que vous aviez signé un contrat pour repérer les cachettes des Non-Aryens et qu'un programme vous avait été implanté dans le cerveau pour vous faire entrer dans le rôle d'une Aryenne basique. Mais au lieu de vous ranger du côté du Führer, vous avez persisté et tué le commandant Vermer de sang-froid pour sauver ces Non-Aryens. Avec leur concours, vous avez ensuite délibérément attenté à la sécurité de Germania en détruisant les systèmes vitaux et en supprimant le dôme qui protégeait la ville.

À ce moment, je tourne vivement la tête vers lui et je le fixe avec froideur.

— Et vous allez me dire que cette puce n'existait pas ? C'est ça ?

— Tout à fait. Ceci n'était, comme je viens de vous l'expliquer, qu'une situation imposée dans votre test.

Je ne peux pas m'empêcher de lâcher un petit rire. Tout ça ne rime à rien. Ce ne sont que des mensonges pour m'égarer un peu plus.

— À partir de cet instant, il n'a plus été possible pour nous de considérer que vous pouviez être réhabilitable. Le test ne pouvant s'arrêter avant la fin de sa programmation, et ce, malgré l'évidence du résultat vous concernant, nous avons donc continué à suivre votre parcours. Nous avons pu assister à votre obstination à vous ranger du mauvais côté, à tuer des soldats aryens, à vous rapprocher et à donner votre amour à un sang-impur. Puis, vous êtes arrivée au bout de votre test en commettant l'infraction suprême. À aucun moment, vous n'avez souhaité faire machine arrière et revenir vers votre camp. Vous avez clairement trahi les vôtres, mademoiselle Sudwischer. Vous êtes désormais déchue de votre statut d'Aryenne et serez par conséquent traitée comme tout non-Aryen passible de la peine capitale par injection létale.

J'ouvre la bouche, mais aucun son n'en sort.

— Néanmoins, me coupe-t-il avant même que j'aie le temps de prononcer un mot. Après avoir suivi votre test, nous avons souhaité étudier de plus près vos capacités cognitives et votre aptitude à créer un environnement fictif aussi vaste. Le Führer, dans son extrême bonté et bien que vous l'ayez trahi et en regard des dix-sept années de loyauté à votre nation, a décidé de vous offrir la chance de servir intelligemment votre peuple. Vos parents ont d'ores et déjà signé votre ordre de transfert au centre d'expérimentations médicales.

— Mes… parents ? bredouillé-je.

— Oui, n'est-ce pas amusant, mademoiselle Sudwischer ? Les seules personnes que vous avez considérées comme fictives durant votre aventure virtuelle étaient les membres de votre propre famille. Vous leur avez préféré des fantômes de sang-impur.

Cette fois, les mots se bousculent dans ma bouche, mais je suis incapable d'en prononcer un seul qui ait du sens. Mes parents existent, mon frère existe… Je secoue la tête, comme si ça allait m'aider à gommer les paroles de cet homme de mon esprit. Ses propos sont absurdes. Pourtant, son sérieux et sa connaissance de ce que j'ai vécu m'embrouillent les idées au point de finir par douter. Un test ? Une réalité virtuelle dans laquelle j'aurais évolué à mon insu ? Tout ce que j'ai enduré : la souffrance, la douleur, la faim et la soif, tout ça n'aurait jamais été autre chose que le résultat de mon imagination ? Non, je ne peux pas y croire !

— Où est Élias ? Où est-il ? Je veux le voir ! m'écrié-je tout à coup.

Le médecin hausse les sourcils en se redressant. Puis il secoue la tête avant de croiser les bras.

— Mademoiselle Sudwischer, avez-vous compris qu'il s'agissait d'un test ? Un test implique un sujet : vous. Le reste n'est composé que de ce que son subconscient a créé de toutes pièces. Une réalité virtuelle reste virtuelle. Rien de ce que vous avez vécu ou vu n'existe. Comment pourriez-vous penser un seul instant qu'approcher le Führer d'aussi près soit si facile ? Ne soyez pas stupide.

— Vous mentez !

— Croyez-vous ? Alors comment expliquez-vous ceci ?

Sa main descend vers mon visage et je serre machinalement les mâchoires tandis qu'un frisson me parcourt. Il tire brusquement sur mes cheveux. De longs cheveux blonds comme je les avais avant de les faire couper par la fille d'Herr Kramen dans le but de confectionner une perruque pour Élias. Je nage en pleine confusion.

— Pensez-vous qu'ils aient repoussé si vite ? Ou bien tout cela n'était-il que virtuel, mademoiselle Sudwischer ?

— Je… Mais…

— Élias n'était que le fruit de votre imagination, tout comme les gens que vous avez croisés durant votre chemin. Tout comme ces cheveux que vous avez coupés. N'avez-vous pas trouvé vous-même que votre parcours était trop facile ? Trop facile pour être réel. Tout cela n'était qu'un test, mademoiselle Sudwischer. Un simple test auquel vous avez lamentablement échoué.

— Vous mentez ! Vous mentez !

Je hurle à présent. Je n'entends plus que l'écho de ma voix qui se répercute contre les murs de cette pièce. Je voudrais me lever pour étrangler cet homme de mes propres mains et détruire toutes ces machines auxquelles je suis raccordée comme un vulgaire rat de laboratoire.

Le médecin quitte la salle sans un dernier regard pour moi et me laisse avec mon désespoir et les larmes qui dévalent mes joues.

Élias n'a jamais existé. Pas plus qu'Anna et son bébé, Ezra, Micha et Eden.

Tous ces gens avec qui j'ai partagé des moments durs. Ces personnes que j'ai aimées.

Aucune n'existe… sauf mes parents et le Führer…

3 – Pénitence

LIVRE 1

La réalité virtuelle
(ou *multimédia immersif*
ou *réalité simulée par ordinateur*)
est une technologie informatique
qui reproduit un environnement,
réel ou imaginaire,
et simule la présence
et l'environnement physique d'un utilisateur
pour permettre une interaction de l'utilisateur.
La réalité virtuelle crée artificiellement
une expérience sensorielle,
qui peut inclure la vue, le toucher,
l'ouïe et l'odorat.
La finalité de la réalité virtuelle
est de permettre à une personne
(ou à plusieurs)
une activité sensori-motrice et cognitive
dans un monde artificiel,
créé numériquement,
qui peut être « imaginaire,
symbolique ou une simulation
de certains aspects du monde réel »
pour procurer une immersion
(source Wikipédia).

« La chose à garder en tête
est qu'il ne faut jamais attendre une minute
pour commencer à changer le monde. »
Anne Frank

1

La navette ronronne tout en progressant dans l'atmosphère. Mon attention est entièrement absorbée par ce bruit qui comble malgré lui le malaise flottant dans l'habitacle de l'appareil. Deux soldats se tiennent sur leurs gardes en permanence. Mon regard glisse sur leurs fusils. Il ne leur faudrait qu'un instant pour s'en servir s'ils estimaient devoir le faire. Mais je doute qu'ils craignent les occupantes de cette navette, dont moi, qui leur font face. Nous ne sommes que deux filles. Les mains menottées, que pourrions-nous faire ? Donner des coups de pied dans leur direction ? Oui, je pourrais agir comme ça, si seulement je pensais avoir une chance de m'en sortir, mais ce n'est pas le cas. Et quand bien même ça le serait, je n'en ressens ni l'envie ni le besoin.

Je m'en fiche.

Depuis notre départ de Germania, je n'ai pas vraiment prêté attention à la fille à mes côtés. Pas une fois. Je sais juste qu'elle est, comme moi, une Aryenne aux longs cheveux et au regard égaré. Elle et moi n'avons rien à nous dire, nous en savons assez l'une sur l'autre, au final. J'ai raté mon test de loyauté à mon peuple, elle a raté le sien. Nous allons toutes les deux dans ce centre d'expérimentations médicales pour devenir des cobayes. Les choses s'arrêtent là.

Je tourne la tête vers le hublot et je regarde le

paysage, dix pieds plus bas. Il ne ressemble en rien à celui que j'ai découvert durant mon test. Il n'y a pas de ruines ni de routes défoncées par une quelconque guerre. Non, à la place se dressent d'immenses tours de verre qui, pour certaines, pivotent, offrant ainsi un panorama à cent quatre-vingts degrés à ses occupants. Je les trouve magnifiques vues d'en haut, comme des éclats lumineux qui donnent à cette ville l'aspect d'un joyau. On distingue aussi de la verdure autour des bâtiments. Nous sommes loin de la terre stérile que j'ai imaginée au-delà des frontières de Germania. La continuité de l'empire aryen a quelque chose de sublime qui tranche avec le désespoir dont je suis emplie. Je me détourne du hublot et je baisse la tête pour fixer mes pieds.

Les dernières paroles du médecin qui m'a fait passer le test de loyauté résonnent encore en moi. « Vous avez une imagination fertile. Trop fertile. Vous êtes dangereuse. » Je ne peux pas m'empêcher d'esquisser un sourire de dépit alors que la navette entame sa descente vers le camp. *Une imagination qui me prive de ma liberté et m'a fait tomber amoureuse d'un garçon qui n'existe même pas*, songé-je. Quelle drôle d'histoire ! Je m'étais cru enfin libérée de mes chaînes en compagnie d'Élias, et au final, je me retrouve prisonnière autant physiquement que moralement. Comment puis-je avoir inventé de telles choses ? Ce médecin a raison, j'ai une imagination trop fertile.

— Debout ! lance l'un des soldats en se redressant lui-même.

L'autre prisonnière et moi échangeons un bref regard qui transpire l'angoisse. Puis, je braque de nouveau les yeux sur le hublot. J'ai du mal à ravaler ma salive quand je vois un immense bâtiment aux façades blanches se profiler à l'horizon. Nous avançons à vive allure et la navette perd de l'altitude alors qu'une piste d'atterrissage apparaît.

Chacun des soldats s'empare de l'une d'entre nous et nous guide sans ménagement jusqu'à la passerelle d'ouverture. Nous attendons là, en silence, nos corps oscillant de droite à gauche le temps que l'appareil soit totalement à l'arrêt.

Cela ne dure pas assez longtemps pour nous laisser de quoi paniquer. Quand la navette s'immobilise enfin, un léger sifflement retentit, signalant l'ouverture de la porte. Mon cœur palpite si fort qu'il en devient douloureux dans ma poitrine. Le vent nous accueille en nous giflant le visage tandis que nous sortons l'une après l'autre, toujours maintenues par les soldats. Devant nous, un imposant portail est ouvert. Au-dessus de cette entrée se trouve une inscription qui me glace le sang.

Une génération de forts éliminera les faibles.
Faire pénitence,
c'est se sacrifier pour la science.

Je contracte les mâchoires en même temps que les poings. Je ne veux pas faire pénitence et je ne veux pas me sacrifier pour la science, parce que je ne me considère coupable de rien. Cette phrase n'est qu'un ramassis d'idioties. Qui, ici, estime devoir faire pénitence ? Pour quoi ? Pour être différent ? Pour avoir eu ses propres rêves et avis ? Des opinions qui divergent de la norme ? Et qui a envie, rien que pour ça, de devenir un rat de laboratoire ?

Nous pénétrons dans l'enceinte du camp d'un pied traînant, mais les nouveaux soldats qui nous prennent en charge nous font comprendre que dans ce lieu, il vaut mieux courir que lambiner. Les gémissements de ma compagne de voyage me parviennent dans mon dos. Elle vient de recevoir un coup. À ce stade, je suis tellement hors de toute réalité que je n'y prête pas vraiment attention, je suis tout entière absorbée par cet endroit comme s'il avait le pouvoir de m'hypnotiser en même temps qu'il aspirerait toute mon énergie. Mon esprit vogue entre mes souvenirs du camp que j'ai vu avec Élias dans mon test. Lui non plus n'avait rien en commun avec cette réalité-ci. Ici, tout est différent, mis à part la couleur laiteuse qui recouvre tous les bâtiments. Ce lieu, si l'on fait abstraction des horreurs qui doivent s'y dérouler, ressemble à Germania. Un endroit aseptisé où seules la lumière et la blancheur de la pureté ont droit de vie.

Après avoir franchi le portail, nous nous dirigeons vers une sorte de corridor d'entrée. Sur la gauche, un homme en tenue militaire monte la garde, son fusil en main. Sur la droite, un autre fait de même. Ils m'évoquent des soldats de plomb, avec leurs visages impassibles et leurs regards fixes. Un troisième individu se charge de faire je ne sais quoi sur la nuque des arrivantes qui évoluent dans une file. Quand le soldat qui emprisonne mon bras me place dans celle-ci, je comprends que c'est à cet endroit que va commencer mon calvaire. Ma punition pour avoir espéré vivre dans un monde libre de pouvoir penser et aimer qui l'on veut. Mon cœur se serre. Il ne devrait pas, pourtant, puisque je n'attends plus rien de mon avenir. Mais il le fait quand même, et je ne peux pas l'en empêcher.

— Avance ! gronde un soldat en me bousculant un peu plus.

Plus qu'un geste volontaire, c'est machinalement que j'essaye de le repousser. Le coup en retour, cette fois-ci, n'est pas pour ma collègue de galère ; il est pour moi et je le sens bien passer. Le soldat frappe avec sa botte dans mon mollet et la douleur fuse dans toute ma jambe. Je perds l'équilibre et je tombe à genoux sur le sol couvert de graviers. Je n'ai pas le temps de me voir par terre que mon agresseur me remet debout aussi sec. En croisant son regard mauvais, je comprends que j'ai plutôt intérêt à maîtriser mes réactions.

Je redresse les épaules et je ravale ma salive.

Je fais ma fière.

Je fais mon Aryenne.

Puis, je ne résiste pas au besoin de savoir ce qui se passe à l'avant. Malgré le risque de me reprendre un coup, je me penche légèrement sur le côté pour voir où aboutit la queue. Il doit bien y avoir une dizaine de personnes devant moi. Toutes des jeunes femmes au parfait profil d'Aryennes. Certaines pleurent, d'autres se tordent nerveusement les doigts. Aucune n'arrive à rester calme plus de trois secondes, néanmoins, personne ne cherche à quitter le rang. Plus loin, je distingue une sorte de portique de sécurité semblable à ceux qui se trouvent à l'entrée de la gare de Germania dans un but préventif. Un semblant de porte uniquement constitué d'un contour argenté. Une porte sans porte… J'aperçois deux soldats placés de chaque côté. L'angoisse monte d'un nouveau cran.

— Qu'est-ce qu'ils font, tu penses ? demandé-je à la fille devant moi.

Elle me jette un regard furtif dans lequel je vois de l'affolement.

— Tais-toi ou ils vont nous frapper.

— Je pose juste une question.

— Tais-toi.

Elle se détourne, fixant de nouveau droit devant elle. Je n'obtiendrai pas de réponse d'elle, c'est certain. J'imagine qu'elle n'en sait pas plus que moi, de toute façon. La queue avance vite et quand je suis toute proche du portique, je comprends mieux ce qui m'attend. Une voix, au fond de moi, me souffle de partir. Là, maintenant, tout de suite. M'échapper de cette file, parcourir le chemin qui me sépare de l'entrée du camp et fuir.

Je suis folle de penser ça.

Quand vient mon tour, le soldat de droite me saisit par la tête sans prévenir et me contraint à la baisser en tirant mes cheveux en avant. Je me retiens de répliquer par un coup de pied. Je sens tout à coup quelque chose de froid se poser sur ma nuque, puis une chaleur me brûle sur une petite portion de peau. Ça ne dure que l'espace d'une fraction de seconde et, lorsque je redresse enfin la tête, je vois l'appareil dans la main du second soldat duquel s'échappe une lumière pulsée rouge. Je connais cet engin. En temps ordinaire, il sert à graver des codes-barres sur les articles de Germania. Une fois que je suis marquée, l'homme me pousse de l'autre côté du portique et mon passage déclenche un petit bip.

Je suis devenue un produit.

2

Au-delà du portique, il y a une sorte de cour dont le sol est en terre battue avec, par endroits, ce qui ressemble à des carrières de grosses pierres crayeuses. L'ensemble s'étend sur une large portion dont la taille m'échappe tant c'est grand. Un soldat me pousse sèchement en avant, comme il en a poussé d'autres avant moi, et je me retrouve parmi des jeunes femmes silencieuses.

Noyée au milieu de ce flot d'Aryennes, je me fais l'effet de regarder mon propre reflet dans un miroir. Leurs prunelles sont emplies de peur, et pourtant, elles ont l'air totalement vides. Ces filles sont perdues, comme moi. Désespérées sans doute, même. Passer du confort, dans une ville protégée sous un dôme, à cet endroit inhospitalier où le soleil semble taper en permanence, c'est comme faire son entrée en enfer, surtout quand on sait qu'on risque d'y finir disséquée.

Que va-t-on faire de nous ?

Une femme d'une quarantaine d'années, aryenne elle aussi, vient dans notre direction. La différence entre elle et nous se résume à un uniforme serti d'insignes SS. Elle arbore un air hostile, ses lèvres sont comme un trait gravé au cutter dans un bloc de métal. Elle n'a pas besoin de plus pour montrer dans quel camp elle se trouve. Son regard se pose sur nous, semblable à une lanière de cuir qui balafre toutes les prisonnières présentes.

— Alignement !

Lentement, nous nous plaçons en ligne plus ou moins droite. Visages apeurés et corps frémissants, nous sommes là, à fixer cette femme qui nous toise avec un mépris sans faille. Voilà donc ce que fait l'effet de n'être personne aux yeux de ceux qui ont le pouvoir. Une fille écrase, sans le vouloir, le pied de sa voisine qui ne peut réprimer un cri de douleur. Aussitôt, la tête de la soldate SS se braque dans sa direction. Cette fois-ci, c'est son vrai fouet qu'elle lève. Il retombe dans un claquement sur la pommette de la prisonnière qui a osé se faire remarquer. Sous la violence du coup, elle s'effondre et se met à sangloter, une main plaquée sur sa joue. Par réflexe, je m'apprête à l'aider à se redresser avant qu'elle ne se prenne un nouveau coup, mais des doigts se referment sur mon autre bras, bloquant mon geste. Je tourne la tête et je dévisage la détenue qui me retient avec poigne.

— Ne fais pas ça, tu risques de le regretter, crois-moi, me souffle-t-elle.

Je ne peux pas m'empêcher de la considérer avec une certaine irritation. Qui est-elle pour se permettre de me donner cet ordre ? La souffrance de ma voisine, de l'autre côté, ne lui fait-elle ni chaud ni froid ? Finalement, elle me relâche quand celle qui pleurait s'est relevée et est rentrée dans les rangs. La femme SS refait un tour devant nous. Son regard d'abord axé sur nos pieds, comme si elle examinait nos chaussures dans le détail, remonte jusqu'à nos hanches qu'elle étudie d'une façon dérangeante. Parfois, elle ébauche un simulacre de sourire, une expression sardonique sur le visage. D'autres fois, elle paraît déçue.

— Toi. Toi… Toi et toi, ici ! aboie-t-elle en indiquant un endroit un peu en retrait.

Du coin de l'œil, j'observe les quatre Aryennes que la SS vient de désigner. Elles se regroupent sur la droite, la tête basse. Deux d'entre elles pleurent en silence. Moi aussi, j'aimerais pleurer, mais je n'y arrive pas. Je ne sais plus exactement ce que je ressens à cet instant. Depuis ce moment où on m'a annoncé que je n'avais été que le cobaye d'un test établi pour mettre à l'épreuve ma loyauté face au régime, je suis passée de la révolte à l'abattement, en faisant une halte prolongée dans la douleur intérieure. Accepter qu'Élias et les autres membres de sa communauté n'existent pas ailleurs que dans mon imaginaire était inconcevable. Tout comme l'idée de ce test grandeur nature. Et puis, mes souvenirs sont remontés au fil des heures. Les effets du produit qu'on m'avait injecté pour subir cette expérience ont fini par se dissiper et je suis redevenue la Krista du départ. Les visages de mes parents et de mon frère ont resurgi dans ma mémoire, criants de réalisme. Tout m'est revenu en tête. Et j'ai dû me résoudre à accepter qu'Élias ne soit rien de plus qu'une illusion… Malgré cela, je ne parviens pas à l'oublier.

Les filles sur la droite sont tout à coup poussées par un soldat muni d'un fusil. Sans un mot, il leur indique un chemin et toutes se mettent en marche sous les yeux de celles qui restent là. Un autre homme, en uniforme également, arrive. Il ne porte pas d'arme sur lui, contrairement à la femme SS avec son fouet. Dans sa main gauche se trouve une boîte blanche. Dans l'autre, un scanner semblable à celui que tenait un des gardes à l'entrée du camp. La soldate SS hoche la tête tandis qu'il la regarde et, comme s'il répondait à un ordre silencieux, il se poste derrière la première rangée de prisonnières dont je fais partie. Il repousse les cheveux des filles sur le côté, frôle leur nuque avec son appareil et, dès qu'un bip retentit, passe à la suivante. Quand il a terminé, il revient à son emplacement initial. Je remarque que cette fois-ci, il a remisé son scanner dans une poche et tire quelque chose de sa boîte. Il se place à la gauche de chacune des filles et pose une main sur leur tempe du même côté. Chaque fois, j'entends chacune des prisonnières avant moi lâcher un gémissement, et quand vient mon tour et que j'aperçois le petit objet noir rond dans sa paume, je tressaille. Il ne me laisse pas la possibilité de me dérober, il plaque sa main sur ma tempe, et aussitôt, une vive douleur me traverse la tête. Je serre les dents de toutes mes forces malgré mon envie de lui hurler dessus. Ça ne prend que quelques secondes, puis il passe à ma voisine. Je ressens le besoin – tout comme les autres, j'imagine – de savoir ce qu'il a implanté dans ma peau. Je sens quelque chose, comme une pulsation à peine perceptible et des picotements. L'impression qu'on m'a planté une aiguille au-delà de mon crâne. Mais la femme SS ne nous lâche pas du regard et je serre le poing pour contenir ma curiosité. Une fois sa tâche terminée, le soldat revient se poster près de sa collègue et, à présent, ce ne sont pas deux, mais quatre yeux qui nous détaillent de la tête aux pieds.

— Premier rang, baraquement 3.

La femme SS nous fait signe de la suivre pendant que l'autre soldat appelle un second groupe. Nous avançons à pas lents, le temps que tout le monde s'accorde sur la même cadence et, quand un nouveau claquement de fouet résonne sur le sol, nous n'avons pas de mal à accélérer le pas.

On marche sur environ quatre cents mètres jusqu'à un long bâtiment de plain-pied rectangulaire dont le toit est si plat qu'on a l'impression qu'il est inexistant. Les murs sont d'un blanc laiteux et, par endroits, il me semble distinguer des empreintes de mains. Peut-être que je me fais des idées, je n'aurais même jamais imaginé qu'un camp de ce genre soit à l'image de la pureté de Germania. Je l'aurais plutôt vu gris ou noir, d'une couleur triste qui absorbe toute la joie de vivre de ses prisonniers. Mais encore une fois, je me suis trompée. Je me suis beaucoup trompée, ces derniers temps, je devrais peut-être arrêter de réfléchir et me laisser porter par la vague, même si c'est une vague de désespoir. La femme SS se plante à côté de la porte et tire une carte magnétique de sa poche. Elle la fait passer devant un boîtier intégré dans la porte et celle-ci coulisse aussitôt.

— Tout le monde entre. Deux par deux. Vite !

Nous formons des paires sans même nous consulter et nous rentrons. Chacune évite soigneusement le regard de notre guide et j'en fais autant malgré mon envie de lire ce qui se cache au fond de ses pupilles. Sans doute rien. À quoi pourrait-elle penser qui ne lui aurait pas été dicté par le régime ? J'en sais quelque chose, je ne crois pas que je pensais à grand-chose non plus avant de réaliser à quel point mon univers n'était que mensonge et abus. Au final, c'est ironique que ce soit mon propre peuple qui m'ait ouvert les yeux sur ce qu'il était.

Quand toutes les filles sont entrées dans le baraquement, nous demeurons plantées au milieu de ce dortoir dans lequel sont placés à intervalles réguliers des lits superposés sur lesquels traînent de vieilles paillasses. Je n'ai pas besoin d'en faire le compte pour comprendre qu'il n'y en a pas autant qu'il y a de prisonnières ici. La femme SS pénètre à son tour à l'intérieur, mais elle reste près de la porte comme si elle était pressée de quitter les lieux. Sa voix rude et sèche retentit à nouveau, emplissant tout l'espace.

— Lever cinq heures, coucher minuit.

— Et pour les repas ? demande une jeune fille dont les cheveux forment des cascades de boucles sur ses épaules.

La SS la considère d'un œil impassible. Je n'ai pas besoin de voir le fouet qui s'élève pour deviner qu'elle va se prendre un coup. Le sifflement de la lanière de cuir dans l'air est la toute dernière chose que nous entendons avant que la femme quitte les lieux et que la porte se referme pour nous emprisonner.

Sans me préoccuper de mon environnement, je me rapproche de la fille qui vient de se faire frapper au visage. À genoux sur le sol carrelé, elle ne pleure pas, mais sa respiration est poussive et j'hésite à savoir si elle est sur le point de faire une crise de nerfs ou d'exploser de colère. Du sang perle entre ses doigts placés en éventail sur sa joue. Je caresse ses cheveux d'un geste qui me rappelle la façon maternelle avec laquelle je m'occupais de la petite Eden.

— Montre-moi ton visage.

— Laisse-moi tranquille !

Mais je n'écoute pas. Je passe une main autour de sa taille et je l'aide à se relever. Ce n'est pas parce que j'ai été déchue de mes droits d'Aryenne que j'ai perdu mon humanité. Nous n'avons pas en commun que la couleur de nos yeux et de nos cheveux, nous avons partagé la même expérience, le même test et sans doute le même désarroi en découvrant que tout cela n'était que virtuel. Cette pensée soulève tout à coup un tas d'interrogations et de doutes chez moi. Ces Aryennes ont-elles vécu une relation aussi particulière que la mienne avec Élias ? Je me rends très rapidement compte que cette question n'a pas vraiment sa place ici. Pas plus que sa réponse, si elle existe. En compagnie de celle que je soutiens, nous nous retournons et regardons les couchettes. Je réalise que les autres filles se sont toutes installées et qu'il n'y a plus un lit de libre.

Krista, bienvenue dans ce nouveau monde de partage.

3

Je n'ai pas la moindre idée de l'heure qu'il est. Allongée sur une couchette en hauteur que j'ai prise de force et que je partage avec la fille blessée, je regarde la fenêtre placée à quelques mètres de moi. Je vois des silhouettes qui marchent d'un pas régulier dans la nuit tombante. Des gardes, j'imagine. De temps à autre, des cris brisent le silence, aussitôt remplacés par d'autres. Ceux de soldats. Parfois même par des coups de feu. C'est étrange, cela fait une journée que je suis dans ce camp et j'ai l'impression d'y être enfermée depuis des années.

Contre mon dos, je sens celui de ma compagne de couchette. En percevant les soubresauts qui agitent doucement ses épaules, je devine qu'elle pleure. Elle fait néanmoins attention à ne pas être bruyante. D'ailleurs, en tendant l'oreille, mis à part quelques reniflements, je n'entends personne sangloter. Personne ne parle non plus ni ne chuchote. C'est tout juste si on s'autorise à respirer, comme si c'était devenu interdit.

Que ferait Élias s'il était à ma place ? songé-je tout à coup.

Si sa pensée me noue le ventre, je me force à me remémorer tous les moments agréables passés avec lui. Nos discussions, alors que nous étions supposés dormir, son regard planté dans le mien, sa main dans la mienne, son odeur, ses lèvres. Je pose mon index sur les miennes et le fais glisser dessus. Peut-être qu'en fermant les yeux, je pourrais me souvenir du goût de ses lèvres. J'aimerais le sentir à mes côtés. J'aimerais entendre sa voix tandis qu'il me crierait que ma mort ne servirait à rien. Comment peut-on être irréel et éprouver des émotions ou avoir des pensées si abouties ? Je ne me l'explique pas. J'imagine que tout ce qui est sorti de sa bouche venait de mon inconscient, mais je ne me savais pas capable de créer un univers aussi complexe avec des personnes si complètes psychologiquement. Me suis-je inventé une histoire d'amour avec un homme à l'opposé de ceux de mon peuple parce que les Aryens ne correspondaient pas à mon idéal ? Je ne peux pas m'empêcher de me demander ce qui ne va pas chez moi. Pourtant, je n'éprouve pas le moindre regret sur ce que je peux ressentir à présent concernant ma vie d'avant. Mes yeux se sont enfin ouverts et j'assume ma déloyauté envers les Aryens. Je refuse d'être comme eux.

Je ne veux plus l'être.

Une quinte de toux me sort de mes réflexions et je reprends pied dans la réalité. Je me reconcentre sur la fenêtre et son paysage aussi austère qu'hostile.

— Comment tu t'appelles ?

Je tourne la tête vers ma compagne de couchette. Dans la pénombre, je devine à peine ses traits.

— Krista, chuchoté-je. Et toi ?

— Manuela.

Le silence revient entre nous, comme un fossé nous empêchant de communiquer. Mon regard retourne se perdre dans la contemplation malsaine de ce qui se passe de l'autre côté de la fenêtre en même temps que je triture nerveusement l'espèce de diode placée sur ma tempe. Puis je sens le besoin de sombrer dans le sommeil m'envahir. Un sommeil empli de doutes, d'angoisses et de questions, dont une ressort plus encore que les autres.

Que va-t-il m'arriver ?

4

Quand le réveil arrive sous la forme d'une alarme stridente, après une courte nuit émaillée de cauchemars et de larmes, nous sommes toutes dans un état de nervosité qui crispe nos visages et ternit un peu plus nos regards. La porte de notre baraquement s'ouvre alors qu'aucune de nous n'a encore posé un pied par terre. Un soldat pénètre à l'intérieur, un fusil maintenu à son épaule par une bandoulière.

— Debout ! En rang ! Deux par deux ! hurle-t-il comme si nous étions à des kilomètres de lui.

Nous sautons de nos lits et essayons tant bien que mal de nous mettre en ordre rapidement pour ne pas prendre un coup. On apprend vite dans des endroits comme celui-là, et nous avons des années de discipline derrière nous, ça aide.

— En rang ! Mieux que ça !

Sa voix râpeuse nous écorcherait presque les oreilles. Il croit peut-être que crier comme un âne lui donnera de la prestance, mais ce genre de chose, tout comme les armes, n'a jamais donné de prestance à personne, selon moi. Dans notre tentative pour nous aligner comme il faut, l'une des filles heurte ma poitrine avec son coude et une douleur fugace m'envahit. Elle me jette un coup d'œil qui n'a rien d'amical. Elle semble même m'en vouloir de la fixer moi aussi avec une froideur identique. On s'affronte du regard comme s'il n'y avait plus que nous. Nous restons ainsi jusqu'à ce que Manuela bute maladroitement sur mon pied et qu'une nouvelle vague de souffrance, placée ailleurs celle-ci, me fasse perdre le fil. Je baisse la tête un instant. Quelques secondes qui, je le devine, ont suffi à cette fille pour penser que je cédais face à elle. Je m'en veux comme jamais.

Nous quittons notre baraquement, encadrées par le soldat, et découvrons un de ses collègues à la sortie. Son scanner coincé dans sa paume, il n'a pas besoin de dire un mot pour que l'on comprenne ce qu'il attend de nous. On s'arrête devant lui, il nous retourne sans douceur, bascule notre tête en avant et pose son appareil sur notre nuque. À chaque fois, le bip retentit et il nous pousse sur le côté. Le premier soldat reprend la main et nous escorte jusqu'à un bâtiment à quelques mètres de l'entrée du camp sur laquelle je ne peux pas m'empêcher de garder les yeux rivés. Combien de pas séparent cet endroit de la sortie ? Combien de minutes me faudrait-il pour l'atteindre ? De combien de balles mon corps finirait-il criblé ?

— Bloc de désinfection ! aboie le soldat.

Je me reconcentre sur le bâtiment en question, blanc lui aussi, puis sur les petites fenêtres qui percent la façade. Elles sont toutes grillagées. Le soldat ne s'encombre pas d'explications à notre égard. Un signe de la main pour nous faire aligner devant la porte, une carte magnétique pour la faire coulisser, un coup dans l'épaule pour nous faire entrer, une à une. C'est à cela que je prends conscience de ce que nous sommes devenues. Pires que les moutons de Germania, nous sommes des *Undermenschen*[1] en jupons. Je me rends compte qu'il ne suffit finalement même pas d'avoir la peau ou les yeux d'une couleur différente, d'avoir une culture ou des croyances autres, pour se retrouver tout en bas de l'échelle. Non, il suffit de ne plus rentrer dans le moule. La leçon magistrale que j'apprends pourrait être drôle si elle n'était pas aussi cruelle. La race des Seigneurs sait punir ceux qui ne sont pas dignes de brandir assez fièrement le bras durant leur salut nazi. Nous avançons comme des automates. La fatigue n'est pas encore assez présente pour justifier que l'une d'entre nous traîne des pieds, mais la peur l'est assez pour que nous nous comportions comme du bétail acceptant de se rendre à l'abattoir sans se défendre. Ça me ressemble si peu de me laisser entraîner contre ma volonté, moi qui ai découvert mon instinct de résistance pendant tout le temps qu'a duré mon test. Et pourtant, je fais comme les autres.

Nous nous retrouvons dans un hall étroit tout en longueur.

— On avance !

À nouveau, notre groupe se remet en rang pour gagner le bout du corridor où se trouve une nouvelle porte. Le soldat passe devant nous, poussant sans nécessité les filles avec le canon de son arme. Je distingue un semblant de sourire sur ses lèvres tandis qu'il distribue ses coups gratuitement. Il aime voir la peur s'imprimer sur les visages. Il se

1. « Sous-hommes » en allemand.

plante face à la porte, sort sa carte magnétique et actionne l'ouverture du sas. Ensuite, il reste sur place et tire chacune de nous par l'épaule pour nous projeter de l'autre côté du battant. Nous arrivons dans un hall plus grand que le précédent.

Comme à Germania, tout y est immaculé du sol au plafond. Au bout, deux femmes, debout, les bras croisés, paraissent nous attendre. Leur visage est impassible, leurs prunelles glacées, comme toutes celles des gens que j'ai pu croiser parmi le personnel. On s'avance alors que le soldat pousse la dernière de la file qui bouscule celle devant elle et ainsi de suite jusqu'à ce que la première comprenne le message.

À nouveau, c'est l'attente. J'en profite pour observer ce qui se passe à l'avant. L'une des femmes fait pivoter les prisonnières sur elles-mêmes les unes après les autres tout en palpant leurs corps sans une once de respect.

Lorsque vient mon tour, j'ai droit au même traitement. La femme ne prononce pas un mot. Elle ne me regarde pas non plus tandis que je la fixe, en quête d'un peu de compassion. Elle manipule mes cheveux comme pour en analyser le grain. Je grimace et je tire machinalement la tête dans le sens opposé pour lui faire comprendre qu'elle me fait mal. Elle daigne enfin poser les yeux sur moi et on se jauge pendant une longue seconde. Je ne vois rien au fond de ses pupilles. Rien qui puisse donner l'impression qu'elle accomplit son travail à contrecœur. Puis elle reprend sa palpation. Je serre les dents et je me fais violence pour ne pas réagir quand elle touche des endroits où personne n'aurait le droit de mettre les mains sans ma permission. Seulement ici, la permission d'une fille comme moi ne vaut plus rien.

— Avance ! me crie-t-elle dans les oreilles.

Je suis tentée de ne pas le faire, mon regard toujours planté dans le sien, mais je sens qu'on m'effleure le bas du dos. C'est si léger que je devine qu'il s'agit, non pas d'un soldat, mais de Manuela qui me suivait dans la file. Elle ne veut sans doute pas que je réagisse parce qu'elle-même a payé d'un coup de fouet sa bravade de la veille. Je m'exécute, mais je ne radoucis pas mon regard pour autant.

Je me retrouve devant une nouvelle porte, identique à la précédente. Cette fois, cependant, il n'y a pas de décodeur pour y placer une carte ; ma seule présence suffit à ce que le battant de métal coulisse.

J'avance.

5

Mon regard se pose sur deux soldates occupées avec une détenue au milieu de la salle. Au lieu d'attendre, je fais trois pas de plus et la porte se referme derrière moi dans un chuintement. Quand je vois tout à coup les vêtements de la fille tomber à ses pieds et des larmes rouler sur ses joues, je me fige. Je n'ose plus faire un pas et encore moins braquer les yeux sur elle. La honte m'envahit. Pour elle et pour moi. Je sais désormais ce qui m'attend. L'une des femmes me repère, arrêtée à distance égale entre la prisonnière nue et la porte coulissante. Pendant que sa collègue continue à s'occuper de la fille, elle vient à ma rencontre.

— Toi ! Qui t'a dit d'avancer ?

— Je…

— Tais-toi ! Maintenant que tu es là, dépêche-toi.

Je baisse les yeux et, tout en fixant obstinément mes pieds, je me place à quelques pas de l'autre fille toujours nue. À présent, si je ne peux plus voir ses larmes, je peux l'entendre sangloter. Elle fait de son mieux pour rester discrète, mais ça ne l'est pas assez pour m'empêcher de percevoir ses gémissements plaintifs.

La femme SS s'approche enfin de moi, je vois le bout de ses chaussures entrer dans mon champ de vision. Quand je relève la tête, l'autre fille est partie déposer ses vêtements dans une grosse boîte tout près d'une porte qu'elle franchit, toujours nue, quelques secondes plus tard. Et je me retrouve seule avec ces femmes hostiles. Mon ventre forme des nœuds impossibles à dénouer.

— Déshabille-toi, m'ordonne l'une d'elles.

Je reste statique. Pas par bravade, mais simplement parce que je ne sens même plus mes muscles. Je suis juste paralysée. Me mettre nue devant cette inconnue m'est inconcevable. En guise de réponse à mon immobilité, je reçois une violente décharge de taser dans le cou. Je recule sous l'effet de la douleur et de la surprise cumulées, ma main plaquée sur l'endroit où la femme a appliqué son arme.

— Déshabille-toi !

— Non, rétorqué-je.

Un nouveau coup de taser, dans l'épaule cette fois-ci, me fait lâcher un cri.

— Déshabille-toi !

C'est plus fort que moi, je résiste en la toisant. Mais quand la seconde SS arrive sans prévenir dans mon dos et m'administre une troisième décharge, je finis par m'exécuter de mauvaise grâce. Un à un, j'ôte mes vêtements en me forçant à ravaler les larmes qui cherchent à franchir la barrière de mes cils. J'ai vécu des tas de choses bien pires que l'idée de devoir me mettre nue devant une inconnue qui me menace toujours avec son taser. Du moins, dans un monde virtuel. Pourtant, ce que je dois accomplir à cet instant me paraît tellement plus dur que je dois me faire violence pour ne pas m'interrompre chaque fois qu'un de mes habits tombe à mes pieds. Le froid me saisit quand je me retrouve en sous-vêtements. Je m'arrête là.

— Le reste. Dépêche-toi.

Je déglutis avec difficulté comme si j'avais avalé une pelote d'épingles. J'aurais espéré que ça se terminerait là… Mais non. L'humiliation est une arme assez puissante pour détruire une personne psychologiquement et je n'ai pas besoin d'avoir fait de hautes études pour comprendre que c'est dans cette optique-là qu'on fait subir ce genre de choses aux prisonnières. La voix de mon père s'immisce dans mon esprit. Il me dit que j'ai été une mauvaise Aryenne, que je ne suis pas digne de mériter le respect des autres. Que je ne suis personne. Un instant, je me demande ce que j'ai fait qui justifie qu'on me traite comme ça, puis je me ravise. Évidemment que je sais pourquoi je suis ici. Ça m'a semblé injuste à mon arrivée, mais si penser et agir différemment de la norme est passible de la peine capitale, je ne dois pas cracher sur ce qui m'arrive. La mort est ma récompense. Celle d'Élias, aussi virtuelle soit-elle, est ma punition. Je ne mérite rien de mieux. Quand mes sous-vêtements tombent au sol, brisant les dernières protections de mon corps contre l'inconnu, il ne me reste plus rien d'autre qu'un profond sentiment de honte. D'une main, je masque mon intimité, mais la femme repose son taser sur mon épaule avant même que j'aie le temps de penser à l'éviter. Le choc me saisit tant que mes mains quittent leur emplacement.

— Inutile de le cacher, tout le monde se moque de ton corps, petite idiote, lâche-t-elle dans un ricanement.

Tout en disant cela, elle se met à tourner autour de moi comme un rapace autour de sa proie. J'essaye de la suivre du coin de l'œil tant que ça m'est possible, mais quand elle s'arrête dans mon dos, je me sens totalement vulnérable. Sa main se pose sur le creux de mes reins. Sa peau est froide et rêche comme du papier de verre. Tandis qu'elle la fait remonter le long de ma colonne vertébrale, je peux presque sentir ce qui me semble être des cals dans sa paume. Ensuite, ses doigts s'enroulent autour de mes cheveux. Elle tire sèchement, me forçant à incliner la tête en arrière. J'entends un grand « clac », puis elle lâche mes cheveux. Je regarde entre mes jambes nues les longues mèches blondes qui jonchent le carrelage. Cette fois-ci, c'est réel, mes cheveux ont été coupés. Les voir par terre, comme abandonnés, me serre le cœur. Un peu. Après tout, s'ils estiment que mon identité se borne à la longueur de ma chevelure, je me fiche bien qu'ils l'amputent de moitié. Je n'ai pas besoin d'un signe d'appartenance à un peuple en particulier pour exister tant que je suis en vie. Je ravale mes larmes. Ça laisse un goût amer sur ma langue. La rage silencieuse a mauvais goût, c'est un fait. À l'intérieur de moi, une voix hurle et frappe à coups de poing dans tous les sens, mais elle n'est même pas capable de le faire en public.

— Ramasse tes vêtements et va les mettre dans l'incinérateur.

Sans un mot, je m'accroupis. Je rassemble mes affaires. Au passage, j'essaye de récupérer quelques mèches de mes cheveux, mais la chaussure de la femme m'écrase subitement la main et je ne peux réprimer un gémissement de douleur.

— Je t'ai dit les vêtements, tu es sourde ou bien stupide ?

— Votre pied… me fait mal, grogné-je en serrant les dents.

Comme pour me punir d'avoir osé répondre, elle appuie plus fort encore, pesant de tout son poids sur mes doigts. J'ai l'impression que tous mes os se brisent en milliers de morceaux et je finis par laisser une larme se frayer un chemin sur ma joue brûlante. Quand, enfin, elle libère ma main, je ne la sens même plus.

— La prochaine fois que tu t'avises de répliquer, je te le ferai regretter bien plus que ça.

Il n'y aura pas de prochaine fois, vous pouvez en être sûre, rétorque une voix sèche à l'intérieur de moi. Une voix qui est claire avec elle-même, mais une voix en miettes, tout comme ma main.

6

Je regarde la femme, mes vêtements roulés en boule entre les mains. Un instant, il me semble qu'elle est déstabilisée par mon insistance à la dévisager, mais je ne vois pas ce qu'elle pourrait avoir à craindre d'une fille déchue de son identité qui n'a plus rien à espérer de sa vie. Elle a réussi à me mettre plus bas que terre, elle devrait être contente.

— Dégage de ma vue, crache-t-elle en me poussant tout à coup vers le réceptacle à vêtements.

Je ne me le fais pas dire deux fois, trop heureuse de m'éloigner d'elle. Je me plante devant le fameux réceptacle, semblable à une boîte aux lettres, mais dont l'ouverture permet d'y glisser des choses plus volumineuses. Une vague odeur de feu s'en échappe, bien qu'aucune fumée ne soit visible. Une odeur qui se cantonne à cet endroit. Je fourre mes vêtements à l'intérieur. Ils y brûleront comme les bébés de la maternité dans laquelle je travaillais à Germania.

La seconde femme présente dans la pièce m'attrape par le bras, me retourne sèchement et scanne une nouvelle fois le code-barres dans mon cou. Elle me désigne ensuite une autre porte. Je m'y dirige en tentant à nouveau de masquer mes parties les plus intimes.

La porte s'ouvre, quand je me place près du

détecteur de mouvements, et me dévoile un long couloir dans lequel je retrouve de nombreuses filles, dont celles de mon groupe. Il ne manque que Manuela qui était derrière moi dans la file. J'imagine qu'elle est sur le point de se faire examiner par la harpie que je viens de quitter. L'ambiance, ici, est différente des pièces dans lesquelles je suis passée jusque-là. Une sorte de halo bleuté clairsemé s'échappe du plafond, laissant par endroits des pans entiers de celui-ci disparaître dans les ténèbres. Cet éclairage donne un étrange aspect à nos visages et à nos corps, mais il a le mérite de masquer un peu notre féminité.

« Positionnez-vous devant la porte la plus proche », scande tout à coup une voix sortie de je ne sais où dans le plafond.

Je fais comme les autres, je lève la tête comme si je m'attendais à voir quelqu'un perché au-dessus de moi. Mais bien sûr, il n'y a personne, juste des caméras braquées sur nous. On nous observe.

— La porte la plus proche de moi, me murmuré-je à moi-même.

Je fouille le mur du regard et je finis par apercevoir un contour clair qui pourrait en être une. Une fille, non loin de là, lorgne aussi dessus, mais je l'atteins la première et elle doit se résoudre à en chercher une autre. Elle ne devrait pas avoir trop de mal pour ça ; j'imagine que cet endroit en est ponctué.

Mon cœur pulse jusqu'au bout de mes doigts et mes oreilles bourdonnent sous l'effet d'une peur diffuse. Je tourne à nouveau la tête vers ma voisine. Je constate qu'elle a fini par trouver « sa » porte. Elle me renvoie mon regard dans lequel je distingue la même panique silencieuse que dans le mien.

C'est étrange, depuis mon arrivée, tout s'est fait sans réellement de bruit, sans qu'aucune prisonnière ne cherche à se rebeller, ni moi non plus. Cela me fait ressentir avec plus de puissance encore ce que je suis devenue, ou plutôt, ce que je suis redevenue entre ma vie d'avant et maintenant. Une jeune fille formatée par le système qui obéit quand on le lui ordonne. Même si j'ai conscience de mes tentatives de bravades, je n'ai pas eu le cran de résister et je me suis conformée aux injonctions. Je suis redevenue un mouton… C'est ce que je suis à cet instant et serai jusqu'à ma mort dans ce camp. Je ne peux pas m'empêcher de me demander où est passée la Krista qui voulait se battre pour un monde meilleur et pour l'égalité des chances de chacun. Celle qui était prête à assassiner le roi des Boches dans l'espoir de modifier le cours des choses. Il s'agissait peut-être d'une illusion virtuelle, mais l'intention, la mienne, n'était pas fictive, elle. Si j'avais réellement eu cette opportunité de tuer le Führer, je l'aurais saisie à pleines mains.

Sans remords ni regret.

Je crois qu'elle est morte, me souffle ma voix intérieure.

Je hoche imperceptiblement la tête en regardant de nouveau la porte devant moi. *Oui, la courageuse Krista est morte avec Élias,* réponds-je à la voix.

7

La porte s'ouvre soudain devant moi. Je ne bouge pas d'un centimètre. Je regarde cette douche, son imposant pommeau greffé au plafond comme une balafre au milieu d'un visage.

Ça sent la peur et les larmes.

Je franchis le seuil de ce petit réduit avec une étrange sensation au fond du cœur. Je me remémore une conversation que j'ai eue avec Élias à propos des camps du passé. Il m'avait expliqué qu'il y existait des douches collectives dont les SS se servaient comme prétexte pour tuer des gens. Des femmes et des enfants essentiellement. Des personnes vulnérables et trop faibles pour avoir la moindre utilité aux yeux des Aryens. Les déportés se pliaient facilement à ce qu'ils pensaient être un décrassage de la tête aux pieds. Au lieu de cela, c'était un gaz mortel que les soldats répandaient dans l'atmosphère. Les prisonniers tombaient, suffocant pendant de longues – trop longues – minutes, avant qu'on vienne récupérer leurs corps dans les douches pour les jeter dans des fours. Tous mes muscles se tétanisent. Au-delà du fait que j'ignore si les paroles sorties de la bouche d'Élias étaient le fruit de mon imagination ou une vérité glissée par les scientifiques durant mon test, je ne peux pas m'empêcher de craindre le pire.

Et si c'était ce qui m'attendait ? Je n'arrive plus à détacher les yeux du pommeau. Je cherche un trou dans le plafond ou une grille d'aération, quelque chose qui pourrait permettre à du gaz d'être injecté dans cette pièce exiguë. Mais je ne vois rien. Juste cette plaque blanche et lumineuse. J'entends tout à coup une sorte de petit chuintement. Je fais un pas en arrière, mais la porte se referme derrière moi et je me retrouve prise au piège. Une bouffée de chaleur remonte dans mon corps et je sens mes joues me brûler.

— Non… non…, bredouillé-je.

« Placez-vous dans le cercle rouge. Tête baissée. Mains à plat sur la nuque. Jambes écartées. »

La voix métallique retentit comme un écho lointain. Je reste acculée contre le battant, à fixer le cercle rouge au centre du carré de douche.

C'est violent et ça arrive d'un coup, comme ça, sans prévenir. Une onde électrique pénètre dans mon corps au niveau de mon dos et se répand à l'intérieur de moi, pulsant jusqu'au bout de mes doigts. Je pousse un hurlement, mais je suis incapable de bouger, comme si j'étais collée au métal dont est composée la porte.

« Placez-vous au centre. Tête baissée. Mains à plat sur la nuque. Jambes écartées », répète la voix.

Le courant crépite encore en moi quand je comprends que si je ne fais pas ce qui m'est ordonné, les électrocutions recommenceront jusqu'à ce que je cède. J'éclate en sanglots, je ne veux pas mourir comme ça. Je veux mourir dignement, pas comme un rat pris dans un piège. Seulement, le choix qui s'impose à moi n'en est pas vraiment un. Soit je me laisse devenir une torche de l'intérieur, soit je me résous à aller sous ce pommeau sans savoir ce qui m'attend. J'ai conscience que rien ne se passera comme je le souhaiterais et je n'aurai plus jamais le loisir de décider quand ni comment en finir avec ma vie.

D'un pas mal assuré, j'avance jusqu'à la douche. Je me positionne dans le cercle, pile sous le pommeau. Sans cesser de pleurer, je baisse la tête, je place les mains sur ma nuque, les paumes sur mes cheveux à présent coupés en un carré irrégulier. J'écarte les jambes. Les larmes troublent ma vue tandis que je fixe mes pieds. Puis un ronronnement se fait entendre. Je ferme les yeux. Je serre les mâchoires à m'en faire mal. Même si je n'ai aucune chance de gagner contre elle, je peux affronter la mort avec dignité.

Une pluie drue s'abat subitement sur moi. Je n'ai même pas le temps de lâcher un cri qu'une douleur généralisée m'enveloppe. L'eau est brûlante et une puissante odeur de désinfectant envahit mes narines. Ça s'éternise et j'ai l'impression que ma peau se désagrège petit à petit. Mes poumons se chargent de poison et je me retiens de respirer. Cette sensation est atroce. Le temps s'arrête à la seule notion qui me vient en tête à cet instant : détruire. Détruire de l'extérieur. Détruire de l'intérieur. Ce camp n'est qu'une machine à détruire les âmes.

Mourir aurait été préférable.

Le jet d'eau s'arrête aussi brusquement qu'il s'est mis en marche, mais je garde les yeux fermés, ressentant les gouttes brûlantes qui continuent à dégouliner le long de mon corps. Je ne sais pas ce qui se passe à ce moment, mais un malaise me saisit. Le genre de faiblesse physique qui vous pousse à vous coucher par terre pour que cesse cette impression de tourbillon dans lequel on tombe. J'ai mal à la tête et mes jambes flageolent.

— Il faut que… je m'allonge. Il faut…

Mais je reste là à pleurer, alors que mes jambes sont en train de me lâcher. Je me suis trompée sur ce point également, je croyais ne plus avoir de larmes à verser, mais c'est faux, mon cœur et mon âme en sont encore emplis.

Quand un nouveau jet de désinfectant arrive, par le sol, cette fois-ci, et remonte sur moi en un geyser glacé, je me mords la lèvre inférieure jusqu'au sang pour ne pas hurler.

8

La barrière qui se dresse devant moi est si immense qu'on la croirait presque reliée au ciel. Mes yeux sont rivés dessus comme si je pouvais voir au travers, mais en vérité, mon horizon n'est qu'un interminable mur gris sur lequel est fixé un nombre incalculable de diodes lumineuses. Je l'ai remarqué dès mon arrivée dans le camp. Dans cet environnement triste, il me faisait une impression de gaieté quand les petites lueurs brillaient dans la pénombre comme des nuées de lucioles. Mais le jour où j'ai aperçu une prisonnière faire un bond en arrière en hurlant après avoir touché la barrière, j'ai vite compris que si l'enfer pouvait avoir bel aspect, ça ne l'en rendait pas moins dangereux. Cette barrière électrique, en complément du mur, dissuade quiconque d'espérer s'échapper.

— Arrête de lambiner comme ça, Krista, sinon, tu vas nous attirer des ennuis.

Mes yeux décrochent du mur pour se reporter sur Manuela. Elle me jette un regard terrible : celui de la peur. Manuela, depuis que je la connais, n'est pas exactement ce qu'on peut appeler une fille brave. Elle est gentille, douce et prête à rendre service quand elle le peut, mais le courage ne fait pas partie de ses atouts. Chaque fois qu'elle repère un soldat dans les environs, elle se met à travailler deux fois plus que les autres dans l'espoir vain de se faire bien voir. Mais tenter de se faire bien voir ici est justement en parfaite opposition avec la raison qui l'a menée dans ce lieu de perdition.

Pour ma part, je ne fais pas plus d'efforts qu'il n'en faut. Je n'aime pas recevoir de coups de taser, mais l'idée de me plier à mes bourreaux est une chose que j'ai du mal à intégrer. Il faut croire que s'imaginer en compagnie de rebelles non-aryens n'a pas fait que révéler ma véritable nature, cela m'a aussi permis de me forger ma propre identité.

Malgré nos différences de caractère, Manuela et moi nous entendons bien. Puis nous sommes semblables sur bien des points, deux Aryennes aux cheveux blonds, deux filles aux yeux bleus condamnées à déposer de lourdes pierres dans un chariot pour expier leur manque de loyauté envers leur peuple. Sans un mot, je me remets au travail. Les pierres que nous sommes supposées charger dans une brouette pour qu'elles soient emportées à l'extérieur du camp ne sont qu'un leurre. Je l'ai compris en observant des soldats faire sortir l'une d'elles par deux prisonnières, puis la faire revenir par deux détenues différentes dans les dix minutes qui ont suivi. Les tâches particulières que j'avais repérées sur certaines pierres sortantes étaient exactement les mêmes que sur les entrantes. En fait, cette occupation n'est là que pour nous contraindre à l'avilissement. À nous épuiser pour nous empêcher de penser en attendant qu'on vienne nous chercher pour jouer les cobayes entre les mains de médecins fous qui ne quittent jamais le bâtiment principal formant le complexe médical.

Le travail est dur et je trime autant que les autres filles. Nous avons beau avoir toutes en commun un passé d'apprentissage en combat, ce labeur est pourtant difficile. Il a la capacité d'anéantir les gens par son caractère répétitif et inutile. Lorsque la sueur se fait trop intense sur mon front, je l'essuie d'un geste rapide. Je sens mauvais, j'ai des courbatures un peu partout et ma peau me brûle sous l'effet des puissants rayons du soleil. Penser au dôme de Germania me ramène fatalement à Micha, Ezra et Élias. Et comme à chaque fois que je pense à eux, une boule se forme dans mon ventre, aussi lourde que les pierres que je suis condamnée à soulever. Revoir Élias dans mon esprit est comme regarder un film qui se déroule dans une salle obscure avec, en prime, la réminiscence de mes souvenirs tactiles. Pendant un instant, je peux presque percevoir l'effleurement de sa main sur ma joue, ses lèvres se poser sur les miennes tandis qu'il me chuchoterait de ne pas abandonner la partie. Il me manque. Cruellement. Il me manque comme une personne réelle pourrait me manquer. Je sens mon menton se mettre à trembler, alors je m'efforce de le chasser de ma tête, de ma mémoire, de mon cœur. Mais il est trop tard. Quand un flux électrique se fraye un chemin dans mon corps par le biais de mon cou et me fait tomber à terre, la respiration haletante, je comprends sans mal qu'un des gardes a remarqué mon inattention.

— Relève-toi !

Je pose une main sur mon nez duquel s'échappent

de petites gouttes de sang. J'ai heurté une pierre en chutant. Malgré tout, je dois me redresser si je ne veux pas recevoir un second coup de taser. Je me force à me remettre debout et je fais face au soldat qui vient de m'aboyer dessus. À nouveau, je me sens envahie par une vague de colère froide que je fais passer dans mon regard. J'ai tant de haine à revendre. Tant de sentiments sombres qui bouillonnent en moi.

Manuela me saisit par le bras et me contraint, par son geste, à détourner mon attention du SS.

— Elle ne recommencera pas, assure-t-elle en s'adressant à l'homme.

— *Ja*, j'en suis sûr, répond-il alors qu'un sourire s'ébauche sur ses lèvres.

Il lève tout à coup la main et la fait retomber violemment sur la joue de Manuela. J'ai à peine le temps de comprendre ce qui vient de se passer qu'elle s'écroule à mes pieds. Je m'accroupis aussitôt pour l'aider à se relever, mais le coup l'a un peu sonnée.

— Debout ! ordonne le soldat.

Je tire son bras pour l'enrouler autour de mes épaules. Manuela gémit, mais s'accroche à moi. Nous ne sommes malheureusement pas assez rapides pour le SS.

— Debout ! Debout ! Debout ! aboie-t-il.

— La ferme ! crié-je tout à coup.

Le bout de la botte de l'homme fracasse soudain le flanc de Manuela. Elle émet une plainte sourde et retombe au sol. Il frappe à nouveau. Encore et encore. Et son rire se fraye un chemin dans mes oreilles alors qu'il s'en prend à moi. Il frappe avec un plaisir malsain et je crève d'envie de répliquer, de lui asséner mon poing en plein visage. Mais si je le fais, ce sera pire. Je me fais violence pour me redresser en maintenant mes côtes endolories et je force Manuela à se lever. Coûte que coûte. Parce que si je ne le fais pas, il continuera à s'acharner sur nous.

Quand nous sommes parvenues à nous relever, le soldat nous dévisage, puis il se détourne comme si nous étions tout à coup devenues transparentes et s'éloigne d'un pas tranquille.

Je déteste cet homme. Je déteste mon monde. Je déteste les Aryens.

Et c'est à ce moment précis que je décide de me reprendre en main. Je ne peux pas continuer à subir comme une vulgaire victime, je veux être actrice de ma vie. Je vais quitter cet endroit.

Morte ou vive.

9

Notre retour dans le dortoir est laborieux. Manuela souffre d'une douleur persistante au niveau des côtes et je m'inquiète de la savoir si mal en point. Notre pire crainte, depuis que nous sommes arrivées dans ce camp, est l'idée que le personnel s'aperçoive de son état. Il leur suffit de nous scanner chaque matin pour vérifier nos variables. Et je ne crois pas qu'être malade dans ce genre d'endroit soit une très bonne chose. Le *Krankenrevier*[1] est situé dans le complexe médical, là où les médecins travaillent aux expérimentations. J'ai vu des tas de filles comme moi y entrer sur des brancards ou aidées par d'autres prisonnières.

Je n'en ai jamais vu une seule ressortir.

Je l'entraîne à pas lents vers les lits et décide de l'allonger sur un de ceux du bas plutôt que de la faire souffrir davantage en la hissant sur le nôtre en hauteur.

— Hé, c'est ma place !

Je ne me donne pas la peine de tourner la tête. Je me fiche bien de savoir que ce lit soit ou non celui de Manuela. Je reste concentrée sur elle, soulevant son vêtement pour voir l'ampleur des coups qu'elle

1. Le quartier des malades dans les camps de concentration. Parfois réduit à l'appellation *Revier*.

a reçus. Je constate la présence de grosses ecchymoses quand je sens qu'on me tape sèchement sur l'épaule. Une pointe d'agacement me prend et je finis par me redresser et faire volte-face. Comme je m'en doutais, la fille qui se tient devant moi est celle qui m'avait déjà donné un coup de coude. Depuis mon arrivée, nous n'avons jamais échangé un seul mot, mais je l'ai souvent aperçue en train d'agresser verbalement d'autres prisonnières. Dina, avec son allure fière, ses épaules aussi larges et carrées que celles d'un homme, est une personne d'un abord froid, je la sens revêche et calculatrice. Je m'étonne qu'elle ait pu échouer à son test de loyauté quand je vois à quel point l'empathie et la douceur semblent lui faire défaut.

— C'est « mon » lit ! Dégage-la de là.

Je la fixe sans un battement de cils.

— Celui-là ou un autre, qu'est-ce que ça peut faire ? Ils sont tous pareils. La différence, c'est que Manuela est blessée. Toi, tu ne l'es pas, alors, tu peux faire l'effort de prendre celui du haut.

— Je n'ai aucune envie de monter, donc, tu dégages, et *elle* avec toi, sinon…

— Sinon ? répété-je sans la moindre inflexion de peur dans la voix.

Dina ne répond pas et je ne bouge pas. Cette fois-ci, je n'en démordrai pas. Pourtant, à l'instant où son regard se voile, j'ai le pressentiment que les choses vont déraper entre nous. La frustration et la haine sont les seules émotions que je vois dans ses prunelles. Je devrais reculer, m'éloigner d'elle avant qu'elle n'explose. Mais je ne le fais pas et, la seconde d'après, elle se jette sur moi. Ses mains s'enroulent autour de mon cou et serrent. Bientôt, le passage de l'air dans ma gorge se retrouve réduit à un mince filet et un sifflement s'échappe de ma bouche. J'agrippe ses poignets et je tire aussi fort que je peux pour la forcer à me lâcher, mais elle tient bon. Elle est puissante, bien plus que je ne le suis. Comme si j'étais dans une caisse de résonnance, j'entends en bruits de fond des voix scander des mots durs. « Lâche-la ! » crient les unes, « Tue-la ! » crient les autres. Ma tête me tourne et des points noirs apparaissent dans mon champ de vision. Je fais remonter en moi tout ce qui me reste de mes souvenirs dans les tunnels. Aventure virtuelle ou non, les paroles d'Élias sont comme un murmure qui m'aide à me surpasser. « Tu sais te battre, tu manques juste de confiance en toi. » Puis je me remémore les derniers moments en sa compagnie. J'étais prête à assassiner le maître du monde et je me laisserais tuer par une Aryenne qui a perdu la tête ?

Pas question ! me hurle ma voix intérieure.

Je retrouve le courage de manifester mon énergie. Puisque Dina est trop forte pour moi, autant utiliser le reste de mon corps. Je replie ma jambe et mon genou percute le bas de son ventre. Elle lâche un grognement semblable à celui d'une bête blessée. C'est tout ce que nous sommes devenues… des bêtes sauvages prêtes à s'affronter pour un lit ou un mot de travers. Elle recule un peu, mais cela ne suffit pas à lui faire lâcher prise. Elle non plus n'en démordra pas. Elle lance à son tour son genou en direction de mon ventre, mais je l'esquive de justesse et je referme mes mains sur ses cheveux.

Je tire en me faisant l'effet d'une gamine de dix ans en train de se battre dans une cour de récréation, mais au final, ma méthode ne marche pas si mal. Elle relâche son étreinte autour de mon cou et j'en profite pour refaire le plein d'oxygène. Elle reprend son souffle, elle aussi, et m'envoie un poing fermement serré dans la figure avant de se remettre à crisper les doigts sur ma gorge. C'est plus qu'il ne m'en faut pour saper mes dernières forces. Je voudrais qu'elle en finisse une bonne fois pour toutes, que la souffrance s'envole de mon corps. Je voudrais me sentir flotter au-dessus des gens, survoler la cruauté sans qu'elle ne puisse plus jamais m'atteindre ni me corrompre.

Un courant électrique sinue au bout de mes doigts et s'enroule autour de mes bras en remontant jusqu'à mes épaules. Dina me lâche d'un coup et s'écroule à peine une seconde avant que je fasse de même. Faiblement, le regard voilé par la douleur, je relève la tête vers le soldat qui se tient près de Dina, son taser à la main. C'est le silence. À présent, plus une fille ne parle et je n'entends que ma respiration sifflante. Un second soldat fait son entrée dans le dortoir. Il se penche vers moi, repousse mes cheveux et pose son scanner sur ma nuque. Un drôle de bip retentit, comme si l'appareil était sur le point de rendre l'âme.

— Celle-là est hors d'état.

Il se redresse, fait la même chose avec Manuela et un son identique résonne dans la pièce. Je comprends alors que ce n'est pas l'appareil qui est détraqué, mais nos variables médicales qui ne sont plus bonnes.

— Hors d'état.

— Emmène-les au *Krankenrevier*, répond l'autre.

Je le vois pivoter vers Dina et la relever de force.

— Quant à toi, reprend-il, tu viens de gagner ta place sur la table de dissection.

En entendant ce dernier mot, mon cœur manque un battement avant de se remettre à palpiter à toute vitesse.

Dissection. Dissection.

Dina pousse un cri. Se débat. Hurle. Mais rien n'y fait, le soldat la tient fermement et l'entraîne vers la sortie.

Dissection.

Ce n'est plus une boule que j'ai dans le ventre, c'est un cancer qui grossit à vue d'œil. Même la plus infâme de mes camarades ne mérite pas de se retrouver sur une table de dissection.

10

J'émerge de mon sommeil avec l'impression de porter un collier trop serré. Malgré cette sensation qui génère une douleur à chaque fois que je déglutis, je me retiens de poser une main sur ma gorge. Je reste parfaitement immobile, je fais la morte. Le *Krankenrevier* est le dernier endroit où j'avais envie d'atterrir, et m'y voilà ! Je bouge les yeux pour voir ce qui se passe aux alentours, à l'écoute de conversations entre médecins, mais tout ce que j'entends, c'est un profond silence troublé de temps à autre par de petits bips réguliers provenant d'appareils médicaux... Je me décide à tourner la tête pour examiner un peu plus dans le détail la pièce où je me trouve.

Le *Krankenrevier* est comme une des salles dans lesquelles j'officiais au *Lebensborn* de Germania. Tout est blanc et propre. Des robots nettoyeurs s'activent, se jetant presque sur chaque tache, aussi infime soit-elle. Les murs sont recouverts d'écrans sur lesquels défilent des informations sur la température extérieure et intérieure, le nombre de personnes occupant les lieux et les médecins présents. Une puissante odeur de détergent flotte dans l'air, mêlée à celle du sang et de la sueur. Je me désintéresse de mon environnement pour me concentrer sur Manuela qui est allongée sur un lit séparé de moi par une quarantaine de centimètres.

— Manuela, murmuré-je dans sa direction.

Aucune réponse, aucun mouvement. Je finis par me demander si elle n'a pas été elle aussi disséquée, et c'est un nouveau pic d'adrénaline qui monte jusqu'à mon cerveau pour me faire frémir de terreur. Quand je vois sa poitrine se soulever et s'abaisser lentement, je ne peux réprimer un soupir de soulagement. Elle doit dormir.

Comment peut-elle dormir dans un endroit pareil ? C'est la question que je me pose. Je prends finalement le parti de m'asseoir dans mon semblant de lit qui n'est rien de plus qu'une table d'examen translucide. Les malades doivent être une bonne dizaine, toutes allongées. Aucune ne bouge ni ne fait attention à moi. Je me relève lentement, les yeux braqués sur une fenêtre placée assez haute et condamnée par des barreaux de métal. Je regarde alors vers la porte fermée à l'autre bout de la pièce. Je me mentirais à moi-même si je me disais que je ne pense à rien en cet instant. La vérité, c'est que je n'ai plus qu'une idée en tête. Une idée qui ne fait que grandir en moi au fur et à mesure que je reprends totalement mes esprits. Je veux franchir cette porte et m'enfuir. Je me dis que l'absence de tout personnel est trop anormale pour ne pas être un piège ; malgré ça, je n'arrive pas à gommer ce puissant désir de ma tête. Je fais quelques pas en titubant entre les lits avant de retrouver mon équilibre. Mon regard se pose sur chaque visage, sur chaque Aryenne dont les yeux sont clos comme si elles étaient endormies pour l'éternité. La douleur se lit sur leurs traits. Ce n'est pas un sommeil paisible. Que pensent-elles, toutes ces filles, à cet instant ? Regrettent-elles d'avoir échoué à leur test ? Se dire qu'il n'a suffi que d'une hallucination virtuelle pour changer le cours de notre vie, à toutes, paraît si aberrant. Le progrès semble faire remonter un sentiment d'obscurantisme. Ce qui n'est pas dans la norme doit être supprimé. Ces jeunes femmes n'ont fait que penser différemment du système, différemment de ce dans quoi elles ont vécu... et on les punit. On « nous » punit.

Fuir ! Il faut fuir ! Maintenant !

J'arrive au niveau de Manuela. J'ai envie de lui tirer le bras et de lui dire de partir avec moi, mais intérieurement, quelque chose m'en empêche, comme si je savais qu'elle allait tout faire rater. Je ne peux pas prendre ce risque. Et en même temps, je ne peux pas la laisser ici. Je m'accroupis.

— Manuela.

Je pose ma main sur son épaule. Elle ne bouge pas.

— Manuela. Réveille-toi.

Mais il n'y a rien à faire. J'ai beau la secouer, elle reste aussi immobile qu'une poupée de chiffon. Quand je fais soudain tourner sa tête sur le côté, quelque chose attire mon attention. Le capteur sur sa tempe clignote doucement d'une lueur violette. Je n'avais jamais vu cette lumière avant maintenant. Que peut-elle signifier ? Je me redresse lentement, troublée. Et mon regard se remet à errer dans la pièce. Chaque malade porte le même appareillage sur la tempe gauche qui pulse de façon identique.

Où que je pose les yeux, c'est pareil. Je change d'allées et je secoue les épaules des gens. Aucune fille ne bouge. Je tourne leur tête, assène une gifle à l'une d'entre elles. Rien. Je me fige entre deux couchettes et, tout en ravalant ma salive, j'effleure ma tempe gauche du bout des doigts. Est-ce que la diode qui s'y trouve clignote elle aussi ? Pourquoi suis-je réveillée quand les autres semblent plongées dans un sommeil de plomb ? Cela a-t-il un rapport avec cette lumière ? Le métal froid rencontre mes doigts brûlants. La peur me prend. Je ne sais pas ce qui va m'arriver, mais je ne veux pas me retrouver sur une table d'étude, le corps coincé entre deux médecins aux yeux fous. Pas sans avoir tout tenté pour m'en sortir. Je ne peux emmener personne avec moi, je ne peux pas me permettre de tracter une personne endormie avec le peu de forces qui me restent. Je pars d'un bond et me précipite vers la porte. Je laisse tous ces gens derrière moi parce que je n'ai pas d'autres choix, mais au fond de moi, je me sens plus coupable que jamais. Le détecteur de mouvements fait son office et le battant coulisse sans un bruit sur le couloir. Il ne serait sans doute pas raisonnable de continuer sur ma lancée, mais je n'ai plus rien à perdre. Mise à part la vie. Je m'en moque, je ne suis qu'une Aryenne de base, je ne représente rien pour mon peuple et que je vive ou que je meure ne changera pas la face du monde.

Alors…

Je m'engage dans le couloir désert. Les murs semblent dégouliner de blanc au point de m'en faire mal aux yeux. Des croix gammées, surmontées de l'aigle royal, sont dessinées un peu partout. Les dalles lumineuses au plafond jettent sur moi un éclairage froid.

Je cours.

Mon souffle se perd dans le néant.

Mes semelles glissent sur le sol carrelé et n'émettent qu'un léger crissement. Mon cœur perfore mes côtes et mon âme se consume. Je continue ma cavalcade effrénée, ignorant toutes les portes placées sur ma droite et ma gauche, toutes les indications numériques qui saturent cet endroit. Mon champ de vision se réduit à un simple couloir qui s'étire comme un élastique. Je cours en essayant de faire abstraction du marteau-piqueur qui a pris ses quartiers dans ma tête.

11

Au bout du couloir, des voix se font soudain entendre. Je tente de m'arrêter, mais emportée par mon élan, il me faut un peu de temps pour y parvenir. Je plante mes paumes sur un des murs pour éviter de finir étendue par terre. Je tends l'oreille en m'efforçant de respirer le moins fort possible. Je suis incapable de savoir d'où ces sons proviennent exactement entre deux couloirs qui partent à l'opposé l'un de l'autre. Peut-être même s'agit-il de personnes se trouvant dans une salle dont la porte serait ouverte. Tout ce que je sais, c'est que ma seule option est de revenir sur mes pas et d'emprunter un chemin différent. Je regarde autour de moi dans l'espoir de dénicher une cachette, mais ici, tout est carré, rien ne dépasse et il n'y a aucun renfoncement dans lequel je puisse me faufiler. Mon unique solution serait de franchir une des portes qui se trouvent dans le couloir où je me tiens.

Mais qu'est-ce qui me garantit que je ne serai pas plus en danger en entrant dans une de ces salles ? Qui me dit que je ne vais pas tomber nez à nez avec un médecin tenant une seringue remplie de produit létal ?

Rien. Rien ne me le garantit, et c'est bien ça le problème.

Mais c'est prendre ce risque ou la certitude d'être repérée puisque les voix se font de plus en plus nettes et que des bruits de pas commencent à retentir en parallèle. Je me place devant la porte la plus proche. Elle refuse de s'ouvrir et je reste là, sans savoir quoi faire. J'ai l'impression que mon sang bouillonne dans mes veines à cause de l'adrénaline qui monte en flèche dans mon corps. Je m'exhorte au calme, bien que ce soit difficile. Paniquer serait la pire chose à faire à cet instant. Je reviens sur mes pas, me positionne face à une nouvelle porte, mais le résultat est le même : elle demeure fermée.

Le son des voix enfle. Les bruits de pas m'évoquent celui des bottes de soldats, mais les hommes qui discutent font référence à une expérimentation particulièrement brillante. Je doute que le cobaye ait dû l'apprécier autant que ces personnes qui ne peuvent pas être autre chose que des médecins. Ils se mettent à parler d'incinérateur et de nettoyage radical. En dehors de la teneur terrible de leurs propos, je ne me préoccupe que de mon sort. La peur me fait mal au ventre, comme si on remuait mes viscères avec un couteau aiguisé. M'imaginer en sujet d'expérience ne fait qu'accentuer cette douleur au point que j'en ai des haut-le-cœur. Je réalise que je me rapproche de plus en plus du *Krankenrevier*. Tout le trajet que j'ai effectué jusque-là revient presque à un total de zéro. Je ne peux pas me résoudre à y retourner. J'ignore l'entrée de l'infirmerie et je bifurque sur la droite où je trouve un autre couloir. Je cours vers la première porte sur mon chemin et me place devant sans même prêter attention à la ligne numérique qui s'affiche dessus. Je colle mes paumes sur le panneau, comme si je voulais fusionner avec le détecteur de mouvements.

— Ouvre-toi. Ouvre-toi, murmuré-je.

12

La porte coulisse subitement et, sur l'instant, j'ai du mal à y croire. Mais je n'ai pas le temps de m'appesantir sur cette opportunité, je m'engouffre dans la pièce à reculons pour m'assurer que personne ne me suit, puis je m'éloigne du battant afin de déclencher sa fermeture. Je me retourne en priant qu'aucun médecin ne soit là pour me faire regretter la saveur de la chance.

Il n'y a personne. Personne de vivant, du moins.

J'ai la conviction que jusqu'au jour de ma mort, que ce soit dans une heure ou dans dix semaines, ce que je vois restera gravé dans ma mémoire.

Les larmes ne se font parfois pas sentir et leur arrivée peut être surprenante. Elles se mettent à glisser sur mes joues sans même que j'aie réellement conscience de les avoir laissées s'échapper. Je ne sais plus pourquoi je pleure exactement. Si c'est pour ce qui se trouve sous mes yeux ou parce que j'ai le cœur définitivement brisé par ce peuple qui est le mien et que j'ai aimé durant dix-sept années. Bien que j'en aie abandonné l'idée, j'ai continué à espérer qu'une parcelle d'humanité pouvait rendre les Aryens bons, mais je commence à douter que ce soit possible… Lentement, j'essaye d'avancer avec l'impression que je dois faire un effort énorme pour décoller mes pieds du sol. J'ai le sentiment de m'enfoncer dans des sables mouvants à chacun de mes pas. Les corps, peut-être une dizaine, sont répartis sur des tables de métal couvertes de sang. Par endroits, l'éclat de l'éclairage de la pièce se reflète sur de petites flaques encore humides. Je plaque une main sur ma bouche, tant pour étrangler un cri que pour réprimer le flot de bile qui remonte dans ma trachée. Je vois toutes ces dépouilles d'Aryennes dénudées. Dans leur dos est plongée une sorte de tube relié d'un côté au mur, et de l'autre à trois grosses pinces argentées. La force de cet instrument de torture maintient les cadavres en demi-suspension, le torse redressé, le bas du corps reposant sur la table. L'horreur me fige. Je suis une statue de granit qui, pourtant, s'effrite tout à l'intérieur. Mon cœur implose, ma raison s'efface.

Je me sens si vulnérable face à cette cruauté.

J'ai tant cru en mon monde, en sa perfection, que je n'ai jamais pu imaginer à quel point sa face sombre pouvait être d'une noirceur absolue. Pourquoi ne l'ai-je jamais compris ? Pourquoi n'ai-je jamais rien vu ni senti ?

Parce que tu n'ouvrais pas les yeux.

Je n'ai pas besoin de répondre à ma conscience pour confirmer ses dires. Non, c'est vrai. Je ne les avais pas ouverts. Parce que mon existence me convenait, que je ne connaissais que cette façon de vivre et que les mensonges du gouvernement ont su convaincre des tas de filles comme moi que nous étions sur la bonne voie. Mais tout cela est faux, cette voie n'est pas celle que le peuple doit suivre. Elle le maintient en cage, lui cache la vérité sur les agissements du Führer, sur ses méthodes radicales de traiter les adolescentes comme nous. Je ne parviens pas à détacher mon regard de ces cadavres dont les têtes penchent dans le vide. Leurs cheveux blonds sont souillés par tout ce sang.

La couleur de la vie. La couleur de la mort.

Les larmes ruissellent sur mes joues, je tremble de la tête aux pieds, mais je ne bouge toujours pas. Parce que n'y arrive pas. Parce que mon corps est aussi tétanisé que mon esprit. Ces filles ne méritaient pas de finir comme ça…

Personne ne le mérite…

— C'est terrifiant, n'est-ce pas ?

En même temps qu'une voix grave tinte dans mon dos, je sens un métal froid sur ma nuque. Je me retourne d'un bloc alors qu'un bip strident résonne dans mes oreilles. Je fixe cet homme qui tient son scan dans la main et consulte le petit écran intégré à l'appareil. Il porte une blouse blanche maculée de taches sanglantes. Ça ne peut être qu'un médecin. Il sourit. D'un sourire carnassier.

— Voyons voir. Krista Sudwischer. Test échoué, degré final… Mmh, intéressant.

Enfin, il abandonne la contemplation de son écran pour lever les yeux sur moi. Sa façon de me sonder du regard me donne l'impression de n'être qu'un bout de chair sans âme.

— J'ai vaguement entendu parler de toi, jolie *Fräulein*[1]. Je me présente, Rudolf Mengele, médecin, chirurgien, chercheur et novateur dans le domaine des neurosciences.

1. « Mademoiselle » en allemand.

Devant mon visage défait, il affiche soudain une mine semblant désolée que je ne percute pas sur ce qu'il dit. En vérité, je n'en entends pas la moitié tant je suis dans un état qui m'empêche de me concentrer.

— J'imagine que ça fait beaucoup de mots difficiles à comprendre pour une créature comme toi dont le degré d'intelligence laisse à désirer. Revenons-en donc à ce test... Échouer au degré ultime... Ce n'est pas commun d'aller si loin dans la volonté de trahir son peuple. Souhaiter la mort du Führer est une chose, la mettre en œuvre en est une autre.

Il me scrute avec insistante, comme s'il cherchait à m'arracher tout ce qui fait encore de moi un être humain. Je déteste ses yeux de prédateur. Je déteste son calme apparent. Je déteste sa froideur latente. Il attend une réponse que je suis bien en mal de lui donner. Je pourrais rétorquer que je me fiche de ce qu'il pense et que si je devais revenir en arrière dans mon test, je n'y changerais rien. Que si l'occasion m'était offerte, dans la réalité, de faire exploser le crâne du Führer, je le ferais plutôt deux fois qu'une. Surtout après ce que je viens de découvrir dans cette pièce. Mais je ne peux pas, je suis trop paralysée d'effroi pour ça. Les rouages de mon cerveau tournent à vide, et ça me fait prendre conscience qu'en dehors de mon test de loyauté, je n'ai jamais vu de cadavres. Ceux-ci sont donc les premiers et j'éprouve tout le mal du monde à reprendre le contrôle de mes émotions.

— D'après les variables de ton scan, tu es souffrante. Tu n'aurais pas dû quitter le *Krankenrevier*.

C'est un gros risque que tu as pris de t'aventurer dans le complexe médical.

Je garde le silence. Mes yeux restent accrochés à son visage, à ses pommettes saillantes comme des lames de couteau, et à ce sourire qui masque des dents que j'imagine semblables à celles d'un fauve. Il lève soudain le bras vers moi et je sursaute. Je me ressaisis aussitôt et je me mets à reculer maladroitement. Mon dos heurte le rebord d'une des tables sur lesquelles reposent les corps mutilés. Je sens quelque chose mouiller mon vêtement. Le sang d'un des cadavres. Je ne bouge pas, pourtant, et le tissu s'imbibe de plus en plus.

— C'est ainsi qu'elles finissent, celles qui désobéissent, dit le médecin en faisant un pas vers moi.

Il marque une pause sans se départir de son sourire.

— Celles qui refusent de rentrer dans le moule, continue-t-il en rangeant avec nonchalance son scan dans une des poches de sa blouse. Comme toi, petite Aryenne déchue, termine-t-il.

Je voudrais me montrer forte, cacher mon impuissance, pour ne pas lui donner le plaisir de me tuer moralement avant d'en finir. Seulement, je n'y arrive pas. Je me sens aussi insignifiante qu'une pauvre Aryenne fragile et sans défense peut l'être. Tout mon courage a été aspiré par la révélation de l'inexistence d'Élias et des autres. Il n'a peut-être été que virtuel, lui aussi.

— Je commence par leur dire de se déshabiller et elles s'exécutent sans un mot. Sais-tu pourquoi ?

Je secoue à peine la tête. Je l'ignore et je ne veux pas le savoir. Je voudrais juste qu'il se taise.

— Parce qu'elles sont terrorisées. Sentir leur peur, c'est... mmh, quel est le terme le plus approprié ? Ah oui ! Jouissif, c'est cela ! Puis ça prépare mieux leur esprit à l'expérimentation. Sécrétion d'adrénaline, perceptions accrues, tout ça, tout ça... J'imagine que tu n'y connais rien. Tu n'es qu'une pauvre et stupide créature qui n'a pas sa place parmi les meilleurs d'entre nous. C'est pourquoi ce camp existe. Pour racheter les erreurs de filles comme vous, parce que votre imperfection vous rend nuisibles, comprends-tu ?

Il contourne une table, fait glisser ses doigts sur le dos d'une des dépouilles, comme s'il la caressait, et ce geste me donne envie de hurler tant il est irrespectueux et terrible.

— Ensuite, elles s'allongent sur le ventre et elles attendent en priant pour la grandeur du Reich. Comme si ça allait les sauver...

Je fais un pas de côté, le coin de la table m'éraflant la hanche au passage. Mais il ne s'en soucie pas et fait lui aussi un pas.

— Je n'ai alors plus qu'à presser un bouton pour que la serre leur perfore le dos.

Je fais un nouveau pas pour que s'agrandisse la distance qui nous sépare l'un de l'autre, mais il continue à avancer, le visage parfaitement serein.

— Un simple bouton, reprend-il.

Je m'éloigne encore. Je bute sur une table, la contourne à toute vitesse. Je regarde le mur non loin de moi pendant à peine une fraction de seconde, avec l'espoir ridicule qu'une issue secrète s'ébauche dans la paroi pour me permettre d'échapper à cet homme. Ma naïveté me donne envie de vomir.

Le médecin esquisse un nouveau pas dans ma direction.

— Sois raisonnable. Tout a une fin et tu sais bien que tu n'iras nulle part. On m'a dit…

Il avance encore. Mon cœur est à deux doigts de s'arrêter.

— … que tu avais un cerveau fort intéressant. Une imagination assez fertile pour créer un univers entier autour de toi.

Je fais non de la tête, mais ce n'est qu'un tic nerveux que je suis incapable de maîtriser. En vérité, je ne contrôle plus mes tremblements. Les larmes me brouillent les yeux et transforment mon interlocuteur en une forme menaçante aux contours floutés. Une silhouette qui empeste le sang et la noirceur. Il me terrifie.

— Étudier ton cerveau de plus près rendra un immense service au Reich, sais-tu ? Grâce à toi, des millions de futurs petits Aryens pourront bénéficier de ce que tu leur offriras. C'est un sacrifice si insignifiant en regard de ta déloyauté…

Il lâche un ricanement et, à cet instant, c'est à une hyène qu'il me fait penser.

— Ne fais pas l'enfant. Nous allons réaliser de grandes choses, ton cerveau et moi. Et peut-être alors, le Führer te pardonnera-t-il d'avoir trahi ta patrie.

Le nouveau pas qu'il fait réduit le fossé qui me séparait de lui à une infime ligne. Je pars comme une bombe vers la droite, mais une table m'empêche de passer. Je me jette en dessous, muée par l'énergie du désespoir. Cette énergie qui, jusque-là, m'avait permis de faire preuve de force quand j'avais retrouvé Eden, quand j'avais, avec Élias, Micha et Ezra, lutté pour nous sauver dans la navette qui nous menait à un hypothétique camp. Il n'y a que cette énergie qui puisse donner la capacité à une personne d'échapper à son destin. Ma tête heurte l'un des pieds de celle-ci dans un bruit sourd, mais je ne sens rien et je continue.

Tu es forte. Tu n'es pas un pion. Tu es Krista. Bats-toi !

Cette voix qui résonne en moi, je la connais. Oui, je la connais. *Eden !* Peu importe qu'elle n'existe pas ailleurs qu'en moi, elle est une partie de moi. Cette même partie qui me rappelle que je ne suis définitivement pas une créature fragile comme j'aimerais me le faire croire. Je ne suis pas faite pour accepter mon sort sans broncher, même si je ne veux pas le reconnaître à cet instant. Mon agresseur referme ses doigts sur ma cheville et tire. Tout en criant, je projette ma jambe libre dans son bras de toutes mes forces. Il me lâche et je progresse de nouveau.

— Reviens ici !

Sa main se replace sur mon pied et il serre autant qu'il peut pour me ramener vers lui. Je glisse sur le sol, mon menton percutant le dallage. Je lutte comme une damnée, me tortille comme un ver, et finalement, c'est à coups de talon que je finis par avoir le dernier mot. Je me redresse d'un bloc, oubliant la douleur diffuse dans mon corps, et je me précipite vers la porte.

Je frappe contre le battant. Je frappe, mais le détecteur de mouvements ne se déclenche pas et la porte reste fermée.

— Non ! Ouvre-toi ! Ouvre-toi !

13

Je cesse de frapper contre la porte, j'ai bien compris qu'elle ne s'ouvrirait pas. Je me retourne pour faire face au médecin. Désormais, je ne vois plus les cadavres dans la pièce ni leur sang qui souille les tables. Je ne vois que cet homme qui s'est redressé et qui m'observe en découvrant ses dents. J'avais raison, il a des dents de carnassier. Et il va me tuer.

— Dommage. *Fräulein* est prise à son propre piège.

Je me ressaisis et, de nouveau, je tape des poings contre la porte. Les coups que je donne avec force renvoient des vibrations dans mes paumes et remontent le long de mes bras. Les battements de mon cœur cognent dans mes oreilles. Je vais mourir ! Je vais mourir !

— Le moment de détente est terminé.

Mengele se trouve si près de moi que je peux entendre sa respiration rapide. Il me saisit subitement par l'arrière du col et me fait pivoter pour me forcer à lui faire face. Mon dos plaqué contre la porte, il enserre ma gorge de ses doigts puissants.

— *Du hast den Geist und die Schönheit*[1], tu feras un cobaye exceptionnel.

1. « Tu as l'esprit et la beauté » en allemand.

Alors qu'il lève le bras pour me frapper au visage, sa main se fige et reste en suspension à quelques centimètres de ma joue. Le son strident qui envahit tout l'espace me déchire les tympans et me retourne l'estomac. C'est une sonnerie, de celles qu'on utilise pour prévenir d'un incendie quelque part. Je ne bouge pas, les yeux rivés sur mon agresseur. Au milieu de cette alarme, des cris retentissent dans le lointain. Le visage de Mengele demeure fixé sur le mien. Il me considère avec une sorte de stupéfaction dans le regard, comme si ce bruit venait de réveiller chez lui une terreur silencieuse. Sa main s'abaisse, mais je reste immobile. Une poupée de chiffon.

D'un coup, il me tire en avant, m'arrachant un gémissement de douleur. Sans me lâcher ni desserrer sa violente étreinte, il m'entraîne vers une table occupée par une de ses victimes mortes. De sa main libre, il presse un bouton sur le mur et la serre de métal accrochée dans le dos de la dépouille s'ouvre. Le corps retombe sur la table dans un bruit sinistre et le bras argenté, couvert de sang, se rembobine jusqu'à sa base. Le médecin pousse d'un mouvement brutal le cadavre de l'Aryenne et je le regarde, les yeux emplis de terreur, s'écraser de l'autre côté de la table. C'est là que je comprends ce qu'il a l'intention de faire de moi. Je ne veux pas finir comme cette fille ! *Je ne veux pas ! Je ne veux pas !* Je tente de me dégager à nouveau, mais il me décoche un coup tellement puissant que j'ai l'impression que mon nez vient d'exploser en mille morceaux. Il m'allonge de force. Je me débats encore, tape des pieds, lâche des cris de protestation et il se démène pour me retourner sur le ventre. Je lance mes mains vers sa joue, mes ongles s'enfoncent dans sa peau que je griffe. Malgré cela, il réussit à me renverser et colle mon visage contre le métal froid de la table maculé d'un sang qui n'est pas le mien. Il se mêle à celui qui coule de mon nez et de ma bouche. La douleur qui m'envahit prend le dessus pendant un instant durant lequel je dois reprendre mon souffle si je veux continuer à lutter. Alors, je me remets à frapper des pieds dans l'espoir de l'empêcher d'atteindre l'interrupteur qui actionne la serre. Je pousse tout à coup un hurlement tandis qu'elle déchire mon vêtement et se fraye un passage dans ma chair. Elle perfore la peau, couche après couche, et va se loger au beau milieu de mon dos. J'entends résonner dans mes oreilles le propre son de ma voix, incapable de l'arrêter ou d'en contrôler le débit. Quand la serre se referme en moi, mon corps s'arc-boute et la pince commence à relever mon buste. La souffrance n'est plus descriptible à partir du moment où l'on arrive au point de rupture. Je ne sais plus ce que je ressens, je ne parviens plus à me calmer ni à me raisonner, le sang afflue contre mes tempes, battant la mesure avec mon cœur affolé.

— Sois sage, jolie *Fräulein*. Je m'occuperai de ton cas dès que j'en aurai terminé.

Je trouve le courage de relever la tête pour voir la silhouette de mon bourreau, brouillée par mes larmes, s'éloigner. La porte coulisse puis il disparaît dans le couloir. Ensuite, je reste seule avec ma souffrance et l'alarme qui continue à résonner.

Alors, je pousse un nouveau hurlement. Plus fort encore que le précédent.

14

Mon corps retombe sur la table comme un poids mort alors que la pince dans mon dos, sans doute mal accrochée, vient de s'arracher de ma peau. Le hurlement qui aurait dû sortir de ma bouche se retrouve aussitôt étouffé par la table qui bloque ma respiration. Je redresse à peine la tête, juste de quelques centimètres pour ravaler un peu d'air et ne plus avoir les lèvres couvertes de sang. Puis je me mets à pleurer comme une enfant. Mes larmes se noient dans le sang. Le mien. Celui de la précédente occupante de cette table de torture. Nous ne formons plus qu'un. Un bloc de terreur et de souffrance.

Je reprends peu à peu conscience des bruits diffus derrière la porte et de cette alarme stridente. Je referme la bouche pour étouffer d'autres sanglots et je me force à respirer lentement. Inspiration. Douleur. Expiration. Douleur.

Pars pendant qu'il est encore temps.

— Je ne peux pas, murmuré-je en réponse à la voix d'Eden qui palpite comme un second cœur dans mon esprit.

La douleur, je m'en rends compte, a été si fulgurante, si intense, que j'ai tout à coup l'impression de ne plus sentir mon dos. C'est comme s'il était devenu insensible. Je continue à percevoir des tiraillements tout le long de ma colonne vertébrale, mais c'est gérable en comparaison du moment où la pince m'a transpercé la peau. Je me sens surtout fatiguée. Si fatiguée… Je pourrais peut-être juste fermer les yeux et profiter de ce que mon corps est capable de sombrer dans le néant. Une pensée fugace passe dans ma tête qui justifierait que j'abandonne tout pour cette facilité. Lutter contre des monstres comme ces médecins ou mon peuple a-t-il réellement un sens puisqu'ils me tueront, de toute façon ? Tout n'est qu'une question de temps, comme cela l'a été pour tous les gens qu'ils ont détruits au fil des décennies.

Tu ne peux pas renoncer. Tu dois te battre pour tes convictions.

— Je ne peux pas.

Tu es faible ?

— Je suis exténuée…

Tu es une créature sans force ?

— Non, je ne le suis pas. Je suis juste…

Un mouton qui accepte son sort sans discuter ?

— Non ! finis-je par crier alors qu'une onde de colère me traverse comme un javelot.

JE. NE. SUIS. PAS. UN. MOUTON !

Alors, j'abandonne l'idée de me reposer là, parmi mes sœurs aryennes. Je pose mes paumes à plat sur la table et, tout en serrant les dents, je fais pression sur mes bras de toutes mes forces pour m'asseoir et descendre de ce maudit lit de souffrance.

S'échapper ! Combattre ! Jusqu'à la mort !

Ma démarche est hésitante, on dirait que j'ai bu un litre de schnaps en moins de dix minutes. Tant bien que mal, je m'accroche à chaque table qui croise mon chemin pour ne pas m'effondrer. Je prends appui sur les corps diaphanes des filles mortes qui occupent cet endroit. À cet instant, je ne ressens plus rien. Je progresse jusqu'à la porte et, à nouveau, la douleur baisse d'intensité. Je reprends une inspiration lente, mais longue, poussive.

Je sais que je suis capable de surmonter cette douleur. Je peux la dompter. Je dois la dompter.

Mes mains courent sur le battant de métal, laissant des traînées sanglantes sur leur passage. Je m'en fiche. Le sang n'est pas sale… sauf celui des monstres. Cette fois-ci, je trouve l'astuce et j'abaisse le clapet qui bloquait le détecteur de mouvements. La porte coulisse et le son de l'alarme me surprend presque tant il est plus fort dans le couloir. Je fais un pas et je me rattrape de justesse à l'encadrement de la porte pour ne pas m'effondrer. Pendant un instant, je me sens incapable de reprendre ma progression. Je me dis que j'ai un peu trop présumé de mon aptitude à surmonter ma souffrance. Pendant que je me pose mille questions sur comment faire pour décoller mes pieds du sol sur lequel goutte mon propre sang, j'observe ce qui se passe autour de moi. Le couloir est envahi de gens, des médecins avec leur blouse ouverte sur des uniformes SS, des soldats femmes et hommes qui courent tous dans une même direction. Ils aboient des ordres à tout va, hurlent au personnel médical de rentrer dans les salles d'examens, de ne pas traîner dans leurs pattes. Je ne comprends pas ce qui se passe ni la cause de ce raffut. Je me sens comme dans une bulle qui me retient hors de toute réalité. Personne ne fait attention à moi, tous sont trop occupés et les coups de feu qui parviennent à surnager dans le vacarme que fait cette alarme sont de plus en plus rapprochés.

Bats-toi !

Je n'ai pas l'impression de réfléchir quand j'y pense. Je vois une femme soldat entrer dans mon champ de vision, courant dans le sens inverse de tous les autres, le visage fermé sur une expression de colère mêlée de peur. À l'instant où elle passe à mon niveau, je me jette en avant et je la percute avec violence. Elle n'a même pas le temps de comprendre ce qui lui arrive qu'elle va s'écraser contre le mur d'en face. Je continue sur ma lancée. Je suis devenue un automate. J'agis et je réagis en rapport avec l'affolement du moment. J'arrache son fusil des mains de la femme et je repars en courant vers le *Krankenrevier*.

15

L'alarme hurle si fort que j'ai l'impression d'être à deux doigts de devenir sourde. Pourtant, des coups de feu continuent à troubler ce son monotone, tout comme la clameur qui gronde dans mon dos. Je ne sais plus trop si ce sont des ordres ou des cris de guerre. Je les entends se fondre dans mes oreilles, surnageant comme des poissons tentant d'avaler de l'air à la surface. Trop peu, mais assez pour que j'aie conscience de leur présence. Leur provenance exacte m'est impossible à déterminer, mais cela semble tout de même plus proche de la sortie du complexe médical qu'en son centre. Je croise un homme en blouse blanche.

— Toi ! Viens ici ! m'aboie-t-il au visage en saisissant mon poignet.

En tournant la tête, je reconnais le Dr Mengele. Celui-là même qui m'avait accrochée à une pince. Un éclat meurtrier s'allume dans mes yeux. Je me remémore les cadavres mutilés, je ressens la douleur que j'ai éprouvée quand la pince de métal s'est plantée dans mon dos. Je lui envoie la crosse de mon fusil en pleine mâchoire. Il se retrouve plaqué contre le mur, du sang entre les dents.

— Saleté, je vais te…

Je frappe de nouveau. Plus fort en lâchant un cri de rage. *Plus jamais, vous ne ferez de mal* à personne !

Plus jamais ! J'enchaîne les coups sans me rendre compte que l'homme est déjà sonné. Ce n'est que lorsque son corps s'effondre à mes pieds et que je vois un filet de sang s'échapper de sous son crâne que je comprends. J'en suis arrivée à devenir un monstre moi-même et le pire de tout est que je m'en veux d'agir comme ça. Mais c'est eux ou moi. Je replace mon arme en position de tir et je franchis les derniers mètres qui me séparent du *Krankenrevier*. À l'intérieur, c'est le branle-bas de combat, toutes les malades sont éveillées et paniquées. Je me fraye un passage parmi elles et me précipite vers Manuela.

— Il faut partir ! Vite !

Elle pose sur moi un regard vide, comme si on lui avait ôté tout ce qui fait d'elle la jeune femme que je côtoie depuis mon arrivée ici.

— Qu… quoi ?

— Notre chance, c'est maintenant ! Je ne sais pas ce qui se passe à l'intérieur du camp, mais c'est le moment où jamais ! Dépêchez-vous ! Toutes !

— On n'a même pas d'armes !

— Prenez celles des soldats dès que vous en croisez !

Toutes les occupantes de l'infirmerie me fixent avec insistance d'une façon qui semble me dire que je suis devenue folle, que j'ai fini par perdre la raison à force de rester dans cette prison. Elles transpirent la peur, peut-être pas celle de se battre – elles savent le faire depuis leur jeunesse grâce à notre éducation identique –, mais celle de désobéir. Échouer à ce test de loyauté, je m'en rends compte, ne leur a pas forcément donné, à toutes, la volonté de persister dans leur désir de voir les choses différemment. Certaines le regrettent sans doute. Elles voudraient revenir en arrière et supplier le Führer de les reprendre sous son aile. L'envie de les secouer me saisit. On ne peut pas revenir en arrière ! Qu'elles le veuillent ou non, elles ont trahi la Nation, elles doivent en accepter les conséquences. Pourquoi ne sont-elles pas capables d'assumer leurs pensées ? Elles n'ont rien fait de mal en soi, mais elles se sentent malgré tout coupables et ce n'est ni normal ni juste de se sentir coupable quand on n'a rien à se reprocher... Je ne cherche pas à les dissuader, leur vie est leur vie, la mienne est la mienne. Chaque être humain est libre de faire ce qu'il veut de son existence quoi qu'en dise la Nation.

À bien y réfléchir, je me rends compte qu'au final, la seule personne, ici, qui ne se comporte pas normalement, c'est moi. Qu'est-ce qui, tout à coup, me donne l'énergie d'affronter tous ces bourreaux qui nous confinent au désespoir et à la mort ? Je n'en ai aucune idée. La voix d'Eden, je crois, y contribue pour beaucoup. Parce que son souvenir, virtuel peut-être, mais réel en moi, s'est réveillé sous l'effet de la terreur. Eden est mon instinct de survie. Je renonce à convaincre ces prisonnières de venir avec moi et je me retourne vers la sortie.

— Celles qui le veulent, suivez-moi. Les autres, bonne chance pour le futur.

Je ne jette pas un regard en arrière. Si elles préfèrent rester là, c'est leur problème. Moi, je m'en vais.

Parce que je n'ai rien à faire dans cet endroit.

Je me retrouve de nouveau dans le couloir. D'un pas qui n'a plus rien d'hésitant à présent, j'enjambe le corps du Dr Mengele. Je résiste à l'envie de lui coller une balle entre les deux yeux pour venger toutes ces filles mortes sous sa main. Des gens courent toujours dans les couloirs, des tirs nourris résonnent plus loin. Je continue à avancer. Un soldat me repère tout à coup, me vise avec le canon de son arme. Je n'attends pas, je fais de même et je tire. Il s'effondre. Je reprends ma progression. D'autres SS arrivent vers moi et je me remets à les mitrailler en ayant pleinement conscience que seule contre eux, je ne ferai pas long feu. Mais si je devais choisir entre mourir et vivre entre ces murs, à toujours avoir peur du lendemain, je n'hésiterais pas longtemps. Je tire et je réalise tout à coup que des mains s'emparent de chaque arme que les soldats abattus ont laissée tomber au sol. Je tourne la tête sur ma droite et je vois Manuela, puis sur la gauche, et je vois une autre fille et encore une autre. Au final, elles sont six à avoir décidé de me suivre au lieu de rester au *Krankenrevier*.

Le poids qui écrasait mon cœur s'allège pour lui permettre de battre à nouveau pleinement. Pour la première fois, depuis des semaines, j'ébauche un sourire.

Je ne suis plus seule.

16

Sur le chemin, on croise d'autres Aryennes. Comme nous, elles se sont emparées d'armes et tirent un peu dans tous les sens. Il faut faire attention à ne pas se prendre une balle perdue en progressant dans les couloirs. Quand un groupe de prisonnières arrive dans notre direction, semblable à un troupeau qui charge, et que mon regard se porte sur celle qui mène, je n'ai pas de mal à reconnaître Dina. Je la croyais morte sur une table de dissection, je la retrouve, le visage amoché, mais bien vivante. À l'instant où elle me voit, elle réagit en braquant son fusil sur moi. Je n'hésite pas, j'en fais autant. Je n'ai pas réussi à survivre à un médecin fou pour être tuée par une Aryenne.

— Arrêtez ! Nous sommes toutes du même côté ! proteste Manuela.

Nous baissons nos armes en même temps. Un hochement de tête de chacune de nous marque une pause concernant les griefs qui nous opposent. Pour le moment. Néanmoins, je ne manque pas de percevoir la haine dans les prunelles de Dina qui me transpercent comme une lame de couteau qui aurait été plongée dans une mer de lave. Mais je n'ai pas peur d'elle et j'affronte son regard sans un battement de cils.

— Qui est le chef de la rébellion ? je m'enquiers tout à coup.

Dina tire sur un médecin qui passe à proximité avant de reposer son regard hostile sur moi.

— Je ne sais pas d'où vient le soulèvement. Il y a eu plusieurs explosions à l'extérieur du camp et tout le monde a paniqué. J'en ai profité pour m'échapper et les autres m'ont suivie.

— Des explosions ? m'étonné-je, moi qui n'ai strictement rien entendu qui puisse ressembler à des déflagrations de ce type.

J'imagine que je n'étais pas en état, trop submergée par ma confrontation avec ce Dr Mengele, sans compter que cela a eu lieu à l'extérieur du complexe médical. Mais peu importe, le temps nous est compté, et comme les tirs fusent de nouveau, provenant des soldats, nous ne nous attardons pas à discuter.

Les SS braillent dans notre direction. Ils nous ordonnent de déposer nos armes et de nous rendre, sans quoi ils nous abattront sans sommation. Comme s'ils allaient être doux avec nous si nous acceptons de capituler. Puis nous les voyons se mettre à hurler et faire feu à l'opposé de notre position. On dirait qu'ils sont pris en étau entre deux groupes. Peut-être d'autres prisonnières se sont-elles rebellées dans la cour. J'ignore de qui, exactement, se compose ce groupe ni même s'il s'agit de cela ou d'une personne isolée, mais ce que je sais, c'est que ça nous rend un grand service en provoquant ce chaos. Grâce à cela, nous pourrons peut-être retrouver notre liberté à défaut du pouvoir. Nous repartons au pas de course, mais des soldats arrivent de l'autre côté et, cette fois-ci, c'est nous qui sommes prises entre deux feux. Nous avons toutes le même réflexe et c'est à cela que je reconnais l'empreinte du Reich sur nous. Toutes formatées de manière identique. On vous dit de tirer, vous tirez. On vous dit de respirer, vous respirez. On vous dit de mourir pour le Führer... Non, c'est en cela que nous sommes différentes. Nous ne voulons pas mourir pour lui, nous aspirons plus à le tuer qu'à le protéger. Nous mitraillons les alentours, certaines arrosant de projectiles l'arrière de notre groupe tandis que Dina et moi, nous nous concentrons sur l'avant.

C'est au forcing que nous avançons. Pas à pas. Balle après balle. Cadavre après cadavre. Des Aryennes tombent que je ne connais pas et ne connaîtrai jamais. Des soldats tombent, des médecins imprudents se retrouvent couverts de leur propre sang qui se mêle à celui de leurs victimes dont leurs blouses sont tachées. Tant de morts encore une fois. Virtuelles ou non, je suis fatiguée de ne voir que des situations si dramatiques autour de moi. Manuela prend le devant de notre groupe et, tel un éclaireur, elle essaye d'ouvrir toutes les portes sur notre chemin. Quand elle y parvient, si elle y trouve du personnel médical, elle tire sans sommation.

Enfin, elle déniche une issue qui donne sur une cage d'escalier.

— Vite !

Dina pousse les filles à l'intérieur avec tant de sécheresse que plusieurs d'entre elles manquent de tomber. Elle me fait signe de passer à mon tour, mais je fais non de la tête. Je ne veux pas l'avoir dans mon dos. Nous sommes peut-être du même côté, mais nous ne sommes pas amies pour autant et ma confiance est partie depuis longtemps en fumée.

Un tir nous décide à foncer en même temps dans l'escalier pour y échapper. Nous nous précipitions à la suite des autres filles vers le bas sans savoir où cela peut mener.

— De quelles explosions parlais-tu ? lui demandé-je.

Toujours sur la défensive, elle continue à descendre avec rapidité.

— J'ai entendu dire que ça provenait des incinérateurs situés à l'extérieur du camp.

— À l'extérieur ?

— Il y a des tas de structures de l'autre côté. J'en ai aperçu quelques-unes quand ils ont ouvert le portail pour laisser passer des nouvelles.

— Qu'est-ce que tu as vu, exactement ?

— Des…

La fin de sa phrase ne franchit pas le seuil de ses lèvres. Elle bute dans le dos d'une fille qui vient de stopper net sa progression devant elle. Je manque de faire de même, mais je m'arrête de justesse.

— Pourquoi tout le monde s'arrête ? crache Dina avec sa douceur habituelle.

— Il y a quelque chose, là-bas, qui barre le chemin. On ferait peut-être mieux de remonter, répond une des filles.

— Pas question ! Les soldats nous attendent à l'étage !

— Alors, on tire sur tout ce qui bouge ?

— Si ce ne sont pas des prisonnières comme nous, oui, on tire à vue !

Je ne peux pas m'empêcher de faire une petite grimace. Je suis dans l'optique de m'échapper de cet endroit, pas de faire un carnage si je peux l'éviter. Ces soldats et médecins sont mes ennemis et c'est peut-être une faiblesse de ma part de ne pas vouloir noyer tout le monde dans un bain de sang, mais à quoi cela nous avancera-t-il ? S'il y a quelque chose à détruire ici, c'est le camp et ses fondations... Mais j'imagine que l'un ne peut pas se faire sans l'autre. Détruire sans tuer n'est pas possible parce qu'ils reviendront. Ils rebâtiront cet enfer pour torturer à nouveau des Aryennes rebelles. C'est un véritable dilemme pour moi. J'emboîte le pas à Dina dans l'espoir, malgré tout, de la tempérer selon qui se trouvera en face de notre groupe. Je donne des coups de coude pour me frayer un passage et j'aperçois Dina et deux autres filles qui sont déjà en position de tir. Puis je relève les yeux sur les gens qui se dirigent vers nous au pas de course. Un frisson me parcourt.

— À trois ! crie Dina.

Je secoue lentement la tête dans un mouvement nerveux. Et à mon tour, je crie :

— Non !

Mais Dina tire quand même.

17

Un enchevêtrement de bruits métalliques s'ensuit et nous sommes pétrifiées. Ceux que nous avons pris pour des personnes sont bien plus que cela. Je distingue des reflets argentés qui brillent de tous les côtés. Des *Hunde des Todes*[1], comme j'en ai vu dans mon test alors que j'entrais dans la coupole avec Élias et les autres. Ici, les chiens sont moins imposants, certes, mais les soldats qui les maintiennent sont bien décidés à les lâcher sur nous.

— On ne pourra pas lutter ! Dina, il faut remonter !

— Pas question ! À mon signal, tirez à nouveau !

Tout se passe comme si je n'avais pas tenté de la convaincre de faire machine arrière. Dina est résolue à suivre son offensive, mais à ce rythme-là, aucune de nous n'en sortira vivante.

— Dina, écoute-moi ! insisté-je. Ils sont trop puissants.

— Qu'est-ce que tu en sais ? Tu en as déjà combattu, peut-être ?

J'ai envie de lui répondre que oui, j'en ai combattu. J'ai vu ces chiens de la mort tuer des gens devant moi, les déchiqueter entre leurs crocs de métal. Et puis, je me rappelle que tout cela faisait partie d'un simple test et je garde les lèvres scellées.

1. « Chiens de la mort » en allemand.

— La vérité, c'est que tu es une lâche. Tu préfères fuir plutôt qu'affronter ces monstres. Ça ne m'étonne pas qu'on t'ait exclue de Germania.

Je fais non de la tête. Pas tant pour nier ce qu'elle dit, mais parce qu'il n'y a rien à tirer de Dina. Lorsqu'elle se remet à faire feu sur les chiens en approche, accompagnée par d'autres filles, je n'attends pas d'entendre le bruit des balles qui ricochent sur leurs cuirasses de métal. Je me détourne et commence à remonter l'escalier.

— Je suis peut-être lâche, mais je ne suis pas stupide, lancé-je en jetant un dernier regard vers Dina.

Ma réponse perce entre deux mitraillades et Dina a juste le temps de me décocher un coup d'œil noir.

— Si vous voulez vous faire mettre en pièces, restez là. Sinon, suivez-moi, dis-je à l'attention des filles.

Ces dernières paroles que je prononce, je le fais clairement dans le but de me poser en leader pour persuader les autres de se rallier à moi, tout comme Dina se place dans cette même position. Mais nos avis et notre façon d'aborder cette évasion divergent. Nos chemins doivent donc se séparer. Je braque mon arme devant moi, prête à tirer, dans le cas où je serais accueillie par des soldats en sortant de cet endroit. Je vais devoir lutter pour ma vie et, seule, j'ai peu de chances, mais j'en aurai toujours un peu plus que face à des robots capables de me broyer d'un coup de crocs. Quand je débouche de la cage d'escalier, ce à quoi je m'attendais arrive. Des SS courent droit vers moi et font feu dans ma direction. Mais, à ma grande surprise, je me rends compte que je ne suis pas seule à répliquer.

Nous sommes deux, puis trois, puis huit. Sans me soucier de celles qui me suivent, je force le passage à coup de crosse et de feu entre les soldats. Je fais au mieux. Pour moi. Pour celles qui m'ont fait confiance. Au passage, nous croisons de nouvelles prisonnières qui viennent grossir les rangs du groupe. Bientôt, nous sommes dix, puis quinze. Et je comprends qu'en m'opposant à Dina, j'ai aussi pris la tête de cette insurrection. C'est à moi que revient la terrible mission de garder le plus de personnes en vie parmi nous.

Une charge que j'aimerais ne pas avoir à assumer. J'ai déjà tant à faire pour sauver ma propre existence.

— Nous devons prendre la direction du portail ! Je veux un groupe devant, un autre à gauche, un à droite, et deux qui ferment la marche.

Les filles se mettent en place sans que j'aie à me répéter. C'est comme si nous formions une armée. Une armée composée uniquement de femmes qui n'ont plus, dans leur regard, cette étincelle de mort que j'ai vue lors de mon arrivée. L'espoir, la rage de vaincre, tout ça forme un éclat puissant chez chacune d'elles.

Ce sont des guerrières.

Et j'en suis une, moi aussi.

Nous sortons du complexe médical et nous retrouvons la cour où sont dispersés les baraquements. Plusieurs d'entre eux sont en feu, dont celui des douches. Ça court dans tous les sens ici également, entre les soldats, les prisonnières. Je vois des corps étendus au sol, çà et là. Je fais abstraction de tout ça. Dans mon champ de vision, une seule chose : le portail ouvert.

— Allez ! crié-je.

On part en sprint sans cesser de tirer autour de nous pour supprimer tous ceux qui tentent de nous barrer la route. Je repense à ce qu'a dit Dina, aux explosions de l'autre côté du camp, et je distingue effectivement de la fumée qui s'élève vers le ciel dans un grand tourbillon derrière l'enceinte du camp. Une odeur de feu et de viande brûlée a envahi l'atmosphère, imprègne nos vêtements, assèche nos bouches. Au moment où on s'approche du portail, une balle fuse tout près de mon bras. Je la sens qui effleure ma peau. Elle a le don d'exacerber encore plus ma colère. Je me précipite droit sur le soldat qui vient de tirer et je le frappe avec le canon de mon arme. Puis mes yeux se posent sur les mots qui figurent à l'entrée du camp.

Une génération de forts éliminera les faibles.
Faire pénitence,
c'est se sacrifier pour la science.

Je souris à l'instant où nos pieds franchissent la frontière invisible entre le camp et la liberté.

Nous ne ferons pas pénitence.

Ni maintenant.

Ni jamais.

18

Ça doit faire maintenant près de trois heures que nous marchons après avoir couru sur je ne sais combien de kilomètres. J'ai arrêté de compter le nombre de mes pas à l'instant où le camp a disparu de notre horizon, pourtant, je continue à imaginer les soldats nous talonnant. Nous avons filé droit devant nous sans but précis. Pour en avoir un, il nous faudrait déjà savoir exactement où nous nous trouvons et le fait est que les alentours ne sont que de longues traversées alternant terres craquelées et parcelles de végétation. Dans les environs proches, on n'aperçoit aucun bâtiment, ni rue ou véhicule. C'est comme si nous étions perdues au milieu d'un désert. Dans le lointain, je distingue des éclats brillants comme des diamants suspendus dans les airs et je me dis qu'il s'agit des hautes tours de verre que j'avais vues depuis la navette qui m'a amenée au camp. Seulement, si je prends en compte l'endroit où elles se trouvent, nous devons être à des jours de marche de là. Autant considérer que nous ne sommes nulle part. Il n'y a rien ici, comme si une frontière invisible avait été tracée entre la civilisation et le reste. Néanmoins, la question de savoir de quoi se compose le reste ne m'effleure pas vraiment à cet instant. Pas plus qu'aucune des filles qui m'accompagnent, j'imagine. Tout en foulant le sol sec, et que de petits nuages de poussière se soulèvent sous mes pas, je repense à mon test. À ce moment où, avec Élias, Eden et les autres, nous avons parcouru un endroit aussi isolé que celui-ci, mise à part la présence de maisons en ruines et de routes défoncées. Ce n'était pas si éloigné de ce que je vois à présent, au final. Qu'il se trouve dans le virtuel ou dans la réalité, le néant reste le néant.

— Je n'en peux plus… On peut s'arrêter ?

Je pose les yeux sur Manuela. Je devine, à ses traits tirés, qu'elle est exténuée. Elle garde sa main pressée sur ses côtes depuis plus d'une demi-heure. Elle souffre. C'est pareil pour moi. Si ma blessure s'était endormie jusque-là, elle s'est réveillée et je dois me faire violence à chaque pas pour ne pas me laisser tomber à terre. J'ai l'impression qu'une pelote d'épingles géantes se trouve sous ma peau et que chacun de mes mouvements en répand plusieurs dans toute la longueur de mon dos. Combiné à une migraine qui me prend la tête en étau, j'aimerais pouvoir me reposer, boire un peu d'eau fraîche et souffler enfin. Je porte une main sur ma hanche pour essayer de calmer un point de côté, mais à peine ai-je ralenti qu'une brûlure remonte ma colonne vertébrale pour exploser dans mon crâne. Je sais que ce ne sont que les prémisses d'une douleur bien plus forte. Une nuit de sommeil et je suis certaine de me réveiller demain en larmes et incapable de faire le moindre mouvement. Je ne peux pas me le permettre, alors je préfère continuer à avancer en me disant que garder mes muscles chauds minimise ma souffrance.

Je n'aime pas l'idée que les filles pourraient être obligées de me laisser en arrière.

Pourtant, ce serait la seule chose à faire si j'en arrivais à ne plus pouvoir bouger. Je ne peux pas mettre la vie de tout le monde en péril. J'ai néanmoins parfaitement conscience que si je reste en arrière, je ne serai pas un cas à part. Il en sera de même avec Manuela et ses côtes fêlées, puis avec Emma et son bras qu'une balle a traversé, puis avec telle ou telle autre. Nous sommes toutes des morts en sursis. Notre chemin ne se terminera pas au même endroit, c'est la seule différence.

Au final, en entendant les plaintes et les protestations monter dans le groupe, je finis par accepter qu'on fasse une halte, à condition qu'elle ne s'éternise pas. Je m'arrête, je tourne légèrement la tête sur le côté pour signifier aux autres que je m'adresse à elles :

— Deux minutes, pas plus.

Mes paroles sont accueillies par des soupirs de soulagement, et tout le monde se laisse tomber au sol. J'en fais autant et je dois bien avouer que cet arrêt m'est plus agréable que je ne l'aurais cru. Ça atténue même les élancements dans mon dos. Je m'allonge sur le flanc gauche et je regarde les filles assises ou effondrées par terre comme si elles étaient mortes. Nous faisons peine à voir, loin du modèle de la petite Aryenne aux beaux cheveux blonds et brillants. Nous sommes en nage, le sang de nos blessures s'est mêlé à notre sueur et nos larmes, nos visages sont si sales en comparaison de la propreté malsaine du camp. Nos habits sont déchirés par endroits, nos mains écorchées, nos cheveux en bataille. De vraies souillons.

— Qu'est-ce que tu proposes maintenant qu'on est perdues au milieu de nulle part ?

Tout en tirant doucement sur mon tee-shirt, je me mords la langue avec violence pour contrebalancer la douleur provoquée par le fait de décoller mon vêtement de la plaie dans mon dos. Ensuite, tout en essayant au mieux de masquer ma souffrance, je me remets en position assise et je fixe Dina. Je ne l'aime toujours pas, mais je suis contente qu'elle ait finalement renoncé à son projet suicidaire pour me suivre. Je la sens en colère intérieurement, elle m'en veut parce qu'elle s'imagine que je désire garder le pouvoir sur le groupe. Nous nous affrontons du regard sans qu'aucune accepte de baisser les yeux. Même si je ne cède pas à sa tentative d'intimidation, je ne me considère pas comme celle qui a pris de force la direction des opérations. Mais je suis quand même bien obligée de reconnaître que je ne fais rien pour me mettre en arrière. Pourquoi devrais-je le faire ? Est-ce que c'est si mal de vouloir prendre ma vie en main ? Est-ce ma faute si les autres ont décidé de m'octroyer le rôle de meneuse ?

— Je n'ai rien à proposer, mis à part continuer jusqu'à ce qu'on trouve quelque chose qui nous indique la bonne route à suivre.

Elle lâche un rire en même temps qu'elle me fusille du regard.

— Nous indiquer la bonne route à suivre ? Tu disais que tu n'étais pas stupide, pourtant, j'ai un doute, là. Il n'y a aucune route à suivre, nous sommes des prisonnières échappées de ce foutu camp. Il n'y a rien sur Terre qui ne soit pas sous le contrôle du Reich ! Il n'y a aucun endroit où nous serons en sécurité.

— Sans doute.

— Sans doute ? C'est ta seule réponse, Krista ?

— La seule que j'ai envie de te donner pour le moment. Si elle ne te convient pas, tu n'es pas obligée de rester avec nous.

— Pour que tu me dénonces à l'instant où vous vous ferez toutes prendre ? Pas question que je m'en aille.

— Comme tu voudras, mais dans ce cas, arrête de polémiquer sur ce que je dis, terminé-je d'un ton volontairement dur.

Bien qu'elle n'ait pas cessé de me fixer, je me détourne quand même d'elle. Mes dernières paroles m'ont semblé suffisantes pour qu'elle comprenne que je n'ai pas l'intention de me laisser marcher sur les pieds. Lentement, je ravale ma salive en même temps que la colère qui m'a envahie à l'instant où Dina m'a montré qu'elle comptait s'opposer à moi. Puis je ferme les yeux et je savoure les effets du vent qui glisse sur ma peau en un léger filet. Ça me fait du bien. La douleur de ma blessure s'intensifie plus vite que je ne l'aurais voulu. Je contracte les mâchoires et me force à réguler ma respiration. Je dirige mon visage vers le ciel pour profiter malgré tout du soleil derrière mes paupières closes. Je ne peux pas m'empêcher de m'inquiéter de la présence de Dina tout le temps dans mon dos. Qui sait si elle ne serait pas capable de m'achever. Je visualise ses mains me poussant dans un précipice et la sensation de tomber dans le vide me fait rouvrir les yeux d'un coup tandis que je déglutis avec difficulté. Mon regard s'arrête sur une des filles du groupe. Elle s'appelle Edda. Sur son visage, des larmes silencieuses glissent et vont se perdre dans son cou. Mon attention se focalise sur sa main droite en sang. Sans me relever, je me rapproche d'elle et j'examine sa blessure. Une balle a traversé sa paume durant notre sortie en force du camp et je n'aperçois même pas le trou qu'elle y a fait à cause de tout le sang qui coule de sa plaie.

— Ta chaussette, lui intimé-je.

Elle acquiesce d'un hochement de tête silencieux et, de sa main valide, elle essaye d'ôter une de ses chaussures, mais plus elle s'énerve, moins elle y arrive, et j'ai trop mal pour parvenir à le faire à sa place. Par chance, mon regard croise celui de Manuela qui comprend aussitôt le problème. Elle se relève, grimace en portant une main sur ses côtes abîmées au camp et s'empresse de venir à notre rescousse.

— Qu'est-ce qu'il y a ?

— Tu peux aider Edda ?

— Bien sûr !

Elle agrippe la chaussure d'Edda, puis lui enlève sa chaussette et me la tend. Sans un mot, je la retourne et je l'enroule autour de sa main. Je ne peux pas faire mieux. Je me dis qu'avec toutes les doses de détergents que nous avons reçues lors de nos douches, il y a des chances pour que le tissu en soit un peu imprégné. Je serre le bandage. Assez pour qu'il tienne, mais pas trop pour ne pas risquer de bloquer sa circulation sanguine.

— Ça devrait aller comme ça pour le moment. Dès qu'on trouvera un point d'eau, il faudra nettoyer la plaie.

À l'instant où Edda hoche la tête, la main de Manuela se pose sur mon épaule.

— Tu es sûre que tu vas bien ?

— Bien sûr, mens-je.

Je ne cherche pas à me composer une expression sereine ni même à sourire. À son air soucieux, je sais qu'elle a deviné que je mentais. Ce n'était pas très dur de le comprendre, j'ai toujours été une piètre menteuse et Manuela est loin d'être idiote.

— Aide-moi à me relever, s'il te plaît, lui chuchoté-je pour ne pas inquiéter les autres.

Elle glisse un bras autour de ma taille et fait de son mieux pour me donner l'impulsion qui me permettra de me redresser sans trop utiliser les muscles de mon dos. Nous parvenons à nous remettre debout et restons pendant quelques instants bras dessus bras dessous, comme de vieilles amies heureuses de se retrouver après une longue séparation.

— Il faut soigner ta blessure, ça risque de très vite s'infecter.

— Je sais. Mais pour ça, il nous faut au moins de l'eau.

Comme des centaines de fois depuis notre départ, Manuela étudie l'ensemble du paysage. À droite, à gauche, devant, derrière. Mais rien n'a changé entre maintenant et deux minutes plus tôt, nous sommes toujours au milieu de nulle part. Loin d'une quelconque ville. Trouver de quoi nous soigner toutes va être difficile. Je reporte mon regard fiévreux sur l'éclat scintillant des tours de verre. Elles sont si loin…

Tellement loin que ça pourrait presque être une autre planète.

— On va trouver, tente de me rassurer Manuela.

J'acquiesce parce que je veux y croire. Se dire qu'on a fait tout ça pour mourir de faim et de soif à quelques kilomètres d'un camp de la mort me paraît d'une injustice totale.

Je dois y croire.

Je me ressaisis et me redresse pour paraître droite comme les Aryens sont supposés se tenir. Fiers et méprisants. Mais en vérité, la souffrance ne me quitte plus.

— Il faut repartir avant qu'une navette ne nous repère ou que des soldats nous rattrapent.

— Tu penses qu'ils vont continuer à nous traquer ? Avec tous les dégâts qu'on a faits au camp et les explosions, je me dis qu'on a une chance de…

— La chance n'est pas un facteur qui rentre en ligne de compte dans cette histoire. Tu sais comment sont les soldats : s'ils estiment que nous pouvons être vivantes, ils nous chercheront. Rassemble tout le monde et demande à Dina de prendre la tête du groupe.

— Dina ? murmure-t-elle avec une mine pincée.

— Elle est en meilleur état que moi.

— Je n'ai pas confiance en elle.

— Moi non plus. Mais on est dans le même bateau, ce n'est pas dans son intérêt de se retourner contre nous.

Manuela lâche un soupir dépité. Elle non plus n'apprécie pas Dina. *On se demande bien pourquoi,* songé-je en repensant à toutes les vexations dont Dina s'est rendue coupable vis-à-vis de nous toutes alors qu'il aurait été plus logique de se soutenir les unes les autres. Au final, elle n'a que le jugement qu'elle mérite de recevoir. Malgré tout, Manuela n'objecte rien et va lui parler après avoir ordonné à tout le monde de se préparer à repartir.

Ensuite, elle revient vers moi et enroule sa main autour de ma taille. Je fais de même autour de la sienne et on se maintient mutuellement pour avancer. De meneuse, je me retrouve suiveuse en fermant la marche avec Manuela. Mais ça ne me fait ni chaud ni froid compte tenu de mon état et de notre situation de fugitives.

19

Nous marchons sur un nouveau bon kilomètre avant de trouver une zone plus tempérée. Le sol y est moins sec et un tapis clairsemé d'herbe le recouvre. On s'enfonce dans un dédale d'arbres aux feuillages jaunis, tout comme l'est la verdure. Même leurs écorces sont d'une étrange couleur, entre le gris et le noir, piquetées d'une espèce de moisissure ou d'une maladie quelconque. Ça n'a rien d'étonnant compte tenu de ce soleil brûlant. Je me souviens du confort tranquille de Germania. Sous le dôme, tout était tempéré et la végétation, bien qu'assez rare, ne souffrait ni de cette chaleur étouffante ni du manque d'eau. Seulement, nous sommes loin de Germania et rien ne protège celle-ci des rayons meurtriers du soleil. Notre périple, combiné aux blessures de toutes les filles, ne fait que rajouter à la sensation que nous nous consumons à petit feu. J'aperçois soudain Dina qui lève le bras, mais elle est loin de moi et je n'entends pas ce qu'elle dit. J'essaye de comprendre ce qu'elle veut indiquer par ce geste, mais je n'y parviens pas, comme si j'étais en train de sombrer dans un rêve éveillé. J'ai si chaud, et la douleur dans mon dos grandit au fil des secondes… Les oreilles bourdonnantes, je sens la fièvre monter en moi et ma vue se trouble légèrement.

Il faut tenir encore.

Tenir. C'est un ordre que je me donne à moi-même. Un ordre auquel je ne prends pas la peine de répondre.

Toutes les filles qui nous précèdent, Manuela et moi, se mettent à courir droit devant elles. On perçoit une sorte d'allégresse dans leurs mouvements. Même la fatigue semble les avoir quittées. Manuela et moi échangeons un regard d'incompréhension puis, tandis que nous approchons, nous découvrons enfin la raison de cette folie qui s'est emparée du groupe.

— De l'eau ! De l'eau ! On a trouvé de l'eau ! s'exclame Manuela.

Malgré la douleur, je ne peux pas m'empêcher de laisser mes lèvres sèches s'étirer dans un sourire. *De l'eau !* C'est inespéré. Toutes les filles redoublent de vitesse alors que, sous nos yeux, le son apaisant d'un cours d'eau sinuant entre les herbes vient nous bercer. Nous activons un peu le pas pour les rejoindre et nous nous laissons à notre tour tomber à genoux sur la berge humide. Le sol s'enfonce légèrement sous le poids de nos corps, mais nous ne sommes plus à une salissure près et la boue me fait du bien avec sa fraîcheur. Je ne crois pas, à cet instant précis, avoir jamais eu aussi soif de ma vie. Mes mains plongent avec avidité dans l'eau et une sensation glacée remonte le long de mes bras. Un frisson généralisé m'envahit en même temps qu'un sentiment de plaisir intense. Nous nous aspergeons toutes le visage pour nous débarbouiller, puis nous emprisonnons le liquide dans nos mains en coupe pour y plonger les lèvres. Je me souviens de l'eau que l'on versait dans de beaux verres en cristal à Germania. Elle glissait dans ma gorge sans que j'y prête vraiment attention. Boire de l'eau à Germania était insignifiant. Et c'est devenu quelque chose de vital ici. Notre gravité du début s'envole en même temps que la soif et la peur de l'avenir, les rires fusent parmi nous et, comme des gamines, nous nous éclaboussons. Nous avons trouvé un trésor en plus d'être libres. Et quel trésor !

— Profitons-en pour nettoyer ta blessure, Krista.

Je ne dis rien, je laisse Manuela découvrir mon dos. La douleur, au moment où elle tire sur le tee-shirt resté collé à ma plaie à cause du sang séché, fait jaillir un cri dans ma gorge que je repousse en serrant les dents. Manuela continue son œuvre et je dois me mordre violemment la lèvre inférieure pour empêcher un nouveau gémissement de s'échapper de ma bouche.

— Je suis désolée si je te fais mal, mais je suis obligée. Avec quoi est-ce que tu as fait ça ?

— Un de ces engins de torture du camp. S'il te plaît, vas-y franchement, ça m'évitera de souffrir trop longtemps.

C'est du moins ce que j'espère en me disant que mon vêtement ne fait finalement qu'office de pansement. Avec un grand coup sec, la douleur sera intense, mais elle sera brève. Manuela ne se fait pas prier, elle tire le tissu en une fois et la souffrance est si vive qu'elle manque me faire tomber dans les vapes.

Je dois la dompter. Je dois être plus forte que la douleur.

C'est le minimum dont je puisse me sentir capable à cet instant.

— Il faudrait un linge pour nettoyer la plaie.

— Tiens, prends ça.

J'écarquille les yeux en voyant Dina terminer d'arracher l'une des manches de sa chemise déjà en piteux état. Elle la tend à Manuela, puis se détourne sans même m'accorder un regard. J'ignore si elle fait ça par réflexe ou par bonté d'âme, mais ce geste m'apprend qu'elle a visiblement un cœur.

Pendant que j'observe Dina, accroupie au milieu de la rivière et en train de boire à s'en étouffer, Manuela plonge le linge dans l'eau près de moi, l'essore puis commence à nettoyer ma plaie. J'endure en silence, mais au fil des secondes qui s'écoulent, je sens une chaleur monter en moi et me donner des sueurs froides. Elle grimpe jusqu'à ce que mes joues se mettent à chauffer. Ça devient si chaud que je ne peux réprimer une petite plainte. Je me force à remuer mes doigts pour chasser les fourmillements qui viennent de naître sous ma peau. En vain. Puis ce sont mes pieds qui sont envahis par la même sensation de torpeur. Le malaise arrive, je le sais et je le sens. Je me transforme en torche vivante de l'intérieur. Quand je n'y tiens plus, que ma vision se retrouve constellée de millions de points noirs et flous, je me laisse tomber sur le flanc en respirant à toute vitesse.

— Krista, ça ne va pas ? Krista, réponds-moi !

La voix de Manuela me parvient comme étouffée par un épais mur de ouate. J'ai chaud, si chaud. Mon estomac est secoué de spasmes et je suis prise de haut-le-cœur sans pour autant pouvoir vomir quoi que ce soit. Mes ongles se referment sur le sol et emprisonnent des fragments de terre humide dans mes paumes. Mon esprit cherche en vain un ancrage auquel se rattacher. Je me sens si mal, j'ai l'impression de mourir. Mes sens me lâchent, la vue, l'ouïe, l'odorat… Je suis seule, enfermée dans une bulle de douleur.

Je sens qu'on me bouge, un liquide froid coule sur mon visage. Dans ma bouche, sur mon menton. On me pousse dans la rivière et je perçois un léger mieux tandis que mes vêtements et mes cheveux se gorgent d'eau. Malgré les mouvements nerveux qui me secouent, ça me permet de reprendre un peu pied dans la réalité. Un cri me perfore les tympans, mais je garde les yeux fermés avec la terrible sensation de me trouver sur un tourniquet qui refuse de s'arrêter. Un autre cri retentit.

— Des navettes ! Ils nous ont retrouvées !

Mes paupières se soulèvent comme si on venait de tirer dessus. Allongée dans l'eau, je vois le ciel et les deux navettes qui passent et repassent au-dessus de nous. J'essaye de bouger, mais je n'ai pas la moindre force, mes doigts restent tétanisés, crispés comme des serres de rapace. J'arrive à tourner légèrement la tête et je distingue des silhouettes qui s'agitent dans tous les sens. J'entends les bruits de la cavalcade des filles qui tentent de sortir de la rivière en hurlant. Tout à coup, c'est le son reconnaissable d'un tir de laser qui vient s'ajouter à celui des cris. Je vois des filles tomber d'un coup, frappées sur l'instant. Une odeur de chair brûlée se répand autour de moi et de la fumée remonte des impacts, brouillant la visibilité des fuyardes. Des mains s'emparent de mes bras. Dina et Manuela essayent de me relever pour regagner la rive.

Je suis à peine debout que je chancelle, encore sous le coup de mon malaise. Je vois double et le coup de laser qui atterrit juste devant moi me fait sursauter de terreur.

— Rassemblez-vous ! ordonne Dina à toutes les filles.

Mais personne n'obéit. Aucune d'entre nous n'est assez calme pour analyser la situation de manière rationnelle. La pluie de feu qui s'abat sur nous alors que les navettes nous survolent, à l'image de vautours, ne peut pas nous permettre de rester stoïques.

Manuela pousse tout à coup un hurlement et je sens son étreinte sur mon bras se relâcher. Alors, je comprends. Je comprends que nous ne nous en sortirons pas. L'odeur de brûlé s'intensifie et l'eau semble bouillonner tandis que les tirs de laser fusent. Tout le monde court. Tout le monde tombe. Les filles restées dans l'eau, comme moi, Dina et Manuela, s'embourbent dans la vase qui tapisse le fond de la rivière ou glissent sur les pierres.

— Manuela ! crié-je.

— Je suis là !

Elle reprend ma main et la serre si fort que j'ai l'impression qu'elle essaye de me la briser. Mais pour rien au monde je ne voudrais qu'elle me lâche. Dina nous tire en braillant des flots d'injures dont je ne sais pas si elles s'adressent à nous ou aux pilotes des navettes. Mais peu importe, avancer est notre seule chance de nous en sortir. À peine avons-nous progressé de quelques mètres qu'un nouveau tir nous projette en arrière. Je perçois la morsure de l'eau sur ma peau brûlante et la dureté des pierres contre lesquelles mon crâne se cogne. Nos mains se désolidarisent les unes des autres, puis plus rien.

Nous ne ferons pas pénitence.

Mais nous mourrons quand même.

20

J'ai l'impression de voguer sur l'eau comme une plume… ou bien dessous. Quelle importance ? Je me sens juste entraînée sans rien pouvoir y faire. Je ne bouge pas, mes yeux sont fermés, ma bouche a encore le goût de la vase. Quand je sens qu'on me tire avec force, je ne réagis pas.

Je suis un pantin désarticulé.

J'ai mal partout. À l'intérieur comme à l'extérieur. Mon visage heurte une surface plus solide et une odeur d'argile remonte dans mes narines. Des mains me retournent et la douleur dans mon dos reprend tout l'espace. Tout explose en moi et je lâche un hurlement silencieux. Cette souffrance ne s'arrêtera-t-elle donc jamais ?

Mes paupières, jusque-là fermées, s'entrouvrent à peine pour laisser filtrer une lumière entre les rideaux de mes cils. L'éclairage est si pâle qu'il pourrait être irréel, un voile opaque recouvre mon champ de vision. Près de moi, je devine, plus que je ne vois, deux silhouettes dont une semble debout. Immobiles, elles restent là, générant chez moi des sentiments contradictoires.

S'agit-il de prisonnières issues de mon groupe ? S'agit-il de soldats SS attendant que je reprenne conscience pour m'asséner le coup fatal qui marquera ma punition ?

Amis ou ennemis ?

J'ouvre un peu plus les yeux, la peur lovée au creux de mon ventre. Le voile de brume se dissipe pendant une fraction de seconde avant de se troubler de nouveau à l'instant où je vois ces silhouettes. Je lâche un sanglot sonore.

— Elle sort enfin des vapes, murmure la voix de Manuela.

Je l'ignore, elle comme son visage. Je ne regarde que l'autre qui me considère sans un sourire de toute sa hauteur, les bras croisés.

Élias.

Il est là, si près de moi. Je tente de me redresser. Trop vite. Je retombe sèchement, la tête contre le sol dur. Élias s'accroupit soudainement. Plus près de moi encore. Il sent le feu. Son regard et ses traits ne reflètent aucune douceur, son visage est fermé, loin de toute expression. Il est si différent de la dernière image que j'ai de lui.

La dernière image...

Ce moment où il s'est jeté devant moi pour faire bouclier entre les gardes du corps du Führer et moi. Il pose sa main sur mon front et je redouble de larmes, même si les mouvements involontaires de mes épaules exacerbent ma souffrance.

Je pleure. Parce qu'il est là.

Je pleure. Parce qu'il me touche.

Je pleure. Parce qu'il ne peut pas être réel.

— Soigne-la, dit-il en se redressant.

Je frissonne d'un coup alors que le contact de sa peau contre la mienne s'est rompu. Je voudrais qu'il repose sa main sur moi, sur ma joue, ses lèvres sur les miennes. Je voudrais qu'il me serre contre lui, même s'il n'est que le fruit de mon imagination. Parfois, on se sent tellement plus heureux dans ses rêves que dans la réalité. Je referme les yeux, parce que continuer à faire comme s'il était vraiment là est pire encore que de le voir dans mes rêves. Il faut que je cesse de penser à lui, de tout ramener à lui.

Il n'existe pas !

Je me laisse submerger par le chagrin et je libère toutes ces larmes que j'ai condamnées et écrasées avec une enclume pour les empêcher de s'échapper. Pour paraître plus forte devant les autres filles. Toute cette peine que j'ai gardée pour moi alors que tout mon être avait explosé à l'instant où je suis sortie du test de loyauté. Qu'on me découvre vulnérable n'a plus d'importance à mes yeux. Au fil de mes pleurs, je me laisse sombrer dans un univers constitué uniquement de douleurs physiques. Je me laisse flotter tandis que mon esprit s'enfonce dans un sommeil de comateuse.

Plus de pensées. Plus de réflexions.

Seulement de la souffrance.

21

Quand j'émerge enfin, en nage, mon regard se heurte à l'obscurité. J'entends la rivière qui coule tout près de là, et le désir de boire s'impose à moi. Je n'ai pas besoin de poser une main sur mon front pour savoir que je suis toujours fiévreuse. Je me redresse comme une vieille femme percluse de douleurs, je pince les lèvres avec force pour m'empêcher de gémir, même si j'en ai les larmes aux yeux. Enfin, je réussis à me mettre à quatre pattes. Je me concentre autant que je peux sur le bruit de l'eau et, à tâtons, je progresse lentement. Je bute contre un corps allongé. Mes doigts glissent sur le visage de cette personne. Je reconnais Manuela à ses boucles coincées derrière une de ses oreilles. Une angoisse me saisit soudain, alors je descends ma main vers son cœur. J'attends, la paume plaquée sur sa poitrine. Quand celle-ci se soulève pour s'abaisser une seconde plus tard, je retrouve mon calme. Manuela est vivante.

Je la contourne du mieux que je peux. Je sens que je me rapproche de l'eau et je dois mesurer mes mouvements pour ne pas risquer de tomber dans la rivière. Je finis, à force de tâtonnements sur le sol, par toucher le rebord cassé de la roche. Je perçois la fraîcheur de l'eau et mon envie s'intensifie. Je veux boire, me remplir de liquide pour faire taire cette sensation de sécheresse qui a envahi mon corps. Je plonge les mains dans la rivière. Le froid est saisissant et le contraste avec ma peau brûlante fait revenir un malaise en moi. Je me penche doucement en avant, mouillant mes joues pour les préparer. Ensuite, j'immerge mon visage. Mes lèvres entrouvertes, je laisse l'eau pénétrer dans ma gorge et stagner tant que je ne me décide pas à déglutir. Puis je ressors ma tête. Je perçois les mèches qui sont restées collées sur mon front et devant mes yeux, je les repousse sans conviction. Tout à coup, il me semble sentir qu'on m'observe depuis l'autre côté de la berge. Je focalise mon attention sur ce point. Un halo de lumière apparaît, provenant d'une minuscule torche dont l'embout est en partie masqué par une main. Sa puissance est si faible qu'elle éclaire juste le visage et les contours du corps de la personne agenouillée, séparée de moi par le lit de la rivière. Je fais non de la tête en reprenant péniblement mon souffle. De nouveau, je suis submergée par l'émotion.

— Tu ne devrais pas... être là, chuchoté-je d'une voix tremblante.

Eden me regarde de ses grands yeux dont le souvenir ne m'a jamais quittée. Elle esquisse un sourire doux. Un sourire de petite fille innocente. Son visage est griffé de partout, ses cheveux partent dans tous les sens. Pourtant, elle reste aussi jolie que j'en ai le souvenir. Sans dire un mot, elle plonge sa main libre dans l'eau et la porte à ses lèvres.

— Tu ne devrais pas être là, répété-je. Je... ne veux pas te voir. Plus jamais... Tu...

À ces mots, l'expression de son visage, jusque-là avenante, s'assombrit et son sourire disparaît pour laisser place à une bouche pincée, comme si je l'avais blessée par mes paroles. Mais comment pourrais-je blesser une personne qui n'existe que dans mes pensées ? « Je te déteste. Laisse-moi tranquille et ne viens plus me hanter ! » Voilà ce que j'ai envie de lui dire.

Je te déteste. Parce que je t'aime.

Je ravale mes larmes pour ne pas me faire une fois de plus engloutir par le chagrin, et je me détourne pour ne plus la voir. Je repars avec peine vers Manuela pour me rallonger près d'elle. La lueur fade dans mon dos disparaît et je me retrouve plongée dans l'obscurité la plus totale. Si totale que je finis par buter contre le pied de Manuela et m'étaler au sol. Elle réagit aussitôt et ses mains se posent sur mes épaules.

— Krista ? Tu n'aurais pas dû bouger.

— Je voulais juste… boire.

— Il fallait me demander. Allonge-toi près de moi.

Elle m'aide à me hisser près d'elle et, à ce moment, comme si elle avait senti mon désarroi, elle enroule ses bras autour de moi.

— Ça va aller. Les navettes sont parties, rendors-toi.

Les navettes sont peut-être parties, mais les fantômes tout droit sortis de mon imaginaire ne le sont pas, eux.

Ils sont revenus et ils vont terminer de m'arracher ce qui me reste de raison.

22

Le bruit de la pluie qui tombe à l'extérieur me réveille. Les gouttes claquent comme de petits pétards sur la surface de l'eau et ce son se répercute contre les parois de la grotte en un écho lugubre. Je cligne des yeux pour chasser ce voile de brume qui ne me quitte pas depuis que j'ai fait mon premier malaise. Plusieurs fois, jusqu'à ce que ma vision s'éclaircisse enfin.

Où suis-je ?

Je ne me souviens plus. J'ai faim et froid, et rien que le fait d'y penser ne fait qu'aggraver les choses. La blessure dans mon dos me fait moins souffrir et je réalise que je peux même respirer un peu plus librement sans avoir l'impression qu'on me compresse les poumons. Néanmoins, je continue à sentir des élancements qui palpitent au rythme des battements de mon cœur. Sur ma droite, j'aperçois Dina. Assise en tailleur, elle tire un grand coup sec sur la manche déjà déchirée qui reste de son tee-shirt et la roule en boule avant de l'abandonner par terre. Son visage semble figé, son teint gris et ses yeux cernés, mais je n'y vois plus son aspect froid habituel. Je m'en rappelle maintenant… Le camp, notre évasion, les navettes qui nous mitraillent et la grotte. Dina tourne vaguement la tête dans ma direction, nos regards se croisent, mais elle ne m'adresse pas la parole. Elle n'a même pas un sourire pour moi. C'est Dina comme je la connais, pour le peu que je connais d'elle. Elle se redresse et quitte mon champ de vision, bien que j'entende encore le bruit de ses semelles sur le sol. Je pivote la tête dans l'autre sens pour chercher Manuela, mais je ne la trouve pas. Intriguée par sa disparition et l'attitude de Dina, je décide de me lever, moi aussi, en me demandant combien d'entre nous ont réussi à survivre à l'attaque des navettes. Je sais qu'il y a Dina, maintenant que je l'ai vue, mais également Manuela. Serions-nous les seules sur une vingtaine de prisonnières échappées ? Non, je ne peux pas me résoudre à le croire, on est forcément plus nombreuses. Pourtant, un goût amer sur ma langue me fait douter : celui de l'inquiétude. En me plaçant à leur tête, je m'estimais avoir pour devoir de veiller à ce qu'un maximum d'entre elles s'en sorte. Si aucune n'a survécu, alors, j'aurai échoué… Je n'ai pas les compétences d'un leader, c'est une évidence.

Je m'assois et je regarde aussi loin que mes yeux peuvent me le permettre. Vers le fond de la grotte, je discerne les flammes d'un feu de camp bien qu'aucune odeur de braise ne me parvienne. Un groupe de personnes est installé autour. Je repère leurs armes posées à leurs pieds. Des fusils de SS. Pour autant, je garde mon calme, toutes les filles de notre groupe se sont emparées de celles de soldats abattus, il est donc normal qu'il y en ait ici. L'idée de me blottir devant ce feu s'insinue dans ma tête. Ma peau est recouverte de chair de poule et la froideur dans cet endroit est intense. Je me dis que ça doit être agréable de se sentir enveloppée par la chaleur quand on grelotte, même de l'intérieur. Mentalement, j'essaye de faire le compte de celles qui sont assises autour du feu. Je n'arrive pas à les dénombrer tant mon esprit est toujours embrumé, mais ce dont je suis certaine, c'est qu'il y a plus de deux personnes, ce qui implique que Dina, Manuela et moi ne sommes pas les seules survivantes. Et j'en suis soulagée.

Je prends appui sur la paroi la plus proche de moi et je me redresse tant bien que mal. Ensuite, je me dirige vers le groupe en gardant les yeux posés sur mes pieds par crainte de glisser sur une pierre ou de tomber dans la rivière. Je ne suis pas très à l'aise, entre mes chaussures qui ont pris l'eau et ma vue encore un peu floue. Je me guide au son de la conversation chuchotée près du feu. Je ne comprends rien de ce qui se dit et l'impression d'entendre des gens comploter dans mon dos m'effleure. Je me demande si la paranoïa est un symptôme réservé aux fuyards ou aux Aryens en général. Le Führer m'a toujours fait l'effet d'une personne paranoïaque, je ne serais même pas étonnée qu'on m'apprenne que c'est une tare générée par toutes nos expériences en matière d'amélioration de la race. Il y a tant de défauts dans la perfection...

— Oh, Krista, tu es réveillée !

Je redresse la tête au son de la voix de Manuela. Elle apparaît devant moi avec un sourire jusqu'aux oreilles. Je me demande ce qui peut la mettre de si bonne humeur. Le fait que je sois sortie de ma sieste ou bien autre chose ? Elle saisit ma main sans hésitation.

— Viens te mettre au chaud.

Elle se pousse pour me permettre d'avancer et m'entraîne avec elle. Tout à coup, je me fige et elle se retrouve obligée de s'arrêter à son tour.

— Ça ne va pas ?

Je la considère en silence. Son visage interrogateur me fait l'effet d'une gifle. Puis je cesse de la dévisager et je braque les yeux droit devant moi. Là où je vois ces regards rivés sur moi. Ceux de Micha, d'Eden et d'Élias.

— Non…

Je plaque mes mains sur mes yeux et j'appuie de toutes mes forces comme si je voulais les crever.

— Krista, qu'est-ce qui t'arrive ? Dis-moi ce qui ne va pas ! s'alarme Manuela.

Je secoue la tête, les joues en feu et le cœur au bord des lèvres. Quand vais-je arrêter de les voir ? Quand vais-je réussir à sortir de mes rêves délirants ? Tout à coup, je repense à ce que je me suis dit en m'éveillant. Je ne dois pas montrer mes faiblesses à Manuela et Dina. Surtout Dina. Élias et les autres ne sont peut-être que le fruit de mes divagations, alors, je peux les ignorer. En agissant ainsi, en refusant de rester prisonnière de mes hallucinations, elles finiront par se dissiper. *Oui, il faut que je fasse ça.* Mais aurais-je la force d'affronter ces visions sans broncher ? Sans que mon cœur tape comme un fou dans ma poitrine ? *Et s'ils me parlent ? Comment suis-je supposée réagir ?* Je baisse les mains avec lenteur. Tous les regards sont toujours braqués sur moi.

— Ça va ? me demande à nouveau Manuela en posant une paume sur mon front. Tu es encore chaude.

C'est pourquoi je suis en pleine hallucination, réponds-je intérieurement.

— Viens t'asseoir.

Elle me guide jusque devant le feu, où je prends place entre elle et Dina. Silencieuse, je fixe aussitôt les flammes dans l'espoir de pouvoir me défaire de la tension qui m'habite tout entière. Pendant un instant, je m'efforce de m'absorber dans la contemplation des plaques posées au centre de ce feu indiquant qu'il s'agit d'un feu artificiel. Ça explique l'odeur si peu prononcée et le fait qu'aucune fumée ne s'en dégage. Elles ont dû être volées au camp. Puis ma concentration sur les flammes ne suffit plus et j'éprouve de plus en plus de difficultés à occulter la présence de ces ombres chimériques assises autour du feu, et plus encore à la supporter. Je les ai tant aimés. J'ai l'impression d'avoir partagé une vie entière en leur compagnie. De bons moments comme de terribles. Je me force à ne pas décrocher mon regard du feu. Quand ils finissent par cesser de m'observer, je sens le poids qui m'oppressait s'alléger un peu et je peux à nouveau respirer. Je place les mains devant les flammes pour m'imprégner de leurs bienfaits. Seulement, à présent que plus personne ne me regarde, je ne peux réprimer l'envie, le besoin même, de redresser la tête et de les fixer un à un. Mes yeux pivotent sur chacun d'eux, s'attardent sur le détail de leur visage puis reviennent vers les flammes avant de retourner une fois de plus sur Élias. J'étudie son menton, ses lèvres, ses prunelles. Je me souviens de sa douceur autant que de sa dureté, de sa façon de me sourire ou des larmes que nous avons versées ensemble quand Eden et Micha sont morts sous nos yeux. Tout ça me fait mal et me met mal à l'aise. Manuela pose une main sur mon avant-bras gauche et je sursaute, comme prise en flagrant délit de faire quelque chose d'interdit.

— Krista, laisse-moi te présenter nos nouveaux amis.

Je la dévisage dans un froncement de sourcils. Je ne comprends pas un mot de ce qu'elle raconte.

— Quoi ?

— Je te présente Élias, Eden et Micha.

Mon esprit vacille soudain.

23

Si je me regardais dans un miroir, je suis sûre que j'y verrais mon visage se vider de son sang. Je ne peux pas m'empêcher de fixer à nouveau Élias, puis Eden et Micha. Soudain, je me redresse d'un bond.

— Non ! C'est impossible ! crié-je soudain.

— Quoi ? Mais qu'est-ce qui te prend ? Ils nous ont sauvées. Ils…

— Vous ne pouvez pas les voir ! Vous ne pouvez pas !

— Mais… pourquoi tu…

— Parce qu'ils n'existent pas !

— Tu es complètement folle, ma pauvre, grommelle Dina sans même me regarder.

La colère qui m'a envahie traverse ma main et je la lève dans l'intention insensée de frapper Dina pour lui faire ravaler ses paroles, mais Manuela m'en empêche et me repousse.

— Arrête ! Enfin, Krista !

— Je vous dis qu'ils n'existent pas ! Vous comprenez ce que je dis ? Ils n'existent pas !

Ma voix est devenue cassante, aussi dure que du roc. Les mots ont jailli de ma bouche comme j'aurais vomi un flot de sang. C'est douloureux et ça me met hors de moi. Je me détourne du feu et de tous ceux qui sont assis autour et je repars vers la brèche qui donne à l'extérieur. Je n'ai même pas conscience que je ne titube plus. J'y suis presque arrivée quand je sens une pression sur mon bras, me forçant à m'arrêter. Je tourne la tête, m'attendant à voir Dina ou Manuela. Mais ce n'est ni l'une ni l'autre.

— Si tu sors d'ici, tu es morte. Tu as compris ?

Mes yeux descendent sur les longs doigts d'Élias qui m'enserrent la peau. Il me fait mal, et ça semble tellement réel que je finis par ne plus savoir quoi penser. Machinalement, je pose ma main sur sa joue. Il me regarde d'un air troublé, mais ne bouge pas, se contentant de lâcher mon bras. La chaleur de sa peau se diffuse dans ma paume en même temps que je sens la rugosité de son menton ombré par une barbe de plusieurs jours.

— Tu... tu ne peux pas être réel.

Sans qu'aucune expression n'altère son visage, il repousse ma main. Il ne fait preuve d'aucune douceur ni d'aucune violence. Son geste est totalement neutre.

— Pourquoi est-ce que je ne serais pas réel ? Ce que tu racontes est ridicule, me dit-il de sa voix grave.

— Parce que... parce que tu...

— Tu ferais mieux de te reposer. Tu as encore de la fièvre, tu délires.

Il s'apprête à repartir vers le feu de camp, là où tout le monde assiste en silence à notre face-à-face, mais je lui agrippe le poignet. Il me regarde à nouveau et une étincelle se met brusquement à briller au fond de ses yeux sombres. Je n'y vois que de l'irritation et je ne comprends pas sa réaction.

— J'essaye de t'expliquer que tu n'existes pas… Enfin, pas ailleurs que dans ma tête.

Il lâche un petit rire, qui tient plus de la nervosité que de la moquerie, et se libère de mon étreinte. Ensuite, il me toise.

— J'existe. Quoi qu'une Aryenne puisse en penser, j'existe. Tout comme les gens de mon peuple existent. Je ne te connais pas, je ne te permets pas de me parler comme ça. Maintenant, tu es prévenue : si tu quittes cette grotte pour t'aventurer au-dehors, je ne prendrai pas le risque que tu nous fasses repérer. Est-ce que j'ai été clair ?

Je reste muette, ses paroles agissent comme un électrochoc sur moi. Ça a le don de me sortir totalement des vapes. Pourtant, je suis incapable de faire un mouvement. Des pensées contradictoires se rencontrent et s'opposent dans mon esprit en un orage violent. Je suis perdue, noyée dans la confusion. Élias retourne s'asseoir près du feu et me jette encore un regard après s'être installé. Pas celui d'un ami. Encore moins celui d'une personne proche. Mais bien celui d'une personne réelle.

Une personne qui, de toute évidence, ne me connaît pas…

Je ne sais plus si je dois me réjouir de le savoir réel et vivant, ou pleurer parce qu'il m'a oubliée.

24

La pluie tombe depuis des heures. Je n'ai pas ouvert la bouche depuis presque autant de temps. Assise près de la rivière, je regarde le cours d'eau sans vraiment le voir pendant que Manuela nettoie ma blessure.

— Pourquoi as-tu dit tout ça à ce garçon ? Tu sais, nous avons eu de la chance que lui et ses amis nous aient tirées de la rivière, sinon, je ne sais pas si on s'en serait sorties. C'est aussi une sacrée opportunité pour nous d'avoir deux hommes à nos côtés… Alors, je pense que tu devrais être plus sympa avec Élias. Et puis, tu ne peux pas le connaître, ce n'est pas un Aryen.

Je me mordille l'intérieur de la joue. Je n'ai pas tellement envie de lui répondre, mais je me rends compte que si je ne me confie pas un minimum, au mieux, on me prendra pour une folle, au pire, c'est moi qui me considérerai comme perdue. Et puis, en tant qu'Aryenne, elle est la meilleure placée pour comprendre.

— Il était dans mon test, dis-je avec détachement.

Il y a un blanc durant lequel je ne sens plus Manuela tamponner mon dos blessé. Quand, enfin, je perçois à nouveau la pression de sa main, j'ai l'assurance qu'elle n'est pas partie, mais je m'étonne de son silence.

— Manuela ?

— Je suis là. Quand tu parles de ton test, tu parles du test de loyauté ? lâche-t-elle sur un drôle de ton.

— Oui. Et Eden et Micha y étaient également. J'ai… je les ai vus mourir les uns après les autres, et…

Je me referme comme une huître en réalisant que je m'apprêtais à évoquer les sentiments que j'éprouvais pour Élias, nos moments de rapprochement et tout ce que cela impliquait pour moi. Ça reste si personnel, si intime, même si c'était une expérience virtuelle dont Élias n'a plus le souvenir, que je ne m'imagine pas un instant me confier à Manuela.

— Comment ça, tu les as vus mourir ? Tu veux dire que tu te rappelles ce que tu as vécu pendant ton test ?

J'arque les sourcils, perplexe, et je pivote pour lui faire face.

— Pas toi ? m'étonné-je.

Elle me dévisage comme si je venais de sortir la pire des absurdités.

— Non. Rien du tout. En fait, je sais juste que j'ai échoué à mon test, et c'est pour ça que j'ai atterri au camp. Mais le reste…

Je me replace de manière à lui tourner le dos pour qu'elle reprenne ses soins, mais j'ai l'estomac noué et je ne sais plus quoi répondre. Pourquoi ne se souvient-elle pas de son test, quand moi, j'ai une parfaite conscience de tout ce que j'ai vécu ?

— Et Dina ? Elle a oublié, elle aussi ? lâché-je après une longue minute de silence.

— Aucune idée, mais je ne l'ai jamais entendue

en parler. Et elle n'a pas l'air de connaître ces non-Aryens… Quoique, à la réflexion, je me demande…

Ses dernières paroles me perturbent ; je tourne alors la tête dans la direction d'Élias et des autres. Ils sont toujours autour du feu et j'y découvre Dina assise à leurs côtés et visiblement en pleine discussion. Une pointe de jalousie me pique le cœur. Je ne peux pas m'empêcher de me demander, à cet instant, si Élias a évolué dans plusieurs tests. Tout ce que j'ai vécu avec lui, l'a-t-il vécu avec d'autres filles comme moi ? A-t-il ressenti la même chose avec d'autres qu'avec moi ? La pointe de jalousie se transforme en désarroi. Je me suis cru unique aux yeux d'Élias, comme à ceux d'Eden, jusqu'à ce qu'un médecin SS me déclare qu'ils n'existaient pas. C'était déjà une cassure très difficile à gérer pour moi, et, à présent, je découvre qu'on m'a encore menti, qu'Élias et Eden sont réels, mais qu'ils ont probablement été les cobayes de multiples tests… Tout ça se recoupe finalement, s'ils ont été utilisés pour le mien, ils l'ont forcément été pour d'autres. Mais ça n'explique pas qu'Élias n'ait aucune notion d'un quelconque test. Comment est-ce possible ?

— C'est bon, ça ira ! déclaré-je en me redressant.

— Tu es sûre ?

Je fais face à Manuela, mais j'ai beau la regarder, mon esprit ne cesse de dériver vers mes souvenirs en commun avec Élias, Micha et Eden. Où ont-ils vécu ? Ai-je inventé leur passé et leur présent ? Quelles sont finalement la part de réel et la part de virtuel dans notre histoire ? J'imagine que ça n'a plus d'importance maintenant qu'aucun d'eux ne se souvient de moi…

— On doit se bouger maintenant. Si on reste ici, les navettes finiront par nous retrouver.

— Comment veux-tu qu'elles nous repèrent ? C'est impossible. On est en sécurité et les garçons sont là pour nous protéger.

J'ai envie de lui dire que je n'ai pas besoin de garçons pour veiller sur moi, que si nous sommes sorties vivantes du camp, c'est grâce à nous. Mais je mentirais si je refusais de reconnaître que leur présence me fait malgré tout du bien… Du bien comme du mal, d'ailleurs.

— À bord d'une navette, peut-être pas. Mais imagine que des soldats à pied fouillent les environs ?

— Mais Élias a dit…

Je me fiche de ce qu'il a dit. Depuis le début de cette aventure, tout le monde s'est moqué de moi, on m'a manipulée, attirée dans de nombreux pièges et on m'a retourné le cerveau avec tant de facilité que je refuse de continuer à rester une suiveuse. Je me relève, adresse un sourire énigmatique à Manuela et je rejoins le groupe. Comme je m'en doutais, les regards se posent sur moi, et leur effet est le même que la première fois que c'est arrivé. Je voudrais m'enfouir dans le sol pour disparaître. Je m'exhorte à ne rien montrer de mon malaise intérieur et je choisis bien ma place. Pile entre Élias et Dina, histoire de ne pas leur donner des envies de se rapprocher. Il ne ressent peut-être plus rien pour moi, mais ce n'est pas pour autant que je vais laisser Dina prendre la place dans son cœur.

— Comment avez-vous atterri ici ? demandé-je à Élias d'une voix que je fais de mon mieux pour la garder assurée.

— Ça ne te dérange pas de me couper la parole ? s'indigne Dina.

Je lui jette un regard identique à ceux dont elle a le secret.

— Désolée, je n'avais pas remarqué que tu parlais, rétorqué-je sur le même ton.

Puis je me tourne à nouveau vers Élias et j'attends qu'il réponde à ma question.

25

— On s'est échappés du camp de *Niederhagen*. Tout comme vous, répond Élias d'une voix très basse, presque dans un souffle.

— Ils ont fait sauter tous les fours, ajoute fièrement Eden.

Je la regarde et je ne peux pas m'empêcher de m'attendrir à sa vue. J'ai tenu des propos si durs à son égard, la nuit passée, que je m'en veux. Comment aurais-je pu imaginer qu'elle ne soit pas qu'une simple hallucination ? Et surtout, quand le test m'avait mise face à sa terrible mort… Mais non, elle est là, avec ses yeux d'un noir d'encre qui pétillent de soif de vivre, avec ses cheveux sombres et longs. Un ange, mais un ange non-aryen. Comment les gens de mon espèce ont-ils pu utiliser une enfant dans un test grandeur nature ? Je me souviens de ce qu'elle m'avait dit la première fois dans le test. Que sa mère était morte à sa naissance et que son père venait d'être tué par les soldats durant leur offensive dans les tunnels. Je me surprends à réfléchir de nouveau sur ce qui peut être vrai ou ne l'est pas. Ses parents sont-ils réellement décédés, ou bien sont-ils encore prisonniers dans le camp d'expérimentation ?

— C'était donc vous…, murmuré-je en reprenant

pied dans la conversation. La cause de tout ce désordre au camp, ça provenait de vous.

— Nous avons profité d'un moment d'inattention des soldats pour mettre le feu aux incinérateurs, dit Micha. Tu sais, ce sont les…

— Elle sait ce que c'est, le coupe Élias. C'est une Aryenne.

Sa remarque me glace le cœur. Il me rappelle l'Élias du début, quand il portait encore sur moi des yeux hostiles, qu'il me considérait comme une simple Boche, une « putain du Führer », comme m'appelaient les gens de sa communauté. Ce retour en arrière m'attriste, mais je ne réponds pas. Puis, après tout, il a raison, je n'ai pas besoin qu'on m'explique ce que sont les incinérateurs ni à quoi ils servent.

— C'est grâce à vous qu'on a réussi à s'échapper. Sans votre insurrection et ces explosions, nous serions toujours sur une table d'expérimentation.

Je n'ajoute rien, je laisse Dina s'en donner à cœur joie pour continuer la discussion. J'attends de voir si Élias sera moins cassant avec elle qu'il ne l'est avec moi, mais il n'ouvre pas la bouche. Comme moi, il semble avoir renoncé à participer à la conversation, et c'est Micha qui reprend la parole et se met à nous expliquer en long, en large et en travers leurs conditions de vie dont nous, les détenues aryennes, ignorions tout. Nous apprenons que le camp était scindé en deux parties bien distinctes, l'une remplie d'Aryennes déchues et l'autre de non-Aryens. Ça me fait sourire intérieurement. Nous sommes tous considérés comme des parasites de la société, et pourtant, on n'a même pas le droit de se mélanger. Comme si, jusque dans la bassesse des prisons, il fallait que les Aryens demeurent toujours séparés de ceux qui ne le sont pas. Je songe au tatouage d'Élias sur sa clavicule. Le même que le mien. Est-il finalement un non-Aryen ou bien un sang mêlé ? Quand il me fixe tout à coup, je réalise que je n'ai pas fait que penser à lui, je l'ai aussi dévisagé avec insistance au point qu'il s'en est aperçu. Je détourne la tête et je me concentre sur les braises qui crépitent doucement. Micha précise que les choses étaient équivalentes dans leur camp en matière de tests médicaux, de douches détergentes et de travail de forçat. Je continue à écouter tout en reportant malgré moi mon attention sur Élias. Je le sens mal à l'aise, comme si ma proximité le dérangeait. Il garde les yeux rivés sur le feu et, en regardant bien, je suis presque sûre que je pourrais voir les flammes se refléter sur ses rétines. À quoi pense-t-il ? A-t-il au moins un petit souvenir de ce que nous avons vécu ? Rien qu'un ?

— Et toi ? me demande-t-il tout à coup.

Je m'arrache à ma léthargie. Il me rend nerveuse à être nerveux.

— Moi ?

— Comment tu t'es échappée ? Tes amies m'ont dit que tu étais une des meneuses.

J'ai à peine le temps de jeter un coup d'œil en direction de Dina dont je devine que c'est elle qui a parlé de ça. Elle esquisse un sourire narquois en réalisant que j'ai rougi.

— J'ai juste sauté sur l'occasion de fuir quand elle s'est présentée.

— Et ta blessure ? Ça vient de là ?

— J'étais sur le point de subir un test.

Élias ne rétorque rien, il se contente de hocher la tête d'un air pensif. Alors que Micha se remet à parler pour demander ce que nous faisions dans le camp et comment nous étions traitées, Élias pose une main sur ma tempe où se trouve toujours le dispositif qu'on m'a implanté. Je recule sous l'effet de la surprise.

— Il va falloir l'enlever, dit-il sans se départir de son calme.

À mon tour, je porte les doigts sur ma tempe. Je n'ai pas eu le temps de comprendre à quoi servait cet appareil, mais je ne serais pas particulièrement triste qu'on m'en débarrasse. Je me demande juste comment Élias compte procéder sans matériel médical et sans m'arracher la moitié du visage.

— Qu'est-ce que c'est, au juste ? m'informé-je.

— Un traceur, répond Micha.

— Un traceur ? Mais…

— Pas de panique, ces joujoux ont une portée limitée à quelques mètres du camp. On est trop loin maintenant pour qu'ils fonctionnent encore. Micha va vous l'enlever, à Manuela et toi. Il a déjà ôté celui de Dina.

Je fais mine de ne pas être agacée par le fait qu'elle soit passée la première entre les mains de Micha. C'est idiot, je n'ai pas à l'être, mais c'est plus fort que moi.

— Vous en aviez, vous aussi ?

Élias se contente d'un nouveau hochement de tête et j'en conclus qu'il n'a pas forcément envie de continuer à discuter de ça. Moi non plus. J'aimerais aborder d'autres sujets, seulement, je ne vois pas du tout comment arriver sur ce terrain sans passer encore une fois pour une folle en plein délire. Et puis, ce qui compte à cet instant, c'est la préservation de nos vies. Nous sommes au nombre de six : trois Aryennes déchues et trois non-Aryens, dont une fillette de dix ans. Où allons-nous pouvoir trouver refuge à présent que nous sommes considérés comme des hors-la-loi ? Dina a raison sur ce point quand elle dit que pas une parcelle du monde n'appartient pas au Führer. Où que nous allions, nous resterons des fugitifs toujours sur le qui-vive. Nous n'aurons jamais aucun endroit où nous sentir un tant soit peu en sécurité.

Pas même dans les égouts d'une ville comme Germania.

26

Après notre discussion, chacun s'est plus ou moins dédié à une tâche. J'apprécie le fait que, malgré nos caractères différents et nos dissemblances en règle générale, personne n'ait cherché à prendre le contrôle du groupe. Je suis surprise que Dina n'ait pas tenté de s'imposer, tout comme je suis étonnée qu'Élias ne l'ait pas non plus fait. Pourtant, je crois que, comme moi, ils sont bien conscients qu'il faudra, à un moment ou à un autre, choisir un meneur. Parce qu'il en faut nécessairement un pour garder ce groupe uni, et si je dois donner ma confiance, ce sera à Élias, même si lui ne veut pas m'accorder la sienne.

Pour l'instant, il s'est porté volontaire pour aller dénicher un peu de nourriture. Il dit qu'il doit y avoir des baies dans le coin, parce qu'il en a vu quand ils couraient dans le bois durant leur fuite. Si je ne suis pas convaincue qu'il en trouve dans un endroit si malmené par le soleil, les grognements de mon ventre ne sont pas ma priorité. Mon inquiétude se porte plutôt sur le fait qu'il puisse ne pas revenir. Rien que cette pensée me serre les entrailles. Nous sommes dans la réalité, pourtant, tout ce que nous endurons semble si proche de ce que nous avons vécu en étant raccordés à de simples fils qui ont initié le test de loyauté. La peur est la même, les risques sont similaires, et je ne voudrais pas que la fin soit la même. Dina monte sagement la garde près de la brèche. Elle est si statique, assise avec son arme posée sur les genoux, qu'on pourrait la prendre pour une statue. Même ses épaules ne bougent pas. Manuela et moi, nous nous apprêtons à nous faire enlever notre traceur par Micha. Avant de m'allonger pour passer la première, je suis Élias du regard. Il s'accroupit près de Dina, lui glisse quelques mots dont je ne comprends pas la teneur et se faufile à l'extérieur avec son fusil. Micha semble remarquer mon angoisse et pose une main sur mon bras. Je me détourne de la brèche et je lui adresse un sourire fatigué. Son visage est jovial, j'en avais presque oublié à quel point il avait l'air toujours décontracté. C'est dans sa façon de se comporter alors qu'Élias est plus sur la réserve.

— Pas de panique, Élias sait se débrouiller. Tu peux lui faire confiance pour ça.

— Qui peut faire confiance à qui de nos jours ? réponds-je dans un murmure, plus pour moi-même que pour lui.

— C'est étonnant, tu es assez étrange comme Aryenne. Tu te comportes d'une telle façon que j'ai presque l'impression qu'on se connaît depuis longtemps.

Un éclat se met à briller dans mes yeux. Serait-il en train de se souvenir de moi ?

— Qu'est-ce qui te fait penser ça ? demandé-je.

— Ne bouge pas, que je t'enlève cette saloperie de traceur… Je ne sais pas, il y a quelque chose chez toi de… familier.

Au fond de moi, je souris. Si Micha ne se rappelle pas de moi, le fait qu'il semble avoir quelques restes de notre aventure ensemble est plutôt bon signe. Peut-être que les choses reviennent à la longue ou partiellement. J'aimerais qu'il se souvienne de moi, lui, comme Élias et Eden. J'aimerais qu'il me dise si Ezra, Anna et leur bébé Âmi existent aussi et s'ils sont vivants. C'est idiot, mais en attendant, je me sens touchée par ses mots, si émue que, pendant une seconde, j'ai envie de le prendre dans mes bras au point de l'étouffer.

— Sans vouloir vous déranger, il va falloir penser à partir d'ici, intervient soudain Dina en venant s'accroupir près de nous.

Une onde de douleur explose dans ma tête alors que Micha arrache mon traceur. Je porte aussitôt une main sur ma tempe et je perçois un renflement de peau tiède.

— L'hématome va s'estomper d'ici quelques jours, me rassure Micha en montrant sa propre tempe où une tache, mélange de pourpre, de bleu et de vert, apparaît.

Ensuite, il lance le dispositif dans la rivière souterraine et nous le regardons flotter pendant un instant avant de disparaître au fond de l'eau.

— Si tu veux bien, nous allons attendre le retour d'Élias pour en discuter, Dina, lui répond finalement Micha.

— Pourquoi ? On peut commencer à en parler sans lui, non ? Il n'est pas vital à la conversation, à ce que je sache.

Micha esquisse une drôle de grimace, mais il a

l'intelligence de ne pas répliquer. À la place, il fait signe à Manuela de le rejoindre pour lui ôter son traceur. Je sens le regard de Dina se poser sur moi, mais je préfère moi aussi ne pas répondre. Néanmoins, elle a raison sur deux points. Le premier est qu'Élias n'est effectivement pas vital à cette conversation, puisqu'il s'agit juste de discuter des options qui seraient viables pour nous ; le second est que nous n'allons pas pouvoir nous cacher ici indéfiniment. Il va bien falloir prendre une décision et nous accorder sur l'endroit où aller… À condition que les filles et les garçons soient d'accord pour rester ensemble. Je l'espère au fond de moi, mais rien n'est moins sûr compte tenu du retour en arrière dans l'attitude d'Élias à l'égard des Aryennes que nous sommes.

— Il faut qu'on en discute, insiste Dina.

Je sais qu'elle s'adresse à moi, mais je n'ai pas envie de parler maintenant. Je me lève.

— Plus tard, répliqué-je en me dirigeant vers le fond de la grotte où se trouve Eden.

Je sens le regard furieux de Dina dans mon dos, mais je m'en moque et je me focalise sur Eden.

La petite, isolée dans un coin, a replié ses jambes et passé ses bras autour. Sa tête posée sur ses genoux, elle fixe le vide. Son visage n'exprime qu'un long prolongement de questions que j'imagine vitales pour elle. Sans compter la peur et la faim. Je m'assois près d'elle et, tout comme elle, je me cale contre le mur sans trop m'appuyer à cause de ma blessure. Je garde le silence pendant un instant.

J'attends.

Comme elle ne parle pas et ne me regarde pas, je me lance :

— Je suis désolée pour ce que je t'ai dit.

Pas de réponse. Je la devine meurtrie. Je suis un monstre, elle me l'a toujours dit et elle avait raison.

— Eden. C'est compliqué. Si tu savais à quel point c'est compliqué… Mais ça n'excuse pas ce que j'ai pu te dire. Je suis sincèrement désolée, je…

— Je m'en fiche, je te connais même pas. Tu n'es personne pour moi et Élias dit que les Aryens n'ont pas de cœur.

Je baisse les yeux sur mes mains, sur mes ongles. Ils n'ont jamais été aussi noirs que depuis mon évasion du camp. Ici, plus de douches aseptisées, plus de produits détergents qui détruisent la peau en même temps que les bactéries.

— C'est vrai, tu ne me connais pas. Pas dans cette réalité en tout cas. Mais moi, je te connais.

Eden tourne la tête vers moi et, à ses sourcils froncés, je devine qu'elle est pleine de doutes à mon sujet. Comment pourrais-je bien la connaître si elle n'a jamais croisé mon chemin ? Ça n'a pas d'importance, j'ai envie de lui dire ce que j'ai sur le cœur. Je l'ai perdue une fois, je ne la perdrai pas deux fois.

— Je sais que tu es une petite fille très courageuse, et je sais aussi que…

Au moment où je m'apprête à poser une main sur ses cheveux, elle esquive en faisant pivoter sa tête sur le côté pour m'empêcher de la toucher. Déçue, je replace ma main sur ma cuisse. Je peux comprendre sa réaction, même si j'ai un gros pincement au cœur. Elle m'a oubliée. Les Aryens sont de nouveau ses ennemis, et même déchue de mes droits, je reste une Aryenne pour elle. Au final, la seule chose qui nous unisse, c'est notre condition de fugitives.

— Le fait d'avoir les cheveux et les yeux noirs ne fait pas de toi une personne inférieure à moi.

— Pourquoi tu me dis ça ?

— Je veux juste que tu saches que je ne suis pas ton ennemie et que je ne le serai jamais.

27

Un bruit interrompt brusquement notre semblant de rapprochement et je lève la tête d'un coup, les yeux rivés sur Micha et Manuela. Dina se redresse à son tour. Nous entendons l'eau claquer comme si l'on marchait dans la rivière du côté extérieur. Je pense à Élias avant de réaliser que ce bruit de pas est accompagné de quelque chose de plus lourd. En me penchant vers la brèche, j'aperçois des pattes de chien. Non pas d'un animal fait de chair et de sang. Bien pire. Je bondis en avant et me précipite vers mon arme restée dans un coin de la grotte.

— *Hund des Todes*[1], murmuré-je à l'attention de Dina qui a déjà son fusil prêt à être utilisé.

Nous nous couchons à terre de chaque côté de l'accès à notre cachette pour nous fondre parmi les roches. Micha fait signe à Eden de s'allonger le plus possible de manière à se rendre invisible. Puis lui et Manuela se calent dans un autre coin. Nos canons sont tous dirigés vers la brèche et nous sommes sur le qui-vive. Les bruits de pas sont de plus en plus proches et si je collais mon oreille contre le sol, je suis persuadée que je pourrais sentir de petites vibrations prouvant la présence du

1. « Chien de la mort » en allemand (au singulier).

chien-robot. Au fil de l'avancée de l'ennemi, mon souffle se fait plus discret et j'en arrive presque à me demander si cesser de respirer pourrait éloigner le danger. Ce qui est une bonne chose avec ces animaux composés de millions de systèmes et de puces électroniques, c'est qu'ils n'ont pas d'odorat ni une ouïe très développés. Ces monstres de métal fonctionnent essentiellement aux mouvements, mais je ne pense pas que nos cages thoraciques se soulevant lentement puissent être un indicateur assez précis de notre présence dans cette cachette. Pour le soldat, par contre, j'en suis moins sûre. Tout en ravalant péniblement ma salive, je songe à nouveau à Élias. Je ne peux pas m'empêcher de visualiser dans mon esprit les pires images. Lui étalé sur le sol, mort. Lui, déchiqueté par des crocs d'acier…

Concentre-toi.

Les bruits de pas s'arrêtent aussi soudainement qu'ils ont troublé notre repos. Je jette un coup d'œil en direction de Micha. Il hoche la tête, alors je penche la mienne suffisamment pour voir où en est la situation. La surprise me fait hoqueter à l'instant où l'imposant crâne argenté du chien apparaît par la brèche. Ses yeux rouges, semblables à des rubis, se posent sur Eden qui a relevé la tête. Dina et moi tirons en même temps sur le monstre de métal. Les balles ricochent sur son front lissé, mais l'un des projectiles va se loger dans son œil droit qui s'éteint sous le coup. Le chien retire aussitôt sa tête de la brèche.

— Ici ! crie une voix à l'extérieur.

Le SS ne doit pas être seul à essayer de rameuter les autres. Si c'est ça, nous sommes perdus.

— Vite, tout le monde au fond ! nous ordonne Micha.

Nous reculons avec prudence sans cesser de garder l'entrée de la grotte dans notre ligne de mire, puis nous nous allongeons auprès de Micha et de Manuela. Là, nous voyons les pieds du soldat et les pattes du *Hund des Todes* qui piétinent dans l'eau.

— Maintenant !

Nous tirons tous sous l'impulsion de Dina. Je vise les jambes du SS plutôt que les pattes du chien. Si nous tuons son maître, l'animal ne pourra plus agir, mais si nous faisons l'inverse, le SS continuera à appeler des renforts.

Quand son corps tombe enfin dans la rivière, la vision de son visage et de ses yeux grands ouverts sur nous est presque un choc. J'en avais oublié à quel point les hommes enrôlés dans l'armée étaient si jeunes. L'ennemi demeure l'ennemi, mais ça reste une vie en moins sur Terre. J'aimerais tant que le monde soit plus simple et que nous ne soyons pas obligés de nous entretuer pour une raison qu'au fond d'eux, ces soldats ne comprennent sans doute même pas. Nous avons été dressées comme des chiens d'attaque sans avoir la possibilité de choisir une autre voie. Pourquoi les gens se battent-ils ? Pourquoi s'entretuent-ils ? Je ne suis même plus sûre que ce soit pour une question de race ou de couleur… Le *Hund des Todes* fait demi-tour en lâchant un grognement rauque et nous le voyons s'éloigner à toute vitesse, ses pattes fouettant l'eau avec énergie. Lorsqu'il disparaît de notre horizon, notre panique est presque pire que quand il était sur place.

— Ils vont revenir, c'est certain ! Le chien est parti les prévenir ! s'affole Manuela.

— Il faut quitter la grotte, c'est notre unique chance.

— Non, Dina, ce n'est pas une bonne idée. Si ce chien est retourné chercher du renfort, c'est que ce soldat n'était pas seul. Les bois doivent en être infestés, la rembarre Micha.

Je ne me préoccupe pas de ce qu'ils disent, je retourne vers le fond de notre cachette pour m'assurer qu'Eden va bien. Je la vois en train de crapahuter en s'agrippant aux roches au-dessus de la rivière.

— Ne reste pas là, Eden, c'est dangereux.

— Je sais m'accrocher, j'ai pas besoin que tu me dises ce que j'ai à faire. Il n'y a qu'Élias et Micha qui ont le droit.

Ses mots sont blessants comme ceux d'une petite fille qui veut se rebeller contre les adultes et pas uniquement contre les Aryens. Je ne réplique pas, même si je suis inquiète, mais je dois reconnaître qu'elle gère plutôt bien son corps. Elle est légère comme une plume et habile. Je reste tout de même à proximité pour garder un œil sur elle, que ça lui plaise ou non. Une idée me vient en la regardant passer d'une pierre à l'autre de la rivière qui disparaît dans la roche.

— Micha, si la grotte se prolonge, on pourrait peut-être descendre. Aucun chien ne pourra rentrer par la brèche et il y a peut-être une issue par là, proposé-je.

Il tourne la tête vers l'endroit où se trouve Eden avant de me faire les gros yeux.

— Et s'il n'y en a pas, on sera pris au piège. Hors de question.

Au moment où je réalise qu'il a sans doute raison, nos regards sont encore fixés sur Eden. Nous la voyons subitement lâcher sa prise sur la roche et disparaître dans un hurlement de terreur.

28

Nous nous précipitons vers l'endroit où Eden a disparu. Il y a effectivement une ouverture par laquelle s'écoule le cours d'eau, mais tout y est plongé dans les ténèbres. Il est impossible d'apercevoir un mouvement ou d'avoir la moindre notion de la profondeur du trou.

— Eden ? Eden !

Un sanglot dans le lointain tinte entre deux remous de la rivière.

— Je crois que je l'entends !

Micha se colle à moi pour pouvoir lui aussi tenter de voir quelque chose dans ce puits d'obscurité. Seulement, ça ne sert à rien. On reste quelques secondes à tendre l'oreille avec attention dans l'espoir d'un nouveau bruit qui nous prouverait qu'elle va bien. Mais en dehors de celui de l'eau qui semble tomber comme une petite fontaine, il n'y a rien de plus.

— Je vais essayer de l'attraper si tu me fais basculer vers le vide en me maintenant les jambes, lance Micha.

— Non, tu es trop lourd, aucune de nous n'aura assez de forces pour te tenir. Laisse-moi ta place, je suis plus légère, réponds-je.

Il n'objecte rien et se positionne aussitôt derrière

moi. Il s'accroupit à mes pieds et enroule ses mains autour de mes chevilles.

— Tu es prête ?

Un mouvement de tête pour lui indiquer que je le suis, même si je ne suis pas sûre de mon coup, et il me projette en avant, me donnant l'impression de m'envoler avant que le haut de mon corps retombe sèchement sur les roches humides. Mon ventre heurte de grosses pierres, mais la douleur est atténuée par leur forme arrondie et lisse. L'eau éclabousse mon visage et fait glisser des mèches de mes cheveux devant mes yeux. Je les laisse où elles sont, la vue m'est inutile ici. Ce qui compte, ce sont mes oreilles.

— Eden ? Ma chérie, réponds-moi. Je viens te chercher.

Je tends les bras en avant, cherchant à attraper ses mains que je ne peux pas voir. Rien ne s'agrippe à mes doigts et je commence à sentir l'angoisse monter d'un cran.

— Eden ! Écoute-moi, tu dois faire du bruit, sinon, je ne pourrais pas te repérer ! Eden ?

Un sanglot me parvient et une onde d'espoir prend le dessus sur l'inquiétude. Micha doit me faire descendre plus.

— Encore, Micha ! braillé-je.

Je sens ses mains se raffermir sur mes chevilles et me faire un peu mal. Je fais abstraction de la douleur et j'accompagne la lente descente de mon corps en gardant mes coudes plaqués contre la roche. Ma blessure, dans mon dos, se rappelle à moi et s'intensifie, mais je m'efforce de la mettre de côté, Eden est ma priorité.

Tandis que je tends l'oreille pour essayer de repérer où se trouve Eden, ce que j'entends génère une onde de panique en moi. Ces bruits, même étouffés, je n'ai aucun mal à les reconnaître. Des coups de feu sont tirés à la surface. Leur écho se répercute contre les parois de la grotte et jusqu'à l'endroit où je suis suspendue, les pieds en l'air. Le sang qui afflue dans ma tête gronde comme le tonnerre et mes pieds sont soudain moins stables alors que Micha semble s'agiter en haut.

Ne me lâche pas, je t'en prie, songé-je.

La voix de Micha se mêle aux coups de feu. Il aboie des ordres en direction, je suppose, de Dina et Manuela. Tout à coup, je ne sais pas ce qui se passe ni comment ça arrive, mais je glisse. La tension des mains de Micha sur mes chevilles se relâche trop et je me sens tomber. Je n'ai même pas le réflexe de crier tant la course de mon corps dans le vide me semble folle. Les pierres heurtent mes bras, mes jambes. Une douleur éclair qui revient à l'infini, jusqu'à ce que je me retrouve totalement dans le lit de la rivière. Puis ça reprend, et les roches me font tanguer de droite à gauche. Je me fais l'effet d'une boule coincée dans un flipper géant. Je continue à tomber. J'entends la voix de Micha, loin, très loin, qui crie mon nom. Celle de Manuela qui l'imite. Puis c'est l'atterrissage. Brutal. Violent. Ensuite, le néant.

29

— Krista ?

Je réagis à peine. Ma tête est lourde et mon dos me lance comme un second cœur greffé dans ma blessure. Je devrais écouter mon corps qui crie sous l'effet de la souffrance et rester ainsi, sans bouger, jusqu'à ce que je me sente mieux. Seulement, il y a peu de chances que ça s'améliore avant un moment, et puis, maintenant que je suis au même endroit qu'Eden… Je me remets en position assise en tordant mes lèvres de douleur. Plongée dans le noir, je suffoque presque. Ce n'est pas comme l'obscurité normale, ici, on a l'impression d'être écrasé par les roches qui nous surplombent, mais qui, pourtant, ne sont pas visibles. Tout près, j'entends le son de la rivière qui s'écoule pour retomber dans sa continuité. Je tâtonne autour de moi comme une aveugle et je rencontre la main d'Eden qui sonde aussi les ténèbres. Mes doigts se referment sur les siens.

— Eden, tu n'as rien ?

— J'ai mal au bras, mais ça va.

C'est plus fort que moi, je la ramène vers moi et je l'enlace. La retrouver vivante est comme une seconde chance pour moi. Je l'ai vue mourir une fois dans le virtuel, je ferai tout pour que ça n'arrive pas dans la réalité. Elle se laisse faire et, au contraire de ce que je craignais, elle passe ses mains dans mon dos, générant une nouvelle vague de douleur chez moi. Elle doit le percevoir et la pression de ses doigts se fait plus légère.

— J'ai eu si peur, j'ai cru que j'allais mourir.

Sans répondre, je lève les yeux vers le trou par lequel nous sommes tombées tour à tour. Je n'aperçois aucune silhouette penchée pour essayer de nous repérer, je distingue seulement une lumière très ténue qui correspond à celle, naturelle, qui pénètre dans la grotte. C'est très faible, mais ça me permet au moins d'entrevoir les bords de l'ouverture. À nouveau, des coups de feu claquent au-dessus. Eden se crispe et je perçois ses tremblements. Je raffermis mon étreinte.

— N'aie pas peur, lui soufflé-je dans le creux de l'oreille.

Je tente de la rassurer comme je peux, passant et repassant une main dans son dos pour la réchauffer, mais je suis un peu perdue. J'ignore ce que je peux faire à présent que nous sommes ici. Et plus encore, je ne sais rien de ce qui se passe là-haut. Une image me revient en tête. Celle de ma rencontre avec Eden dans la grotte alors que nous étions chacune sur une berge opposée de la rivière. Elle m'avait fait l'effet d'une apparition éthérée à cause de la lampe qu'elle maintenait allumée.

— Eden, est-ce que tu as toujours ta torche ?

— Euh… je sais pas… je sais pas.

Elle me lâche et je l'entends farfouiller dans ses poches tout en respirant fort. Je prie pour qu'elle ne l'ait pas fait tomber dans sa chute. Quand un petit halo de lumière se répand soudain entre nous, je laisse échapper un soupir de soulagement. Je lui prends la lampe des mains et je la porte aussi haut que je peux. Ensuite, j'examine les alentours.

— Super, il n'y a rien ici.

J'avais espéré trouver une issue, quelque chose qui nous donne une chance de sortir de ce pétrin, mais cet endroit enclavé dans la roche est semblable à un cachot. *À quoi est-ce que tu t'attendais ? Une grotte, c'est une grotte.* Je pose ma main libre sur la paroi la plus proche et je me redresse en gardant la torche aussi haute que je le peux. Je relève à nouveau la tête, avec pour seul horizon le trou par laquelle s'engouffre la rivière. Comment réussir à remonter ? Si le cours d'eau a amorti le choc de notre chute, il ne nous sera d'aucune utilité dans l'autre sens. Nous sommes condamnées ici tant que personne ne viendra nous lancer une corde. Et je doute fort que quiconque dans notre groupe soit équipé de ce genre d'accessoire.

Je pourrais choisir de crier afin que Micha sache que nous sommes en vie, mais quelque chose me retient, comme un mauvais pressentiment lié aux coups de feu que nous avons entendus. Si les autres ont échangé des tirs, c'est certainement à cause de l'arrivée de SS, et si je me manifeste maintenant, qui me dit que des soldats ne vont pas venir nous extirper de là pour nous tuer ? Je secoue la tête. Non, il vaut mieux se taire pour le moment jusqu'à ce que le calme revienne, et prier pour que les SS n'aient pas le dessus. Je me laisse retomber à terre et je considère Eden avec un silence angoissé. Je peux lire dans son regard que tous ses espoirs de s'en sortir reposent sur moi, la lueur qui brille au fond de ses yeux ne trompe pas. Elle attend de moi que je démontre ce que je disais plus tôt dans la grotte : « Je ne te ferai jamais de mal. » Je lui adresse un sourire pour tenter de la rassurer et je caresse ses cheveux timidement. Cette fois, elle n'a pas le réflexe de s'esquiver et ses traits se sont adoucis.

— Eden ?

— Oui ?

— Est-ce que tu te souviens de ce que tu faisais au camp ?

Elle cligne des yeux à plusieurs reprises, me donnant l'impression que quelque chose la gêne, mais elle cesse finalement de le faire et hausse les épaules avec une certaine nonchalance qui n'est pas sans me rappeler l'habituelle attitude détachée de Micha.

— Ben, les docteurs me faisaient des trucs. À moi et aux autres.

— Quel genre de trucs ? Et à qui d'autres ? Micha et Élias ? Tous en même temps ?

Elle acquiesce.

— Eux et puis d'autres personnes, des fois, aussi.

— Et qu'est-ce que ce que les docteurs vous faisaient ?

— Ils nous mettaient des fils sur la tête. Après, les docteurs branchaient l'autre bout des fils à une grosse machine et on devait tous dormir.

Des fils sur la tête, répété-je intérieurement. Des câbles semblables à ceux que l'on m'avait implantés dans la peau lors de mon test ? C'est possible et ça se tient.

— Tu ne te rappelles pas ce qui se passait ensuite ?

Elle fait non de la tête comme je le craignais. Ses souvenirs des tests auxquels elle a dû participer ont dû être effacés de sa mémoire. Je repense alors à sa mort, quand le feu l'a cernée avec Micha et Ezra, et je réalise que ce n'est finalement pas plus mal qu'elle ne s'en souvienne pas. Ce genre d'expérience bouleverserait n'importe qui et plus encore un enfant. Oui, je dirais que, pour une fois, les médecins de mon peuple ont fait, malgré eux, preuve de clémence, même si je me doute qu'ils ne l'ont pas fait dans le but d'éviter que cette petite fille soit traumatisée. Non, ils l'ont sûrement fait pour des raisons bien plus terre à terre, comme le fait de recycler un produit afin de l'utiliser jusqu'à ce qu'il soit définitivement détruit. Avant qu'on ne le mette à l'incinérateur et qu'on passe au suivant.

— T'as vu là-bas ? C'est quoi ?

Je me force à m'extirper de mes sombres pensées et j'interroge Eden du regard. Elle tend un doigt vers l'un des murs de roche. À première vue, je ne vois rien d'autre que cette masse grise.

— C'est la paroi de la grotte.

— Mais non ! Là !

Elle me prend la torche des mains et se lève. Dans un froncement de sourcils, je la suis des yeux jusqu'à ce qu'elle s'arrête près de la paroi. Elle rapproche la lampe du mur et pose son index sur une ligne sombre. Je m'empresse de me redresser et je la rejoins.

— C'est quoi ?

Au lieu de répondre à Eden, je récupère la torche et je la fais descendre vers le bas de la roche, là où débute ce trait. Toujours en m'aidant de l'éclairage, je suis sa progression qui monte jusqu'à une hauteur d'environ un mètre cinquante, puis part sur la droite sur une cinquantaine de centimètres avant de rebasculer vers le sol.

— Ça ressemble à…

Une porte, terminé-je ma phrase mentalement.

Une porte ? Dans une grotte ? Non, ça ne peut pas être possible.

— Si c'est une porte, on va pouvoir sortir ! s'exclame Eden.

Je plaque aussitôt ma main libre sur sa bouche et j'écoute, la tête levée vers le trou. Les coups de feu ne retentissent plus, mais ce silence est oppressant. Pourquoi les autres ne se manifestent-ils pas ?

Je relâche Eden et me reconcentre sur le trait. La façon dont il court sur la roche est effectivement très proche du contour d'une porte, même si je ne sens pas d'air au niveau de la ligne en elle-même. C'est comme si on avait tracé une ébauche de porte. Seulement, connaissant les Aryens comme je les connais, je sais que leurs manières de procéder sont parfois très déroutantes. Et je ne verrais rien de vraiment surprenant à ce que cette esquisse de porte en soit réellement une. Le système d'ouverture doit être soigneusement dissimulé quelque part, dans cet endroit. Une voix en moi me souffle de doser mon exaltation à l'idée qu'une sortie existe et qu'elle soit justement sous nos yeux, mais une autre voix – celle de la candeur – me supplie de prendre les choses comme elles viennent. Avec positivité.

L'espoir, il ne nous reste que cela.

Je me retourne d'un coup, oubliant toute mesure de précaution, et je crie vers le trou, là-haut, qu'on a trouvé une issue, aussitôt imitée par Eden.

LIVRE 2
ÉLIAS

30

Quand je suis revenu de mon expédition les mains vides et la peur au ventre après avoir échappé à la vue de plusieurs sentinelles, j'ai découvert le cadavre de ce SS devant l'entrée de la grotte. À cet instant, j'ai compris que l'étau se resserrait autour de nous et que notre espoir de survivre se rapprochait du néant. Si l'un d'entre eux nous avait retrouvés, alors les autres allaient suivre, et le fait que j'ai repéré des SS à notre recherche dans les bois prouvait qu'ils ne comptaient pas nous lâcher de sitôt.

Je me suis engouffré précipitamment dans la grotte, l'arme au poing et tous les sens en alerte. Micha et deux des filles aryennes m'ont accueilli avec inquiétude. Non pas celle de craindre que je ne revienne jamais, mais pour me dire qu'Eden et l'autre Aryenne, Krista, étaient tombées dans un trou. C'est à ce même moment que plusieurs soldats sont arrivés au pas de charge et ont trouvé à leur tour le cadavre de l'un des leurs. Il nous a fallu reléguer le problème « Eden et Krista » dans un coin de nos têtes pour défendre nos vies.

— Maintenant qu'ils sont tous morts, il faut rentrer les corps dans la grotte. Micha, aide-moi. Dina et Manuela, vous nous couvrez.

Je n'ai pas à me plaindre, ces filles ont beau

représenter tout ce que je déteste, elles sont conciliantes et ne semblent porter aucun jugement sur la présence de non-Aryens. C'est très étonnant quand je sais à quel point les Aryens ont mis un point d'honneur à cracher sur tout ce qui n'est pas comme eux. Ceci dit, si elles étaient prisonnières dans le même camp que nous, dans la partie réservée aux Aryennes, de l'autre côté, c'est sans aucun doute parce qu'elles n'étaient pas dignes de leur société totalitaire et cruelle. Ont-elles fait un pas de travers ? Se sont-elles opposées à leurs parents ? Je n'en sais rien, mais tout ce qui est contre cette nation purement eugéniste et intolérante ne peut être que positif pour nous, les non-Aryens. Manuela et Dina s'allongent de part et d'autre de la brèche, prêtes à faire feu en cas de besoin, pendant que Micha et moi sortons. Je jette un coup d'œil furtif vers le ciel pour m'assurer qu'il n'y a pas de navettes, puis j'attrape les bras d'un soldat et le tire d'un coup sec pour ramener sa dépouille dans la grotte. Il cahote, heurtant les pierres qui tapissent la rivière, mais je ne m'en préoccupe pas, il faut que je sois rapide et efficace. Micha me suit de près avec un autre corps. La sueur sinue entre mes omoplates tandis que je me presse pour aller chercher un troisième SS. Nous prenons à peine le temps de respirer parce que nous savons, sans avoir besoin de le dire à voix haute, que chaque minute qui s'écoule est importante. Si nous voulons brouiller les pistes des soldats, il faut faire disparaître toute trace de ces cadavres. Très vite.

Quand nous les avons tous ramenés à l'intérieur,

nous cherchons le coin le plus en retrait dans la grotte et nous les portons pour aller les cacher. Un à un, nous les empilons à la façon dont eux ont empilé les corps de nos ancêtres. Sans remords ni regret. Je ne peux pas éprouver de compassion pour des individus qui cautionnent l'assassinat de tant de personnes et les brûlent comme ils ont brûlé les livres racontant notre passé. Comme ils ont brûlé les monuments des autres peuples pour les effacer de la mémoire collective. Je me suis longtemps posé la question de savoir pourquoi ces gens, sous prétexte que leur race était supérieure en tout, agissaient ainsi. Nous avons tous été créés avec un cœur et une âme, mais j'ignore pour quelles raisons certains ne semblent pas en faire usage. J'imagine que c'est quelque chose qui ne s'explique pas.

La cruauté fait partie de chaque être humain.

J'ai bien conscience qu'elle fait aussi partie de moi quand je vois à quel point je manque d'empathie en faisant ce que je fais avec ces corps. Mais comment pourrais-je en éprouver ? Ils ont tué mon père, ils en ont sans doute également fini avec ma mère après qu'elle m'a abandonné dans les égouts de Germania. Je la remercie pour sa trahison à mon égard. Sans elle, je serais parti en cendres, moi aussi. Non, je ne ressens pas de compassion à cet instant, ni d'avoir tué ces soldats, ni de les entasser comme des déchets. Je pourrais prétexter que je n'ai agi que dans le but de nous défendre, mais ce n'est qu'en partie vrai ; une part de moi est heureuse de leur faire subir cette humiliation ultime. Pour tous ceux qui sont morts avant. Pour toutes les souffrances injustifiées.

Le cri strident qui retentit comme un écho dans la grotte m'arrache à mes stupides et inutiles réflexions. Micha lâche le dernier corps et se précipite vers l'endroit où il m'a dit avoir vu Eden et Krista tomber.

— Krista ? Eden ? C'est vous ?

Je l'observe durant une poignée de secondes en terminant de tasser les corps tout en me demandant comment nous allons pouvoir sortir Eden et Krista de ce trou quand nous risquons d'être cernés par des SS. Une fois que j'en ai fini, je rejoins Micha au pas de course.

— Elles sont là ?

— Oui, il y a la rivière dans le prolongement, ça a dû amortir leur chute.

— C'est profond, tu penses ?

Il hausse les épaules et je le prends comme ça vient. Il n'en sait rien. Je me pince l'arête du nez en essayant de réfléchir aussi vite que je peux. Si je dénichais une corde, il serait possible de leur lancer, mais ce n'est pas le genre de chose qu'on peut trouver dans un terrier de lapin. Au mieux, une branche, mais en plus de ressortir dans les bois infestés de soldats, le fait de ne pas connaître la profondeur de cette fosse risque de rendre cette action inefficace.

— Une porte ! En bas !

— Qu'est-ce qu'elles disent ? interroge Manuela en venant nous rejoindre.

C'est plus fort que moi, je lui jette un regard noir.

— Retourne surveiller l'entrée. Si tout le monde

est au même endroit, on ne peut pas assurer la sécurité.

Elle me renvoie un coup d'œil similaire, mais étonnamment, elle obtempère. Je me dis que l'éducation des petits Aryens tient plus du dressage de chiens qu'autre chose. C'en est d'ailleurs choquant qu'elle accepte de m'écouter quand je suis supposé lui être inférieur.

— Elles disent qu'il y a une issue en bas, reprend Micha.

— Une issue ? De quel genre ? Un tunnel ou bien ?

— Quel genre d'issue ? braille aussitôt Micha en me vrillant les tympans.

— Hé ! Soldats en vue ! nous avertit Dina depuis l'autre bout de la grotte.

Je regarde la fosse dans laquelle se trouvent Eden et Krista, puis la brèche vers laquelle Dina et Manuela montent la garde. Je finis par ne plus savoir où donner de la tête. Encore une fois, je prends le parti de m'occuper du plus urgent : les soldats.

— Essaye d'en apprendre le plus possible sur cette issue, intimé-je à Micha avant de rejoindre les filles devant l'entrée de notre cachette.

Je me jette à terre entre elles et je m'aplatis autant que je peux pour disparaître du champ de vision. Je pointe le canon de mon fusil en direction de la rivière où j'aperçois les jambes de cinq SS en train de progresser en crevant la surface de l'eau avec leurs bottes. On est prêts à tirer quand on repère soudain trois énormes molosses en ferraille qui se joignent à eux.

Non, pas ça ! crié-je intérieurement.

Je distingue les éclats brillants sur leur cuirasse générés par les rayons du soleil. Mon cœur s'emballe. Je vois leurs yeux rubiconds que pas même un battement de paupières pourrait adoucir. J'imagine leurs crocs puissants et je me sens envahi par la panique à l'idée que ces bestioles nous trouvent. Les regarder fait remonter une étrange sensation en moi, un sentiment d'horreur familière. J'ai presque l'impression d'entendre le son de leurs dents en train de broyer des os humains tinter dans mes oreilles. Je me redresse.

— Repliez-vous, ordonné-je aux filles.

— Quoi ?

— Repliez-vous ! Vite !

Manuela et Dina se relèvent d'un bond et me suivent alors que je me dirige à toute vitesse vers Micha.

— Mais tu fais quoi ? s'exclame-t-il.

— On n'a pas le choix, on n'a aucune chance avec ces clébards en boîte de conserve. Il faut descendre !

— Quoi ? Dans le trou ?

Je ne réponds pas, je saisis le bras de Manuela sans même la regarder.

— Manuela, tu y vas la première.

Je ne fais preuve d'aucune douceur, parfois. Surtout quand le danger est si proche. Je fais pivoter Manuela et place mes mains sur ses hanches sans me soucier du fait qu'elle se débat. Je la pose sur le rebord du trou.

— Mais qu'est-ce que tu fais ? Tu es fou ? Je ne veux pas al…

— Garde ton fusil collé contre toi et ne le lâche pas. Accroche-toi bien, me contenté-je de lui répondre.

Et je la pousse comme on pousserait une fillette sur une balançoire. J'enchaîne, mais Dina semble avoir compris et grimpe seule avant de s'élancer dans le vide. Ensuite, c'est au tour de Micha. À peine a-t-il disparu dans les ténèbres que j'entends le grognement des chiens qui arrivent devant la brèche. Je me précipite dans le trou, tête la première, au risque de me fracasser le crâne.

31

Je me réceptionne mal et un morceau de roche me rentre dans le dos. Il me faut quelques instants pour reprendre mon souffle et me redresser. Je jette un œil sur mon nouvel environnement. Il n'y a rien de terrible ici, mais cet endroit est si exigu que j'éprouve de la difficulté à m'y sentir à l'aise. Ce qui me rassure, en revanche, c'est de voir tout le monde sain et sauf.

Je cherche Eden des yeux et je la découvre blottie dans les bras de Krista. Cette vision d'elles deux ensemble résonne étrangement en moi. Krista m'évoque quelque chose de… Je ne trouve pas le mot qui correspond à ce que je ressens, mais il est là, emprisonné dans un recoin de ma tête. Krista paraît si proche d'Eden alors qu'elle ne la connaît pas. Je sais pourtant que c'est une petite fille méfiante. Bien qu'elle soit en mal d'affection maternelle, elle n'a pas un tempérament à se laisser dorloter comme un bébé. Elle en a trop bavé pour ça. L'attitude de Krista était déjà curieuse lorsque son amie Manuela nous a présentés à elle et je ne comprends toujours pas ce qu'elle voulait dire par le fait que je n'existe pas à ses yeux. J'ai supposé qu'elle avait un problème avec le fait que je ne sois pas blond avec des iris bleus. Si elle savait que je l'avais été en naissant et que ma mère était une

Aryenne, aurait-elle eu une autre réaction face à moi ? Je l'ignore, mais ses mots m'ont fait l'effet d'un jet d'acide en plein visage. Ensuite, en relativisant, je me suis dit que sa blessure, qui est loin d'être guérie, la faisait encore délirer à ce moment-là. Mais des détails me troublent toujours venant d'elle, comme sa main sur ma joue, puis quand elle m'a agrippé le poignet.

La première chose que je fais, en dehors de poser et de reposer les yeux sur Krista et Eden, c'est de mettre un doigt devant ma bouche pour leur intimer à tous le silence. Mon regard descend sur la torche que Krista tient allumée et elle l'éteint aussitôt. Nous restons tous ainsi, le dos collé au mur, dans le silence et l'obscurité pendant un long moment. Nous tendons l'oreille, à l'écoute des bruits ambiants, de la présence des soldats et de leurs chiens monstrueux dans la grotte, mais on n'entend rien, comme s'ils avaient renoncé à y entrer. Peut-être pensent-ils que la brèche est trop étroite pour permettre à des gens de s'y glisser, ou bien leurs boîtes de conserve sur pattes sont incapables d'y pénétrer compte tenu de leur imposante stature. Pourtant, je suis étonné, même si notre feu, une fois étouffé, n'a laissé aucune odeur, la possibilité que des fuyards puissent exploiter une cachette comme celle-ci aurait dû les attirer. *Sauf s'ils ont vu que la grotte était vide.* D'une certaine façon, ça se tient, effectivement. *Pour ça, il suffit de se pencher depuis l'extérieur pour s'en apercevoir,* songé-je. Parfois, je me demande comment ces SS, bêtes à manger du foin, ont pu réussir à prendre le contrôle du monde.

On attend.

Longtemps.

Des cris nous proviennent tout à coup de façon très étouffée. Micha laisse échapper un « chut » un peu trop sonore à mon goût, mais nous restons à l'écoute. Les soldats s'éloignent. Pour autant, je suis persuadé qu'ils n'abandonnent pas. Sans doute vont-ils revenir avec des renforts, ou bien nous pister ailleurs.

On attend encore.

Le temps de compter jusqu'à mille et je me décide.

— Allume la torche, demandé-je dans un murmure.

L'éclat fade de la lampe apparaît, masqué en partie par la main de Krista, j'imagine, pour l'atténuer un peu plus par mesure de précaution. Mon premier réflexe est de lever les yeux en direction du trou par lequel nous sommes tous tombés. Aucun visage ennemi en train de nous épier. Je me reconcentre sur Krista et je me rapproche d'elle. À nouveau, je me sens submergé par une sensation indéfinissable quand mon bras touche le sien. Elle me dévisage avec un regard si empli d'émotions diverses que je m'y perds. J'ignore pourquoi elle me fait cet effet-là. Je devrais la toiser, mais j'ai toujours eu du mal à me comporter comme un Aryen. Ce que je vois réellement lorsque je la fixe, c'est une jeune femme qui me donne l'impression d'être fragile et solide à la fois. C'est le genre de fille qu'on a envie de serrer dans ses bras tout en éprouvant le désir de la laisser prendre les choses en main.

— De quelle issue vous parliez ? Je ne vois rien.

Elle se retourne et me dévoile la paroi jusque-là cachée dans son dos. Elle s'accroupit et colle le faisceau de la lampe sur la roche.

— Ici, il y a un trait plus sombre qui fait tout le tour, comme une porte.

— Mais il n'y a pas de poignée ou quelque chose pour ouvrir ce truc, remarque Micha.

— Ne nous dis pas que tu nous as fait sauter dans ce trou pour rien ! grogne soudain Dina à mon intention.

Je ne me gêne pas pour lui montrer que sa réflexion m'irrite un brin. Elle aurait sans doute préféré se faire mettre en pièces par les créations de son Führer.

— Il doit y avoir un dispositif caché dans la roche, reprend Krista.

Je hoche la tête et je m'accroupis à mon tour près de ce semblant de porte. Je pose mes doigts du côté droit de la paroi, tandis que Krista s'occupe du gauche.

— Il n'y a rien. C'est peut-être un système de poids qui ouvrirait la porte, ça ne ressemble pas aux Aryens d'utiliser ce genre de subterfuges, mais ça reste possible, suggère Micha.

Je préfère garder le silence pour masquer mon inquiétude, mais je commence déjà à extrapoler sur un moyen de remonter la rivière et revenir dans l'autre grotte. Je me redresse et je fais signe à Micha de me remplacer. Lui s'y connaît un peu plus que moi en matière de technologie aryenne invisible. Je retourne vers le point de notre chute à tous et j'étudie la montée. Si on s'agrippe à certaines roches du genre de celle qui m'a blessé dans le dos, on peut gravir quelques mètres, à condition qu'elles ne se désolidarisent pas de leur ancrage. Mais elles risquent d'être rendues poisseuses à cause de l'eau et ne supporteront sans doute pas un poids comme le mien. Je réfléchis à une autre option, retirer tous nos pantalons et les nouer ensemble pour faire une corde. Seulement, même si j'arrive à la lancer tout en haut, personne ne sera là pour la réceptionner et soutenir notre poids quand nous grimperons. À moins que des soldats nous attendent sagement dans la grotte, auquel cas, ce sera pire.

Je lâche un soupir contrarié. En prenant la décision de me fier à l'éventualité d'une issue ici, j'ai probablement signé notre arrêt de mort. Cette idée me rend maussade et je m'en veux, mais en y repensant, je n'aurais pas accepté d'abandonner Eden dans ce trou. Je la regarde, cette petite fille qui n'a fait qu'affronter de terribles choses depuis qu'elle est née. Non, j'ai risqué ma vie pour la sauver en quittant le camp, je ne l'aurais pas laissée finir ses jours dans cet endroit glacial. Et je ne m'imagine pas non plus abandonner Krista, même si je ne la connais pas.

Je ne suis pas un monstre.

Je reporte mon attention sur Micha qui fait glisser ses doigts sur la paroi. De haut en bas et de bas en haut. Dina a remplacé Krista de l'autre côté du mur, et je me surprends à chercher Krista. Quand je la repère enfin, nos regards se croisent et je reste fixé sur elle avant de finalement détourner la tête et de me reconcentrer sur Micha. L'instant d'après, on me tape doucement sur l'épaule et je ferme les yeux une demi-seconde en lâchant un soupir intérieur. Je me décide à regarder Krista, qui se tient à présent tout près de moi, et je sens un nœud se former dans ma gorge.

Elle me fait un étrange effet, et je suis incapable de comprendre pourquoi.

32

— Je suis désolée, je pensais vraiment que c'était une porte.

Je détourne une fois de plus le regard et baisse la tête pour fixer le bout de mes chaussures. Krista doit s'imaginer que le seul fait de la voir me dégoûte, mais ce n'est pas le cas. Je la trouve jolie avec ses immenses yeux d'un bleu limpide, ses traits fins et son air doux. Puis il y a ce dont recèlent ses prunelles qui me déstabilisent à un point que je ne veux pas m'avouer.

Pourquoi fait-elle ça ? Pourquoi me regarde-t-elle avec tant d'insistance depuis que nos chemins se sont croisés ? Je me recompose une expression impassible, presque dure. Je ne veux pas qu'elle s'aperçoive de mon trouble.

— Ça y ressemblait.

— Je suis vraiment dés…

— Être désolée ne changera rien à notre situation, réponds-je sur un ton peut-être plus cassant que je ne l'aurais voulu.

J'essaye de me radoucir, mais le mal est fait, ses traits se sont assombris.

— Maintenant, il faut envisager de sortir d'ici. D'une façon ou d'une autre, ajouté-je.

— Quelles sont les options ?

Du menton, je désigne le trou, plus haut. Les

options se résument à peu de choses… Une seule, en fait.

— Escalader pour remonter.

— C'est impossible, on n'y arrivera jamais. En tout cas pas moi ni Eden.

— Qu'est-ce que tu en sais ? Elle en a vu d'autres et elle est courageuse.

— J'en sais que, courageuse ou pas, ça reste une petite fille de dix ans.

Je fronce les sourcils en la dévisageant.

— Comment sais-tu qu'elle a dix ans ?

Elle me fixe avec aplomb et je retrouve là un aspect typique des Aryens. Cette façon de considérer autrui avec dédain. Pourtant, s'il y a effectivement bien l'aplomb, je ne trouve pas, sur son visage, le mépris qui devrait l'accompagner. J'ai beau fouiller son regard, je ne trouve rien non plus. Non, c'est autre chose qui l'habite. De la colère, peut-être bien.

— Peu importe, reprend-elle. Si tu veux que cette petite fille gravisse une telle montée, il faudra trouver une autre solution.

— Eh bien, je la porterai sur mon dos, réponds-je, excédé.

Elle s'apprête à répliquer sans plus de douceur quand des bruits de tirs nous font sursauter en même temps. Nous tournons la tête vers Dina qui a apparemment décidé de faire sauter la pseudo-porte à coups de balles. Nous nous précipitons dans sa direction.

— Ne fais pas ça ! grondé-je.

Surprise par mon arrivée près d'elle, elle reste

un instant figée et j'en profite pour lui arracher son arme des mains.

— Mais quoi ? Il faut qu'on sorte d'ici, alors si on ne trouve pas de système d'ouverture, autant le créer nous-mêmes.

— Et rameuter des soldats ? Avec le boucan que tu fais, ça ne sera pas difficile, renchérit Krista.

Mon regard fait des allers-retours entre elles et je réalise que j'assiste à un affrontement silencieux entre deux meneuses potentielles. L'une et l'autre ont les épaules pour endosser ce rôle, cependant, elles sont très différentes. Dina est plus dans la rébellion et le fait d'imposer ses choix. Elle est semblable à un électron libre. Krista, à son opposé, semble attendre qu'on la suive plutôt que de vouloir forcer la main. J'ignore quelle méthode est la meilleure, surtout dans cette situation où aucune solution ne m'apparaît.

— C'est aussi que les balles, ça ricoche contre les parois. Tu aurais pu blesser l'un d'entre nous, sans compter le gaspillage de munitions, dis-je.

Dina me toise.

— Et on ne sait pas ce qui se trouve derrière cette porte, ajouté-je.

— Il n'y a rien derrière ! Absolument rien ! C'est pour ça qu'on n'est pas fichus d'ouvrir ce truc… Krista s'est trompée, et toi, tu nous as envoyés nous enterrer dans ce trou dont nous ne sortirons jamais ! crache Manuela en se laissant glisser au sol, dos contre l'une des parois.

— Ferme-la, idiote ! Ce n'est pas le moment de faire une crise de nerfs, riposte Dina.

Je passe les mains sur mon visage dans l'espoir de retrouver mon calme alors que je sens la tempête gronder en moi et contre moi.

Tout est ma faute.

Je suis un imbécile.

33

Le silence retombe dans notre prison de pierre. Nous avons tous pris le parti de nous asseoir pour réfléchir à comment nous tirer de ce mauvais pas. Un à un, j'étudie les membres de notre équipe. Des personnes qui, en temps ordinaire, n'auraient pas vocation à évoluer ensemble et qui, pourtant, se retrouvent unies par un destin identique.

Trois Aryennes et trois non-Aryens.

Tous, nous sortons du même camp, bien que séparés et ignorants les uns des autres. Tous, nous avons fui au même moment et tous, nous sommes les derniers survivants de nos groupes respectifs. Quand nous sommes arrivés dans la grotte, Micha, Eden et moi, nous venions d'échapper au mitraillage en règle des navettes SS. Nous étions une quinzaine au départ, nous ne sommes désormais plus que trois. Dina et Manuela m'ont expliqué qu'elles étaient une vingtaine avant de tomber sous les assauts des navettes. Et elles aussi ne sont plus que trois.

La vie nous joue parfois de drôles de tours…

Et voilà comment former une unité totalement hétéroclite. Des ennemis voués à se partager le même air et sans doute la même fin. Eden regarde Krista qui me regarde quand, moi, je regarde Dina qui regarde Micha en train d'observer Manuela.

Eden se met à gratter le sol près de la paroi sur laquelle est tracée la fausse porte. Tous, nous l'observons en silence esquisser des traits par terre comme une enfant le ferait avec un crayon sur du papier. Soudain, un crissement retentit en un écho étouffé à l'endroit même où la petite s'amusait à dessiner. Eden redresse subitement la tête.

— Y a un truc, là ! s'exclame-t-elle.

Micha et moi réagissons aussi vivement l'un que l'autre. Nous nous penchons vers ce qu'elle désigne devant elle.

— Qu'est-ce que c'est ? demandé-je en découvrant une sorte de carreau de métal d'une couleur semblable à la terre.

Micha pose sa paume dessus et prête l'oreille, donnant l'impression d'être un médecin auscultant un patient malade du cœur. Puis il replie ses doigts et tape un coup sur le carreau. Ça sonne creux. Je remarque que ses lèvres se tordent dans une espèce de rictus, entre perplexité et réflexion.

— Aidez-moi à gratter.

Je l'aide, puis les filles se joignent à nous. Toutes, sauf Krista que j'aperçois dans ma vision périphérique, assise contre la paroi. Sa pâleur extrême fait revenir en moi le souvenir de sa blessure. La première fois que j'ai vu l'état de son dos, je n'ai pas trouvé la plaie très belle. J'imagine qu'après sa chute ici, même si ce n'est pas d'une hauteur vertigineuse, ça n'a pas dû améliorer les choses. Néanmoins, je me concentre sur la plaque de métal que nous dégageons au fur et à mesure. Loin du petit carreau du début, elle s'étend autant en largeur qu'en longueur.

— Vous avez vu ça ! s'exclame Micha.

On arrête de gratter. Dina fignole sur les rebords, mais ça y est, nous l'avons totalement découverte. Elle doit faire un bon mètre sur une cinquantaine de centimètres. À première vue, la plaque n'a rien de spécial, mis à part le fait qu'elle n'a rien à faire dans une grotte. Mon attention se porte sur une vis dans le coin droit le plus haut, puis sur les trois autres où je vois les mêmes. Elles sont complètement rouillées, indiquant qu'elles ne sont pas très récentes.

— Qu'est-ce que c'est, d'après toi ?

Il me regarde. Sa grimace s'est transformée en un semblant de sourire.

— Peut-être bien la fameuse issue qu'on cherchait.

34

— Quelqu'un a un couteau ? demande Micha.

Mais il connaît déjà la réponse. Si nous avons réussi à arracher leurs fusils à des soldats lors de notre insurrection, aucun d'entre nous n'a récupéré d'arme blanche. Et pour cause, les SS n'en portent pas sur eux, sinon, on se serait servis sans le moindre remords. Nous n'avons pas non plus de ceinture dont la boucle pourrait nous aider à extraire ces vis. C'est quelque chose dont les SS nous ont privés dans le camp, tout comme avoir des chaussures à lacets, par crainte de nous retrouver pendus au bout. Comme si la vie n'avait pas plus d'importance que ça pour nous... C'est pourtant lorsqu'on endosse le costume de prisonnier pour une raison injuste que la vie nous paraît si précieuse. Manuela se retourne et saisit une pierre dont le rebord pourrait faire penser à un silex.

— Est-ce que ça pourrait convenir ?

Micha observe le caillou dans la main de Manuela. Au final, il la prend et passe un doigt sur le fil de la pierre. Les coins de ses lèvres se redressent sur un petit sourire.

— Au point où on en est, qu'est-ce qu'on risque à tenter le coup ?

Il plante le rebord effilé dans le creux d'une

des vis et commence à essayer de la faire tourner. Le caillou ripe souvent. Micha en perd son sourire du début, mais il insiste sans se départir de son calme. Micha a toujours eu cette propension à rester stoïque là où j'aurais tendance à perdre patience, je lui envie cette capacité.

— Tâchez de trouver d'autres pierres comme celle-là, dit-il. Plus on sera nombreux à nous y mettre, plus vite on pourra enlever ces fichues vis.

Ou pas, songé-je.

Mais c'est notre seul espoir, autant que je garde une part d'optimisme. Alors que je fouille le sol du regard, à la recherche d'un caillou aux rebords un peu tranchants, Krista apparaît dans mon champ de vision et je l'observe. Elle n'a pas bougé depuis tout à l'heure et son visage brille légèrement sous le halo de la lampe de poche qu'Eden oriente vers Micha. J'hésite sur la conduite à tenir, je me dis qu'il faut que je trouve une de ces fichues pierres dont Micha a besoin, mais ma conscience me pousse à aller vers Krista. Je me surprends à suivre les lignes harmonieuses de son visage fin. J'abandonne ma recherche et je me redresse. Je me dirige vers elle et, sans un mot, je m'assois près d'elle. Elle me jette à peine un regard. Elle me donne l'impression d'être sur le point de s'endormir et ce n'est pas le moment. Je me force à fixer ses yeux à demi clos, mais je ne peux pas m'empêcher de descendre sur ses lèvres. Je pose une main sur son front. Comme je m'en doutais, la fièvre est revenue.

— Il faut que tu t'hydrates.

— Je n'ai pas soif.

Son ton est glacial et si je m'écoutais, je lui

tournerais volontiers le dos. Je n'aime pas qu'on me parle de cette façon, d'autant plus quand il s'agit d'un Aryen. Mais c'est plus fort que moi, je n'ai pas envie de m'éloigner d'elle alors qu'elle va mal. Je me sens aussi redevable envers elle pour avoir pris soin d'Eden. Elle n'avait pourtant aucune raison de le faire puisque nous ne sommes pas dans le même camp, même si on est ensemble. J'ai été cassant avec elle depuis le début et, au lieu de se protéger en restant à bonne distance des membres de mon groupe, elle n'a pas fait de différence entre ses amies et les miens. Je ne lui demande pas son avis, je glisse un bras dans son dos en faisant attention à ne pas toucher sa blessure, puis mon autre main sous ses jambes, et je la soulève.

— Lâche-moi, je n'ai pas besoin que tu…

— Tais-toi donc et garde ton énergie pour plus tard, tu en auras meilleur usage.

Pendant que Micha lance un petit glapissement de joie après avoir réussi à faire sauter une vis, je me penche et je dépose doucement Krista devant la rivière. Ensuite, je m'accroupis près d'elle et je la regarde plonger les mains dans l'eau pour se rafraîchir le visage.

— Ta plaie n'est pas très belle, ça pourrait méchamment s'infecter si tu n'y prends pas garde.

— Je ne m'en serais pas doutée.

Cette nouvelle réponse acerbe me dissuade de m'obstiner. De toute évidence, si elle s'est rapprochée d'Eden, elle m'en veut et je ne sais même pas pour quelle raison. Je me relève, bien décidé à la laisser seule, mais elle m'attrape soudain par le poignet. Alors, je la dévisage, mais je ne dis rien parce que si elle tient à ce que je reste, c'est à elle de parler.

— Je suis désolée. Je n'ai pas l'habitude de parler aux gens de cette manière.

— Ça n'aurait rien d'étonnant pour une Aryenne.

— J'espérais que ce test t'aurait changé, comme il l'a fait pour moi, mais ce n'est pas le cas. C'est dommage, murmure-t-elle si bas que je me demande si c'est bien à moi que cette réflexion est destinée.

Je jette un coup d'œil par-dessus mon épaule pour voir où en sont Micha et les autres. Surtout parce que je me sens très mal à l'aise, tout à coup. Les propos de Krista sont perturbants, d'autant plus quand je n'ai pas la moindre idée de ce à quoi elle fait allusion, et j'ignore comment réagir.

— Krista…

— Je sais… Je sais, tu penses que je suis folle. Que je délire à cause de la fièvre. Mais ce n'est pas le cas, je te le jure.

— De quoi parles-tu, alors ? À quel test fais-tu référence ?

— Au test de loyauté que j'ai passé à Germania. Toutes les Aryennes, à l'approche de leur majorité, sont soumises à des tests pour voir si elles correspondent aux critères pour donner des enfants au Führer.

— En quoi est-ce que ça me concerne ?

— Le gouvernement en a ajouté un basé sur le psychique plutôt que le physique, où on doit démontrer notre loyauté à notre peuple.

Je secoue la tête pour lui faire comprendre que je suis dépassé par ses paroles. De quoi parle-t-elle et qu'est-ce que je viens faire dans les histoires de tests aryens alors que je n'en suis pas un ? Du moins, pas totalement.

— Le test, murmure-t-elle en vacillant en arrière.

Je la retiens avant qu'elle bascule sans la lâcher du regard.

— Tu étais dedans, termine-t-elle.

J'écarquille les yeux et j'ouvre la bouche, stupéfait, mais au lieu de m'entendre dire quoi que ce soit, c'est la voix de Micha qui retentit dans la grotte.

— C'est une trappe ! Vite, tout le monde !

35

J'abandonne Krista près de la rivière et je m'empresse de rejoindre Micha. Comme les filles et Eden, il fixe ce qui se trouvait sous la plaque métallique qu'ils ont réussi à retirer. On entrevoit la première marche d'un escalier plongeant dans l'obscurité. Une odeur de renfermé remonte vers nous et se mêle au courant glacé de la grotte.

— Tu crois que ça mène où ?

Il secoue la tête. Il n'en sait pas plus que moi. *Évidemment*. Mais ce que nous pouvons tous en déduire, c'est que cette trappe et l'escalier sont des créations humaines, et qui dit créations humaines dans un monde peuplé d'Aryens a toutes les chances de provenir de ces mêmes Aryens. À moins qu'il s'agisse de quelque chose qui existait bien avant que ces derniers prennent le contrôle de la planète entière, mais j'en doute. Pour moi, il est évident que cet endroit a un lien avec les Aryens. Ce n'est donc pas une très bonne nouvelle pour nous. Mais nous n'avons pas le choix, c'est le seul moyen de sortir de notre prison de pierre. De toute façon, j'ai parfaitement conscience que le reste de notre voyage pour nous éloigner du camp ne se fera pas sans croiser le chemin d'autres soldats, voire de civils aryens. Alors, maintenant ou plus tard…

— Le mieux serait qu'une ou deux personnes partent en reconnaissance. Ça ne sert à rien d'y aller tous, propose Dina.

Je jette un œil sur Krista, mais elle n'objecte rien sur la proposition de Dina. Elle se contente de nous écouter en respirant avec lenteur. J'acquiesce dans un hochement de tête pour valider l'idée de Dina. Il est préférable que nous n'y allions pas tous dans le cas où les choses tourneraient mal.

— Très bien, je vais partir avec Dina. Les autres restent ici jusqu'à notre retour.

Personne ne dit rien, je prends ça comme un accord à l'unanimité. Eden se lève d'un bond et je devine, à la lueur qui vient de s'allumer dans ses prunelles, qu'elle est emplie de craintes. Je m'accroupis devant elle. Je ne lui souffle pas un mot parce que je ne peux pas lui promettre de revenir quand je sais que nous évoluons dans un endroit où la mort est partout pour les gens comme nous. Je caresse sa joue tout en revoyant le visage de son père qui était mon ami et qui a été fusillé dans le camp pour avoir tenté de la protéger. Je me suis mis un point d'honneur à tout faire pour qu'elle arrive à notre destination finale en vie, mais à présent, je ne suis même plus sûr d'être capable de tenir cet engagement.

— Sois sage. Reste avec les autres et…

Je me redresse. Je ne sais pas pourquoi, mais mon attention bascule vers Krista qui n'a pas bougé depuis que je l'ai laissée près de la rivière. Malgré la faiblesse de notre éclairage, je n'ai pas de mal à voir qu'elle se mordille nerveusement la lèvre tout en repoussant ses cheveux en arrière.

— Prends soin de Krista, murmuré-je à Eden.

Je passe mon fusil en bandoulière. Je glisse dans ma poche la lampe qu'Eden me tend puis je m'engage dans l'escalier, Dina sur mes talons. Les marches sont étroites et forment un colimaçon qui s'enroule autour d'une colonne de roche centrale. Je n'allume pas immédiatement la torche, le but pour nous étant de rester discrets, alors on doit tâtonner des pieds et garder nos paumes plaquées sur la colonne, d'un côté, et le mur, de l'autre, pour être certains de ne pas se rater. Chaque seconde qui s'écoule, j'ai envie d'allumer la lampe pour voir où nous nous trouvons, mais je me ravise la seconde suivante. Je préfère surprendre l'ennemi plutôt que d'être surpris par lui. Mon visage s'enfonce dans des toiles d'araignées et je suis obligé de passer sans arrêt une main dessus pour m'en débarrasser.

Plus nous descendons, plus nous sentons ce courant glacé nous envelopper de la tête aux pieds en même temps que cette odeur de moisissure qui s'intensifie au point de me retourner l'estomac.

Quand je pose le pied au bas des marches, je m'arrête. Dina bute contre mon dos, mais nous ne disons pas un mot. Je sonde l'obscurité avec inquiétude. De toute évidence, il n'y a personne dans les environs. Malgré tout, je reste tendu à l'idée de faire fonctionner la torche.

— Allume, grogne Dina.

Je lève les yeux au ciel.

— Je le ferai quand j'estimerai qu'il sera temps de le faire.

— On va rester dans le noir tout du long, alors ?

— Jusqu'à ce que je décide du contraire, oui.

Au bout de plusieurs minutes, je finis par allumer pour savoir quelle direction prendre. J'oriente le faisceau autour de nous avec une lenteur volontaire. Le bruit de nos pas se répercute à l'infini, indiquant que cet endroit est très vaste. Nos respirations sont, avec les chuintements de nos semelles, les seuls sons qui troublent le silence. Dina se place à côté de moi et je coince la torche entre mes dents pour pouvoir me servir de mon fusil dans le cas où il le faudrait. On avance encore, découvrant des parois rocheuses qui s'étendent à notre droite et à notre gauche. Le plafond est assez bas et m'oblige à me voûter légèrement. Le tunnel dans lequel nous évoluons empeste la pourriture, comme des champignons en décomposition, et l'abandon. Il s'étire et s'allonge indéfiniment, à tel point que je finis par me demander si nous en verrons un jour le bout. L'envie de faire demi-tour fait plus que m'effleurer, mais je continue à avancer, à l'affût du moindre mouvement, du moindre bruit ne provenant pas de nous.

— C'est quoi cette histoire de test de loyauté ? demandé-je soudain à Dina dans un souffle en replaçant la torche dans une de mes mains.

— Qui t'a parlé de ça ?

— J'ai entendu Krista y faire allusion, mens-je.

— Ah… Oui, évidemment, Krista qui n'a pas sa langue dans sa poche.

— Pourquoi ? C'est un secret réservé aux Aryennes ?

Elle hausse les épaules et cette réponse muette me

fait découvrir une facette de Dina qui ne l'honore pas particulièrement. Il y a du mépris dans son attitude et je comprends qu'elle ne porte pas Krista dans son cœur. J'avais bien cru remarquer une certaine tension entre elles, mais je ne m'attendais pas à ce que leur inimitié soit si prononcée. Cela dit, ce n'est pas parce qu'on partage la même nationalité et la même éducation qu'on est forcé de s'apprécier.

— Alors ? insisté-je.

— C'est un test que le gouvernement nous impose quand nous arrivons sur nos dix-huit ans. Enfin, le genre de test-surprise parce que je n'étais pas au courant lorsqu'on m'y a soumise. Donc, j'imagine qu'aucune Aryenne ne sait ce qui l'attend.

— Et comment il se passe, ce test ?

— Je ne pourrais pas te le dire, je n'ai plus vraiment de souvenirs de ce moment.

— Tu te rappelles quand même certaines choses ?

— À vrai dire, rien du tout. C'est comme si on avait effacé ma mémoire. Tout ce que je sais, c'est que j'ai échoué.

— Comment peux-tu en être certaine si tu ne te souviens de rien ?

— Tu crois que les Aryennes enfermées dans le camp d'expérimentation le sont par pur plaisir ?

— Qui peut savoir avec des esprits aussi tordus que les vôtres.

— C'est amusant que tu dises ça. Pourtant, quand je te vois regarder Krista, je n'ai pas l'impression que tu la trouves si tordue que ça.

Mes traits se crispent et je jette un coup d'œil assassin dans sa direction.

— Tu racontes n'importe quoi.

— Mais bien sûr.

Je fais de mon mieux pour mettre sa réflexion de côté. Je ne crois pas avoir regardé Krista plus qu'une autre de ses camarades depuis notre rencontre dans la grotte ni même différemment. *En es-tu si sûr ?* m'interroge ma conscience. Je grimace. Un peu. Mais je m'obstine. Mis à part notre altercation du début, quand elle voulait partir, et tout à l'heure devant la rivière, je n'ai rien fait pour l'approcher. Ma conscience m'aiguillonne comme pour me faire avouer que ce que je dis ne correspond pas tout à fait à la réalité. Les dernières paroles de Dina jouent les prolongations dans ma tête et je me fais violence pour essayer de les chasser. *Tais-toi donc ! Ce n'est pas le moment de penser à ça !* Je m'arrête alors que le couloir prend fin. D'abord, nous nous calons chacun d'un côté du tunnel, puis, après avoir échangé un regard entendu, nous nous penchons légèrement pour voir sur quoi donne ce tunnel. Tout est calme et silencieux. Je promène le faisceau de la lampe sur les parois qui semblent déjà moins abruptes. Ce lieu a été façonné par des mains humaines, même si la carcasse de la pièce reste composée de roches. Nous nous décidons à pénétrer dans cet endroit de forme concentrique assez large. J'oriente la torche vers le plafond et j'observe le motif gravé au-dessus de nos têtes. C'est un cercle de pierre cernée de lignes, semblable à un soleil. À l'intérieur, une croix gammée gigantesque qui m'oppresse en me donnant l'impression de nous écraser comme les grains de sable que nous sommes dans les rouages de la machine nazie. Je connais ce dessin.

Bien.

Très bien, même.

Je pose la main droite sur ma clavicule gauche. C'est là que se trouve mon tatouage, similaire à ce qui est gravé dans la roche. Je laisse retomber ma main le long de mon corps et je me retourne pour faire face à Dina.

Elle a eu le même réflexe que moi et a tiré une partie de son tee-shirt pour faire apparaître son tatouage qu'elle examine. Un soleil noir identique au mien. Un soleil noir pour le baptême nazi. Un soleil noir pour marquer à jamais les bébés du sceau de l'immondice. Un soleil noir dont j'ai hérité du côté aryen de ma mère avant qu'elle ne renonce à moi parce que mes cheveux et mes yeux n'étaient plus de la bonne couleur…

Dina remet son vêtement en place lorsqu'elle s'aperçoit que j'ai les yeux braqués sur son tatouage.

— C'est juste un marquage de naissance. Tous les Aryens en ont un, lâche-t-elle d'un air gêné.

— Tu n'as pas besoin de te justifier, rétorqué-je.

Mais pour autant, je ne lui avoue pas que moi aussi, j'en ai un, même si je ne suis pas un « vrai » Aryen.

— Je crois que nous avons atterri dans une crypte, reprend Dina pour changer de sujet.

— Qu'est-ce qui te fait dire ça ?

— Regarde.

Elle lève un doigt et le pointe vers un coin

ombragé. Je dirige le rayon de la torche dessus, et je vois deux immenses blocs rectangulaires noirs disposés l'un à côté de l'autre.

— Ce sont des cercueils, murmure Dina en avançant vers ces derniers.

36

Contrairement à Dina, je me fiche bien de savoir qui dort pour l'éternité à l'intérieur de ces cercueils. La seule chose qui m'intéresse, c'est la survie de notre groupe et cela passe par la porte située au fond de la pièce.

— Dina, soufflé-je pour la prévenir.

J'avance à pas de loup dans cette direction tandis que Dina se met en position de tir pour me couvrir. Je m'approche. C'est une vieille porte en bois massif dont les gonds sont prolongés par de longues barres noires rivetées dans le battant lui-même. Nous sommes loin des accès coulissants du camp avec ses détecteurs de mouvements et ses verrouillages par carte magnétique. Ici, il y a une simple poignée, semblable à un anneau. Mes doigts se referment autour. Le métal est froid, comme tout ce qui se trouve dans cet endroit morbide. Je sens la peinture qui s'écaille et reste collée sur ma peau. Un coup d'œil vers Dina. Elle m'adresse un clin d'œil comme quoi elle est prête. Je me place sur le côté et j'entrouvre doucement la porte, le cœur cognant à mille à l'heure. Ensuite, je me repositionne contre le mur et j'attends de voir si quelqu'un apparaît dans l'entrebâillement.

Rien.

Dina me rejoint, gardant toujours son arme

braquée vers la porte. Quand elle est près de moi, je lui fais signe de se caler de l'autre côté du battant, puis je m'engage avec méfiance par l'ouverture.

Il n'y a personne.

Pas un bruit ni âme qui vive.

Et nous découvrons un nouveau couloir taillé dans la roche qui paraît aussi long que le précédent.

— Tu te sens de rester ici pendant que je vais chercher les autres ?

Elle lâche un soupir. Elle veut montrer qu'elle n'a peur de rien, mais son visage ne dit pas la même chose. Elle est courageuse et forte, mais je ne la sens pas implacable comme un soldat de métier pourrait l'être. Quelle était sa vie avant de devoir prendre les armes ? Tout comme Krista, Manuela et Dina ne sont pas habituées à la guerre comme moi je le suis. Elles ont sans aucun doute reçu la même formation qui les oblige à apprendre à se battre et à se servir d'une arme à feu, mais elles n'en ont pas eu l'utilité et c'est pour ça qu'aucune d'elles n'est assez sur la réserve. Ça se voit autant que ça se sent.

— Bon, écoute, tu vas rester dans la crypte pendant que je retournerai en haut. Cache-toi derrière les cercueils et ne fais rien tant que nous ne sommes pas de retour. Tu peux faire ça ?

— Ça me convient. Mais dépêche-toi, je n'ai aucune envie de faire de vieux os à côté de cadavres.

Je ne réponds pas, mais je suis bien tenté de lui parler des millions de corps de victimes déportées que son peuple a exterminés voilà deux cents ans de cela. Les survivants n'avaient pas d'autres choix, eux, que de rester dans le sillage de ces dépouilles et ils ne se plaignaient pas. Mais je me contrôle ; faire remonter ma haine viscérale des Aryens chaque fois qu'une des filles dit une phrase de travers ne me servira à rien, sinon à me rendre plus amer encore. J'attends que Dina disparaisse derrière les cercueils, puis je rebrousse chemin. Dans le couloir, j'avance à une allure soutenue, mais je ne cours pas, par crainte que le bruit de mes pas résonne trop contre les parois. Plus je marche vite, plus ma respiration s'accélère. Quand j'arrive au bas de l'escalier, je cale mon arme dans mon dos et je replace la lampe de poche entre mes dents. À mi-chemin, j'essuie mon front humide de sueur et je reprends mon souffle. Ensuite, je continue jusqu'à la trappe.

À l'instant où j'émerge, c'est un accueil de canons de fusils qui m'encercle le crâne. J'avais beau m'y être préparé, je suis tout de même surpris, mais je me remets très vite et je me hisse dans la grotte.

— Alors ? s'empresse de lancer Micha.

— On a trouvé une crypte.

— Une crypte ?

Je hoche la tête.

— Oui, et une porte qui donne dans un tunnel. Ça mène peut-être à une sortie. J'imagine qu'il y en a une. Toutes les cryptes en ont une, non ?

— Sans doute.

— Si on part de ce principe, on a donc une chance. Le problème, c'est que si nous n'avons croisé personne, les lieux ont l'air très vastes. Ça nous prendrait trop de temps, à Dina et moi, de tout inspecter. Et encore plus s'il faut revenir vous chercher. Alors, vous allez devoir descendre aussi et on avancera à intervalles réguliers.

— Ça me va.

— Très bien, occupe-toi de la lampe, Micha. Eden, tu restes derrière Manuela. Micha, tu passes en tête, déclaré-je en me dirigeant vers Krista.

Elle se redresse lentement, on dirait un automate grippé. Je la vois forcer sur ses bras pour se remettre debout, mais elle ne prononce pas un mot, n'émet aucune plainte. Son visage reste inexpressif comme si elle ne souffrait pas. Pourtant, ses mâchoires contractées prouvent que si. Ma main trouve naturellement sa place au bas de son dos sans que je m'explique pourquoi et nous rejoignons les autres.

— Je passe en dernier avec Krista.

Je tourne la tête vers elle.

— Je ne vais pas pouvoir te porter dans l'escalier, c'est trop exigu. Tu pourras marcher ?

— Oui.

Sa réponse me fait l'effet d'un coup au cœur. Je ne sais pas si c'est le fait de sa main dans la mienne ou d'entendre ce timbre de voix éteint, mais je ressens quelque chose à cet instant. De la peine ? De la compassion ? Non, quelque chose de plus intense, comme le souvenir d'un état similaire au sien, avec la souffrance et le désarroi qui emplissaient tout mon être. C'est ce qu'elle me transmet. Et ça me blesse au plus profond de moi. Nous attendons que tout le monde s'engage dans l'escalier, puis j'aide Krista à descendre. Marche après marche, je garde un bras autour de sa taille et je perçois ses frémissements chaque fois que mes doigts se resserrent pour la maintenir stable.

37

Une fois l'escalier descendu, je repasse en tête du groupe pour guider les autres dans le tunnel jusqu'à la crypte, quoique le trajet ne soit pas très compliqué. Krista est restée à mes côtés, et si, pendant quelques minutes, j'ai gardé ma main autour de sa taille sans éprouver l'envie de la lâcher, elle s'est redressée, a bombé la poitrine, et j'ai alors compris qu'elle ne voulait plus de mon aide. Je ne le prends pas mal en me disant qu'elle me rejette par fierté, je pense plutôt qu'elle ne veut pas que je la considère comme un poids mort accroché à moi comme un boulet. Je ne peux que l'admirer pour sa combativité et son entêtement à ne pas vouloir nous retarder.

Au bout du couloir, je fais un signe de main pour que tout le monde marque un arrêt, puis je m'avance afin de m'assurer qu'il n'y a toujours personne dans la crypte. En entendant le bruit de ma respiration, Dina relève tout juste la tête, puis elle se redresse totalement.

— Vous en avez mis du temps !

Je garde le silence et je fais entrer les autres dans la pièce.

— C'est une crypte, ça ? murmure Micha en jetant des coups d'œil partout autour de lui.

— Tu ne vois pas les cercueils ?

— Si, évidemment, mais en dehors de ça… Je m'attendais à quelque chose de plus… luxueux.

— Parce que ce ne sont pas des dignitaires SS, réplique Dina en nous rejoignant. Juste des officiers gradés ou quelque chose comme ça.

— N'empêche, mes amis, que je trouve cet endroit… étrange.

— Peut-être à cause de ça, dis-je en braquant la lampe torche vers le soleil noir gravé au plafond.

Tout le monde le regarde. Eux, pour la première fois, Dina et moi pour la seconde. Impossible d'ignorer qui peut régner entre ces murs.

— Oh, c'est comme ton…

— La ferme ! coupé-je aussitôt Micha.

Il me regarde d'un drôle d'air, mais il comprend le message. Malgré tout, si Dina et Manuela n'ont pas semblé prêter attention à mes paroles, Krista, elle, me fixe avec insistance. Pendant un instant, j'ai l'impression qu'elle sait que moi aussi, j'ai ce soleil noir gravé sur la peau. Je secoue la tête. *Non, elle ne peut pas* être au courant. *Elle ne sait rien de moi.* J'évite son regard en reportant le mien sur la porte.

— Suivez-moi.

Dina et Manuela se positionnent de chaque côté du battant entrebâillé. Je jette un coup d'œil en arrière. Mon inquiétude se porte sur Eden. Krista la place derrière elle juste avant de préparer son arme. Je prends une nouvelle inspiration pour me donner du courage et je tire sur la porte pour l'ouvrir un peu plus. Ensuite, j'inspecte les lieux.

Rien à droite.

Rien à gauche.

J'interroge Micha du regard pour savoir quelle

est la direction qu'il choisirait, lui. Il me désigne le couloir de gauche. Un hochement de tête, puis je fais passer les filles devant moi. Quand tout le groupe a quitté la crypte, je me repositionne en tête et Micha ferme la marche.

Le temps s'allonge. Nous courons tout en nous efforçant de rester aussi discrets que possible. Notre course n'a pas besoin d'être rapide, elle doit être mesurée afin qu'on puisse repérer une sortie sans pour autant tomber sur des ennemis. Des voix nous parviennent soudain, je stoppe direct en levant le bras et tout le monde s'encastre dans mon dos.

— Là, vite, vite ! lancé-je.

Nous nous plaquons dans un renfoncement de roche, mais il est trop étroit et mis à part Micha et moi qui sommes en première ligne, les filles ne peuvent que positionner leurs fusils à la verticale sur leur poitrine pour prendre le moins de place possible. J'écoute avec attention en essayant de faire abstraction des battements de mon pouls qui cogne contre ma tempe. La langue dans laquelle ces voix d'hommes s'expriment m'est inconnue. Ce n'est pas de l'allemand, ni rien d'approchant. Des mots aux consonances dures qui sonnent étrangement dans mes oreilles. Je réfléchis à toute vitesse : serait-il plus prudent de rebrousser chemin et de retourner vers la crypte ? Sans doute, mais nous nous retrouverions comme au début, sans possibilité de sortir de la grotte. En fait, nous n'avons pas vraiment d'autre choix que de continuer sur notre lancée.

Tout à coup, je vois Krista, jusque-là restée

derrière moi, faire un pas en avant pour quitter le renfoncement.

— Reste ici, lui intimé-je dans un chuchotement.

Elle ne prend même pas la peine de me regarder et je me demande si elle m'a entendu. Le dos collé contre la paroi, elle progresse lentement vers l'endroit d'où proviennent les voix. Cette fois, je n'hésite plus, je sors de notre cachette à mon tour et je la rattrape en la toisant.

— Qu'est-ce que tu fiches ? Ce n'est pas le moment de faire des bêtises. Tu n'entends pas les voix ?

Elle pose une main sur la mienne qui lui maintient l'avant-bras avec force. La tiédeur de sa paume me fait l'effet d'un courant électrique qui traverse ma peau.

— C'est une cérémonie païenne, murmure-t-elle. Je ne pense pas que les gens seront armés.

Pas armés ? Comment imaginer des Aryens inoffensifs dans un tel endroit ? Pourtant, je suppose que les Aryens ne vivent pas constamment avec un fusil à l'épaule. Les baptêmes, les mariages, tout cela dépend de personnes qui restent ordinaires malgré tout, quel que soit le passif de leur peuple. Et s'ils sont sans défense, alors c'est tout bénéfice pour nous.

— Dans ce cas, on fonce dans le tas et on tire sur tout ce qui bouge.

Krista fronce exagérément les sourcils et fait non de la tête. À tel point que je finis par me demander de quel côté elle est. Son comportement me désarçonne tellement que je n'arrive pas à savoir sur quel pied danser.

— On n'a pas d'autre choix si on veut s'en sortir.

Elle reste silencieuse, contemple ses pieds pendant un court instant avant de me fixer à nouveau d'un regard plus animé que jusqu'à présent.

— Faire un carnage n'est pas la solution.

— Qu'est-ce que tu proposes ? Qu'on se mêle aux invités et qu'on aille se ravitailler en petits fours ? Au cas où tu n'aurais pas remarqué, je n'ai pas la tête d'un Aryen.

— C'est le moins qu'on puisse dire... Et cette fois, M. Kramen n'est pas là pour te sauver la mise, réplique-t-elle aussi durement que je lui ai parlé.

Ce qu'elle vient de dire résonne à nouveau comme des paroles dénuées de sens à mes yeux, et pas qu'aux miens quand je vois la mine des autres. Mais plus encore, c'est sa façon tranchante et trop familière de me répondre qui se répercute contre les parois de mon esprit, comme si j'étais un gamin sur les doigts duquel elle veut frapper. Sauf que je n'en suis pas un.

— Fais attention à ce que tu dis, Krista, la préviens-je. Et rappelle-toi que je ne mettrais pas la sécurité du groupe en jeu à cause d'une seule personne.

— Est-ce que tu me fais assez confiance pour me laisser jouer mon jeu ? me demande-t-elle.

Nos regards s'affrontent et s'opposent. J'ai envie de lui répondre que non, je ne lui fais pas confiance. Ni à elle ni à aucun Aryen. Je vois comme ses iris brillent, comme son front est recouvert d'une pellicule de sueur, comme elle est pâle. Mais elle ne baisse pas les yeux, elle ne tremble pas et elle tient son fusil avec assurance. Rien, chez elle, ne sonne faux. Quelque chose en moi me pousse à essayer de considérer la situation de son point de vue. Quelque chose qui m'exhorte à lui accorder ma confiance alors que je ne suis pas du genre à la donner à n'importe qui. Quelque chose me dit qu'elle n'est justement pas n'importe qui, mais je ne sais pas si ça provient de mon esprit ou bien de mon cœur. Je n'y comprends rien.

— Très bien. Explique.

— Non, je n'explique pas. Je montre.

38

Krista reprend sa progression vers la porte ouverte qui donne sur ladite cérémonie. Je lui emboîte aussitôt le pas. Il n'est pas question que je la perde de vue et qu'elle nous mette en danger en s'y mettant elle-même. Le reste du groupe se cale sur ma cadence, imitant chacun de mes mouvements. Nous arrivons à proximité de la porte. Krista s'immobilise et me fait comprendre, d'un geste de la main, de ne plus bouger. Je m'arrête à contrecœur sans la quitter des yeux. D'un mouvement très rapide, elle passe alors de l'autre côté de la porte béante. Mon cœur manque un battement à l'idée qu'on ait pu la repérer. Si je pouvais la rejoindre, je ne sais pas ce que je lui dirais, mais je l'empêcherais de continuer sur sa lancée avant que tout nous échappe.

Néanmoins, il n'y a aucune réaction parmi les participants à la cérémonie. Les bruits de voix se sont intensifiés au fur et à mesure que nous nous rapprochions, et maintenant, nous pouvons entendre ces gens parler comme si nous nous trouvions dans la même pièce qu'eux. C'est un sentiment angoissant de les savoir si près et je n'aime pas ça. Krista, étonnamment, paraît détendue, ses traits restent crispés et elle a des poches sombres sous les yeux, mais ça n'est que le résultat de la fatigue et la souffrance générées par sa blessure. Pour le reste, elle me fait l'effet d'avoir un parfait contrôle de la situation, et je l'espère intérieurement, parce que, je m'en rends compte, c'est à elle que j'ai confié les rênes de notre survie. Désormais, nous sommes séparés par cette seule ouverture, pourtant, j'ai l'impression que c'est un fossé infranchissable.

Elle, l'Aryenne aux cheveux blonds comme le soleil et aux yeux couleur océan, et moi, tout à son opposé.

Dire que nous sommes nés à Germania tous les deux pourrait paraître difficile à croire. Krista me fixe de nouveau et, à cet instant précis, j'éprouve le sentiment puissant que nous formons un tout, elle et moi, comme une équipe constituée depuis longtemps. Cette pensée me semble totalement hors de tout raisonnement, pourtant, j'aime cette sensation de ne plus être le seul à devoir me charger de garder tous les membres de notre groupe en vie quand je ne me sens pas toujours les épaules pour diriger les autres. J'apprécie que Krista ait fait abstraction de sa souffrance pour prendre le contrôle de la situation. Je la trouve brave et sa proximité me fait du bien. Elle remue silencieusement les lèvres et je lis qu'elle me dit « maintenant ». Je me prépare mentalement sans pour autant savoir à quoi m'attendre.

Elle penche soudain la tête vers la porte et, sous mon regard éberlué, agite sa main comme si elle saluait quelqu'un. Pendant une fraction de seconde, j'ai le sentiment d'être tombé dans un piège, qu'elle est en train de me trahir, de *nous* trahir sous mes propres yeux. Puis, à l'instant où un garçon d'une vingtaine d'années, vêtu d'un costume trois pièces, passe le pas de la porte, cette pensée négative se dissipe dans l'air. J'abats la crosse de mon fusil sur sa nuque. Krista regarde par-dessus mon épaule et Micha, accompagné de Manuela, enchaîne. Ils prennent chacun un des bras de notre victime et entraînent son corps vers le renfoncement. Sans un mot et à toute vitesse, ils lui ôtent ses habits pour s'en emparer. Je dois le reconnaître, si cette méthode est loin d'être aussi radicale que ce que j'envisageais, elle a l'avantage de pouvoir nous permettre, par la suite, de nous fondre dans la masse… Enfin, pour moi et Eden, rien ne pourra faire oublier nos cheveux et nos yeux sombres, mais si quatre d'entre nous parviennent à ouvrir le chemin grâce à ce stratagème, ça en vaut clairement la peine.

Une seconde personne ferrée par Krista se pointe. Cette fois-ci, c'est une adolescente dont les longs cheveux sont nattés et enroulés comme des serpents autour de son crâne. Pendant un instant, j'éprouve un remords à l'idée de la frapper, mais ça me passe très vite quand je pense à ma survie. Le corps se retrouve pris en charge par Dina qui enfile ses vêtements, bien qu'un peu serrés pour elle.

Krista grimace soudain et ses épaules, si droites jusque-là, s'affaissent légèrement. Sans attendre, je fais signe à Dina de nous rejoindre. Elle place son oreille tout près de mes lèvres pour écouter ce que j'ai à lui dire. Je lui demande de remplacer Krista et elle acquiesce aussitôt. Elle la pousse sans ménagement, visiblement ravie de lui voler la place. En retour, c'est un regard noir que renvoie Krista, mais pas vers Dina. Sa colère est pour moi. Une colère que je devine bouillonnante. Je l'ignore et j'attends qu'elle recule un peu pour laisser Dina libre de ses mouvements. Elle se cale contre le mur et ne bouge plus. Je donne alors à Dina le signal pour attirer un nouveau pigeon.

Nous arrivons à prendre encore deux personnes dans nos filets. Malheureusement, l'une d'elles n'est pas une femme. Tant pis, il faudra que Manuela ou Krista s'habille comme un homme. Quand nous en avons terminé, Krista nous rejoint et on retourne vite fait près des corps inanimés de ceux tombés dans notre piège.

Elle retire le collant d'une fille et noue les mains des prisonniers comme elle peut. De notre côté, Micha et moi, on se débrouille pour les bâillonner avec le restant de leurs vêtements. S'il n'y avait que moi, je ne crois pas que je laisserais le moindre témoin parce que le risque d'être dénoncé est bien trop élevé pour être ignoré. J'ai appris que laisser des témoins derrière soi pouvait être mortel.

— Allons-y, lance Dina.

Manuela, Micha et elle, à présent vêtus comme de vrais Aryens en goguette, se dirigent vers la salle où a lieu la cérémonie. Je termine tant bien que mal de caler les corps de nos victimes dans le renfoncement. Puis je me rapproche autant que je peux de Krista afin de constituer une barrière derrière laquelle Eden reste terrée. La même angoisse court dans nos veines et je n'ai pas besoin de jeter un coup d'œil à Krista pour savoir qu'elle pense, tout comme moi, que nous avons une chance sur deux que nos amis se fassent repérer. Elle saisit ma main. Je perçois la douceur de sa paume qui frotte contre la mienne, plus rêche. Je ne la retire pas, simplement, je replie mes doigts entre les siens comme si c'était quelque chose de naturel. Puis je la regarde et elle en fait autant. Aussitôt, nos mains se séparent et les joues de Krista se teintent de rose. Tant mieux, je préfère la voir retrouver quelques couleurs, même si ce sont celles de la gêne.

— Pourquoi tu n'as pas pris les vêtements du dernier type qu'on a assommé ? lui soufflé-je à l'oreille.

— Avec ma blessure, j'aurais vite été repérée.

Sur ce point, elle n'a pas tort. De la même façon que son état général aurait attiré l'attention et généré des interrogations.

— Est-ce que ça va ? lui demandé-je.

— Non.

Non. C'est tout ce que ses lèvres parviennent à laisser sortir de sa bouche. Le reste, elle semble vouloir le garder pour elle.

— Ça va bien se passer, tenté-je de la rassurer.

Son regard se fait plus incisif. Pour autant, elle n'ajoute pas un mot, n'a pas un sourire. Je ne trouve pas le courage de lui dire autre chose, alors je me tais et je me concentre sur la salle de cérémonie depuis laquelle des chants nous arrivent aux oreilles. Puis viennent des éclats de rire, des tintements de verres qui se heurtent dans la joie et la bonne humeur. Le sempiternel et ignoble « *Heil Hitler* » qui me vrille toujours autant les tympans. Krista et moi n'avons pas la moindre réaction à ce salut que je ne peux qualifier autrement que comme un cri de guerre. Nous inspirons et expirons dans le même silence, le même calme et la même anxiété de ne pas voir revenir nos amis. Nous formons un bloc composé d'inquiétude et de panique contrôlée.

Puis, notre attention est captée par un autre bruit qui provient d'ailleurs que dans cette salle. Bien plus proche, il résonne dans notre dos à tous les trois. Ce n'est que quand il s'interrompt brusquement que nous en prenons conscience.

— Que faites-vous là ? demande une voix rauque.

Dans un réflexe identique, nous tournons la tête et nous le voyons. Je ne sais pas combien de secondes cela me prend pour faire le détail de sa tenue, depuis sa casquette portant l'insigne des SS aux petites lunettes rondes posées sur son nez pour en finir avec ses bottes de cuir noir.

— *Judenschwein*[1]*!* s'exclame-t-il en me désignant d'un doigt accusateur.

À peine a-t-il craché son insulte comme du venin que nous partons dans un bond.

— Des fugitifs ! vocifère l'homme en haussant encore plus la voix.

Je tire si fort le poignet d'Eden que j'ai l'impression de l'entendre craquer. Krista me talonne en haletant. Nous filons tout droit, sans plus nous préoccuper de nos amis. Nous n'avons pas le choix si nous voulons nous en sortir. Au fil de notre course, nous nous éloignons de plus en plus d'eux, avec la peur de ne plus jamais pouvoir les retrouver.

1. « Sale porc de Juif. » Insulte raciale utilisée par les SS lors de la Seconde Guerre mondiale.

— Cours, Eden !

Des cris retentissent derrière nous. Des ordres sont jetés à la figure de soldats et la cérémonie de mariage calme et paisible se transforme en une chasse à l'homme, alors que la musique et les rires se sont tus. Une chasse aux parasites que nous sommes pour cette société. La boule dans mon ventre remonte jusque dans ma gorge et m'empêche de respirer, mais il ne faut pas ralentir. Au contraire, malgré le point de côté qui me scie le flanc gauche, je cours comme un dératé, Krista et Eden en font autant. La peur nous contraint à nous surpasser, à aller au-delà de nos limites. Eden a du mal à suivre mes grandes enjambées, elle vole presque sous mon impulsion. En tournant à angle droit dans un nouveau couloir où des torches, accrochées à intervalles réguliers aux murs, se consument, Krista heurte quelque chose et perd de la vitesse. Je ralentis à mon tour et viens la tirer en avant, puis je la pousse sèchement pour qu'elle me dépasse, lui arrachant un gémissement alors que ma main a touché sa blessure. Mais cette douleur agit sur elle comme une décharge électrique et elle redouble de vitesse. On file vers un nouvel embranchement et je me précipite sur une porte au hasard. La première qui s'ouvre, je fais rentrer les filles et m'engouffre à mon tour à l'intérieur. Pendant que Krista s'effondre au sol, à bout de souffle, je verrouille le battant à double tour.

Le silence revient.

Mais la peur ne disparaît pas.

39

Eden aide Krista à se redresser pendant que je garde l'oreille collée contre le battant. Des bruits de pas empressés se font entendre de l'autre côté et ça continue à crier. Si, au premier abord, j'ai cru que l'endroit était déserté par les soldats, je m'aperçois que j'avais tort. Ils sont je ne sais pas combien à courir d'un bout à l'autre de ce lieu. Je me frotte le front avec nervosité. Nous avons perdu Micha, Manuela et Dina et nous sommes enfermés dans une pièce sans possibilité d'en sortir.

L'idée de mourir me fait moins peur que celle de voir Eden ou Micha mourir. J'ai vu trop de mes proches périr sous le joug nazi. Je me souviens d'Ezra, un ami, pratiquement un frère, ressortir sans vie d'une expérimentation au camp. Je me rappelle de son visage aux traits figés quand les SS l'ont amené à l'incinérateur. Ça se passait juste sous mes yeux et cette dernière image de lui s'est gravée à jamais dans mon esprit.

La mort est comme cet endroit, un enchevêtrement de tunnels qui s'étirent et n'aboutissent jamais qu'à quelque chose de plus terrible encore.

Je viens m'accroupir près de Krista et d'Eden et je pose une main sur l'épaule de Krista.

— Ça va ? demandé-je tout en essayant de retrouver une respiration normale.

— Je ne sais pas trop… Je suppose que oui, vu les conditions.

Je me redresse et je jette un regard circulaire sur l'ensemble de la pièce.

Il n'y a aucune lumière artificielle provenant de dalles au plafond ni d'appliques au mur, seulement des chandeliers disposés un peu partout autour de nous. Ils forment de longues rangées de petites flammes qui ondulent avec grâce. Ça donne un aspect éthéré à cet endroit, où l'on peut voir des meubles luxueux datant d'une époque révolue. La pièce est envahie de ces reliques vieilles d'au moins deux siècles, si ce n'est plus. Des choses qui n'existent plus de nos jours, ni à Germania ni ailleurs. Les murs sont ornés de tableaux. Si nombreux que j'ai du mal à distinguer la couleur de la tapisserie qui est derrière. Mausolée, c'est le mot qui me vient en tête en découvrant le lieu dans son ensemble. Un mausolée érigé en l'honneur de je ne sais quelle personne. Un dignitaire nazi, j'imagine. Sur chaque toile, sur chaque portrait ou monument à la gloire du Reich, je peux voir un drapeau en arrière-plan.

Toujours le même.

Rouge comme le sang avec sa croix gammée en son centre. Qu'est-ce que je m'attendais à trouver d'autre dans un tel lieu ? Tout est raccord, ici. Il n'y a que moi et Eden qui faisons tache au milieu de ce décorum cent pour cent aryen. Même Krista, avec sa blondeur, se fond dans le décor.

Je quitte mon poste d'observation pour retourner

vers Eden et Krista. Elles se sont blotties dans un coin et ne disent pas un mot. Je vois bien que Krista essaye de rassurer Eden en caressant ses cheveux, mais peut-on vraiment calmer un enfant dans une situation aussi critique que celle-là ? Je ne crois pas, et je ne crois pas que Krista le pense non plus. Je dois réfléchir pour nous tirer d'ici. Nous avons encore nos armes, c'est déjà ça, mais nous ne pouvons pas nous attarder dans ce lieu. Je reporte mon attention vers un recoin de la pièce, plus éclairé. Je suis presque certain d'y trouver une fenêtre. Je me redresse pour aller vérifier.

Comme je le pensais, il y a bien une fenêtre. Elle est ronde et pas très large, mais assez pour laisser passer une personne de mon gabarit. En dessous repose un cercueil disposé sur une espèce de chaire dissimulée derrière un panneau de bois. Cette vision me glace le sang. Pourquoi ne repose-t-il pas dans la crypte ? À croire qu'il y a des cercueils disséminés partout dans cet endroit. Comment peut-on mêler mariage et mort en même temps sans éprouver le moindre malaise ? Gaieté et tristesse en un seul et même lieu ?

Morbide, songé-je en m'avançant.

Je fais abstraction de celui-ci, dont le couvercle est masqué par une étoffe de velours rouge. Je prends appui sur l'encadrement de la fenêtre et je grimpe sur le cercueil en faisant attention à garder mes jambes sur les rebords pour ne pas peser de tout mon poids là où il risque d'être le plus fragile. Ensuite, j'observe l'extérieur. La fenêtre donne sur un vieux bâtiment de pierre qui fait face à celui dans lequel nous nous trouvons. Il s'étend tout en longueur jusqu'à joindre une tour rattachée également à notre propre bâtiment. En fait, si je regarde l'ensemble, ainsi que la cour, cela forme un triangle parfait. Mes yeux reviennent se poser sur la tour qui grimpe sur plusieurs mètres, à l'image d'un donjon.

Un château ?

Je saute de mon perchoir et je me retourne vers Krista et Eden.

— Krista, est-ce que tu connais un château aryen où se dérouleraient des cérémonies comme celles de tout à l'heure ?

— Pourquoi ? C'est important ?

— Ça me permettrait de me repérer géographiquement.

— Je ne sais pas. Il doit y en avoir plusieurs.

— Essaye de te rappeler. Un endroit qui serait particulier, peut-être aux yeux de votre gouvernement… en forme de triangle.

— En forme de triangle, tu dis ?

— Oui. Un château en forme de triangle. Ça t'évoque quelque chose ?

— Celui qui me vient en tête, c'est Wewelsburg. Il est connu pour sa forme en pointe de lance. Mais il est assez éloigné de Germania, je ne pense pas que…

— La distance n'a pas d'importance. Où se situe-t-il ?

Elle se mordille la lèvre avec un air songeur, et je reste accroché à son regard dans l'attente de sa réponse.

— D'après mes souvenirs d'école, dans un

village du même nom que le château. Je crois... que c'est proche de *Büren*.

Büren. Le nom de cette ville s'intègre dans mon esprit, et j'essaye mentalement de faire un calcul selon mes connaissances. *Büren* se trouve dans le district de *Paderborn*, en *Westphalie*. Je note l'information dans un recoin de ma tête pour la ressortir quand viendra le bon moment.

— À quoi sert ce château en règle générale ?

— Je ne peux pas te le dire, on en a entendu parler en cours d'Histoire comme étant la propriété d'Heinrich Himmler. Tout ce que j'en sais, c'est qu'il était utilisé pendant la Seconde Guerre mondiale pour baptiser les nouveau-nés aryens.

Baptiser les nouveau-nés aryens. Je ne peux pas m'empêcher de me demander si c'est ici même que j'ai reçu le baptême de la honte et qu'on m'a tatoué ce soleil noir. Mais j'en doute. Étant venu au monde à Germania, il me semble que la route serait trop longue pour cela. Néanmoins, cette possibilité laisse un goût amer sur ma langue.

— Il faut sortir par la fenêtre. C'est la seule issue en dehors de la porte.

— Et les autres ?

— Ils sont grands, ils peuvent se débrouiller.

— Tu es sérieux ?

Je m'accroupis près d'elle.

— Krista, je ne sais pas ce que tu t'es mis en tête, mais tu dois accepter le fait qu'on ne peut pas secourir tout le monde. Là, tout de suite, on ne peut rien faire de plus qu'essayer de sauver nos vies. Chacun doit se prendre en main, et c'est ce que je fais, comme Micha et les filles doivent le faire de leur côté. Si on revient sur nos pas, nous sommes morts.

— Tu...

— Ma priorité pour l'instant, c'est de vous mettre en sécurité, Eden et toi. J'ai confiance en Micha, il saura se débrouiller.

Elle baisse les yeux, elle sait que j'ai raison, mais l'accepter doit lui paraître cruel de ma part. C'est étonnant pour une Aryenne de faire preuve d'autant d'empathie quand moi, j'ai choisi le pragmatisme. Mais trop d'empathie est dangereux et incompatible avec la possibilité de survivre. Elle voudrait épargner tout le monde, mais tout ça n'est qu'une utopie. En enfer, on ne peut pas sauver grand monde. Même pas soi-même, la plupart du temps.

— Je te suis, opine-t-elle.

— Très bien.

Je l'aide à se relever et avant de prendre définitivement le large, nous refaisons le tour complet de la pièce pour récupérer tout ce qui peut nous être utile à l'avenir. Je trouve un poignard de cérémonie, je le glisse dans ma ceinture, ainsi qu'une boîte d'allumettes. Krista et Eden fourrent tout ce qu'elles peuvent dans leurs poches. Tout ce qui a de la valeur à nos yeux d'un point de vue survie part entre nos mains.

Un claquement sec nous surprend brusquement en pleine fouille. Nous nous figeons et nos regards obliquent tous vers la porte. La poignée s'agite. Doucement. Puis de plus en plus fort, jusqu'à remuer frénétiquement.

— Ils sont ici ! crie une voix de l'autre côté du battant.

40

— Il faut partir, maintenant !

On se précipite vers la fenêtre. Il y a plusieurs personnes dans la cour, mais on n'a pas le temps d'attendre que la voie soit libre. J'ouvre le battant.

— Prends Eden avec toi, je vous couvre.

Au moment où je monte sur le rebord du cercueil, l'un de mes pieds accroche l'étoffe de velours. Je la pousse d'un mouvement sec.

— Ce n'est pas… possible…

La voix de Krista s'éraille tout à coup alors que ses yeux sont rivés sur le couvercle. Un pied de chaque côté du cercueil, je baisse la tête.

Et je vois.

Ce n'est pas un cercueil ordinaire. Ça n'en est peut-être même pas un. Derrière la vitre translucide qui fait office de couvercle, un liquide ondule en vaguelettes. Sa surface se striant par endroits, à l'image d'une étendue d'eau troublée par une légère brise.

Je vois.

Des fils raccordés à ce crâne. À ces mains. À ce cœur. Le mien s'arrête pendant un instant.

Je vois.

Ce visage. Cette moustache. Je secoue la tête, horrifié et tétanisé. Je me sens glacé tout entier, même de l'intérieur, comme si mon sang était devenu solide et que tous mes organes avaient explosé.

Adolf Hitler en personne.

Les mots restent englués dans ma bouche, collés à mon palais.

Il ne peut pas être là ! Il ne peut pas !

Quand il ouvre subitement les yeux, mon cœur repart si fort et si vite que j'en perds la notion des choses. Je passe les deux jambes par la fenêtre et je saute dans la cour tout en faisant feu sur les occupants des lieux. Je ne réfléchis plus. Je fais comme nous l'avons décidé. Je couvre Krista et Eden qui sortent tour à tour et se précipitent en courant à l'extérieur du château. Des soldats déboulent de la tour et commencent à me cerner. Je me retrouve à affronter un mur de balles. Mais même en les évitant et en ripostant, je ne fais tout cela que machinalement, comme un automate. Tout ce que je vois, c'est le visage décharné de cet homme, dont les yeux d'un bleu si profond, si dur, m'ont transpercé l'âme. Je fais feu une dernière fois en rafale, atteignant plusieurs de mes poursuivants, et je détale pour rejoindre Krista et Eden.

On zigzague pour essayer de ne pas se prendre une balle et on court comme des dératés. Nos pieds écrasent le tapis de graviers qui recouvre le petit pont que nous traversons. Les soldats, toujours à nos trousses, continuent à nous tirer dessus. De temps à autre, je réplique jusqu'à ce que mon chargeur soit vide. Je jette alors mon fusil et je redouble de vitesse.

— Je prends le relais ! me lance Krista en pivotant.

Elle arrose de balles nos poursuivants. Je saisis la main d'Eden au vol.

— Krista ! Viens !

Elle reprend sa course et me rejoint dans un même effort pour creuser la distance entre les SS et nous. Micha, Dina et Manuela ne sont nulle part en vue. Nous nous éloignons avec, dans le cœur, la sensation que quelque chose de pourri y a trouvé sa place. Quelque chose qui s'étend à l'intérieur de nous, comme une peste nous rongeant la peau et les os.

Le Führer est vivant.

Nous ne pouvons rien faire d'autre que fuir.

Fuir jusqu'à en mourir.

41

Nous sommes exténués quand nous nous risquons à nous arrêter au milieu des bois. Krista et Eden s'écroulent en essayant de reprendre un minimum d'air avant de tomber d'inanition. De mon côté, je m'adosse contre un tronc d'arbre pour garder la station debout et, tout en haletant, je surveille l'arrivée possible de nos poursuivants. Pourtant, je n'entends plus la rumeur de leur course derrière nous. Je m'essuie le front du plat de la main et je tourne la tête un court instant vers les filles.

— On ne peut pas rester ici longtemps, soufflé-je.

Parce que même si les soldats ne sont pas dans notre proximité directe, nous savons qu'ils vont revenir.

Ils reviennent toujours.

Si ce n'est pas par la terre, ce sera par les airs.

Jamais ils ne nous lâcheront.

Le visage de Micha passe dans mon esprit, ses traits se superposant sur ceux d'Ezra. Si Micha meurt lui aussi, j'aurai perdu mes amis les plus précieux, presque mes frères. Ils ont toujours été là pour moi et moi pour eux. Pourtant, à cet instant, je ressens une profonde culpabilité à l'idée d'avoir laissé Micha. Je le connais assez pour savoir qu'il m'aurait lancé : « C'est le jeu, mon ami. Chacun pour soi et on se retrouve au bout ! » Nous avons souvent été séparés, chacun dans des situations dangereuses, et nous nous en sommes chaque fois sortis l'un et l'autre jusque-là.

Jusque-là…

Je me sens mal. Tellement mal. Dire que je suis bouleversé ne serait qu'une goutte d'eau dans un océan de détresse. Ce que je ressens n'est pas quantifiable, c'est au-delà de toutes limites, de toutes mesures. Je me force à penser à Eden. L'avenir de mon peuple, ce sont les enfants. Micha le sait aussi. Eden est une pépite qu'il faut préserver et protéger au prix de sa vie.

De « ma » vie si c'est nécessaire.

Je redresse la tête bien que j'aie conscience des larmes qui bordent mes cils. Je ne me sens pas fort à cet instant, je me sens détruit, à l'image d'un grain de sable. Insignifiant. Krista s'est relevée et se tient près de moi. J'essaye d'éviter son regard, mais sa main tendue apparaît dans mon champ de vision et je la regarde finalement. Elle est tout ce que je hais. Elle est le fruit de son travail, à *lui*. Le créateur de cette race de monstres.

Je ne peux pas…

D'un geste rapide, j'essuie mes yeux et je fais semblant de ne pas remarquer son visage altéré par l'incompréhension alors qu'elle se rassoit sans un mot.

— Il vaut mieux repartir.

— Krista n'en peut plus, lâche Eden.

— Je sais, réponds-je en regardant le sang qui macule son vêtement.

Je baisse les yeux sur ses mains posées sur son fusil.

Je ne peux pas…

Ne mélange pas tout. Elle n'est pas lui. Elle te l'a prouvé jusqu'ici.

Je ravale ma colère, puis je m'accroupis devant Krista.

— Accroche-toi à mes épaules et je te porte.

— Non ! Ça va te ralentir de trop. Il…

— Ne discute pas, la coupé-je. Pendant que je te porterai, tu pourras tirer sur nos poursuivants s'ils arrivent. Nous n'avons plus que ton arme.

Krista jette un coup d'œil dubitatif vers Eden, puis me regarde à nouveau, indécise.

— C'est ça ou mourir tous les trois. C'est ce que tu veux ? ajouté-je.

Elle fait non de la tête. Sa réponse, même si elle est muette, n'était pas utile. Je sais qu'elle ne veut pas mourir, je peux le lire dans ses prunelles, mais mon désarroi s'est mué en colère et j'ai tout le mal du monde à ne pas voir en elle le côté sombre du peuple aryen. Pourtant, au fond de moi, je n'ai pas besoin que ma conscience me fasse la morale à ce sujet. J'ai parfaitement compris que Krista, avec sa rage de s'en sortir et son envie de lutter contre le monde entier, est comme moi.

Elle passe ses bras par-dessus mes épaules, enroule le gauche autour de ma nuque, tandis que, du droit, elle maintient son fusil. Je la soulève et elle replie ses jambes autour de ma taille.

— Eden, tu pourras courir ?

— Oui, t'inquiète pas pour moi.

— Alors, partons d'ici.

42

La route est longue quand on n'a pas de but précis à atteindre sur l'instant. On tâtonne, on fait dix pas en avant pour en refaire neuf dans l'autre sens. On passe par des endroits improbables en se déchirant la peau sous les ronces des bosquets. On manque de trébucher sur des racines ou de basculer à cause d'une ornière.

Dans la vie, rien n'est simple, mais on peut parfois bénéficier d'un peu de répit.

Dans cette sorte de grotte exiguë, je dépose Krista à terre et Eden se hisse à l'intérieur. C'est assez étroit et même si on peut y tenir à trois, ça reste trop serré pour pouvoir chacun nous isoler dans un coin. Ça ne me changera pas forcément des conditions de vie au camp dont nous nous sommes échappés. Je ne sais pas si Krista était également traitée comme une sardine dans une boîte, mais il faudra composer avec.

L'avantage de cette cache naturelle, c'est la dénivellation qui permet de la masquer. Si Eden n'avait pas trébuché pile devant, jamais nous n'aurions découvert cet endroit. Grâce à ce repli rocheux, nous pourrons observer ce qui se passe dehors sans être pour autant vus. Les navettes ne pourront pas non plus nous repérer. Ce lieu pourrait peut-être s'apparenter à un don de Dieu.

À condition qu'il ait jamais existé…

Avec Krista, nous masquons l'entrée de notre cachette avec des branchages que nous avons arrachés quelques minutes plus tôt. Nous disparaissons derrière un mur de verdure tout en nous étant aménagé de fines ouvertures pour garder un œil sur les environs. Je m'assois, les épaules un peu voûtées à cause du plafond bas. Je vide mes poches devant moi. Un poignard, des allumettes et une montre connectée. Eden et Krista s'y mettent à leur tour et dévoilent ce qu'elles ont récupéré.

Eden a tiré le gros lot en sortant deux sachets de dragées provenant sans doute de cette fête se déroulant dans le château. Krista a misé sur la modernité avec une sorte de pistolet silencieux. C'est une longue tige reliée à un commutateur sur lequel il est écrit « laser ».

On se jette sur les dragées. Ce n'est pas un vrai repas, mais peu importe, ça y ressemble tellement plus que les innombrables gélules dont on nous gavait au camp. Étrangement, on ne nous laissait pas mourir de faim là-bas. Pas toutes les sections en tout cas. Celle dans laquelle mes amis et moi nous trouvions recevait de quoi couvrir ses besoins vitaux. De la même façon qu'on surveillait notre santé physique et mentale de près. Dans le cadre des expériences médicales que nous subissions, nous devions être au maximum de notre forme. Je ne sais pas si on peut appeler cela de la chance, mais me concernant, je considère que j'en ai eu beaucoup. Certains de mes proches n'ont pas survécu à ces expériences quel que soit le nombre de gélules qu'on a pu leur faire ingurgiter.

Comme il n'y a que deux sachets et qu'ils ne sont pas très garnis, on se met d'accord, Eden et moi, pour en laisser un entier à Krista et nous partager l'autre. Avec sa blessure, il est nécessaire qu'elle récupère des forces. On mange en silence, comme des animaux sauvages. Du coin de l'œil, je surveille que Krista termine son repas, mais elle finit par donner les trois quarts de sa part à Eden, et même si je ne dis rien, j'ai envie de lui crier dessus. Mon regard se pose finalement sur le poignard.

— Pourquoi tu as pris ça ? demande Eden.

Je reste silencieux et je me saisis de la boîte d'allumettes.

— C'est pour cautériser ma plaie, n'est-ce pas ? lance Krista en braquant les yeux sur la lame du couteau.

Je me pince les lèvres avec force. J'ai conscience que c'est quelque chose d'extrême, mais je ne vois que ce moyen-là pour lui permettre de ne pas risquer une infection. Maintenant, je ne veux la forcer à rien, c'est à elle de décider.

— Si tu ne veux pas, je respecterai ton choix. C'est juste au cas où…

Elle se tourne, mettant son dos sous mes yeux.

J'hésite un instant. Ce qui me paraissait simple quand je me suis emparé du poignard me le semble beaucoup moins à présent.

— Dépêche-toi, s'il te plaît.

Je ravale ma salive et je me décide. Je remonte précautionneusement son haut. Elle contient de petits gémissements chaque fois que je dois tirer un peu sur le tissu collé à sa peau. Entre la sueur, la poussière et la terre de la grotte, on ne peut pas dire que l'ensemble soit très joli. Le problème n'est pas tant la blessure, mais tous les éléments extérieurs qui pourraient l'aggraver. La cautériser en l'état ne ferait qu'empirer les choses.

Krista se retourne vers moi.

— Qu'est-ce que tu attends ?

— Je ne sais pas si c'est une si bonne idée que ça. La plaie est trop sale, je risque de te faire plus de mal que de bien.

En guise de réponse, elle s'allonge, place les mains sous sa tête, mais garde les yeux ouverts et fixe la roche devant elle. Je repose les allumettes et je me cale contre la paroi qu'elle continue à regarder, comme une volonté farouche de ne pas me porter la moindre attention. Je laisse mes paupières s'abaisser et je m'enferme dans une bulle tout en me concentrant sur les battements de mon cœur. Ses pulsations se sont ralenties un peu et ma respiration est revenue à la normale. J'essaye de visualiser quelque chose qui me ferait un peu oublier le poids qui pèse dans mon estomac, mais c'est le visage de cet homme, allongé dans ce caisson, qui recommence à me hanter. Krista l'a vu elle aussi et elle l'a forcément reconnu. Pourtant, aucun de nous n'est capable d'aborder ce sujet. Je rouvre les yeux et je regarde la main de Krista posée tout près de la mienne. J'observe sa peau, ses ongles noirs de terre. Je sais ce qu'elle recherche à cet instant. Elle a besoin de se sentir rassurée dans ce monde où tout se délite, même nos esprits. J'ai remarqué son expression choquée quand elle a découvert le corps d'Hitler dans ce caisson, j'ai vu l'effroi sur ses traits.

Est-ce que je pourrais aimer quelqu'un comme Krista ? Quelqu'un qui porte en elle deux cents ans de cruauté et la mort de millions d'innocents ?

J'entoure mes jambes repliées avec mes bras et Krista rengaine sa main pour la reposer devant son visage figé. Ça fait deux fois que je la repousse depuis notre départ du château. Deux fois que je l'assimile à ce qui compose ce monde. Je sais que j'agis mal, on ne peut pas catégoriser une personne parce qu'elle n'a pas la bonne couleur ou qu'elle est marquée par un passé de noirceur. Elle n'a pas à payer les erreurs de son peuple, mais c'est peut-être aussi qu'elle me plaît beaucoup trop pour quelqu'un qui rassemble tous les éléments pour appuyer notre différence. Et il m'est sans doute plus facile de la rejeter que d'accepter que sa proximité ait une incidence sur mes émotions.

Finalement, je récupère son fusil et je m'allonge sur le ventre, non loin d'elle, la tête près de la dénivellation qui donne sur l'extérieur. D'une main, je bloque l'arme en position de tir, le canon masqué par les feuillages et, de l'autre, je me décide à effleurer furtivement celle de Krista.

Parce que je sais qu'elle n'est pas comme *lui*.

Pas comme ce monstre.

43

Quand arrive la tombée de la nuit, je me sens encore plus mal qu'avant. Les soldats ne sont pas repassés par ici, mais nous les avons entendus crier dans le lointain. Apparemment, ils se sont dirigés vers une autre piste, peut-être l'ancienne grotte où nous nous étions cachés. J'imagine qu'à cette heure, ils ont dû trouver les corps des leurs que nous y avons entassés. Tant mieux s'ils préfèrent aller nous chercher plus loin. Ce qui m'inquiète néanmoins, c'est que Micha, Dina et Manuela ne sont pas reparus, eux non plus. J'ai pourtant veillé devant notre protection de verdure dans l'espoir de les voir et de les intercepter. Mais non, rien de rien, et ça me serre le cœur, même si je ne peux rien faire. Des doigts effleurent mon bras, je tourne à peine la tête. Je n'ai pas besoin de regarder pour savoir qu'il s'agit forcément de Krista.

— Tu veux que je te remplace ?

— Non, repose-toi.

— Ça fait des heures que je me repose, contrairement à toi. Laisse-moi te remplacer.

Je préfère ne pas répondre. J'ai besoin de rester éveillé, de garder un œil sur tout ce qui peut bouger, d'avoir ce sentiment que je peux encore avoir une influence sur ma vie en demeurant actif. Au final, Krista renonce à me convaincre et s'assoit à côté de moi. Trop près à mon goût. Je sens son odeur qui domine par-dessus celle de la sueur et du sang. Elle a quelque chose d'envoûtant, de doux, tout comme l'est son visage. Elle ne dit rien pendant un moment et je ne fais rien pour tenter de supprimer ce silence entre nous, même si je le trouve pesant.

— Tu l'as reconnu, n'est-ce pas ? finit-elle par me souffler.

J'attrape ma lèvre supérieure avec mes dents avec une volonté farouche de la déchiqueter dans l'espoir vain de me calmer. Je sens le regard de Krista sur moi. Comme une brûlure.

— Élias ? Je ressens la même chose que toi, tu sais.

Je la dévisage, et rien qu'à ma façon dure de la fixer, je devine qu'elle est déstabilisée.

— Tu penses ?

— Il n'y a pas si longtemps, je crois que j'aurais été heureuse de découvrir que notre créateur était vivant. Que la science pouvait le ramener, même si ça me paraît être une folie pure. Mais j'ai changé. J'ai compris beaucoup de choses et je sais ce que représenterait le fait qu'Adolf Hitler soit encore en vie alors qu'il est supposé être mort depuis tant d'années.

— Qu'est-ce qui t'a fait changer d'avis ?

— Toi.

Je contracte les mâchoires en l'entendant me nommer. Comment pourrais-je l'avoir fait changer de point de vue en si peu de temps ? Et surtout quand nous n'avons pas une seule fois évoqué ce sujet avant maintenant. Puis, je me remémore cette histoire de test de loyauté et je me demande si c'est à cela qu'elle fait allusion. La question se diffuse dans ma tête et en génère d'autres. Qu'aurais-je pu faire, dans ce fameux test, qui modifie à ce point son avis sur sa race ? Pourquoi l'a-t-elle raté ? Et qui étais-je pour elle dans ce monde imaginaire ?

— Tu parles de ton test ?

Elle acquiesce. Ça ne m'empêche pas de me sentir mal à l'aise quand même. Mais maintenant que j'ai vu ce que la science nazie était capable de faire, entre folie et miracles, je crois de plus en plus à la possibilité qu'on m'ait utilisé comme cobaye pour mesure de degré de loyauté des Aryennes. Je trouve ça malsain et cruel, mais c'est tout ce que représentent les Aryens pour moi. Une race nuisible qui ne s'encombre pas de bonté envers autrui. Même pas envers ses propres sujets. Ce que j'aimerais comprendre, c'est pourquoi, si ce test a réellement eu lieu, je n'ai aucun souvenir de quoi que ce soit à ce sujet, ni même de Krista… Mis à part cette étrange familiarité et attirance qu'elle m'inspire quand je suis à ses côtés.

— Qu'est-ce que j'étais… pour toi, dans le test ?

La question est sortie sans que je l'aie vraiment voulu, mais il est trop tard pour la ravaler.

Un sourire doux étire ses lèvres et je me rends compte que je ne l'ai pas vue sourire une seule fois depuis… Jamais, en fait. Je ne l'ai jamais vue sourire. Et son sourire éclaire son regard et son visage.

— C'est difficile à dire. Tu as été…

Elle referme la bouche, une moue songeuse sur les lèvres, comme si elle cherchait ses mots. Je la sens gênée, tout à coup. Elle jette un œil par-dessus son épaule et je suis son regard qui s'arrête sur Eden, endormie dans un coin. Krista se reconcentre alors sur moi, mais au lieu de m'affronter de visu, elle baisse la tête et contemple ses mains immobiles.

— Tant de choses. Tu as été mon ennemi... Mon ami... Mon...

Pour la seconde fois, elle se tait et je la sens plus tendue encore que l'instant d'avant.

— Plus qu'un ami ?

Elle s'allonge sur le ventre, tout comme moi, et se met à fixer le ciel au travers des feuillages. Ma question semble la déranger et je dois bien avouer qu'elle me dérange également. Je l'imite et je lève les yeux à mon tour. Depuis notre cachette, on peut apercevoir des étoiles qui parsèment la toile bleue moirée de cette étrange nuit.

— Je ne me souviens pas de ce test, reprends-je soudain. Peut-être que tout ça, tu l'as imaginé, murmuré-je sans grande conviction.

Elle me fixe à nouveau. Cette fois, son sourire a été remplacé par une moue mi-contrariée mi-étonnée.

— C'est ce que tu penses ? Que j'ai tout inventé ?

— Je n'en sais rien, à vrai dire. Je... je suis un peu perdu...

Là où elle me déstabilise encore un peu plus, c'est lorsqu'elle pose soudain une main sur ma clavicule gauche. Je la considère d'un air inexpressif, sans comprendre pourquoi elle agit ainsi ni pourquoi le fait qu'elle me touche de cette façon me fait frissonner.

— Ici, tu as un tatouage comme le mien. Un soleil noir.

Je n'ai même pas le réflexe de confirmer ou non. Elle sait. Je me rappelle Micha dans la crypte alors qu'il avait failli lâcher le morceau à ce sujet. Je n'ai pas oublié le regard de Krista à ce moment et son insistance à m'observer.

— Parce que tu es un sang-impur. Parce que ta mère t'a abandonné dans les égouts de Germania alors que tes cheveux et tes yeux avaient foncé. Ton père, lui, il était juif et il a été tué par les SS. Ton grand-père s'appelait Menahem et…

— Comment… peux-tu…, l'interromps-je, totalement ébranlé par ses paroles.

Comment peut-elle savoir tout ça ? Comment peut-elle connaître ma vie alors que…

— Le test, Élias. Le test… C'est avec toi que je l'ai passé. Avec toi… et Eden… et Micha…

Ma stupéfaction doit se lire sur mon visage malgré l'obscurité. Tout ce qu'elle dit me touche en plein cœur à chaque fois. J'enfouis la tête entre mes mains dans l'espoir de canaliser le flot d'émotions que ses paroles ont réveillé en moi. J'essaye de me souvenir, de faire remonter tout ce que je peux dans mon esprit sur ce test. Mais rien ne vient, c'est le trou noir, le néant. La seule chose qui semble être demeurée en moi, c'est mon attirance pour Krista, ce sentiment qu'elle et moi sommes reliés par je ne sais quel fil invisible. Je suis d'un tempérament méfiant, je reste éloigné tant que je peux des Aryens, parce que je sais combien ils peuvent être cruels face à une personne différente, que ce soit de par son physique ou bien son mental.

Ces gens sont tous formatés de la même façon et considèrent que seul leur mode de vie et de pensée est viable. Voilà pourquoi je n'ai jamais voulu m'engager dans quelque chose qui ressemble de près ou de loin à une relation amicale avec un Aryen. Voilà pourquoi j'ai gardé mes distances avec Manuela et Dina… Mais Krista… Je sens bien qu'il y a quelque chose de particulier chez elle, quelque chose qui m'attire irrépressiblement. Au fond, tout au fond de moi, je l'ai su à l'instant où j'ai croisé son regard.

— Comment est-ce que c'est possible que…, dis-je en la considérant de nouveau.

Elle pose sa main sur ma joue et je ferme les yeux tandis que la tiédeur de sa peau réchauffe la froideur de la mienne. Comme si elle avait deviné à quel point je suis assailli par un flot de doutes et d'interrogations, elle murmure un « chut », si bas que j'ai presque l'impression qu'il s'agit de la brise qui filtre entre les branchages pour les faire chanter. Sa main redescend sur la mienne, se glisse à l'intérieur comme pour y trouver refuge. Cette fois, au lieu de la rejeter, je referme ma main pour emprisonner la sienne.

— La question n'est pas de savoir pourquoi tu ne t'en souviens pas, Élias. La question, c'est de savoir pourquoi, moi, je m'en rappelle.

— Tu veux dire que…

— Manuela et Dina ont oublié leur test. Micha, Eden et toi aussi. Il n'y a que moi qui m'en souvienne. Alors, je suppose que si quelque chose n'est pas normal, ça vient de moi, pas de vous.

En l'entendant parler, je me rends compte à quel

point nous avons été manipulés à notre insu. Je m'étais attendu, dans ce camp de prisonniers, à vivre des expériences où j'aurais été disséqué, démembré ou je ne sais quelle horreur. Mais jamais je n'aurais imaginé qu'on puisse m'utiliser pour tester la loyauté d'Aryennes. Jamais. C'est d'une cruauté absolue. Tant pour ces filles que pour les non-Aryens. Je me rapproche de Krista. Je dépose un baiser sur son front puis je cale mon front contre le sien, la fraîcheur du mien faisant contraste avec la chaleur du sien.

— Ton peuple est toxique, Krista.

— Je sais. Toxique… et mortel. C'est pour ça qu'il faut retourner au château. Pour *le* tuer une bonne fois pour toutes.

44

« Il faut qu'on retourne au château pour le tuer. Une bonne fois pour toutes. »

Quand elle disait « le », elle parlait de *lui*. Bien sûr. Adolf Hitler, sur le point de revenir à la vie. Il est l'incarnation du mal, mais le supprimer suffirait-il à éradiquer deux cents ans d'intolérance et de domination ? Je sais que non, et Krista le sait aussi. Ce qu'elle veut détruire, c'est le symbole de son peuple.

Et ce symbole, c'est *lui*.

Les dernières paroles de Krista continuent à résonner dans ma tête. Nous avons passé presque la moitié de la nuit à discuter. Disons qu'elle a parlé et que je me suis contenté d'écouter. Elle m'a raconté tout ce dont elle se souvenait de son test. De son entrée dans les égouts de Germania en suivant Anna que je connais dans la réalité, de son bébé Âmi, dont j'ignore si lui et sa mère ont survécu, d'Ezra et de tous ces gens dont les noms sont gravés au fer rouge dans mon esprit. Des personnes avec qui j'ai passé du temps dans le camp, certains ont eu la chance de s'échapper avant moi, comme Anna et son petit ; d'autres ont perdu la vie, comme Ezra, Zachariah et mon grand-père, Menahem.

Tout ce qu'elle m'a raconté m'a propulsé dans

une sorte de rêve éveillé… de cauchemar plutôt. Elle est revenue sur la mort d'Eden dans son test et j'ai enfin compris pourquoi elle semblait si attachée à elle depuis le début de notre rencontre dans la réalité. Elle m'a parlé de nos divergences d'opinions, de ces choses qui lui avaient permis de prendre conscience que son peuple n'était pas ce qu'elle s'était toujours imaginé. Tous ces mots, toutes ces émotions, continuent à m'agiter intérieurement alors que je suis en train de somnoler. Ce n'est même pas un vrai sommeil, tout juste une pause teintée d'une angoisse croissante. Comment pourrais-je dormir sur mes deux oreilles en sachant qu'on m'a volé une partie de mes souvenirs pour cacher l'utilisation qu'on faisait de mon corps et de mon esprit ? Comment pourrais-je me reposer paisiblement quand je sais qu'à l'extérieur, notre vie est menacée en permanence ? Que nous ne sommes tout simplement « rien ». Juste un problème à éradiquer, une tache sombre sur un mur blanc qu'il suffit de repeindre pour l'effacer…

Dans le ciel, il y a à peu près une heure, j'ai vu une navette passer dans un sens, puis dans un autre. Je me suis senti en danger. Férocement en danger, malgré le fait qu'on soit invisibles dans notre cachette. Un peu en retrait, Eden s'est aménagé un petit coin et dort, roulée en boule. Elle me fait penser à un petit renard recroquevillé dans l'espoir de conserver la chaleur de son corps. Difficile lorsqu'on est allongé sur un sol, qui pourrait bien être de la glace que ce serait pareil. Je reporte mon attention sur Krista. Elle s'est endormie près de moi et sa main est restée longtemps dans la mienne avant que je finisse par la reposer. Krista connaît tant de choses à mon sujet quand j'ai le sentiment de ne rien savoir d'elle.

C'est vrai, en quelque sorte.

Si on m'a arraché mes souvenirs d'un test passé en commun avec elle, alors, Krista est redevenue une étrangère à mes yeux. Une étrangère que, pourtant, je connais au fond de mon cœur. Je me remercie néanmoins de n'avoir pas craché tous mes secrets pendant ce fameux test. Je ne sais pas comment j'ai réussi à faire la part des choses, à révéler certains éléments de ma vie à Krista quand d'autres semblent avoir été verrouillés en moi. Mais je songe à ce qu'aurait été mon existence, et celle des miens, si j'avais parlé de tout. Absolument tout. Je me demande si je devrais le dire à Krista à présent. Sans doute, mais je n'arrive pas à m'y résoudre.

Pas maintenant. C'est trop tôt.

Je lui expliquerai quand le moment sera venu. Mais pour l'instant, ce secret, que je garde jalousement, reste le mien. Il représente l'espoir. Le dernier. Le mien, celui d'Eden, et peut-être deviendra-t-il même celui de Krista.

J'entends tout à coup un craquement de branches et je redresse la tête d'un coup. Je fouille l'obscurité du regard alors que le sang afflue soudain contre mes tempes. Je m'empare du fusil et, de ma main libre, je secoue le bras de Krista.

— Qu'est-ce qu'il y a ? demande-t-elle d'une voix que je sens à peine tirée du sommeil.

Dormait-elle vraiment ? J'ai un doute.

— Il y a du mouvement dehors.

Elle se rapproche de moi, épaule contre épaule, peau contre peau. Tout à coup, nous sursautons en même temps, à la limite de nous cogner la tête dans le plafond bas. Un lapin détale devant nous en faisant craquer de nouvelles brindilles.

— Ce n'était qu'un lapin, murmure-t-elle. C'est mon tour de garde.

Je ne cherche pas à aller contre ce qu'elle dit, je sais qu'elle ne cédera pas, ce coup-ci, même si je la sens un peu trop affaiblie pour rester totalement vigilante. Mais je décide de m'allonger malgré tout et de prendre un peu de repos tout en gardant les yeux ouverts.

Mais à l'instant où je me couche, les bras croisés pour me réchauffer un peu, je tombe, sans pouvoir me retenir, dans un sommeil sans rêves.

Quand j'ouvre les yeux, la silhouette d'Eden apparaît dans mon champ de vision. Elle n'est plus roulée en boule, mais elle dort toujours. Je grogne un peu, tous mes muscles sont endoloris, entre la fuite du camp, ma chute dans la grotte et notre cavalcade de la veille. Courir, se battre, crapahuter. Je ne me serais jamais cru fatigué au point de tomber d'inanition à peine la tête posée sur le sol. Je me rassois et je cherche Krista du regard. Je ne la vois nulle part dans notre abri. Un mauvais pressentiment me saisit et se diffuse en moi.

— Non.

Je me précipite vers la sortie et j'abaisse les

branchages qui masquent l'entrée de notre cachette. J'examine les lieux avec anxiété. Personne.

— Non, non, non… Krista, tu n'as pas fait ça !

Je retourne vers le fond de la grotte et je secoue l'épaule d'Eden.

— Eden ! Réveille-toi. Eden !

Elle entrouvre de petits yeux encore gonflés par le sommeil.

— Qu'est-ce qu'il y a ? Il faut partir ?

— Tu n'as pas vu Krista ?

À l'instant où elle fait non de la tête, je comprends. Je me pince l'arête du nez avec force, partagé entre colère et inquiétude.

Elle n'a pas pu faire ça !

Pourtant, je sais qu'elle l'a fait.

Elle est retournée au château.

LIVRE 3
KRISTA

45

Je cours d'un bosquet à l'autre. Depuis mon départ, j'ai dû trébucher une dizaine de fois. Le sol est légèrement humide avec la rosée du matin et, dans la pénombre, j'ai un peu de mal à me repérer. Un début de migraine m'empêche de me concentrer comme je le voudrais et mon dos me fait encore souffrir, bien que je commence à me faire à la douleur. Je dois quand même m'estimer heureuse que la blessure ne soit pas si grave qu'elle aurait pu l'être si la pince métallique ne m'avait pas relâchée d'elle-même. Tout en continuant à marcher avec prudence en direction du château, je prends de plus en plus conscience que mon geste est une pure folie. Espérer m'en sortir est complètement utopique, mais c'est plus fort que moi. J'y ai pensé toute la nuit, j'ai imaginé, comme je sais soi-disant si bien le faire, ce nouveau Reich avec Adolf Hitler à sa tête. Un homme capable de commanditer l'assassinat de millions de gens. Un homme capable de lancer une bombe H sur tout ce qui bouge pour l'éradiquer comme une rature effacée d'un coup de gomme. Un homme qui a laissé des femmes et des enfants brûler dans des fours sans lever le petit doigt. Ce même individu qui a fait de moi ce que j'ai été durant les dix-sept premières années de ma vie, moi qui acquiesçais à tout sans un mot dès lors qu'il fallait porter des bébés « ratés » à l'incinérateur. Je ne sais pas si j'aurais encore le cran de me regarder dans un miroir pour avoir obéi si naïvement aux ordres au lieu d'ouvrir les yeux plus tôt.

Cet homme a fait de son peuple, deux cents ans plus tard, des monstres par extension. Je suis un monstre par extension, tout comme mon frère, mes parents, les enfants qui naissent dans les *Lebensborn*. Tous ces gens qui ont contribué, sans en avoir pleinement conscience, à faire évoluer un monde cruel toujours plus loin.

Plus j'avance, plus je me dis que je ne peux pas laisser les choses comme ça. Je ne peux pas permettre que le Führer originel revienne à la vie et reprenne le contrôle du monde. Un jour, au début de mon test, quand nous ne savions ni l'un ni l'autre que nous étions dans un univers virtuel semé de pièges, Élias m'a dit que je devais expier les erreurs de mon passé. Je n'étais pas d'accord, je ne considérais pas les erreurs de mon peuple comme les miennes. Je ne le suis pas forcément plus aujourd'hui, cependant, je me sens le devoir de réparer dans la mesure de mes moyens. Pas parce que c'est ma faute si, deux décennies plus tôt, pendant une guerre qui n'avait aucun sens, des gens se croyant supérieurs en ont assassiné d'autres, jugés indignes de vivre. Non, juste parce que si je n'ai aucun pouvoir sur le passé, je peux en avoir sur le présent et peut-être même sur le futur. Ce sera peu de choses, mais c'est à moi et à tous les Aryens de réfléchir à une meilleure façon d'aborder la vie, d'accepter l'autre comme il est et non comme on voudrait qu'il soit.

Je m'arrête à l'orée du bois. Devant moi, il y a le pont que nous avons traversé la veille dans le sens inverse, Élias, Eden et moi. Et plus loin, ce fameux château. En le considérant dans son ensemble, je me confirme intérieurement qu'il s'agit en effet de celui de Wewelsburg. Quand je le voyais dans les livres d'histoire, avec sa haute tour et la construction totale qui formait une pointe de lance, j'étais admirative. Himmler en avait fait un centre névralgique durant la guerre en réunissant de nombreux pôles d'apprentissage. Il existait même un département de musique, bien plus permise à l'époque qu'elle ne l'est aujourd'hui, mais déjà, je suppose, réglementée selon certaines normes du Reich. Himmler s'est échiné à créer une religion pour nous autres, les aryens. Un culte rien qu'à nous, où les rites se déroulaient différemment de ceux du passé. C'est ainsi que sont baptisés les enfants aryens. Avec le symbole païen du soleil noir dont Himmler a fait sien. Le pont et ses environs sont déserts. Je ne réfléchis pas, je m'élance à la faveur de la pénombre, puis je me courbe comme une vieille femme et je me fonds dans la noirceur qui dévore les abords du pont. Dessous, le bruissement de l'eau est comme un chant qui me berce pendant quelques instants. Je fais la relation avec le cours d'eau qui pénétrait dans la grotte où nous avions trouvé refuge. C'est sans aucun doute le même. Une sorte de boucle, au final. La grotte qui mène à la crypte avant d'accéder au château et de retrouver la rivière. Une boucle. C'est ainsi que je vois ma vie également. Elle tourne en boucle et il a fallu tout ce temps pour que je m'en rende compte. Il a fallu ce fichu test. Je m'arrache à mes réflexions, ce n'est pas le moment, et j'avance jusqu'à arriver au bout du pont. Un peu plus loin, l'entrée du château, une immense ouverture qui perce la paroi de pierre. J'avise les deux véhicules qui sont stationnés devant. Des voitures équipées de gros pneus en silicone qui parcourent des terrains comme ceux qui entourent le domaine. Des croix gammées ornent les portières. Au moins, il n'y a aucune erreur possible sur l'identité de leurs propriétaires. J'imagine que les soldats doivent faire le tour des environs pour retrouver les fugitifs du camp. Un peu en retrait se trouve une navette blanche, mais elle n'est siglée que de l'aigle royal dans lequel apparaît une croix rouge toute simple. C'est un appareil médicalisé. Aussitôt remonte en moi le souvenir de cet homme dans le cercueil. Cette copie d'Adolf Hitler. Si les soldats savent que nous sommes dans les parages, ne serait-il pas logique qu'ils évacuent leur création pour la mettre bien à l'abri dans un hôpital ?

Je dois me dépêcher avant qu'ils ne le fassent partir, songé-je. Sinon, j'aurais fait tout ça pour rien.

Le pont dépassé, j'enferme ma peur à double tour dans ma tête et je poursuis mon chemin. Mes oreilles bourdonnent de plus en plus, comme si je m'approchais d'une centrale nucléaire, et mon cœur menace d'imploser à peu près toutes les trois secondes. Je repense à tous ces moments passés avec Élias. Pendant et après le test. J'aimerais pouvoir me dire qu'il est vraiment réel, mais l'idée que je suis encore plongée dans une expérience virtuelle ne cesse de revenir me tarauder. Peut-être un nouveau test pour s'assurer que je suis définitivement une traîtresse à ma patrie. Ça ne me semble pas logique. Si les choses étaient déjà parfaitement claires me concernant, quel intérêt y aurait-il à en refaire un second ? Il est évident que je suis irrémédiablement perdue pour le Reich, pour ma famille, pour le Führer. Mais les paroles de ce médecin, ce Mengele qui voulait forer dans ma tête pour voir ce qu'il y trouverait, font écho en moi. Peut-être que c'est ça, il est en train de pelleter à l'intérieur, soulevant chaque couche de mon cerveau, les étudiant une à une, les disséquant, les écrasant à coup de pince électronique… J'ai envie de rire tant cette image est absurde, mais en réalité, elle me terrifie.

Je repère deux soldats tout près de la navette. Je cours sur une toute petite distance et, lorsque j'atteins le mur qui entoure le château, je me plaque tout contre. Mon dos me rappelle douloureusement que je dois faire attention à ma blessure, aussi, tout en me mordant l'intérieur des joues pour contenir un hurlement, je me décolle légèrement de la paroi.

J'observe.

Les soldats bougent un peu et je me raidis. Ils sont armés de fusils et regardent le paysage avec un air redoutable.

Tu n'as pas fait tout ce chemin pour t'arrêter là, gronde une voix à l'intérieur de moi.

Je me rends pourtant bien compte que j'ai présumé de mes capacités à élaborer un plan viable. Si je me suis à un moment donné dit que ma chance se trouvait dans le fait de ressembler à une Aryenne, mes cheveux sales, mes vêtements déchirés et tachés de sang réduisent à néant cet avantage. Il va m'être très difficile de pénétrer dans le château sans être vue.

Je force mes pieds à se décoller du sol dans lequel ils semblent s'être enracinés et je fais un pas de côté pour me rapprocher de l'entrée. Je m'arrête en respirant très lentement, puis je fais un autre pas, les yeux toujours rivés sur les gardes. Si je me débrouille bien, je sais que je peux y arriver. Mais pour ça, il faut que je réfléchisse.

Vite. Très vite.

Je me baisse et, accroupie, j'avance encore jusqu'à une colonne placée à la droite de l'entrée qui me sépare de la cour. Les soldats sont à quelques mètres de moi. Sans me redresser, la peur au ventre, je colle mon épaule contre la paroi lisse de la colonne. Je pivote comme une porte sur un gond. Et je me retrouve dans la cour sans réaliser que j'ai franchi l'entrée à l'insu des soldats. Je n'arrive pas à y croire, mais force est de reconnaître que j'y suis parvenue. Je suis bel et bien dans cette fameuse cour triangulaire ! Celle-là même que nous avons traversée la veille sous les rafales de balles.

Je ne bouge pas. La couleur terreuse de mes vêtements m'est finalement bien utile pour me fondre dans un paysage austère de pierre. Je me lance dans un examen méthodique des lieux, emmagasinant chaque détail dans mon esprit. Puis mon attention va se porter sur le seul endroit dont je peux dire qu'il m'est un peu familier. D'autant plus que c'est là que se trouve la raison pour laquelle je suis revenue. Je pars d'un bond vers la fenêtre que j'ai enjambée la veille et je regarde au travers en collant mon front sur la vitre. Je ne distingue aucun mouvement à l'intérieur, juste les ondulations des bougies qui continuent de brûler sur les nombreux chandeliers. La fenêtre est entrouverte, mais bloquée par un loquet qui ne me permet pas de passer plus qu'une main. *Il faudra pourtant que ça aille.* Je jette un ultime coup d'œil autour de moi pour m'assurer que personne ne m'a repérée en me demandant pourquoi j'ai eu la bêtise de ne pas prendre le fusil. Mais je sais bien pourquoi je ne l'ai pas emmené. Je ne pouvais pas déposséder Élias et Eden de leur seul moyen de défense. Ils en auront besoin pour continuer leur route, où qu'ils veuillent aller. Je regrette néanmoins de ne pas avoir pensé à récupérer le couteau. Il m'aurait été utile pour ouvrir cette fenêtre, mais ça aurait risqué de réveiller Élias allongé juste à côté. Une onde de chaleur se disperse dans mon corps en même temps que ma peau est parcourue de frissons glacés. J'ai peur. Je me hisse sur la pointe des pieds en regardant à l'intérieur de la pièce. Le cercueil, ou plutôt le caisson, est toujours là, mais on a replacé sur le couvercle l'étoffe de velours rouge qu'Élias avait fait tomber en montant dessus. Mentalement, je visualise le visage de celui qui est dans ce caisson. Si je me concentre bien, je peux voir la multitude de tuyaux reliés à ce corps, le liquide légèrement coloré qui emplit l'habitacle. Comment imaginer que cet homme soit le Führer en personne ? C'est forcément un clone, sinon, il ne me serait pas apparu âgé d'une cinquantaine d'années.

Oui, c'est ça, un clone.

Je sais que ce domaine d'études fait partie de ceux sur lesquels les scientifiques de Germania se penchent depuis très longtemps. Je n'aurais jamais pensé que s'ils réussissaient à mettre en place ce système, ils prendraient Hitler en personne comme premier sujet. Mais peut-être n'est-il pas le premier. Peut-être y a-t-il eu beaucoup de tentatives et d'échecs avant lui. Je ne le saurai jamais, mais je suis convaincue qu'il n'est pas le premier et que cette expérience a été améliorée et finalisée avant de créer un tel sosie. On ne fabrique pas un Dieu avec des morceaux de piètre qualité. J'imagine des armées de clones d'Aryens dévalant sur le monde entier, et je me dis que si cela arrivait, le Reich ne durerait pas mille ans, mais dix mille ans. Ce serait l'enfer sur Terre. Pire encore que ça l'est aujourd'hui.

Je passe la main dans l'ouverture de la fenêtre, mais ma progression s'arrête à mon poignet. Je le bouge dans l'espoir de faire descendre un peu plus mon bras. Je fais du forcing, insistant malgré les stries que le rebord de la fenêtre imprime sur ma peau comprimée.

Allez ! Encore !

Il me manque à peine quelques centimètres avant que mes doigts puissent atteindre le loquet de verrouillage. Je tire mon bras en arrière, puis je le renfonce d'un seul coup, avec plus de vigueur. Une douleur sinue de mon poignet jusqu'à mon coude, mais je serre les dents. L'ongle de mon index touche le loquet.

Plus loin encore !

Je réitère mon mouvement, retirant mon bras, puis le replongeant. La douleur s'intensifie, et je distingue des éraflures d'où le sang perle sur ma peau. Je pousse mon bras en m'aidant de mon autre main, comme un marteau pour enfoncer un clou, jusqu'à ce que mon index et mon pouce soient enfin capables de crocheter le loquet.

Et je déverrouille la fenêtre.

46

J'entends le bruit d'un moteur. J'en conclus que l'une des voitures vient de démarrer. Je dois me dépêcher. Dans ma précipitation, je me racle le coude en me hissant à l'intérieur. J'avais prévu de rentrer en passant une jambe après l'autre, mais j'ai opté pour le plus rapide, et sans doute le plus douloureux. Tête la première, je me laisse tomber sur le semblant de cercueil. Avec mon pied je pousse la fenêtre pour la remettre comme elle était initialement. Puis je me force à reprendre une profonde inspiration, même si j'ai comme un poids sur les poumons. L'étoffe de velours me caresse la peau et, pendant une demi-seconde, je me crois dans mon lit, avec un oreiller moelleux sous ma joue. Jusqu'à ce que je réalise que dans ce caisson, il y a…

Je bascule sur le côté et je me rattrape sur les paumes en tombant. Je ne bouge plus alors que j'entends des voix dans la cour et des pas synchronisés de plusieurs personnes. J'attends, une boule au ventre. Le bruit s'éloigne et un claquement de portière s'ensuit. Je m'assure d'un coup d'œil anxieux que la fenêtre n'est pas totalement fermée, il faut que je m'aménage une sortie rapide quand j'aurai fait ce que j'ai à faire. J'essaye de me calmer, mais mes mains tremblent tellement que j'éprouve des difficultés à les contrôler.

La peur n'est pas ton ennemie, elle est ta force, me souffle ma petite voix intérieure pour m'encourager.

Ce n'est pas la peur qui me fait cet effet-là, ai-je envie de répondre. *C'est lui !* Sa présence, son aura.

Je m'agenouille et j'examine le panneau de bois fin qui masque le support sur lequel repose le caisson. Je décroche les deux boucles de métal qui le maintiennent en place, et une flopée de tuyaux apparaît. Imbriqués les uns dans les autres, on dirait un nid de serpents. Je vois qu'ils sortent tous du caisson et je cherche à quoi ils sont raccordés, parce que, forcément, ils doivent l'être à une machine qui les fait fonctionner. En fouillant cet écheveau de tubes translucides, je finis par trouver une espèce de grosse boîte équipée de touches de couleurs et d'un écran semblable à celui d'une tablette. Je place une main de chaque côté de l'objet et je le ramène doucement vers moi pour consulter les données qui apparaissent sur l'écran.

Je les parcours rapidement, mais je n'ai pas besoin de trop me creuser la tête pour comprendre leur signification. Ce sont, comme je le craignais, des données médicales concernant un corps vivant, mais plongé dans un sommeil artificiel. Je relève l'activité du cœur, bien que très lente, et un fonctionnement normal de tous les organes. Là où devrait figurer le nom du patient est inscrit en lettres gothiques « *Projekt Auferstehung*[1] ».

Je n'arrive pas à m'expliquer ce qui a pu motiver ces gens à recourir à ce genre de procédé. Pourquoi faire revenir un Führer défunt, même s'il est déifié

1. « Projet résurrection » en allemand.

par les Aryens, alors que tant d'autres peuvent le remplacer ? Tant de doutes et d'interrogations qui ne trouveront jamais de réponses et d'apaisement dans mon esprit. Encore une fois, je ne peux que constater que mon peuple, mon gouvernement, tout est complètement tronqué, déformé... Il ne sert à rien que je m'use les méninges à tenter de comprendre des choses incompréhensibles. Je me redresse et je pose ma main sur l'étoffe de velours. Mon cœur s'emballe, je n'entends plus que lui. Je tire doucement le tissu, me rendant compte que plus je l'abaisse, plus je sens la sueur perler sur mon front. De quoi ai-je si peur ? Ce type est enfermé dans une boîte. Vivant ou mort, je suis forcément plus forte que lui.

Enfin, j'ôte l'étoffe. J'ai l'impression que toute ma substance vitale vient d'être aspirée, tout à coup. Le cercueil est vide.

47

Je fais un pas en arrière en respirant vite et fort, sans en avoir réellement conscience. Je regarde vers la fenêtre. Des soldats passent, leurs fusils en bandoulière. Je repense à la navette médicale postée devant le château. Est-ce que le corps du Führer a été placé à l'intérieur avant que j'arrive ? Est-ce qu'il est déjà parti ? Pour Germania, j'imagine, c'est le lieu le plus stratégique pour faire valoir la résurrection d'un dieu.

Non, ça ne se peut pas, il doit être quelque part ! Il faut qu'il soit dans ce château ! Il le faut !

Et je dois le trouver ! Je gagne la porte. Passer par ici est risqué, mais s'il y a un endroit où j'ai peut-être une bonne chance de retrouver ce corps, c'est dans la crypte. Et le seul moyen que je connaisse pour y accéder sont les couloirs qu'Élias, Eden et moi avons parcourus la veille.

Je pose la main sur la poignée. Un pincement m'étreint le cœur. J'ai espéré de toutes mes forces que je survivrais, mais maintenant que la donne se complique, je ne sais pas si je pourrai y parvenir. J'ai misé sur mon retour rapide ; dorénavant, je dois miser sur le fait qu'Élias n'aura pas la bêtise de me rejoindre. Je prie de tout mon cœur pour qu'il ne le fasse pas. Après tout, il a estimé que Micha et les autres pouvaient se débrouiller seuls, il pensera que j'en suis aussi capable. J'espère juste qu'il comprendra l'importance pour moi de détruire ce symbole qu'est le Führer et qu'il agira en conséquence.

Il a raison, la priorité, c'est Eden.

Elle et tous les enfants qui peuvent être sauvés dans l'espoir de les voir reconstruire une société digne de ce nom. Mais pour cela, il leur faudra attendre longtemps, très longtemps, pour être assez nombreux et essayer de renverser le pouvoir en place.

Ce sera difficile, mais pas infaisable. Je crois que mon monde, comme tous les autres, est truffé de failles. À charge pour nos descendants de les trouver et de les utiliser à bon escient.

J'entrouvre la porte. J'inspecte le couloir d'un regard inquiet. Il est vide. Malgré tout, je reste sur la réserve en entendant des voix plus loin. Je dois être prudente. Mentalement, je me refais le plan des couloirs que nous avons empruntés. Nous avons tourné au bout de celui-ci, il faut déjà que j'en atteigne le bout. Ensuite, je verrai. Je fonce, les yeux rivés droit devant moi. J'arrive au coude que le couloir forme avec un autre et je tourne en m'orientant selon mes souvenirs de la veille. Tout s'est bien imprimé en moi et je n'ai aucun mal à trouver mon chemin. Parvenue au troisième couloir, je lève les mains vers une torche accrochée au mur et je m'en empare. Je n'ai peut-être pas de fusil, mais du feu, ça peut faire des dégâts. Ensuite, je continue ma route d'un pas rapide, mais cadencé. Je cours sur quelques mètres en apercevant la fameuse porte que je convoitais.

Celle qui donne sur la crypte. J'arrive droit dessus et je dois freiner d'un coup, emportée par mon élan, si je ne veux pas la heurter de plein fouet. Un regard en arrière pour m'assurer que je suis toujours seule. Dans le lointain, des coups de feu et des cris retentissent et me font sursauter. La peur revient, explosant les parois de la boîte dans laquelle je l'avais emprisonné. Si on tire, c'est qu'il se passe quelque chose.

Faites que ce ne soit pas Élias. Je ne veux pas que ce soit lui.

Mais je ne peux plus faire machine arrière, je dois retrouver le corps du Führer. Je change ma torche de main et j'enroule mes doigts autour de la poignée. Au moment où je m'apprête à l'ouvrir, la porte s'ouvre en grand.

Je me fige, incrédule, les yeux grands ouverts.

Devant moi : un homme. Plus qu'un soldat, c'est un général dont les galons sont mis en avant sur sa tenue. D'une main, il me saisit par le poignet et, de l'autre, me gifle si violemment que ma torche tombe à mes pieds.

— Qu'est-ce que tu t'imaginais pouvoir faire ? Petite idiote !

48

Je lance mon pied en avant et je vise pile au bon endroit, entre ses jambes. Je n'ai pas pris tant de risques pour me laisser attraper si facilement. L'homme lâche un grognement de douleur, je n'attends pas qu'il se rétablisse, je récupère la torche de ma main restée libre et je la projette vers son visage. Cette fois-ci, il ne grogne plus, il hurle, et ça me convient tant qu'il me libère. Je fais volte-face et je détale à l'opposé de l'endroit où il se trouve.

— Arrêtez-la ! Arrêtez-la !

Des soldats jaillissent de partout et de nulle part à la fois, je jette un œil vers la droite, vers la gauche, impossible de modifier mon trajet, je continue droit devant. À l'extérieur, ça tire et ça braille toujours. Dans les couloirs, les coups de feu claquent également, mais c'est moi qu'on vise. Brusquement, d'autres soldats débouchent d'une artère plus loin et se dirigent vers moi. Je m'arrête net, sous l'emprise de la panique. Je regarde derrière moi, mais le général que j'ai brûlé au visage arrive au pas de charge, en compagnie de nouveaux gardes dont les armes sont braquées vers moi.

Je sais désormais que je ne m'en sortirai pas. Tant pis, j'aurai essayé. Je lance ma torche dans sa direction, mais elle ne l'atteint pas. Alors, je me retourne vers le groupe de soldats campés devant moi et je charge comme un taureau poussé par une onde de colère. La tête baissée, je fonce droit sur leur groupe. Mon crâne heurte le ventre de l'un d'eux. J'entends l'air qu'il expulse sous le choc et je me mets à frapper des poings dans tous les sens. Je frappe encore et encore. Je crie. Je me démène. Mais ma position équivaut à celle d'une mouche prise dans une toile d'araignée. Cinq soldats contre moi seule, je me retrouve écartelée et incapable de faire un mouvement autre que celui de respirer en haletant. Le général SS se campe devant moi, et je me rends compte que je n'ai pas fait beaucoup de dégâts au final en lui lançant ma torche au visage. Sa peau est un peu brûlée sur sa pommette gauche et le rebord de sa casquette a fondu, mais si j'avais pu lui infliger plus de souffrances, ça ne m'aurait pas dérangée.

Une nouvelle claque me fait vaciller. Et les soldats raffermissent leur prise.

— Tu viens de *Niederhagen*[1] ?

Je fronde. Je le fixe sans un battement de cils. Je suis terrorisée à l'intérieur, mais je ne céderai pas.

— Réponds !

Je garde un silence méprisant. Je suis une Aryenne, autant le montrer à qui de droit. Il me gifle à nouveau et un filet de sang s'échappe de mon nez pour sinuer sur mes lèvres. Je reste

1. Nom d'un camp de concentration placé près du château de Wewelsburg. À l'époque de la Seconde Guerre mondiale, les prisonniers du camp étaient utilisés pour la réfection du château.

muette. Des coups comme ceux-là ne sont rien par rapport à tout ce que j'ai subi jusque-là.

— C'est notre Führer qui t'intéresse tant que ça ? T'imaginais-tu vraiment que nous allions le laisser dans ce caisson après ce qui s'est passé hier ? Tu nous prends pour des imbéciles ?

— Juste pour des Aryens, riposté-je d'une voix sèche.

Et je pourrais dire que oui, je les prenais pour des imbéciles, mais le fait est que la seule imbécile, ici, c'est moi. Moi qui ai eu la sottise de croire que le corps ne serait pas déplacé. Moi qui ai eu la bêtise de revenir sur mes pas comme si les choses allaient se dérouler de la façon dont je les avais prévues. Je suis pitoyable.

À cet instant, un garde SS entre précipitamment dans le château en braillant comme un âne. Le général ne me quitte pas du regard alors que l'arrivant se plante près de lui.

— Qu'y a-t-il ?

Comme l'homme ne répond pas, mon interlocuteur finit par pivoter vers lui.

— Alors ?

Je ferme les yeux.

Faites que ce ne soit pas Élias. Pas Élias. Pas Élias.

Je les rouvre et je focalise toute mon attention sur la torche qui gît plus loin au sol et dont la flamme est sur le point de s'éteindre. Combien de temps va-t-elle encore se consumer avant que je sache pourquoi ce soldat est ici ?

Je compte.

Un... deux... trois...

Trois secondes, c'est tout ce qu'il aura fallu avant

que deux autres soldats arrivent à leur tour en maintenant un homme entre eux. Je n'ose pas regarder, mais je sais que c'est lui. C'est Élias. Je devine, à la périphérie de mon œil droit, la couleur de ses vêtements, le sang qui coule sur son front. Puis je l'entends tenter de se libérer et le bruit d'un poing qui retombe encore et encore en frappant la chair, en cognant les os. Tout ça est ma faute. Une fois de plus.

— On a capturé celui-ci. Il essayait d'entrer par une fenêtre.

— La salle du Maître ?

— Oui, Général.

— Mmh, décidément, la vermine est bien curieuse.

Quand j'ose enfin tourner la tête dans la direction d'Élias, nos regards se rencontrent. Je voudrais lui demander pardon de l'avoir entraîné dans ces ennuis. J'espérais qu'il ferait comme avec Micha, qu'il continuerait sa route au lieu de revenir sur ses pas pour me chercher. Pourquoi l'aurait-il fait alors qu'il ne se souvient même plus du lien qui nous unissait ? Alors, aussi, qu'il a oublié les sentiments que nous éprouvions l'un pour l'autre ?

Pourquoi ? ai-je envie de lui hurler alors que mes yeux sont noyés sous des larmes de colère.

J'ai une impression de déjà-vu en voyant le général tirer sèchement sur le tee-shirt d'Élias pour dévoiler le soleil noir tatoué sur sa peau. Cette même scène se déroulait à la *Volkshalle* avec un autre gradé SS. Ce jour où j'ai découvert qu'Élias n'était pas que juif. L'émotion était intense à ce moment, elle l'est tout autant aujourd'hui. Ça se passait dans mon test, en pleine réalité virtuelle, pourtant, elle continue à me revenir comme si elle avait vraiment eu lieu, et celle-ci n'est qu'une redite qui me met le cœur au bord des lèvres.

Élias lâche un grognement de frustration et s'obstine à se débattre jusqu'à ce que les soldats finissent par lui tordre les bras dans le dos et lui arracher un cri de douleur quand ses articulations craquent. Le troisième soldat, entré le premier, le termine en lançant violemment son pied à l'arrière de son genou. Ses jambes se dérobent sous lui. Il tombe et ses rotules heurtent le sol de pierre dans un bruit sourd.

— C'est dans cette position qu'on est le mieux quand on est une vermine, ricane le général SS. Incline-toi devant tes maîtres, *Undermenschen* !

Élias se raidit, se forçant à relever la tête. En le voyant tout tenter pour résister, je m'y mets aussi et je commence à m'agiter dans tous les sens. C'est la même énergie du désespoir qui nous anime. Parce que nous savons ce qui va nous arriver.

— Incline-toi !

Les soldats essayent de le contraindre à baisser la tête vers le sol, mais il s'entête. Son corps tout entier est tendu comme un arc alors qu'il refuse de se prosterner comme on le lui ordonne.

— Arrêtez ! aboyé-je. Vous n'avez pas le droit !

Le général se tourne si lentement vers moi que j'ai l'impression qu'il mime une scène burlesque. Mais quand ses yeux se posent de nouveau sur moi, je vois l'éclat qui brille au fond de ses pupilles. Un éclat mortel. Il me frappe du plat de la main en même temps que l'un des soldats fait descendre la crosse de son arme sur la nuque d'Élias et qu'un autre en profite pour lui projeter la tête en avant. Le claquement sur ma joue est tout de suite suivi par celui du front d'Élias sur le sol dur.

— J'ai tous les droits. Vous voulez voir le Führer ? C'est bien ça ?

Il fait un pas vers moi, son visage n'est plus qu'à quelques centimètres du mien et je peux sentir l'odeur de brûlé que dégage sa pommette entamée par ma torche.

— Tu veux rencontrer sa « grandeur » ? Dieu en personne ? Celui grâce à qui tu existes ?

Je fais non de la tête. Il me répond par un sourire venimeux. Sa question n'est pas un choix que je peux faire. Il se retourne, croise les bras dans son dos et s'engage dans le couloir.

— Emmenez-les, lâche-t-il d'une voix tranchante.

Notre cortège reprend sa progression, nous entraînant sans douceur, Élias et moi. Nous échangeons un nouveau regard. Eden n'est pas là. Je le remercie intérieurement de ne pas l'avoir mise plus en danger que je ne l'ai fait moi-même avec lui, mais je ne peux pas m'empêcher de penser à elle.

Elle est toute seule, désormais…

— Il fallait que je le fasse, murmuré-je quand il se retrouve à mon niveau.

Mais il ne répond pas, et je comprends qu'il ne veuille pas le faire.

49

On nous fait traverser plusieurs couloirs, tous éclairés par les halos des torches fixées sur les murs à droite et à gauche. On se croirait revenus à l'époque de chevaliers. Personne ne parle, pourtant, notre cortège fait un bruit de tous les diables. Entre les claquements rythmés de bottes, nos souffles saccadés et sifflants, à Élias et à moi, et cette manie que nous avons tous les deux de nous obstiner à nous agiter à chaque pas que nous faisons. Mais rien ne se passe d'autre que ce qui doit se passer. Nous restons prisonniers des mains de nos bourreaux, leurs semelles continuent à marteler le sol, nos respirations continuent à être rapides et paniquées.

Puis le général à la pommette brûlée, qui marche quelques mètres devant nous, se campe face à une porte. Tout le monde l'imite bien gentiment et, à présent que nous sommes arrêtés, je sens l'air glacé et humide qui imprègne les parois de pierre ramper vers moi. Ma peau se recouvre de chair de poule alors que, pourtant, je suis en nage. Le général, un sourire à la commissure des lèvres, nous jette un regard, à Élias et à moi, avant de glisser une clé dans une serrure. Il la fait tourner lentement, comme si prolonger ce supplice l'amusait, puis il pousse la lourde porte de bois sombre et disparaît à l'intérieur d'une pièce. Aussitôt, les soldats se remettent en mouvement. Un groupe d'automates disciplinés. Ils me font entrer en premier, puis c'est au tour d'Élias. Sans nous lâcher, ils s'immobilisent dans l'attente d'un ordre.

Le général ne dit pas un mot. Il se dirige vers le centre de la salle circulaire dans laquelle nous venons de pénétrer avant de finalement marquer un arrêt et de pivoter vers nous. Les murs sont recouverts d'une peinture blanche, semblable à de la chaux, et des drapeaux SS, fixés sur de longues tiges de métal, sont placés à intervalles réguliers. Élias lève la tête vers le plafond, j'en fais autant. Il est formé comme un dôme. Presque comme celui de la *Volkshalle*, à Germania, sauf que celui-ci est taillé à même la roche. Le soleil noir, identique à celui que nous avons déjà vu dans la crypte, est gravé en son centre. Il est recouvert d'une matière qui le rend lumineux. Il est comme une pierre précieuse au milieu d'un caillou gigantesque. Ce symbole qui était le mien par le passé, combien de fois ai-je fièrement posé la main dessus ? J'ai honte de le porter aujourd'hui et je comprends pourquoi Élias le considère comme une dégradation de l'âme. Maintenant, oui… je comprends.

Je frissonne. Ici, c'est un froid pénétrant qui nous envahit, qui s'insinue sous nos vêtements, dans nos corps, et qui essaye de se glisser à l'intérieur de nous pour geler nos cœurs et nos esprits. J'ai l'impression de me cristalliser sur place.

Autour de nous, il y a des espèces de cercueils semblables à celui que je voulais débrancher dans la pièce à la fenêtre. Ils sont positionnés en arc de cercle, suivant logiquement le tracé de la salle. Tous sont raccordés à des tuyaux qui disparaissent sous les caissons dont je n'ai pas besoin de voir ce qui s'y trouve pour deviner qu'il s'agit de boîtes contenant des données médicales. Des appareils maintenant dans un sommeil artificiel ceux qui sont à l'intérieur de ces pseudo-cercueils.

Le général dévoile un nouveau sourire qui étire ses lèvres fines et confère un aspect plus doux à son regard, presque espiègle. Sur son visage, un éclat, comme celui de l'accomplissement.

— Soyez les bienvenus dans la chambre du Führer.

Il quitte le centre de la pièce pour revenir vers moi. En le voyant se diriger droit sur moi, je recule par réflexe, mais les soldats qui me maintiennent me repoussent sèchement en avant. Quand le général se campe devant moi, il pose la main sur mes cheveux, les caresse pendant une seconde, puis referme ses doigts dessus et tire violemment. Je lâche un cri de douleur et de rage mêlées.

— Tu voulais le voir ? Viens avec moi, petite traîtresse.

Il m'entraîne loin des soldats sans cesser de me malmener et les larmes me montent aux yeux. J'entends les soldats tirer Élias à notre suite tandis qu'il se débat avec vigueur. Le général s'arrête et me plaque avec brutalité la tête sur le devant du premier caisson.

— Incline-toi devant le Maître !

Mes lèvres et mon nez se retrouvent collés à la vitre et je découvre ce visage. Celui d'un homme qui ne devrait plus exister, mais qui, pourtant, est là. Ses yeux sont clos, mais il vit. Sa poitrine s'élève et s'abaisse tout doucement, comme s'il dormait paisiblement. Mon bourreau me relève d'un coup la tête, générant une nouvelle douleur sur l'ensemble de mon cuir chevelu et jusqu'à mes mâchoires. Mais il ne me lâche pas et m'entraîne vers le caisson suivant. Il me projette avec tout autant de violence contre le couvercle translucide. Et je vois ce visage. Le même que le précédent. Les mêmes mouvements de poitrine.

Lui aussi est vivant.

C'est ainsi tout du long. Un, deux, trois, dix, quinze, vingt, trente répliques du Führer. Mes lèvres sont en sang, mon nez également, et mes yeux ne distinguent presque plus rien, totalement noyés sous les larmes. Élias et moi découvrons toute l'horreur de la situation. J'imagine un monde peuplé de copies d'Hitler. Un éternel recommencement où plus jamais les gens différents, les opinions différentes, n'auront la moindre chance de revenir sur le devant de la scène. Un monde où seules régneront les ténèbres aux yeux bleus et aux cheveux blonds.

— Le Maître sera bientôt de retour parmi nous. Avec lui débutera une nouvelle ère et lui seul gouvernera la planète entière, puis l'univers !

— Pourquoi ? Pourquoi faites-vous ça ? crié-je alors qu'il me lâche et que deux soldats se chargent de prendre le relais.

— Ramener notre Führer à la vie ? Mais voyons, jeune *Fräulein,* te demanderais-tu pourquoi les hommes feraient revenir Dieu s'ils en avaient le pouvoir ? Ce n'est pas une question qui mérite réponse.

— Pourquoi le démultipliez-vous ? Un seul, ça ne vous suffit pas ? crache Élias.

— Parce que notre nation a besoin d'un homme comme lui. Il est exceptionnel et unique. Tous les Führers qui ont suivi Hitler n'ont jamais été à la hauteur de ce qu'il leur a offert sur un plateau. En le reproduisant à l'infini, il sera partout à la fois. Imaginez le monde avec lui comme le seul maître de la planète. Plus rien ne pourra plus lui échapper, tout sera enfin sous contrôle. Et les gens comme vous disparaîtront à jamais.

— Vous êtes cinglé, crache Élias d'un ton plein de mépris.

— Fou, peut-être bien, mais du bon côté de la barrière. Ce qui n'est pas ton cas, *Judenschwein*. C'est comme ça, il y a les gagnants et les perdants. Nous étions déjà les vainqueurs il y a deux cents ans, et nous le serons encore aujourd'hui.

— Vous… ne pouvez pas…

Un soldat assène un nouveau coup de crosse à Élias, cette fois-ci dans le dos, pour le faire taire. Et ça fonctionne, il perd son souffle sous le coup de la douleur.

— C'est ainsi que les choses doivent se passer et qu'elles se passeront, dit le général en guise de conclusion.

La folie s'entend dans sa voix. Cette même folie qui rôde autour de nous, se cache dans chacun de ces caissons, prête à ouvrir les yeux sur le monde. Élias et moi avons cessé de nous agiter. Épaule contre épaule, nous restons là, maintenus par les soldats. Nous savons que c'est terminé pour nous à présent. Le général contemple pendant une longue minute les caissons. Il est fier et il nous le montre à sa façon. Il se retourne à nouveau vers nous, mais en vérité, je suis convaincue qu'il ne nous voit déjà plus. Il est perdu dans un univers exalté qui fait luire ses yeux d'un bleu limpide. Ses traits expriment une sorte de passion. La passion du mal. L'idée d'une planète définitivement sous le joug d'un seul homme, Adolf Hitler, le fait exulter. Soudain, il lève le bras.

— *Sieg Heil!* crie-t-il en claquant ses bottes l'une contre l'autre dans un bruit mat.

— *Heil Hitler!* répondent les soldats en retour.

Leurs voix se répercutent contre les murs de la pièce. J'ai envie de vomir, mon estomac remonte dans ma gorge.

Le général reporte brusquement son regard d'acier sur nous et pose la main droite sur sa pommette brûlée. Il a mal. Je ne peux pas m'empêcher de lui servir un sourire sardonique. Sa douleur sera ma dernière satisfaction.

— Fusillez-les, comme au temps de notre Maître. Ils apprécieront sûrement le geste.

50

Nous sortons de la pièce sous la contrainte et de façon abrupte, alors que nous faisons tout pour ralentir notre avancée inéluctable vers la mort. Mais lutter contre autant de soldats n'est pas équitable. Je ne crois pas ressentir de peur à cet instant, pas autant que j'en ai éprouvé à la vue de toutes ces copies du Führer. Ce qui guide nos pas, c'est la colère. Je n'avais jamais réalisé à quel point nous nous accordions au niveau de nos émotions, Élias et moi. La colère, la tristesse. Nous avons souvent réagi d'une façon similaire dans ce qui nous arrivait. Et, à nouveau, ce que je m'étais dit de nous à une époque où je vivais dans mon test grandeur nature me revient en tête : *Il est moi et je suis lui.* Cette phrase n'aura jamais eu autant de sens qu'à cet instant.

Cet instant où nous allons mourir ensemble. Mais dans la réalité, cette fois-ci…

Ou peut-être pas, me glisse ma petite voix intérieure.

Ou peut-être pas, confirmé-je mentalement. Mais le résultat sera le même, c'est terminé pour nous.

On nous entraîne à l'extérieur du château, on contourne la façade pour aller se placer face à un mur qui jouxte la tour du domaine. Puis les soldats s'arrêtent. Au moment où ceux qui me maintenaient les bras me lâchent, je reste calme et immobile, comme si je me sentais apaisée. Pourtant, en moi, c'est la tempête. Une houle de rage et de larmes qui s'entrechoquent comme des nuages prêts à provoquer le tonnerre. Je regarde droit devant moi en prenant une profonde inspiration. Je vais mourir. Le mur sous mes yeux est criblé d'impacts de balles. Élias et moi ne sommes pas les premiers à venir finir nos vies ici. Les soldats appuient sur nos épaules, nous forçant à nous agenouiller. Mes genoux s'enfoncent légèrement dans la terre et une odeur d'humus s'infiltre dans mes narines. Je tourne la tête vers Élias, il fait de même. Nos regards se fondent l'un dans l'autre. J'aurais tant voulu qu'il ne soit pas là. Lui aussi est calme, presque serein. Je le comprends. Si c'est la réalité, nous allons enfin pouvoir connaître le repos. Ce n'est pas une punition si terrible que ça au final. La seule pensée que nous partageons à cet instant, c'est celle d'Eden. Je sais qu'Élias l'aura mise en sécurité le temps de revenir ici, mais elle ne le sera jamais dans ce monde sans cœur. Elle a dix ans, ce n'est qu'une enfant… tout comme nous ne sommes que des personnes trop jeunes pour porter un tel poids de vie sur nos épaules.

— Je t'aimerai toujours, Élias, murmuré-je.

Il me fixe et je songe pendant une fraction de seconde que je n'aurais peut-être pas dû dire ça. Après tout, il ne se souvient pas de ce que nous avons vécu ensemble durant le test. Pour lui, je ne suis plus qu'une compagne de galère. Et puis, je réalise que ça n'a plus d'importance.

Nous allons mourir.

Il tend la main vers la mienne. Je la saisis et ses

doigts se replient entre les miens. La chaleur de sa paume me réchauffe le cœur. Plus encore que ne pourrait le faire le moindre mot. Je lui souris en guise de remerciement.

— En joue !

Puis je ferme les yeux pour ne pas le voir tomber. Pour ne pas me voir tomber. Pour mourir vite.

— Feu !

51

L'écho des coups de feu me déchire les tympans. J'entends un bruit de chutes. Pourtant, je suis toujours à genoux et je respire encore. Je rouvre les yeux. Élias est agenouillé à mes côtés, aussi stupéfait que moi. Nous tournons aussitôt la tête pour voir ce qui se passe derrière nous. Les corps des deux soldats qui nous mettaient en joue gisent à terre. Non loin d'eux se tiennent Micha et Dina, accompagnés d'une petite silhouette dépenaillée, un pistolet trop grand pour elle dans la main. Un ange aux cheveux et aux yeux noirs. Eden. Nous écarquillons les yeux sans pouvoir dire un mot. Élias hésite moins longtemps que moi, il se relève d'un bond, me saisit par le bras et nous les rejoignons à toute vitesse.

— Par ici ! crie Dina en nous désignant la voiture devant l'entrée du château.

Au passage, Élias et moi récupérons les armes des deux soldats morts et suivons nos amis au pas de course. D'abord Micha se précipite vers le véhicule, puis il se ravise et son attention se reporte sur la navette médicale un peu plus loin. Il donne un coup de poing sur le bouton qui commande l'ouverture de la porte. Elle laisse échapper un chuintement pendant que le système se met en branle et que la passerelle apparaît. Je pousse Eden à l'intérieur avant de m'engouffrer à sa suite. Élias, son fusil en main, se dirige vers le poste de pilotage. Je lui emboîte le pas tandis que Micha fait remonter la passerelle et que Dina se tient prête à faire feu sur d'éventuels soldats qui arriveraient vers nous avant la fermeture totale. La cabine de commandes est vide, mais la navette est en fonction, les boutons clignotent sur le tableau de bord et on entend le discret ronronnement du moteur.

— Tu sais manœuvrer ce genre d'appareil ? me demande Élias.

Je ne juge pas utile de répondre. Oui, je connais les bases, et c'est tout ce dont nous avons besoin pour le moment. Les bases. Je m'installe sur le siège du conducteur pendant qu'Élias prend place sur celui d'à côté. Je cherche un peu mes marques parce qu'entre avoir des notions et maîtriser parfaitement l'ensemble des commandes, il y a une nuance sur laquelle j'ai fait l'impasse. Puis je referme mes doigts sur le levier de direction.

Des bruits de projectiles retentissent brusquement sur la carlingue de la navette et leur écho se répercute tout autour de nous.

— Dépêche-toi avant qu'ils fassent exploser le pare-brise !

Je hoche la tête et je place le levier en position. Ensuite, je presse le bouton de décollage. L'appareil se soulève du sol d'un coup sous les tirs nourris des SS. Nous les regardons se précipiter vers l'avant de la navette et orienter leurs canons vers le pare-brise. Je braque alors sèchement le levier sur la droite. L'effet est immédiat, la secousse est brutale, mais l'engin fait un demi-tour complet et les soldats disparaissent de notre champ de vision… jusqu'à ce qu'un tir, au-dessous de la carlingue, nous dévie de notre trajectoire et que je commence à perdre le contrôle de mon corps. La navette pique dangereusement du nez, mais je n'arrive plus, à cet instant, à coordonner mes mouvements. Mon dos me fait souffrir et des vagues successives de sueurs froides m'assaillent.

— Redresse ! m'ordonne Élias.

Je réagis d'un coup, comme si je venais de me réveiller en sursaut. Mon réflexe est de tirer sur le levier et notre appareil se met à monter dans le ciel sans plus redescendre. Il ne reste plus qu'à s'éloigner le plus possible de ce château. Je jette un regard par la fenêtre latérale et je le vois rétrécir jusqu'à devenir un simple croquis sur une feuille couverte de vert. Puis j'aperçois des ruines disséminées un peu partout, alternant avec des bâtiments plus récents et siglés du drapeau SS. L'Allemagne est un immense pays où se mêlent terres en perdition et constructions futuristes. Un puzzle fracturé d'une civilisation qui semble être plus sur le déclin que je ne me l'étais imaginé.

Je sens la douleur dans mon dos revenir à la charge et mes doigts se crispent sur une touche.

— Krista ? Ça ne va pas ?

— Si… si… Ça… va…

Je lâche un gémissement, plus de frustration que de souffrance, en réalisant que non, ça ne va pas, et que je n'arrive pas à faire abstraction de cette douleur lancinante.

— Non, je vois bien que ça ne va pas… Dina !

La voix d'Élias semble subitement très forte, comme s'il me hurlait dans les oreilles, je grimace. J'abaisse le manche de direction et la navette a un raté. La main d'Élias se pose sur la mienne et m'aide à stabiliser l'appareil, mais nous ne nous arrêtons pas de tanguer.

— Qu'est-ce qu'il y a ? Pourquoi ça secoue comme ça ? s'exclame Dina en arrivant précipitamment dans la cabine.

— Remplace-la, lui intime-t-il en me désignant.

Mais je fais non de la tête. Je veux continuer à piloter la navette.

— Je vais très…

Élias ne me laisse pas le temps de terminer ma phrase, il déclipse ma ceinture et me tire du siège pendant que Dina se contorsionne pour s'asseoir à ma place. Elle fait un mouvement brusque et Élias manque de tomber en avant avec moi dans les bras.

— Tu es sûre d'être capable de conduire cet engin ? grogne-t-il en se cramponnant à l'encadrement de la porte.

— Mon père était pilote, évidemment que je sais ! Mieux que Krista, je peux te le certifier.

J'entends mon prénom, mais je ne réagis même pas. J'enroule mes mains autour de la nuque d'Élias et je me laisse porter malgré les chaos successifs de la navette.

Nous arrivons à l'arrière et Élias m'installe sur une couchette recouverte d'un matelas de mousse translucide qui fait un drôle de bruit quand le poids de mon corps se reporte dessus.

— Qu'est-ce qu'elle a ? demande Micha.

— Ça doit être sa blessure. Il doit y avoir de quoi la soigner dans cette navette. Aide-moi.

Je perçois leur souffle près de moi. Je me retrouve sur le ventre, renversée de force par les garçons, la respiration entravée par le matelas. Une main se pose sur ma joue. Elle sent la terre et le sang. Je tourne la tête sur le côté et je la regarde au travers de mes yeux à demi clos : Eden. Son sourire est rassurant. Il me dit que tout va bien se passer, que nous sommes enfin réunis, tous ensemble. Que la navette continue à filer dans le ciel. Il y a le bruit de mon vêtement qu'on déchire. Puis la douleur me saisit et je pousse un hurlement quand on verse quelque chose sur ma peau à vif. Des pansements qu'on positionne sur ma blessure en étirant ma peau. Je n'entends plus que ça. Ça et les pulsations erratiques de mon cœur.

52

Quand j'ouvre les yeux, le silence règne dans la navette. Pendant un instant, je cligne des paupières sans m'arrêter, comme un tic nerveux, jusqu'à ce que je voie enfin nettement. Des bribes de conversations me parviennent, provenant sans doute de la salle de pilotage. J'essaye de faire un effort de concentration pour comprendre ce qui se dit, mais je n'y arrive pas ; les mots n'ont pas de sens, ils se mélangent sans arrêt dans ma tête. Puis j'aperçois un pied par terre dans mon champ de vision. Élias est assis sur la banquette en dur de la navette. Il regarde par l'un des hublots placés sur sa gauche. L'une de ses jambes est repliée devant lui, maintenue par ses bras, l'autre est en extension, pied au sol. Mes yeux remontent lentement le long de son mollet jusqu'à sa taille, sa nuque, son visage de profil. Il se retourne pile au moment où je suis en train de l'observer et nos regards se rencontrent. Aucune expression ne vient altérer ses traits, les traces de sang laissées par les coups qu'on lui a administrés au château ternissent toujours sa peau. Je commence à me retourner pour pouvoir mieux le voir, mais il se précipite vers moi et bloque mon geste en plaçant sa main sur mon épaule.

— Reste sur le ventre le temps du voyage.

— Du… voyage ? soufflé-je en réalisant que ma voix tremble légèrement.

Il acquiesce, puis s'accroupit au niveau de mon visage et agrippe le rebord de mon lit pour se stabiliser.

— Le voyage, oui. On est presque arrivés maintenant.

— Depuis combien de temps est-ce que je dors ?

— Un peu plus d'une heure. Tu en avais besoin.

— Où est-ce que…

Une fossette se creuse dans sa joue tandis qu'il ébauche un sourire. Son calme se diffuse en moi et la tension dans mon corps se relâche un peu.

— Où sont les autres ?

— Micha et Dina sont dans la salle de pilotage et Eden s'est endormie sur la banquette.

Aussitôt, je lève la tête pour essayer de la voir, mais je ne l'aperçois nulle part et le trouble qui passe sur mon visage semble être visible. Élias repose une de ses mains sur mon épaule, mais il ne cherche pas à faire pression dessus, cette fois-ci. Un geste qui se veut rassurant.

— Elle est sous la couverture, au bout de la banquette. Ne t'inquiète pas pour elle.

Je me détends un peu plus. Je reste silencieuse pendant un instant, puis je fixe Élias et je lâche la question qui me brûle les lèvres.

— Manuela ?

Il baisse aussitôt les yeux.

— Je suis désolé, elle n'a pas…

— Je me suis trompée, dis-je en guise de réponse.

Élias a un froncement de sourcil tandis qu'il replace une mèche de mes cheveux derrière mon oreille. Mon cœur se serre entre mon désarroi de savoir Manuela morte et le geste d'Élias, qui me semble si empreint d'affection. Je ravale un sanglot, mais mes yeux s'emplissent de larmes que je suis incapable de réprimer.

— Je… je pensais que Manuela n'était pas brave, mais je me suis trompée. Elle l'était… tellement plus que moi…

— Non, pas plus. Vous l'avez toutes été, réplique-t-il tout doucement. Et à vrai dire, moi aussi, je crois que je me suis trompé.

Notre échange de regards se prolonge plus qu'il ne le devrait.

— C'est difficile pour moi de voir le bon dans les Aryens, mais Dina, Manuela… toi… vous avez été courageuses… et dignes de confiance… Vous avez suivi votre cœur, et votre cœur vous a fait renoncer à votre peuple. Pour ça, je te remercie.

J'aimerais sourire, lui montrer à quel point ses paroles me touchent et lui dire que je ne me suis pas trompée sur lui. Il est celui que j'ai rencontré dans mon test. Identique dans la réalité comme dans le virtuel. Il n'est pas buté, il est capable de se remettre en question tout comme j'ai compris que j'en avais également la capacité.

Dans mon test, j'ai changé grâce à lui.

Dans la réalité, je crois qu'il a changé grâce à moi.

Il fait glisser ses doigts sur ma joue, y écrase une larme avec son pouce puis se relève.

— Repose-toi, nous arriverons bientôt.

— Élias ? le rappelé-je alors qu'il se détourne pour gagner la salle de pilotage.

Il s'arrête, mais il n'est déjà plus dans mon champ de vision.

— Oui, Krista ?

— Où allons-nous ?

Silence. Puis sa voix retentit à nouveau.

— C'est un secret.

53

Je n'aime pas les secrets. Je crois que je ne les ai jamais aimés. Même quand j'étais petite et que mes amies me disaient qu'elles voulaient m'en confier, je craignais toujours le pire. Les secrets, on en fait souvent des secrets parce qu'ils sont trop laids ou trop durs à annoncer sans emballage cadeau pour en atténuer le goût. Je pense encore à ça quand la navette se met à gîter violemment sur la gauche. Je me rattrape de justesse à mon matelas qui est fixé sur sa couchette, mais un douloureux élancement dans mon dos me fait lâcher prise et je tombe à terre. L'appareil vire d'un coup à droite et son nez s'oriente plus que la normale à l'horizontale.

— Krista ?

— Eden !

Je la vois, à demi enfouie sous sa couverture, gisant sur le sol. Je tends la main dans sa direction et nos doigts se touchent l'espace d'un instant avant que la navette se redresse et recommence à gîter. Nos corps glissent vers la paroi qui nous sépare de la cabine de pilotage et nos têtes la heurtent dans un bruit sonore.

C'est Micha qui vient nous secourir. Il me tire le bras sèchement, puis j'attrape finalement Eden.

— Qu'est-ce qui se passe ? Pourquoi est-ce que ça secoue dans tous les sens ?

— Je ne sais pas, Dina perd le contrôle de l'appareil. C'est comme… s'il était dirigé par une autre main.

Je me mords la lèvre. Les Aryens ont-ils la possibilité de contrôler une navette à distance ? Rien ne m'étonnerait moins que ça. D'autant plus pour un véhicule médicalisé.

— Qu'est-ce qu'on peut faire ?

Micha secoue la tête. Visiblement, il n'a pas de réponse à ma question.

— Il n'y a qu'une solution, reprends-je d'une voix pleine de doutes.

Micha me considère avec un étrange éclat au fond des yeux, comme s'il s'attendait à ce que je lui sorte un lapin de mon chapeau. Mais les Aryens n'ont pas vocation à faire des miracles. Alors, je dis la première chose qui me vient à l'esprit.

— Il faut crasher la navette.

Étonnamment, il sourit.

— On n'aura pas besoin de le faire…

— Pourquoi ?

— Parce que la main qui la contrôle à distance a déjà pris la décision de le faire ! Accrochez-vous !

Il se relève comme il peut, se tenant à tout ce qui se trouve sur son passage et qui est rivé au sol. J'en fais autant et la navette se place tout à coup un aileron vers le haut, un aileron vers le bas. On crie tous alors que nous recevons en pleine figure des choses qui volent dans la cabine.

— Krista !

Eden s'agrippe à ma taille, serrant les bras

au point de me couper le souffle, mais je la laisse s'accrocher pendant que j'attrape les pieds métalliques de mon lit. L'appareil se renverse totalement, reste dans cette position pendant de longues minutes, comme une baleine nageant sur le dos, puis se retourne à nouveau et pique du nez.

Je me dis que non, je ne peux pas mourir après tout ce qu'on a vécu. Et encore une fois, pas sous le contrôle des Aryens, même si c'est de façon indirecte. S'ils me tuent, s'ils *nous* tuent, ils auront définitivement gagné, et je refuse qu'ils gagnent.

— Attrape le pied du lit ! crié-je à Eden.

— Je peux pas, c'est trop loin !

Je lâche le pied auquel je me cramponnais et je tends ma main vers la petite. Elle fait non de la tête.

— Allez ! lui ordonné-je. Prends ma main !

— J'ai peur !

— Fais-le quand même ! Et fais-moi confiance !

Elle hésite un instant, puis desserre son étreinte autour de ma taille. Mes poumons se gonflent d'air dès qu'elle saisit ma main. De toutes mes forces, je la hisse jusqu'au niveau de mon visage.

— Attrape !

Elle tend le bras en sanglotant et je maintiens son autre main.

La navette se retourne. Eden réussit à s'accrocher au pied métallique.

— Ne lâche pas ! Tu entends ? Ne lâche pas !

La navette se met soudain à vriller sur elle-même dans un sifflement strident. Je réussis à relever la tête entre deux chocs et je vois le sol arriver à toute vitesse sur nous par l'un des hublots. À moins que ce soit nous qui arrivions à toute vitesse sur lui.

Qu'est-ce que ça change de toute façon ? Le résultat sera le même.

54

— Krista ?

J'ouvre les yeux. Élias est devant moi, sa main sur mon épaule. J'aperçois derrière lui la lueur du jour qui entre dans l'habitable par la porte béante de la navette.

— On s'est crashés ? Où sont les autres ?

— Non, Dina a réussi à se poser sans trop de dégâts. Et tout le monde va bien. Mais il faut partir, maintenant.

Je n'arrive pas à détacher les yeux de son visage en même temps qu'il enroule un bras autour de ma taille pour me relever. Quand je suis enfin sur pied, l'intérieur de la navette est sens dessus dessous. Des produits médicaux traînent sur le sol, des pansements gisent de-ci de-là. J'ébauche un pas en avant, puis un autre, entraînée par Élias. Mes mains sur son torse, je sens les mouvements de ses muscles alors qu'il avance en boitillant.

Nous nous engageons vers l'extérieur. Le soleil m'éblouit et il me faut quelques instants pour m'accommoder de ses puissants rayons avant de pouvoir examiner l'endroit où nous avons atterri.

Il y a des ruines partout où je pose les yeux, des immeubles en partie écroulés, des bâtiments plus petits dont les sommets sont recouverts d'une espèce de cendre noire. Je repère aussi des routes, immenses, fracturées par endroits, et même une voie ferrée. Du regard, je suis son tracé avant que les rails ne disparaissent dans une sorte de tunnel de pierre dont l'entrée me fait penser à un gouffre de ténèbres. Cet endroit m'est familier sans l'être, des habitations détruites comme dans mon imaginaire, mais un paysage différent, moins régulier, plus découpé. Il y a des arbres que je n'ai jamais vus un peu partout et des espaces de verdure brûlée par le soleil. Sur les axes de circulation, çà et là, des voitures abandonnées et rouillées me font l'effet de revenir cent ans en arrière. Plus loin, je distingue de grands panneaux sur lesquels sont écrits des mots dans une langue que je ne connais pas. De toute évidence, nous avons quitté l'Allemagne. Mais dans ce cas, où pouvons-nous être ?

Nous avançons à mon rythme, ni trop vite ni trop lentement. Devant nous se tiennent Dina, Micha et Eden qui nous tournent le dos comme s'ils fixaient l'horizon.

Eden regarde par-dessus son épaule, les yeux orientés sur nous.

— Les voilà ! dit-elle en nous adressant un geste de la main.

Elle brandit soudain un poing vers le ciel et sa petite voix se fait plus forte que je ne l'ai jamais entendue.

— *Frayhayt*[1] !

Aussitôt, le mot qu'elle vient de prononcer presque en criant est repris par Micha et Élias,

1. « Liberté » en yiddish.

qui lèvent leurs poings tout comme elle avec un large sourire sans que ni moi ni Dina ne comprenions ce que cela signifie. Puis Micha, Eden et Dina se remettent à avancer sans nous attendre et se dirigent vers le tunnel que j'ai aperçu en sortant de la navette. Une angoisse m'étreint et je ralentis machinalement le pas. Élias s'arrête et me dévisage.

— Où est-ce que nous sommes ? Nous avons quitté l'Allemagne ?

Il hoche la tête.

— Nous sommes en Angleterre.

En Angleterre ? Un pays que je supposais détruit totalement après leur dernier affrontement contre Hitler. Un nouveau coup d'œil sur les alentours me fait penser que je ne suis pas si loin de la vérité, si je tiens compte des nombreuses ruines et du fait que nous sommes seuls ici. Ensuite, je me reconcentre sur le tunnel.

— Qu'est-ce que c'est, cet endroit ?

— Ça ? C'est notre passeport pour la liberté, Krista.

Je ne peux pas m'empêcher de fouiller son regard comme s'il venait de me dire la pire des stupidités. La liberté ? Existe-t-elle réellement ? Quand je vois tous ces décombres qui nous cernent, je ne peux pas m'imaginer un instant qu'elle puisse exister.

Au lieu de m'expliquer, il sourit et je sens chez lui comme un changement. Pas quelque chose de purement visible, bien que ses traits se soient sensiblement radoucis. Non, c'est quelque chose d'intérieur qui modifie son aspect général et ce qu'il dégage. L'impression que la charge qu'il portait sur son dos s'est dissipée d'un coup. Il est plus droit, et lorsqu'il se détourne pour se concentrer sur les ténèbres qu'abrite le pont, son regard brille d'un nouvel éclat.

Nous reprenons notre progression, mais c'est plus fort que moi, j'avance à petits pas, retenue par une appréhension grandissante. Je sens que quelque chose se passe. Quelque chose qui me terrifie. Je m'entends penser et chaque mot qui s'immisce dans ma tête est comme un rappel douloureux d'un passé proche. Fin du voyage, tous ces personnages près de moi vont s'évanouir dans le néant et je vais me réveiller sur une table de dissection. Le Dr Mengele tiendra mes viscères dans une main et mon cerveau dans l'autre. Il se dira que, bon sang, cette Aryenne avait vraiment l'esprit tordu.

Je ne veux pas revivre ça. Cette sensation atroce que tout ce qui m'est cher se transforme brusquement en poussière qui glisse entre mes doigts. Sentir la vie s'échapper de ceux qui n'en ont jamais eu de propre. À cet instant, mon réflexe est presque machinal, je pose une main sur le bras d'Élias et je m'y cramponne par peur qu'il se volatilise. Il marque un nouvel arrêt.

Ne disparais pas encore, je t'en supplie.

— N'aie pas peur, Krista.

Tant que je suis avec lui, j'essaye de ne pas avoir peur. Il me donne le courage de lutter contre ce sentiment de vide intense. Mais combien de temps cette hallucination va-t-elle encore durer ? Combien de temps avant que je me retrouve seule au milieu d'un champ de ruines ?

C'est plus fort que moi, je colle mes lèvres sur les siennes et je l'embrasse avec tout le désespoir qui m'emplit et m'empêche de respirer. Je l'embrasse avant qu'il ne disparaisse. Avant qu'il ne m'abandonne.

Sur l'instant, il me regarde d'un drôle d'air.

— Pourquoi ? demande-t-il en repoussant une mèche de cheveux de mes yeux.

— Parce que… je t'aime. Et parce que…

Il pose un doigt sur ma bouche.

— Je ne vais pas m'envoler, Krista. Je suis réel comme tu es réelle. Un jour, je finirai peut-être par me rappeler de ce que nous avons vécu durant ce test, mais…

Je baisse la tête. Je sais ce qu'il va dire et si un doute persiste dans mon esprit sur sa réalité, je sais qu'il ne m'aime plus comme avant, qu'il a oublié. Il bloque mon menton entre ses doigts et redresse mon visage en me fixant.

— Arrête d'avoir peur. Ici, nous allons nous reconstruire. Nous allons apprendre à mieux nous connaître.

Sa réponse me coupe la respiration, et je le dévisage pendant un instant, n'osant pas croire ce que je viens d'entendre, avant de lui offrir un timide hochement de tête. Alors, il se penche vers moi sans cesser de me regarder. Ses lèvres sourient, ses yeux sourient, son cœur sourit. Nos souffles se mêlent et il dépose un baiser léger sur mon front.

— Ils nous attendent, dit-il ensuite.

— Qui ? Qui nous attend ?

Il me saisit par la main.

— Tu sais de nombreuses choses sur moi, Krista. Mais celle-ci, tu l'ignorais, tout comme les SS qui m'ont capturé.

On se rapproche du tunnel. Je brûle de l'intérieur, j'ai peur, et en même temps, je n'ai pas peur. Élias est toujours là, il ne s'est pas dissous en millions de particules. Il est à mes côtés et il me tient la main. Nous arrivons à l'entrée du tunnel où Micha, Eden et Dina se trouvent déjà.

Tout ce que je vois, c'est le noir, et je ne comprends pas.

Lentement. Une à une, des lumières percent l'obscurité, semblables à des lucioles en suspension dans les ténèbres. Elles sont dix, puis quarante, puis cent. Il y en a tellement que je ne parviens plus à les compter.

— Qu'est-ce que c'est ?

— Tu pensais vraiment que le monde n'était composé que d'Aryens ? Voici mon peuple, Krista.

Les lueurs se font plus grosses et des visages apparaissent, constellés par les halos des lampes-torches qu'ils tiennent. Ils sont bruns, blonds, roux. C'est une explosion de couleurs qui tranchent dans cette pénombre zébrée d'éclairs lumineux. Je vois des femmes, des hommes, des enfants.

Ils sont tous différents, ils sont tout ce que mon peuple n'a jamais voulu considérer comme viable.

Ils sont les pommes pourries du Reich.

Ils sont tous beaux.

D'une beauté hors norme.

Comme Élias.

Je tourne la tête vers lui. Mes doigts effleurent sa joue.

Il ne dit rien et m'entraîne à la rencontre de ces gens qui se rassemblent au fur et à mesure que nous avançons vers eux. Quand nous nous arrêtons enfin, à quelques mètres de ce mur humain, mon attention se focalise sur un nourrisson qui pleure dans les bras de sa mère. Mes yeux remontent lentement le long des bras de celle-ci et des larmes viennent aussitôt brouiller ma vue.

Cette femme, aussi blonde que je le suis, les iris aussi bleus que le sont les miens. Et ce bébé… Ce bébé à qui j'ai le souvenir d'avoir donné la vie dans un égout de Germania au beau milieu d'une épopée virtuelle. Je ne peux pas m'empêcher de me demander jusqu'à quel point elle l'était.

Anna et Âmi.

Je plaque une main sur ma bouche, en proie à un déferlement d'émotions. Ils sont là. Vivants. Ils existent réellement.

— Bienvenue parmi nous, me murmure Élias. Bienvenue dans ce qui reste du monde où la perfection n'existe pas.

— Tu… tu ne viens pas de Germania ?

— Si. J'y suis né, de mère aryenne et de père juif. Ce que tu as vu dans ton test était vrai, mais j'ai eu la chance de tomber sur des gens qui savaient comment quitter Germania par les souterrains. En me trouvant dans les égouts, ils ont décidé de me ramener ici. Tout comme Micha et de nombreux autres. Ils ont fait en sorte de sauver un maximum de personnes errant dans les sous-sols de Germania. Certains s'en sont sortis, d'autres non. J'ai été repris à *Niederhagen* en essayant de m'infiltrer là-bas avec Micha, Ezra et d'autres pour aider des transfuges.

— Des transfuges ?

— Oui… Des gens comme toi, comme Dina et…

— Manuela, finis-je sa phrase dans un souffle qui me noue la gorge.

— Ton peuple est loin de n'avoir que des amis parmi les siens, ajoute Micha. Nous sommes ici tous unis dans le but de reconstruire quelque chose en alliant nos aptitudes, sans juger quiconque. En étant tolérants les uns avec les autres. Pour nos enfants et l'avenir qu'ils méritent.

— Mais… où vivez-vous ?

— Ici même, dit Élias en posant les yeux sur le sol. Le Reich est loin d'avoir tout détruit dans les entrailles de l'Angleterre.

Je suis son regard.

— Ton peuple a choisi de demeurer en surface pour briller, le nôtre a pris le parti de s'épanouir dessous… Jusqu'à ce que vienne le moment pour lui de retrouver sa place à la lumière du jour. Tout ce que tu as pu voir des tunnels dans ton test ne se trouvait pas à Germania, mais ici. Tu l'as vu dans ma mémoire et dans celle des gens qui ont partagé ton test. Je n'aurais pas imaginé qu'on nous vole notre mémoire par le biais de telles expérimentations, mais ils sont loin d'avoir appris tous nos secrets.

Je songe à ce que j'ai vécu durant ce fameux test. Je songe à ce que j'ai enduré dans le camp d'expérimentation et je songe à tous ces clones du Führer originel. Toutes ces copies conformes qui, quand elles seront en état de le faire, renforceront leur pouvoir et leur théorie haineuse partout sur la planète. Combien de temps Élias et son peuple tiendront-ils ? Quelles chances ont-ils de pouvoir un jour revenir à la surface pour y trouver la place qu'on leur a volée, nous autres, Aryens prétendument nés de la race des Seigneurs ? Personne ne le sait, et moi encore moins.

Je reste silencieuse. Je regarde à nouveau autour de moi. Tous ces gens, ce melting-pot de nuances humaines avec leurs vêtements de toutes les couleurs, avec leurs teintes de cheveux et leurs coiffures aussi variées qu'extravagantes. Tout ici respire le désordre et la volonté farouche de ne pas se laisser dicter sa façon de vivre ou de penser.

J'aime le désordre.

J'aime sentir ce vent de liberté autour de moi. Ça durera le temps que ça durera avant de devoir reprendre les armes, mais je compte bien en profiter.

J'aime me dire que je serai acceptée parmi ces gens pour ce que je suis à l'intérieur, et non pour ce qu'on a fait de moi à la naissance.

— Viens, nous avons encore du chemin à faire avant d'arriver à destination, me souffle Élias.

— Et la navette ?

— Ne t'inquiète pas pour ça. Nos unités vont s'en occuper.

Je jette un dernier regard en arrière. Sur cette navette qui constitue l'ultime lien entre mon peuple et moi avant que je ne change définitivement de camp. Des hommes armés sortis du groupe dans lequel nous nous trouvons filent au pas de course vers la navette. Bientôt, j'imagine qu'elle ne fera plus partie du décor. Mes yeux reviennent se poser sur Élias.

Je lui souris.

Et je le suis.

ÉPILOGUE

Les hommes armés ont déposé des bombes sur la carlingue de la navette. Le compte à rebours déclenché, ils sont repartis à la même vitesse qu'ils sont arrivés. Sans se retourner.

Les secondes s'égrènent avant l'instant ultime. Le vent vrombit entre les murs détruits des maisons et des immeubles. Il joue à glisser autour de l'appareil SS abandonné dont le temps est désormais compté. À l'intérieur, un grésillement, puis un autre. Un petit écran situé sur le tableau de bord s'allume par intermittence, révélant de la neige épaisse, contrastant avec des points noirs. Puis une image apparaît d'abord trouble, puis de plus en plus nette.

Un visage. Des yeux bleus profondément enfoncés dans leurs orbites, des cheveux noirs plaqués contre un crâne, une moustache fine. Adolf Hitler regarde fixement devant lui.

« Où que vous soyez, quoi que vous fassiez, nous vous retrouverons. Et nous vous exterminerons. Parce que nous sommes la race des Seigneurs. »

L'écran s'éteint.

Le silence retombe.

Puis l'explosion fait tout voler en éclats dans un éclair de lumière et de feu.

Composition et mise en pages
Nord Compo à Villeneuve-d'Ascq

Cet ouvrage a été imprimé par
CPI Bussière à Saint-Amand-Montrond
pour le compte de France Loisirs
en décembre 2018

Numéro d'éditeur : 93299
Numéro d'imprimeur : 2040665
Dépôt légal : décembre 2018

Imprimé en France